삼산재집

이 책은 2014~2015년도 정부(교육부)의 재원으로 한국고전번역원의 지원을 받아
수행된 '권역별거점연구소협동번역사업'의 결과물임.

This work was supported by Institute for the Translation of Korean Classics - Grant funded by
the Korean Government.

한국고전번역원 한국문집번역총서

삼산재집 2
三山齋集

김이안 지음
金履安

이상아 옮김

일러두기

1. 이 책의 번역 대본은 한국고전번역원에서 간행한 한국문집총간 238집 소재 《삼산재집(三山齋集)》으로 하였다. 번역 대본의 원문 텍스트와 원문 이미지는 한국고전종합DB(http://db.itkc.or.kr)에서 확인할 수 있다.
2. 내용이 간단한 역주는 간주(間註)로, 긴 역주는 각주(脚註)로 처리하였다.
3. 한자는 필요한 경우 이해를 돕기 위하여 넣었으며, 운문(韻文)은 원문을 병기하였다.
4. 맞춤법과 띄어쓰기는 한글 맞춤법과 표준어 규정을 따랐다.
5. 이 책에서 사용한 부호는 다음과 같다.
    ( ) : 번역문과 음이 같은 한자를 묶는다.
    〔 〕 : 번역문과 뜻은 같으나 음이 다른 한자를 묶는다.
    " " : 대화 등의 인용문을 묶는다.
    ' ' : " " 안의 재인용 또는 강조 문구를 묶는다.
    「 」 : ' ' 안의 재인용을 묶는다.
    《 》 : 책명 및 각주의 전거(典據)를 묶는다.
    〈 〉 : 책의 편명 및 운문·산문의 제목을 묶는다.

삼산재집 제2권

疏 疏

삼산재집 제3권

서 書

삼산재집 제4권

서 書

삼산재집

제2권

疏소
書서
啓계
議의

소 疏

사헌부 지평과 경연관을 사직하는 소[1] 갑진년(1784, 정조8) 윤3월

辭持平經筵官疏 甲辰閏三月

통훈대부(通訓大夫) 행 사헌부 지평(行司憲府持平) 경연관(經筵官) 에 새로 임명된 신 김이안(金履安)은 진실로 황공한 마음으로 머리를 조아리며 삼가 백배하고 주상 전하께 말씀을 드립니다.

삼가 아룁니다. 하늘이 종묘사직을 보살피시어 원자궁(元子宮)의 옷 길이가 점점 길어져서[2] 상견례를 행하여[3] 아름다운 명성이 날로 드

---

1 사헌부……소(疏) : 이 글은 저자가 63세 되던 1784년(정조8) 윤3월에 올린 사직 소이다. 저자는 당시 경기도 양주(楊州) 남면(南面)의 미호(渼湖)에 거주하였는데, 동년 윤3월 1일에 민이현(閔彝顯)·김두묵(金斗默)·조임(曺霖)과 함께 경연관에 제 수되고 이틀 뒤인 윤3월 3일에 정5품 사헌부 지평(司憲府持平)에 제수되자 이 소를 올린 것이다. 상소의 전문과 정조의 비답이 《승정원일기》 동년 윤3월 17일 조에 보이며, 같은 날짜 《정조실록》과 《일성록》에도 상소의 대략과 비답이 보인다. 《承政院日記 正祖 8年 閏3月 1日, 3日, 17日》

2 원자궁(元子宮)의……길어져서 : 원자가 점점 장성해간다는 말이다. 《예기》〈곡례 하(曲禮下)〉에 "누가 천자의 나이를 물으면 '비로소 몇 자 옷을 입는다고 들었습니다.'라 고 대답한다.〔問天子之年, 對曰: 聞之, 始服衣若干尺矣.〕"라는 구절에서 유래하였다.

러나니 태평 만세의 공업이 바로 여기에 기반을 두게 되었습니다. 이에 신은 시골의 노인들과 밭두렁 사이에서 뛸 듯이 기뻐하며 지극한 경모와 경하를 이루 다 말할 수 없었습니다.

바로 이러한 때 이달 1일에 임명장을 삼가 받들었는데, 신을 경연관으로 삼는다는 것이었습니다. 그리고 겨우 이틀 지나서 또 신을 사헌부 지평으로 삼는다는 임명장을 받들게 되었습니다. 이렇게 은지(恩旨)가 연이어 내려와 은총이 빛나니 신은 놀라움과 부끄러움에 마치 꿈이라도 꾸는 것 같아 며칠 동안 정신이 안정되지 못하였습니다.

그런데 또 홀연 승정원(承政院)에서 황황(煌煌)한 4백여 자[4]의 성첩(成貼)한 유지(有旨)를 삼가 받들었습니다. 서두에 말씀하시기를 춘저(春邸)에 계실 때 신의 선친이 찬선(贊善)에 임명되었으나 멀리 떠나려는 마음을 돌리지 않았던 것[5]이 매우 안타까웠다 하시고, 이어서

원자궁은 의빈 성씨(宜嬪成氏, ?~1786)에게서 낳은 문효세자(文孝世子, 1782~1786)를 이른다. 휘는 순(㬀), 시호는 문효(文孝)이다. 약 석 달 뒤인 1784년 7월 2일, 2세의 나이로 세자에 책봉되었다. 《正祖實錄 8年 7月 2日》

3 상견례를 행하여 : 1784년(정조8) 1월 15일 창덕궁(昌德宮) 대은원(戴恩院)에서 거행되었던 원자와 보양관(輔養官)의 상견례를 이른다. 이때 보양관은 좌의정 이복원(李福源)과 우의정 김익(金熤)이었다. 《正祖實錄 8年 1月 15日》

4 황황(煌煌)한 4백여 자 : 정조가 저자에게 유시(諭示)한 내용이 《정조실록》 8년 (1784) 윤3월 6일 기사에 보인다. 모두 404자이다.

5 춘저(春邸)에……것 : 저자의 아버지 김원행(金元行, 1702~1772)은 1768년(영조 44) 9월 2일 세자시강원 찬선(世子侍講院贊善)에 임명되었으나 동년 10월 8일 사직 상소를 올리면서 이항복(李恒福)과 이덕형(李德馨)을 언급했다 하여 이틀 뒤인 10월 10일 해임되었다. 영의정 홍봉한(洪鳳漢)의 주청으로 동년 12월 26일 다시 찬선에 임명되었으나 끝내 출사하지 않았던 것으로 보인다. 《英祖實錄 44年 9月 2日, 10月 8日·10日, 12月 26日, 45年 12月 4日》

또 신의 3대 네 선조를 일일이 언급하고 넘치도록 칭찬을 해주셨습니다.[6] 아마도 신이 혹여 집안에서 보고 들은 것이 있을까 하여 국가와 휴척(休戚)을 같이 하는 의리를 책임지워 마치 주연(冑筵)을 보도(輔導)하는 일에 어울리기라도 할 것처럼 여기신 듯하였습니다. 그리고 "그대는 그대 할아버지의 손자이자 그대 아버지의 아들[7]이기에 내가 목을 늘이고 기다리는 정성이 반드시 배나 된다."라는 말씀으로 하교하기까지 하셨습니다. 이어서 가까운 날 상경 길에 오르라고 하셨는데, 은혜로운 말씀이 절절하고 붙인 뜻이 융중하여 삼가 다 읽기도 전에 감격의 눈물이 먼저 흘렀습니다. 땅강아지 같고 개미 같은 하찮은 신이 무슨 이유로 우리 임금님께 이런 대우를 받을 수 있는지 참으로 알

---

6 신의⋯⋯해주셨습니다 : 정조가 저자의 6대조인 청음(淸陰) 김상헌(金尙憲, 1570~1652), 고조 김수항(金壽恒, 1629~1689), 종증조 김창집(金昌集, 1648~1722), 증조 김창협(金昌協, 1653~1722)을 언급하며 이들의 도덕과 명절(名節)이 대대로 사람들에게 알려져 국가와 더불어 휴척(休戚)을 같이 하였다고 한 것을 이른다. 김상헌은 병자호란(1636~1637) 때 예조 판서로서 끝까지 주전론(主戰論)을 폈으며, 1639년에는 청나라가 명나라를 공격하기 위해 요구한 출병에 반대하는 소를 올렸다가 청나라에 압송되어 6년 후에 풀려 귀국하였다. 김수항은 1689년(숙종15)에 기사환국(己巳換局)으로 진도(珍島)에서 사사(賜死)되었으며, 김창집은 신임사화(1721~1722)로 성주에서 사사되었다. 김창협은 김창집이 죽자 양주(楊州)로 내려와 석실서원(石室書院)에서 문인을 양성하고 문장과 학문에만 전념하였다. 《正祖實錄 8年 閏3月 6日》

7 그대 할아버지의⋯⋯아들 : 충성스러운 집안의 자손이라는 말이다. 《서경》〈군아(君牙)〉에 "네 할아버지와 네 아버지가 대대로 충정을 돈독히 하여 왕가에 수고하여 그 이룬 업적이 태상(太常)에 기록되어 있다.〔惟乃祖乃父, 世篤忠貞, 服勞王家, 厥有成績, 紀于太常.〕"라는 내용이 보인다. '태상'은 해와 달을 그린 왕의 깃발 이름으로, 《주례(周禮)》〈하관(夏官) 사훈(司勳)〉에 따르면 공이 있는 사람은 왕이 태상에 이름을 써서 그 사람과 공적을 기린다.

수 없었습니다. 몸이 부서지고 뼈가 가루 되도록 힘을 다한다 해도 만에 하나도 우러러 갚기에 부족합니다. 그리고 신을 위로하고 신을 칭찬하신 부분은 분토(糞土)같은 천한 신이 감히 받들어 감당할 수 있는 것이 전혀 아닙니다. 이는 단지 의논하여 천거하는 자리에 성상의 총명을 그르쳐 성상께서 우연히 미처 다 살피지 못하게 해서일 것입니다. 이에 신이 스스로 그 걸맞지 않은 실제를 밝히고 물러나 명에 따르지 않은 죄를 받기를 청하오니 밝으신 성상께서는 부디 굽어 살펴주소서.

신이 듣건대 경연의 벼슬은 준망(俊望)이며 대각(臺閣)의 벼슬은 중기(重寄)입니다. 이 때문에 격식에서 벗어나 발탁할 때는 그 선발이 더욱 엄정하였으니, 옛날 이 선발에 응하였던 분들을 두루 살펴보면 이 관직을 알 수 있습니다. 신은 본래 용렬한 자질로 지기(志氣)가 낮아 젊어서부터 사모한 것이 영명(榮名)과 이록(利祿) 사이를 넘지 않았습니다. 그리하여 반평생토록 과거 공부를 하였지만 재주가 부족하여 뜻을 이루지 못하였습니다. 마침내 관리의 임무를 달갑게 여겨 조습(燥濕)을 가리지 않고 분주히 다니며 늙어서도 그만둘 줄을 모르다가 죄에 걸린 뒤에야 그치게 되었습니다.[8] 그 시종(始終)을 살펴보면 이와 같은 데 지나지 않으니, 이 어찌 하루라도 자신을 돌아보는 공부

---

8 반평생토록……되었습니다 : 저자는 1759년(영조35) 38세 때 생진시(生進試)에 합격한 뒤 학행(學行)으로 천거 받아 경연관에 임용되었다. 그 뒤 보은 현감(報恩縣監), 영동 현감(永同縣監), 금산 군수(錦山郡守), 밀양 부사(密陽府使), 서원 현감(西原縣監), 황주 목사(黃州牧使) 등을 거쳐 1781년(정조5) 60세 되던 해 5월 24일 충주 목사(忠州牧使)에 임명되었는데, 이기택(李基宅)의 산송(山訟) 처리 문제로 동년 9월 18일 해임되었다. 《承政院日記 正祖 5年 5月 24日, 9月 18日》

가 있어 선조들이 남긴 공업을 이어서 당대의 유림에 비견될 수 있겠습니까.

신이 예년에 계방(桂坊)에서 대죄(待罪)할 때[9] 수차례 경연(經筵)에 들어가 보잘 것 없는 재주를 남김없이 드러냈으니, 일월(日月)같은 밝으심으로 살피지 못하는 바가 없으셨을 것입니다. 그리고 그 뒤 10년 동안 질병과 고생으로 밖으로는 형체가 삭고 안으로는 정신이 소진되어 지난날 여기저기에서 주워들은 보잘 것 없는 식견마저도 잊은 지 이미 오래되어 멍하니 아무것도 모르는 사람이 되어버린 것은 사람들이 모두 아는 사실이니 어찌 감히 숨기겠습니까. 이제 이와 같은 사람에게 갑자기 그와 같은 관직을 내리시니 신의 처자와 노복들도 이미 이것이 참람하고 외람되어 우습다는 것을 알고 있습니다. 이런데도 또 감히 영화를 탐하여 함부로 나아가서 맑은 조정에 얼굴을 내민다면 진짜 소인으로 거리낌이 없는 자일뿐이니, 신이 어찌 차마 이런 짓을 할 수 있겠습니까.

비록 조정의 일로 말한다 할지라도 지금 이 초선(抄選)의 명은 바로 우리 전하께서 등극하신 뒤 최초로 행하는 성대한 일입니다. 소문이 들리는 곳마다 중외(中外)가 눈을 씻고 새로운 정사를 볼 것이니, 의당 경술(經術)과 품행이 뛰어난 선비를 널리 구하여 강석(講席)에 두기도 하고 언로(言路)에 나열하기도 하여 그들에게 성심으로 계도하고 간쟁

---

9 신이……때 : 저자가 1761년(영조37) 5월 12일 종9품 왕손교부(王孫敎傅)에 임명된 것을 이른다. 왕손교부는 1756년(영조32)에 설치한 관직으로, 처소와 범절을 모두 왕자사부(王子師傅)의 예에 따랐다. '계방(桂坊)'은 세자익위사(世子翊衛司)의 별칭이다. 《英祖實錄 32年 10月 9日》《承政院日記 英祖 37年 5月 12日》

하는 일을 책임 지워서 성상의 유자(儒者)를 존숭하고 문치(文治)를 숭상하는 공효를 밝히셔야 할 것입니다. 그런데 신과 같은 자를 그 사이에 억지로 끼워 넣어서 가장 먼저 부르시는 은전을 내리시어 사방의 기대하는 마음을 가로막고 백대의 의론하는 빌미를 초래하시니, 성세(聖世)에 누가 됨이 어떠하겠습니까. 그렇다면 신이 비록 스스로 염치를 버리고 부르심에 달려가는 공경을 한 번 펴고자 해도 또 할 수 있겠습니까.

성유(聖諭) 가운데 말미의 말씀[10]은 또 이번에 맡은 직책의 범위를 넘은 것이었습니다. 신은 이에 당황스럽고 두려워 어떻게 대답해야할지 알 수 없었으나 인선(人選)을 신중히 해야 한다는 점에 대해 논한다면 어떤 다른 소임보다도 갑절은 더 신중해야 할 것입니다. 조금이라도 자세히 살피지 못하여 혹여 망령되고 용렬한 자에게 돌아가서 보도(輔導)의 실제에는 보탬이 되지 않고 도리어 어린 나이에 선비를 경시하는 마음만 열어주게 되면 어찌 더욱 두려워할만 하지 않겠습니까. 전하의 성명(聖明)함으로 이러한 점을 살피지 못하지는 않으셨을 것이나 다만 신의 집안이 대대로 충성을 바치고자 한다는 점 때문에 이러한 간곡한 하교를 내리셨을 것이니, 이 지극한 뜻을 신이 어찌 우러러 살피지 못하겠습니까. 그러나 신은 적임자가 아니니 어찌하겠습니까.

아, 군신의 의리는 천지간에 피해 숨을 곳이 없습니다. 다행히 성세(盛世)를 만나 교화와 다스림이 청명하여 열성조의 아름다운 법을 따

---

10 말미의 말씀 : 정조의 유시(諭示) 중 "계도(啓導)하고 보익(輔翊)하는 소임을 그대가 아니면 누가 할 수 있겠는가.〔導迪輔翊之任, 非爾伊誰?〕"라는 구절을 이른다. 《正祖實錄 8年 閏3月 6日》

르시고 자손을 편히 하신 큰 계책을 생각하시어 간곡히 현자(賢者)를 구하기를 마치 미치지 못하기라도 할 듯 하시니, 비록 세상 밖으로 멀리 달아나 숨은 무리라 할지라도 스스로 그 고상함을 다 이루지 못하고 조정에 서기를 바랄 것입니다. 더구나 신은 이름이 이미 사적(仕籍)에 올라 평소의 처신이 동서남북을 가리지 않고 명을 받는 대로 돌아다녔으니, 지금 이 은혜로운 명을 받고 조금이라도 감당할 수 있는 점이 있다면 어찌 감히 가식적인 말을 잡다하게 늘어놓아 돌연 산림의 고고한 모습을 지어서 스스로 담당 관리의 법을 범하겠습니까. 참으로 안으로는 사사로운 분수를 따르고 밖으로는 명기(名器)를 엄히 여겨서 끝내 이 불초(不肖)한 몸으로 군상(君上)을 속여 태연히 명을 받드는 계책을 감히 낼 수 없기 때문입니다.

신의 생각이 여기에 미치고 보니 또한 슬픕니다. 우인(虞人)의 지조를 성인(聖人)께서도 취하셨으니[11] 신의 지극한 호소 같은 것은 의당 혜량을 받을 것입니다. 삼가 바라건대 자애로운 성상께서는 특별히 불쌍히 여기시어 속히 신의 전후 직명(職名)을 삭제해주시고 신을 부

---

11 우인(虞人)의……취하셨으니 : 《맹자》〈등문공 하(滕文公下)〉에 "옛날에 제 경공(齊景公)이 사냥할 때 우인(虞人)을 정(旌)으로 불렀으나 우인이 오지 않자 그를 죽이려고 하였다. 이에 대해 공자께서는 '지사(志士)는 자신의 시신이 도랑에 버려질 수도 있음을 잊지 않고 용사(勇士)는 죽임을 당해 머리가 잘릴 수도 있음을 잊지 않는다.'라고 칭찬하셨으니, 공자께서는 어찌하여 그를 취하셨는가? 합당한 부름이 아니면 가지 않은 것을 취하신 것이다.〔昔齊景公田, 招虞人以旌, 不至, 將殺之. 志士不忘在溝壑, 勇士不忘喪其元, 孔子奚取焉? 取非其招不往也.〕"라는 내용이 보인다. '우인'은 원유(苑囿)를 지키는 관리이다. '정'은 깃발의 일종이다. 《맹자》〈만장 하(萬章下)〉에 "우인은 피관(皮冠)으로 부른다. 서인(庶人)은 전(旃)으로 부르고, 사(士)는 기(旂)로 부르고, 대부는 정(旌)으로 부른다.〔以皮冠. 庶人以旃, 士以旂, 大夫以旌.〕"라는 내용이 보인다.

르시는 일을 길이 끊으소서. 이어 은혜를 저버리고 명을 태만히 한 신의 죄를 다스려서 사사로운 의리를 편안히 해주시고 조정의 기강을 엄숙하게 하신다면 매우 다행스러운 마음 가누지 못할 것입니다. 신은 너무도 두렵고 간절히 바라는 마음 견디지 못하겠습니다.

비답은 다음과 같다.

"상소를 보고 잘 알았다. 이제 막 마음을 다한 유시(諭示)를 내리고 길에 오를 것을 기대하고 있었는데 멀리 떠나려는 그대의 마음을 돌리지 못하여 사양하는 글이 따라서 이르니, 나의 정성이 얕은데 기인한 것이라 참으로 두렵다. 아! 지금 내가 그대를 불러 맞이하려는 것이 어찌 남에게 보이기 위해서이겠는가. 진실로 경연과 서연(書筵)에서 토론하고 열어주는 공부를 그대에게 기대하고 바라는 것이 깊고 간절하기 때문이다. 그런데 그대는 어찌하여 여기까지 생각하지 못하고 돌아보려 하지 않아서 마음을 비우고 간절히 기다리는 나를 애태우는가? 그대의 경술과 식견은 계방에 있을 때부터 이미 익히 알았으니, 매번 강석(講席)에 임할 때마다 부지런히 질문했던 것을 그대는 틀림없이 기억할 것이다. 그대는 군신의 대의(大義)를 생각하여 더 이상 많은 사양을 하지 말고 생각을 바꾸어 조정에 나와서 나의 애타게 바라는 마음에 부응하도록 하라."

세자시강원 찬선을 사직하는 소[12] 7월

辭贊善疏　七月

삼가 아룁니다. 종묘사직이 묵묵히 도와 큰 복록이 끊임없이 이르러 왕세자 저하께서 위호(位號)를 받고 책봉될 길일을 잡게 되었습니다.[13] 이에 효성스러운 성상께서 길이 경사를 쌓을 것을 생각하시어 태평성세에 장차 성대한 의식을 거행하고자 하시니 겹치는 아름다운 일에 신(神)도 인간도 다 같이 기뻐하고 있습니다. 이러한 때 보잘 것 없는 신의 뛸 듯이 기쁜 마음 어찌 끝이 있겠습니까.

삼가 생각건대 신은 음직(蔭職)으로 벼슬길에 나온 미천한 몸으로서 유림의 준선(峻選)을 염치없이 받았으니[14] 제수 받은 이 직명(職名)도 전혀 감당하지 못하여 죽음을 무릅쓰고 면직되기를 바랐는데, 도리어

12　세자시강원……소 : 이 글은 저자가 63세 되던 1784년(정조8) 7월에 올린 사직소이다. 저자는 당시 경기도 양주(楊州) 남면(南面)의 미호(渼湖)에 거주하였는데, 동년 7월 11일에 정3품 세자시강원 찬선(世子侍講院贊善)에 임명되자 사직소를 올린 것이다. 상소의 전문과 정조의 비답이 《승정원일기》 동년 7월 22일 조에 보이며, 같은 날짜 《정조실록》과 《일성록》에도 정조의 비답이 보인다. 《承政院日記 正祖 8年 7月 11日, 22日》

13　왕세자……되었습니다 : 문효세자(文孝世子, 1782~1786)는 저자가 이 소를 올리기 20일 전인 1784년 7월 2일에 2세의 나이로 세자에 책봉되고, 책봉된 지 한 달 뒤인 동년 8월 2일에 창덕궁(昌德宮) 중희당(重熙堂)에서 책문(冊文)을 받는 의식을 거행하였다. 《正祖實錄 8年 7月 2日·25日, 8月 2日》

14　유림의……받았으니 : 저자가 동년 윤3월 1일에 경연관에 임명된 것을 이른다. 15쪽 주1 참조.

성대한 비답을 받음에 은혜로운 말씀이 간곡하고 격려의 뜻이 더욱 정성스러우니 당황스럽고 두려워서 어찌할 바를 모르겠습니다. 근래에는 상신(相臣)의 주청으로 인하여 장리(長吏)가 간곡히 권하는 일까지 있었습니다. 돌아보면 예전의 생각을 고치기 어려워 은혜로운 뜻을 우러러 받들지 못하였지만 번거롭게 해드릴 것이 두려워 또 감히 간절한 심정을 진달하지 못하고 방황하며 묵묵히 부월(斧鉞)만을 기다리고 있었습니다. 그런데 마침내 자애로운 성상께서 너그러이 용서하시어 엄한 벌을 내리지 않고 은혜로운 제수의 명을 다시 내리셔서 장헌(掌憲)과 춘방(春坊)의 총명(寵命)이 빛나니[15] 이것도 이미 송구하여 견딜 수 없었는데, 이어서 이달 11일 밤에 사관(史官)이 신의 집에 이르러 성상의 유시(諭示)를 전하니 신을 통정대부(通政大夫) 세자시강원 찬선(世子侍講院贊善)에 발탁 임명하고 속히 조정에 나오도록 하라는 내용이었습니다.[16] 유시의 말씀이 온화하고 위임이 융숭하여 마치 산림(山林)의 덕망 있는 원로 같은 이로 예우하시는 듯이 하였습니다. 신은 이에 놀라고 당황하여 땅에 주저앉고 말았으니, 어찌하다 이렇게까지 되었는지 모르겠습니다.

돌아보면 신의 보잘것없는 실정은 이미 앞의 상소에서 모두 말씀드렸으니 지금은 감히 더 이상 세세히 말씀드리지 않겠습니다. 그러나

---

15 장헌(掌憲)과⋯⋯빛나니 : 저자가 동년 윤3월 1일에 정5품 사헌부 지평(司憲府持平)과 경연관에 임명되고, 동년 7월 2일에 정4품 사헌부 장령(司憲府掌令)과 정4품 세자시강원 진선(世子侍講院進善)에 임명된 것을 이른다. 윤3월 1일의 임명은 15쪽 주1 참조.《承政院日記 正祖 8年 7月 2日》

16 이달⋯⋯내용이었습니다 : 자세한 내용이《승정원일기(承政院日記)》정조 8년(1784) 7월 11일 조에 보인다.

신이 얼추 보통 사람에 비견된다 하더라도 임명장에 외람되이 이름을 올린 뒤로 지금 백 여일밖에 지나지 않았고 그 사이에 임명받은 서너 개의 관함(官銜)이 요행과 분수에 넘치지 않은 것이 없습니다. 벌을 받아 마땅한 죄는 있고 상을 받을 공로는 없으니, 공공연히 하대부(下大夫)의 관질(官秩)을 단계를 뛰어넘어 차지하는 것은 이미 이치에 맞지 않습니다. 더구나 이 관직은 지망(地望)이 가장 엄하고 직임이 지극히 중하여 실로 옛 명현(名賢)들이 모두 주저하며 맡으려고 하지 않았던 것입니다. 이러한 옛 명현들에게 신을 견주어 보건대 어찌 다시 근사하기나 하겠습니까.

생각건대 우리 전하께서는 세자를 위한 간절한 일념으로 일찌감치 가르칠 방도에 힘을 다 쓰시어 이미 빈료(賓僚)[17]를 널리 선발하여 즐비하게 자리에 모두 임명하시고, 그래도 부족하다 여기시어 두루 불러 모으는 은전을 널리 초야에까지 내려 보도(輔導)하고 성취(成就)시키는 책임을 맡기셨으니, 이는 실로 우리나라를 만년토록 이어갈 지극한 계책이요 일시적인 꾸밈에서 나온 것이 아님이 분명합니다. 그렇다면 옛날 이른바 '천하제일등인(天下第一等人)'[18]은 비록 찾는 것이 쉽지

---

17 빈료(賓僚) : 세자시강원의 벼슬아치를 이른다. 1784년(정조8) 7월 2일 저자가 세자시강원 진선에 임명될 때, 정1품 세자사(世子師)에 정존겸(鄭存謙), 정1품 세자부(世子傅)에 이복원(李福源), 정2품 좌빈객(左賓客)에 황경원(黃景源), 정2품 우빈객(右賓客)에 김종수(金鍾秀), 종2품 좌부빈객(左副賓客)에 오재순(吳載純), 종2품 우부빈객(右副賓客)에 정민시(鄭民始), 정3품 보덕(輔德)에 조상진(趙尙鎭), 정3품 겸보덕(兼輔德)에 김재찬(金載瓚)이 함께 임명되었다. 《正祖實錄 8年 7月 2日》

18 천하제일등인(天下第一等人) : 주희(朱熹)와 같은 당대의 대유(大儒)를 가리킨다. 송(宋)나라 영종(寧宗)은 1194년 주희가 64세 되던 해 7월 5일에 즉위하자마자 동년 동월 11일에 지담주(知潭州)로 있던 주희를 불렀는데, 이것은 영종이 즉위하기

않다 하더라도 실로 덕망과 문망(文望)이 모두 높은 선비를 찾아 그에 걸맞는 자리에 있게 해야 할 것입니다. 그런데 지금 이러한 직임을 신에게 내리시고, 단지 내리신 것만 아니라 또 그 수장이 되게까지 하셨습니다.

신의 고루함과 용렬함은 재주와 학식으로 말씀드리면 지극히 엉성하고 역임한 벼슬로 말씀드리면 지극히 낮습니다. 전곡(錢穀) 장부는 일찍이 익혔던 일이지만 덕의(德義)를 진달하고 경전(經傳)의 뜻을 밝혀 우리 저군(儲君)의 어릴 때 올바름을 기르는 공부[19]를 돕는 것과 같은 일은 어찌 신이 할 수 있는 것이겠습니까. 이러한데도 외람되이 응한다면 신 자신의 염치는 잠시 논하지 않는다 하더라도, 위로는 성조(聖朝)의 밝은 발탁에 누를 끼치고 아래로는 주연(胄筵)의 중한 권강(勸講)을 그르치는 것은 실로 작은 일이 아닙니다. 신이 어찌 감히 이런 짓을 하겠습니까.

더구나 신이 지난번 사직 소에서 말씀드린 이유는 다른 것이 아니라 단지 '불감당(不敢當)' 석 자 뿐이었습니다. 낮은 자리에 임명되었을 때도 오히려 이러했는데 현달한 관직에 임명되자 갑자기 의기양양 나간다면, 이것은 신이 거짓으로 사양하여 값을 흥정하듯 은총을 구하여

전 가왕(嘉王)으로 있을 때 가왕부 익선(嘉王府翊善)으로 있던 황상(黃裳)이 광종(光宗)에게 "태자가 덕업을 닦고 진전시켜 옛날의 현명한 왕들을 따르기를 바라신다면 천하제일등인을 찾으셔야 합니다.〔若欲進德脩業, 追蹤古先哲王, 則須尋天下第一等人迺可.〕"라고 말한 뒤 그 사람은 주희라고 대답한 것에서 유래되었다. 《宋史全文 卷28 宋光宗 甲寅紹熙5年》《束景南, 朱熹年譜長編, 上海: 華東師範大學出版社, 2001, 1123쪽》

19 어릴……공부 : 성인(聖人)이 되는 공부를 이른다. 《주역》〈몽괘(蒙卦)〉에 "어릴 때 올바름을 기르는 것이 성인이 되는 공부이다.〔蒙以養正, 聖功也.〕"라는 내용이 보인다.

서 일신의 영리(榮利)를 도모하는 것입니다. 비록 신이 이 정도까지는 아니라 할지라도 어떻게 사람들의 분분한 의론에 스스로 해명하겠습니까. 이것이 또 신이 결단코 얼굴을 들고 나갈 수 없는 이유입니다. 중비(中批)[20]로 특별히 임명하신 것이 평소의 격례(格例)를 벗어난 점은 신에게 있어서는 그래도 여사(餘事)에 속하는 것이니 깊이 논할 겨를이 없습니다.

아, 신이 비록 변변찮은 사람이기는 하나 집안이 본래 대대로 녹을 먹어 충효에 대한 말을 익히 들었습니다. 봄에 내려주신 별유(別諭)를 읽을 때마다 그 가운데 "그대의 아비는 내가 춘저(春邸)에 있을 때 찬선(贊善)이었다."라고 말씀하시고 주연(胄筵)을 보익(輔翊)하라는 말씀으로 끝을 맺으신 것에[21] 신의 마음이 더욱 격해져 세 번 반복에 흐르는 눈물을 절로 금할 수 없었습니다. 그런데 지금 원자께서 저군(儲君)의 지위에 오르시는 날 불초한 신이 다시 선친의 옛 관직을 받게 되니 집안과 나라를 굽어보고 올려보아도 우연한 일이 아닌 듯합니다. 선친의 예전 자취를 뒤따라서 성세(聖世)에 충정을 다 바치고자 하는 마음이 어찌 끝이 있겠습니까. 그래도 신이 나가지 못하는 것은 다만 앞에서 말씀드린 것과 같이 나아가기 어려운 의리 때문입니다. 필부의 사양과 받음이 비록 작은 일이기는 하나 나라의 사유(四維)[22]는 지극히 중

---

20 중비(中批) : 전형(銓衡)을 거치지 않고 왕의 특지(特旨)로 임명하는 것을 말한다.

21 그대의……것에 : 1784년(정조8) 윤3월 6일의 유시(諭示)를 가리킨다. 16쪽 주4, 주5 참조.

22 사유(四維) : 예(禮), 의(義), 염(廉), 치(恥)를 이른다. 《관자(管子)》〈목민(牧民)〉에 "나라에는 네 가지 강령이 있다. 첫째는 예요, 둘째는 의리요, 셋째는 청렴함이요, 넷째는 부끄러움이다.〔國有四維.……一曰禮, 二曰義, 三曰廉, 四曰恥.〕"라는 내용

하여 감히 인연 때문에 뒤집을 수는 없으니, 비록 충성을 바치고 싶은 마음이 간절하다 한들 보답할 길이 없습니다. 신의 이러한 심정은 귀신도 알 것입니다.

뿐만 아니라 신은 기운을 받은 것도 매우 박약하여 병이 많다보니 일찌감치 노쇠하였습니다. 올해 나이 예순 셋인데 보는 것도 흐려지고 듣는 것도 어려우며 길을 걷는 것도 매우 어려워 다 늙어빠진 폐물이 된지 오래입니다. 올 여름 심한 무더위에 또 죽을병까지 앓아서 형체와 정신이 다 빠져나가 깔딱깔딱 금방이라도 죽을 것 같으니, 설사 신이 다른 구애될 일이 없다 할지라도 이런 병든 몸으로는 이미 꼼짝도 할 수 없고 보면 하늘이 버린 것을 어찌하겠습니까.

신에게 내려주신 경연관은 관계됨이 더욱 중한데도 아직까지 바로 잡는 명을 내려주지 않으시어 초야의 헛된 관함이 되었으니, 이는 실로 신이 엄하고 두려운 것만 알아서 극력 사양하지 못한 죄입니다. 이에 주광(黈纊)[23] 아래 우러러 호소하오니, 부디 밝으신 성상께서는 특별히 가엾게 살펴주시어 속히 신이 가지고 있는 두 개의 직임과 새로 제수하신 자급(資級)을 모두 체차해주소서. 이어 선적(選籍)에서 신의 이름을 삭제하여 다시는 부르지 말아서 신으로 하여금 전리(田里)에서 한

이 보인다.

23 주광(黈纊) : 왕이 잘잘못을 함부로 듣지 않겠다는 뜻을 보이는 의미로 면류관에 달아 두 귀 양쪽으로 늘어뜨린 황면(黃綿)으로 만든 작은 솜방울을 이른다. 《회남자(淮南子)》〈주술훈(主術訓)〉에 "그러므로 옛날 임금들이 면류관 앞에 류(旒)를 늘어뜨리는 것은 보는 것을 가리기 위한 것이며, 주광을 늘어뜨려 귀를 막는 것은 듣는 것을 가리기 위한 것이다.〔故古之王者, 冕而前旒所以蔽明也, 黈纊塞耳所以掩聰.〕"라는 내용이 보인다. 여기에서는 임금을 가리킨다.

가로이 성상의 은택을 노래하며 여생을 마칠 수 있도록 해주신다면 지극한 소원을 이기지 못할 것입니다. 신은 지극히 황공하고 간절한 마음을 금할 수 없습니다.

비답은 다음과 같다.

"상소를 보고 그대의 간절함을 잘 알았다. 삼대(三代)에 태자를 가르친 법은 반드시 명망이 높고 올바른 선비를 택하여 좌우 보부(保傅)[24]에 두었으니, 전(傳)에 이른바 '효성스럽고 공경하며 견문이 넓고 도덕을 갖춘 자'[25]이다. 비록 우리나라 조정의 일로 말한다 하더라도 춘방(春坊 세자시강원)과 계방(桂坊 세자익위사)의 관원은 당대의 문학적 소양이 있고 재능과 현명함을 갖춘 인물을 선발하지 않은 것이 아니었지만 또 찬선(贊善), 진선(進善), 자의(諮議) 등의 관직을 두어

---

24 보부(保傅) : 태자나 성년이 되기 전의 임금을 보육하고 훈도하는 직책을 이른다. 《대대례기(大戴禮記)》〈보부(保傅)〉에 "보(保)는 그 몸을 잘 기른다는 뜻이고, 부(傅)는 그 도덕을 돕는다는 뜻이며, 사(師)는 가르쳐 인도한다는 뜻이니, 이것이 삼공(三公)의 직책이다.〔保, 保其身體; 傅, 傅其德義; 師, 導之敎(順)〔訓〕, 此三公之職也.〕"라는 내용이 보인다.

25 효성스럽고……자 : 《대대례기》〈보부〉에 "이에 천하의 단정한 인물로서 부모에게 효도하고 어른을 공경하며 견문이 넓고 도덕을 갖춘 인물을 비교 선발하여 돕도록 해서 태자와 함께 거처하고 출입하게 하였다. 그러므로 태자는 날마다 바른 일을 보고 바른 말을 듣고 바른 도를 행하였으니, 이리 보든 저리 보든 앞뒤가 모두 바른 사람이었기 때문이다. 무릇 올바른 사람과 함께 거하는 것이 익숙해지면 올바르게 되지 않을 수 없다.〔於是比選天下端士, 孝悌閑博有道術者, 以輔翼之, 使之與太子居處出入, 故太子乃(目)〔日〕見正事, 聞正言, 行正道, 左視右視, 前後皆正人, 夫習與正人居, 不能不正也.〕"라는 내용이 보인다. 《의례경전통해(儀禮經傳通解)》권18〈학례(學禮)13 보부(保傅)〉등에도 이 내용이 보이는데, 문헌마다 글자의 출입이 있으며 이 가운데 '孝悌閑博有道術者'가 《의례경전통해》에는 저본과 같이 '孝悌博聞有道德者'로 되어 있다.

사람을 대우하였으니, 이것은 삼대의 전해 내려오는 규범을 본받은 것이다. 그대의 아비는 바로 나의 찬선이었다. 그대가 지금 그대의 아비를 이어서 세자의 찬선이 되었으니, 세교(世交)를 논한다면 송(宋)나라 왕호(王祜)와 왕단(王旦) 부자[26]보다 못하지 않다. 그런데 그대의 마음은 또한 어찌 명리(明离)[27]의 서연 (書筵)에 나와 그 의젓한 모습을 보려 하지 않고 한결같이 매몰차게 그저 사양만 하려고 하는가. 돌아보면 지금 세자의 책봉 전례(典禮)를 거행하고자 하여 성대한 의식이 며칠 남지 않아 사부(師傅)와 요속(僚屬)들이 모두 나와 조정에 있는데, 오직 그대들 사림 몇 사람만 이르지 않고 있다. 이는 나의 정성이 부족해서이니 참으로 두렵다. 그러나 그대는 세신(世臣)의 의리로 볼 때 어찌 은둔하는 부류를 본받아 멀리 떠나려고만 하고 흔쾌히 올 생각을 하지 않는가. 원량(元良)[28]의 지혜와 생각이 나날이 트이고 걸음걸이와 말이 다달이 나아지고 있으니,

---

26 왕호(王祜)와 왕단(王旦) 부자 : 송(宋)나라 초기의 명신(名臣) 왕호(王祜)가 자기 집 뜰에 삼공(三公)을 상징하는 세 그루 느티나무를 심고 "내 자손 중에 삼공이 되는 자가 반드시 나올 것이다.〔吾之後世, 必有爲三公者.〕"라고 하였는데, 그 뒤에 과연 아들 왕단(王旦)이 진종(眞宗) 때 재상이 되어 18년 동안 명재상 노릇을 하였다는 고사를 이른다. '왕단'은 저본에는 '王朝'로 되어 있으나 '朝'는 조선 태조의 휘인 '旦'을 피휘한 것이어서 바로잡아 번역하였다. 《宋史 卷282 王旦列傳》

27 명리(明离) : 세자를 이른다. 《주역》〈이괘(離卦) 상전(象傳)〉에 "밝음이 둘인 것이 이(離)가 되니, 대인이 보고서 밝음을 이어 사방을 비춘다.〔明兩作离, 大人以, 繼明, 照于四方.〕"라고 하였는데, 정이(程頤)의 전(傳)에 "대인은 덕으로 말하면 성인 이고 지위로 말하면 왕이다.……대체로 밝음으로 서로 잇는 것은 모두 밝음을 잇는 것인데, 그 큰 것을 들었으므로 왕의 지위를 세습하여 이어 비추는 것으로 말하였다.〔大人, 以德言則聖人, 以位言則王者. ……大凡以明相繼, 皆繼明也, 擧其大者, 故以世襲繼 照言之.〕"라고 하였다.

28 원량(元良) : 세자를 이른다. 《예기(禮記)》〈문왕세자(文王世子)〉에 "한 사람 원 량이 있으면 만국이 이로써 바르게 되니, 세자를 말한다.〔一有元良, 萬國以貞, 世子之

어릴 때 올바름을 기르는 것[29]은 지금이 바로 그 때이다. 보도(輔導)의 책임을 그대가 아니면 누가 맡겠는가. 그대는 음관(蔭官)으로 지내온 것을 매번 반드시 사양하는 단서로 삼고 있는데, 옛날 명유(名儒)들은 음관을 통해 벼슬길에 나왔을 뿐만 아니라 은일(隱逸)이 아닌 과거를 통해 벼슬길에 나온 경우도 많았지만 이런 것으로 스스로 부족하다고 여긴 적은 없었으니, 그대가 하는 말을 나는 지나치다고 생각한다. 한 번 유시(諭示)하고 재차 유시하여 나의 심정을 모두 말하였으니, 그대는 모쪼록 나의 지극한 뜻을 헤아려 속히 상소하는 일을 멈추고 그날로 길에 올라 대례(大禮)에 맞추어 참석하여 우리 원량을 훈도하라."

謂也.}"라는 내용이 보인다.

29 어릴……것 : 26쪽 주19 참조.

동궁의 책봉 전례 때 소명에 달려가지 않은 죄를 인책하는 소[30] 8월

東宮冊禮時未赴召命引罪疏 八月

삼가 아룁니다. 좋은 날 좋은 때에 왕세자 저하의 책봉 전례가 순조롭게 이루어져 종묘사직이 더욱 중하여지고 나라의 기틀이 길이 안정되니, 팔도의 생민(生民)이 모두 매우 기뻐하고 있습니다.

돌아보건대 신은 궁관(宮官)의 자리를 채우고 있으니 의리와 분수로볼 때 더욱 각별하지만 참석할 형편이 되지 않아 끝내 동룡(銅龍)[31]아래 달려가서 함께 이 경사를 볼 수 없었습니다. 이에 농부·촌로들과 함께 북쪽으로 궁궐을 바라보며 멀리에서 그저 경하를 드렸을 뿐이니, 신의 답답함은 참으로 말씀드릴 필요도 없지만 그 지은 죄를 논한다면 또 어찌 준엄한 법을 피할 수 있겠습니까.

신은 지극히 용렬하고 비루하여 백에 하나도 취할 만한 것이 없건만 전하께서는 상례(常例)로 뽑은 관리들 속에서 발탁하여 높은 관직으로

---

30 동궁의……소 : 이 글은 저자가 63세 되던 1784년(정조8) 8월에 올린 소이다. 저자는 당시 경기도 양주(楊州) 남면(南面)의 미호(渼湖)에 거주하였는데, 동년 7월 11일에 정3품 세자시강원 찬선(世子侍講院贊善)에 제수되었으나 동년 7월 22일에 사직소를 올리고 조정에 나가지 않았다. 동년 8월 2일에 거행된 문효세자(文孝世子)의 세자 책봉 의식에 참석하지 못하자 이 소를 올려 인책한 것이다. 정조의 비답이 《승정원일기》와 《일성록》 동년 8월 29일 조에 보이며 《승정원일기》에는 상소의 전문이 함께 실려 있다. 23쪽 주12, 주13 참조. 《承政院日記 正祖 8年 8月 29日》《日省錄 正祖 8年 8月 29日》

31 동룡(銅龍) : 세자궁을 이른다. 한(漢)나라 태자의 궁문(宮門)에 구리로 만든 용을 장식했다고 하여 이후 동궁 또는 궁궐을 뜻하게 되었다.

은총을 내리고 특별한 예(禮)까지 더해주셨습니다. 그리고 하찮은 몸의 거취에 번번이 마음을 써서 친히 윤음을 내려 위로하고 타이르며 불러주신 것이 모두 몇 차례나 되었는지 모릅니다. 달포 전에 내려주신 은혜로운 비답[32]으로 말하면 앞뒤 수백 자 속에 성심을 열어 보여주시며 어리석은 신을 깨우치고 타이르신 뜻은 그 자상하고 지극함이 보통을 훨씬 뛰어넘는 것이었습니다. 그리고 송(宋)나라 왕씨 집안의 일[33]을 인용하여 신의 부자에 비유하기까지 하셨으니, 이것은 또 우리 성상께서 옛 신하를 잊지 않고 그 후손에게까지 은혜가 미치도록 하신 성대한 덕이요 지극한 인(仁)이었습니다.

아, 신하 된 몸으로 지우(知遇)를 받음이 이와 같고 은혜를 받음이 이와 같으니, 끓는 물에 뛰어들고 타는 불을 밟는다 한들 어찌 사양하겠습니까. 더구나 명리(明离)[34]의 서연(書筵)에 나와 그 의젓한 모습을 보며 예(禮)를 행하는 일에 주선하여 그토록 바라마지 않던 신의 정성을 펼 수 있도록 해주셨으니, 이 얼마나 전례가 없는 만나기 어려운 지극한 광영이자 큰 바램이었겠습니까. 그런데 마침내 신이 어둡고 완고하여 애초의 뜻을 고칠 줄을 알지 못해 빈료(賓僚)[35]가 모두 참석하는 자리에 결원이 생기도록 하는 것을 면치 못하고 간절히 마음을 펴 보여주신 성상의 교서를 초야에 버린 것처럼 만들었으니, 신의 종전

---

32 달포……비답 : 1784년(정조8) 7월 22일에 올린 〈세자시강원 찬선을 사직하는 소〔辭贊善疏〕〉에 대한 비답을 이른다. 23쪽 주12 참조.

33 송(宋)나라……일 : 송나라 초기의 명신 왕호(王祜)와 그 아들 왕단(王旦) 부자의 고사를 이른다. 30쪽 주26 참조.

34 명리(明离) : 세자를 이른다. 30쪽 주27 참조.

35 빈료(賓僚) : 세자시강원의 벼슬아치를 이른다. 25쪽 주17 참조.

의 쌓인 죄도 이미 이루 다 주벌할 수 없을 지경인데 이에 이르게 되니 더욱 용서받을 수 없게 되었습니다. 비록 보잘 것 없는 미천한 신의 생각을 우인(虞人)이 감히 부름에 가지 못한 의리[36]에 가만히 붙이더라도 다 늙어빠져 숨만 겨우 쉬고 있는 몸은 또 자력으로 할 수 없는 일이니 그 정상과 실상을 따져보면 혹여 할 말이 있다 하나, 조정의 대체(大體)에 어찌 매번 사사로이 용서하여 마땅히 시행해야할 법을 시행하지 않아서야 되겠습니까.

더구나 지금 뇌사(雷肆)[37]가 새로 열리고 예사(睿思)[38]가 점점 트이고 있으니 문자를 외는 것은 잠시 기다린다 하더라도 좌우에서 이끌고 훈도하며 계발하여 훗날 본성처럼 될 어릴 때의 습관을 기르는 공부[39]를 다지는 것은 바로 이 때입니다. 그렇다면 시강원의 관함은 더더욱 하루라도 헛되이 띠게 하여 비워둔 채로 방치해서는 안 될 것이 분명합니다.

이 모든 사리로 볼 때 일찌감치 처분을 받아야 한다고 생각했습니다. 그래서 오랜 시간을 공손히 기다렸지만 아직까지 하교를 듣지 못해 너무도 황공하고 민망하여 몸 둘 곳이 없기에 부득불 죽음을 무릅쓰고

---

36 우인(虞人)이……의리 : 합당한 부름이 아니면 가지 않는 것을 이른다. 21쪽 주11 참조.

37 뇌사(雷肆) : 세자시강원의 별칭으로, '뇌'는 세자를 '사'는 관사를 가리킨다. 《주역》〈설괘(說卦)〉에 따르면 〈진괘(震卦)〉는 장자(長子)를 상징한다.

38 예사(睿思) : 세자의 생각을 이른다.

39 본성처럼……공부 : 《대대례기(大戴禮記)》〈보부(保傅)〉에 "어려서부터 기른 습관은 본성과도 같아서 익숙해지면 평상처럼 된다.〔少成若性, 習慣之爲常.〕"라는 내용이 보인다.

성상의 위엄 아래 스스로 죄를 나열하는 것입니다. 삼가 바라건대 전하께서는 담당 관리에게 밝게 명하여 신에게 속히 벌을 내리셔서 은혜를 저버리고 명을 태만히 한 죄를 바로잡으소서. 만에 하나 자애로운 성상께서 신의 이 어리석음을 불쌍히 여겨 심하게 벌할 것이 못된다고 여기신다면, 우선 먼저 신의 직명(職名)부터 거두어서 중임(重任)이 비는 일이 없도록 하여 미천한 분수에 조금이나마 편안하게 해주소서. 그렇게 해주신다면 공사(公私) 간에 다행일 것입니다. 신은 지극히 황공하고 간절한 마음 견딜 수 없습니다.

비답은 다음과 같다.

"상소를 보고 그대의 간절함을 잘 알았다. 자세한 내용은 모두 별유(別諭)[40]에 있으니 보면 알 수 있을 것이다. 여기에는 더 이상 번다하게 말하지 않겠다. 간절히 바라노니 멀리 떠나려는 마음을 빨리 돌려서 속히 길에 올라 나의 지극한 뜻에 부응하라."

---

40 별유(別諭) : 이 때 비답과 함께 내린 별유가 같은 날짜 《정조실록》에 보인다. 모두 218자로, 내용은 대략 '갑진년 임자일인 오늘은 바로 선대왕 영조께서 등극하신 해와 달과 날로서, 영조께서 그날 그대 선조의 충성을 생각하여 제사를 지내는 은전을 내리고 정려(旌閭)하라는 명을 내리셨는데 같은 간지(干支)일에 이와 같은 유시를 내리는 것도 우연이 아니니 간절히 보고 싶은 나의 뜻을 헤아려 속히 올라오라.'라는 것이다. 《承政院日記 正祖 8年 8月 29日》

별유를 받은 뒤에 사면을 청하는 소[41] 9월

別諭後辭免疏　九月

삼가 아룁니다. 아, 우리 선대왕 60년의 훌륭한 정사가 처음 이 해부
터 시작하였는데, 하늘의 별이 한 바퀴 돌아 다시 같은 해가 되니[42]
효성스러운 성상께서는 더욱 슬퍼하여 선원전(璿源殿)에 전배(展拜)
하고 인정문(仁政門)에 나아가 덕음(德音)을 내리시어 군신 백관을
면려하고 선대왕의 뜻을 이으실 것을 도모하셨습니다.[43] 이에 감모
(感慕)하는 남은 심정을 미루고 익대(翊戴)했던 옛 신하를 생각하여
충절을 표창하고 장려하여 숨은 덕을 밝히지 않음이 없도록 하여 한
시대의 이목을 크게 새롭게 하고 백대의 명성을 길이 수립하시니 매

41　별유(別諭)를……소 : 이 글은 저자가 63세 되던 1784년(정조8) 9월에 올린 소이
다. 저자는 당시 경기도 양주(楊州) 남면(南面)의 미호(渼湖)에 거주하였다. 동년 8월
2일에 있었던 문효세자(文孝世子)의 세자 책봉 의식에 시강관으로서 참석하지 못한
것에 대해 동년 8월 29일에 인책(引責)하는 소를 올렸는데, 이에 대해 정조가 비답과
별유를 내려 속히 직임에 나오도록 명하자 다시 이 소를 올린 것이다. 정조의 비답이
《승정원일기》와 《일성록》 동년 9월 19일 조에 보이며, 《승정원일기》에는 상소의 전문
이 함께 실려 있다. '별유'는 35쪽 주40 참조. 《承政院日記 正祖 8年 9月 19日》

42　우리……되니 : 영조는 1724년 갑진년 8월 30일에 즉위하여 52년 동안 재위하였는
데, 올해가 바로 갑진년이니 영조가 즉위한 해와 같은 간지의 해가 60년 만에 다시
돌아왔다는 말이다.

43　선원전(璿源殿)에……도모하셨습니다 : 정조가 1784(정조8) 8월 29일 창덕궁(昌
德宮) 선원전에 전배(展拜)한 뒤 인정문(仁政門)에 나아가 조참례(朝參禮)를 행한 것
을 이른다. 인정문은 영조가 60년 전 즉위했던 곳이다. 《英祖實錄 卽位年 8月 30日》
《正祖實錄 8年 8月 29日》

우 성대한 일입니다.

이에 신을 낳아준 증조 충헌공(忠獻公) 신 창집(昌集)이 제일 먼저 사제(賜祭)의 영광을 입었고,[44] 신의 종숙부 증(贈) 참판 신 성행(省行)은 정려(旌閭)의 은전을 받았으며,[45] 신은 그 후손이라 하여 특별히 승지를 보내 비답과 유시를 내려 그리워하는 뜻을 보여주시고 바로 길에 오르도록 하셨습니다.[46] 신은 병으로 드러누워 혼미한 와중에 갑자기 이 일을 듣고 허겁지겁 명을 받고서 당황스럽고 눈물이 흘러 한참 동안 스스로 마음을 진정시킬 수 없었습니다.

이윽고 가만히 그때의 윤음을 얻어 삼가 읽어보니, 지난 옛일을 개연히 생각하여 남은 충신들을 드러내신 조치들은 엄정하고 통쾌하며 구슬프고 절절하여 해와 별에 걸릴만하고 귀신을 울리기에 충분하였습니다. 신의 증조와 신의 종숙부가 화를 당한 이래 선대왕 대와 성상 대에

---

44 증조……입었고 : 정조가 1784년(정조8) 6월 29일 창덕궁 선정전(宣政殿)에서 행했던 도목정사에 친림하여 저자의 증조 김창집(金昌集, 1648~1722) 등 사대신(四大臣)과 이정소(李廷熽)의 집에 근시(近侍)를 보내 치제(致祭)하고 그 자손을 녹용(錄用)하도록 한 것을 이른다. 김창집은 1721년(경종1) 발생한 신임사화로 12월 경남 거제도(巨濟島)에 위리안치(圍籬安置)되었다가 이듬해 1월 경북 성주(星州)로 이배(移配)되어 동년 4월에 사사되었으며, 1724년 영조 즉위 후 관작이 복구되고 영조 때 건립된 사충사(四忠祠)에 이이명(李頤命), 조태채(趙泰采), 이건명(李健命)과 함께 배향되었다. 《正祖實錄 8年 6月 29日, 8月 29日》

45 신의……받았으며 : 신임사화 때 심한 고문을 받아 27세의 나이로 요절한 저자의 종숙부 김성행(金省行, 1696~1722)이 1725년(영조1)에 신원이 회복된 뒤 누차에 걸쳐 관작이 추증되고 1784년(정조8) 8월 29일에 정려(旌閭)의 표창을 받은 것을 이른다.

46 특별히……하셨습니다 : 1784년 8월 29일 내린 정조의 비답과 별유(別諭)를 이른다. 35쪽 주40 참조.

받은 전후의 은전은 갈수록 더욱 극진해져 이미 전례가 없는 것 이상이었기 때문에 오늘날에 이르러서는 더 이상 털끝만한 여한도 없습니다. 그런데 아직 죽지 않고 살아있는 잔약한 후손까지 모두 성상 앞에 나아가 그 긍휼히 여기고 곡진히 돌보아주시는 은택을 입게 되었으니 이 은혜와 이 은덕은 고금에 없던 일입니다. 대대로 자손들이 분골쇄신한다 해도 갚기에는 부족할 것이니 또 어찌 구구하게 필설로 그 만분의 일이라도 스스로 드러낼 수 있겠습니까.

다만 미천한 신에게 베풀어주신 것은 참으로 황공하여 스스로 편안하지 못한 점이 있습니다. 신은 아무것도 모르는 일개 늙은 음관(蔭官)에 지나지 않습니다. 진퇴출처는 애초에 논할 것이 없고 단지 외람되이 명성을 훔친 것으로 지나치게 참람된 벼슬을 차지하였으니, 분수를 헤아려보면 두렵고 부끄러워 당돌하게 명을 받들 생각을 감히 하지 못했습니다. 이로 인해 명을 어기는 죄를 누차 범하다가 도리어 산림(山林)들이 스스로를 중히 여기는 것 같은 모양이 되었으니, 이것은 그 정상은 애달프나 그 죄는 또한 주벌을 면할 수 없을 것입니다. 그런데도 형벌은 내리지 않으시고 은혜와 예우를 더욱 융숭히 하여 매번 호소하는 소를 올릴 때마다 번번이 돈면(敦勉)을 해주시고 사관(史官)이 선지(宣旨)를 전하는 것을 당연히 행해야할 고사가 되게 하여 지금은 근밀(近密)한 반열에까지 이르게 되었습니다. 신이 무엇이기에 이 은총을 감당하겠습니까.

비록 그렇다고는 하나 전하께서 오늘날 신을 부르신 것은 그 일이 매우 슬프고 그 뜻이 지극히 인자하니, 신이 비록 어리석고 완고하나 어찌 유독 감격하여 명을 받들려는 마음이 없겠습니까. 비록 곧바로 갓을 털고 벼슬길에 나가지는 못한다 하더라도 한번 조정에 나아가

백배하고 머리를 조아려 우러러 하늘같은 큰 은혜에 사례하고, 이어 동궁의 의젓한 모습을 가만히 바라보아 그토록 바라던 마음을 위로하고 물러나 죽어서 시신이 도랑과 골짝에 버려질 수 있다면 또한 신자(臣子)의 분수를 조금이나마 펼 수 있을 것입니다.

다만 신은 고질병으로 쇠잔하여 폐물(廢物)이 된지 오래입니다. 육신은 야위고 정신은 고갈되어 더 이상 살아있는 사람의 모습이 아닙니다. 최근 몇 달 전부터는 심하게 설사를 하고 온갖 병이 이를 틈타 침범하여 갈수록 악화되어 소리는 쉬어서 목에서 나오지 않고 다리는 마비되어 걷지를 못하고 있습니다. 조금이라도 놀리고 움직이면 숨이 차서 금방이라도 죽을듯하니, 이러한 병세로는 실로 억지로 일어나 부름에 달려 나갈 가망이 없기 때문에 많은 날을 방황했지만 끝내 마음대로 되지 못해 은의(恩義)를 저버리게 되었습니다. 그 죄는 죽어도 용서받지 못할 것이라 가슴을 치며 서글피 탄식할 뿐 오히려 무슨 말을 하겠습니까.

문자를 읽어 쓰는 것도 힘들어 지금에서야 정신을 수습하여 실정을 소략하게나마 진달하오니, 엎드려 바라건대 밝으신 성상께서는 신의 말이 감히 거짓으로 꾸민 것이 아님을 살피고 은명(恩命)을 헛되이 더럽혀서는 안 됨을 생각하시어 신의 참람한 직임을 속히 거두셔서 미천한 분수를 편하게 해 주소서. 이어 성상의 명을 태만히 한 신의 전후의 죄를 다스려서 나라의 법을 밝히신다면 매우 다행일 것입니다. 신은 하늘을 우러러 전하에게 바라면서 너무도 두려워 떨리고 간절하게 바라는 마음 가누지 못하겠습니다.

비답은 다음과 같다.

"상소를 보고 그대의 간절한 마음을 잘 알았다. 자세한 말은 돈유(敦諭)[47]에 있으니 그대가 잘 알 것이라 여기에서는 더 이상 번다하게 말하지 않겠다. 그대는 멀리 떠나려는 마음을 빨리 돌려 속히 조정에 나오도록 하라."

---

47 돈유(敦諭) : 이 때 비답과 함께 내린 돈유가 같은 날짜 《일성록》에 보인다. 모두 250자이다. 영조가 60년 전 즉위했던 같은 갑자년을 맞이하여 4대신의 한 사람인 저자의 증조 김창집(金昌集)의 충절을 생각하니 송(宋)나라 인종(仁宗)이 왕소(王素)에게 특별히 하유했던 '세구(世舊)' 2자야말로 오늘날 상하가 서로 권면해야 할 점이라는 것, 저자의 부친 김원행(金元行)이 정조가 세자로 있을 때 찬선(贊善)에 임명되었던 것을 생각하여 부친의 미사(美事)를 뒤따라 속히 초빙에 응하라는 등의 내용이다. 《日省錄 正祖 8年 9月 19日》

두 번째 소[48] 10월

再疏 十月

삼가 아룁니다. 신이 얼마 전 자급을 뛰어넘어 현직에 임명된 이후로 몇 달 동안 세 차례 사직소를 올렸고 이번이 네 번째입니다. 신의 사정은 이미 다 말씀드렸는데 전하의 재촉은 갈수록 더하여 사명(使命)을 전하는 사신이 길에 연이어지고 교지가 궤안(几案)에 넘치니 밤낮으로 두려워 죽고자 해도 죽을 길이 없습니다. 이번에는 별유(別諭)가 또 상소에 대한 비답과 함께 내려왔는데 교지의 말씀이 갈수록 더욱 엄중해져 송(宋)나라 인종(仁宗)의 '세구(世舊)' 두 글자로 상하가 서로 권면하는 근거를 삼기까지 하셨으니,[49] 실로 천고에 신하된 자

---

48 두 번째 소 : 이 글은 저자가 63세 되던 1784년(정조8) 10월에 올린 소이다. 저자는 당시 경기도 양주(楊州) 남면(南面)의 미호(渼湖)에 거주하였다. 동년 7월 11일 세자시강원 찬선(世子侍講院贊善)에 임명된 이후 부름에 달려갈 수 없는 정황을 진술하고 사직을 청하는 소를 올렸으나 이에 대해 정조가 번번이 비답을 내려 속히 직임에 나오도록 명하자 사직을 허락해달라고 올린 네 번째 소로, 동년 9월 19일 정조의 별유를 받은 뒤에 올린 소로는 두 번째 소이다. 정조의 비답이 《승정원일기》·《일성록》·《정조실록》 동년 10월 10일 조에 보이며, 《승정원일기》에는 상소의 전문이, 《정조실록》에는 상소의 대략이 함께 실려 있다. '별유'는 36쪽 주41, 40쪽 주47 참조. 《承政院日記 正祖 8年 10月 10日》

49 송(宋)나라⋯⋯하셨으니 : 송나라 인종(仁宗) 때의 명신 왕소(王素)가 간관(諫官)으로 있을 때 왕덕용(王德用)이 인종에게 여자 두 명을 바치자 왕소가 이를 논핵(論劾)하였다. 이에 인종이 "짐은 진종 황제(眞宗皇帝)의 아들이고 경은 왕단(王旦)의 아들로서 '대대로 맺은 교문[世舊]'이 다른 사람에 비할 바 아니다. 왕덕용이 바친 두 여자가 이미 짐을 좌우에서 모시고 있으니 어찌하겠는가."라고 하였는데, 왕소가 "신이

가 얻기 어려운 특별한 광영이요 은총입니다. 신이 우러러 성상의 뜻을 체찰(體察)하고 아래로 선친의 일을 생각하니 신도 모르게 감격하여 눈물이 가슴을 적셨습니다. 다만 말씀드린 실정을 끝내 굽어 살펴 주지 않으셔서 마치 신이 나갈 수 있는데도 나가지 않는 것처럼 생각하신 듯하니, 신은 평소 언행에 신의가 없어 군부(君父)에게 신뢰를 받지 못함이 이런 지경에까지 이르게 된 것이 스스로 슬픕니다. 참으로 다시 호소할 낯이 없지만 끝내 또 그만둘 수 없어 이에 속마음을 털어놓고 모두 말씀드립니다.

신은 이렇게 생각합니다. 임금의 명은 지극히 높으니 태만히 하면 반드시 주벌하고 임금의 은혜는 지극히 중하니 저버리면 주륙을 하는 데도 옛 사람들이 때로는 종신토록 머뭇거리고 감히 나아가지 못했던 것은 무엇 때문이겠습니까. 다름이 아니라 의리일 뿐이었습니다. 진실로 의리에 맞으면 그 태만함이 바로 공손함이 되고 그 저버림이 바로 보답이 되기 때문에 성인(聖人)께서도 이 뜻을 취하시고 밝은 임금들도 이를 용인했던 것입니다.

미천한 신이 참으로 옛날 철인(哲人)들을 망령되이 끌어들이지도 못하지만 보잘 것 없는 신의 어리석은 고집도 본래 이유는 있습니다. 신은 음관(蔭官)입니다. 전하께서 음관으로 부르신다면 신이 어찌 감히 나아가지 않겠으며 유자(儒者)로 부르신다면 신이 또 어찌 감히 나아가겠습니까. 신이 전날에 삼가 전하의 비답을 받드니 "옛날 명유(名儒)들은 음관을 통해 벼슬길에 나왔을 뿐만 아니라 과거를 통해

근심하는 것은 바로 좌우에서 모시는 데에 있습니다."라고 하자 인종이 곧바로 두 여자를 궁 밖으로 내보낸 일을 이른다. 《宋史 卷320 王素列傳》

벼슬길에 나온 경우도 많았다."[50]라는 말씀이 있었습니다. 이것은 참으로 옳은 말씀입니다. 그러나 그 사람들은 본래 본말이 있어 항례(恒例)로 논할 수 없는 이들입니다.

그러나 신의 경우는 본래 뜻과 사업이랄 것이 하나 없는 일개 버려진 사람입니다. 다행히 얼마 안 되는 봉록을 훔쳐 구차히 입과 배라도 채울 생각에 이리저리 시세(時勢)에 따라 부침(浮沈)하며 부사(府使)와 목사(牧使) 노릇을 하며 마침내 이런 속에서 늙었습니다. 이것은 음관 중에서도 더욱 용렬하여 천시할만한 경우입니다. 그런데 말속(末俗)이 요란하게 떠들어대어 진짜와 가짜가 쉽게 현혹되다보니 단지 신이 유가(儒家)에서 생장했다는 것만 보고서는 평소 보고 들은 것이 있을 것이라 생각하고, 시골에 병으로 들어앉아 있는 것을 보고서는 실제로 지키는 지조가 있을 것이라 생각하고서 마구 끌어다 붙인 것입니다. 그리하여 말이 조정에 잘못 전해져서 차례로 천거되다보니 요행이라 할 수 있는 관직이 끊임없이 내려오게까지 되었습니다. 지금은 마침내 생각지도 않은 유자(儒者)가 되어 전하께서 유자로 부르시니, 신이 참으로 비루하다고는 하나 또한 염치와 부끄러움이 있습니다. 어찌 이것을 외람되이 감당할 수 있겠습니까. 이 때문에 신이 명을 들을 때마다 놀라고 부끄러워서 마치 천위(天威)가 두렵고 천은(天恩)이 고맙다는 것을 모르는 것처럼 행동하여 차라리 스스로 성상의 명을 태만히 하고 저버리는 죄에 빠지게 된 것입니다.

병으로 엎드려있는 신의 추한 사정은 감히 이것으로 매번 성상의 귀를 더럽힐 수는 없으나 참으로 또한 억지로 할 수 없는 부분이 있습니

---

50 옛날……많았다 : 〈세자시강원 찬선을 사직하는 소[辭贊善疏]〉에 대한 비답 참조.

다. 그렇지 않다면 신이 일찍이 벼슬에 나갔던 몸으로서 대대로 나라의
은혜를 입은 것이 하늘처럼 끝이 없고 요행히 거두어 불러주셔서 관직
에 보임되었으니 험난함을 가리지 않고 달려가는 것이 바로 마땅한
분수일 것입니다. 더구나 또 서연(書筵)에서 권강(勸講)하는 것은 특
히 오늘날 신하된 자들이 기뻐 춤추며 정성을 다하고 힘을 다하는 자리
입니다. 이런 자리에 정성을 바치지 않고 홀로 고사하며 깊이 인책하고
서 완강히 궁벽한 산에서 말라죽을 계책을 하는 것이 어찌 인지상정이
겠습니까. 만일 이런 점을 살피신다면 신의 전후의 애원이 참으로 부득
이한 상황에서 나온 것이며 손톱만큼도 거짓으로 꾸민 것이 아님을
분명히 아실 것입니다.

 삼가 바라건대 전하께서는 조금이나마 불쌍히 여기시어 신의 직명
(職名)을 속히 체차하고 부르시는 일을 영영 중지하시어 신으로 하여
금 작은 지조나마 그럭저럭 온전히 지키고 골짝에서 죽을 날을 기다릴
수 있게 해주신다면, 단지 신만 손을 모아 하늘에 빌며 끝없이 은혜를
욀 뿐 아니요 천지의 만물을 이루어주는 것과 같은 성상의 어짊에도
광영이 있을 것입니다. 신이 이미 나아가서 명을 받들 수 없다면 일찌
감치 글을 올리고 처분을 기다리는 것이 도리에 마땅하지만, 계속해서
귀를 더럽히는 것도 매우 황송하여 머뭇거리다가 오늘에야 비로소 봉
진(封進)하오니 이 죄는 더욱 만 번 죽어도 마땅합니다. 신은 지극히
황공하고 간절한 마음을 금할 수 없습니다.

비답은 다음과 같다.
"상소를 보고 그대의 간절한 마음을 잘 알았다. 춘방(春坊)에 굳이 찬선(贊善)ㆍ
진선(進善) 등의 관직을 둔 것은 남에게 보이기 위한 것이 아니다. 이는 세자를

보도(輔導)하는 임무를 맡기고 훈도하는 효과를 책임지우는 것이니, 내가 그대를 선발한 것은 그 뜻이 어찌 공연한 것이겠는가. 그러나 나의 정성이 부족하여 멀리 떠나려는 그대의 마음을 빨리 돌리지 못하니 스스로 돌아보면 부끄러워할 말이 없다. 그대는 모름지기 군신(君臣)의 대의(大義)를 생각하여 더 이상 사양하지 말고 속히 조정에 나와 애타게 기다리는 나의 바람에 부응하라."[51]

---

51 상소를……부응하라 : 《정조실록》에는 이 비답 뒤에 이어서 "지난번에 《포충윤음 (褒忠綸音)》을 찬선이 그날 연석(筵席)에 불참하여 반사(頒賜)할 수 없었으니 실로 흠결이 되는 일이었다. 이제 궁궐에 있는 책을 하나 사관(史官)에게 명하여 싸서 보내니 그대는 잘 받도록 하라.〔向來褒忠綸音, 以贊善之未參伊日筵席, 不得頒賜, 實爲欠事. 茲以內下一本, 命史官齎去, 爾其領受.〕"라는 내용의 39자가 비답으로 더 들어가 있는데, 《승정원일기》에는 이 부분이 정조의 전유(傳諭)로 되어 있다. 《正祖實錄 8年 10月 10日》《承政院日記 正祖 8年 10月 10日》

을사년(1785, 정조9) 연초에 별유를 받은 뒤 사면을 청하는 소[52] 2월

乙巳歲首別諭後辭免疏 二月

삼가 아룁니다. 신이 띤 직명(職名)이 어찌 하루라도 훔쳐 차지할 수 있는 것이겠습니까. 신의 호소가 전달되지 않아 마침내 해를 넘기게까지 되니 밤낮으로 걱정되고 두려워 용납될 곳이 없는 것 같았습니다. 더구나 동궁 저하께서 보령이 더하여 총명함이 날로 통창해지고 있으니, 이러한 때 강(講)하는 소임을 잠시라도 비워서는 더욱 안 될 것이기에 죽음을 무릅쓰고 호소하여 처분을 내려주시기를 바라려고 하였는데, 병석에 누워 몹시 괴롭다 보니 마음먹은 것을 미처 실행에 옮기지 못하였습니다.

그런데 뜻밖에도 이러한 때 은혜로운 유시(諭示)가 먼저 내려오니,

---

52 을사년……소 : 이 글은 저자가 64세 되던 1785년(정조9) 을사년 2월에 올린 소이다. 저자는 당시 경기도 양주(楊州) 남면(南面)의 미호(渼湖)에 거주하였다. 1784년 7월 11일 세자시강원 찬선(世子侍講院贊善)에 임명된 이후 사직을 청하는 소를 연달아 올렸으나, 이에 대해 정조가 번번이 비답을 내려 속히 직임에 나오도록 명하고 1785년 1월 13일에는 임명받은 세자궁의 여러 유신(儒臣)들에게 속히 조정에 나오라는 내용의 돈유(敦諭)를 내리자, 다시 찬선 사직을 청하는 소를 다섯 번째로 올린 것이다. 정조의 비답이 《정조실록》·《승정원일기》·《일성록》 동년 2월 11일 조에 보이며, 《승정원일기》에는 상소의 전문이 함께 실려 있다. '별유'는 《정조실록》과 《승정원일기》 동년 1월 13일 조에 전문이 보인다. 모두 266자이다. 다만 《승정원일기》에는 《정조실록》과 비교했을 때 뒤에 '事下諭于諸山林' 7자가 더 있다. 《正祖實錄 9年 1月 13日》《承政院日記 正祖 9年 1月 13日, 2月 11日》

그 하교하신 말씀은 더욱 간절하고 바라시는 기대는 매우 중하여 또 전날에 비할 바가 아니었습니다. 첫 번째로 말씀하시기를 "풍속과 교화가 점점 해이해지니 앞으로 그대들을 기다려 이를 부지하겠다."라고 하셨고, 두 번째로 말씀하시기를 "습속이 점점 야박해지니 앞으로 그대들을 기다려 이를 바로잡겠다."라고 하셨습니다. 그리고 마지막에는 또 성상을 돕고 동궁을 보도(輔導)하는 것을 첫째가는 급선무로 삼으셔서 그 도움을 구하는 뜻이 윤음 너머에까지 넘쳤습니다. 아아, 그런데 이것이 어찌하여 신에게까지 이르렀단 말입니까.

신의 본분을 생각건대 신은 용렬한 일개 속리(俗吏)로, 뜻이며 사업이며 품행이며 재능이며 어느 하나 취할 만한 것 없이 진흙 밭에 굴러온 덩그런 추한 늙은이에 지나지 않습니다. 이 모든 실정을 전후의 상소에 남김없이 말씀드렸으니 전하의 성명(聖明)함으로 어디인들 밝게 살피지 못하셨겠습니까. 그런데 이번에 내리신 하교의 내용은 모두 대인과 군자가 임금을 바로잡고 나라를 안정시키는 사업이었습니다. 이것으로 신에게 명하시니 신의 마음이 두렵고 부끄러운 것은 참으로 논외로 한다 하더라도 어찌 지엄한 계모(計謀)를 손상하여 다시금 사방을 놀라게 하고 의혹하게 하는 것이 아니겠습니까.

신이 지난 겨울에 보잘 것 없는 어리석은 고집을 외람되이 진달하여 음관(蔭官)으로 부르시면 나가겠지만 유자(儒者)로 부르시면 감히 나가지 못한다고 말씀드린 것은 실로 우인(虞人)이 가지 않은 의리[53]에 기대어 종신토록 이를 지키리라 마음먹었기 때문에 군부(君父)에게 이와 같이 곧이곧대로 말씀드렸던 것입니다. 지금 전하께서 신을 부르

---

53 우인(虞人)이……의리 : 21쪽 주11 참조.

시는 것은 신을 부르시는 마땅한 방법이 아니니, 비록 진짜 유자(儒者)가 이런 부름을 받았다 하더라도 아마 이 부름에 머뭇거렸을 것입니다. 신이 어찌 감히 명을 들을 수 있겠습니까. 성상의 별유(別諭) 중에 "돕는 것을 도리로 삼을 수 없다." 등 몇 구절[54]로 말씀드리면 신은 이에 대해 매우 두려운 마음을 금할 수 없습니다. 그리고 이어 스스로 슬퍼합니다.

아, 선비가 이 세상에 태어나 만나기 어려운 것은 때입니다. 예로부터 현철(賢哲) 중에 도덕을 간직하고 경륜을 품고서도 암혈(巖穴)에서 늙어 죽은 이들을 어찌 이루 다 셀 수 있겠습니까. 지금은 성인(聖人)께서 위에 계시어 만물이 다 바라보고 있습니다.[55] 경륜을 세우고 기강을 베풀어 인륜을 크게 펴시니, 개연히 천리(天理)를 밝히고 인심(人心)을 바로잡는 큰 임무를 가지고 자나 깨나 받들어 보좌하는 현자(賢者)들이 옛 사람들로 하여금 이러한 때를 만나 군신이 밝게 계합(契合)하여 부지런히 힘써서 천년에 한 번 있을 장쾌한 일을 할 수 없게 한 것을 애석해하고 있습니다. 그런데 초빙하시는 윤음이 마침내 신과 같은 미천한 자에게 이르게 되었습니다. 신은 나아가면 행할만한 학문이 없지만 물러나면 반드시 지키는 분수가 있기에 끝내 조금이나마

---

54 성상의……구절 : 별유 말미의 "만약 나 한 사람을 돕는 것을 도리로 삼을 수 없다고 한다면 그만이지만, 그렇지 않다면 이때가 어찌 그대들이 물러가서 거처할 때이겠는가.〔若謂予一人, 未可相助爲理則已, 不然則是豈爾等退處之日乎?〕"라는 구절을 이른다. 《正祖實錄 9年 1月 13日》

55 성인(聖人)께서……있습니다 : 《주역》〈건괘(乾卦) 구오(九五)〉 효사(爻辭)에 "성인이 나타나니 만물이 바라본다.〔聖人作而萬物覩.〕"라는 내용이 보인다. 주희(朱熹)의 본의(本義)에 따르면 '만물'은 만인(萬人)이라는 뜻이다.

척촌(尺寸)의 충성을 바쳐 크나큰 은혜에 우러러 보답하지 못하고 그저 자리를 비워두고 애타게 기다리시는 성상의 지극한 뜻을 헛되이 길가에 내던지게 함으로써 이 좋은 때를 저버리고 말았으니 죽어도 여한이 있을 것입니다. 자신을 돌아보며 부끄러움에 탄식하지만 또 누구를 탓하겠습니까.

신이 유시(諭示)를 받은 지 날이 오래 지났지만 불행히 집안에 구애되고 꺼리는 일이 있어 지금에야 비로소 잠시 머물던 곳을 떠나 글을 올리오니 이미 너무 늦은 것이라 더욱 황공합니다. 삼가 바라건대 자애로운 성상께서는 신의 말이 가식이 아님을 살피시고 신의 실정이 억지로 나가기에는 어렵다는 것을 헤아리시어 속히 신의 관직을 삭제해주소서. 이어 성상의 명을 어기고 태만히 한 신의 죄를 다스려서 나라의 법을 엄히 하고 사사로운 의리를 편안히 해주시면 매우 다행일 것입니다. 신은 지극히 두렵고 간절한 마음을 금할 수 없습니다.

비답은 다음과 같다.

"상소를 보고 그대의 간절한 마음을 잘 알았다. 연초의 돈유(敦諭)에 나의 지극한 마음을 다 폈기에 행여 멀리 떠나려는 마음을 힘써 돌이켜서 빠른 시일 안에 조정에 나오리라 기대했었다. 그대의 상소를 보니 겸양의 뜻이 더욱 간절하기만 하니, 애타게 기대했던 터라 무어라 할 말이 없다. 다만 내가 그대를 부른 이유가 어찌 격례를 갖추기 위해서 한 것이겠는가. 경연(經筵)의 자리에서 깨우쳐주고 서연(書筵)의 자리에서 보도(輔導)하는 것이 지금 첫 번째로 해야 할 일이기에 그대에게 강관(講官)을 임명하고 세자궁의 직함을 내린 것이다. 더구나 그대는 대대로 녹을 먹은 집안의 후손으로 일찍부터 사림(士林)의 기대를 짊어지고 있는데, 어찌 차마 애초의 뜻을 한사코 지켜서 나의 말이 전혀 안 들리듯 한단 말인가.

그대는 부디 군신의 대의(大義)를 헤아려서 번연히 생각을 바꾸어 애타게 기다리는 나의 기대에 부응하도록 하라."

병오년(1786, 정조10) 연초에 별유를 받은 뒤 사면을 청하는 소[56] 정월

丙午歲首別諭後辭免疏 正月

삼가 아룁니다. 신의 한 관직이 3년이 되도록 면직될 날이 기약 없기에 애원하기를 수차례 하였건만 성상의 들으심은 갈수록 멀어지기만 하니 계속해서 성상을 시끄럽게 하는 것도 감히 할 수 없어 그저 자리에 엎드려 준엄한 벌이 내리기만을 기다렸습니다. 그런데 성상께서 한 해가 시작되는 때에 시기에 맞는 정사에 힘쓰시어 선비를 초빙하는 은전을 초야에까지 두루 행하셨는데, 생각지도 않게 신의 이름도 그 가운데 끼게 되었습니다. 교서의 은혜로운 말씀이 너무도 간곡하니, 그 세도(世道)를 근심하고 개탄하며 지극한 성심으로 치세(治世)를 도모하시는 뜻은 목석도 감동시키기에 충분하였습니다. 마지막에는 또 춘궁(春宮 세자)을 보도(輔導)하는 일을 거듭 말씀하시어 마치 신이 만에 하나라도 그 사이에 도움이 되기를 바라는 것처럼 하셨습니다. 신은 이 명을 듣고 두려움에 땀을 흘리며 어찌해야할 지를

---

56 병오년……소 : 이 글은 저자가 65세 되던 1786년(정조10) 병오년 1월 15일에 내린 정조의 별유(別諭)를 받고 올린 소로, 1784년(정조8) 7월 11일 세자시강원 찬선(世子侍講院贊善)에 임명된 이후 사직을 청하는 소로는 여섯 번째이다. 상소의 전문과 정조의 비답 및 돈유(敦諭)가 《승정원일기》정조 10년 2월 2일 조에 보이며, 《일성록》정조 10년 2월 2일 조에 정조의 비답이 보인다. 정조의 별유는 전문이 《승정원일기》와 《정조실록》에 보이는데, 속히 직임에 나오라는 내용으로 각각 207자, 194자가 실려 있다. 저자는 당시 경기도 양주(楊州) 남면(南面)의 미호(渼湖)에 거주하였다. 《正祖實錄 10年 1月 15日》《承政院日記 正祖 10年 1月 15日, 2月 2日》

알지 못하였습니다.

아, 전하의 뜻은 훌륭하나 마땅하지 않은 사람에게 이 뜻을 베푸시니 이는 단지 성덕(聖德)에 누가 될 뿐입니다. 해와 달 같은 전하의 밝으심으로 아래 백성들을 비추심에 어찌 신이 전혀 거론할만한 사람이 아니라는 것을 모르시겠습니까. 이는 단지 재능 없는 신이 유현(儒賢)의 빈 자리를 채우게 되자 그 이름을 돌아보고 안타깝게 여겨서 너그러이 허용하여 신을 나오게 하려는 것뿐일 것입니다.

신의 우둔함과 용렬함을 돌아보건대 문채와 바탕 어느 하나 마땅한 것이 없습니다. 젊어서는 문장 꾸미는 것을 익힌 일개 과거 응시생일 뿐이었으며, 나이 들어서는 공문서에 빠져 산 일개 음관(蔭官)일 뿐이었습니다. 실로 하루도 조상들이 남긴 전통에 힘을 쓴 적이 없으니, 지식은 장구(章句)를 알기에도 부족하고 언행은 향리에서도 신임 받기에 부족합니다. 이제 노쇠하게 되어서는 황폐함이 더욱 심해져 속이 텅 빈 무용지물이 되었습니다. 실제도 없이 이름을 갖는 것은 도적에 비견할 수 있으니, 신이 비록 노둔하다고는 하나 적이 깊이 부끄러워하는 것입니다. 어찌 감히 보란 듯이 갓을 털고 나가서 왕명을 욕되게 하고 사림을 수치스럽게 할 수 있겠습니까.

그리고 신은 미천한 나이가 이미 얼마 남지 않아 온갖 병들에 둘러싸여 나날이 사그라들고 있습니다. 보고 듣는 것은 흐릿하고 답답하며 사지는 온전하지 못합니다. 그 중에서도 뱃속이 결리고 아픈 증세는 더욱 참기 어려운 고통이어서 낮에는 먹을 수가 없고 밤에는 누울 수가 없습니다. 때때로 답답하고 숨이 가빠서 옆에서 보는 사람들이 대신 위태롭게 여기니 방안에서 숨이 곧 끊길 듯 죽을 날이 멀지 않습니다. 이런 자가 또 당대의 일을 논할 수 있겠습니까.

아, 군신의 윤리는 떳떳한 본성에 뿌리를 둔 것입니다. 분수가 비록 엄하다고 하나 은의(恩義)는 더욱 중하니, 본래 과감히 세상을 잊고 은거하는 부류가 아니기에 버슬하지 않는 것을 절개로 삼은 적이 없습니다. 신의 경우 집안이 본래 대대로 녹을 먹어 나라의 은혜를 두터이 입었을 뿐 아니라 다행히 성대한 세상을 만나 성상의 지우(知遇)를 받음이 또 특별하였으니, 몸이 부서지고 뼈가 가루가 된다 한들 이를 갚기에는 부족할 것입니다. 좋든 나쁘든 달려가는 것이 어찌 그 분수가 아니겠습니까.

더구나 신이 삼가 들으니 춘궁 저하께서 옷 길이가 점점 길어지면서[57] 총명함이 나날이 통창하여 작년 중양절(重陽節)에 처음 강(講)하게 되었을 때[58] 모습이 의젓하고 글 읽는 소리가 낭랑하여 온 조정이 둘러 바라보며 손뼉을 치고 기뻐 뛰지 않는 사람이 없었다고 하였습니다. 그 당시 계방(桂坊 세자시강원)에서 나와 신에게 말을 전해준 자가 있어서 서로 마주보고 뿌듯해하며 거의 일어나 춤을 출 정도로 기뻤습니다. 지금은 보령(寶齡)이 또 한 살 더하여 서연(書筵)을 차례로 열어야 할 것입니다. 신이 이러한 때 명색이 궁료(宮僚)의 직책을 갖고 있으니, 성심을 다하고 지력을 다해 스스로 시강관의 말석에서 충심을 바치고자 하는 마음이 더욱 어찌 한이 있겠습니까. 다만 앞에서는 염치와 의리가 잡아끌고 뒤에서는 질병이 붙들어 매고 있어 아무리 생각해

---

57 춘궁……길어지면서 : 세자가 점점 장성해간다는 말이다. 15쪽 주2 참조.

58 작년……때 : 1785년(정조9) 9월 9일에 문효세자(文孝世子, 1782~1786)가 창경궁(昌慶宮)의 공묵합(恭默閤)에서 사(師)·부(傅)·빈객(賓客)과 상견례(相見禮)를 행하고 처음으로 열린 서연(書筵)에서 《효경(孝經)》을 강(講)했을 때를 이른다. 정조는 이때의 기쁨을 어제시(御製詩)를 지어 표시하였다. 《正祖實錄 9年 9月 9日》

도 꼼짝할 길이 없으니, 성상의 은덕을 갚는 것은 이 생에서는 글렀습니다. 자신을 돌아보고 나오는 슬픔과 탄식을 어찌 다시 말로 할 수 있겠습니까.

삼가 바라건대 자애로운 성상께서는 신의 마음 속 간절함을 가엾게 여기시어 신의 관직을 속히 삭제하소서. 이어 명을 어긴 신의 죄를 다스리시고 중임(重任)의 자리가 비지 않도록 하시어 미천한 분수를 편안히 해주소서. 신은 눈물을 흘리며 간절히 바라는 마음을 금할 수 없습니다.

비답은 다음과 같다.

"상소를 보고 그대의 간절한 마음을 잘 알았다. 자세한 말은 모두 돈유(敦諭)에 있으니[59] 다시 많은 말을 하지 않겠다. 그대는 모름지기 멀리 떠나려는 마음을 속히 돌려서 번연히 길에 올라 자리를 비워두고 애타게 기다리는 나의 기대에 부응하라."

---

59 자세한……있으니 : 이때 내린 돈유가 《승정원일기》에 보인다. 모두 202자이다. 《承政院日記 正祖 10年 2月 2日》

두 번째 소[60] 2월

再疏 二月

삼가 아룁니다. 신이 전혀 보잘 것 없는 미천한 자질로 외람되이 매우 분에 넘치는 은명(恩命)을 받고서 3년 동안 조용히 숨만 죽이고 있었으니 그 죄가 산과 같습니다. 지난번에 올린 소명(召命)을 사양하는 소에 간곡한 심정을 모두 아뢰었기에 혼자서 생각하기를 진심을 피력하였으니 아마도 일월처럼 밝으신 성상께서 돌아봐 주시리라 여겼습니다. 그런데 성상의 비답을 받아보니 윤허해주시지 않았을 뿐 아니라 별유(別諭)를 함께 내리셔서 신을 권면하는 뜻이 더욱 극진하였습니다. 그 커다란 장려와 무거운 기대는 모두 미천한 신이 감히 들을 수 있는 것이 아니기에 신은 너무 놀라고 민망하여 그저 땅이라도 파고 들어가고 싶었지만 그럴 수도 없었습니다.

아, 옛 사람이 말하기를 하늘은 높이 있으나 낮은 인간 세상의 소리를 듣는다고 하였습니다.[61] 전하께서는 신의 하늘이십니다. 그런데 어

---

60 두 번째 소 : 이 글은 저자가 65세 되던 1786년(정조10) 병오년 1월 15일에 내린 정조의 별유(別諭)를 받고 올린 두 번째 소로, 1784년(정조8) 7월 11일 세자시강원 찬선(世子侍講院贊善)에 임명된 이후 사직을 청하는 소로는 일곱 번째이다. 정조의 비답이 《승정원일기》와 《일성록》 정조 10년 3월 6일 조에 보이며, 《승정원일기》에는 상소의 전문이 함께 수록되어 있다. 저자는 당시 경기도 양주(楊州) 남면(南面)의 미호(渼湖)에 거주하였다. 《承政院日記 正祖 10年 3月 6日》

61 옛……하였습니다 : 이와 관련하여 《사기》에 다음과 같은 내용이 보인다. 춘추시대 송(宋)나라의 분야에 해당하는 재앙의 별인 형혹성(熒惑星)이 나타나자 송나라 경공(景公)이 근심하였다. 사성(司星) 자위(子韋)가 이 재앙을 재상이나 백성이나 한

찌하여 신의 진심이 이렇게까지 전달되기 어렵단 말입니까. 이제 신은 더 이상 감히 중언부언하지 않겠습니다. 다만 보잘 것 없는 신이 이렇게 미련스럽게 고집하는 것은 실로 염치와 기강에 관계되기 때문입니다. 여기에 잘못되면 위로는 맑은 조정에 누를 끼치고 아래로는 성인(聖人)의 문하에 죄를 얻게 되니, 비록 자애로운 성상의 간곡한 깨우침을 입었다 하나 끝내 감히 애초의 생각을 바꾸지 못하는 것입니다. 이것이 어찌 신이 세신(世臣)의 본분을 전혀 모르고 감히 산림(山林)의 고상한 일에 자신을 가탁하여 이러는 것이겠습니까. 참으로 부득이해서입니다.

신의 늙고 병든 실상은 전에 올린 소에 말씀드린 것도 아직 감히 그 추한 모습을 세세히 들지 못한 것입니다. 대체로 말씀드리면 그저 송장처럼 누워서 숨만 쉬고 있을 뿐입니다. 수십일 이래 병세가 더욱 심해져서 호흡이 막혀 올려만 볼 뿐 굽히지를 못하여 일개 곱사등이가 되었습니다. 신이 의리로 보면 저와 같고 병세로 보면 이와 같으니, 은명(恩命)이 내려와도 공경히 받들 길이 없기에 땅에 엎드려 슬피 우는 것이며 죽을죄를 피할 길이 없습니다. 그리고 신은 항상 한 가지 소청하기를 원하였습니다. 사관(史官)이 별유(別諭)를 전하는 것은 역대 임금님들께서 명유(名儒)를 높이고 총애하는 것이어서 옛 기록을

해의 농사에 떠넘길 수 있다고 하자, 경공은 "재상은 나의 고굉이다.〔相吾之股肱〕", "임금은 백성이 있어야 한다.〔君者待民〕", "흉년이 들면 백성이 곤궁해진다.〔歲饑民困〕"라고 하였다. 이에 자위가 "하늘은 높이 있으나 낮은 인간 세상의 소리를 듣습니다. 임금님께서 임금다운 말씀을 세 번 하셨으니 형혹성이 옮겨갈 것입니다.〔天高聽卑. 君有君人之言三, 熒惑宜有動.〕"라고 하였는데, 얼마 뒤에 과연 형혹성이 3도(度)를 옮겨 갔다고 한다.《史記 卷38 宋微子世家》

보아도 반드시 모든 사람들에게 다 베풀었던 것은 아니며, 선대왕의 사례는 신이 또 직접 본 것입니다. 지금 미천한 신이 매번 이 은명을 욕되게 하여 심지어는 한 달에 수차례나 내려오기도 하니, 신의 마음 황공스러운 것은 우선 논할 것도 없다하나 왕가(王家)의 체통은 이처럼 구차해서는 안 될 듯하기에 신이 적이 안타까워하는 것입니다.

신이 병으로 혼미하여 말씀을 다 드릴 수가 없으니, 삼가 바라건대 전하께서는 긍휼히 살펴주시어 속히 신의 관직을 삭제하고 분에 넘치는 은전을 모두 중지함으로써 국법을 엄히 하고 사사로운 분수를 편안히 해주시면 매우 다행이겠습니다. 신은 지극히 황공하고 간절한 마음을 금할 수 없습니다.

비답은 다음과 같다.

"상소를 보고 그대의 간절한 마음을 잘 알았다. 돈소(敦召)를 내리자마자 사양하는 글이 이르니, 얕은 정성이 신뢰 받지 못하여 부끄럽고 멀리 떠나려는 마음을 돌리지 못하여 슬프다. 아, 예로부터 초야의 은자(隱者)가 자중하여 나오기를 어려워했던 것은 이유가 있었다. 그 행적으로 말하면 소원하고 그 뜻으로 말하면 고상하여, 공자께서 고국 노(魯)나라를 차마 잊지 못하셨던 뜻[62]은 없고 이윤(伊尹)이 유신(有莘)의 들에서 밭을 갈며 즐겼던 낙[63]은 있어 마치 그렇게 일생을

---

62 공자께서……뜻 : 《맹자》〈만장 하(萬章下)〉에 "공자께서 제(齊)나라를 떠날 때는 밥을 지으려고 담갔던 쌀을 건져서 떠날 만큼 속히 하셨고, 노(魯)나라를 떠날 때는 '더디고 더디구나, 내 걸음이여!'라고 하셨으니, 이는 부모의 나라를 떠나는 도리이다. [孔子之去齊, 接淅而行. 去魯, 曰遲遲, 吾行也, 去父母國之道也.]"라는 내용이 보인다.
63 이윤(伊尹)이……낙 : 《맹자》〈만장 상(萬章上)〉에 "이윤이 유신(有莘)의 들에서 밭을 갈면서 요(堯)·순(舜)의 도를 좋아하여, 그 의(義)가 아니고 그 도가 아니면

마칠 듯이 하였으니, 이들이 바로 이른바 '부르지 못하는 신하〔不召之臣〕'[64]이다. 그대는 어찌 이런 초야의 은자를 자처하는가? 나는 그대를 대대로 국록(國祿)을 받아 온 집안의 후예로서 대하는 것이다. 세신(世臣)의 의리는 몸을 국가에 바쳐 국가와 휴척(休戚)을 같이 하는 것이다. 조정에 나와 하루의 공효가 있을 것 같으면 반드시 하루의 힘을 바칠 것을 생각해야 하고, 조정에 나와 한 푼의 유익함이 있을 것 같으면 반드시 한 푼의 정성을 바칠 것을 생각해야 한다. 더구나 그대는 대대로 벼슬을 한 집안의 후예로서 집안에 전하는 가르침을 받았으니, 추천서에 올라 공론에 부합하게 되어서는 연원(淵源)이 있는 학문을 저버리지 말고 성심을 다해 깨우쳐주는 도를 다하는 것이 바로 그대의 책임일 것이다. 돌아보면 지금은 세자의 서연(書筵)이 곧 열리고 세자가 점점 장성하고 있는 때이니, 세자를 훈도하고 보익(輔翼)하는 것은 의당 숙덕(宿德)에 의지하여야 할 것이다. 그대는 이러한 때 동강(東岡)[65]을 굳게 지키고 성심을 바칠 것을 생각

천하로써 녹을 주더라도 돌아보지 않고 말 천사(千駟)를 매어놓아도 돌아보지 않았으며, 그 의가 아니고 그 도가 아니면 지푸라기 하나도 남에게 주지 않고 지푸라기 하나도 남에게서 취하지 않았다.〔伊尹耕於莘之野而樂堯舜之道焉. 非其義也, 非其道也, 祿之以天下, 弗顧也, 繫馬千駟, 弗視也; 非其義也, 非其道也, 一介不以與人, 一介不以取諸人.〕"라는 내용이 보인다.

64 부르지 못하는 신하 : 《맹자》〈공손추 하(公孫丑下)〉에 "그러므로 장차 크게 훌륭한 일을 할 임금에게는 반드시 부르지 못하는 신하가 있어서 상의하고자 하는 일이 있으면 찾아갔으니, 덕을 높이고 도를 즐거워함이 이와 같지 않으면 더불어 훌륭한 일을 할 수 없는 것이다.〔故將大有爲之君, 必有所不召之臣, 欲有謀焉則就之. 其尊德樂道不如是, 不足與有爲也.〕"라는 내용이 보인다.

65 동강(東岡) : '동쪽의 언덕'이라는 뜻으로 벼슬에 나가지 않고 은거하는 곳을 이른다. 《후한서(後漢書)》권53〈주섭열전(周燮列傳)〉에 "선세(先世) 이래로 국가에 대한 공훈과 임금의 은총이 대를 이어 왔는데 그대만 어찌하여 동강의 언덕을 지키려고 하는가?〔自先世以來, 勳寵相承, 君獨何爲守東岡之陂乎?〕"라는 구절에서 유래하였다. 여기

하지 않으니, 이것이 어찌 세신(世臣)이 나라를 생각하는 도리이겠는가. 세신의 의리는 본래 대대로 내려온 우호가 있어서이니, 그대에게 세자를 가르치는 직책을 내린 것은 그 뜻이 어찌 공연한 것이겠는가. 대대로 전해오는 그대 집안의 명망을 아름답게 여겨서이며, 대대로 돈독한 그대 집안의 충정을 면려하기 위한 것이다. 그대가 만일 여기까지 생각한다면 의당 내 말이 끝나기를 기다리지 않고 번연히 생각을 고쳐 조정에 나와야 할 것이다. 일시적인 병은 본래 약을 쓰지 않아도 절로 낫는 것이며 나이가 고령인 것도 아니니 부디 자리에만 누워있지 말라. 앉아서 도를 논하는 것이 근력에 무슨 손상이 되겠는가. 그대는 속히 멀리 떠나려는 마음을 돌려 자리를 비워두고 기다리는 나의 바람에 부응하라."

에서는 저자가 당시 거주하고 있던 미호(渼湖)를 가리킨다.

왕세자의 상에 곡하는 반열에 달려가지 못한 것을 인책하는 소[66] 5월

王世子喪未赴哭班引罪疏 五月

삼가 아룁니다. 신민(臣民)이 복이 없어 왕세자 저하께서 갑자기 돌아가셨으니, 아, 황천(皇天)이 어찌 차마 이렇게 잔인하단 말입니까. 생각건대 우리 전하께서는 지자(止慈)[67]의 심정으로 몇날 며칠을 애태우며 근심하시다 끝내 큰 슬픔을 당하셨는데, 순식간에 공제(公除)[68]가 벌써 끝나 그 음성이며 모습과 영영 이별하게 되셨습니다. 그

---

66 왕세자의……소 : 이 글은 저자가 65세 되던 1786년(정조10) 5월에 올린 소로, 동년 5월 3일 처음 홍역이 발병하여 일시 호전되었다가 일주일 뒤인 11일 미시(未時)에 창덕궁 별당에서 5세의 나이로 갑자기 훙서한 문효세자(文孝世子, 1782~1786)의 초상에 달려가지 못한 것을 인책하는 내용이다. 동년 5월 13일 창경궁(昌慶宮) 요화당(瑤華堂)에 빈(殯)을 하고, 5월 14일 시호를 '온효(溫孝)'로 정하였다가 5월 22일 다시 '문효'로 고쳤으며, 윤7월 19일 효창묘(孝昌墓)에 장사지냈다. 저자는 1784년(정조8) 7월 11일 정3품 세자시강원 찬선(世子侍講院贊善)에 임명된 뒤 거듭 사직을 청하는 소를 올리고 조정에 나가지 않고 있었다. 정조의 비답이 《승정원일기》와 《일성록》 정조 10년 5월 27일 조에 보이며, 《승정원일기》에는 상소의 전문이 함께 수록되어 있다. 《正祖實錄 10年 5月 3日·11日·13日·14日·22日, 閏7月 19日》

67 지자(止慈) : 자애로운 아버지를 이른다. 《대학장구(大學章句)》 전(傳) 3장에 "《시경》에 이르기를 '깊고 원대하신 문왕이여, 아, 계속하여 밝혀서 공경하여 그치셨도다!' 하였다. 문왕께서는 임금이 되어서는 어짊에 그치고, 신하가 되어서는 공경에 그치고, 자식이 되어서는 효성에 그치고, 아버지가 되어서는 인자함에 그치고, 나라 사람들과 사귈 때는 신의에 그치셨다.〔詩云: 穆穆文王, 於緝熙敬止! 爲人君止於仁, 爲人臣止於敬, 爲人子止於孝, 爲人父止於慈, 與國人交止於信.〕"라는 내용이 보인다.

68 공제(公除) : 호삼성(胡三省)에 따르면 임금이 천하를 공(公)으로 삼아 하루를

런데 국사(國事)는 끝이 없으니 상정(常情)으로 헤아려보면 어찌 옥체에 손상이 없을 수 있겠습니까. 오직 바라건대 400년 종묘사직의 막중함을 생각하시어 지극한 슬픔을 힘써 억누르시고 일에 따라 슬픔을 누그러뜨려 온 나라 생령들의 바람을 위로해주소서.

이어 삼가 생각해보면 변변찮은 신이 요행으로 궁관(宮官)의 자리를 채울 수 있었건만 한낱 필부의 작은 지조를 고집하여 세자궁에 한 번 달려가 가까이서 온문(溫文)69을 모시고 바라마지 않던 신하로서의 정성을 조금이나마 펴지 못하였습니다. 그러나 그 분의(分義)의 중함은 진실로 자별(自別)한 것입니다. 매번 슬기로운 자질이 뛰어나 아름다운 명성이 일찌감치 드러났다는 소문을 들을 때마다 자신도 모르게 손뼉을 치고 발을 구르며 기뻤습니다. 그리고 보잘 것 없는 신이 밤낮으로 기원했던 것은 오직 세자께서 훌쩍 자라시며 덕업이 더욱 이루어져 우리나라 태평 만대의 아름다움을 다지는 기틀이 되시는 것이었습니다. 신이 비록 시골에 엎드려 있으나 더불어 지극한 영광에 참여하였

한 달로 간주하여 상기(喪期)를 채운 뒤 상복을 벗는 것을 이른다. 당시 정조의 상복은 자최기년복(齊衰朞年服)으로 정하였기 때문에 이에 따르면 5월 14일 성복(成服)하는 날부터 시작하여 26일까지 13일 동안 상복을 입은 것이다. 《資治通鑑 卷137 齊紀3 武帝 永明 3年 胡三省注》《正祖實錄 10年 5月 13日》《日省錄 正祖 10年 5月 12日》

69 온문(溫文) : 온화하고 예의가 있는 모습이라는 뜻이다. 여기에서는 그러한 모습의 문효세자를 이른다. 《예기》〈문왕세자(文王世子)〉에 "악(樂)은 안을 닦는 것이고, 예(禮)는 밖을 닦는 것이다. 예는 밖에서 안으로 미치고 악은 안에서 밖으로 미쳐, 예와 악이 마음 속에서 서로 섞여 그 모습이 밖으로 드러나게 된다. 그러므로 그 이루어짐에 즐거워하여 공손하고 경건하면서도 온화하고 문아(文雅)한 모습이 나타나게 된다.〔樂, 所以修內也; 禮, 所以修外也. 禮樂交錯於中, 發形於外. 是故其成也懌, 恭敬而溫文.〕"라는 내용이 보인다.

는데, 이제 막 약을 쓰지 않고도 병이 나으셨다는 경사를 듣자마자 갑자기 끝 모를 슬픔에 휩싸이게 되었으니 신명(神明)의 이치가 어긋남이 그 끝을 알 수 없습니다. 바로 이 때문에 신이 놀라 울부짖으며 상정(常情)보다 백배나 더 애통해하는 것입니다. 지난날을 생각해보면 죄가 아닌 일이 없으니 비록 죽는다 한들 어떻게 스스로 속죄할 수 있겠습니까.

그런데도 감히 한달음에 대궐로 달려가 여러 대부 국인(國人)들과 함께 슬피 통곡하지 못하고 그 마음을 쓴 것이 고을 관아에서 나흘간 곡하는 것에 그치고 말았으니, 신이 작은 절개에 얽매여서 이런 변고의 시기에 스스로 진심을 다할 것을 생각하지 않은 것은 너무 심한 것입니다. 비록 본래 처지가 혹여 그렇게 하지 않을 수 없었다 하더라도 국법으로 다스린다면 죽음을 피할 길이 없습니다. 신의 미천함 때문에 탄핵의 거조가 들리지 않으니, 이에 감히 죽음을 무릅쓰고 성상께 스스로 죄를 말씀드립니다.

삼가 바라건대 담당 관리에게 분명히 조서를 내려 중히 감처(勘處)하게 함으로써 분수를 모르고 예(禮)를 폐하는 신하들의 경계를 삼으소서. 신은 눈물을 흘리며 지극히 간절히 바라는 마음을 금할 수 없습니다.

비답은 다음과 같다.

"상소를 보고 그대의 간절한 마음을 잘 알았다. 오늘날의 애통함을 차마 말로할 수 있겠는가. 더구나 그대는 직책이 궁관(宮官)의 관함을 갖고 있으니 가슴이 막히고 비통한 심정은 다른 관원들보다 배는 더할 것이라 생각된다. 비록 슬프고 어지러운 와중이지만 매번 자리를 비워두고 기다리는 마음은 간절하니, 달려와 위로하는 반열에 의당 한 번 참석하여 곡을 해야 할 것이다. 선유(先儒) 중에도 이렇게 한 사람이 있으니 그대는 모름지기 번연히 생각을 바꾸어 길에 올라서 나의 뜻에 부응하라."

성균관 좨주를 사양하는 소[70] 10월

辭祭酒疏 十月

삼가 아룁니다. 시간이 정해진 예수(禮數)가 있어[71] 문효세자(文孝世子)의 현실(玄室 무덤)이 영영 닫히고[72] 어느덧 시간이 흘러 겨울이 깊어 가건만 신민(臣民)의 원통함은 시간이 지날수록 더욱 칼로 에는 듯합니다. 더구나 우리 전하께서는 지극한 정이 속에서 우러나와 때마다 슬픔이 더하실 것이니 그 심정이 더욱 어떠하겠습니까. 신은 예장(禮葬)하는 날에 가마에 실려 산 아래로 가서 조금이나마 통곡을 하였으나 마음과 자취에 걸리는 것이 많다보니 병이 따라서 심각해져 행전(行殿)이 지척인데도 나아가 위로하는 대열에 참여하지 못하고 돌아와 밭두렁 사이에 엎드려 있으니 그저 답답함만 더할 뿐입니다.

　이어 삼가 생각건대 신은 용렬한 재주로 외람되이 성상(聖上)의 세상에 드문 대우를 받았습니다. 미천한 신을 발탁하여 현달한 지위에

70　성균관……소 : 이 글은 저자가 65세 되던 1786년(정조10) 10월에 올린 소로, 동년 10월 5일 정3품 성균관 좨주(成均館祭酒)에 임명되자 이를 사양하는 내용이다. 상소의 전문과 정조의 비답이 《승정원일기》 정조 10년 10월 27일 조에 보인다. 《正祖實錄 10年 10月 5日, 27日》

71　시간이……있어 : 《예기》〈단궁 하(檀弓下)〉에 위(衛)나라의 대부인 공숙문자 (公叔文子)가 죽자 그 아들 수(戌)가 임금에게 시호를 청하면서 "시간이 정해진 예수 (禮數)가 있어 장례를 지내려고 하니 생전의 이름을 바꾸어 주소서.〔日月有時, 將葬矣, 請所以易其名者.〕"라는 내용이 보인다.

72　문효세자(文孝世子)의……닫히고 : 1786년(정조10) 5월 11일 5세의 나이로 훙서 한 문효세자를 동년 윤7월 19일 효창묘(孝昌墓)에 장사지낸 것을 이른다.

앉히시니, 전후로 거쳐 온 벼슬자리가 참람되이 훔치지 않은 것이 없기에 평소에도 황송하고 불안하여 마치 용납될 곳이 없는 것 같았습니다. 그런데 궁관(宮官)의 관함(官銜)이 몸에서 떠난 뒤에도 여전히 경연관의 직명(職名)을 갖고 있으니 참으로 다시 철회해주시기를 애원하여 체직되기를 기약해야 했습니다. 그러나 옛날을 돌이켜 생각하면 의기가 꺾여 묵묵히 참고 있다가 오늘에까지 이르게 되었습니다. 그런데 생각지도 않게 이번에 이달 초닷새의 교지(敎旨)를 삼가 받드니 신을 성균관 좨주(成均館祭酒)로 임명하시는 것이었습니다. 아, 이 직책이 또 어떻게 신에게까지 내려온단 말입니까.

신은 사유(師儒)[73]의 자리는 지위와 명망이 가장 높은 자리라고 들었습니다. 생각건대 옛날 효종 때에 처음 이 관직을 설치하고 선정신(先正臣) 문정공(文正公) 송준길(宋浚吉)을 임명하니,[74] 당시에 선정신은 누차 사양한 뒤에야 감히 이 직책을 받았습니다. 그리고 이후 백여 년 동안 이 직책을 이어 담당한 이는 겨우 열 몇 명뿐이었으니 그 선발의 중함을 알 수 있습니다.

지금 이름도 없는 볼품없는 학문에 폐질(廢疾)에 걸려 곧 죽을 일개 미천한 음관(蔭官)으로 구차히 그 자리를 채워서, 어렵게 여기고 삼가는 뜻은 없고 마치 평범한 관직들처럼 자리가 비면 메꾸어 차임(差任)

---

73 사유(師儒) : 성균관에 소속된 사성(司成) 등 벼슬아치를 두루 일컫는 말이다.

74 효종……임명하니 : 송준길(宋浚吉, 1606~1672)이 1658년(효종9) 11월 3일 정3품 세자시강원 찬선(世子侍講院贊善)에 임명되고 동년 12월 1일 겸 성균관 좨주(兼成均館祭酒)에 임명된 것을 이른다. 송준길은 수차례 사직 소를 올렸으나 허락을 받지 못하였다. 상소의 대략과 효종의 비답이 《효종실록》에 보인다. 《孝宗實錄 9年 11月 3日, 12月 1日 · 4日 · 6日》

하는 것처럼 하시니, 신의 마음 두렵고 부끄러워 죽고 싶은 것은 오히려 여사(餘事)이지만 명기(名器 관작)를 더럽히고 이 소식을 들은 사람들을 놀라게 하는 것은 그 손상됨이 작은 것이 아니기에 신이 적이 의혹하는 것이며 신이 적이 애석해하는 것입니다.

그리고 신이 애초부터 선직(選職)에 스스로 선을 긋고 나아가지 않은 것은 감히 구차하게 가식으로 사양한 것이 아닙니다. 참으로 분수에 감당할 수 없기 때문에 함부로 탐할 수 없었을 뿐입니다. 비록 그 보잘것 없는 미천한 생각은 말할 것도 못될듯하지만 실로 국가 사유(四維 예의염치(禮義廉恥))의 중함에 관계되기 때문에 남몰래 이것으로 일생을 마치기를 기약한 것입니다. 그리하여 전후 3년 동안 누차 소명(召命)을 어기고 태만히 하는 죄를 범하여서, 마침내 하문하시는데도 감히 대답하지 못하고 애통한 일이 있는데도 감히 달려가지 못하게까지 된 것입니다.

지난번 말씀하신 만장(挽章)의 제술(製述)은 더욱 차마 사양할 수 없는 것이지만, 또한 선직(選職)으로 말미암아 생긴 일이라 생각한다면 끝내 감히 명에 응할 수 없는 것입니다. 이러한 실정은 일월처럼 밝으신 성상께서도 모두 잘 아실 것입니다.

지금 다 죽어가는 나이에 갑자기 평소 지키던 지조를 스스로 바꾸고서 보란 듯이 갓을 털고 나가 강학(講學)하는 자리를 차지하는 것을 부끄러운 일로 여기지 않는다면 과연 어떤 사람이 되겠습니까. 이것은 신이 차마 할 수 없는 일일뿐 아니라 형세로 말한다 하더라도 행해서는 안 되는 일이니, 만일 하게 된다면 단지 희소한 관함(官銜)을 움켜쥐고 시골에서 헛되이 띠는 물건으로 삼아서 일신의 영광으로 삼는 것뿐입니다. 맑은 조정의 일의 실제를 밝히는 정사에 어찌 이런 일이 용납되겠습니까. 신은 또 어떻게 감히 하루라도 스스로 편할 수 있겠습니까.

신이 여기까지 말씀드린 것은 실로 진심에서 우러나온 것입니다. 삼가 바라건대 자애로우신 성상께서는 조금이나마 혜량하고 살펴주시어 신에게 새로 내리신 직임을 속히 체차해주소서. 아울러 경연관의 옛 직함도 함께 삭제하여 한편으로는 사방의 비난하는 의론을 종식시키고 다른 한편으로는 필부의 염치와 의리를 온전히 해주신다면 공사(公私)간에 매우 다행일 것입니다. 신은 지극히 두렵고 간절한 마음을 금할 수 없습니다.

비답은 다음과 같다.

"상소를 보고 그대의 간절한 마음을 잘 알았다. 성균관의 새 관직 임명은 어찌하릴 없이 한 것이겠는가. 그대에게 우리 조정의 모범이 되어 이미 땅에 떨어진 인륜을 밝히고 금방이라도 뒤엎을 듯한 미친 물결을 되돌려주기를 바란 것이다. 나의 바람도 여기에 있고 그대의 책임도 여기에 있으니, 그대가 비록 나의 말을 귓등으로 흘려듣고 동번(東樊)[75]을 고수하고 있지만, 어려서 배우는 것은 장성한 뒤 이를 행하기 위해서라는 것[76] 또한 성현의 지극한 가르침이 아니겠는가. 내가

---

75 동번(東樊) : '동쪽 울타리'라는 뜻으로, 은거하는 곳을 이른다. 여기에서는 저자가 당시 머물고 있던 경기도 양주(楊州) 남면(南面)의 미호(渼湖)를 가리킨다. 도연명(陶淵明)의 〈음주(飮酒)〉시 다섯 번째 수에 "인가 속에 오두막 지었건만, 시끄러운 거마 소리 없다오. 어떻게 그럴 수 있느냐 묻는다면, 마음이 멀면 땅은 절로 궁벽해진다오. 동쪽 울 밑에서 국화를 따니, 아득히 남산이 보이네.[結廬在人境, 而無車馬喧. 問君何能爾? 心遠地自偏. 採菊東籬下, 悠然見南山.]"라는 구절이 보인다.

76 어려서……것 : 《맹자》〈양혜왕 하(梁惠王下)〉에 "무릇 사람이 어려서 배우는 것

많은 말을 하지 않을 것이니, 그대는 속히 애초의 마음을 돌려 분연히 나에게
와서 애타게 기다리는 나의 바람에 부응하라."

은 장성해서 그것을 행하기 위해서이다.〔夫人幼而學之, 壯而欲行之.〕"라는 내용이 보
인다.

두 번째 소[77] 정미년(1787, 정조11) 4월
再疏 丁未四月

삼가 아룁니다. 신은 병이 골수까지 파고들어 죽을 날이 얼마 남지 않아 문을 닫아걸고 송장처럼 누워있다 보니 온갖 생각이 다 식었습니다. 다만 분수에 맞지 않은 관함(官銜)이 아직도 신의 몸에 있으니, 어찌 아직 눈을 감기 전에 진심을 다해 사양하는 글을 올려 혹여 인자한 하늘같으신 성상께서 긍휼히 여겨주시기를 바라지 않겠습니까. 그러나 지난 겨울에 올린 소에 대해 아직까지 비답을 받지 못해 두려워하며 움츠리고서 감히 다시 번거롭게 어지럽힐 생각을 하지 못했습니다. 그리고 그저 밤낮으로 허물을 곱씹으며 공손히 위명(威命)을 기다릴 뿐이었습니다.

그런데 이번에 승지가 와서 성상의 유시(諭示)를 전해주었는데, 십행(十行)[78]의 은혜로운 말씀이 간곡하고 절실하였습니다. 신에게 조정에 나올 기약이 없다고 하시며 생각을 바꾸라고 하시니, 변변찮은 미천한 몸임에도 거두어 녹용하기를 이와 같이 부지런하게 하실 줄은 참으

---

77 두 번째 소 : 이 글은 저자가 66세 되던 1787년(정조11) 4월에 올린 소로, 1786년 10월 5일 정3품 성균관 좨주(成均館祭酒)에 임명된 뒤 이를 사양하는 내용으로 올린 두 번째 소이다. 정조의 비답이 《승정원일기》와 《일성록》 정조 11년 4월 13일 조에 보이며, 《승정원일기》에는 상소의 전문이, 《일성록》에는 상소의 대략이 함께 수록되어 있다.

78 십행(十行) : 왕의 교서를 이른다. 후한 광무제(光武帝)가 사방 제후국에 손수 써서 내려준 글이 모두 10행 소자(小字)로 되어 있었다는 데서 유래하였다. 《後漢書 卷 106 循吏列傳序》

로 몰랐습니다. 그리고 조정의 기상을 개탄하고 염려하시며 현관(賢關성균관)의 나아갈 방향이 정해지지 않은 것까지 언급하여 특별히 그리워하는 뜻을 보여주신 것으로 말하면 신은 이에 대해 당혹스럽고 황송하여 더욱 몸 둘 바를 알지 못하겠습니다.

아, 참으로 신의 학술이 세도(世道)를 경륜할 만하고 언행이 유림의 모범이 될 만하여 성상의 군사(君師)로서의 교화를 우러러 도울 수 있었다면 신이 부르심에 나아간 지 오래되었을 것입니다. 정말이지 여기에 비슷한 점도 없으면서 그저 영화와 국록만 훔치는 것은 의리로 볼 때 할 수 없기 때문에 부끄러워하며 숨죽이고 엎드려서 기꺼이 성세(聖世)의 한 포민(逋民)이 되려는 것입니다. 바로 이것이 신이 전부터 고집하던 작은 신의를 때에 따라 변할 수 없는 이유입니다. 그러나 오늘날에 이르러서는 이마저도 오히려 부질없는 일이 되었습니다.

돌아보면 신의 병세는 실로 억지로 조정에 나아가기 어려운 상황입니다. 신은 나이로도 노인이 다 되어 이미 오래전에 폐인이 되었습니다. 작년 이전에는 그래도 분수를 따라 버틸 수 있었는데 불행히 겨울에 다시 감기에 걸려 수십 일간 생사를 오가고 보니 마침내 진기가 다 빠지고 온갖 사기(邪氣)가 침범하였습니다. 그리하여 반년 사이에 나날이 사그라져서 살이 다 없어지고 뼈가 드러나 파리한 귀신의 형상이 되었습니다. 가슴이 결리고 막혀 미음과 죽도 넘기지 못하며 다리가 펴지지 않아 걷거나 서는 것도 거의 하지 못하고 자리에서 겨우 숨만 쉬며 이마저도 점점 미약해져가고 있습니다. 이런 상태로는 스스로 평소의 지조를 버리고 세신(世臣)의 그리운 마음을 한 번 펴고자 하더라도 어떻게 할 수 있겠습니까. 은덕을 갚기에는 이생에는 영영 글렀으니 하늘을 바라보며 그저 혼자서 비통한 눈물을 흘릴 뿐입니다.

신이 이미 나가서 명에 응할 수 없는 이상 신이 지금 띠고 있는 직명(職名)을 계속해서 헛되이 띠게 해서는 안 될 것입니다. 더구나 이 성균관의 직임은 사유(師儒)로 불리는 것입니다. 지금 성상께서는 바로 선비들의 습속을 근심하고 계시니 더욱더 신의 직임을 속히 먼저 삭제하고 당대의 어질고 덕이 있는 선비를 널리 구하여 그 자리에 앉혀서 그에게 공을 이룰 것을 책해야 할 것입니다. 어떻게 반드시 나갈 수 없는 몸에 헛되이 맡겨서 하늘의 직분을 버려두고 실제의 정사를 해칠 수 있겠습니까.

삼가 바라건대 밝으신 성상께서는 굽어 살피시어 특별히 신의 직명을 체차해주소서. 이어 명을 어긴 신의 죄를 다스려 신이 조금이나마 사사로운 의리를 안정시키고 편안하게 죽을 수 있도록 해주시면 매우 다행일 것입니다. 신은 지극히 두렵고 간절한 마음을 금할 수 없습니다.

비답은 다음과 같다.

"상소를 보고 그대의 간절한 마음을 잘 알았다. 별유(別諭)를 내리자마자 사양하는 글이 또 이르니 오랫동안 기다리던 터라 어찌 서글픈 마음을 금할 수 있겠는가. 지금 태평성세를 이루는 것을 그대들 같은 산림의 선비들에게 기대하고 있는데, 그대는 어찌 번연히 마음을 바꾸어 나의 지극한 뜻에 부응하지 않는가. 지난번 소에 대한 비답은 당시에 이미 즉시 써서 내렸는데 아직까지 받지 못했다고 하니 매우 괴이한 일이다. 승정원에 일러 조사하여 처리하도록 하였다.[79] 그대는

---

79 승정원에⋯⋯하였다 : 이에 대한 조처가 《일성록》과 《승정원일기》 1787년(정조11)

더 이상 물러나 있지 말고 속히 올라오도록 하라."

4월 13일 조에 보인다. 정조는 당시에 경황이 없어서 비답이 저자에게 전해지지 않았을 것으로 추정하고, 원래의 비답이 《윤발등본(綸綍謄本)》에 있으니 사실을 조사해서 처리하라고 하였다.

영우원(永祐園)을 옮길 때 만장의 제술관을 면직해주기를 청하고 이어 사직을 청하는 소[80] 기유년(1789, 정조13) 8월
請免遷園時挽章製述 仍辭職疏 己酉八月

삼가 아룁니다. 시간이 멈추지 않아 영우원(永祐園)의 면례(緬禮 이장(移葬))가 한 달을 남겨두고 있습니다. 성상의 사모하는 마음이 황황(皇皇)하여 옥체에 여러 번 병이 나셨으니 신민(臣民)의 슬픔과 근심이 어찌 끝이 있겠습니까.

　이어 삼가 생각건대 신이 남과 같은 점이 만에 하나도 없는 미천한 자질로 절대로 감당할 수 없는 분에 넘치는 직책에 임명되어 아무 일도 없다는 듯 헛되이 갖고 있은 지가 이제 4년 되었습니다. 사적으로는 염치를 잊은 것이어서 법의(法義)의 주벌에 매우 관련되며, 공적으로

80　영우원(永祐園)을……소 : 이 글은 저자가 68세 되던 1789년(정조13) 8월에 올린 것으로, 《일성록》 정조 13년 8월 13일 조 이조에서 올린 만장제술관(輓章製述官)과 서사관(書寫官) 단자(單子)에 만장제술관으로 저자의 이름이 영의정 김욱(金熤)을 비롯한 수십 명의 이름과 함께 올라가게 되자 이를 사양하는 소를 올린 것이다. 정조의 비답이 《승정원일기》와 《일성록》 정조 13년 9월 3일 조에 보이며, 《승정원일기》에는 상소의 전문이, 《일성록》에는 상소의 대략이 함께 수록되어 있다. 이와 관련하여 비록 올려지는 않았으나 저자가 지은 만사 칠언절구 5수가 《삼산재집》 권1에 〈장헌세자의 원을 옮긴 데 대한 만사[莊獻世子遷園挽詞]〉라는 제목으로 실려 있다. 1789년 10월 7일 장헌세자(莊獻世子, 1735~1762)의 묘인 영우원(永祐園)을 경기도 수원(水原)의 화산(花山)으로 옮길 때 지은 것이다. 장헌세자는 영조의 둘째 아들이자 정조의 생부로, 사도세자(思悼世子)라고도 한다. 노론과의 갈등으로 영조의 명에 따라 뒤주에 갇혀 9일 만인 1762년(영조38) 윤5월 21일 28세의 나이로 세상을 떠났으며 동년 7월 23일 양주(楊州) 배봉산(拜峰山) 언덕에 예장(禮葬)되었다.

는 관직을 병들게 하는 것이어서 본말을 밝히는 정사에 크게 손상됩니다. 매번 이것을 생각할 때마다 두렵고 위축되어 죽고 싶지만, 단지 전후의 간절한 애원이 으레 가식으로 사양하는 것으로 치부되니 계속해서 성상의 귀를 더럽히며 시끄럽게 하는 것 역시 감히 할 수 없기에 방황하며 묵묵히 부월(斧鉞)의 주벌을 기다릴 뿐이었습니다. 그런데 뜻밖에도 이런 때에 이조의 공문을 보게 되었는데, 신을 영우원(永祐園)을 옮길 때 만장(挽章)의 제술관(製述官)으로 계하(啓下)하는 내용이었으니, 신은 더욱 매우 두렵고 답답한 마음을 금할 수 없습니다.

생각건대 이 관직은 실로 조정에 있는 사신(詞臣)을 선발해야 합니다. 신은 이미 감히 유직(儒職)을 자처할 수 없으니 그렇다면 단지 일개 전직 음관(蔭官)일 뿐입니다. 어찌 이 관직에 함부로 낄 수 있겠습니까. 지난번 효창묘(孝昌墓 문효세자)의 장례 때에도 이 때문에 지어서 올릴 수 없었고 그 이유를 외람되이 뒤에 올리는 사직하는 소에 말씀드렸으니, 삼가 생각건대 밝으신 성상께서는 아마도 기억하실 것입니다. 지금에 와서 어찌 다른 말을 할 수 있겠습니까. 게다가 신이 앓고 있는 비벽(痞癖)의 묵은 증상이 근래에는 더욱 심해져서 밤낮으로 신음하며 온갖 것이 괴로운 상황입니다. 두 눈은 또 갑자기 시력을 잃어 장님이 되었습니다. 깜깜하게 자리에만 누워있어 인사(人事)가 모두 끊어졌으니, 실로 붓을 놀려 생각을 엮어서 문장을 얽을 가망이 없습니다.

이로 보나 저로 보나 명을 받들 길이 없습니다. 그렇지 않다면 지금 이 큰일을 목전에 두고 대소신료들이 분주하게 저마다 자신의 힘을 바치고 있으니, 신이 시골의 미천한 몸으로 말단의 글재주를 자뢰(資賴)하여 면례(緬禮) 일을 도울 수 있는 것이 어찌 바라던 바가 아니어서 마침내 감히 많은 말을 하여 서글피 상중에 있는 성상께 번거롭게 호소하겠습니까.

삼가 바라건대 자애로우신 성상께서는 굽어 살피시어 속히 변통하여 기일에 낭패를 보는 근심이 없도록 해주소서. 이어 명을 내려 신이 맡고 있는 직명(職名)을 삭제하시고 전부터 명을 어겨 오만하게 군 죄를 엄히 다스림으로써 법을 분명히 밝히고 미천한 분수를 편하게 해주시면 매우 다행일 것입니다. 신은 지극히 두렵고 간절한 마음을 금할 수 없습니다.

비답은 다음과 같다.

"상소를 보고 그대의 간절한 마음을 잘 알았다. 그대가 번연히 마음을 바꾸기를 바랐는데 사양하는 글만 갈수록 더 부지런해질 뿐 아니라 만사(挽詞)를 지어 올리는 일까지 이처럼 한사코 사양을 하니, 나는 너무 지나치다고 생각한다. 그대는 속히 종전의 생각을 돌려서 즉시 만사를 지어 올리도록 하라."

공조참의 겸 성균관좨주를 사양하는 소[81] 신해년(1791, 정조15) 정월

辭工曹參議兼祭酒疏 辛亥正月

삼가 아룁니다. 하늘이 우리나라를 보우하시어 원자궁(元子宮)의 옷길이가 점점 길어지니[82] 사중(四重)의 노래[83]가 울려 퍼지며 뭇 생령이 우러러봅니다. 사백년 종묘사직이 엄연히 태산 반석 같이 안정되었으니, 신민(臣民)이 기뻐 손뼉 치며 새해와 함께 모두 새로워지고 있습니다.

---

81 공조참의……소 : 이 글은 저자가 70세 되던 1791년(정조15) 1월에 올린 소이다. 저자는 1786년(정조10) 10월 5일 정3품 성균관 좨주(成均館祭酒)에 임명되었으며, 1790년(정조14) 12월 27일 정3품 공조 참의(工曹參議)에 임명되었다. 정조의 비답이 《승정원일기》와 《일성록》 정조 15년 1월 20일 조에 보이며, 《승정원일기》에는 상소의 전문이 수록되어 있다. 또한 필사 시기가 1870년대로 추정되는 《소차집류(疏箚輯類)》 (규장각. 古5120-50-v.1-25) 사본에도 상소의 전문과 비답이 실려 있다.

82 원자궁(元子宮)의……길어지니 : 원자가 점점 장성해간다는 말이다. 15쪽 주2 참조. 원자는 수빈 박씨(綏嬪朴氏, 1770~1822) 소생인 이공(李玜, 1790~1834)으로, 훗날의 순조이다. 자는 공보(公寶), 호는 순재(純齋)이다. 1800년(정조24) 1월 1일 왕세자로 정해지고, 동년 1월 24일 휘와 자를 받았으며, 동년 2월 2일 창경궁(昌慶宮) 집복헌(集福軒) 바깥채에서 관례와 왕세자 책봉례를 거행하였다. 《正祖實錄 24年 1月 1日·24日, 2月 2日》

83 사중(四重)의 노래 : 한 명제(漢明帝)가 태자였을 때 악공이 지어 바친 〈일중광(日重光)〉, 〈월중륜(月重輪)〉, 〈성중휘(星重輝)〉, 〈해중윤(海重潤)〉으로 이루어진 4장의 악부시(樂府詩)를 이른다. 천자의 덕이 해처럼 밝고, 달처럼 원만하고, 별처럼 빛나고, 바다처럼 적셔준다는 뜻으로, 태자의 덕 또한 이에 비견되기 때문에 '중(重)'을 썼다고 한다. 여기에서는 태평성대를 찬양하는 노래라는 뜻이다. 《古今注 卷中 音樂3》

이어 삼가 생각건대 신은 나이가 들어 쇠약한데다 고질병을 앓고 있어 죽을 날이 가까워 가물가물한 정신으로 자리에만 누워 있다 보니 온갖 생각이 싸늘히 다 식었습니다. 오직 참람된 직명(職名)이 아직까지 신의 몸에 있다는 생각이 들 때마다 깜짝 놀라 깊은 못과 골짝에 떨어지는 듯합니다.

그런데 뜻밖에도 수부(水部 공조)에 임명한다는 새로운 명이 이러한 때 또 내려오니, 놀람과 두려움에 근심스러워 더욱 몸 둘 바를 모르겠습니다. 수부는 비록 한가한 부서라고 하지만 좌이(佐貳)의 직임[84]은 작은 것이 아닙니다. 신과 같은 미천한 분수에 어찌 바로 얻을 수 있는 것이겠습니까. 이것은 우선 차치하더라도 신의 병세는 실낱같은 숨이 겨우 붙어있을 뿐입니다. 정신과 기력이 거의 지상의 것이 아니니, 설령 신이 지금 조정에 있는 몸이라 할지라도 오직 사직하고 돌아가 죽을 것을 청해야 할 것입니다. 그런데 어떻게 다시 관직의 일을 논의할 수 있겠습니다. 은혜로운 제수의 명이 내려왔을 때 움직일 수가 없었으니 신의 죄 너무도 큽니다.

성균관의 준망(峻望)으로 말씀드리면 더더욱 신이 하루라도 외람되이 있을 자리가 아닌데 공공연하게 헛되이 갖고 있은 지 이제 6년이나 되었습니다. 수차례 애원하였으나 성상의 들으심은 더욱 멀기만 하여 그저 명기(名器 관직)를 날로 가볍게 하고 하늘의 일을 폐하게만 만들었으니, 변변찮은 신의 염치와 의리는 우선 논할 것이 없다 하더라도 성상의 조정에서 본말을 살피는 정사는 이와 같아서는 안 될

---

84 좌이(佐貳)의 직임 : 육조(六曹)의 당상관인 참판(參判)과 참의(參議)를 이른다. 여기에서는 공조 참의를 이른다.

듯합니다.

돌아보면 지금 나라에 큰 경사가 있어 태평한 국운(國運)이 한창 열리고 있습니다. 더구나 세 양(陽)이 와서[85] 마침 한 번 새롭게 시작할 때를 만났으니, 의당 온갖 법도를 일신하여 하늘의 아름다운 명에 보답해야 할 것입니다. 요행으로 갖고 있는 신의 직명 같은 것을 가장 먼저 삭제하고 이어서 그 명을 어기고 태만히 한 전후의 죄를 바로잡으신다면, 또한 어찌 백관을 다스리고 무너진 기강을 진작시키는 하나의 일이 되지 않겠습니까.

신은 오래 전에 다시 진심을 모두 피력하고 우러러 처분을 청할까도 생각했지만 번거롭게 해드릴까 두려워 우물쭈물 말씀을 드리지 못하였습니다. 지금 신을 임명하는 교지를 받음으로 인해 문득 감히 고개를 들고 호소하오니, 삼가 바라건대 천지 같고 부모 같으신 성상께서는 가엾게 여기고 살펴주시어 속히 신의 본직과 겸직 두 개의 직임을 체차해주시고, 마땅히 시행해야 할 벌을 시행하시어 신이 성상의 은택을 노래하면서 편안한 마음으로 죽을 수 있도록 해주신다면 더 큰 바람이 없을 것입니다. 신은 지극히 두렵고 간절한 마음을 금할 수 없습니다.

비답은 다음과 같다.

"상소를 보고 그대의 간절한 마음을 잘 알았다. 그대는 대대로 녹을 받은 집안의 후손으로서 어찌 이와 같이 매정하게 뒤도 돌아보지 않는단 말인가. 누차 부지런히 불렀건만 나오겠다는 뜻이 없으니 나의 성의가 얕은 것이어서 부끄러워

---

85 세 양(陽)이 와서 : 《주역》의 〈태괘(泰卦)〉(䷊)를 말하는 것으로, 여기에서는 정월을 이른다.

할 말이 없다. 그대는 모름지기 속히 이전의 고집을 돌려서 즉시 일어나 올라오도
록 하라."

서계書啓

사관이 전한 비답을 받고 이어《포충윤음》을 하사받은 뒤에 올린 서계[86]

史官傳批 因賜褒忠綸音後書啓

신의 사정이 절박하여 외람되이 애원하였지만 스스로도 참람하다는

---

86 사관(史官)이⋯⋯서계(書啓) : 이 글은 저자가 63세 되던 1784년(정조8) 10월에 올린 서계로,《승정원일기》정조 8년 10월 11일 조에 보인다. 당시 정조의 비답을 전해 준 사관은 편수관(編修官) 오석령(吳錫齡)이었으며, 저자는 당시 동년 7월 11일에 임명받은 세자시강원 찬선(世子侍講院贊善)의 직임을 띤 채 조정에 나가지 않고 경기도 양주(楊州) 남면(南面)의 미호(渼湖)에 거주하고 있었다.《포충윤음(褒忠綸音)》은 영조가 1724년 갑진년 8월 30일 창덕궁(昌德宮) 인정문(仁政門)에서 즉위한 것을 기리기 위해, 정조가 1784년 갑진년 8월 29일에 선원전(璿源殿)에 전배(展拜)하고 인정문에 나아가 조참(朝參)을 받을 때 참석한 백관에게 반포한 것으로, 신임사화(辛壬士禍, 1721~1722) 때 희생된 건저사대신(建儲四大臣)의 충정을 기리고 치제(致祭)의 전말을 정리하면서 백관으로 하여금 그들을 본받아 더욱 근신 권면할 것을 훈유한 윤음이다. 자세한 것은《삼산재집》권1〈삼가 어제시에 이어 화운하다. 하사하신『포충윤음』권말에 쓰다〔謹賡御製韻 題內賜褒忠綸音卷後〕〉참조. '서계(書啓)'는 왕에 대한 관부(官府) 문서의 하나로, 암행어사와 같은 봉명관(奉命官)의 복명서(復命書)를 이른다.《英祖實錄 卽位年 8月 30日》《正祖實錄 8年 8月 29日, 10月 10日》《承政院日記 8年 10月 11日》《최승희, 改正增補版 韓國古文書硏究, 서울:지식산업사, 2006, 169쪽》

것을 알기에 매우 두려워하며 숨을 죽이고 있었습니다. 그런데 뜻밖에도 사관(史官)이 멀리서 와 성상의 비답을 전해주었는데, 십행(十行)의 돈후한 권면이 더욱 융성하고 정성스러웠습니다. 그리고《포충윤음(襃忠綸音)》1책을 내려주신 것으로 말씀드리면 이것은 특별한 은택이니, 신은 땅에 엎드려 공경히 받고서 더욱 황송하고 감격함을 금할 수 없었습니다. 다만 변변찮은 신의 사사로운 의리에 애초의 결심을 바꿀 길이 없고 천한 몸의 질병이 또 신을 매우 괴롭히고 있기 때문에 끝내 우러러 덕음을 받들 수가 없습니다. 그저 스스로 삼가 엎드려 죄를 기다릴 뿐입니다.

의議

영희전의 비가 새는 곳을 보수할 때 이안제(移安祭)와 환안제(還安祭)를 거행해야 할 것인지 여부에 대한 의[87]

87 영희전(永禧殿)의……의(議) : 이 글은 저자가 64세 되던 1785년(정조9) 10월에 올린 의로,《승정원일기》정조 9년 10월 8일 조에 보인다. 동년 5월 27일 영희전 제3실(第三室) 뒤쪽 처마 연목(椽木)에 비가 샌다는 보고를 받고, 이를 보수할 때 이안제(移安祭)와 환안제(還安祭)를 거행해야 하는지의 여부에 대해 예관(禮官)을 보내 좌의정 홍낙성(洪樂性)을 비롯한 시·원임 대신과 밖에 있는 예(禮)를 아는 신하들에게 두루 물은 것으로, 저자는 당시 1784년(정조8) 7월 11일에 정3품 세자시강원 찬선(世子侍講院贊善)에 임명된 뒤 사직을 허락받지 못하고 있었기 때문에 수의(收議)에 응한 것이다. 정조는 여러 신하들의 의견을 들은 뒤에 동년 10월 10일 이안제와 환안제를 거행하였다. 이때 거행한 제사의 자세한 의절이《승정원일기》정조 9년 10월 10일 조에 보인다. '영희전'은 태조, 세조, 원종(인조의 생부), 숙종, 영조의 어진(御眞)을 모신 전각으로, 뒤에 순조의 어진을 추가로 모셨다. 원래는 세조의 장녀 의숙공주(懿淑公主, 1442~1477)의 생가이자 중종 원년(1506)에 폐위된 단경왕후(端敬王后, 1487~1557) 신씨(愼氏)의 거처로, 서울 남부 훈도방(薰陶坊)에 있었다. 1619년(광해군11) 9월 4일 태조와 세조의 어진을 모시고 남별전(南別殿)이라 불렀다가 1690년(숙종16)에 영희전으로 이름을 고쳤다. 임금의 어진이 늘어날 때마다 건물을 중수하였으며, 매해 속절(俗節), 즉 설날, 한식, 단오, 추석, 동지, 납일에 이곳에서 제사를 드렸다. '의'는 문체의 하나로, 명나라의 학자인 서사증(徐師曾)에 따르면 옛날 흉노를 공격하는 것과 같이 나라에 큰 일이 있을 때 신하들을 소집하여 조정에서 논의했던 것이 발전하여 공경에게 안건을 내려보내 의견을 글로 올리게 하고, 다시 또 이 글을 학사(學士)들이 보고 사사로이 논의하면서 점점 흥성하게 된 문체이다. 대체로 그 내용은 경전에 의거해 이치를

을사년(1785, 정조9) 10월

永禧殿雨漏處修改時移還安當行與否議 乙巳十月

신이 병으로 엎드려 죽을 날만 기다리고 있는데 예관(禮官)이 멀리서 와 외람되이 영희전을 보수할 때 이안제(移安祭)와 환안제(還安祭)를 거행해야 할 것인지 여부에 대해 명을 받고 와서 물었습니다. 신은 학술이 적고 비루할 뿐 아니라 예설(禮說)에는 더욱 어두우니, 어찌 감히 참람하게 지극히 중한 의장(儀章)을 논할 수 있겠습니까. 더구나 신이 받은 영화로운 직임은 분수를 헤아려볼 때 신과 걸맞지 않기에 전후로 내려주신 은혜로운 임명에 줄곧 달려가 받들지 못했으니, 그렇다면 단지 여전히 일개 음관(蔭官)일 뿐입니다. 미천한 음관으로 외람되이 유신(儒臣)의 대우를 받는 것은 더더욱 사사로운 의리에 감히 의견을 낼 수 없는 것입니다. 이렇게 저렇게 생각해도 끝내 입을 열어 우러러 대답할 길이 없기에 그저 두려워하며 주벌을 기다릴 뿐입니다.

분석하고 시세를 살피며, 그 문체는 간결하고 명확한 것을 훌륭하게 여긴다. 《承政院日記 正祖 9年 5月 27日, 10月 8日》《國朝五禮儀 吉禮 俗節享眞殿儀》《國朝五禮儀序例 卷1 吉禮 時日》《徐師曾, 文體明辨序說, 北京 : 人民文學出版社, 1998, 133쪽》

박일원의 소회로 인해 제기된 종묘의 음악과 제사의 제품(祭品)을 고쳐야 할 것인지 여부에 대한 의[88]

병오년(1786, 정조10) 정월

88 박일원(朴一源)의……의(議) : 이 글은 저자가 65세 되던 1786년(정조10) 1월에 올린 의이다. 한성부 서윤(漢城府庶尹) 박일원(朴一源, ?~?)이 창덕궁(昌德宮) 인정문(仁政門)에서 행한 조참(朝參) 때 전임 장악원 첨정(掌樂院僉正)으로서 소회(所懷)를 올리자 정조는 이에 대해 시・원임 대신(時原任大臣) 및 예(禮)를 아는 신하와 관각(館閣)의 신하들에게 의견을 두루 물어보라는 명을 내렸는데, 저자는 당시 1784년(정조8) 7월 11일에 정3품 세자시강원 찬선(世子侍講院贊善)에 임명된 뒤 사직을 허락받지 못하고 있었기 때문에 수의(收議)에 응한 것이다. 박일원은 대략 두 가지를 주장하였다. 첫째, 우리 조정은 아악(雅樂)을 사단(社壇)과 황단(皇壇), 문묘(文廟)에 두루 쓰면서 유독 태묘(太廟)에만은 속악(俗樂)을 쓰고 있는데 태묘에도 마땅히 아악을 써야 한다는 것이다. 즉 아악은 세종 때에 만든 것으로 당상에서는 응종(應鐘)의 율(律)을 쓰고 당하에서는 황종(黃鐘)의 율을 써서 음(陰)은 올라가고 양(陽)은 내려오도록 하여 천지의 기운이 교합하여 만물이 무성해지는 뜻을 취하였는데, 지금은 당 현종(唐玄宗)이 안녹산(安祿山)의 난을 피해 촉(蜀)에 가 있을 때 신라에서 문안 온 것을 가상히 여겨 내려준 당나라 이원(梨園)의 악부(樂部)를 종묘에 올린 것으로, 당상과 당하에서 모두 황종을 써서 양률(陽律)만 있고 음률(陰律)이 없어 오음(五音)이 조화롭지 못하다는 것이다. 또 경모궁(景慕宮)의 영신악(迎神樂)에 무(舞)는 6일(佾)을 쓰고 악(樂)은 3성(成)을 쓰는 것은 무는 중하고 악은 가볍게 한 것이어서 음양이 조화롭지 못하다는 것이다. 둘째, 제물(祭物)을 올릴 때 정(鼎)과 조(俎)는 홀수를 쓰고 변(籩)과 두(豆)는 짝수를 쓰는 것은 모두 음양을 형상한 것인데, 태묘 시향(時享)의 제사에 변(籩)에 담는 과일을 다섯 가지 쓰고 고유제(告由祭)의 과일을 한 가지 쓰는 것은 의리에 어긋난다는 것이다. 뿐만 아니라 승(升)과 약(龠)의 수도 각기 달라 태묘에서는 1승 5약을 쓰고 영희전(永禧殿)에서는 2승 3약, 황단(皇壇)에서는 3승 2약을 써서 서로 들쑥날쑥하니 응당 고르게 정하여 사전(祀典)의 예(禮)를 중하게 해야 한다는 것이다. 《日省錄 正祖 10年 1月 22日》

批以所陳二條事係莫重典禮不可不博詢處之禮曹參議就議時原任大臣仍又發遣郎官問議 于知禮之臣俾各獻議 館閣之臣亦皆具意見獻議待其齊到自本曹草祀稟處

因朴一源所懷 廟樂祀典改仍當否議 丙午正月

신의 변변찮은 사사로운 의리에 감히 유신(儒臣)으로 자처할 수 없다는 것은 작년 수의(收議)의 명을 받았을 때 의(議)를 올리면서 참람되이 이런 뜻으로 덧붙여 말씀드렸으니,[89] 삼가 생각건대 밝으신 성상께서는 아마도 기억하실 것입니다. 지금 또 악무(樂舞)와 제품(祭品) 두 가지 큰 일로 외람되이 미천한 신에게까지 부지런히 하문하셨는데, 어리석은 고집을 고치기가 어려우니 끝내 우러러 대답을 할 수 없습니다. 그저 왕인(王人 사신)을 멀리까지 수고롭게 했을 뿐이니 황공한 마음으로 죽을죄를 무릅쓰고 아룁니다.

---

89 작년……말씀드렸으니 : 1785년(정조9) 10월에 올린 의(議)를 이른다. 82쪽 〈영희전의 비가 새는 곳을 보수할 때 이안제(移安祭)와 환안제(還安祭)를 거행해야 할 것인지 여부에 대한 의〔永禧殿雨漏處修改時 移還安當行與否議〕〉 참조.

대전이 왕세자를 위해 입는 상복 제도에 대한 의[90] 5월

大殿爲王世子服制議 五月

신이 이제 막 너무도 애통한 부음을 받고 슬픔으로 정신이 어지러워 몸 둘 바를 모르고 있었는데, 이러한 때 예관(禮官)이 이르러 외람되이 복제(服制)의 대절(大節)에 대해 명을 받고 와서 물었습니다. 신은 평소 예학(禮學)에 어두울 뿐 아니라 왕조의 제도에 대해서는 더욱 익힌 것이 없으니, 비록 입을 열어 우러러 대답하고자 해도 실로 대답할 길이 없습니다. 게다가 신이 본래 처신한 의리는 감히 유신(儒臣)으로 자처하지 못한다는 것이었으니, 지금도 염치를 무릅쓰고 말씀을 드릴 수 없습니다. 황송한 마음으로 죽을죄를 무릅쓰고 아룁니다.

---

90 대전(大殿)이……의(議) : 이 글은 저자가 65세 되던 1786년(정조10) 5월에 올린 의로,《승정원일기》정조 10년 5월 14일 조에 보인다. 저자는 당시 1784년(정조8) 7월 11일에 정3품 세자시강원 찬선(世子侍講院贊善)에 임명된 뒤 사직을 허락받지 못하고 있었기 때문에 수의(收議)에 응한 것이다. 이 의는 동년 5월 11일에 5세의 나이로 갑자기 훙서한 문효세자(文孝世子, 1782~1786)의 초상에 정조가 어떤 상복을 입어야 하는가에 대한 논란으로, 국제(國制)에 따르면 왕은 자최기년복(齊衰朞年服)을 입도록 되어 있으며 1728년(영조4) 무신년에 10세의 나이로 훙서한 효장세자(孝章世子, 1719~1728)의 초상 때에도 이를 따랐으나 1752년(영조28)과 1757년(영조33) 두 차례에 걸쳐 홍계희(洪啓禧) 등이 왕명을 받아 편찬한《상례보편(喪禮補編)》에는 참최삼년복(斬衰三年服)을 입도록 하였기 때문에 제기된 것이다. 논의 결과 정조는 자최기년복을 입는 것으로 정하였다. 《正祖實錄 10年 5月 13日, 14日》

공제 후 사가에서 제사를 거행하는 것이 타당한지에 대한 의[91] 5월

公除後私家行祭當否議 同月

신이 어제 수의(收議)의 명을 받았을 때 감히 변변찮은 사사로운 의리에 삼가 대답할 수 없다는 뜻으로 덧붙여 말씀드려서 이미 환히 살피셨으리라 삼가 생각했습니다. 그런데 뜻밖에도 이번에 또 공제(公除) 후에 사가(私家)의 제사를 행해도 되는 지에 대해 이렇게 하문하시니, 신의 어리석은 고집이 때에 따라 변할 수 없다는 것을 돌아볼 때 끝내 감히 입을 열 수가 없습니다. 그리하여 며칠 사이에 다시 왕인(王人 사신)으로 하여금 헛걸음을 하게 하였으니, 땅에 엎드려 두려워하며 숨을 죽이고 공손히 엄한 주벌을 기다릴 뿐입니다.

91 공제(公除)……의(議) : 이 글은 저자가 65세 되던 1786년(정조10) 5월에 올린 의로, 《승정원일기》 정조 10년 5월 23일 조에 보인다. 저자는 당시 1784년(정조8) 7월 11일에 정3품 세자시강원 찬선(世子侍講院贊善)에 임명된 뒤 사직을 허락받지 못하고 있었기 때문에 수의(收議)에 응한 것이다. 이 의는 예조에서 동년 5월 16일 제기한 문제에 대해 수의(收議)하는 과정에서 나온 것으로, 예조는 1752년(영조28)과 1757년(영조33) 두 차례에 걸쳐 홍계희(洪啓禧) 등이 왕명을 받아 편찬한 《상례보편(喪禮補編)》에 소상(小喪)의 경우 크고 작은 제사들은 임금이 공제(公除)한 뒤에 모두 평소처럼 행하고 사가(私家)의 제사는 수교조(受敎條)를 보라고 하였으나 수교조에는 소상에 대한 언급이 없으니 사가의 제사 역시 다른 제사들과 같이 평소처럼 행하도록 하는 것이 어떻겠느냐는 의견을 제시하였다. 논의 결과 사가의 제사 역시 공제 뒤에 행하는 것으로 정하였다. '공제'는 60쪽 주68 참조. 《正祖實錄 10年 5月 23日》 《承政院日記 正祖 10年 5月 16日, 5月 23日》

혜경궁이 왕세자를 위해 입는 상복 제도에 대한 의[92] 5월
惠慶宮爲王世子服制議 同月

신이 종전에 의(議)를 올리지 못한 것은 감히 명을 태만히 여겨서가 아닙니다. 실로 사사로운 의리에 그렇게 하지 않을 수 없었기 때문이니, 얼마 전에 예관(禮官)이 왔을 때 다시 이런 실정을 진달하였습니다. 지금 또 혜경궁의 복제(服制)를 개정해도 되는지에 대해 이렇게 하문하셨지만 분수에 구애되는 것이어서 끝내 외람되이 우러러 대답할 길이 없습니다. 매우 두려움을 금할 수 없습니다.

92　혜경궁(惠慶宮)이……의(議) : 이 글은 저자가 65세 되던 1786년(정조10) 5월에 올린 의로,《승정원일기》정조 10년 5월 22일 조에 보인다. 저자는 당시 1784년(정조8) 7월 11일에 정3품 세자시강원 찬선(世子侍講院贊善)에 임명된 뒤 사직을 허락받지 못하고 있었기 때문에 수의(收議)에 응한 것이다. 이 의는 동년 5월 11일에 5세의 나이로 갑자기 훙서한 문효세자(文孝世子, 1782~1786)의 초상에 정조의 생모 혜경궁 홍씨(洪氏, 1735~1815)가 어떤 상복을 입어야 하는 가에 대한 논란으로, 혜경궁은 1728년(영조4) 10세의 나이로 훙서한 효장세자(孝章世子, 1719~1728)의 초상 때 복제(服制)를 따라 5월 14일 성복(成服)일에 대공복을 입는 것으로 정하였다.《正祖實錄 10年 5月 14日》《承政院日記 正祖 10年 5月 12日》

대사간 이숭호의 소로 인하여 왕세자를 위해 입는 상복 제도 중 백피화를 뒤미쳐 개정해야 할 것인지에 대한 의[93] 6월
因大司諫李崇祜疏 王世子服制中白皮靴追改當否議 六月

근자에 예관(禮官)이 이번 복제(服制) 중 백피화(白皮靴)를 뒤미쳐 개정하는 예(禮)에 대해 명을 받고 와서 물었습니다. 그러나 신의 처신은 예전과 다름이 없으니 또 감히 우러러 대답드릴 말씀이 없습니다. 지극히 황송하여 몸 둘 바를 모르겠습니다.

---

93 대사간······의(議) : 이 글은 저자가 65세 되던 1786년(정조10) 6월에 올린 의로, 《승정원일기》 정조 10년 6월 13일 조에 보인다. 저자는 당시 1784년(정조8) 7월 11일에 정3품 세자시강원 찬선(世子侍講院贊善)에 임명된 뒤 사직을 허락받지 못하고 있었기 때문에 수의(收議)에 응한 것이다. 이 의는 동년 5월 11일에 5세의 나이로 갑자기 홍서한 문효세자(文孝世子, 1782~1786)의 초상에 입는 상복 중 옷은 최복(衰服)을 입으면서 신은 조복(朝服)에 신는 백피화(白皮靴)를 신는 것이 예(禮)의 본지에 어긋난 듯하다는 대사간 이숭호(李崇祜, 1723~1789)의 소로 인하여 제기된 것이다. 논의 결과 계빈(啓殯) 뒤에는 초상 때와 예(禮)를 같이 하기 때문에 계빈에 맞추어 정조는 백면포(白綿布)로 만든 소리(素履)를 신고 백관은 생삼으로 만든 혜(鞋)로 바꾸어 신기로 하였다. 《正祖實錄 10年 6月 26日》《承政院日記 正祖 10年 6月 13日》

왕세자의 상에 공제 후 태묘의 대제 때 음악을 사용해야 할 것인지에 대한 의[94] 6월

王世子喪公除後太廟大祭用樂當否議 六月

신이 근일에 수의(收議)의 명을 거듭 받았으나, 단지 신의 지식이 우매하고 비루하여 왕조의 전례(典禮)에 참여할 수 없을 뿐 아니라 스스로 미천한 분수를 헤아려 보아도 감히 유신(儒臣)으로서의 대우를 감당할 수 없기에 줄곧 입을 열어 논하여 미천한 신에게 물으신 성심에 조금이나마 답할 수 없었으니, 그 형적이 명을 태만히 하여 용납될 곳이 없을 듯합니다. 그런데 이제 태묘의 추향대제(秋享大祭)에 음악을 사용하는 것이 마땅한지에 대해 다시 애써 하문하셨습니다. 그러나 미천한 신의 작은 지조를 차마 꺾을 수 없어 끝내 왕인(王人 사신)으로 하여금 헛걸음을 하게 만들었으니 그저 스스로 삼가 엎드려 벌을 기다릴 뿐입니다.

---

94 왕세자의……의(議) : 이 글은 저자가 65세 되던 1786년(정조10) 6월에 올린 의로, 《내각일력》정조 10년 6월 21일 조에 보인다. 저자는 당시 1784년(정조8) 7월 11일에 정3품 세자시강원 찬선(世子侍講院贊善)에 임명된 뒤 사직을 허락받지 못하고 있었기 때문에 수의(收議)에 응한 것이다. 이 의는 동년 5월 11일에 5세의 나이로 갑자기 훙서한 문효세자(文孝世子, 1782~1786)의 초상에 공제(公除) 뒤 제사에 음악을 사용할 것인지에 대해 예조 판서 윤시동(尹蓍東, 1729~1797)이 문의함으로 인해 제기된 것이다. 즉《상례보편(喪禮補編)》에는 소상(小喪)에 왕은 공제(公除) 후에 평소처럼 제사를 지낸다고 하고 또 졸곡 뒤에는 모든 제사에 음악을 사용한다고만 되어 있고 대사(大祀)에 대한 규정은 없기 때문이다. 논의 결과 공제 후에 음악을 사용하는 것으로 정하였다. '공제'는 60쪽 주68 참조.《正祖實錄 10年 6月 21日》《承政院日記 正祖 10年 6月 21日》

왕대비전의 시마복 복제가 끝난 뒤 상복을 거두어 보관하는 의절에 대한 의[95] 7월

王大妃殿緦制盡後制服收藏之節議 七月

신이 미천한 음관(蔭官)의 자질로 감히 왕조의 전례(典禮)에 참여할 수 없어 이런 사정을 전후로 여러 번 남김없이 진달하였는데도 아직까지 신의 직명(職名)을 삭제하여 내치는 벌을 받지 못하였습니다. 그런데 이번에 예관(禮官)이 또 왕대비전의 시마복 복제(服制)가 끝난 뒤 제복(制服 상복)을 거두어 보관하는 의절에 대해 명을 받고 와서 물으니, 지극히 황송하고 근심스러운 마음을 금할 수 없습니다.

95 왕대비전의……의(議) : 이 글은 저자가 65세 되던 1786년(정조10) 7월에 올린 의로, 《승정원일기》와 《내각일력》 정조 10년 7월 27일 조에 보인다. 저자는 당시 1784년(정조8) 7월 11일에 정3품 세자시강원 찬선(世子侍講院贊善)에 임명된 뒤 사직을 허락받지 못하고 있었기 때문에 수의(收議)에 응한 것이다. 이 의는 동년 5월 11일에 5세의 나이로 갑자기 훙서한 문효세자(文孝世子, 1782~1786)의 초상에 왕대비 정순왕후(貞純王后) 김씨(金氏, 1745~1805)가 입은 시마(緦麻) 3월복이 7월 말에 벗게 되어 있음으로 인해 미리 《예기》〈상복소기(喪服小記)〉 진호(陳澔) 주의 "시마복을 입는 친족은 달수가 차면 상복을 벗지만, 그 상복을 반드시 거두어 보관해 두었다가 장례를 치를 때를 기다려 다시 입는다.[緦之親, 至月數足而除, 然其服, 猶必收藏以俟葬也.]"라는 구절과 《개원례(開元禮)》의 "우제(虞祭)에 벗는다.[虞則除之.]"라는 구절의 불일치를 논의하기 위하여 제기된 것이다. 논의 결과 왕대비의 상복은 장례일에 행하는 초우(初虞) 뒤에 벗는 것으로 정하였다. '상복'의 원문은 '祭服'이나, 앞 뒤 문맥으로 볼 때 제복(祭服)은 맞지 않기 때문에 '상복(喪服)'의 의미인 '제복(制服)'의 오류로 보고 바로잡아 번역하였다. 《승정원일기》정조 윤7월 12일 조에는 당시 이에 대해 의를 올린 영의정 정존겸(鄭存謙)의 글을 인용하면서 '制服'으로 표기하고 있다. 이하 같다. 《正祖實錄 10年 閏7月 13日》《承政院日記 正祖 10年 7月 27日, 閏7月 12日》

다만 신의 변변찮은 지조가 염치와 의리에 관계되기 때문에 끝내 감히 당돌하게 입을 열어 미천한 신에게 하문하신 성심에 대답할 수가 없으니, 죄가 겹겹이 쌓였기에 땅에 엎드려 주벌을 기다릴 뿐입니다.

왕대비전의 시마복 복제가 끝난 뒤 상복을 거두어 보관하는 의절에 대한 두 번째 의[96] 윤7월

再議 閏七月

근일에 예관(禮官)이 다시 왕대비전 복제(服制)의 일로 명을 받고 와서 물었으나 변변찮은 신의 의리에 끝내 감히 외람되이 대답할 수 없으니 황공하오며 죽을죄를 졌습니다.

---

96 왕대비전의⋯⋯의(議) : 이 글은 저자가 65세 되던 1786년(정조10) 윤7월에 올린 의로, 《승정원일기》와 《내각일력》 정조 10년 윤7월 12일 조에 보인다. 자세한 것은 91쪽 주95 참조.

왕이 혼궁에 직접 제사를 지낼 때 신주를 영좌(靈座)에 내려놓을 것인지 여부와 향을 올릴 때 앉아야 할 것인지에 대한 의[97] 윤7월

魂宮親祭神主降座及上香時坐立當否議 同月

신의 변변찮은 사사로운 의리에 끝내 감히 외람되이 유신(儒臣)의 대우를 감당할 수 없기에 지금 하문하신 것에 대해 또 삼가 대답을 드릴 수 없으니 그저 황송함만 더할 뿐입니다.

---

97 왕이……의(議) : 이 글은 저자가 65세 되던 1786년(정조10) 윤7월에 올린 의로, 《승정원일기》 정조 10년 윤7월 13일 조에 보인다. 이 의는 동년 5월 11일에 5세의 나이로 갑자기 훙서한 문효세자(文孝世子, 1782~1786) 혼궁(魂宮)의 제사에 정조가 친림할 때 신주를 내려놓는 의절 및 전폐례(奠幣禮) 때 삼상향(三上香)의 좌립(坐立) 의절에 대해 당시 신하들의 의견이 분분하였기 때문에 이에 대한 수의(收議)에 응한 것이다. 논의 결과 신주는 꺼내어서 탑(榻) 위 곡궤(曲几) 앞에 내려놓도록 하고 분향은 앉아서 하는 것으로 정하였다. 《正祖實錄 10年 閏7月 13日》

신련이 태묘를 지나갈 때 낮추어 메어야 하는지에 대한 의[98]

윤7월

神輦過太廟時低擔當否議 同月

신이 사사로운 의리에 구애되어 매번 왕인(王人 사신)을 헛걸음하게 하였습니다. 이번에는 신련(神輦)이 태묘(太廟)를 지나갈 때의 절차를 외람되이 하문하셨으나 어리석은 고집이 예전과 다름이 없어 또 침묵할 수밖에 없으니 지극히 두려움을 금할 수 없습니다.

---

98 신련(神輦)이……의(議) : 이 글은 저자가 65세 되던 1786년(정조10) 윤7월에 올린 의로, 《승정원일기》와 《내각일력》 정조 10년 윤7월 17일 조에 보인다. 이 의는 동년 5월 11일에 5세의 나이로 갑자기 훙서한 문효세자(文孝世子, 1782~1786)의 발인에 영여(靈輿)는 종묘 앞길에 이르면 조상을 알현하는 의미에서 북쪽으로 돌려 욕석(褥席)에 내려놓는 것이 당연한 예(禮)이나, 신은 곧 다시 돌아올 것인데 신련 역시 이렇게 내려놓는 것이 과연 옳은 지에 대한 수의(收議)에 응한 것이다. 논의 결과 《상례보편(喪禮補編)》의 발인 의절에 따라 종묘의 앞길을 지나갈 때 신련은 욕석에 북향으로 잠시 멈추어 두고 대여(大輿)는 욕석에 북향으로 안치해 두는 것으로 정하였다. '신련'은 임금의 신백(神帛)을 모시고 가는 연(輦)으로, 혼연(魂輦)이라고도 한다. 여기에서는 문효세자의 신련을 가리킨다. 《正祖實錄 10年 閏7月 17日》

왕이 문효세자의 소상 뒤 혼궁과 묘소에 친림할 때 입는 복색에 대한 의[99] 정미년(1787, 정조11) 4월

文孝世子小祥後親臨魂宮墓所時服色議 丁未四月

근일에 예관(禮官)이 문효세자(文孝世子)의 소상(小祥) 후 성상께서 혼궁과 묘소에 친림하실 때의 복색에 대해 명을 받고 와서 물었습니다. 그러나 신의 본래 처지가 감히 유신(儒臣)으로 자처할 수 없기에 외람되이 삼가 대답할 길이 없으니 그저 지극히 황송할 뿐입니다.

---

99 왕이……의(議) : 이 글은 저자가 66세 되던 1787년(정조11) 4월에 올린 의로, 《승정원일기》 정조 11년 4월 12일 조에 보인다. 이 의는 1786년 5월 11일에 5세의 나이로 갑자기 훙서한 문효세자(文孝世子, 1782~1786)의 소상(小祥) 뒤에 왕이 혼궁(魂宮)과 묘소에 친림할 때 입는 복색에 대한 수의(收議)에 응한 것이다. 논의 결과 상제(喪制)를 마친 뒤에는 그대로 흑포(黑袍)를 입고 환궁할 때에는 길복을 입는 것으로 정하였다. 《正祖實錄 11年 4月 3日》

서書

종제 백안[1] 이소 에게 답하다

答從弟伯安 履素

문의한 제복(除服)에 관한 일은 두루 살펴보지 못하고 단지 다음 몇 구절뿐이지만 또한 헤아려 선택할 수 있을 것이네. 내 생각에는 우옹 (尤翁 송시열(宋時烈))[2]의 설이 가장 간단하고 명쾌하여 세세한 데 얽매

---

1 백안(伯安) : 김이소(金履素, 1735~1798)의 자로, 본관은 안동(安東), 호는 용암 (庸菴)이다. 김창집(金昌集, 1648~1722)의 증손이자 저자의 작은 아버지 김탄행(金坦 行, 1714~1774)의 아들이며, 저자보다 13세 아래이다. 1764년(영조40) 병자호란 때의 충신 후손들만을 위해 시행된 정시 문과에 급제하였으며, 좌의정 등을 역임하였다. 시호는 익헌(翼憲)이다.《安東金氏世譜, 安東金氏大同譜刊行委員會, 1982》

2 우옹(尤翁) : 송시열(宋時烈, 1607~1689)로, 본관은 은진(恩津)이다. 아명은 성 뢰(聖賚), 자는 영보(英甫), 호는 우암(尤菴) 또는 우재(尤齋), 시호는 문정(文正)이 다. 충북 옥천군(沃川郡) 구룡촌(九龍村) 외가에서 태어나 1632년(인조10) 26세까지 그 곳에서 살았다. 뒤에 회덕(懷德)의 송촌(宋村)·비래동(飛來洞)·소제(蘇堤) 등지 로 옮겨가며 살았으므로 세칭 회덕인으로 알려져 있다. 8세부터 친척인 송준길(宋浚吉, 1606~1672)의 집에서 함께 공부하여 훗날 양송(兩宋)으로 불리우게 되었다. 김장생 (金長生, 1548~1631)에게서 성리학과 예학을 배웠으며 김장생의 아들 김집(金集, 1574~1656) 문하에서 학업을 마쳤다. 1633년(인조11) 27세 때 생원시(生員試)에 합격 하였다. 1635년(인조13)에 후일의 효종인 봉림대군(鳳林大君, 1619~1659)의 사부(師

이는 것이 많이 없을 뿐 아니라 "대상(大祥)을 지낸 뒤에는 제복(除服)한다.〔祥則除〕"라는 정현(鄭玄)의 주(注)에도 부합하니 따라 행하여도 될 듯하네. 더구나 지금 몸에 국복(國服 국상(國喪)에 입는 상복)을 입고 있으니 비록 평상복으로 돌아온다고는 하지만 생포의(生布衣)에 생포립(生布笠)만 착용하는 것이 종길(從吉)[3]을 빨리 했다는 혐의가 더욱 없을 것이네.

다만 지촌(芝村)[4]이 말한 "대상과 길제(吉祭)를 이어서 행한다.〔祥

傳)가 되었으며, 병자호란으로 소현세자(昭顯世子, 1612~1645)와 함께 봉림대군이 인질로 잡혀가자 낙향하여 10여년 간 학문에만 몰두하였다. 1649년에 효종이 즉위하자 벼슬에 나아가 세자시강원 진선(世子侍講院進善) 등을 역임하였다. 〈기축봉사(己丑封事)〉를 올려 존주대의(尊周大義)와 복수설치(復讐雪恥)를 주장하면서 효종의 북벌 계획의 중심 인물로 부상하였다. 1659년 5월 효종이 서거하자 조대비(趙大妃)의 복제 문제로 제1차 예송(禮訟)이 발생하였으며 그 해 12월 벼슬을 버리고 낙향하였다. 1674년 효종 비의 상으로 인한 제2차 예송에서 그의 예론을 추종한 서인들이 패배하자 그 여파로 1675년(숙종1) 정월 덕원(德源)으로 유배되었다. 1680년(숙종6) 경신환국으로 서인들이 다시 정권을 잡자 유배에서 풀려나 중앙 정계에 복귀하였으나, 1689년 기사환국이 일어나 다시 제주도로 유배되었다가 그 해 6월 서울로 압송되어 오던 중 전라도 정읍(井邑)에서 사약을 받고 죽었다. 저서에 1787년(정조11) 평양 감영에서 목판으로 출간한 215권 102책의 《송자대전(宋子大全)》이 있다.

3 종길(從吉) : 거상(居喪)이 끝나 상복(喪服)을 벗고 길복(吉服)으로 갈아입는 것을 이른다.

4 지촌(芝村) : 이희조(李喜朝, 1655~1724)의 호이다. 본관은 연안(延安), 자는 동보(同甫), 시호는 문간(文簡)이다. 부제학 이단상(李端相)의 아들이며 송시열(宋時烈)의 문인이다. 유일(遺逸)로 천거되어 사헌부 대사헌, 이조 참판 등을 역임하였다. 1721년(경종1) 신임사화로 김창집(金昌集) 등 노론 4대신이 유배당할 때 전남 영암(靈巖)으로 유배되었다가 평안도 철산(鐵山)으로 이배(移配) 도중 죽었다. 저서에 《지촌집(芝村集)》 32권이 있다.

吉續行]"라는 의심은 과연 단정 지어 말하기 어렵지만 참으로 그렇다면 달을 달리하는 것이 좋을 것 같네. 중순의 정일(丁日)과 하순의 정일을 또 무슨 가릴 것이 있겠는가. 이것은 감히 반드시 그렇다고 장담할 수 없지만 예(禮)의 본뜻을 생각한다면 무엇보다도 길제(吉祭)를 지내는 것이 급하기 때문에 만약 그 달 안에 길제를 만나게 되면 비록 담제(禫祭)를 지내는 달이라 할지라도 길제를 지내야 할 것이네. 지금 이미 상복을 벗었는데도 당연히 행해야할 달에 공공연히 길제를 폐한다면 온당치 않은 것이 아니겠는가.

그리고 정현(鄭玄)의 주(注)에 근거하여도 소상과 대상은 본래 해를 달리하여 행하기 때문에 3년 뒤에 장례를 치르는 경우에도 달을 달리하여 행하는 것이지만, 길제의 경우는 본래 해를 달리하여 행하는 제사가 아니니 어찌 굳이 이 격례를 쓰겠는가. 그러나 이것은 큰 의절이라 성급히 정해서는 안 되니 다시 아는 사람들에게 물어 행하는 것이 어떻겠는가.

〔부기〕

《예기》〈상복소기(喪服小記)〉: "3년 뒤에 장례를 치르는 경우에는 반드시 소상(小祥)과 대상(大祥) 두 번의 제사를 지내야 한다. 이 두 제사는 사이를 두어 동일한 달에 지내지 않으며 대상이 끝나면 상복을 벗는다.〔三年而後葬者, 必再祭. 其祭之間不同時, 而除喪.〕"

정현(鄭玄)의 주: "'재제(再祭)'는 연제(練祭 소상(小祥))와 상제(祥祭 대상(大祥))를 이른다. '간불동시(間不同時)'는 달을 달리해야 한다는 말이다. 부제(祔祭)를 지낸 다음 달에 연제를 지내고 다시 다음 달에 상제를 지내어 반드시 달을 달리 하는 것은 장례와 연제·상제가 본래 해를 달리하여 지내기 때문에 달을 달리 하는 것이다. '이제상(而除喪)'은 상제를 지낸 뒤에는 상복을 벗고 담제 (禫祭)를 지내지 않는다는 말이다.〔再祭, 練, 祥也. 間不同時者, 當異月也. 旣祔, 明月練而祭, 又明月祥而祭. 必異月者, 以葬與練, 祥本異歲, 宜異時也. 而除喪者, 祥則除, 不禫.〕"

우암(尤庵 송시열(宋時烈))이 어떤 사람에게 답한 편지[5]

문의한 것은, 예(禮)는 시기가 이미 지났으면 담제를 지내지 않는 법이니[6] 어찌 다시 담복(禫服)을 벗는 날이 있을 수 있겠는가. 대상 이 지난 뒤에는 곧바로 평상을 회복해야 할 것이다.

---

5 우암(尤庵)이……편지 : 우암 송시열(宋時烈, 1607~1689)이 1681년(숙종7) 2월 17일에 문인 이행(李漟, 1647~1702)에게 보낸 편지이다. 이행은 자가 중심(仲深)으 로, 이단상(李端相, 1628~1669)의 사위이다. 특히 천문학에 조예가 깊었으며 예(禮) 에 정통하였다. 위 우암의 편지는 이행이 "대상제를 연고가 있어 미루어 행하게 되어서 담제를 지내는 달이 이미 지나게 되었다면 담복을 벗는 것은 언제 해야 합니까?〔大祥有 故退行, 而禫月已過, 則其脫禫當在何時?〕"라고 문의해오자 이에 답한 것이다.《宋子大 全 卷98 答李仲深, 卷122 答或人》《農巖集 卷27 李仲深墓誌銘》

6 예(禮)는……법이니 :《예기》〈증자문(曾子問)〉에 "제사는 시기가 지나면 제사를 지내지 않는 것이 예이다.〔祭過時不祭, 禮也.〕"라는 공자의 말이 보인다.

지촌(芝村 이희조(李喜朝))이 민사위(閔士衛)에게 답한 편지[7]

함께 사는 집에 사사로운 초상이 나서 대상을 4, 5개월 뒤로 미루어 행할 경우, 대상을 지내는 달에 대상을 이어서 길제를 행한다면 대상을 지내는 날 백립(白笠)을 쓴다 하더라도 길관(吉冠)을 쓰는 것은 의당 길제 전에 있어야 할 듯하네. 담제는 비록 시기가 지나서 지내지 않는다 하더라도 필시 담제를 지내야 하는 날은 있을 것이니, 그날 길관으로 바꾸어 쓰는 것이 옳지 않겠는가.

만일 초순 정일(丁日)에 대상을 지냈다면 중순 정일은 담제를 지내는 날이 되어야 하고 하순 정일은 길제를 지내는 날이 될 것이네. 그러나 만일 길제를 중순 정일에 지낸다면 또한 이렇게 되기 어려울 것이니, 어찌 그 중간쯤 되는 날에 바꾸어 쓰더라도 무방하지 않겠는가. 그러나 지금 대상과 길제를 같은 달에 이어서 행하는 것에 대해 의심하여 묻는 사람이 있으니, 감히 단정 지어 말할 수는 없지만 초순에 대상을 행하고 중순 정일에 길제를 행하는 것은 끝내 타당하지 않은 듯하네. 어떻게 생각하는가?

---

7 지촌(芝村)이……편지 : 지촌 이희조(李喜朝, 1655~1724)가 1717년(숙종43)에 사위(士衛) 민익수(閔翼洙, 1690~1742)에게 보낸 편지이다. 민익수는 본관은 여흥(驪興), 자는 사위(士衛), 호는 숙야재(夙夜齋), 시호는 문충(文忠)이다. 여양부원군(驪陽府院君) 민유중(閔維重)의 손자이자 민진후(閔鎭厚)의 아들이다. 1717년(숙종43) 생원시에 합격하여 세마(洗馬)의 자리에 올랐으나 곧 여강(驪江)으로 돌아가 은거하였다. 뒤에 공조 좌랑, 사헌부 장령 등을 역임하였으며 이조 판서에 추증되었다. 《芝村集 卷15 答閔士衛》

남계(南溪 박세채(朴世采))가 신전(申銓)에게 답한 편지[8]

혹 초상이 나서 부득이 담제를 지내는 달에 대상제를 뒤늦게 지내게
되면 더 이상 담제를 지낼 의리는 없습니다. 대상제를 지낼 때 잠시
거친 황초립(黃草笠)을 쓰고 백포직령의(白布直領衣)에 담흑대(淡
黑帶)를 착용하고 지냈다가[9] 다음에 오는 중월(仲月) 정제(正祭 시제
(時祭)) 때를 기다려 비로소 순길복(純吉服)을 입어야 근거가 있을
듯합니다.

---

8 남계(南溪)가……편지 : 남계 박세채(朴世采, 1631~1695)가 1692년(숙종18) 5월
28일에 동서인 신전(申銓, 1636~?)에게 보낸 편지이다. 박세채는 본관은 반남(潘南),
자는 화숙(和叔), 호는 현석(玄石)・남계(南溪), 시호는 문순(文純)이다. 형조 판서
박동량(朴東亮)의 손자이며, 어머니는 신흠(申欽)의 딸이다. 박세당(朴世堂), 박태유
(朴泰維), 박태보(朴泰輔) 등이 모두 가까운 친족이며, 송시열(宋時烈)의 손자 송순석
(宋淳錫)이 사위이다. 김상헌(金尙憲)과 김집(金集)의 문인으로, 아버지 박의(朴猗)
는 김집의 아버지인 김장생(金長生)의 문인이었다. 1659년(현종 즉위)에 천거로 익위
사 세마(翊衛司洗馬)가 되었으며, 그해 5월 효종이 승하하자 자의대비(慈懿大妃)의
복상문제(服喪問題)에 송시열(宋時烈)・송준길(宋浚吉)의 기년설(朞年說)을 지지하
며 서인 측의 이론가로 활약하였다. 사헌부 집의, 승정원 동부승지, 사헌부 대사헌,
이조 판서, 우참찬 등을 역임하였다. 예학의 대가로《남계선생예설(南溪先生禮說)》,
《육례의집(六禮疑輯)》,《삼례의(三禮儀)》,《사례변절(四禮變節)》,《가례요해(家禮
要解)》,《가례외편(家禮外編)》등의 예서(禮書)가 있으며, 그 밖에《시경요의(詩經要
義)》,《대학보유변(大學補遺辨)》,《심경요해(心經要解)》등의 저술이 있다. 《南溪集
續集 卷10 答申參奉》
9 거친……지냈다가 : 당시 세속에서 입었던 심상복(心喪服)을 입는 것을 이른다.
《南溪集 續集 卷10 答申參奉》

백안[10]에게 답하다

答伯安

아버지가 서자(庶子)의 상(喪)에 상주가 되지 않는다는 것은 《예기》〈복문(服問)〉이래로 정현(鄭玄)과 가공언(賈公彦) 등 여러 유자(儒者)들 모두 이견이 없으니,[11] 그 설이 자주 보이며 한 번만 보이는 것

---

10 백안(伯安) : 99쪽 주1 참조.

11 아버지가……없으니 : 《예기》〈상복소기(喪服小記)〉에 "서자가 아버지의 집에서 살면 어머니의 상에 담제(禫祭)를 지내지 않으며 상장(喪杖)을 짚고 곡위(哭位)에 나아가지 않는다. 아버지는 서자의 상에 상주가 되지 않으니, 서자의 아들은 상장을 짚고 곡위에 나아가는 것이 옳다.[庶子在父之室, 則爲其母不禫, 庶子不以杖卽位. 父不主庶子之喪, 則孫以杖卽位可也.]"라는 내용이 보인다. 정현의 주에 "손자는 할아버지에게 압존(壓尊)되지 않기 때문에 정을 다 펼 수 있는 것이다.[祖不厭孫, 孫得伸也.]"라고 하였으며, 공영달(孔穎達)의 소에 "이 절은 서자가 아버지가 살아있을 때 상장을 짚어야 하느냐는 것을 논한 것이다. '서자가 아버지의 집에서 살면 어머니의 상에 담제를 지내지 않는다.'는 것은 여기의 아버지는 불명지사(不命之士)이니, 아버지와 아들이 함께 사는 경우를 이른다. 만일 아버지와 함께 살지 않으면 어머니의 상에 담제를 지내며 다음에 나오는 말대로라면 상장 역시 짚는다.……아버지는 적자의 상에 상주가 되어 상장을 짚기 때문에 적자의 아들이 상장을 짚고 곡위에 나아가지 못하는 것이니, 이것은 할아버지의 예를 피하는 것일 뿐 압존(壓尊)되어서가 아니다. 그러나 지금 여기에서는 아버지가 서자의 상에 상주가 되지 않았기 때문에 서자의 아들이 상장을 짚고 곡위에 나아갈 수 있는 것이다.[此一節論庶子父在, 應杖及不應杖之節. 庶子在父之室則爲其母不禫者, 此謂不命之士, 父子同宮者也. 若異宮則禫之, 如下言則亦猶杖也.……父主適子喪而有杖, 故適子子不得以杖卽位, 以辟祖故耳, 非厭也. 今此父不主庶子喪, 故庶子子則得杖卽位也.]"라고 하였다. 또 《예기》〈복문(服問)〉에 "임금이 상주가 되는 경우는 부인(처)과 태자와 적부(適婦) 상이 났을 때이다.[君所主, 夫人妻, 大子, 適婦.]"라는 내용이 보이는데, 공영달의 소에 "이 세 사람은 이미 바르니, 비록 존귀한 임금이라

이 아니네. 다만 "무릇 상이 났을 때 아버지가 살아있으면 아버지가 상주가 된다.〔凡喪, 父在, 父爲主.〕"[12]라는 구절에 위배되지 않을 수 없을 듯하지만, 공영달(孔穎達)의 소(疏)에서 함께 사는 경우와 함께 살지 않는 경우로 나누어 논한 것[13]으로 또 충분히 설명할 수 있을 것 같네.

서자는 지위가 낮기 때문에 아버지가 서자의 상주가 되는 것은 본래 맞지 않네. 다만 함께 살고 있는데 초상이 나면 집안의 일은 아버지에게 통할되기 때문에 자연히 아버지가 주관하지 않을 수 없는 것뿐이네. 만일 장자와 서자를 막론하고 함께 살든 살지 않든 모두 아버지가 그

할지라도 그들의 상에 상주가 되며 이 경우가 아니면 상주가 되지 않는 것을 이른다. 여기에서 '처'라고 한 것은 대부 이하 역시 처와 적자와 적부를 위하여 상주가 된다는 것을 보이기 위한 것이다.〔此三人旣正, 雖國君之尊, 猶主其喪也, 非此則不主也. 言妻, 欲見大夫以下亦爲妻及適子, 適婦爲主也.〕"라고 하였다. 아래 주13 참조.

12 무릇……된다 :《예기》〈분상(奔喪)〉에 보인다.

13 공영달(孔穎達)의……것 :《예기》〈분상〉 공영달의 소에 "이 절은 함께 살 때 상을 주관하는 일을 논한 것이다. '무릇 상이 났을 때 아버지가 살아있으면 아버지가 상주가 된다.'는 것은 아들에게 아들의 처나 아들의 아들 상이 나게 되면 그 아버지가 상주가 된다는 것을 말한 것이다. 살펴보면《예기》〈복문〉에 '임금이 상주가 되는 경우는 부인(처)과 태자와 적부(適婦)의 상이 났을 때이다.'라고 하였고 '서부(庶婦)의 상에 상주가 된다.'라고 하지 않았으니, 여기의 말대로라면 또한 서부의 상에 상주가 되는 것은 〈복문〉의 글과 다르게 된다. 〈복문〉에서 말한 것은 명사(命士) 이상을 통틀어 말한 것이니, 아버지와 아들이 함께 살지 않으면 서자는 각각 사상(私喪)의 상주가 된다. 지금 여기에서 말한 것은 함께 사는 경우를 이른다.〔此一節論同居主喪之事. 凡喪父在父爲主者, 言子有妻, 子喪, 則其父爲主. 案服問云君所主夫人妻大子適婦, 不云主庶婦, 若此所言, 則亦主庶婦, 是與服問違者. 服問所言, 通其命士以上, 父子異宮, 則庶子各自主其私喪. 今此言, 是同宮者也.〕"라는 내용이 보인다. 105쪽 주11 참조.

상(喪)의 상주가 된다고 한다면 예(禮)의 본뜻은 감히 알 수 없지만 〈복문〉의 설들은 장차 어디에 버려두겠는가.

종제 성도 이현 에게 답하다[14]

答從弟誠道 履顯

산사(山祠)에 관한 일[15]은 아우를 위해 심사숙고해보았는데 내 생각에 끝내 그만두고 말 수는 없네. 하루라도 그 고을의 수령이 되었다면 현(縣)의 크고 작은 일들을 어찌 감히 자신의 책임이 아니라고 하겠는가. 근래 고을을 다스리는 자들을 보면 학궁(學宮)에 대한 논의에 있어 일체 직무 밖의 일로 간주하고 상관하지 않으려고 하는데, 옳지 않네. 주자(朱子 주희(朱熹))는 동안 주부(同安主簿)로 있을 때 소 승상(蘇丞相 소송(蘇頌))의 사당을 세웠고[16] 지남강군사(知南康軍

---

14 종제(從弟) 성도(誠道)에게 답하다 : '성도'는 김이현(金履顯, 1742~1800)의 자로, 본관은 안동(安東)이다. 김창집(金昌集)의 증손이자 저자의 큰아버지 김준행(金埈行)의 아들이며, 저자보다 20세 아래이다. 1768년(영조44) 생원시에 합격하고 밀양 부사(密陽府使) 등을 역임하였으며, 이조 판서에 추증되었다. 이 편지는 김이현이 보은 현감(報恩縣監)으로 임명된 1773년(영조49) 4월 10일부터 1776년(정조 즉위) 6월 20일 금구 현령(金溝縣令)으로 임명될 때까지 3년여 기간에 쓴 것으로 추정된다. 저자의 나이 52세~55세에 해당한다. 《承政院日記 英祖 49年 4月 10日, 正祖 卽位年 6月 20日》 《安東金氏世譜, 安東金氏大同譜刊行委員會, 1982》

15 산사(山祠)에 관한 일 : '산사'는 충북 보은(報恩)에 있는 산앙사(山仰祠)를 이른다. 1707년(숙종33)에 세운 송시열(宋時烈, 1607~1689)의 영당으로, 뒤에 송시열의 문인 권상하(權尙夏, 1641~1721)와 송강석(宋康錫, 1663~1721)을 배향하였다. '산사에 관한 일'은, 송시열과 권상하는 영정을 모시고 송강석은 영정 대신 종이로 만든 족자인 지족(紙簇)에 '모공신위(某公神位)'라고 써서 걸어두었는데, 같은 배향임에도 영정이 아닌 지족이라는 것 때문에 송강석을 위해 별도의 사당을 세울 것인지, 지족 대신 서원에서 쓰는 위판(位版)으로 바꿀 것인지 등에 관하여 논의한 것을 이른다. 자세한 내용이 《미호집》에 보인다. 《燃藜室記述 別集 卷4 祀典典故 書院》 《渼湖集 卷5 與權亨叔》

事)로 있을 때는 또 염계(濂溪 주돈이(周敦頤))의 사당을 세우고 두 분의 정 선생(程先生 정호(程顥)·정이(程頤))을 배향하였으니,[17] 어찌 학궁의 일에 관여하지 않은 적이 있었던가. 단지 관여만 한 것이 아니라 실제로는 모두 직접 주관한 것이니, 주자가 어찌 사리에 맞지 않은데도 하셨겠는가.

지금 들으니 이 사당에 운곡(雲谷 송강석(宋康錫))[18]을 위해 장차 별묘(別廟)를 세우려고 한다는데, 이것은 금령(禁令)[19]을 범하는 것이 아니

16 주자(朱子)는……세웠고 : 주희(朱熹, 1130~1200)는 22세 때인 1151년 3월 임안(臨安)의 진사 시험에 합격하여 좌적 공랑(左迪功郎) 천주 동안현 주부(泉州同安縣主簿)에 임명되어 임기가 만료되는 1156년 7월까지 5년여 동안 재직하였는데, 재임 중인 1155년 10월 학궁(學宮)에 소송(蘇頌, 1020~1101)의 사당을 세웠다. 소송은 천문학자이자 약물학자로, 복건성(福建省) 천주 동안현 사람이다. 한림학사 승지(翰林學士承旨), 상서성 좌승(尙書省左丞), 우복야 겸 중서문하시랑(右仆射兼中書門下侍郞) 등을 역임하고 82세의 나이로 병사하였다. 《束景南, 朱熹年譜長編, 上海:華東師範大學出版社, 2001, 142·199·209쪽》

17 지남강군사(知南康軍事)로……배향하였으니 : 주희는 49세 때인 1178년 8월 남강군(南康軍)의 지사(知事)로 차임되어 1181년 9월 22일 우상(右相) 왕회(王淮)의 천거로 제거절동상평다염공사(提擧浙東常平茶鹽公事)에 임명될 때까지 3년여 동안 재직하였는데, 재임 중인 1179년 4월 학궁(學宮)에 주돈이(周敦頤, 1017~1073)의 사당을 세우고 정호(程顥, 1032~1085)와 정이(程頤, 1033~1107)를 배향하였다. 《束景南, 朱熹年譜長編, 上海:華東師範大學出版社, 2001, 604·621·708쪽》

18 운곡(雲谷) : 송강석(宋康錫, 1663~1721)의 호로, 본관은 은진(恩津), 자는 진숙(晉叔)이다. 송시열(宋時烈, 1607~1689)의 문인이자 종손(從孫)이다. 1717년(숙종 43) 55세 때 송시열의 문인 권상하(權尙夏, 1641~1721)의 천거로 영소전 참봉(永昭殿參奉)에 임명되었으나 나아가지 않았다. 1721년(경종1) 3월 5일 59세의 나이로 세상을 떠났으며 산앙사(山仰祠)에 제향(祭享)되었다. 《錦谷集 卷14 雲谷宋公墓碣銘》

19 금령(禁令) : 사우(祠宇)나 서원을 중복하여 설립하거나 사사로이 설립하는 것을

겠는가. 금령을 범하여 현자(賢者)를 섬기는 것은 그 의리가 어디에 있는가. 설령 별묘라 하지 않고 임시 다른 이름을 빌려서 금령을 교묘하게 피한다 하더라도 별묘가 완성되기를 기다려 모신다면 그 구차하게 속이는 짓이 어찌 선비가 할 행동이겠는가. 그 또한 끝내 금령을 범하는 것이 되지 않겠는가. 그리고 이 별묘는 장차 본 사당 안에 설립하려는가? 밖에 설립하려는가? 봉안할 때에 원래의 지족(紙簇)을 그대로 모시려는가? 위판(位版)을 사용하려는가? 이것은 알 수 없는 것이지만 요컨대 금령을 범한다는 점에서는 모두 동일한 것이네. 왜 이겠는가?

당초에 운곡을 추가로 배향한 것은 이미 금령이 나온 뒤에 있었으니, 비록 배향을 했다지만 배향이 없는 것과 같네. 지금 운곡을 위해 특별히 별묘를 설립하여 배식(配食)에서 별향(別享)이 되도록 하는 것은 단지 예전의 잘못을 완성시키는 것일 뿐 아니라 그 잘못을 확대하고 드러내는 것이니, 금령을 범하는 것이 아니고 무엇이겠는가. 한 고을의 수령이 된 사람으로서 감히 앉아서 보고만 있단 말인가. 이것은 반드시

금한 것으로, 여기에서는 1714년(숙종40) 갑오년의 금령을 가리킨다. 서원은 1542년(중종37) 주세붕(周世鵬, 1495~1554)이 백운동서원(白雲洞書院)을 세워 안향(安珦, 1243~1306)을 향사한 이래 전국 각지에 건립되어 후진 양성과 선현 제향의 역할을 수행하였으나 조선 후기에 와서는 교육 기관으로서의 기능은 쇠퇴한 반면 국가 재정이 낭비되고 붕당의 온상지로 변모하는 등 폐단이 많아지자 1644년(인조22)에는 서원을 새로 설립할 때 허가를 받도록 하였고, 1713년(숙종39)에는 중복하여 설립하는 것을 엄히 금하였으며, 1714년에는 사사로이 설립하는 것을 금하고 이를 어길 경우 훼철을 시행하였다. 이후 1741년(영조17)에 전국적인 서원 훼철을 단행할 때 숙종 연간의 갑오 정식을 기준으로 시행하였다. 《仁祖實錄 22年 8月 4日》《肅宗實錄 39年 7月 21日, 40年 7月 11日》《英祖實錄 17年 4月 8日》

금해야 할 것임은 의심의 여지가 없네.

다만 이와 같은데도 대처할 다른 방법이 없어 두 배위(配位)를 영당(影堂) 강당의 각각 한 모퉁이에 모심으로써 상례(常禮)에 맞지 않는 지족[20]이 그대로 우옹(尤翁)의 영좌(靈座)를 오랫동안 더럽힐 수 있게 한다면 또 누가 그 책임을 지겠는가. 다른 사람에 있어서도 오히려 그러하거든 더구나 우리 집안이 이 어른에 대해서는 어찌 더욱 각별하지 않겠는가.

비록 그렇다고는 하나 이 또한 공의(公義)를 범범히 논한 것일 뿐 지금 아우에게는 이보다 더 큰 문제가 있네. 아, 선군(先君 김원행(金元行))께서 이 사당에 대해 마음 쓰기를 얼마나 절절히 하셨는가. 그 있는 장소가 흡족하지 않은 것을 걱정해서는 터를 골라 옮겨 건립하였고,[21] 그 재력이 부족한 것을 걱정해서는 편지를 써서 모았으니, 사우(士友)들을 일깨우고 권면하여 마음을 같이 하고 힘을 다한 것이 오고간 편지 사이에 드러난 것이 지금까지도 여전히 밝게 빛난다네.

고유문(告由文)을 내신 것으로 말하면 또 생각을 정밀히 하고 식견을 넓게 하여 위로는 우옹을 위해 사당의 모습이 지극히 위엄 있도록 하고 아래로는 운곡을 위해 예(禮)에 맞지 않은 데서 오는 부끄러움을

---

20 상례(常禮)에……지족 : 이와 관한 논란이 《미호집(渼湖集)》 권3 〈유 상국에게 보내다〔與兪相國〕〉, 권5 〈송 동지에게 답하다〔答宋同知〕〉, 〈권형숙에게 보내다〔與權亨叔〕〉, 권6 〈김백고에게 보내다〔與金伯高〕〉 등에 자세하다.

21 그……건립하였고 : 산앙사 영당(影堂)이 오래되어 집채가 많이 기울어서 무너질 염려도 있고 또 지세(地勢)가 황량하고 외져서 영구히 보존할 계책으로 삼을 수 없다고 하여, 사람의 논의를 거쳐 송시열의 종가(宗家)가 예전에 거주하던 탄금대(彈琴臺) 일대로 옮겨 건립한 것을 이른다. 《渼湖集 卷20 山仰祠移安尤庵先生眞像告由文》

멀리하셨으니,[22] 참으로 바꿀 수 없는 당당한 정론(正論)이자 동시대에 이를 듣는 이들로 하여금 모두 기뻐하며 다른 말이 없도록 한 것이었네.

다만 저 송생(宋生)이라는 자가 감히 자기 한 개인의 사사로운 분을 멋대로 부려서 한갓 향리(鄕里)의 호강(豪强)한 권세로 사람들의 입에 재갈을 물리고 제멋대로 막아서 심지어는 많은 선비들이 받았던 직접 쓰고 찬정(撰定)하신 글들을 끝내 버려지고 쓰이게 않게까지 만들었으니, 이는 실로 고금의 학궁(學宮)에 없었던 변괴(變怪)이네.

지금은 인사(人事)가 이미 변했는데 또 기세등등하게 스스로 거칠 것이 없다고 생각하여 산장(山長 서원의 장(長))의 생각 없는 논의를 빙자하여 되는대로 마구 지껄여서 주저하는 것도 꺼려하는 것도 없으니, 내가 참으로 무르고 느리지만 그가 때를 만나 득의양양 제 생각대로 방자하게 행동하여 마치 조정에서 한 무리가 나아가면 한 무리가 물러나서 나아간 무리가 권력을 전횡하듯 하는 것을 생각하기만 하면 이 때문에 분통이 터져 죽을 것 같으니, 자네 역시 어찌 나의 이 마음과 전혀 다르겠는가.

비록 그렇다고는 하나 내 직분이 아니니 또한 어찌하겠는가. 그렇지만 지금 자네는 그 직분이 있으니 한 번 바로잡아야 하지 않겠는가.

---

22 고유문(告由文)을……멀리하셨으니 : '고유문'은 저자의 아버지 김원행(金元行, 1702~1772)이 지은 〈산앙사에 우암 선생의 진상을 옮겨 봉안할 때의 고유문[山仰祠移安尤庵先生眞像告由文]〉을 가리킨다. '운곡을 위해 예(禮)에 맞지 않은 데서 오는 부끄러움을 멀리하였다'는 것은, 현인(賢人)을 섬기는 의리가 아니라고 하여 운곡 송강석의 지족(紙簇)을 우선 철거하여 본가(本家)로 돌려보내고 훗날 논의를 거쳐 다시 봉안하기로 한 것을 이른다. 《渼湖集 卷20 山仰祠移安尤庵先生眞像告由文》

이것은 위로는 국법을 위하는 것이고 아래로는 우옹을 위하는 것이며 사적으로는 부형을 위하는 것이니, 그 의리가 이와 같다면 이것이 이른바 '끝내 그만두고 말 수는 없다는 것'이네.

그렇다면 이를 위해 장차 어찌 해야 하겠는가. 또한 당일 고유문의 내용대로 할 뿐이네. 이제 산장(山長)에게 이서(移書)하여 사유를 갖추어 말해서 산장이 허락한다면 또한 좋겠지만, 허락하지 않는다면 즉시 재임(齋任)을 불러 고하기를 "산장은 참으로 한 서원의 일을 관할하는 자리이지만 현감 역시 한 현의 일을 책임지는 자리이니, 나라의 금령을 지키고 학교의 제도를 엄히 하여 선비의 습속을 바르게 하는 것은 나의 책임이다. 더구나 이곳에는 옛 산장의 정론(定論)이 있어 전해 받은 전통이 없는 것이 아님에야 더 말해 무엇 하겠는가."라고 하고, 이어 바로 그 자리에서 재임에게 날짜를 정하여 거행하게 하는 것이네. 그리고 그 날이 되면 또 직접 가서 참관했다가 일이 끝나 돌아온다면 어찌 안 될 것이 있겠는가. 이로 인해 혹시 조금 시끄러운 일이 있다 할지라도 또한 무슨 심히 걱정할 것이 있겠는가.

이렇게 하지 않고 이 눈치 저 눈치 보며 질질 끌다가 시간을 넘기게 되면 끝내 회원(會元 김응순(金應淳))[23]의 안동(安東) 일과 같이 끝나고 마는 것을 면치 못하게 될 것이네. 그렇다면 어찌 애석하지 않겠는가.

---

23 회원(會元) : 김응순(金應淳, 1728~1774)의 자로, 본관은 안동(安東)이다. 김상용(金尙容, 1561~1637)의 8세손으로, 할아버지는 김영행(金令行, 1673~1755), 아버지는 김이건(金履健, 1697~1771), 어머니는 조태과(趙泰果)의 딸이다. 1753년(영조 29)에 문과에 급제한 뒤 사헌부 지평을 시작으로 응교(應敎), 경상도 관찰사, 부제학, 이조 참판, 한성부 좌윤, 호조 참판, 한성부 우윤, 대사헌, 도승지를 역임하였다. 1770년에 사직(司直)으로 《증보문헌비고(增補文獻備考)》의 편찬에 참여하였다.

또 어떻게 원근 식자(識者)들의 의혹을 풀 수 있겠는가. 자네가 본래 이렇게 하지 않을 것임을 알면서도 이렇게 말하는 것은 이러한 일의 이치를 살펴서 결단을 내려 빨리 실행하게 하려고 하는 것뿐이니, 어떻게 생각하는가? 오는 인편을 통해 가부를 알려주었으면 좋겠네.

성도에게 답하다[24]

答誠道

대상제(大祥祭)와 담제(禫祭) 사이에 윤달을 계산한다는 것은 이미 여러 선생들의 정론(定論)이 있으니 다시 무슨 의심할 것이 있겠는 가. 《가례(家禮)》의 글[25]은 비록 좌우로 참고해 볼 수는 있을 듯하나, 앞으로는 정씨(鄭氏 정현(鄭玄))의 설[26]이 있고 뒤로는 횡거(橫渠 장재 (張載))의 논의[27]가 있으니, 주자(朱子 주희(朱熹))가 이에 대해 불가하 다고 생각했다면 어찌 이를 분변하여 반박하는 말씀 한 마디 없이 돌 연 제도를 정해 후인(後人)들로 하여금 무엇을 따라야 할지 모르도록

---

24 성도(誠道)에게 답하다 : '성도'는 김이현(金履顯, 1742~1800)의 자로, 저자의 종 제(從弟)이다. 108쪽 주14 참조. 이 편지는 김이현이 보은 현감(報恩縣監)으로 임명된 1773년(영조49) 4월 10일부터 1776년(정조 즉위) 6월 20일 금구 현령(金溝縣令)으로 임명될 때까지 3년여 기간에 쓴 것으로 추정된다. 저자의 나이 52세~55세에 해당한다.

25 가례(家禮)의 글 : 《가례》〈상례(喪禮) 담(禫)〉에 "담제는 대상을 지내고 한 달 건너뛰어 지낸다. 초상 때부터 이때까지 윤달은 계산하지 않으며 모두 27개월이다.〔間 一月也. 自喪至此, 不計閏, 凡二十七月.〕"라는 내용이 보인다.

26 정씨(鄭氏)의 설 : 동한(東漢) 정현(鄭玄, 127~200)이 "달로 헤아릴 경우에는 윤 달을 계산하고, 해로 계산할 경우에는 비록 윤달이 있다 하더라도 윤달을 계산하지 않는다.〔以月數者則數閏, 以年數者, 雖有閏, 不數之.〕"라고 한 것을 이른다. 《通典 卷 100 禮60 凶22 喪遇閏月議 注》

27 횡거(橫渠)의 논의 : 북송(北宋) 장재(張載, 1020~1078)가 "대공 이하의 상에는 윤달을 계산하고, 기년 이상의 상에는 기년으로 끊으며 윤달은 계산하지 않는다. 3년 상에서 담제와 상제에는 윤달도 계산한다.〔大功以下, 算閏月; 期已上, 以朞斷, 不算閏 月; 三年之喪禫, 祥, 閏月亦算之.〕"라고 한 것을 이른다. 《張子全書 卷8 祭祀》

했겠는가.[28]

이 때문에 나는 매번 사옹(沙翁 김장생(金長生))이 말한 "《가례》에서 '윤달을 계산하지 않는다.'고 한 것은 초상 때부터 이때까지 통틀어 말한 것이지 필시 대상제 뒤를 말한 것은 아닐 것이다."[29]라고 한 것이 가장 정확하다고 생각하네. 그렇다면 7월에 대상제를 지내고 윤달 7월 한 달을 건너뛴 뒤 8월에 담제를 지내서 보내준 편지의 내용과 같아야 할 것이네.

28 주자가……했겠는가 : 《의례》 〈사우례(士虞禮)〉에 "1년이 되면 소상제(小祥祭)를 지내는데 축문은 부제(祔祭) 때와 같으나 '이 상사(常事)를 올립니다.' 부분만 다르게 한다. 다시 1년이 되면 대상제(大祥祭)를 지내는데 축문은 부제 때와 같으나 '이 상사(祥事)를 올립니다.' 부분만 다르게 한다. 중월(中月)에 담제를 지낸다.〔朞而小祥, 曰薦此常事. 又朞而大祥, 曰薦此祥事. 中月而禫.〕"라는 구절이 있는데, 이 가운데 '중월(中月)'을 정현(鄭玄)은 '간월(間月)'로 보아 한 달을 건너뛰어 담제를 지내는 것으로 보았고, 왕숙(王肅, 195～256)은 '월중(月中)'으로 보아 같은 달에 지내는 것으로 보았다. 주희(朱熹)는 이에 대해 "25개월이 되어 대상제를 지낸 뒤에 바로 담제를 지내는 것은, 왕숙의 설과 같이 하는 것이 《예기》 〈단궁 상(檀弓上)〉의 '이달에 담제를 지내고 다음 달부터는 음악을 쓸 수 있다.〔是月禫, 徙月樂.〕'라는 설에 순하게 보인다. 그럼에도 지금 정씨의 설을 따르는 것은, 의심스러운 예에 후한 쪽을 따른 것이기는 하지만 타당하지는 않다.〔二十五月祥後便禫, 看來當如王肅之說, 於是月禫, 徙月樂之說爲順. 而今從鄭氏之說, 雖是禮疑從厚, 然未爲當.〕"라고 하였다. 《通典 卷87 喪制 禮變》 《朱子語類 卷89 禮6 冠昏喪 喪》

29 가례에서……것이다 : 사계(沙溪) 김장생(金長生, 1548～1631)의 《의례문해(疑禮問解)》 〈상례(喪禮) 대상(大祥)〉에 보인다. 이것은 《가례》 〈상례(喪禮) 소상(小祥)〉에 "초상 때부터 이때까지 윤달을 계산하지 않으니, 모두 13개월이다.〔自喪至此, 不計閏, 凡十三月.〕"라는 구절을 근거로 말한 것이다.

종제 계근 이도 에게 답하다[30]

答從弟季謹 履度

그곳에 대상(大祥) 날짜가 벌써 다가왔을 것을 생각하고 마침 편지를 한 통 써서 문안할까 생각하고 있었는데 수서(手書)가 먼저 와서 계속된 추위에도 기거에 별고가 없다 하니 매우 위안이 되네. 다만 이때의 회포는 대처하기가 쉽지 않은 점이 있을 것으로 생각하니 슬프기 그지없네.

보내준 편지의 뜻은 잘 알았네. 자네 집안의 형편이 매우 급하다는 것을 모르는 것은 아니지만 예(禮)에 분명하게 명시된 글이 있으니 삼가 지키지 않으면 안 되기 때문에 운운했던 것이네. 지금 집안의 전례(前例)를 끌어와 말하니 이에 대해 참으로 다시 말하기가 어렵지만 아우의 혼사는 바로 대공상(大功喪) 장례 후에 있었으니, 이것은 예경(禮經)에서도 허락한 것이라 의심할 만한 것이 아니네.[31]

---

30 종제(從弟) 계근(季謹)에게 답하다 : '계근'은 김이도(金履度, 1750~1813)의 자로, 호는 화산(華山)·송원(松園)이다. 김창집(金昌集)의 증손이며, 아버지는 김탄행(金坦行)이다. 저자보다 28세 아래이다. 1800년(정조24) 문과에 급제하고, 홍문관 부제학, 경기도 관찰사, 한성부 판윤, 사헌부 대사헌, 수원부 유수 등을 역임하였다. 이 편지는 저자의 사촌동생인 김이도의 아내 풍산 홍씨(豐山洪氏, 1748~1783)가 세상을 떠난 1783년(정조7) 1월 2일 이후부터 탈상 이전까지 13개월의 상복 기간 중 탈상에 즈음하여 쓴 것으로 추정된다. 저자의 나이 63세에 해당한다. 《安東金氏世譜, 安東金氏大同譜刊行委員會, 1982》

31 아우의……아니네 : '아우'는 저자의 친아우인 김이직(金履直, 1728~1745)을 가리킨다. 18세의 나이로 요절하였다. 자는 경이(敬以)이며 이조 판서에 추증되었다.

다만 창(脹)의 혼사[32]는 그 당시 과연 장자(長者)에게 재결을 받았는지 오래된 일이라 어땠는지 알 수 없지만, 요컨대 한때의 부득이한 사정에서 나온 권도(權道)였을 뿐 상례(常禮)는 아니었다는 것이네. 지금 이 일을 끌어들여 준례(準例)로 삼으면 후인(後人)이 또 앞으로 지금 일을 끌어들여 준례로 삼아 마침내 우리 집안의 한 고사가 될 것이니, 어찌 중대한 일이 아니겠는가.

　맹자께서는 친영(親迎)하지 않는 것과 아내를 얻지 못하는 것에 대한 경중을 물은 것으로 인하여 마침내 예(禮)는 가볍고 아내를 얻는 것은 중하다는 논의[33]가 있었던 것이네. 그런데 지금 이 기년상(期年

부인은 함평 이씨(咸平李氏, 1727~1794)이다. 김이직이 혼인할 무렵 아버지 김원행(金元行)에게 대공복을 입어줄 친척의 탈상이 있었던 듯하다. 《예기》〈잡기 하(雜記下)〉에 "대공상의 졸곡이 끝난 뒤에는 아들의 관례를 올릴 수 있고 딸을 시집보낼 수 있다.〔大功之末, 可以冠子, 可以嫁子.〕"라는 내용이 보인다. 《가례(家禮)》〈혼례(昏禮) 의혼(議昏)〉에서도 "대공상에 장례를 하기 전에는 마찬가지로 혼사를 주관할 수 없다.〔大功未葬, 亦不可主昏.〕"라고 하였다. 《安東金氏世譜, 安東金氏大同譜刊行委員會, 1982》

32　창(脹)의 혼사 : 자세하지 않다.

33　친영(親迎)하지……논의 : 맹자의 제자인 옥려자(屋廬子)가 "친영을 하면 아내를 얻지 못하고 친영을 하지 않으면 아내를 얻더라도 반드시 친영을 해야 하는가?〔親迎則不得妻, 不親迎則得妻, 必親迎乎?〕"라고 하며 색(色)과 예(禮)는 어느 것이 중하느냐는 임(任)나라 사람의 물음에 대답을 하지 못하고 이를 맹자에게 묻자, 맹자가 "색의 중한 것과 예의 가벼운 것을 취하여 비교한다면 어찌 색이 중할 뿐이겠는가.〔取色之重者與禮之輕者而比之, 奚翅色重?〕"라고 한 뒤, 이어 "동쪽 집의 담장을 뛰어넘어 처자를 끌어오면 아내를 얻고, 끌어오지 않으면 아내를 얻지 못할지라도 장차 끌어오겠는가?〔踰東家牆而摟其處子則得妻, 不摟則不得妻, 則將摟之乎?〕"라고 하여 예와 색이 다 같이 중한 경우를 예로 들어 반문함으로써 서로 비교하는 대상의 경중이 같은 지를 잘 헤아려야 한다고 한 것을 이른다. 《孟子 告子下》

喪) 중에 성혼(成婚)하는 것[34]은 친영을 하지 않는 것과 어느 것이 더 큰지 모르겠지만 아내를 얻지 못하는 데에까지는 이르지 않을 것 같으면 가볍게 논의하기는 어려울 듯하네. 내 생각은 이러하니 심사숙고하여 잘 살펴 처리하길 바라네.

이곳의 나는 오랫동안 감기로 고생하고 있네. 이 해가 다가는 지금 온갖 슬픔이 따라서 분분이 일어나니 어찌하겠는가. 손이 얼어 어렵사리 이 정도로 쓰고 자세히 갖추지 않네.

---

34 기년상(期年喪)……것 : 《가례(家禮)》〈혼례(昏禮) 의혼(議昏)〉에 "혼인 당사자와 주혼자 모두 기년 이상의 상이 없어야 성혼할 수 있다.〔身及主昏者, 無期以上喪, 乃可成昏.〕"라는 내용이 보인다. 여기에서는 김이도가 아내 풍산 홍씨(豐山洪氏)를 위해 입는 자최장기(齊衰杖期)의 상기(喪期) 중에 재혼하는 것을 가리키는 듯하다.

종제 복여 이완 에게 답하다[35]

答從弟福汝 履完

내일쯤 마침 종을 보내려던 참이었는데 뜻밖에 편지가 와서 포천(抱
川)의 행차에서 이미 돌아와 기력이 다행히 심하게 손상됨이 없다는
것을 알았으니 걱정하던 터에 매우 마음이 놓이네. 다만 발인과 장례
일이 이미 정해졌는데 생신일 역시 많지 않으니 갖가지 애통
함과 그리움이 더욱 어떻겠는가. 제반 장구(葬具)를 구비하지 못하
여 더욱 슬프고 탄식스러울 것이니, 장차 이 일을 어찌하면 좋겠는
가? 계속해서 소식을 들을 길이 없으니 그저 몹시 답답하고 염려스
러울 뿐이네. 이곳의 나는 돌아와 쉬는데 더욱 피곤하고 감기까지 걸
려 지금 자리에 쓰러져 신음만 하고 있으니, 답답하고 괴로운들 어찌
하겠는가.

---

35   종제(從弟) 복여(福汝)에게 답하다 : '복여'는 김이완(金履完, 1752~1821)의 자
로, 저자보다 30세 아래이다. 아버지는 저자의 친아우 김위행(金偉行, 1720~1752)이
다. 음직으로 벼슬에 나가 남평 현감(南平縣監), 괴산 군수(槐山郡守), 밀양 부사(密陽
府使) 등을 역임하였다. 이 편지는 저자가 63세 되던 1783년(정조7) 사촌동생 김이완의
어머니 남양 홍씨(南陽洪氏, 1719~1783)가 세상을 떠난 동년 11월 28일 이후부터 장례
일 이전까지의 기간에 쓴 것으로 추정된다. 남양 홍씨는 경기도 포천(抱川) 외북면(外
北面)에 김이완의 아버지 김위행(金偉行, 1720~1752)과 합장하였다. 다음에 나오는
〈복여에게 보내다[與福汝]〉에 따르면 저자가 지문(誌文)을 지은 듯하나 《삼산재집》에
는 실려 있지 않다. 남양 홍씨의 아버지는 홍저(洪樗, 1697~1769)이며, 저자가 지은
홍저의 묘갈명이 《삼산재집》 권9에 〈도정 홍공 묘갈명(都正洪公墓碣銘)〉이라는 제목
으로 실려 있다. 《安東金氏世譜, 安東金氏大同譜刊行委員會, 1982》《承政院日記 純祖
7年 12月 30日, 11年 8月 10日, 16年 2月 19日》

묘소의 파토(破土)를 너무 서두르는 것은 날짜에 구애되기 때문인 듯한데, 그렇다면 묘소 옆에 한 덩어리 사토(沙土)를 파헤쳐 놓는데 불과하니, 예(禮)에서 말하는 '묘역을 조성한다[開塋域]'[36]는 것을 여기에 해당시킬 수는 없을 듯하네. 우선 술과 과일을 진설해놓고 고하는 예(禮)[37]를 쓰지 말고 묘역을 조성할 때를 기다려 행하는 것이 옳지 않겠는가. 중복하여 행하면 번독(煩瀆)의 혐의가 있고, 오늘 먼저 고하고 막상 묘역을 조성할 때 잠잠하면 또 경중의 차서를 잃는 것과 같네. 내 생각은 이러하니 다시 여러 종제(從弟)들과 의논하는 것이 어떻겠는가? 선후를 따질 것 없이 의당 가벼운 상복을 입는 사람으로 하여금 행하게 해야 할 것이네. 그 고하는 축문은 대략 현석(玄石 박세채(朴世采))[38]이 말한 대로 해야 할 것이니 별지에 써두었네.

36　묘역을 조성한다 : 상주(喪主)가 길일을 택하여 조곡(朝哭)을 마친 뒤 집사자들을 거느리고 미리 골라 놓은 땅에 가서 묘역의 네 귀퉁이와 중앙의 흙을 파서 묘소로 써도 될지 여부를 살핀 뒤 먼 친척이나 빈객을 택하여 술과 과일로 후토신에게 제사지내는 예(禮)를 이른다. 《家禮 卷4 喪禮 治葬》

37　술과……예(禮) : '묘역을 조성하는[開塋域]' 예를 이른다. 《가례》에 따르면 '날을 가려 묘역을 조성하고 후토신에게 제사를 드리는데[擇日, 開塋域, 祠后土]', 이때 신위를 설치하고 그 앞에 술잔, 술 주전자, 술, 과일, 포, 젓갈을 진설한 뒤 다음과 같이 고한다. "아무 해 아무 달 초하루에 모관 아무개가 감히 후토신에게 아룁니다. 지금 모관 아무개를 위해 무덤을 조성하오니 신께서는 보우하사 훗날의 어려움이 없도록 해주소서. 삼가 맑은 술과 포와 젓갈을 공경히 신께 올립니다. 부디 흠향하소서.[維某年歲月朔日子, 某官姓名敢告於后土氏之神. 今爲某官姓名, 營建宅兆, 神其保佑, 俾無後艱. 謹以淸酌脯醢, 祗薦於神. 尙饗.]"

38　현석(玄石) : 박세채(朴世采, 1631~1695)의 호로, 다른 호는 남계(南溪)이다. 본관은 반남(潘南), 자는 화숙(和叔)이다. 김상헌(金尙憲, 1570~1652)과 김집(金集, 1574~1656년)의 문인이다. 1648년(인조26)에 진사시에 급제하였고 좌의정 등을 역임

빈 주독(主櫝)은 지난번 길부(吉婦)의 상(喪)[39]에 보냈네. 또 하나가 있는데 새로 만든 것보다는 조금 부족하지만 그래도 쓸 만하네. 지금 미처 보내지 못하니 뒤에 인편에 부쳐 보내겠네. 유둔(油芚 천막 등에 쓰는 두터운 유지) 1건(件), 장지(壯紙 두껍고 단단한 품질이 좋은 종이) 1속(束), 유지(油紙) 5장(丈)을 찾아 보내네. 등불 아래에서 근근이 이 정도로만 쓰고 자세히 갖추지 않네.

이 종의 말을 들으니 이군 택모(李君澤模)[40]가 흉액을 당하였다[41]고 하는데 과연 정말인가? 참혹하고 참혹하네.

하였다. 송시열(宋時烈) 사후 서인이 노론과 소론으로 양분되면서 소론의 영도자가 되었다. 예학의 대가로, 저서에 《육례의집(六禮疑輯)》, 《삼례의(三禮儀)》, 《사례변절(四禮變節)》, 《가례요해(家禮要解)》, 《가례외편(家禮外編)》, 《남계예설(南溪禮說)》 등이 있으며, 문집으로 《남계집(南溪集)》이 있다. 시호는 문순(文純)이다.

39 길부(吉婦)의 상(喪) : 자세하지 않다.

40 이군 택모(李君澤模) : 1742(영조18)~1783(정조7). 자는 백열(伯悅)이다. 1783년 12월 5일 42세의 나이로 세상을 떠났다. 이태진(李台鎭, 1748~1674)의 손자이자 이황(李潢, 1776~1830)의 아들로, 덕수(德水) 이씨 춘당공파(春塘公派) 제20대손이다. 부인 기계 유씨(杞溪兪氏)는 영의정 유척기(兪拓基, 1691~1767)의 손녀이며, 할아버지 이태진의 부인은 저자의 증조인 김창협(金昌協, 1653~1708)의 둘째딸이다. 《增補五刊德水李氏世譜, 금속활자본, 성균관대 존경각 소장, 1898》

41 흉액을 당하였다 : 원문은 '不淑'이다. '淑'은 '좋다[善]'는 뜻으로, '不淑'은 죽었다는 말이다. 《예기》 〈잡기 상(雜記上)〉에 "우리 임금님께서 저 아무개를 보내어 어찌하다 이런 흉액을 당하셨느냐고 위로하셨습니다.〔寡君使某, 如何不淑.〕"라는 내용이 보인다.

〔부기〕

"모년 모월 모일에 모친(某親) 모(某)는 모친(某親) 부군(府君)의 묘소에 감히 밝게 고합니다. 모친(某親)-고하는 자의 친속에 따라 호칭한다.- 모봉(某封) 모씨(某氏)가 모월 모일에 이미 세상을 떠났기에 모월 모일에 합장하는 예를 행하고자 합니다. 오늘 파토(破土)를 하기에 삼가 술과 과일로 경건하게 고합니다. 삼가 고합니다.〔維年月日, 某親某敢昭告于某親府君之墓. 某親-從告者之屬稱-某封某氏已於某月某日捐世, 將以某月某日行合葬之禮. 今日破土, 謹以酒果, 用伸虔告. 謹告.〕"라는 것은 파토할 때 먼저 고하게 되면 이것을 쓰도록 하게.

"모년 모월……. 지금 모친(某親) 모봉(某封) 모씨(某氏)를 위하여 합장하는 예를 행하오니, 삼가……〔年月云云. 今爲某親某封某氏, 行合葬之禮, 謹以云云.〕"라는 것은 묘역을 조성할 때 고하게 되면 이것을 쓰도록 하게. 이미 파토할 때 선친의 묘에 고했다면 토지신에게 제사할 때에도 동시에 행할 수 있는가? 이 점 또한 문제가 되는 부분이네.

복여에게 보내다[42]

與福汝

오랫동안 소식을 듣지 못했는데 그동안 거상(居喪)하는 체후가 어
떠한가? 봄도 반이 다 지나가니 시절 따라 느끼는 애통함이 더욱
새록새록 할 것이네. 이곳의 나는 전에 앓던 병이 다행히 조금 덜해
졌지만 기력이 다 소진되어 떨쳐 일어나기 어려운 것은 여전하니
괴롭네.

　지문(誌文)은 방금 이미 초고가 완성되었으니 행록(行錄)과 함께
부쳐 보내네. 의론할 만한 부분이 있으면 찌를 붙여 얘기해주었으면
좋겠네. 사실에 대한 기록은 간략하지만 그분이 평생 살아온 범절의
대략을 또한 알 수 있을 것이네. 글을 많이 쓰면 도리어 진실이 가려지
는 법이니, 옛 사람들이 간략함을 귀하게 여긴 것은 진실로 또한 이
때문이었네. 자네 생각은 어떠한가? 백능(伯能 홍낙순(洪樂舜))[43]으로 말

42　복여(福汝)에게 보내다 : '복여'는 김이완(金履完, 1752~1821)의 자로, 자세한
것은 120쪽 주35 참조. 이 편지는 저자의 나이 61~63세가 되는 1784년(정조7)부터
1786년(정조9)까지의 시기에 쓴 것으로 추정된다. 바로 사촌 동생 김이완(金履完)
의 어머니 남양 홍씨(南陽洪氏, 1719~1783)의 자최삼년상(齊衰三年喪) 기간에 해
당된다.

43　백능(伯能) : 홍낙순(洪樂舜, 1732~1795)의 자이다. 본관은 풍산(豐山), 자는 백
효(伯孝), 호는 대릉(大陵)이다. 고성 군수(高城郡守)를 역임하였다. 저자의 둘째 누
이동생의 남편이자 아버지 김원행(金元行)의 문인이다. 1757년(영조33) 문과에 급제
하고 사간원 대사간, 이조 판서, 충청도 관찰사, 대제학, 강화 유수, 좌의정 등을 역임하
였다. 저서에 《대릉집(大陵集)》 8권이 있다. 시호는 문헌(文憲)이다.

하면 한번 보여줄 만하니, 이어 그의 논평을 청하는 것도 무방하네.
등불 앞에서 어렵사리 이 정도로만 쓰고 자세히 갖추지 않네.

삼종제 성순[44] 이탁 에게 보내다

與三從弟聖循 履鐸

여러 해 소식이 끊겨 늘 그리는 마음 간절했네. 요즈음 서늘한 가을에 벼슬하는 체후가 어떠한가? 나는 노쇠로 인한 병이 갈수록 심해지니 그저 스스로 답답하고 가련해할 뿐 어찌하겠는가.

이번에 듣자하니 금번 절일(節日)에 묘제(墓祭)를 중지하고 지내지 않았다고 하는데, 다른 무슨 이유가 있어서였는가? 만일 구원(舊園)을 여는 일[45] 때문이라면 국가의 크고 작은 제사도 모두 평소처럼 행하는데 사가(私家)의 제사만 어찌 다르게 할 것이 있겠는가. 제사를 거행하고 폐하는 것은 지극히 중대한 것이네. 만에 하나 폐해서는 안 되는데 폐하여 집집마다 성묘를 갈 때 혼자서만 한 번 올리는 것을 빠트린다면 어찌 매우 온당치 않은 일이 아니겠는가.

이미 지나간 일이라 더 이상은 말하지 않겠지만[46] 그래도 한 가지

---

44 성순(聖循) : 김이탁(金履鐸, 1735~1795)의 호로 추정된다. 자는 군경(君警)이며, 아버지는 김수증(金壽增)의 증손인 김문행(金文行, 1701~1754)이다. 저자보다 13세 아래다. 음직으로 출사하여 황주 목사(黃州牧使)를 역임하였다. 《安東金氏世譜, 安東金氏大同譜刊行委員會, 1982》

45 구원(舊園)을 여는 일 : 1789년(정조13) 10월 7일에 영조의 둘째 아들이자 정조의 생부인 장헌세자(莊獻世子, 1735~1762)의 묘를 양주(楊州) 배봉산(拜峰山) 언덕의 영우원(永祐園)에서 경기도 수원(水原)의 화산(花山) 현륭원(顯隆園)으로 이장하는 것을 이른다. 《正祖實錄 13년 10월 7日》

46 이미……않겠지만 : 《논어》〈팔일(八佾)〉에 "내 끝난 일이라 말하지 않으며, 다 된 일이라 간하지 않으며, 이미 지나간 일이라 탓하지 않는다.〔成事不說, 遂事不諫,

방법이 있네. 정자(程子)・장자(張子)・한 위공(韓魏公)이 모두 한식 (寒食)과 10월 1일에 성묘 가서 제사를 드렸으니,[47] 이 내용이《상례비 요(喪禮備要)》〈묘제(墓祭)〉편에 있고, 지금 사람들 역시 이를 따라 행하는 자가 많네. 내 생각에 천원(遷園)하는 예(禮)가 끝나기를 기다 렸다가 10월 중에 하루를 택해 묘제를 뒤늦게라도 행해서 이전에 빠트

旣往不咎.〕"라는 공자의 말이 보인다.

47   정자(程子)……드렸으니 : '정자'는 정이(程頤, 1033~1107)이다. 정이는 "성묘를 10월 1일에 하는 것은 상로(霜露)가 내리면 감회가 있어서이며, 한식에 하는 것은 또 상례(常禮)에 따라 제사하는 것이다.〔拜墳則十月一日拜之, 感霜露也, 寒食則又從常禮 祭之.〕라고 하였다. '장자(張子)'는 장재(張載, 1020~1077)를 이른다. 장재는 "한식에 는……불을 금하기 때문에 며칠 동안의 음식을 마련해놓는데, 이미 음식이 있게 되면 다시 조상이 생각나서 제사하는 것이다. 한식과 10월 1일에 성묘하는 것은 또한 초목이 처음 생겨나고 처음 시든다고 할 수 있기 때문이다.〔寒食者……旣禁火, 須爲數日粮, 旣有食, 復思其祖先祭祀. 寒食與十月朔日展墓, 亦可爲草木初生初死.〕라고 하였다. '한 위공(韓魏公)'은 송나라 영종(英宗) 때 위국공(魏國公)에 봉해진 한기(韓琦, 100 8~1075)를 이른다. 북송 때의 정치가이자 명장으로, 범중엄(范仲淹, 989~1052)과 함께 서하(西夏)를 방어하면서 '한범(韓范)'으로 천하에 이름이 알려졌다. 《가례증해 (家禮增解)》에서 인용한 한기의 《제식(祭式)》에 따르면, 한식에 성묘하고 10월 1일에 도 풍속을 따라 산소에 가서 제사하되 자신이 갈 수 없으면 친척을 보내 대신 제사하도록 한다. 송나라 서도(徐度, 509~568)의 《각소편(却掃編)》에 한기의 《제식》에 대해 "한 충정공이 일찍이 당나라 어사(御史) 정정칙(鄭正則) 등 7가(家)의 《제의(祭儀)》를 모아서 참작하여 만든 것으로, 정식 명칭은 《한씨참용고금가제식(韓氏僭用古今家祭 式)》이다. 그 법이 대체로 당나라 두우(杜佑)의 《통전(通典)》과 유사하나 시의(時宜) 를 참작하여 춘분, 추분, 동지, 하지 외에도 정월 초하루, 단오, 중양절, 7월 15일의 제사를 모두 폐지하지 않았다.〔韓忠獻公嘗集唐御史鄭正則等七家祭儀, 叅酌而用之, 名 曰韓氏僭用古今家祭式. 其法與杜氏大略相似, 而叅以時宜. 如分, 至之外, 元日, 端午, 重九, 七月十五日之祭皆不廢.〕라고 한 내용이 보인다. 《二程外書 朱公掞錄拾遺》《張 子全書 自道》《却掃編 卷中》

린 제사를 보충하는 것을 그만두어서는 안 될 듯하네. 사안이 중대하여 감히 가만히 침묵할 수 없어서이니, 부디 의논할만한 사람과 의논하여 처리하는 것이 어떻겠는가. 묘제는 시제(時祭)나 기제(忌祭)와 달라서 선현(先賢)들 중에는 비가 오거나 일이 있으면 미루어 행한다고 하는 설도 있으니,[48] 이런 설들을 두루 참고할 수 있을 것이네. 눈이 침침하여 어렵사리 이 정도로 쓰고 이만 줄이네.

---

48 묘제는……있으니 : 이와 관련하여 우암(尤庵) 송시열(宋時烈, 1607~1689)은 1684년(숙종10) 2월 29일 민정중(閔鼎重, 1628~1692)에게 보낸 편지에 "절일에 성묘 가는 것은 하루 동안 제위(諸位)에 모두 다 갈 수 없으면 제석(除夕) 전에 지낸다는 주자의 설을 따라 앞뒤로 행하여도 불가함이 없을 듯하다.〔節日上冢, 不得一日周旋於 諸位, 則依朱子除夕前之說, 先後而行之, 恐無不可.〕"라고 하였으며, 도암(陶庵) 이재 (李縡, 1680~1746) 역시 1737년(영조13) 오백온(吳伯溫)의 물음에 "일이 있으면 날짜 를 미루어 행하는 것도 의리에 해가 되지 않을 듯하다.〔有故則退日而行, 亦似無害於 義.〕"라고 대답하였다. 《宋子大全 卷16 答閔大受》《陶菴集 卷18 答吳伯溫問目》

조카 인순⁴⁹에게 답하다

答從子麟淳

후사로 들어간 분의 중상(重喪)을 당하여 거상하는 중에 참포립(黲布笠)과 참포대(黲布帶) 차림⁵⁰으로 낳아주신 분을 위해 입은 상복을 벗는다면 예의(禮意)의 득실을 논하기 전에 그 마음에 필시 절로 편안하지 않은 점이 있을 것이다. 사계(沙溪 김장생(金長生))는 아버지 상(喪) 중에 처의 상제(祥祭)에 대한 예를 논하여 포의(布衣)와 효건(孝巾) 차림으로 상제를 지낸다고 하였다.⁵¹ 처의 상에 이렇게 한다면 다른 기년상을 또 미루어 알 수 있다. 이제 우선 이에 준하여 행하는 것이 옳지 않겠느냐. 내 생각은 이러하다.

---

49 인순(麟淳) : 김인순(金麟淳, 1764~1811)은 자가 인서(仁瑞)이다. 생부는 김성행(金省行)의 아들 김이장(金履長, 1718~1774)이며, 저자의 아우인 김이직(金履直, 1728~1745)의 후사로 들어왔다. 음직으로 거창 목사(居昌牧使)를 역임하였으며 사후 종1품 찬성(贊成)에 추증되었다.《安東金氏世譜, 安東金氏大同譜刊行委員會, 1982》

50 참포립(黲布笠)과 참포대(黲布帶) 차림 : 검푸른 베로 만든 삿갓과 허리띠를 착용한다는 뜻이다. 아버지가 살아계실 때 어머니를 위해, 또는 다른 사람의 후사로 들어갔을 때 본생 부모를 위해 입는 심상(心喪) 차림이다.

51 사계(沙溪)는……하였다 : 사계 김장생(金長生)의 《의례문해(疑禮問解)》〈상례(喪禮) 담(禫)〉에 보인다.

삼종 조카 달순[52]에게 답하다
答三從姪達淳

서자(庶子)로 아버지의 후사가 된 사람이 자기 생모의 상(喪)에 시마복(緦麻服)을 입는 것은 이미 예경(禮經)에 정해진 제도이니[53] 누가 감히 다른 의론을 할 수 있겠느냐. 이것은 어머니에게 박하게 하는 것이 아니라 전적으로 후사가 된 것을 중하게 여겨서이다. 적모(嫡母)가 생존해 있는지 또는 형제가 있는지의 여부는 모두 논할 필요가 없는 것이다.

---

52 달순(達淳) : 김달순(金達淳, 1760~1806)의 자는 도이(道爾), 호는 일청(一靑)이다. 김창흡(金昌翕)의 현손으로, 아버지는 풍기 군수(豐基郡守)를 역임한 김이현(金履鉉 1726~1794)이며, 어머니는 은진 송씨(恩津宋氏, 1727~1792) 송재화(宋載和)의 딸이다. 1790년(정조14) 증광시 문과에 합격하고 초계문신(抄啓文臣)으로 뽑혔다. 전라도 관찰사, 이조 판서, 병조 판서, 우의정 등을 역임하였다. 1805년(순조5) 박치원(朴致遠) 등을 추증하라고 아뢰었다가 형조 참판 조득영(趙得永) 등의 시파(時派)로부터 정조의 유지에 위배된다는 공격을 받고 1806년 1월 21일 홍주목(洪州牧)에 중도부처(中道付處) 되었다. 동년 2월 15일 전남 강진현(康津縣) 신지도(薪智島)로 이배(移配)되어 동년 4월 13일 사사되었다. 1864년(고종1)에 복관되었다. 시호는 익헌(翼憲)이다. 유집(遺集)이 있다. 저자보다 38세 아래이다. 《純祖實錄 5年 12月 27日, 6年 1月 21日·2月 15日·4月 20日》《高宗實錄 1年 7月 11日》《國朝榜目》《安東金氏世譜, 安東金氏大同譜刊行委員會, 1982》

53 서자(庶子)로……제도이니 : 《의례(儀禮)》〈상복(喪服)〉'시마삼월복(緦麻三月服)' 조에 "아버지의 후사가 된 서자가 생모를 위하여 입는다.〔庶子爲父後者爲其母〕"라는 내용이 보인다. 여기에서 '서자'는 첩의 아들을 가리킨다. 이 경문에 대한 전(傳)에 따르면 집안에서 신복(臣僕)이 죽은 경우 3개월 동안은 사친(私親), 즉 생모를 위한 제사를 지내지 못하기 때문에 이 기간 동안 생모를 위하여 시마복을 입을 수 있는 것이다.

이미 아버지의 후사가 되었다고 한다면 아버지가 계시지 않는 것을 알 수 있는데, 지금 도리어 아버지가 계시지 않은 것으로 압존(壓尊)됨이 없다고 여겨 정을 다 펴고자 한다면 더욱 잘못이다. 심상(心喪)할 때의 복색은 《상례비요(喪禮備要)》〈담제지구(禫祭之具)〉에 자세하니,[54] 시마복을 벗은 뒤에 곧바로 착용하는 것이 마땅하다.

---

54 심상(心喪)할……자세하니 : 사계(沙溪) 김장생(金長生)의 《상례비요》에 따르면 아버지가 살아 있어 어머니에게 심상(心喪)할 경우 백포직령의(白布直領衣)에 참포립(黲布笠)을 쓰고 흑대(黑帶)를 띤다.

삼종 조카 근순[55]에게 답하다

答三從侄近淳

족두리(簇頭里)는 단지 연복(燕服)일 뿐이니 남자의 삿갓과 비슷하다. 남자의 중복(重服)에 흑립(黑笠)을 폐하지 않으니 족두리도 그렇다는 것을 알 수 있다. 옛날에 이 제도가 처음 시행되자[56] 부모상을 당한 출가한 여자들은 으레 조색(皁色)으로 족두리를 감쌌다. 흑색(黑色)을 쓰지 않고 조색을 쓴 것은 또 가벼운 기년상과 구별하고자 해서였다. 일시에 사대부가에서 모두 이렇게 하여 곧 통행하는 규정이 되었으니, 지금 역시 이를 따라야 할 것이다.

다만 이러한 족두리 위에 수질(首絰)을 두른다면 상복이 되지 못할 것이요, 또 맨 머리에 수질을 두를 수도 없으니, 내 생각에 별도로 백색을 갖추어서 최복(衰服)을 입을 때 쓰는 것이 마땅할 듯하다. 그렇지 않다면 백모(白帽)도 괜찮을 것이다. 모두 본래 조금도 막힐 것이 없는 복고의 상투(髻) 제도만 못하지만 법령을 넘어선 일이니 어쩌겠

---

55 근순(近淳) : 김근순(金近淳, 1772~1820)의 자는 여인(汝仁), 호는 귀연(歸淵)이다. 김창흡(金昌翕)의 현손으로, 아버지는 김이규(金履鉎, 1736~1785)이며, 어머니는 우봉 이씨(牛峰李氏) 이평(李枰)의 딸이다. 1794년(정조18) 알성 문과에 장원급제하고 성균관 대사성, 규장각 직제학 등을 역임하였다. 저자보다 50세 아래이다.《安東金氏世譜, 安東金氏大同譜刊行委員會, 1982》

56 옛날에……시행되자 : 1756년(영조32) 1월 16일에 사족(士族) 부녀자들의 가체를 금하고 족두리를 대신 쓰도록 한 것을 이른다. 몽골의 제도인 가체는 고려 때부터 시작되었는데, 조선 시대에 들어와 사대부가의 사치가 날로 심해져서 부인들이 한번 가체를 하는 데 몇 백 금을 쓰곤 했기 때문에 금지시킨 것이다.《英祖實錄 32年 1月 16日》

느냐. 그러나 이러한 예사(禮事)는 이미 금지 조항에 들어 있지 않으니, 굳이 심하게 구애될 필요는 없지 않겠느냐. 오직 헤아려서 처리하면 될 듯하다.

홍백능[57]에게 답하다 1

答洪伯能

성(姓)이 다른 척족 간의 통혼(通婚)에 관한 설은 《예의유집(禮疑類輯)》 〈혼례(婚禮) 총론(總論)〉조에 자세히 보입니다.[58] 여러 선생들

---

57 홍백능(洪伯能) : '백능'은 홍낙순(洪樂舜, 1732~1795)의 자이다. 풍산(豐山) 홍씨 17세(世)손이다. 저자의 둘째 누이동생의 남편이자 아버지 김원행(金元行)의 문인으로, 저자보다 10세 아래이다. 평소 사서(史書) 읽기를 좋아하였는데, 저자에게서 저자의 증조인 김창협(金昌協, 1653~1708)이 《자치통감강목(資治通鑑綱目)》의 방대함을 꺼려 그 강(綱)만을 뽑고자 했다는 말을 듣고서 기꺼이 그 뜻을 이어 《자양곤월(紫陽袞鉞)》을 편찬하였다. 《三山齋集 卷8 題紫陽袞鉞後》 《洪象漢, 豐山洪氏族譜, 木版, 英祖44(1768)》

58 성(姓)이……보입니다 : 《예의유집(禮疑類輯)》은 도암(陶庵) 이재(李縡)의 문인인 박성원(朴聖源, 1697~1767)의 저술로, 관혼상제(冠婚喪祭)에 관한 우리나라 제현(諸賢)의 예설(禮說)을 초록한 것이다. 본집 24권, 목록 2권, 부록 2권, 도합 28권 15책으로 이루어져 있으며, 1783년(정조7)에 간행되었다. 《회재집(晦齋集)》부터 《사례편람(四禮便覽)》에 이르기까지 조선 중기 이후 예학자의 서적이 대부분 인용되어 있다. 성(姓)이 다른 친척 간의 통혼에 관한 설은 《예의유집》 〈혼례(婚禮) 총론(總論)〉 조가 아닌 〈혼례(婚禮) 이성파족혼(異姓破族昏)〉조에 퇴계(退溪) 이황(李滉, 1501~1570), 신독재(愼獨齋) 김집(金集, 1574~1656), 우암(尤庵) 송시열(宋時烈, 1607~1689), 남계(南溪) 박세채(朴世采, 1631~1695), 도암(陶庵) 이재(李縡, 1680~1746) 등 다섯 학자의 설이 순서대로 실려 있다. 퇴계는 성이 다른 7촌은 족의(族義)가 이미 다하였기 때문에 통혼할 수는 있으나 존비(尊卑)가 같지 않은 다른 항렬 간에는 안 된다고 보았다. 그러나 신독재는 8촌 이내에서는 통혼할 수 없다고 보고 퇴계의 설에 반대하였다. 우암은 성이 다른 친척 간의 통혼은 풍속을 따라 조금 가까운 친척이라 하더라도 혐의될 것이 없다고 보았다. 남계는 퇴계의 설과 당시의 예율(禮律)을 근거로 들어 존비가 다른 친척 간의 통혼은 반대하였으나 성이 다른 8촌 간에 통혼하지 못한다

의 논의가 서로 엇갈리니 어느 설을 따라야 할지 알기 어렵지만, 《대명률(大明律)》에 "자기의 종이모(어머니의 4촌 자매)나 재종이모(어머니의 6촌 자매)와는 모두 혼인할 수 없다."라는 구절이 있습니다.[59] '재종이모'는 바로 이른바 7촌 척족입니다. 그러나 7촌 척족이 또한 많은데도 유독 재종이모로 결단하였으니, 여기에는 필시 그 뜻이 있을 것입니다. 그렇다면 다른 7촌 척족은 참으로 통혼하지 못할 이치는 없겠지요? 예법가(禮法家)에 필시 이미 사례가 있을 것이니 다시 널리 문의하는 것이 어떻겠습니까?

는 근거는 없다고 하였다. 도암은 《주자어류(朱子語類)》의 구절을 들어 우암의 설을 간접적으로 지지하고 9촌 숙질간의 혼인 사례를 들고 있다.

59 대명률(大明律)에……있습니다 : '대명률'은 고려 말에 들어온 명나라의 법률서인 《명회전(明會典)》의 형법전(刑法典)을 1395년(태조4)에 우리나라의 실정에 맞게 가감하고 취사하여 이두로 번역한 《대명률직해(大明律直解)》를 가리킨다. 《경국대전(經國大典)》 편찬에 참고가 되었으며 조선 사회에 끼친 영향이 크다. 여기의 인용문은 《대명률직해》〈호율(戶律) 혼인(婚姻) 존비위혼(尊卑爲婚)〉 조에 보인다.

홍백능에게 답하다 2
答洪伯能

〔문〕 어느 집의 출가한 서녀(庶女)가 자기 생모의 상을 당했는데 그 어머니는 애초에 집안 식구도 아니고 또 개가한 자라면 그 딸이 입는 상복(喪服)은 과연 어떻게 입어야 하겠습니까?

〔답〕 예(禮)에서 말하는 '가모(嫁母)'는 분명 아버지가 돌아가신 뒤에 개가한 어머니를 가리키는 것이며 더욱이 아버지의 정실을 가리키는 것입니다.[60] 지금 물어보신 것은 진실로 이와는 다릅니다. 그러나 어떤 이름을 붙이는 것이 좋겠습니까? 단지 '가모'라고 할 수 있을 뿐입니다. 그렇다면 그 입는 상복의 예가 또 어찌 이와 다르겠습니까. 이 점은 의심할 일이 아닙니다.

　다만 〈가례도(家禮圖)〉에는 시집간 딸이 가모를 위해 대공복을 입도록 하였는데,[61] 이것은 과연 근거할만한 것입니까? 그렇지 않고 그저 일

60　예(禮)에서……것입니다 :《예기》〈단궁 상(檀弓上)〉에 자사(子思)의 어머니 서씨(庶氏)가 남편인 백어(伯魚)가 죽자 위(衛)나라로 개가하였다가 그곳에서 죽은 사례가 보이는데, 이에 대한 정현(鄭玄)의 주에 따르면 가모(嫁母)를 위해서는 자최기년복을 입는다.

61　가례도(家禮圖)에는……하였는데 :《가례》〈삼부팔모복제지도(三父八母服制之圖)〉 '가모(嫁母)' 조에 따르면 '가모'는 아버지가 돌아가시고 개가한 어머니를 이른다. 이런 경우에 아들은 어머니를 위해 강복(降服)하여 자최장기복(齊衰杖朞服)을 입으며, 어머니는 아들을 위해 자최부장기복(齊衰不杖朞服)을 입는다. 시집간 딸은 어머니를 위해 대공복을 입으며, 어머니는 딸을 위해 보복(報服)으로 대공복을 입는다.

반적으로 시집간 여자는 사친(私親)을 위하여 한 등급을 낮추어 입는다는 설[62]에 따라 의례적으로 행한다면 이것은 다시 논의해야할 듯합니다.

　3년의 상복은 다른 상복과는 완전히 다른 것입니다. 강복(降服)하고 또 강복해서 대공복(大功服)에까지 이른다면[63] 의리에 있어 편치 못한 점이 없겠습니까? 이것은 큰 윤리에 관계되는 것이니, 성현(聖賢)의 정론(定論)이나 당대의 정제(定制)가 있지 않다면 원(元)나라 유자(儒者)의 도(圖)[64] 하나로 성급하게 단행할 수 없음이 분명합니다. 저의 의견은 이러하니, 다시 널리 문의하여 처리하는 것이 어떻겠습니까?

62　일반적으로……설 : 《가례》〈상례(喪禮) 성복(成服)〉 "부장기(不杖期)" 조 양복(楊復)의 주에 "일반적으로 남의 후사가 된 남자와 시집간 여자는 자기 사친을 위하여 모두 본복(本服)에서 한 등급을 낮추어 입는다.〔凡男爲人後者與女適人者, 爲其私親, 皆降一等中.〕"라는 내용이 보인다.

63　강복(降服)하고……이른다면 : 딸이 자신의 생모를 위해 입는 상복은 아버지가 먼저 돌아가셨을 때는 자최삼년복(齊衰三年服)을 입고 아버지가 살아계실 때는 강복(降服)하여 자최장기복(齊衰杖朞服)을 입는데, 시집갔을 경우 강복하여 자최부장기복(齊衰不杖朞服)을 입고 그 생모가 개가(改嫁)한 경우에는 여기에서 또 강복하여 대공복을 입는 것을 이른다.

64　원(元)나라 유자(儒者)의 도(圖) : 〈가례도(家禮圖)〉를 이른다. 구준(邱濬)은 《가례의절(家禮儀節)》에서 "주 문공의 《가례》는 모두 5권으로 이루어져 있는데 그 가운데 도(圖)가 있다는 말은 들어보지 못하였다. 금본에는 권수에 도가 실려 있는데 작자에 대해서는 말하지 않았으며 도의 주에 나오는 내용도 《가례》 본서와 맞지 않은 부분이 많다.〔文公家禮五卷而不聞有圖, 今本載于卷首, 不言作者, 而圖註多不合於本書.〕"라고 하고, 〈가례도〉가 《가례》의 글과 맞지 않은 사례를 조목조목 들고 있다. 사계(沙溪) 김장생(金長生) 역시 구준이 지적한 부분 외에 맞지 않은 사례로 13조목을 더 든 뒤, 《가례》 첫머리에 나오는 이 〈가례도〉가 주희가 만든 것이 아니라는 증거로 〈가례도〉에 원(元)나라 성종(成宗)의 연호인 '대덕(大德)'이라는 글자가 실려 있다는 점을 들고 있다. 《家禮輯覽 家禮圖 圖》

홍백능에게 답하다 3
答洪伯能

〔문 1〕 족질(族侄) 대영(大榮)[65]이 양아버지와 첫째 양어머니[66]의 묘를 옮겨 신상(新喪)과 합부(合祔)하고자 하는데,[67] 면례(緬禮 이장(移葬))를 행한 뒤에는 그 집 사당에 고유례(告由禮)를 행해야 할 것입니다. 그러나 신상 뒤에야 비로소 후사를 이은 것이기 때문에 계후(系後)의 사유를 그 사당에 미처 고하지 못하였습니다. 또 아직 방제(旁題)[68]하지 못하였으니 '효자(孝子)'로 고할 수도 없습니다.

---

65 대영(大榮) : 홍대영(洪大榮, 1755~1812)의 자는 이수(而壽), 호는 족수당(足睡堂)이다. 뒤에 홍인모(洪仁謨)로 개명하였다. 생부는 홍낙성(洪樂性, 1718~?)이며 작은 아버지 홍낙최(洪樂最, 1735~1757)의 양자로 들어갔다. 아내는 달성 서씨(達城徐氏) 서형수(徐逈修, 1725~1779)의 딸로, 서형수는 저자의 첫째 여동생의 남편이자 저자의 아버지 김원행(金元行)의 문인이다. 홍대영은 사후에 영의정에 추증되었다. 《洪象漢, 豐山洪氏族譜, 木版, 英祖44(1768)》《豐山洪氏大同譜 卷4 文敬公系 秋巒公門中 17世》

66 첫째 양어머니 : 해평 윤씨(海平尹氏)로, 아버지는 윤사동(尹師東)이다. 묘는 홍낙최와 같이 경기도 풍덕(豐德) 검암(黔巖)에 있다. 《洪象漢, 豐山洪氏族譜, 木版, 英祖44(1768)》

67 신상(新喪)과 합부(合祔)하고자 하는데 : '신상'은 홍대영의 둘째 양어머니 완산 이씨(完山李氏)의 초상으로, 이씨의 아버지는 이병건(李秉謇)이다. 1787년(정조11) 2월 5일에 세상을 떠나 장단부(長湍府) 공덕리(功德里)에 남편 홍낙최 및 첫째 부인 해평 윤씨와 합부(合祔)되었다. 《豐山洪氏大同譜 卷4 文敬公系 秋巒公門中 17世》《淵泉集 卷30 祖考贈吏曹判書府君墓表》

68 방제(旁題) : 226쪽 주248 참조.

더구나 신상의 초상 중이니 사당에 들어가 고유하는 다례(茶禮)를 행할 수도 없으니, 어떻게 하면 좋겠습니까? 구묘(舊墓)를 열 때 거상하는 사람도 고하는 일을 주관할 수 있습니까?

〔답〕면례 때 사당에 고하는 의식은 비록 초상 중이라 하더라도 효자 자신이 주관해야 할 것입니다. 이에 대해 동춘당(同春堂 송준길(宋浚吉))에게 답한 사계(沙溪 김장생(金長生))의 편지가 《의례문해(疑禮問解)》〈개장(改葬)〉조에 실려 있는데,[69] 아직 살펴보지 않았습니까?

다만 이 애자(哀子)가 후사를 이은 초기라서 아직 사당에 고하지 않았기 때문에 불안하지 않을 수 없습니다. 지금 비록 때는 늦었더라도 속히 우선 이 의식을 뒤늦게나마 보완한다면 그 다음 일은 절로 막힘이 없을 것입니다. 사당에 들어갈 때의 복색과 고사(告辭) 중의 친속 호칭은 본래 부제(祔祭)의 준례가 있으니 이에 따라 행하면 될 것입니다. 사당 안에서의 예가 이와 같다면 구묘를 열 때 효자 자신이 고하는 것은 말할 필요도 없을 것입니다.

〔문 2〕토지신에게 제사하면서 사유를 고하는 것은 천장(遷葬)과 신장(新葬)의 준례가 다르지만, 지금은 신장과 구장(舊葬)을 동시

---

69 동춘당(同春堂)에게……있는데 : 아버지의 상을 당해 아직 장례를 지내지 않았을 때 어머니 묘의 개장을 위해 상복을 입고 사당에 들어가는 것은 온당하지 않으니 자제를 시켜 다른 곳으로 신주를 받들고 나가서 고하게 해야 하느냐는 동춘당의 물음에 대해, 사계가 부제(祔祭)를 지낼 때에도 상복을 입고 사당에 들어가는 예가 있다는 것을 근거로 상주 자신이 사당에 들어가 고유례를 직접 행하도록 한 것을 이른다. 《疑禮問解 喪禮 改葬》

에 행하여 합부(合祔)하니 각각 고할 필요는 없을 것 같습니다. 만일 사유를 동시에 고하고자 한다면, 축문 중 "이 유택에 하관합니다.〔窆茲幽宅.〕"와 "이 묘역을 조성합니다.〔建茲宅兆.〕"라는 구절이 있어 각각 다르니 말을 어떻게 만들어야 하겠습니까?

〔답〕 토지신에게 제사할 때의 축문은 신장과 구장에 굳이 각각 고할 필요가 없다는 것은 보내주신 편지의 말씀이 옳습니다. 다만 묘역을 열 때 고하는 축문은 모름지기 구상(舊喪)을 개장(改葬)하여 금상(今喪)에 합부한다는 뜻으로 한데 합쳐서 하고, 장례 뒤에 고하는 축문은 구상에 중점을 두어 단지 "이 묘역을 조성합니다."라고만 하는 것이 어떻겠습니까?

〔문 3〕 면례(緬禮) 후에 구상(舊喪)의 내위(內位 모위(母位))와 외위(外位 부위(父位))에 대한 우제(虞祭)는 각각 행해야 합니까? 아니면 이미 주독(主櫝)을 합친 신주이니 다른 제사처럼 합쳐서 설행해야 합니까?

〔답〕 일반적으로 면례에 묘를 열고 난 후의 제반 의식은 한결같이 초상 때처럼 행합니다. 우제 역시 그 중 하나의 일이니, 비록 주독을 이미 합쳤다 하더라도 각각 행하는 것이 마땅할 듯합니다.

〔문 4〕 이미 후사를 이은 뒤에는 그 사유를 가묘(家廟)에 고해야 합니다. 이때 개제(改題)[70]도 곧바로 행해야 합니까? 아니면 신상(新喪)의 길제(吉祭)를 기다렸다가 행해야 합니까?

〔답〕 초상이 난 뒤에 후사를 세우는 경우, 사당에 고하는 것은 참으로 즉시 행해야 하겠지만, 개제(改題)는 예(禮) 중에서도 큰 것이니 어찌 상중에 행할 수 있겠습니까? 신상의 길제를 기다린다고 한 것이 옳습니다.

70 개제(改題): 신주에 쓴 죽은 이의 관직명이나 봉사손의 이름을 고쳐 쓰는 것을 이른다.

홍백능에게 답하다 4
答洪伯能

복(服)이 없는 먼 친척이 제주(題主)하고 봉사(奉祀)하는 것은 그 의리가 없는 것 같습니다. 어머니가 망자(亡子)를 봉사손으로 신주에 써넣는 것 역시 그 근거를 보지 못하였습니다. 부득이 우선 주씨(周氏 주원양(周元陽))의 《제록(祭錄)》에 따라 처가 주인이 되어서 '현벽(顯辟)'으로 제주하였다가[71] 입후(立後)를 기다려서 개제(改題)하는 것이 나을 듯합니다. 그러나 이 예(禮)는 일반 상식으로는 판단하기 어려우니 지금 또한 감히 단정하여 말씀드리지 못하겠습니다. 다시 아는 사람들에게 문의하여 처리하는 것이 어떻겠습니까?

---

71 주씨(周氏)의……제주하였다가 : 송(宋)나라 주원양(周元陽)의 《제록(祭錄)》에 따르면, 남자 주인이 없어 며느리가 시부모에게 제사지낼 경우에는 축문에 "신부 모씨는 현구 모관 봉시와 현고 모씨에게 제사 드립니다.〔新婦某氏祭顯舅某官封諡, 顯姑某氏.〕"라고 하고, 아내가 남편을 제사 지낼 경우에는 "주부 모씨가 현벽 모관 봉시에게 제사 드립니다.〔主婦某氏祭顯辟某官封諡.〕"라고 한다. '현벽(顯辟)'은 신주나 축문에서 아내가 죽은 남편을 이르는 말이다. 《疑禮問解 喪禮 題主》

홍백능에게 답하다 5
答洪伯能

서공(徐公)의 집안에서 물어본 것은, 선유(先儒)들은 모두 "제사를 섭행(攝行)할 경우에는 감히 개제(改題)하거나 체천하지 못한다."라고 하였다는 것입니다. 이미 이 예(禮)를 행하지 못한다면 길제(吉祭)는 당연히 잠시 정지하고 후사 세우는 것을 기다릴 뿐입니다.

삼년상인 경우 길례를 회복하는 의식은 우옹(尤翁 송시열(宋時烈))의 설에 따라 길제를 지내야 하는 달 정일(丁日)이나 해일(亥日)에 행하는 것이 좋을 듯합니다.[72] 그러나 이미 이달에 들어왔다면 초하루에 지내는 것도 안 될 것이 없고, 축문을 고하는 것은 굳이 할 필요가 없을 것입니다.

후사를 세운 뒤에 내종(內從)과 외종(外從)이 모자(母子) 사이가

---

72 삼년상인……듯합니다 : 우암(尤庵) 송시열(宋時烈, 1607~1689)은 송준길(宋浚吉, 1606~1672)에게 답한 편지에서 《예기》〈곡례 상(曲禮上)〉의 '열흘 이내의 날'이라는 의미의 '가까운 아무 날〔近某日〕'이라는 구절을 근거로, 길제를 반드시 초하루에 지낼 필요는 없다고 보았다. 그리고 길제를 지내야 하는 달 상순의 정일(丁日)이나 해일(亥日) 중 한 날을 택해 평상을 회복하는 의식을 행하는 것이 고례의 뜻에 부합할 것이라고 하였다. 고례에 따르면 관례, 혼례, 제례와 같은 내사(內事)에는 천간(天干)의 을(乙), 정(丁), 기(己), 신(辛), 계(癸)의 유일(柔日)을 쓰는데, 가능하다면 정일(丁日)이나 기일(己日)을 먼저 쓴다. 이는 '스스로 간절하다〔自丁寧〕' 또는 '스스로 고친다〔自變改〕'는 뜻을 내포하여 모두 삼가고 공경한다는 뜻이 들어있기 때문이다. 지지(地支)는 가능하면 해일(亥日)을 먼저 쓰는데, 이는 해(亥)가 창름(倉廩)을 주관하는 별인 위수(胃宿), 즉 천창성(天倉星)을 의미하기 때문이다. 《宋子大全 卷30 答宋明甫》《儀禮 少牢饋食禮 鄭玄注, 賈公彦疏》

되는 것은 옛 근거가 없습니다. 그러나 만일 고모와 조카가 위아래 동서가 된다면 윗동서의 아들을 그 아랫동서가 필시 외종(外從)이라 하지 않고 조카라고 부를 것입니다. 이것으로 미루어본다면 의심할 것이 없을 듯합니다.

보내주신 편지에 이른바 "본종을 중하게 여겨야 한다.〔當以本宗爲重.〕"라고 한 것은 간략하면서도 뜻이 극진합니다. 전에 물으신 후사가 없는 상(喪)에 어머니와 처 중에서 누가 상주가 되어야 하느냐는 말씀은, "시아버지가 돌아가시면 시어머니가 가사를 맏며느리에게 맡기고 맏며느리가 제사를 행한다.〔舅沒, 則姑老, 冢婦祭祀.〕"[73]라는 의리로 헤아려보면 처가 주관하는 것이 맞습니다. 또 처가 없으면 부득이 어머니가 망자(亡子)로 제주(題主)하지만, 끝내 걸리는 부분이 많으니 서둘러 후사를 세우는 것만 못합니다.

---

73 시아버지가……행한다 :《예기》〈내칙(內則)〉에 "시아버지가 돌아가시면 시어머니가 가사를 적장자의 처인 맏며느리에게 맡긴다. 맏며느리는 제사나 빈객을 맞이할 때 매사를 반드시 시어머니에게 여쭈고, 다른 며느리들은 맏며느리에게 여쭌다.〔舅沒, 則姑老, 冢婦所祭祀, 賓客, 每事必請於姑, 介婦請於冢婦.〕"라는 내용이 보인다.

홍백능에게 답하다 6

答洪伯能

처를 위해 상복을 입는 동안 사시(四時)의 정제(正祭)를 폐하는 것은 이미 주자(朱子 주희(朱熹))의 성법(成法)이 있으니[74] 다시 어찌 의심하겠습니까. 정제를 이미 폐하였다면 장례 후에 지내는 기제(忌祭)나 묘제(墓祭) 역시 예를 줄여서 행하는 것이 옳을 듯합니다. 처의 상(喪)은 삼년상의 체단(體段)을 갖추고 있어 다른 기년상과는 다릅니다.[75] 저희 집에서 정해일(丁亥日)에 행했던 것을 자세히 기억하지는 못하지만 이와 같은 데 불과했던 듯합니다.

할아버지 상(喪)에 장례 후 시제(時祭)를 행하는지의 여부는, 종손은 승중(承重)하여 상을 주관하고 있으니 의론할 것이 아닙니다. 비록 지손(支孫)으로 말한다 하더라도 할아버지에게 중한 상복을 입고 아버지에게 성대한 제사를 지내는 것은 불안하지 않겠습니까. 그 제사를 행할 때 입는 복색도 율옹(栗翁 이이(李珥))의 흑대(黑帶)를 착용한다는 설[76]을 쓰기는 어렵습니다. 제 생각에는 이것 역시 잠시 중지해야할

---

74 처를……있으니 : 처의 상(喪) 중에 제사를 지내야 하느냐는 물음에, 주희(朱熹)는 제사를 지내서는 안 될 듯 하다고 대답한 뒤, 자신의 집에서는 사시의 정제(正祭)를 폐한다고 하였다. 《讀禮通考 卷103 變禮3 嫁娶遭喪》

75 처의……다릅니다 : '삼년상의 체단을 갖추었다'는 것은, 일반적으로 적자인 남편이 처의 상(喪)에 자최장기복(齊衰杖期服)을 입지만 삼년상을 지낼 때처럼 상장(喪杖)을 짚고 연제(練祭)·상제(祥祭)·담제(禫祭)를 지내는 것을 이른다. 다만 고례에 따르면 아버지가 살아계시고 적자인 경우에는 상장을 짚지 않고 담제 역시 지내지 않는다.

듯합니다.

　장자(長子)를 위해 참최복을 입는 경우 출입할 때 입는 복색은, 우옹(尤翁 송시열(宋時烈))이 말하기를 "예를 아는 세상 사람들은 거친 생포(生布)로 옷을 만들고 포로 싼 삿갓[布裹笠]을 쓰며 삼을 꼬아 대(帶)를 만든다."라고 하였는데,[77] 이 설이 따를 만한 듯합니다. 지금 사람들은 대부분 칠을 한 삿갓[漆笠]을 쓰는데 삼을 꼬아 만든 대와는 너무 맞지 않습니다. 혹 패랭이[蔽陽子]를 쓰는 것이 오히려 좋지 않겠습니까? 이런 경우에는 근거할만한 고례(古禮)가 없기 때문에 사람들마다 행하는 것이 다르니 갑자기 제도를 정하기는 어렵습니다. 망건은 가선을 흰색으로 두른 것을 쓰는 것이 마땅할 듯합니다. 장자의 상에 법령에서는 비록 벼슬을 내놓는 것을 허락하지 않고 과거에 응시하도록 하고 있지만, 이것은 내가 하는 것이니 어찌 차마 하지 못할 바를 억지로 할 필요가 있겠습니까.

76　율옹(栗翁)의……설 : 율곡(栗谷)은 거상(居喪)하는 동안 상(喪)의 종류에 따라 절사(節祀)·기제(忌祭)·묘제(墓祭)와 같은 제사를 지내는 경우 현관(玄冠)에 소복(素服)을 입고 혹대(黑帶)를 착용하도록 하였다. 《栗谷全書 卷27 祭儀鈔 喪服中行祭儀》

77　장자(長子)를……하였는데 : 이 내용이 문인 현이규(玄以規)에게 답한 우암 송시열(宋時烈)의 편지에 보인다. 《宋子大全 卷118 答玄以規》

홍생 문영[78]에게 답하다

答洪甥文榮

장자(長子)의 상중(喪中)에 신부를 보는 예(禮)는 길흉이 섞이는 것이니 행해서는 안 될 듯하다. 그러나 반드시 부득이한 일이 있다면 주인은 잠시 생포의(生布衣)에 포립(布笠)을 쓰고 삼으로 꼬아 만든 대(帶)를 띠며-우옹(尤翁 송시열(宋時烈))이 정한 출입하는 옷이 이와 같다.[79]- 신부는 울긋불긋한 화려하고 성대한 장식들을 제거한 뒤에 계단 아래에서 사배(四拜)만 행하고 폐백을 올리지 않는 것이 옳을 듯하다. 이것은 사견(私見)이니 단정적으로는 말하지 못하겠다.

사당에 들어갈 때의 복색은 본래 주자(朱子 주희(朱熹))의 심의(深衣)와 복건(幅巾)에 대한 규정[80]이 있지만 지금 사람들은 평소에도 이렇게

---

78 홍생 문영(洪甥文榮) : 1768~1803. 자는 군행(君行)으로, 저자의 둘째 누이동생의 남편이자 아버지 김원행(金元行)의 문인인 홍낙순(洪樂舜, 1732~1795)의 장자(長子)이다. 뒤에 홍정모(洪正謨)로 개명하였으며, 작은 할아버지의 아들인 홍낙연(洪樂淵, 1724~1785)의 양자로 들어갔다. 《풍산홍씨대동보》에는 생몰년이 1746~1812년으로 되어 있는데, 아버지의 생년을 근거로 보면 1768년의 기록이 옳을 듯하다. 《洪象漢, 豐山洪氏族譜, 木版, 英祖44(1768)》《豐山洪氏大同譜 卷4 文敬公系 秋巒公門中 18世》

79 우옹(尤翁)이……같다 : 우암은 송준길(宋浚吉)에게 답한 편지에서, 참최 상중에 사당에 들어가거나 출입할 때 잠시 포립(布笠)과 포대(布帶)를 착용하는 것은 크게 문제될 것이 없다고 보았다. 《宋子大全 卷31 答宋明甫》

80 주자(朱子)의……규정 : 《가례》에 따르면 사당에 들어갈 때 주인 이하의 사람들은 모두 성복(盛服)을 하는데, 성복은 신분에 따라 달라서 벼슬이 있으면 복두(幞頭)·공복(公服)·대(帶)·가죽신〔靴〕·홀(笏)을 갖추고, 진사(進士)는 복두·난삼(襴衫), 대를 갖추며, 처사(處士)는 복두·조삼(皂衫)·대를 갖춘다. 벼슬이 없으면 모자(帽

입지 않으니, 단지 앞에서처럼 포의에 포립을 쓰고 대는 삼을 포로 바꾸어 띠는 것이 무방할 듯하다. 그러나 신부는 사당을 알현할 때에도 이처럼 할 뿐이니 무슨 다르게 할 것이 있겠느냐.

장례 때 신주를 만들어 세우지 않아서 뒤늦게 이를 만들고자 한다면 그 기간이 얼마나 오래되었든 상관없이 보내준 편지에서 인용한 우옹의 설[81]과 같이 행해야 할 것이다. 신주를 만드는 당일 먼저 묘소에 고하여 그 사유를 갖추어 진달한 뒤, 신주가 완성되면 또 신주에 고하되 대략《상례비요(喪禮備要)》제주(題主) 때의 축문대로 "여기에 기대고 여기에 의지하소서.……〔是憑是依.……〕"로 하면 될 것이다.[82] 이 것은 신장(新葬)과는 다르니 두 번 고하지 않을 수 없다.

子)·삼(衫)·대를 통용하고, 이것을 다 갖출 수 없으면 심의(深衣)나 양삼(涼衫)을 입는다. 부인은 가계(假髻)·대의(大衣)·장군(長裙)을 입고, 시집가지 않은 여자는 관자(冠子)와 배자(背子)를 입으며, 여러 첩들은 가계에 배자를 입는다.《家禮 通禮 祠堂》

81 우옹의 설 : 우암(尤庵) 송시열(宋時烈)이 문인 이선(李選, 1632~1692)에게 보낸 편지에 "장례 때 신주를 미처 만들지 못하였다면 추후에 합독(合櫝)하는 것을 조금도 늦추어서는 안 된다. 신주가 완성되기를 기다려 곧바로 제사를 설행하여 고하고 합부해야 할 것이니 어찌 기제나 시제까지 기다릴 것이 있겠는가. 고할 때에는 또한 뒤늦게 합부한다는 뜻으로 옛 신주에 고해야 할 것이다.〔葬時神主未及造, 則追後合櫝, 不可少緩. 當俟主成, 卽當設祭以告而祔之, 何待於忌祭, 時祭也? 告時亦當以追祔之意, 告於舊主矣.〕"라고 말한 내용이 보인다.《宋子大全 卷71 答李擇之》

82 상례비요(喪禮備要)……것이다 : 사계(沙溪) 김장생(金長生)의《상례비요》〈급묘(及墓) 제주지구(題主之具) 축문식(祝文式)〉에 "육신은 묘소로 돌아갔지만 혼령은 집으로 돌아오소서. 신주가 이미 이루어졌으니 삼가 바라건대 존귀한 신령께서는 옛것을 버리고 새것을 따라 여기에 기대고 여기에 의지하소서.〔形歸窀穸, 神返室堂. 神主旣成, 伏惟尊靈舍舊從新, 是憑是依.〕"라는 내용이 보인다.《가례》권5〈상례(喪禮) 제목주(題木主)〉에도 같은 내용의 축문이 보인다.

이선장[83] 정인 에게 답하다 1

答李善長 廷仁

〔문〕 가형(家兄)의 복제(服制)는 조카가 비록 4대 적장자이기는 하지만 자식이 없어 족자(族子)를 데려와 후사를 세웠으니 가형이 삼년상을 입어서는 안 될 듯했기 때문에 기년상으로 정하였습니다. 그러자 효효재(嘐嘐齋 김용겸(金用謙))[84] 어른께서 크게 질타하시며 심지어는 종통을 어지럽힌다고까지 하셨습니다. 그분의 뜻은 자식이 없더라도 이미 후사를 세웠으면 중(重)[85]을 받을 수 있는 여지가 있기 때문에 자식이 없다고 말할 수 없다는 것이었습니다. 슬프고 어지러운 상황에서 널리 문의할 수 없었기 때문에 우선 후한 예를 따르자는 의미에서 삼년상으로 정하고 성복(成服)하였습니다. 이것

---

83 이선장(李善長) : '선장'은 이정인(李廷仁, 1734~?)의 자이다. 호는 사사당(四事堂)이며, 본관은 완산(完山)이다. 저자의 아버지 김원행(金元行)의 문인으로, 저자보다 12세 아래이다. 1774년(영조50)에 41세의 나이로 진사시에 합격하였다. 홍산 현감(鴻山縣監), 풍기 군수(豐基郡守), 울산 부사(蔚山府使), 돈녕부 도정(敦寧府都正) 등을 역임하였다. 성리학에 조예가 깊었다. 《蘗山集 卷1 寄李善長〔廷仁〕, 卷11 附錄 年譜》

84 효효재(嘐嘐齋) : 김용겸(金用謙, 1702~1789)의 호로, 자는 제대(濟大)이다. 아버지는 김창집(金昌緝)이며 할아버지는 김수항(金壽恒)이다. 저자에게는 6촌 재종조가 된다. 경서와 예문(禮文)에 밝았다.

85 중(重) : 종묘 주인의 지위를 이른다. 종법 제도에 따르면 적장자만이 종묘의 제사를 주관할 권한을 가지고 종묘의 주인이 될 수 있다. 이 종묘 주인의 지위를 적장자에게 전해주는 것을 '전중(傳重)', 전해 받는 것을 '승중(承重)'이라고 한다.

이 과연 예의 뜻에 맞는 것입니까?

〔답〕'죽었는데 자식이 없으면 중(重)을 받지 못한다'는 것은 비록 《예기》〈상복소기(喪服小記)〉주(注)에 나오기는 하지만,[86] 지금은 본래 후사를 세운 일이 있으니 어찌 이런 이유로 중을 받지 못할 이 치가 있겠습니까. 아마도 고례(古禮)에는 오직 종자(宗子) 외에는 장 자(長子)라 할지라도 후사를 세울 수 없고 후사를 세우지 않았으면 절로 중을 받지 못하기 때문에 주의 말이 그와 같았을 것입니다. 알 수 없습니다.

비록 그렇다고는 하나 그 이유야 어떻든 중을 받지 못하였다면 삼년 복을 입지 않는 것이 당연한 것입니다. 그러나 지금은 그대의 조카가 중을 받았는데 그 조카가 낳은 아들이 없다는 이유로 그를 위해 삼년상 복을 입어주지 않는다는 것은 주석가들이 말한 네 가지 경우[87] 외에

---

86 죽었는데……하지만 : 《예기》〈상복소기(喪服小記)〉에 "적부가 시아버지의 후사 가 되지 못하였으면 시어머니가 적부를 위하여 소공복을 입는다.〔適婦不爲舅後者, 則 姑爲之小功.〕"라는 구절에 대한 정현(鄭玄)의 주에, "적장자인 남편이 폐질이나 다른 이유가 있어서, 또는 죽었는데 자식이 없어서 중을 받지 못하는 경우를 이른다. 소공복 은 서부를 위하여 입는 상복이다.〔謂夫有廢疾他故, 若死而無子, 不受重者. 小功, 庶婦 之服也.〕"라는 내용이 보인다.

87 주석가들이……경우 : 승중(承重)을 했더라도 삼년복을 입어줄 수 없는 네 가지 경우를 이른다. 《예기》〈상복소기(喪服小記)〉공영달(孔穎達)의 소(疏)에 "예에 따르 면 후사가 된 자를 위하여 다음 네 가지 경우에는 참최복을 입어주지 못한다. 어떤 경우인가? 체이부정(體而不正), 정이불체(正而不體), 전중이비정체(傳重而非正體), 정체이부전중(正體而不傳重)이 이런 경우이다. '체이부정'은 서자가 후사가 된 경우이 다. '정이불체'는 적손이 후사가 된 경우이다. '전중이비정체'는 서손이 후사가 된 경우이 다. '정체부전중'은 적자에게 폐질이 있어 후사로 세우지 못한 경우이다. 이 네 가지

또 다른 설이니 어찌 옳겠습니까. 이 부분은 오직 중을 받았는가와 받지 않았는가로 대절(大節)을 삼고, 정체(正體)의 설을 그 아들에게 끌어다 붙여서는 안 될 것입니다. 나의 의견은 이러하니 어찌 생각하시는지 모르겠습니다.

경우에는 모두 기년복을 입어주며 모두 참최복을 입어줄 수 없다. 오직 정체(正體)이고 전중(傳重)을 했을 경우에만 가장 무거운 상복을 입어준다.〔禮, 爲後者有四條皆不爲斬, 何者? 有體而不正, 有正而不體, 有傳重而非正體, 有正體而不傳重是也. 體而不正, 庶子爲後是也. 正而不體, 適孫爲後是也. 傳重非正體, 庶孫爲後是也. 正體不傳重, 適子有廢疾不立是也. 四者皆期, 悉不得斬也. 惟正體又傳重者, 乃極服耳.〕"라는 내용이 보인다.

이선장에게 답하다 2

答李善長

[답] 하도(河圖)와 낙서(洛書)가 명칭을 달리하는 것은 비록 고찰할 수 없으나, 아마도 신구(神龜)와 용마(龍馬)가 짊어지고 나온 무늬[88]가 그림 같기도 하고 글씨 같기도 해서 이런 이름을 붙인 것뿐일 듯합니다. 요컨대 대의(大義)에 관계되는 것은 아니니 굳이 억지로 구할 필요는 없습니다.

[답] '이륜(彝倫)'이라는 것은 홍범구주(洪範九疇)[89]에서 말한 것이

---

88 신구(神龜)와……무늬 : 전설상의 임금인 복희(伏羲) 때 황하(黃河)에서 용마(龍馬)가 등에 짊어지고 나왔다는 〈하도(河圖)〉와, 하(夏)나라 우(禹)임금 때 낙수(洛水)에서 신구(神龜)가 등에 짊어지고 나왔다는 〈낙서(洛書)〉를 이른다. 복희는 이 하도에서 법을 취해 《주역》의 기초가 되는 팔괘(八卦)를 만들었고, 우임금은 이 낙서에서 법을 취해 《서경》의 홍범구주(洪範九疇)를 지었다고 한다. 《서경》〈홍범(洪範)〉에 "하늘이 우임금에게 홍범구주를 내려 주시니, 이륜이 펴지게 되었다.〔天乃錫禹洪範九疇, 彝倫攸敍.〕", 《서경》〈고명(顧命)〉에 "천구와 하도는 동서에 있다.〔天球, 河圖在東序.〕라는 내용이 보인다. 〈하도〉와 〈낙서〉 그림은 155쪽 주99 참조.

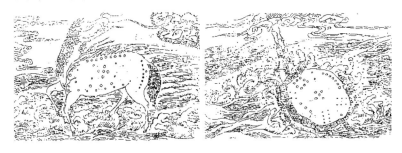

馬圖   龜書

모두 이류입니다. 지금 오행(五行)⁹⁰·오사(五事)⁹¹·황극(皇極)⁹²만

89 홍범구주(洪範九疇) : 하늘이 우임금에게 내려주었다는 천하를 다스리는 아홉 가지 대법(大法)을 이른다. 《서경》〈홍범〉에 "첫 번째는 오행(五行)이요, 다음 두 번째는 공경하되 오사(五事)로써 함이요, 다음 세 번째는 농사에 팔정(八政)을 씀이요, 다음 네 번째는 합함을 오기(五紀)로써 함이요, 다음 다섯 번째는 세움을 황극(皇極)으로써 함이요, 다음 여섯 번째는 다스림을 삼덕(三德)으로써 함이요, 다음 일곱 번째는 밝힘을 계의(稽疑)로써 함이요, 다음 여덟 번째는 상고함을 서징(庶徵)으로써 함이요, 다음 아홉 번째는 향함을 오복(五福)으로써 하고 위엄 보임을 육극(六極)으로써 하는 것이다.〔初一曰五行, 次二曰敬用五事, 次三曰農用八政, 次四曰協用五紀, 次五曰建用皇極, 次六曰乂用三德, 次七曰明用稽疑, 次八曰念用庶徵, 次九曰嚮用五福, 威用六極.〕"라는 내용이 보인다.

90 오행(五行) : 물질을 구성하는 다섯 가지 요소로, 만물의 생성과 변화를 설명한다. 《서경》〈홍범〉에 "오행은 첫 번째는 수(水), 두 번째는 화(火), 세 번째는 목(木), 네 번째는 금(金), 다섯 번째는 토(土)이다. 수의 성질은 아래로 내려가 만물을 적셔주며, 화의 성질은 위로 타오르며, 목의 성질은 굽고 곧으며, 금의 성질은 사람의 뜻에 따라 형태가 바뀌며, 토의 덕은 이에 작물을 심고 거둔다.〔五行 : 一曰水, 二曰火, 三曰木, 四曰金, 五曰土. 水曰潤下, 火曰炎上, 木曰曲直, 金曰從革, 土爰稼穡.〕"라는 내용이 보인다.

91 오사(五事) : 통치자가 자신을 수양하는 다섯 가지 일을 이른다. 《서경》〈홍범〉에 "오사는 첫 번째는 모습, 두 번째는 말, 세 번째는 봄, 네 번째는 들음, 다섯 번째는 생각함이다. 모습은 공손하고, 말은 순하고, 봄은 밝고, 들음은 귀 밝고, 생각함은 지혜로운 것이다. 공손함은 엄숙함을 만들고, 순함은 다스림을 만들고, 밝음은 지혜를 만들고, 귀 밝음은 헤아림을 만들고, 지혜로움은 성스러움을 만든다.〔五事 : 一曰貌, 二曰言, 三曰視, 四曰聽, 五曰思. 貌曰恭, 言曰從, 視曰明, 聽曰聰, 思曰睿. 恭作肅, 從作乂, 明作哲, 聰作謀, 睿作聖.〕"라는 내용이 보인다.

92 황극(皇極) : 천하를 다스리는 준칙을 이른다. 《서경》〈홍범〉에 "황극은 임금이 표준을 세우는 것이다. 이 오복을 거두어서 여러 백성들에게 복을 펴서 주면 이 뭇 백성들이 너의 표준에 대해 너에게 표준을 보존함을 줄 것이다.〔皇極, 皇建其有極, 斂是五福, 用敷錫厥庶民, 惟時厥庶民, 于汝極, 錫汝保極.〕"라는 내용이 보인다.

가지고 이류에 해당시키는 것은 옳지 않을 듯합니다.

[답] 진씨(陳氏 진력(陳櫟))의 '초일(初一)' 운운[93]은 영숙(永叔 박윤원
(朴胤源))의 설[94]이 맞습니다. '오황극(五皇極)'에 인군(人君)이 표준을
세우는 방법을 말하지 않은 것[95]에 대해 논한 단락은 미루어 밝힌 설
이 매우 좋습니다. '오사(五事)의 덕'과 '오사의 용(用)'에 대해서는
영숙의 설이 간명하여 따를 만합니다.[96]

---

93 진씨(陳氏)의 초일(初一) 운운 : '진씨'는 원나라의 유학자인 진력(陳櫟, 1252~
1334)으로, 자는 수옹(壽翁)·정우(定宇), 호는 동부노인(東阜老人)이며, 휘주(徽州)
휴녕(休寧) 사람이다. 학문은 주희(朱熹)를 조종으로 삼았고, 송나라가 망하자 은거하
였다. 저서에 《사서발명(四書發明)》, 《서집전찬소(書集傳纂疏)》, 《예기집의(禮記集
義)》 등이 있다. '초일 운운'은 진력이 《서경》〈홍범〉의 구절 중 제4장 '초일왈오행(初
一曰五行)'의 '일(一)'을 점수(點數)로 보고 제5장 '일오행(一五行)'의 '일(一)'을 차제
(次第)로 본 것을 이른다. 이정인(李廷仁)은 이에 대해 앞뒤로 뜻을 다르게 푼 것에
대해 의문을 제기하고, 두 경우 모두 점수(點數)로서 그 안에 차제의 뜻이 들어있다고
보았다. 《近齋集 卷9 答李善長洪範問目》
94 영숙(永叔)의 설 : '영숙'은 박윤원(朴胤源, 1734~1799)의 자이다. 194쪽 주173
참조. 박윤원은 이정인의 물음에 대해 진력(陳櫟)과 주희(朱熹)의 설을 지지하고, 앞뒤
문장에서 '일(一)'을 각각 점수(點數)와 차제(次第)로 본 것은 문제가 되지 않는다고
하였다. 《近齋集 卷9 答李善長洪範問目》
95 오황극(五皇極)에……것 : 홍범구주(洪範九疇) 중 다섯 번째 '황극' 조에 "다섯 번
째 황극은 임금이 표준을 세움이니, 이 오복을 거두어서 여러 백성들에게 복을 펴서
주면 이 여러 백성들이 너의 표준에 대하여 너에게 표준을 보존함을 줄 것이다.〔五皇極,
皇建其有極, 斂是五福, 用敷錫厥庶民, 惟時厥庶民, 于汝極, 錫汝保極.〕"라고 하여, 다
른 8가지 대법과 달리 이에 속하는 '오복(五福)'에 대해 구체적인 언급이 없는 것을
이른다. '홍범구주'는 153쪽 주89 참조.
96 오사(五事)의……만합니다 : 이정인(李廷仁)이 공(恭)·종(從)·명(明)·총(聰)·

〔답〕'황극(皇極)'의 체(體)와 용(用)에 대한 의리는 휘암 정씨(徽庵程氏 정약용(程若庸))의 설-'초일왈오행〔初一日五行〕' 소주(小註)에 보입니다.-이매우 분명합니다.[97] 바로 "《서명(西銘)》의 상반은 바둑 판 같고 하반은 바둑을 두는 것과 같다."는 말[98]과 유사합니다. '생성지(生成之)'[99]

예(睿)는 오사(五事)의 덕이고 숙(肅)·예(乂)·철(哲)·모(謀)·성(聖)은 오사(五事)의 용(用)으로 본 채침(蔡沈, 1167~1230) 주에 대해 덕과 용의 구분이 명확하지 않다고 하자, 박윤원(朴胤源)이 '공(恭) 이후에 숙(肅)하게 되고 숙(肅)한 뒤에 공(恭)하게 되는 것이 아니니 어찌 공(恭)은 덕이고 숙(肅)은 용이 아니겠느냐' 등등으로 대답한 것을 이른다. '오사'는 153쪽 주91 참조.《近齋集 卷9 答李善長洪範問目》

97 황극(皇極)의……분명합니다 : '휘암 정씨(徽庵程氏)'는 송나라의 성리학자인 정약용(程若庸)으로, 자는 봉원(逢原)이며 휘주(徽州) 휴녕(休寧) 사람이다. 휘암선생으로 불린다. 주희의 문인인 황간(黃幹, 1152~1221)의 제자 요로(饒魯, 1194~1264)에게서 배웠다. 저서에 《성리자훈강의(性理字訓講義)》,《태극홍범도설(太極洪範圖說)》 등이 있다. '휘암 정씨의 설'은, 진력(陳櫟, 1252~1334)의 《서집전찬소(書集傳纂疏)》 소주(小注)에 "앞의 사주(四疇), 즉 오행(五行)·오사(五事)·팔정(八政)·오기(五紀)에 근본을 두어 그 체(體)를 세워서 지극이 엄정하여 털끝만큼도 혹여 잃는 일이 없도록 하고, 뒤의 사주, 즉 삼덕(三德)·계의(稽疑)·서징(庶徵)·오복(五福)에서 이를 징험하여 그 용(用)을 펴서 지극히 넓어 사물 하나도 혹여 빠트리는 일이 없도록 한다.〔本之前四疇, 以立其體, 至嚴至密而無一毫之或失; 驗之後四疇, 以達其用, 至寬至廣而無一物之或遺.〕"라는 내용을 가리킨다.

98 서명(西銘)의……말 :《성리대전서(性理大全書)》〈서명(西銘)〉에 "《서명》의 전반부는 바둑판과 같고 후반부는 사람이 바둑을 두는 것과 같다.〔西銘前一段如棊盤, 後一段如人下棊.〕"라는 주희(朱熹)의 말이 보인다.

99 생성지(生成之) : 하도(河圖)와 낙서(洛書)가 홍범(洪範) 오행(五行)의 생수(生數)와 성수(成數)로 구성된 것을 이른다. 흰 점 1·3·5·7·9는 천수(天數)를 나타내고 까만 점 2·4·6·8·10은 지수(地數)를 나타내는데, 이 가운데 1·2·3·4·5는 생수(生數)이고 6·7·8·9·10은 성수(成數)이다. 이를 오행에 대비하면 천일(天一)은 수(水)를 낳고, 지이(地二)는 화(火)를 낳고, 천삼(天三)은 목(木)을 낳고, 지사(地

라고 한 것은 정확하지 않습니다.

〔답〕 '유유유위(有猷有爲)' 장의 세 등급 인물의 높고 낮은 차례는, 주자가 논한 것[100]이 이미 참으로 타당하건만 채침(蔡沈)의 전(傳)에서 '이강이색(而康而色)'에 대해 말한 곳[101]은 오히려 이와 상반됩니

四)는 금(金)을 낳고, 천오(天五)는 토(土)를 낳는다. 또 수(水)는 일(一)에서 생겨나 육(六)에서 이루어지며, 화(火)는 이(二)에서 생겨나 칠에서 이루어지며, 목(木)은 삼에서 생겨나 팔(八)에서 이루어지며, 금(金)은 사(四)에서 생겨나 구(九)에서 이루어지며, 토(土)는 오(五)에서 생겨나 십(十)에서 이루어진다. 아래 그림은 위쪽이 남쪽, 아래쪽이 북쪽이다.

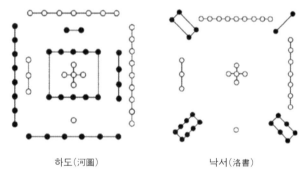

하도(河圖)　　　　　낙서(洛書)

100 유유유위(有猷有爲)……것 :《서경》〈홍범〉의 "대체로 뭇 백성들은 꾀하는 바가 있고, 펼쳐 하는 바가 있고, 지키는 바가 있다.〔凡厥庶民, 有猷, 有爲, 有守.〕"라는 구절에 대해, 주희(朱熹)가 "임금이 위에서 표준을 세우고 나면 아래에서 따라 감화되는 것은 혹 깊고 낮으며 빠르고 늦은 차이가 있을 수 있다. 그리하여 꾀하는 자가 있고, 재능이 있는 자가 있고, 덕이 있는 자가 있을 것이니, 임금은 진실로 이것을 유념하여 혹시 모두 다 부합하지 못하더라도 크게 어긋나는 데에까지는 이르지 않은 자들을 잊지 말아서 그들 역시 받아들이고 거부하지 말아야 한다.〔君旣立極於上, 而下之從化, 或有淺深遲速之不同. 其有謀者, 有才者, 有德者, 人君固當念之, 而不忘其或未能盡合而未抵乎大戾者, 亦當受之而不拒也.〕"라고 해석한 것을 이른다.《朱子全書 卷34 尙書2 周書 洪範》

101 채침(蔡沈)의……곳 :《서경》〈홍범〉의 "얼굴빛을 편안히 하여 말하기를 '내가

다. 이에 대해 늘 옳지 않다고 의심하였는데, 지금 보내준 편지의 내용을 보니 이미 은연중 나와 생각이 같은 듯합니다. 그러나 논의가 간략하여 반드시 그러한지의 여부를 기필할 수 없으니 다시 들려주기를 바랍니다.

〔답〕 "이 사람이 이에 임금의 표준에 맞게 할 것이다.〔時人斯其惟皇之極.〕"라는 구절은, 진씨(陳氏 진력(陳櫟))의 해석을 혹 일설로 갖추어 둘 수는 있겠지만 요컨대 올바른 뜻은 아닙니다. '네가 그에게 복을 주면〔汝則錫之福〕'은 영숙(永叔 박윤원(朴胤源))의 설이 옳습니다.[102]

좋아하는 바는 덕이다.'라고 말하면……〔而康而色, 曰予攸好德……〕"이라는 구절에 대해, 채침이 "외면에 나타나서 편안하고 온화한 기색이 있고, 마음속에서 발하여 덕을 좋아하는 말이 있는 것이다.〔見於外而有安和之色, 發於中而有好德之言.〕"라고 해석한 것을 이른다. 주희(朱熹)는 〈홍범〉의 이 구절에 대해 "어떤 사람이 능히 얼굴빛을 바꾸고 임금의 뜻을 좇아 덕을 좋아한다는 것으로 자처한다면 비록 그것이 반드시 중심의 실제에서 나온 것은 아니라 하더라도 인군이 또한 그가 스스로 자처한 것으로 인하여 그에게 선(善)을 주어야 할 것이니, 이렇게 하면 이 사람 역시 임금을 표준으로 여겨서 그 실제에 힘쓸 수 있다는 말이다.〔人之有能革面從君, 而以好德自名, 則雖未必出於中心之實, 人君亦當因其自名, 而與之以善, 則是人者亦得以君爲極, 而勉其實也.〕"라고 해석하였다.

102 이……옳습니다 : '진씨(陳氏)의 해석'은 원대(元代)의 유학자 진력(陳櫟, 1252~1334)이 《서경》〈홍범〉의 "백성이 얼굴빛을 편안히 하여 말하기를 '내가 좋아하는 바는 덕이다.'라고 하거든 네가 그에게 복을 주면 이 사람이 이에 임금의 표준에 맞게 할 것이다.〔而康而色, 曰予攸好德, 汝則錫之福, 時人斯其惟皇之極.〕"라는 구절에서 '이강이색(而康而色)'의 주체를 '백성'으로 본 주희나 채침과 달리 '무왕(武王)'으로 본 것을 이른다. 진력은 "무왕(武王) 당신이 안색을 온화하게 하고 자세를 낮추어 나아가서 설득한다면 사람들이 감발하여 임금을 속이지 않고 '제가 좋아하는 것은 덕에 있습니다.'라고 할 것이니, 그러면 임금이 그 선한 뜻을 환영하여 그에게 복을 내려주는

〔답〕 '편벽됨이 없고 기욺이 없다[無偏無陂]'[103]는, 주자(朱子 주희(朱熹))가 분명히 말하기를 "천하 사람들이 모두 감히 자신의 사욕을 따르지 못하고 윗사람의 교화를 따른다.[天下之人, 皆不敢徇己之私, 以從乎上之化.]"라고 하였는데,[104] 이제 인군(人君) 자신에 중점을 두고자 하는 것은 무엇 때문입니까?

〔답〕 '천자의 빛을 가까이 한다[以近天子之光.]'는, 이에 대한 진씨(陳氏 진력(陳櫟))의 설[105]을 과연 이해할 수 없습니다.

〔답〕 '휴징(休徵)'과 '구징(咎徵)'에 똑같이 '약(若)'이라고 한 것은 보내준 편지의 설이 매우 순합니다.[106] 영숙(永叔 박윤원(朴胤源))은 무슨

것이다."라고 해석하였다. '영숙(永叔)'은 박윤원(朴胤源, 1734~1799)의 자이다. 194쪽 주173 참조. '영숙의 설'은 자세하지 않다. '여즉석지복(汝則錫之福)'의 '즉(則)'은 저본에는 '수(雖)'로 되어 있으나 통행본 《서경》에 근거하여 바로잡아 번역하였다. 《書集傳纂疏 卷4上 朱子訂定蔡氏集傳 周書 洪範》

103 편벽됨이……없다 : 《서경》〈홍범〉에 "편벽됨이 없고 기욺이 없어 왕의 의리를 따르며, 뜻에 사사로이 좋아함을 일으키지 말아 왕의 도를 따르며, 뜻에 사사로이 미워함을 일으키지 말아 왕의 길을 따르라.[無偏無陂, 遵王之義; 無有作好, 遵王之道; 無有作惡, 遵王之路.]"라는 내용이 보인다.

104 주자(朱子)가……말하였는데 : 이 내용이 《주자전서(朱子全書)》 권34 〈상서(尙書)2 주서(周書) 홍범(洪範)〉에 보인다.

105 진씨(陳氏)의 설 : 《서경》〈홍범〉의 "천자의 빛을 가까이 한다.[以近天子之光]"라는 구절에 대해 원대(元代)의 학자 진력(陳櫟)이 '근(近)' 자를 '성상근(性相近)'의 '근(近)'과 같이 본 것을 이른다. 이정인(李廷仁)은 이에 대해 '친근'의 뜻으로 보는 것이 좋을 것 같다는 의견을 제시하였다. 《近齋集 卷9 答李善長洪範問目》

106 휴징(休徵)과……순합니다 : 《서경》〈홍범〉의 "아름다운 징조[休徵]는 엄숙함

이유로 별도의 의론을 내었는지 모르겠습니다.[107] 지금 그저 여러 '약
(若)' 자들을 '여(如)' 자로 바꾼 뒤에 마음을 가라앉히고 읽어보면 곧
뚝뚝 끊겨 분명치 않은 말이라는 것을 알 수 있으니, 다시 자세히 살
피는 것이 어떻겠습니까.

〔답〕 '낙역불촉(絡繹不屬)'[108]은 언뜻 보면 '낙역'과 '불촉'이 서로 차이

에 제때에 비가 내리며, 조리가 있음에 제때에 날이 개이며, 지혜로움에 제때에 날이
따뜻하며, 헤아림에 제때에 날이 추우며, 성스러움에 제때에 바람이 부는 것이다. 나쁜
징조〔咎徵〕는 미친 짓을 함에 항상 비가 내리며, 참람한 짓을 함에 항상 볕이 나며,
게으름에 항상 날씨가 더우며, 급박함에 항상 날씨가 추우며, 몽매함에 항상 바람이
부는 것이다.〔曰休徵: 曰肅, 時雨若; 曰乂, 時暘若; 曰哲, 時燠若; 曰謀, 時寒若; 曰聖,
時風若. 曰咎徵: 曰狂, 恒雨若; 曰僭, 恒暘若; 曰豫, 恒燠若; 曰急, 恒寒若; 曰蒙,
恒風若.〕"라는 구절에서 '약(若)'이 모두 붙어 있는 것에 대해 이정인이 의문을 제기한
것을 이른다. 이정인은 '시우약(時雨若)'은 참으로 '약(若)'이라고 할 수 있겠지만 '항우
(恒雨)'에도 '약'을 쓴 것은 무슨 이유인지 모르겠다고 하고, '약'은 '순(順)'과 같아서
휴징(休徵)과 구징(咎徵)이 각각 그 유에 따라 상응한 것이니 자연의 이치이기 때문에
'약'을 쓴 것으로 추정하였다. 《近齋集 卷9 答李善長洪範問目》
107 영숙(永叔)은……모르겠습니다 : '영숙'은 박윤원(朴胤源, 1734~1799)의 자이
다. 194쪽 주173 참조. 박윤원은 '약(若)'을 '순(順)'과 같다고 본 이정인의 의견에 대해,
'항우(恒雨)'는 실덕(失德)에 대한 징험이니 '약'을 '순'으로 보는 것은 맞지 않다고 보았
다. 그리고 오시(五時)와 오항(五恒)의 '약'을 모두 '그와 같다〔如之〕'는 뜻으로 보았다.
《近齋集 卷9 答李善長洪範問目》
108 낙역불촉(絡繹不屬) : 《서경》〈홍범〉의 다섯 가지 복조(卜兆)인 우(雨)·제
(霽)·몽(蒙)·역(驛)·극(克) 가운데 '역(驛)'에 대한 채침(蔡沈, 1167~1230)의 주
에서 "역은 낙역하여 이어지지 않는 것이다.〔驛者, 絡驛不屬.〕"라고 말한 구절을 이른다.
이정인은 이에 대해 '불(不)' 자를 하(下) 자로 보거나 '상(相)' 자로 보는 기존의 설은
무슨 근거가 있는지 모르겠다고 의문을 제기하였다. 《近齋集 卷9 答李善長洪範問目》

가 나는 것 같지만, 일반적으로 사물이 한 곳에 뭉쳐 있는 경우에는 '낙역'이라고 말하지 않습니다. '낙역'이라고 말하면 곧 여기저기 분포되어 있는 형상임을 알 수 있으니, 이것을 '불촉(不屬)'이라고 한 것이 어찌 안 되겠습니까. 예를 들면 별에는 무리〔絡〕가 있습니다. 그 무리를 본다면 뭇 별들이 서로 이어져 있지만 그 별을 본다면 각각 하나의 별이어서 서로 이어지지 않으니, 단지 가리키는 바가 어떠냐에 달려 있을 뿐입니다. 나의 의견은 이렇지만 또한 감히 단정적으로 말하지는 못하겠습니다.

이선장에게 답하다 3

答李善長

〔답〕 황극(皇極)의 체(體)와 용(用)을 생수(生數)와 성수(成數)로 짝지은 것도 말은 되지만 문의(文義)에서 구하는 것만큼 실제적이지는 않기 때문에 그렇게 말한 것입니다. 대체로 〈하도(河圖)〉는 괘획(卦畫)에 대해 그 음양노소(陰陽老少)와 위수차제(位數次第)[109]가 참으로 꼭 들어맞는 오묘함이 있지만, 〈홍범(洪範)〉에서 단지 점수(點數)가 9개 있다는 이유만으로 구주(九疇)의 하나로 넣은 것에 대해서는 평소에 그 배속(配屬)의 의미를 알지 못하였습니다. 이 때문에 나도 모르게 여기에 이런 말이 나오게 된 것 뿐입니다.

〔답〕 '꾀하는 바가 있고, 펼쳐 하는 바가 있고, 지키는 바가 있는〔有猷有爲有守〕'자는 재능과 덕망이 쓸만 하니 상등인(上等人)입니다. '허물에 걸리지 않은〔不罹于咎〕'자는 그 덕이 비록 표준에 다 맞지는 못하지만 또한 과오가 없으니 중등인(中等人)입니다. '얼굴빛을 편안히 하는〔而康而色者〕'자는 본래 과오가 있었는데 이제 막 낯빛

---

109 음양노소(陰陽老少)와 위수차제(位數次第) : '음양노소'는 〈하도(河圖)〉에서 6은 소음(少陰), 7은 소양(少陽), 8은 노음(老陰), 9는 노양(老陽)을 가리키는 것을 말한다. '위수차제'는 〈하도〉에서 천수(天數) 1은 양기(陽氣)가 처음 나와 북방에 자리하고 3은 양기가 자라서 동쪽에 자리하며, 지수(地數) 2는 음기(陰氣)가 처음 나와 남방에 자리하고 4는 음기가 자라서 서방에 자리하며, 5는 음과 양이 만나 중앙에 자리한 것을 가리킨다. 〈하도〉는 155쪽 주99 참조.

을 바꾸기는 했지만 반드시 실제 마음 속에서 나온 것은 아닐 수도 있으니 이는 하등인(下等人)입니다. 주자(朱子 주희(朱熹))의 뜻은 분명히 이와 같으니, 단지 3개의 '당(當)' 자만 보아도 사람을 3개의 등급으로 구분한 것을 알 수 있습니다.[110]

〔문〕 처의 상(喪)을 당한 사람이 있는데, 아버지가 살아계시기 때문에 상장(喪杖)도 짚지 않고 담제(禫祭)도 지내지 않습니다. 그런데 또 아들이 있으면 이 아들 역시 아버지로 인해 담제를 지내지 않아야 합니까? 담제를 지내지 않는다면 이것은 그 아들이 어머니를 위하여 부장기복(不杖朞服)을 입는 것이고, 만일 담제를 지낸다면 그 사람은 상장은 짚지 않으면서 담제는 지내는 것입니다. 어떻게 하는 것이 좋겠습니까?

〔답〕 아버지가 살아계시면 처를 위해 부장기복을 입는 것은 옛날에 그런 예(禮)가 있었습니다.[111] 그러나 《가례》에서는 아버지가 살아계

---

110 단지……있습니다 : 156쪽 주100, 주101 참조.
111 아버지가……있습니다 : 《의례》〈상복(喪服)〉'자최장기(齊衰杖朞)' 조 "처를 위하여 입는다.〔妻.〕"라는 구절에 대한 정현(鄭玄)의 주에 "적자는 아버지가 살아계시면 처를 위하여 상장(喪杖)을 짚지 않는데, 이것은 아버지가 상주가 되기 때문이다. 《예기》〈복문(服問)〉에 이르기를 '가장이 상주가 되는 경우는 부인·처·적장자·적부이다.'라고 하였다. 아버지가 살아계시면 아들이 처를 위하여 상장을 짚고 자리에 나아가는 것은 서자인 경우를 이른다.〔適子父在, 則爲妻不杖, 以父爲之主也. 服問曰: 君所主, 夫人, 妻, 大子, 適婦. 父在, 子爲妻以杖卽位, 謂庶子.〕"라는 내용이 보인다. 또 〈상복〉'자최부장기(齊衰不杖朞)' 조에 "대부의 적자가 처를 위하여 입는다. 〈전〉에 말하였다. '왜 기년복을 입는가? 아버지가 강복(降服)하지 못하는 대상에게 아들 역시

시거나 돌아가셨거나를 막론하고 모두 장기복(杖朞服)을 입으니,[112] 상장을 짚는다면 담제를 지내야 합니다. 이것은 우옹(尤翁 송시열(宋時烈))의 설[113]이니 이를 따라야할 듯합니다. 설령 고례(古禮)를 따라 상장을 짚지 않는다 하더라도, 그 아들이 어머니를 위해 어찌 상장도 짚지 않고 담제도 지내지 않는 이치가 있겠습니까.

감히 강복하지 못하기 때문이다. 왜 상장을 짚지 않는가? 아버지가 살아계시면 처를 위하여 상장을 짚지 않는 것이다.〔大夫之適子爲妻. 傳曰: 何以期也? 父之所不降, 子亦不敢降也. 何以不杖也? 父在, 則爲妻不杖.〕라는 구절이 보인다. 이를 종합하면 아버지가 살아계실 때 적자인 아들은 처를 위하여 자최부장기복을 입으며, 서자인 아들은 처를 위하여 자최장기복을 입는다.

112 가례에서는……입으니 :《가례》〈상례(喪禮) 성복(成服)〉'자최장기' 조에 "남편이 처를 위하여 입는다.〔夫爲妻也.〕"라고 하였는데, '자최부장기' 조 양복(楊復)의 주에 "그 의복(義服)에 한 조항을 더 넣어야 한다. 즉 부모가 살아계시면 처를 위하여 상장을 짚지 않는다는 조항이다.〔其義服當添一條, 父母在, 則爲妻不杖也.〕"라는 내용이 보인다. 주희의 설은 적서나 부모의 생사에 상관없이 남편은 처를 위하여 자최장기복을 입는다는 것이며, 양복의 설은 부모가 살아계시면 적자나 서자에 상관없이 남편은 처를 위하여 자최부장기복을 입는다는 것이다.

113 우옹(尤翁)의 설 : '아버지가 살아계실 때' 이하의 내용이 문인 현이규(玄以規)에게 답한 우암의 편지에 보인다. 《宋子大全 卷118 答玄以規》

이선장에게 답하다 4

答李善長

보망장(補亡章)[114] 중 '전체(全體)'와 '대용(大用)'의 의리에 대해서는 매번 진씨(陳氏 진력(陳櫟))의 주[115]에서 '명덕(明德)'의 뜻을 '지지(知至)'에 대한 해석으로 보았기 때문에 그 말이 어긋나서 맞지 않는다고 의심하였습니다.[116] 그러나 이것을 대신하여 달리 말을 만들고자

---

114 보망장(補亡章) : 주희(朱熹)가 격물치지(格物致知)에 관한 고본《대학》본문에 빠진 부분이 있다고 여겨《대학장구(大學章句)》전(傳) 5장의 '차위지지지야(此謂知之至也)' 6자 앞에 128자를 더 보충한 장을 이른다. 격물치지보망장(格物致知補亡章)이라고도 한다.

115 진씨(陳氏)의 주 :《대학장구대전(大學章句大全)》전 5장의 "힘쓰기를 오래해서 하루아침에 돌연히 관통하게 되면 모든 사물의 표리와 정조가 이르지 않음이 없게 되고 내 마음의 전체(全體)와 대용(大用)이 밝지 않음이 없게 될 것이니, 이것을 '격물(格物)'이라 이르며, 이것을 '지지지(知之至)'라 이른다.〔至於用力之久, 而一旦豁然貫通焉, 則衆物之表裏精粗無不到, 而吾心之全體大用無不明矣. 此謂物格, 此謂知之至也.〕"라는 구절에 대해, 진력(陳櫟)이 "내 마음의 전체'는 '명덕'을 해석한 것이니《장구》에서 이른바 '뭇 이치를 갖추었다.'는 것이고, '내 마음의 대용'은 이른바 '만사에 응한다.'는 것이다.〔吾心之全體, 卽釋明德, 章句所謂具衆理者; 吾心之大用, 卽所謂應萬事者也.〕"라고 해석한 것을 이른다.

116 그……의심하였습니다 : 이와 관련하여 박윤원(朴胤源)이 이정인(李廷仁)에게 답한 편지에 "'내 마음의 전체와 대용'은 '명덕(明德)'의 전체와 대용이며, 이른바 '내 마음의 전체와 대용이 밝지 않음이 없다'는 것은 바로 '지지(知止)'를 말한 것입니다. 만일 이것을 명덕의 전체와 대용이 밝지 않음이 없다는 것으로 본다면 지지는 단지 명덕의 한 가지 일일 뿐이니 어떻게 명덕이 모두 밝혀졌다고 말할 수 있겠습니까. 격물치지(格物致知)는 명명덕(明明德)의 단서에 불과하며 성의(誠意)·정심(正心)·수신

하면 또 정확한 말을 얻기가 어렵습니다. 예전에 어떤 사람이 이것으로 질문하기에, 나는 "인심(人心)의 신령함은 알지 못함이 없으니 이것은 전체이다. 전체가 밝아진 뒤에는 대용 또한 단지 그 안에 있는 것이다."라고만 하였습니다. 이 말은 비록 분명하지는 않지만 뜻은 들어 있습니다. 이제 그 남은 속뜻을 궁구하여 가르쳐주기를 바랍니다.

이 '오심(吾心)' 이하 11자는 경문으로 요약하면 '지지(知止)' 두 자일 뿐입니다. 경문의 '지(知)' 자는, 주자가 해석하기를 "지(知)는 식(識)과 같다.〔知猶識也.〕"라고 하였으니, 여기에서 말한 '전체'와 '대용'이라는 것은 또한 단지 지식을 이르는 것뿐입니다.

지식이 마음의 체(體)와 용(用)이 되는 이유는 무엇이겠습니까? 사람의 한 마음은 허령(虛靈)하고 통철(洞徹)하여 온갖 이치가 모두 갖추어져 있어서 본래 알지 못하는 바가 없는 것이니, 이것을 일러 '체'라고 합니다. 이 앎을 가지고 만사에 응하는 것은 이것을 일러 '용'이라고 합니다. 마음이 마음이 되는 이유가 어찌 여기에서 벗어남이 있겠습니까.

그러나 체와 용은 본래 두 가지가 아니니, 내가 아는 바가 과연 그 마음의 본체를 지극히 하여 다하지 않음이 없다면 그 만사에 응하는

(修身)에 이르러야 비로소 명명덕의 실제를 다하는 것이니, 그렇다면 이른바 밝지 않음이 없다는 것은 단지 지식이 밝지 않음이 없다는 것이며 덕이 밝지 않음이 없다는 말은 아닙니다. 그렇다면 진씨가 여기의 전체와 대용을 명덕의 전체와 대용으로 삼은 것은 어찌 오류가 아니겠습니까.〔吾心之全體大用, 爲明德之全體大用也; 所謂吾心之全體大用無不明, 卽言知止也. 若以此爲明德之全體大用無不明, 則知止只是明德中一事, 何足以謂之明德盡明乎? 格物致知, 不過爲明明德之端, 而到誠正修, 方盡明明德之實, 則所謂無不明, 只是知之無不明也, 非謂德之無不明也. 然則陳氏之以此全體大用爲明德之全體大用者, 豈不謬哉?〕라는 내용이 보인다.《近齋集 卷9 答李善長》

용은 진실로 말하기를 기다릴 것 없이 드러나는 것입니다. 이 때문에 성의장(誠意章)의 주에서 심체(心體)의 밝음만을 말하고 그 용에 대해서는 언급하지 않은 것이니,[117] 그 뜻은 아마도 이와 같을 것입니다.

그런데 이 장에 와서 마침내 체와 용을 함께 들어 짝을 지어 말한 것은, 단지 그 자세함과 갖춤을 지극히 하고 또 이것으로 다음 장에 나오는 '성의(誠意)'의 단서를 은미하게 말한 것뿐이니, 실로 적감중화(寂感中和)의 설[118]과 같이 각각 시절이 있고 각각 공부가 있는 것은 아닙니다. 이제 굳이 어떤 것이 전체의 밝음이고 어떤 것이 대용의 밝음이라고 말한다면 말할만한 것이 없는 것은 아니지만, 지나치게 분석에 허비하느라 도리어 올바른 뜻을 어지럽히게 될 것입니다. 어떻게 생각합니까?

---

117 성의장(誠意章)의……것이니 : '성의장'은 《대학장구》 전(傳) 6장으로, 전 6장 장하주(章下註)에 "심체의 밝음이 미진한 바가 있으면 그 발하는 바가 반드시 실제로 그 힘을 쓰지 못하여 구차하게 스스로 속임이 있게 된다. 그러나 혹 이미 밝게 알았다 하더라도 이 홀로 있음을 삼가지 않으면 그 밝힌 것이 또 자기의 소유가 아니어서 덕에 나아가는 기초로 삼을 수 없다.〔心體之明有所未盡, 則其所發必有不能實用其力, 而苟焉以自欺者. 然或已明而不謹乎此, 則其所明又非己有, 而無以爲進德之基.〕"라는 주희의 주가 보인다.

118 적감중화(寂感中和)의 설 : 공자가 지었다는 《주역》 십익(十翼) 중 〈계사상전(繫辭上傳)〉에 "역은 생각이 없고 함이 없어 고요히 동하지 않다가 감응하여 마침내 천하의 일에 통한다.〔易, 无思也, 无爲也, 寂然不動, 感而遂通天下之故.〕"라는 구절이 있는데, 이에 대해 정자(程子)가 "중(中)은 고요히 동하지 않은 것을 말하고, 화(和)는 감응하여 마침내 통하는 것을 말한다. 그러나 '중화'는 성정으로 말한 것이고 '적감'은 마음으로 말한 것이다. 중화는 적감이 되는 원인이다.〔中者, 言寂然不動者也; 和者, 言感而遂通者也. 然中和, 以性情言者也; 寂感, 以心言者也. 中和, 蓋所以爲寂感也.〕"라고 말한 것을 이른다. 《周易傳義大全 繫辭上傳 小注》

《대학혹문(大學或問)》의 '고시(顧諟)'에 대한 설[119]은 바로 '명명(明命)'의 체와 용을 논한 것입니다. 이른바 '체'라는 것은 바로 인(仁)·의(義)·예(禮)·지(智)의 성(性)이고, 이른바 '용'이라는 것은 바로 측은(惻隱)·수오(羞惡)·사양(辭讓)·시비(是非)의 정(情)이니, 진실로 이것과는 같지 않습니다. 그러나 여기에서 '어느 때고 발현되지 않은 적이 없다〔無時而不發見〕'고 한 것은 또한 발용처(發用處)에 전체가 곧 보인다고 말한 것뿐이니, 사람들이 여기에서 이를 알기를 바란 것이며 정(靜)할 때는 전체가 발현되고 동(動)할 때는 대용이 발현된다고 말한 것은 아닙니다. 옛 사람이 체와 용을 말하는 것은 본래 갖가지 경우가 있으니, 요컨대 각각 가리키는 바를 따라 보는 데 달려 있을 뿐입니다.

---

119 대학혹문(大學或問)의……설 : 《대학장구》 전(傳) 1장에서 《서경》〈태갑 상(太甲上)〉의 말을 인용하여 "하늘의 밝은 명을 돌아본다.〔顧諟天之明命.〕"라고 한 것에 대해, 주희가 "사람은 천지의 중(中)을 받아 태어난다. 그러므로 사람의 명덕은 다른 것이 아니라 바로 하늘이 나에게 명하여 지극한 선이 보존되어 있는 것이니, 그 전체와 대용이 어느 때고 발현되지 않은 적이 없다.〔人受天地之中以生, 故人之明德, 非他也, 卽天之所以命我而至善之所存也. 是其全體大用, 蓋無時而不發見於日用之間.〕"라고 답한 것을 이른다.

이선장에게 답하다 5

答李善長

지난번 편지에 미처 답장을 보내기도 전에 또 손수 편지를 보내 요즘 고요히 지내는 기거가 더욱 좋다하니 구구한 마음이 위안이 되고 고맙습니다. 이안(履安)은 문을 닫고 병을 앓느라 단지 해이함만 더할 뿐입니다. 이렇게 더울 때 강가 누각에도 한 번 올라가지 못하고 있으니 제 심경을 알만할 것입니다.

격치장(格致章 전 5장)의 의의(疑義)는 지난번 편지에 대략 이미 대답해 올렸는데, 지금 영숙(永叔 박윤원(朴胤源))이 논한 것[120]을 보니 대체로 저의 의견과 크게 다르지 않습니다. 다만 '오심(吾心)'을 '지(知)' 자의 뜻으로 보아 지식에도 체(體)와 용(用)이 있다고 한 것[121]은 힘만 허비한 듯합니다.

제 생각은 이렇습니다. '내 마음〔吾心〕'은 또한 '내 마음'이며 그 전체(全體)와 대용(大用)이 곧 지식을 이르는 것입니다. 경(經) 1장

---

120 영숙(永叔)이 논한 것 : 자세한 내용이 《근재집(近齋集)》권9 〈이선장에게 답하다 11〔答李善長〕〉에 보인다. '영숙'은 박윤원(朴胤源, 1734~1799)의 자이다. 194쪽 주173 참조.

121 오심(吾心)을……것 : 이와 관련하여 박윤원이 이정인(李廷仁)에게 답한 편지에 "마음은 진실로 명덕(明德)이나 이장에서 말하는 '오심(吾心)'의 '심(心)'자는 바로 지(知) 자입니다.……지식과 지각은 구분하여 말하면 진실로 용(用)에 속하지만 단지 지식이라는 관점에 나아가서 말한다면 지식 역시 체(體)와 용(用)을 겸한 것입니다.〔心固是明德, 而此章吾心之心字, 便是知字.……知識與知覺, 分言則固屬用, 而只就知識上言, 則知識亦兼體用.〕"라는 내용이 보인다. 《近齋集 卷9 答李善長》

주의 '내 마음이 아는 것〔吾心之所知〕'과 같은 것[122]이 어찌 이런 뜻이 아니겠습니까. 지식은 체와 용을 구분할 필요 없이 단지 하나의 지식일 뿐이지만 내 마음의 체와 용이 되니, 저의 지난 번 편지[123]에서 말한 "마음은 본래 알지 못하는 바가 없는 것이니, 이 앎을 가지고 만사에 응한다."라고 한 것이 바로 이 뜻을 말한 것입니다. 어떻게 생각합니까?

그 "뭇 이치를 묘하게 운용하여 만물을 주재한다.〔妙衆理, 宰萬物.〕"라는 구절에 대해, "'묘(妙)'는 용이며 '재(宰)'는 체이다."[124]라고 한 것은 근거할만한 전언(前言)이 있습니까? 저는 일찍이 '묘'를 체, '재'를 용으로 보았었습니다. 근래 《주자어류(朱子語類)》에서 '묘'는 운용의 뜻이 있다[125]는 말을 보고서야 비로소 이 두 구가 모두 용 한쪽만을 말한 것이라고 생각하게 되었습니다. 지금 반대로 '재'를 체로 보고

---

122 경(經)……깃 : 주희(朱熹)의 주에 "지지(至知)는 내 마음의 아는 바가 극진하지 않음이 없는 것이다.〔知至者, 吾心之所知, 無不盡也.〕"라는 내용이 보인다.

123 저의……편지 : 위 〈이선장에게 답하다 4〔答李善長〕〉의 편지를 가리킨다.

124 뭇……체이다 : 《대학혹문(大學或問)》에 "저 지(知)는 마음의 신명이니, 뭇 이치를 묘하게 운용하여 만물을 주재하는 것이다.〔若夫知, 則心之神明, 妙衆理而宰萬物者也.〕"라는 내용이 보이는데, 이에 대해 박윤원(朴胤源)은 이정인(李廷仁)에게 답한 편지에 "《대학혹문》에서는 '지(知)' 자를 해석하여 '뭇 이치를 묘하게 운용하여 만물을 주재한다.'라고 하였으니, 그렇다면 '묘(妙)'는 용이고 '재(宰)'는 체인 것입니다.〔或問釋知字, 曰妙衆理而宰萬物, 則妙是用而宰是體.〕"라고 말하였다. 《近齋集 卷9 答李善長》

125 묘는……있다 : 《주자어류》에 "묘중리(妙衆理)라고 한 것은 능히 뭇 이치를 운용할 수 있다고 말한 것과 같다. '운용'이라는 글자는 문제가 있기 때문에 단지 '묘' 자를 쓸 수밖에 없다.〔所以謂之妙衆理, 猶言能運用衆理也. 運用字有病, 故只下得妙字.〕"라는 내용이 보인다. 《朱子語類 卷17 大學4》

있는데, '재'는 바로 '재제하다[宰制]', '재탁하다[宰度]'는 뜻이니, 어찌 체라고 말할 수 있겠습니까. 이것은 본문의 대의는 아니지만 또한 그 상세한 내용을 듣고 싶습니다.

'명덕(明德)'과 '지지(知至)'의 다른 점을 논한 부분[126]은 그 말이 매우 명백하여 반박할 수 없는데 고명(高明)께서 올바른 뜻이 아니라고 한 것은 무엇 때문입니까? 마음과 명덕은 진실로 두 개의 사물은 아닙니다. 그러나 단지 '마음'이라고만 하면 리(理)로 말하는 경우가 있고 기(氣)로 말하는 경우가 있습니다. 경(經)과 전(傳) 중에 이와 유사한 곳이 매우 많으니, 바로 고명께서 인용한 바 '차덕(此德)'과 '차심(此心)'[127]이라고 한 것도 이런 경우입니다. 이것은 알기 어려운 뜻이 아니니, 다시 자세하게 살피는 것이 어떻겠습니까.

고명께서는 또 마음과 명덕을 막론하고 그것이 체와 용이 되는 것은 아마도 다른 점이 없는 듯 하다고 하였습니다. 이것은 비록 생각할 점이 있지만, 우선 그 대강을 논한다면 또한 반드시 모두 다 그런 것은 아닙니다. 옛 사람들이 체와 용을 말한 것을 보면 진실로 정(靜)을 체로 보고 동(動)을 용으로 본 경우가 많지만, 또 동과 정을 취하여 의리로 삼지 않은 경우도 있습니다. 주자(朱子 주희(朱熹))는 일찍이 이목(耳目)을 체로 삼고 시청(視聽)을 용으로 삼았습니다.[128] 이런 경

---

126 명덕(明德)과……부분 : 164쪽 주116 참조.

127 고명께서……차심(此心) : 《대학혹문》에 "이 덕의 밝음이 날로 더욱 어두워져서 이 마음의 신령함이 아는 바가 단지 정욕과 이해의 사사로움뿐이다.〔此德之明, 日益昏昧, 而此心之靈, 其所知者不過情欲利害之私而已.〕"라는 내용이 보인다.

128 주자는……삼았습니다 : 《중용혹문(中庸或問)》에, "중화는 과연 두 가지 사물인가?〔中和果二物乎〕"라는 물음에 대해, 주희(朱熹)가 "하나는 체이고 하나는 용인 그

우 어찌 동과 정으로 말할 수 있겠습니까. 그렇다면 이 장의 체와 용은 아마도 이목시청(耳目視聽)과 같은 종류일 뿐입니다.

대체로 글을 볼 때는 먼저 본문의 의취(意趣)가 익숙하여 환히 꿰뚫어지도록 한 뒤에 천천히 다른 설을 취해 참고로 이를 징험해야 할 것입니다. 그렇지 않고 곧장 밖에서 들어온 의리를 가지고서 힐난하기를 힘쓴다면 무익할 뿐이고 그저 스스로 어지럽게 뒤엉킬 뿐이니, 정자(程子 정이(程頤))가 이른바 "글자마다 막힌다.〔字字相梗.〕"라고 한 것[129]이 바로 이것을 말한 것입니다.

지금 고명께서 의심하는 것은 또한 고시장(顧諟章 전 1장)[130]이 빌미가 된 듯합니다. 잠시 버려두고 단지 본장(本章)에만 나아가서 마음을 비우고 기운을 가라앉히고서 찾는다면 곧 의심이 풀려서 자득(自得)하는 점이 있게 될 것입니다. 외람되고 경솔하게 이렇게 말했지만 또한 이것을 탓하지 않으리라 생각합니다. 인편 앞에서 불러주어 쓰게 하는 것이라 생각을 다 적지 못했습니다. 우선 조만간 한 번 만나

이름을 본다면 어떻게 둘이 아닐 수 있겠는가. 그러나 하나는 체이고 하나는 용인 그 실제를 세심히 본다면 이것은 저것의 체가 되고 저것은 이것의 용이 된다. 이는 마치 눈과 귀가 능히 보고 들을 수 있지만, 보고 듣는 것은 눈과 귀로 말미암은 것이며 애초에 두 가지 사물이 있었던 것은 아닌 것과 같다.〔觀其一體一用之名, 則安得不二? 察其一體一用之實, 則此爲彼體, 彼爲此用, 如耳目之能視聽, 視聽之由耳目, 初非有二物也.〕"라고 대답한 내용이 보인다.

129 정자(程子)가……것 : 《근사록》 등에 "무릇 책을 볼 때는 서로 유사하다하여 그 뜻에 집착해서는 안 된다. 이렇게 하지 않으면 글자마다 막힌다. 마땅히 그 문세의 위아래의 뜻을 보아야 한다.〔凡觀書, 不可以相類泥其義, 不爾則字字相梗. 當觀其文勢上下之意.〕"라는 정이(程頤)의 말이 보인다. 《近思錄 卷3 致知》

130 고시장(顧諟章) : 167쪽 주119 참조.

서 궁구해야하겠지만 이 일은 쉽게 이룰 수 없는 것이니 한탄스럽습
니다.

이선장에게 답하다 6

答李善長

〔문 1〕 '위사감(爲四龕)'의 주(注)에 "사당을 사실에 세운다.〔立祠堂
於私室.〕"라고 하였는데,[131] 이것은 사실(私室)에 사당을 설치하되
마치 별실이나 벽장 종류 같이 하고 사당은 세우지 않기 때문에 사실
에 세운다고 말한 것입니까?

〔답〕 적장자와 함께 살 때 아버지가 돌아가시고 그 자손이 있는 경
우, 이미 적장자의 사당에 반부(班祔)할 수도 없는데 한 집 안에 또
두 개의 사당을 둘 수도 없으니, 그렇다면 단지 그 제도를 줄여서 자
신이 거처하는 사실(私室)에 별도로 세울 수밖에 없습니다. 비록 이
것 역시 '사(祠)'라고 부르지만, 사실은 말씀하신 것처럼 이른바 별실
과 같은 종류일 뿐입니다. 벽장은 임시의 제도이니 거론해서는 안 될
것입니다.

---

131 위사감(爲四龕)의……하였는데 : 《가례》〈통례(通禮) 사당(祠堂)〉 "네 개의 감
실을 만든다.〔爲四龕〕"라는 구절에 대한 본주에 "적장자가 아니면 감히 아버지에게 제
사하지 못한다. 만일 적장자와 함께 살면 아버지가 돌아가신 뒤에 그 자손이 사실에
사당을 세운다. 또 계승한 세대수에 따라 감실을 만들었다가 나가서 따로 살게 된 후에
그 제도를 갖춘다. 만일 아버지가 살아계시는데 따로 살면 미리 그 땅에 사당의 제도처
럼 재실을 짓고 살다가 아버지가 돌아가시면 이것으로 사당을 삼는다.〔非嫡長子, 則不
敢祭其父. 若與嫡長同居, 則死而後, 其子孫爲立祠堂於私室. 且隨所繼世數爲龕, 俟其
出而異居, 乃備其制. 若生而異居, 則預於其地立齋以居, 如祠堂之制, 死則因以爲祠
堂.〕"라는 내용이 보인다.

〔문 2〕 '정지삭망(正至朔望)'의 주에 보이는 '잔탁(盞托)'¹³²의 탁(托)
은 《고금운회거요(古今韻會擧要)》에 "손으로 물건을 받드는 것을 이
른다.〔謂手承物.〕"라고 하였는데, 어떤 물건인지 모르겠습니다.

〔답〕 잔탁은 잔을 받치는 것이니 또한 잔 받침〔盞盤〕과 같은 종류이
지만 그 제도는 자세하지 않습니다.

〔문 3〕 《가례보주(家禮補註)》의 유씨(劉氏 유장(劉璋)) 설에 먼저 유
문(遺文)을 수습하고 다음에 사판(祠版)을 수습한다고 하였습니
다.¹³³ 사판은 신위이고 영정은 화상(畵像)입니다. 유문이 비록 중하
기는 하나 어찌 신위와 영정보다 앞설 수 있겠습니까? 다음에 나오
는 대문(大文)에 "먼저 사당을 구하는데 신주와 유서를 옮긴다.〔先救
祠堂, 遷神主遺書.〕"라고 하였으니,¹³⁴ 주자의 설을 정례(正禮)로 삼아

---

132 정지삭망(正至朔望)의……잔탁(盞托) : 《가례》〈통례(通禮) 사당(祠堂)〉의 "정
월 초하루, 동지, 매달 초하루, 매달 보름이 되면 참배한다.〔正, 至, 朔, 望則參.〕"라는
구절의 주에 "매 신위마다 찻잔과 찻잔 받침, 술잔과 술잔 받침을 각각 하나씩 신주독
앞에 진설한다.〔每位茶盞托, 酒盞盤各一於神主櫝前.〕"라는 내용이 보인다.

133 가례보주(家禮補註)의……하였습니다 : 《가례》 유장(劉璋)의 보주에, 송나라
사마광(司馬光)의 《서의(書儀)》 권10 〈상의(喪儀) 영당잡의(靈堂雜儀)〉의 구절을 인
용하여 "홍수나 화재, 도적을 만나면 먼저 선공의 유문을 구하고 다음에는 사판, 다음에
는 영정을 수습한다. 그런 뒤에 집안의 재물을 수습한다.〔遇水, 火, 盜賊, 則先救先公遺
文, 次祠版, 次影, 然後救家財.〕"라고 한 내용이 보인다. '보주'는 저본에는 '부주(附註)'
로 되어 있으나 《가례부주(家禮附註)》는 송나라 양복(楊復)의 저술이며 《가례보주(家
禮補註)》는 송나라 유장의 저술이므로 바로잡아 번역하였다.

134 먼저……하였으니 : 《가례》〈통례(通禮) 사당(祠堂)〉에 "혹 홍수나 화재, 도적

야 할 듯합니다.

〔답〕 '먼저 유문을 수습하고 다음에 사판을 수습한다'는 것은 본래
《서의(書儀)》의 글입니다. 주자가 이것을 《가례》에서 이미 고쳤으
니, 그 잘잘못을 알 수 있습니다.

　〔문 4〕 '유사즉고(有事則告)'의 주에 따르면 차와 술을 올린 뒤에
　재배하고, 축문을 읽고 나면 또 재배합니다.[135] 저희 집은 이와 같이
　예(禮)를 행한 적이 없습니다. 단지 술을 올리고 축문을 읽은 뒤에만
　한 차례 재배를 하는데, 이것이 과연 예를 잃은 것입니까? 그렇다면
　대제(大祭)[136] 때 술을 올리고 축문을 읽는 의식 전후로 재배하는
　의식이 없는 것은 무엇 때문입니까?

이 들면 먼저 사당을 구하는데, 신주와 유서를 옮기고 다음에 제기를 옮긴다. 그런
뒤에 집안의 재물을 옮긴다.〔或有水, 火, 盜賊, 則先救祠堂, 遷神主, 遺書, 次及祭器,
然後及家財.〕"라는 내용이 보인다.

135　유사즉고(有事則告)의……재배합니다 : 《가례》〈통례(通禮) 사당(祠堂)〉의 "일
이 있으면 고한다.〔有事則告.〕"라는 구절에 대한 본주에 "차와 술을 올리고 재배를 한
다. 재배를 마치면 주부가 먼저 당을 내려와 자리로 돌아간다. 주인이 향탁의 남쪽에
선다. 축이 사판을 들고 주인의 왼쪽에 섰다가 꿇어앉아 축문을 읽는다. 축문 읽는
것을 마치면 일어난다. 주인이 재배하고 당을 내려와 자리로 돌아간다.〔獻茶酒再拜訖,
主婦先降復位. 主人立於香卓之南. 祝執版立於主人之左, 跪讀之. 畢, 興. 主人再拜, 降,
復位.〕"라는 내용이 보인다.

136　대제(大祭) : 대사(大祀)이다. 사직, 종묘, 영녕전(永寧殿)에 지내는 제사를 이
른다. 《國朝喪禮補編 卷1 戒令》

〔답〕 차와 술을 올리고 재배하는 것은 술을 올린 것 때문에 절하는 것이니, 이것은 초하루와 보름에 참배할 때의 상례(常禮)입니다. 축문을 읽고 나면 또 재배하는 것은 일을 고한 것 때문에 절하는 것이니, 이것은 단지 전헌(奠獻)을 위주로 하여 축문을 읽는 다른 제사와는 그 예(禮)가 같지 않은 것이 당연합니다.

〔문 5〕 〈거가잡의(居家雜儀)〉에서 존장(尊長)이 세 사람 이상 함께 있는 경우 먼저 한꺼번에 재배를 하는 것은 번거로움을 피하기 위한 것입니다.[137] 그런데 그 아래에 또 "세 번 재배한다."고 하였으니, 무엇 때문입니까? 어디에 그 번거로움을 피한다는 것이 있습니까?

〔답〕 세 사람 이상이 함께 있을지라도 절을 세 번에 그치는 이것이 이른바 '번거로움을 피한다'는 것입니다. 다만 존장을 뵙고 앞뒤로 두 차례 절하는 것은 고례(古禮)에서는 듣지 못하였으니 아마도 당시의 예(禮)가 그러했을 것입니다.

---

137 거가잡의(居家雜儀)에서……것입니다 : 송나라 사마광(司馬光)의 《서의(書儀)》 〈거가잡의〉에 "만약 항렬이 낮거나 어린 사람이 먼 곳에서 존장을 뵈러 왔는데 존장 세 사람 이상이 함께 있는 경우에는 먼저 한꺼번에 재배한다. 날씨를 말하거나 기거를 여쭌 뒤에 또 세 번 재배하고 그친다.〔若卑幼自遠方至, 見尊長, 遇尊長三人以上同處者, 先共再拜, 叙寒暄, 問起居訖, 又三再拜而止.〕"라고 하였는데, 그 주에 "아침저녁으로 인사하고 만복을 빌며 편안히 주무시라고 하는 것도 만약 존장이 세 사람 이상 함께 있으면 역시 세 번으로 그치는데, 모두 번거로움을 피하기 위한 것이다.〔晨夜唱喏, 萬福安置, 若尊長三人以上同處, 亦三而止, 皆所以避煩也.〕"라는 내용이 보인다. 같은 내용이 《가례》 〈통례(通禮) 사마씨거가잡의(司馬氏居家雜儀)〉에도 보인다.

〔문 6〕 관례와 혼례 때 사당에 고하는 것은 종자(宗子)의 아들이라면 진실로 대종(大宗)의 사당에만 고해야 합니다. 그러나 만일 당사자가 아버지를 계승한 지자(支子)여서[138] 대종의 아들이 이 예식을 주관하게 한다면, 대종의 사당에 고한 뒤에 고조나 증조 이하의 사당에도 고합니까?

〔답〕 지자의 관례와 혼례 때에는 단지 대종의 사당에만 고하고 예식이 끝난 뒤에 비로소 증조 이하의 사당에 알현하니, 여기에는 반드시 의의가 있습니다. 그러나 만일 종자와 따로 살아서 별도로 봉사(奉祀)하는 신위가 있다면 또한 고하지 않아서는 안 될 듯한데, 어떨지 모르겠습니다. 《의례》〈사혼례(士昏禮)〉에 예묘(禰廟 아버지 사당)에서 명을 받는다는 글이 있으니[139] 또한 참고할 수 있을 것 같습니다.

〔문 7〕 〈사관례(士冠禮)〉의 시가(始加)[140]에 빈(賓)이 관자(冠者)[141]

---

138 아버지를 계승한 지자(支子)여서 : 《가례》의 종법(宗法)에 따르면, 제후의 아우인 별자(別子)는 시조가 되고 별자를 계승한 적장자는 대종(大宗)이 되어 백세토록 체천하지 않는다. 별자의 서자는 소종(小宗)이 되는데, 소종은 4가지가 있다. 고조를 계승한 소종, 증조를 계승한 소종, 할아버지를 계승한 소종, 아버지를 계승한 소종이다. 고조 이상은 체천한다. 《家禮 通禮 祠堂》

139 의례(儀禮)……있으니 : 《의례》〈사혼례(士昏禮) 기(記)〉에 "일반적으로 혼례에 관한 의식은 반드시 황혼이나 새벽 시간을 쓰며, 녜묘에서 명을 받는다.〔凡行事必用昏昕, 受諸禰廟.〕"라는 내용이 보인다.

140 시가(始加) : 관례를 행할 당사자, 즉 장관자(將冠者)에게 첫 번째 관을 씌워주는 의식을 이른다.

141 관자(冠者) : 관례를 행하는 당사자로, 시가관(始加冠)을 쓴 이후의 호칭이다.

에게 읍(揖)을 하여 관자가 방에 들어간 뒤와, 재가(再加)[142]에 빈이 관자에게 읍을 하여 관자가 자리로 나아가기 전,[143] 그 사이에 찬자(贊者)는 어디에 서있습니까?

[답] 시가 이후와 재가 이전 그 사이에 찬자는 단지 당초의 자리인 방 안의 자리[144]에 서있어야 합니다.

[문 8] 〈혼례〉의 '출이복서(出以復書)' 주에 보이는 '교배(交拜)'[145]는 "답배하지 않는다.[不答拜.]"라는 앞글[146]을 이어서 말한 것이고 반

---

142 재가(再加) : 관자(冠者)에게 두 번째 관을 씌워주는 의식을 이른다.

143 시가(始加)에……전 :《의례》〈사관례(士冠禮)〉에 따르면 빈(賓)이 앉아서 장관자(將冠者)에게 축원과 함께 첫 번째 관을 씌워주고 일어나 서서(西序) 끝의 자기 자리로 돌아가 서있으면 빈의 찬자(贊者)가 빈을 도와 관 씌워주는 일을 마무리 짓는다. 그런 뒤에 관자(冠者)가 일어나면 빈이 관자에게 읍을 하여 동방(東房)에 들어가도록 한다. 관자가 시가복(始加服)인 현단복(玄端服)에 작필(爵韠)을 착용하고 방을 나와 남향하고 서면 이것으로 첫 번째 관을 씌워주는 의식이 끝난다. 이어서 빈이 관자에게 읍을 하면 관자가 동서(東序) 앞의 자리에 나아가서 앉고 뒤이어 빈이 두 번째 관을 씌워주는 의식이 시작된다.

144 당초의……자리 :《의례》〈사관례〉에 따르면 관례 의식이 시작되기 전에 주인은 당 위 동서(東序) 끝에 서향하여 서고 빈(賓)은 서서(西序) 끝에 동향하여 서며, 현단복(玄端服) 차림으로 빈을 따라온 빈의 찬자(贊者)는 동방(東房) 안에 들어가 주인의 찬자 남쪽에 서향하고 선다.

145 혼례의……교배(交拜) :《가례》〈혼례(婚禮) 납채(納采)〉의 "신부 집 주인이 사당을 나와 답장을 신랑 집의 사자(使者)에게 주고 마침내 그를 대접한다.[出以復書, 授使者, 遂禮之.]"라는 구절의 주에, "사자는 이에 이르러 비로소 주인과 서로 절하고 읍하기를 평소 빈객의 예와 같이 한다.[使者至是, 始與主人交拜揖, 如常日賓客之禮.]"라는 내용이 보인다.

드시 신랑과 신부가 교배하는 것과 같은 것은 아니지 않겠습니까?

〔답〕 여기에서 이른바 '교배읍(交拜揖)'은 바로 평소에 행하는 빈과 주인의 예(禮)이니, 신랑과 신부가 교배하는 것과는 본래 무관합니다.

〔문 9〕 〈사혼례〉에는 육례(六禮)[147]가 있는데 《가례》에서는 간편함을 따라 납채(納采)·납폐(納幣)·친영(親迎)만 남겨두었습니다. 그러나 친영 이전에 있는 청기(請期) 의식은 없어서는 안 될 듯합니다.

〔답〕 육례 중에서도 납채·납폐·친영은 가장 큰 의식입니다. 청기의 경우는 본래 형편에 따라 행할 수도 있는데 《가례》에서 별도로 하

146　앞글 : 《가례》〈혼례 납채〉의 "신랑 집의 사자가 편지를 신부 집 주인에게 주면, 주인은 대답하기를 '아무개의 자식 또는 누이·조카·손녀는 어리석은데다 또 잘 가르치지도 못했습니다. 그런데 그대가 명하시니 아무개가 감히 사양하지 못하겠습니다.'라고 하고 북향하여 재배한다. 사자가 이를 피하고 답배하지 않는다. 사자가 물러가 명을 기다리기를 청하고 문을 나와서 차(次)로 간다.〔使者以書授主人, 主人對曰 : 某之子若妹, 姪, 孫蠢愚, 又弗能敎, 吾子命之, 某不敢辭. 北向再拜. 使者避不答拜. 使者請退俟命, 出就次.〕"라는 구절을 가리킨다.

147　육례(六禮) : 혼례에 있는 여섯 가지 의식을 이른다. 《의례》〈사혼례〉에 따르면 신부 집에 예물을 보내 청혼하는 의식인 '납채(納采)', 신부 생모의 성씨를 묻는 의식인 '문명(問名)', 점을 쳐서 길조를 얻으면 신부 집에 가서 이를 알리는 의식인 '납길(納吉)', 혼인 전에 신부 집에 예물을 보내 혼사가 이루어졌음을 알리는 의식인 '납징(納徵)', 신부 집에 혼인 날짜를 청하는 의식인 '청기(請期)', 신랑이 신부 집에 직접 가서 신부를 맞이해와 신랑 집에서 혼례를 올리는 의식인 '친영(親迎)'으로 이루어져 있다. '납징'은 《가례》에서는 '납폐(納幣)'라는 용어를 사용하였다.

나의 의식으로서 두지 않은 것은 간편함을 따른다는 뜻에서 나왔을 것입니다. 반드시 그만두지 않고자 한다면 단지 고례(古禮)에 따라 납폐 뒤에 행해야 할 것입니다.

그러나 지금 풍속에 납폐는 으레 혼례 하루 전날 행하니, 이때 청기를 행한다면 너무 늦지 않겠습니까. 그리고 양씨(楊氏 양복(楊復))가 정한 의절[148] 역시 모두 따르기는 어렵습니다. 이미 편지[149]를 다 갖추어 썼다면 편지 안에 필시 이미 '아무 날'이라고 지정했을 것입니다. 그런데 빈과 주인이 다소의 사양과 겸손을 허비하다가 끝에 가서야 "감히 기일을 고하지 않겠습니까.〔敢不告期?〕"라고 한다면 또한 헛된 것이 아니겠습니까.

---

148 양씨(楊氏)가 정한 의절 : 주희(朱熹)의 제자인 양복(楊復)이 청기(請期) 의식을 생략해서는 안 된다고 보고 《의례》〈사혼례〉를 근거로 하여 그 의식을 새롭게 의정(擬定)한 것을 이른다. 그 마지막에 신랑 집에서 보낸 사자(使者)가 "아무개가 명을 받고자 하나 그대가 허락하지 않으시니 아무개가 감히 기일을 아뢰지 않겠습니까.〔某受命, 吾子不許, 某敢不告期?〕"라고 하고 '아무 날'이라고 하면, 신부 집의 주인이 "아무개가 감히 삼가 기다리지 않겠습니까.〔某敢不謹須?〕"라고 한다. 이것은 '청기'가 형식적으로는 신랑 집에서 신부 집에 혼인 날짜를 청하는 예이기 때문에 있는 의식이다. 신부 집에서 혼인 날짜 정하는 것을 사양하면 신랑 집에서 사양하다가 결국 신랑 집에서 정한 혼인 날짜를 신부 집의 주인에게 고한다. 《家禮 婚禮 納幣 楊復注》

149 편지 : 납폐 때 신랑 집에서 신부 집에 폐백을 보낼 때 함께 보내는 편지를 이른다. 《家禮 婚禮 納幣》

이선장에게 답하다 7

答李善長

'함께 사는 분이 시부모보다 존장일 경우'는,[150] 우옹(尤翁 송시열(宋時烈))의 설[151]이 아무래도 의심스럽습니다. 보내준 편지의 말씀은 대체로 옳으나 '부모나 조부모를 모시고 함께 뵌다[以父母若祖父母兼看]'는 말은 또한 명쾌하지 않은 듯합니다.

《가례》에서 '함께 산다[同居]'는 글은 〈사당(祠堂)〉 장에 처음 보이는데,[152] 이것은 지자(支子)와 적장자가 함께 사는 경우를 가리킨 것입니다. 지금 한 집에서 정통의 존장을 모시는 것을 가지고 '함께 사는 존장'과 뒤섞어 칭하는 것은 분명 옳지 않은 듯합니다. 그리고 그 아버지나 할아버지가 계시다면 이 아버지나 할아버지는 종자(宗子)이며 그 시부모는 종자의 아들이나 손자일 뿐입니다. 아들이나 손자는 정당

---

150 함께……경우는 : 《가례》〈혼례(婚禮) 부현구고(婦見舅姑)〉에 "함께 사는 분 중에 시부모보다 존장이 계시면 시부모가 며느리를 데리고 그 실(室)에 가서 알현시키는데, 시부모를 알현할 때의 예와 같이 한다. 돌아와서 동서(東序)와 서서(西序) 앞에 있는 여러 존장에게 절하는데, 관례 때와 같이 한다. 폐백은 없다.〔同居有尊於舅姑者, 則舅姑以婦見於其室, 如見舅姑之禮. 還拜諸尊長于兩序, 如冠禮. 無贄.〕"라는 내용이 보인다.

151 우옹(尤翁)의 설 : 신부가 혼례 다음날 시부모를 알현하는 예를 행할 때 시부모보다 존장이 계실 경우에 대해, 우암(尤庵)이 "시부모를 알현할 때의 예와 같이 한다."라는 《가례》의 구절을 근거로 이때는 폐백이 있으며, 《가례》에서 "폐백이 없다."라고 한 것은 '여러 존장'만 가리켜서 말한 것이라고 주장한 것을 이른다. 《宋子大全 卷121 答或人》

152 가례에서……보이는데 : 173쪽 주131 참조.

(正堂)에 앉아서 며느리를 보는데 아버지나 할아버지는 물러나 자기 방에 있는 것은, 또한 어찌 이런 이치가 있겠습니까.

《예기》〈잡기(雜記)〉에 "며느리가 시부모를 알현한다.〔婦見舅姑.〕"라는 구절 다음에, 이어서 이르기를 "그분들의 침에서 제부를 알현한다.〔見諸父於其寢.〕"라고 하였습니다. 정현(鄭玄)의 주에 '방존(旁尊)'이라고 하였으니,[153] 《가례》의 글 또한 이와 같을 듯한데, 어떨지 모르겠습니다.

---

153 예기……하였으니 : 《예기》〈잡기 하(雜記下)〉에 "신랑의 여러 백부와 숙부를 알현하는데, 각각 그분들의 침에 가서 알현한다.〔見諸父, 各就其寢.〕"라는 구절에 대한 정현의 주에 "제부(諸父)는 방존이니, 또한 며느리가 시부모를 알현할 때 오지 않았기 때문이다.〔旁尊也, 亦爲見時不來.〕"라는 내용이 보인다. 이에 대해 공영달(孔穎達)은 "제부(諸父)는 남편의 백부와 숙부를 이른다. 이미 방존이라면 신부는 다음날에야 각각 그들의 침에 가서 알현하며 시부모와 같은 날 알현하지는 않는다.〔諸父, 謂夫之伯叔也. 旣是旁尊, 則婦於明日, 乃各往其寢而見之, 不與舅姑同日也.〕"라고 하였다.

이선장에게 답하다 8

答李善長

달포 전에 주신 세 통의 편지는 하나하나가 모두 위안이 되고 고마웠습니다. 그런데 얼마 되지 않아 그대의 수레가 표연히 동쪽으로 출발하였으니, 비록 답장을 쓰려고 했으나 이미 미칠 수가 없었습니다. 찬바람이 점점 매서워지는 이때 행차는 지금 어디에 머물고 있습니까? 기거는 내내 평안합니까? 이미 귀로에 올랐으리라 생각됩니다. 산과 바다 천 여리를 두루 거쳐서 비단같이 곱고 구슬처럼 아름다운 승경(勝景)을 드나들었을 것이니 그 흥취가 손에 잡힐 듯합니다. 다만 어떻게 바로 함께 담소하며 이 속세의 흉금을 시원하게 할 수 있겠습니까? 그저 스스로 부러워할 뿐입니다.

이안(履安)은 근근이 지난날의 졸렬함을 지키며 살고 있습니다. 근래 저 역시 한 번 도봉산(道峰山)에 들어갔는데 혼자 가니 재미가 없어서 고상한 그대를 갑절로 생각하며 돌아왔습니다.

〈문언전(文言傳)〉의 '경의(敬義)' 설에 대한 주자의 논의[154]는 참으

---

154 문언전(文言傳)의……논의 : 《주역(周易)》〈곤괘(坤卦) 육이(六二)〉에 "곧고 방정하고 위대하다. 익히지 않아도 이롭지 않음이 없다.〔直方大, 不習, 无不利.〕"라는 구절이 있다. 〈곤괘 문언(文言)〉에 "군자가 경(敬)하여 안을 곧게 하고 의(義)하여 밖을 방정하게 하여 경과 의가 확립되면 덕이 외롭지 않다.〔君子敬以直內, 義以方外, 敬義立而德不孤.〕"라고 하였는데, 이에 대해 주희가 다양하게 해석한 것을 이른다. 예를 들면 "일이 없을 때는 경이 안에 있고 일이 있을 때는 경이 일에 있어 일이 있을 때나 없을 때나 나의 경은 일찍이 중단된 적이 없다.〔無事時敬在裏面, 有事時敬在事上, 有事無事, 吾之敬未嘗間斷也.〕", "경과 의는 한 가지 일일 뿐이다. 두 다리로 똑바로

로 들쭉날쭉한 듯한 감이 있습니다. 그 올바른 뜻은 경문에 의거하여 안팎을 함께 기른다는 의미를 위주로 보아야 할 듯하니, 동정(動靜)의 설은 그 안에 포함되어 있을 뿐입니다. 그렇지 않고 반드시 동정으로 이를 단정 짓는다면, 이른바 '경(敬)'이라는 것은 단지 정(靜)할 때의 공부만 되어서 동하는 곳에서의 주경(主敬) 공부가 누락될 것이니, 어찌 그러겠습니까. 다시 한 번 생각하여 돌아와서 알려주기를 바랍니다.

참최상(斬衰喪)의 연제(練祭 소상(小祥)) 때 비록 갈질(葛絰)을 쓰지 않고 숙마(熟麻)로 대신한다 하더라도 《상례비요(喪禮備要)》에서 이미 이것을 통용하는 것도 허용하였으니-〈소상지구(小祥之具)〉 조 주에 보인다.- 삼을 꼬아서 만든 교대(絞帶)를 포로 만든 대(帶)로 쓰는 것도 의당 다름이 없을 듯합니다.[155]

서는 것은 경이고 걷는 것은 의이며, 눈을 감은 것은 경이고 눈을 뜨고 보는 것은 의이다.〔敬義只是一事. 如兩脚立定是敬, 纔行是義, 合目是敬, 開眼見物便是義.〕", "일이 없을 때에는 단지 경하여 안을 곧게 할 수 밖에 없다. 그러나 사물이 닥치면 시비를 판별해야 하니 경만 할 수는 없다. 경과 의는 별개의 일이 아니다.〔方未有事時, 只得說敬以直內. 若事物之來, 當辨別一箇是非, 不成只管敬去, 敬義不是兩事.〕" 등과 같이 말하였다. 《朱子語類 卷12 學6 持守》

155 참최상(斬衰喪)의……듯합니다 : 《의례》〈사우례(士虞禮)〉의 "장부가 묘문 밖에서 마로 만든 요질을 벗는다.〔丈夫說絰帶于廟門外.〕"라는 구절에 대해, 정현(鄭玄)은 "졸곡을 했으면 마로 만든 요질을 바꾸어 칡으로 만든 갈질(葛絰)로 바꾸어 받아야 한다.〔旣卒哭, 當變麻, 受之以葛也.〕"라고 하였다. 김장생(金長生)은, 《가례》에는 졸곡에 마로 만든 요질을 바꾼다거나 소상에 대(帶)를 바꾼다는 구절이 없고, 구준(丘濬)은 고례의 뜻을 따라 소상에는 요질을 칡으로 만들지만 모시풀〔穎〕이나 숙마(熟麻)를 써도 된다고 한 것을 근거로, 소상 때 고례를 따라 요질을 칡으로 만든 갈질로 바꾸었다면 마를 꼬아 만든 교대(絞帶) 역시 포로 만든 대(帶)로 바꾸어야 한다고 하였다. 《喪禮備要 小祥》

며느리는 시할머니가 두 사람 이상이면 진실로 가까운 분에게 합부(合祔)해야 합니다.[156] 그러나 지금 가까운 분이 이미 살아 계시다면 어떻게 전의 시할머니를 놓아두고 반드시 한 대를 건너서 고조시할머니에게 합부하는 부득이한 변례(變例)[157]를 원용할 수 있겠습니까. 전의 시할머니가 또 두 사람이면 원비(元妃)에게 합부해야 할 듯합니다. 이것은 모두 저의 억설(臆說)이니 오직 헤아려서 잘 처리하기 바랍니다.

156　며느리는……합니다 : 《예기》〈상복소기(喪服小記)〉에 "며느리는 시할머니에게 합부하는데, 시할머니가 세 사람이면 가까운 분에게 합부한다.〔婦祔於祖姑, 祖姑有三人, 則祔於親者.〕"라는 내용이 보인다. 정현(鄭玄)에 따르면 '가까운 분〔親者〕'은 시아버지를 낳은 분을 이른다.

157　한……변례(變例) : 《예기》〈상복소기〉에 "그 처는 여러 시할머니에게 합부하고 그 첩은 첩인 시할머니에게 합부하는데, 없으면 위로 한 대를 건너서 고조시할머니에게 합부하여 합부를 반드시 그 소목에 따라 한다.〔其妻祔於諸祖姑, 妾祔於妾祖姑, 亡則中一以上而祔, 祔必以其昭穆.〕"라는 내용이 보인다.

이선장에게 답하다 9

答李善長

〔문 1〕《상례비요(喪禮備要)》〈개장(改葬)〉 조에 이르기를 "주인은 시마복을 입고 나머지는 모두 소복을 입는다.〔主人服緦, 餘皆素服.〕" 라고 하고, 소주(小註)에 이르기를 "삼년복을 입어야 하는 자들은 모두 시마복을 입는다.〔應服三年者皆服緦.〕"라고 하였습니다.[158] 그렇다면 중자(衆子) 역시 시마복을 입습니까?

〔답〕《상례비요(喪禮備要)》〈개장〉 조는 모두 구씨(丘氏 구준(丘濬))의 《가례의절(家禮儀節)》을 쓴 것입니다. 그런데 여기에서 이른바 "주인은 시마복을 입고 나머지는 모두 소복을 입는다."는 것은 말이 분명하지 않습니다. 그런데도 곧바로 산삭(刪削)하거나 고치지 않고 단지 자신의 뜻으로 이를 해석하여 "삼년복을 입어야 하는 자들은 모두 시마복을 입는 것이다."라고만 하였으니, 이것은 사옹(沙翁 김장생(金長生))의 신중하고 엄숙한 뜻입니다. 그렇다면 중자 역시 시마복을

---

158 소주(小註)에……하였습니다 : '소주'는 사계(沙溪) 김장생(金長生)의 《상례비요(喪禮備要)》〈개장(改葬)〉의 소주를 이른다. 《의례》〈상복(喪服) 기(記)〉에 "개장할 때 시마복을 입는다.〔改葬緦.〕"라는 구절이 있다. 이에 대해 정현(鄭玄)은 "시마복을 입는 경우는 신하가 임금을 위하여, 아들이 아버지를 위하여, 처가 남편을 위해서 입는다.〔服緦者, 臣爲君也, 子爲父也, 妻爲夫也.〕"라고 하였다. 이에 따르면 '삼년복을 입어야 하는 자'는 바로 임금의 상을 당한 신하, 아버지 상을 당한 아들, 남편 상을 당한 처이다.

입는 것은 의심할 것이 없습니다.

〔문 2〕《통전(通典)》에 이르기를 "전모의 개장 때는 중자의 제도를 따른다.〔前母改葬, 從衆子之制.〕"라고 하였는데,[159] 무슨 뜻인지 모르겠습니다.

〔답〕 개장(改葬)할 때 시마복을 입는 것[160]은 고금의 예서(禮書)에 모두 장자(長子)와 중자(衆子)를 구분하지 않았습니다. 《통전》에 이른 바 "전모(前母)의 개장 때는 중자의 제도를 따른다."라는 것은 본래 전모를 위해 개장할 때 입는 상복에 대해 예(禮)에 명문이 없기 때문에 계모를 위해 입는 복을 가져와 이에 준하여 전모와 계모를 똑같이 보기 때문입니다. 계모를 위해 입는 상복은 또 친모를 위해 입는 상복과 같습니다.[161] 그렇다면 여기의 중자는 또한 장자ㆍ중자의 중자

---

159 통전(通典)에……하였는데 : 당나라 두우(杜佑)의 《통전》에 진(晉)나라 호제(胡濟)의 〈개장전모복의(改葬前母服議)〉 중 "지금 예에는 이에 대한 글이 없어 더 이상 특별히 이를 위한 법을 만들지 않았습니다. 이 때문에 계모에 준한다는 사목을 취하여 효성스럽게 봉양하는 마음을 펼 수 있도록 한 것입니다. 이를 미루어본다면 전모와 계모를 봉양하는 것은 똑같습니다. 전모의 개장을 위해 입는 상복은 의당 중자의 제도를 따라야 할 것입니다.〔今禮無其章, 不復特爲之法, 故取繼母以準事目下, 得申孝養之情. 推此, 所奉前繼一也. 以爲前母改葬, 宜從衆子之制.〕"라는 내용이 인용되어 있다. 《진서》에 따르면 예(禮)에 계모를 위해 입는 상복은 있으나 전모(前母)를 위해 입는 상복에 대한 규정이 없는 것은, 전모가 돌아가신 뒤에 비로소 계모가 있을 수 있어 계모의 아들은 전모를 살아있을 때 보지 못하기 때문이다. 《通典 卷102 禮62 凶24 改葬服議 改葬前母及出母服議》《晉書 卷20 禮志 中》

160 개장(改葬)할……것 : 186쪽 주158 참조.

가 아니라 친모의 아들과 계모의 아들 같은 자들이 바로 이른바 '중
자'입니다. 제 생각은 이러하나 감히 단정하여 말하지 못하겠습니다.

---

161 계모를……같습니다 : 《의례》〈상복(喪服)〉에 따르면 계모를 위해서는 친모와
마찬가지로 자최삼년복을 입는다.

이선장에게 답하다 10

答李善長

"일반적으로 상이 났을 때 아버지가 살아계시면 아버지가 상주가 된다.〔凡喪, 父在, 父爲主.〕"[162]라는 구절에 대한 정현(鄭玄)의 주에 "빈객과 예를 행하는 것은 존자로 하여금 행하도록 해야 하기 때문이다.〔與賓客爲禮, 宜使尊者.〕"라고 하였으니, 이 뜻은 본래 명확합니다. 만약 이것을 가지고 그대로 그 제사를 주관하게 한다면, 아버지가 종자(宗子)인 경우에는 또한 가능합니다. 그러나 지자(支子)라면 이미 본래부터 사당이 없으니 어디에 그 자손을 합부하여 제사하겠습니까.

예(禮)에 상주(喪主)와 제주(祭主)는 반드시 동일한 사람은 아닙니다. 예를 들면 "대공복을 입는 사람이 상을 주관하게 되었을 경우에는 그 죽은 사람을 위해 삼년복을 입는 자가 있으면 반드시 그들을 위해 소상(小祥)과 대상(大祥)의 두 제사를 지내주어야 하고, 붕우를 위해서는 우제(虞祭)와 부제(祔祭)만 지낸다.〔大功者, 主人之喪, 有三年者, 則必爲之再祭, 朋友, 虞, 祔而已.〕"[163]라고 하고, "일반적으로 형제의 상을 주관하는 사람은 비록 친(親)이 소원하더라도 우제를 지내준다.〔凡主兄弟之喪, 雖疏, 亦虞之.〕"[164]라고 하고, "동서 옆집이나 이장이 상을

---

162 일반적으로……된다 : 《예기》 〈분상(奔喪)〉에 보인다.

163 대공복을……지낸다 : 《예기》 〈상복소기(喪服小記)〉에 보인다. '삼년복을 입는 자'는 진호(陳澔)의 주에 따르면 죽은 사람의 처와 아들을 가리킨다.

주관한다.〔東西家, 里尹主之.〕"165라고 한 것과 같은 사례들에서는 상주를 말하고 제주를 말하는 것이 아니며, 예를 들면 "서자(庶子)가 성년이 되기 전에 죽거나 후사가 없이 죽은 경우에는 종자의 집에서 제사한다.〔殤與無後者, 祭於宗子之家.〕"166라고 한 것과 같은 사례에서는 제주를 말하고 상주를 말하는 것이 아닙니다.

또 비록 상주는 되었더라도 상중의 제사를 주관하지 못하는 경우가 있습니다. 예를 들면 "며느리의 상에 우제와 졸곡은 그 남편이나 아들이 주관한다.〔婦之喪, 虞, 卒哭, 其夫若子主之.〕"167라고 하고, "주부를 대신한 첩의 상에 연제(練祭 소상(小祥))와 상제(祥祭 대상(大祥))는 모두 그 첩이 낳은 아들이 주관하도록 한다.〔主妾之喪, 至於練, 祥, 皆使其子主之.〕"168라고 한 것과 같은 사례가 이런 경우입니다.

오직 적자(適子)가 부모를 위하여, 적손(適孫)이 종묘 주인의 지위를 계승했을 때 조부모를 위하여, 종자(宗子)가 첩의 아들을 위하여 상이나 제사를 주관할 때 비로소 상주와 제주를 모두 겸할 수 있습니다. 지금 '위주(爲主)'라는 두 글자에만 의거하여 이 사람이 종자인지의

164 일반적으로……지내준다 :《예기》〈잡기 상(雜記上)〉에 보인다. '친(親)이 소원하다'는 것은, 공영달(孔穎達)의 소(疏)에 따르면 소공친(小功親)과 시마친(緦麻親)을 이른다.

165 동서……주관한다 :《예기》〈잡기 하〉에 "죽은 남편에게 친족이 없으면 앞뒷집이나 동서 옆집이 상을 주관하고, 앞뒷집이나 옆집이 없으면 이장이 주관한다.〔夫若無族矣, 則前後家, 東西家, 無有, 則里尹主之.〕"라는 내용이 보인다.

166 서자(庶子)가……제사한다 :《예기》〈증자문(曾子問)〉에 보인다.

167 며느리의……주관한다 :《예기》〈상복소기(喪服小記)〉에 보인다. '며느리'는 정현의 주에 따르면 적부(適婦)와 서부(庶婦)를 모두 이른다.

168 주부를……한다 :《예기》〈잡기 상(雜記上)〉에 보인다.

여부는 묻지 않고 똑같이 상과 제사를 주관하게 한다면 자세하게 살피지 못한 듯합니다.

이선장에게 답하다 11
答李善長

포와 젓갈을 살았을 때와 죽었을 때 다르게 진설하는 것은 고례(古禮)에 들은 바가 없습니다. 《의례(儀禮)》의 조석전(朝夕奠)은 바로 포를 오른쪽에 올리고 젓갈을 왼쪽에 올리니, 양씨(楊氏 양복(楊復))의 도(圖)에 매우 분명합니다.[169] 현석(玄石 박세채(朴世采))이 이른바 "살았을 때 포는 왼쪽에 올리고 젓갈은 오른쪽에 올린 것을 형상한 것이다.〔象生時左脯右醢.〕"라는 것[170]은 무슨 근거로 그처럼 단언하였단 말입니까?

포와 젓갈만 그런 것이 아닙니다. 생선과 고기도 달리 진설하는 것을

---

169 의례(儀禮)의……분명합니다 : 오른쪽 그림은 송나라 양복(楊復)의 《의례도(儀禮圖)》권12 〈사상례(士喪禮)〉"조석전도(朝夕奠圖)" 중 일부로, 실(室)에 진설한  전물(奠物)의 모습이다. 《의례》〈사상례〉에 따르면 "실(室) 안으로 들어가 대렴전(大斂奠)을 올릴 때와 같이 두(豆)·변(籩)·주(酒)·예(醴)의 순으로 진설하고 포건(布巾)으로 덮지 않는다.〔入, 如初設, 不巾〕" '두'에는 젖은 음식인 젓갈을 담고 '변'에는 마른 음식인 포를 담기 때문에 이 그림대로라면 전석(奠席)을 기준으로 볼 때 포가 오른쪽, 젓갈이 왼쪽에 진설되어 있다.

170 현석(玄石)이……것 : 박세채(朴世采, 1631~1695)가 신일(申佾)에게 보낸 편지에 "대체로 포를 왼쪽에 올리고 젓갈을 오른쪽에 올리는 것은 살아있을 때를 형상한 뜻이니 이것이 옳은 듯합니다. 포를 오른쪽에 올리고 젓갈을 왼쪽에 올리는 것은 잘못써서 그렇게 된 것 같습니다.〔大抵左脯右醢, 乃象生時之意, 恐此爲是. 其右脯左醢者, 似是寫誤致.〕"라는 내용이 보인다.《南溪續集 卷14 答問 答申列卿問》

본 적이 없으니, 《의례》〈사혼례(士昏禮)〉와 〈특생궤사례(特牲饋食
禮)〉를 보면 알 수 있습니다. 포와 젓갈, 생선과 고기의 진설이 이미
그러하다면 떡과 면도 마찬가지일 것 같습니다. 내 생각에는 사계(沙溪
김장생(金長生))의 설을 따라 밥과 국의 위치만 바꾸는 것이 타당할 듯합
니다. 그 내용이 《의례문해(疑禮問解)》〈졸곡(卒哭)〉조에 있으니[171]
다시 원길(元吉)[172]과 논의하여 정하는 것이 어떻겠습니까?

---

171 사계(沙溪)의……있으니 : 《의례문해(疑禮問解)》〈상례(喪禮) 졸곡(卒哭)〉'진
찬좌설(陳饌左設)'조에 "내 생각에 3년 이내의 상식에는 살아 계실 때를 형상하여 밥을
왼쪽에 올리고 국을 오른쪽에 올리는 것이 옳을 듯합니다.〔愚意三年內上食, 則象生時,
左飯右羹爲是.〕"라는 내용이 보인다.

172 원길(元吉) : 자세하지 않다.

박영숙 윤원 에게 답하다 1[173]

答朴永叔 胤源

〔문 1〕《중용장구(中庸章句)》에서 "늘 '경'과 '외'를 보존한다.〔常存
敬畏.〕"[174]라는 구절의 아래 소주(小註)-'경'은 경계하고 삼가는 것을 이르
고, '외'는 두려워하고 걱정하는 것을 이른다.〔敬謂戒愼, 畏謂恐懼.〕- 는 의심스럽
습니다. '계신(戒愼)'과 '공구(恐懼)'는 같은 뜻의 글자일 뿐이니, '공
구'는 또 '경'의 뜻이기도 합니다.[175] 지금 계신과 공구를 '경'과 '외'에
나누어 소속시켜 마치 '경'과 '외'가 구별이 있는 것처럼 하였으니,
주자(朱子 주희(朱熹))가 "'경'은 '외' 자가 가장 가깝다."라고 훈석한
뜻은 아닌 듯합니다.[176]

---

173 박영숙(朴永叔)에게 답하다 1 : '영숙'은 박윤원(朴胤源, 1734~1799)의 자이다.
호는 근재(近齋), 본관은 반남(潘南)이다. 저자의 아버지 김원행(金元行)의 문인으로,
저자보다 12세 아래이다. 성리학과 예학에 조예가 깊었다. 저서에 《근재집(近齋集)》,
《근재예설(近齋禮說)》 등이 있다. 저자에게 문의한 이하의 편지 내용이 《근재집》 권6
〈삼산재 김공에게 답하다〔答三山齋金公〕〉에 자세히 보인다.

174 늘……보존한다 : 《중용장구》 제1장 "이 때문에 군자는 그 보지 않는 바에도 경계
하고 삼가며 그 듣지 않는 바에도 두려워하고 걱정하는 것이다.〔是故, 君子戒愼乎其所
不睹, 恐懼乎其所不聞.〕"라는 구절에 대한 주희의 주에, "군자의 마음은 항상 '경'과
'외'를 보존하여 비록 보고 듣지 않을 때라도 또한 감히 소홀히 하지 못하니, 이 때문에
천리의 본연함을 보존하여 잠시도 도를 떠나지 않게 하는 것이다.〔君子之心, 常存敬畏,
雖不見聞, 亦不敢忽, 所以存天理之本然, 而不使離於須臾之頃也.〕"라는 내용이 보인다.

175 공구는……합니다 : 《근재집》에 "'외'는 단지 '경'의 모양일 뿐이니 어찌 '경' 외에
또 '외'가 있겠습니까.〔畏只是敬模樣, 豈於敬之外, 又有畏乎?〕"라는 내용이 보인다.
《近齋集 卷6 答三山齋金公》

〔답〕 '경'과 '외'를 '계신'과 '공구'에 분속시킨 것은 과연 너무 잘게 나눈 것이어서 좋지 않습니다. 주자의 "경의 뜻은 오직 외가 가깝다.〔敬惟 畏爲近之.〕"라는 설을 인용하여 이를 깨뜨린 것이 매우 정확합니다.

〔문 2〕 '신독(愼獨)'의 '독(獨)'은 심중의 생각이 나오는 곳으로, 아직 일에는 드러나기 전의 상태를 가리킵니다. 그렇다면《중용장구》에서 이른바 '세미한 일〔細微之事〕'[177]은 밖에서 하는 일이 아니라 흉중의 일입니까?

〔답〕 단지 '암처(暗處)'와 '세사(細事)'[178] 네 글자만 보면 오로지 생각

---

176 주자(朱子)가……듯합니다 :《성리대전서》에 주희의 문인인 황간(黃幹)이 주희의 말을 인용하여 "나는 일찍이 돌아가신 스승께서 이렇게 말씀하신 것을 들었다. '경이라는 글자의 뜻은 오직 외라는 글자가 가깝다. 참으로 이른바 외라는 것으로 능히 이를 징험할 수 있다면 어둡지도 않고 어지럽지도 않다는 것을 알 수 있다.'〔嘗聞之先師, 曰: 敬字之說, 惟畏爲近之, 誠能以所謂畏者驗之, 則不昏不亂可見矣.〕"라고 한 내용이 보인다.《性理大全書 卷47 學5 存養》

177 세미한 일 :《중용장구》제1장 "숨은 것보다 더 드러남이 없으며 세미한 것보다 더 나타남이 없다. 이 때문에 군자는 그 홀로 있을 때를 삼간다.〔莫見乎隱, 莫顯乎微, 故君子愼其獨也.〕"라는 구절에 대한 주희의 주에, "'은(隱)'은 어두운 곳이고 '미(微)'는 세미한 일이다. '독(獨)'은 다른 사람들은 알지 못하고 자기만 아는 부분이다. 이 구절은 어두울 때와 세미한 일은 자취는 비록 나타나지 않았으나 기미는 이미 동하였고, 남은 비록 알지 못하나 자기만은 알고 있으니, 이는 천하의 일이 드러나 보이고 밝게 나타남이 이보다 더함이 없다는 것을 말한다.〔隱, 暗處也. 微, 細事也. 獨者, 人所不知而己所獨知之地也. 言幽暗之中, 細微之事, 跡雖未形, 而幾則已動, 人雖不知, 而己獨知之, 則是天下之事, 無有著見明顯而過於此者.〕"라는 내용이 보인다.

178 암처(暗處)와 세사(細事) : 저본에는 '細'가 '微'로 되어 있으나 주희의 주에 근거

이 일어나는 곳만 가리켜서 말한 것이 아님을 알 수 있습니다. 《주자어류(朱子語類)》에서는 또 곧장 말하기를 "이것은 두루 말한 것이니, 생각이 처음 싹터서 자기만 아는 것에 그치지 않는다. 예컨대 조금이라도 중요하게 여기지 않아도 될 곳에는 제멋대로 하는 것이[179] 바로 삼가지 않은 것이다.[180]〔此是通說, 不止念慮初萌, 只自家自知處. 如小可沒緊要處, 只胡亂去, 便是不謹.〕"라고 하였으니, 그 뜻이 더욱 명백합니다.

〔문 3〕 "아직 발하기 전은 성이다.〔未發則性〕"[181]라는 것이 그 용(用)을 말한 것이라면 희노애락(喜怒哀樂)이 발한 것이 모두 성(性)입니다. 이 마음이 발하기 전에는 실로 이 희노애락의 이치가 그 안에 구비된 것입니까? 애초에 이름붙일 만한 희노애락의 이치라는 것은 없고 단지 인의예지(仁義禮智)만 있을 뿐입니까? 아니면 그저 혼연하여 나눌 수 없는 것입니까?

하여 바로잡아 번역하였다. 원문은 195쪽 주177 참조.

179　제멋대로 하는 것이 : 저본에는 '只胡亂志'로 되어 있으나 통행본 《주자어류(朱子語類)》에 근거하여 '지(志)'를 '거(去)'로 바로잡아 번역하였다.

180　바로……것이다 : 저본에는 '便是不謹獨'으로 되어 있으나 통행본 《주자어류》에 근거하여 '독(獨)'을 삭제하고 번역하였다.

181　아직……성이다 : 《중용장구》 제1장 주희의 주에 "희노애락은 정이고, 희노애락이 아직 발하기 전은 성이다.〔喜怒哀樂, 情也, 其未發則性也.〕"라는 내용이 보인다. 《근재집》에 따르면 박윤원은 '미발즉성야(未發則性也)'는 성(性)의 본체(本體)로 말한 것이라고 전제한 뒤에 그 용(用)을 말하고 있다. 《近齋集 卷6 答三山齋金公》

〔답〕 성(性) 안에는 단지 '인의예지' 네 가지만 있을 뿐이니 어찌 이름 붙일 만한 희노애락의 이치가 따로 있겠습니까. 그러나 천하에는 성(性) 밖의 사물이 없으니[182] 이른바 '희노애락'이라는 것도 네 성(性) 안에 포함되어 갖추어져 있는 것입니다. 다만 사단(四端)의 설처럼 일일이 배속할 수 없을 뿐입니다.[183] 진기지(陳器之 진식(陳埴))에게 답한 주자의 글[184]은 이러한 의문에 대해 마치 미리 기다리기라도

---

182 천하에는……없으니 : 이것은 '마음에 한량이 있느냐'는 문인 유안절(劉安節)의 물음에 대한 정자(程子)의 대답 중에 나오는 구절이다. 정자는 "천하에는 성 밖의 사물이 없다. 한량이 있는 형기를 가지고 그에 맞는 도로 쓰지 않는다면 어떻게 그 마음을 광대하게 할 수 있겠는가. 마음은 곧 성이다. 하늘에 있으면 명이고, 사람에게 있으면 성이며, 이것을 주관하는 것은 마음이니, 실로 하나의 도이다. 도에 통달한다면 어찌 한량이 있겠는가. 반드시 한량이 있다고 한다면 이것은 성 밖에 사물이 있는 것이다.〔天下無性外之物, 以有限量之形氣, 用之不以其道, 安能廣大其心也? 心則性也. 在天爲命, 在人爲性, 所主爲心, 實一道也. 通乎道, 則何限量之有? 必曰有限量, 是性外有物乎!〕"라고 하였다.《二程粹言 卷下 心性篇》

183 사단(四端)의……뿐입니다 :《맹자》〈공손추 상(公孫丑上)〉에 "측은히 여기는 마음은 인(仁)의 단서이고, 자신의 불선(不善)을 부끄러워하고 남의 불선을 미워하는 마음은 의(義)의 단서이고, 사양하는 마음은 예(禮)의 단서이고, 옳고 그름을 가리는 마음은 지(智)의 단서이다. 사람에게 이 네 가지 단서가 있는 것은 마치 사람의 몸에 사지가 있는 것과 같다.〔惻隱之心, 仁之端也;羞惡之心, 義之端也;辭讓之心, 禮之端也;是非之心, 智之端也. 人之有是四端也, 猶其有四體也.〕"라는 내용이 보인다. 여기에서는 측은・수오・사양・시비의 네 가지 심(心)을 인・의・예・지의 네 가지 성(性)에 배속한 것과 달리 희・노・애・락의 네 가지 정(情)은 인・의・예・지에 배속할 수 없음을 이른다.

184 진기지(陳器之)에게……글 : 주희가 문인 진식(陳埴)에게 답한 글에 "성은 태극의 혼연한 체로서 본래 어떤 이름으로 부를 수 없는 것이다. 다만 그 가운데에 온갖 이치를 포함하여 갖추고 있으면서 벼리가 되는 큰 이치가 네 가지 있기 때문에 이를 이름하여 인의예지라고 한 것이다.〔性是太極渾然之體, 本不可以名字言. 但其中含具萬

한 것 같으니, 깊이 음미한다면 시원하게 풀릴 수 있을 것입니다.

〔문 4〕 "대본은 하늘이 명한 성이다.〔大本者, 天命之性.〕"[185]라고 한 것은 마치 중(中)을 성(性)으로 본 것 같습니다. 정자(程子)의 '방원유중(方圓喩中)'[186]의 뜻과 같지 않은 듯한데, 어떨지 모르겠습니다.

〔답〕 "대본은 하늘이 명한 성이다."라는 것은 곧바로 중(中)을 성(性)으로 훈석한 것이 아닙니다. 이것은 앞글을 미루어서 마치 "여기에서

理而綱理之大者有四, 故命之曰仁義禮智.〕"라는 내용이 보인다. 《朱子全書 卷48 性理7》

185 대본(大本)은……성(性)이다 :《중용장구》제1장 "희노애락이 아직 발하지 않은 것을 '중'이라 이르고, 발하여 모두 절도에 맞는 것을 '화'라 이른다. 중은 천하의 큰 근본이요, 화는 천하의 공통된 도이다.〔喜怒哀樂之未發謂之中, 發而皆中節謂之和. 中也者, 天下之大本也; 和也者, 天下之達道也.〕"라는 구절에 대한 주희의 주에, "'대본'은 하늘이 명한 '성'이다. 천하의 이치가 모두 이로 말미암아 나오니 도의 체이다. '달도'는 성을 따름을 이른다. 천하와 고금에 함께 행하는 것이니 도의 용이다. 이것은 성정의 덕을 말하여 도를 떠나서는 안 된다는 뜻을 밝힌 것이다.〔大本者, 天命之性, 天下之理, 皆由此出, 道之體也. 達道者, 循性之謂, 天下古今之所共由, 道之用也. 此言性情之德, 以明道不可離之意..〕"라는 내용이 보인다.

186 방원유중(方圓喩中) : 정이(程頤, 1033~1107)가 문인 여대림(呂大臨, 1046~1092)에게 보낸 편지 중에 "'중'은 바로 '성'이라는 이 말은 매우 온당치 않다. '중'이라는 것은 성의 체단을 형상한 것으로 마치 '하늘은 둥글고 땅은 네모나다'라고 말하는 것과 같으니, 마침내 네모나고 둥근 것을 일러 하늘과 땅이라고 할 수 있겠는가. 네모나고 둥근 것을 이미 하늘과 땅이라고 말할 수 없다면 만물은 결코 네모나고 둥근 데서 나온 것이 아니다. '중'을 이미 '성'이라고 말할 수 없다면 도를 어떻게 '중'에서 나온 것이라고 말하겠는가.〔中卽性也, 此語極未安. 中也者, 所以狀性之體段, 如稱天圓地方, 遂謂方圓而天地乎? 方圓旣不可謂之天地, 則萬物決非方圓之所出, 如中旣不可謂之性, 則道何從稱出於中?〕"라는 내용이 보인다. 《二程文集 卷10 伊川文集 與呂大臨論中書》

이른바 대본은 바로 앞의 하늘이 명한 성이다."라고 말한 것과 같을 뿐입니다. 그 아래에 가서야 비로소 '중화(中和)'의 뜻을 바로 해석하여 "이것은 성정의 덕을 말한 것이다.〔此言性情之德.〕"라고 하였는데, 하나의 '덕(德)' 자를 두자 그 뜻이 절로 명백하게 되었습니다. 이것이 바로 정자의 방원설(方圓說)이니, 그 다른 점이 보이지 않습니다.

〔문 5〕 '달도(達道)'의 '도(道)' 자는 '솔성(率性)'의 도[187]와 다른데, 《중용장구》에서 '순성(循性)'으로 해석한 것[188]은 무엇 때문입니까?

〔답〕 '솔성'의 '도'는 하늘에서 명한 성(性)이 곧바로 내려온 것이니 사람과 관계없이 말한 것이고, '달도'의 '도'는 사람이 이 도를 행하는 것을 말한 것이니 진실로 닦는 공부가 없을 수 없습니다. 그러나 닦는 것이 바로 그 '성을 따르는 것〔率性〕'이며 다른 것이 있는 것은 아닙니다. 이 때문에 "달도는 성을 따름을 이른다.〔達道者, 循性之謂.〕"라고 한 것입니다. 이것은 앞 단락을 미루어 밝힌 뜻이지 정(情)의 선악도 묻지 않고 한결같이 그 발한 바를 따른다고 말한 것이 아닙니다.[189] 그리고 이렇게 한다면 이것은 정을 따르는 것이지 성을 따르는

---

187 솔성(率性)의 도 : 《중용장구》 제1장에 "하늘이 명한 것을 '성(性)'이라 이르고, 성을 따름을 '도(道)'라 이르고, 도를 품절한 것을 '교(敎)'라 이른다.〔天命之謂性, 率性之謂道, 修道之謂敎.〕"라는 내용이 보인다.

188 순성(循性)으로 해석한 것 : 관련 원문은 198쪽 주185 참조.

189 이것은……아닙니다 : 박윤원이 "순(循)은 힘을 쓰지 않는 것을 이릅니다. 그렇다면 정(情)의 발로에는 선(善)도 있고 불선(不善)도 있을 것인데, 어떻게 힘들여 닦지 않고 저절로 절도에 맞을 수 있습니까?〔循, 非用力之謂, 則情之發, 有善有不善, 何以不

것이 아닙니다.

〔문 6〕 제2장 하단의 《중용장구》에 "군자는 이것이 자신에게 있음을
알기 때문에 능히 보지 않을 때에도 경계하고 삼가며, 듣지 않을
때에도 두려워하고 걱정하여 어느 때고 맞지 않음이 없다.〔君子知其
在我, 故能戒謹不睹, 恐懼不聞, 而無時不中.〕"[190]라고 하였는데, 여기
에서 단지 '계구(戒懼)'만 말하고 '신독(愼獨)'[191]을 말하지 않은 것은
무엇 때문입니까? 이미 '어느 때고 맞지 않음이 없다'고 한다면 '신독'
또한 실로 그 안에 포함되어 있는 것입니까?

〔답〕 제2장의 주는 저 역시 늘 그렇게 생각했습니다. 혹 '무시부중(無
時不中)'을 동정(動靜)을 겸한 설로 보고, '신독'은 '계구' 중에 포함된
것으로 볼 수도 있을 듯한데, 이 설은 또 어떻습니까?

用力修爲, 而自中於節也耶?〕"라고 물었기 때문에 저자가 이렇게 답한 것이다. 《近齋集
卷6 答三山齋金公》

190 군자는……없다 : 《중용장구》 제2장 "군자가 중용을 하는 것은 군자이면서 때로
맞게 하기 때문이다.〔君子之中庸也, 君子而時中.〕"라는 구절에 대한 주희의 주에 보인다.
191 신독(愼獨) : 195쪽 주177 참조.

박영숙에게 답하다 2[192]

答朴永叔

질문하신 국장(國葬) 전에 사제(私祭)를 행해도 되는지 여부에 대해
서는 제가 어찌 감히 알겠습니까. 근래 일이 눈앞에 닥친 일로 인하여
대략이나마 생각한 바가 있었습니다. 도로 가르쳐 주기를 바랍니다.

기제(忌祭)와 묘제(墓祭)를 간략하게 행한다는 것은 선현들의 논의
가 참으로 이와 같은 것이 많습니다.[193] 그러나 조정에서 이미 새롭게
금령(禁令)[194]을 내리고 심지어는 이 내용을 써서 책으로 만들어 팔도

192　박영숙(朴永叔)에게 답하다 2 : 이 편지는 박윤원이 1774년(영조50) 10월 부친상
을 당하여 거상 중일 때 1776년(영조52) 3월 5일 영조가 승하하자 국상 중의 여러
가지 사제(私祭)에 관해 문의하는 내용이다. 편지의 내용 중에 '국장(國葬) 전'이라고
한 것을 보면 1776년 3월부터 국장일인 동년 7월 27일 사이에 쓴 것으로 추정된다.
이때 저자의 나이는 55세이다.

193　기제(忌祭)와……많습니다 : 국휼(國恤) 중에 사가(私家)의 제사를 폐하는 것에
대해서는 여러 선정(先正)들의 논의가 일치하지 않지만 단헌(單獻)으로 올리는 기제와
묘제(墓祭)는 나라의 금령이 없었기 때문에 예를 다 갖추지는 못하더라도 간소하게나
마 행했다는 말이다. 《近齋集 卷6 與三山齋金公》

194　금령(禁令) : 1757년(영조33)의 수교에서 국휼(國恤)의 장례 전에 사가(私家)의
제사는 연제(練祭)・상제(祥祭)를 금하도록 한 것과, 1758년(영조34)의 수교에서 사
가의 제사는 우제(虞祭) 외에는 기제와 묘제도 국장(國葬)의 졸곡 이후에 행하도록
한 것을 이른다. 이것은 국상(國喪) 중에 초상부터 졸곡까지는 모든 대사(大祀)・중사
(中祀)・소사(小祀)를 정지하고, 빈(殯)을 한 뒤에는 사직제만 지내며, 종묘와 여러
릉(陵)・전(殿)은 삭망 때 분향만 하도록 한 것에 의거한 것이다. 《國朝喪禮補編 卷1
戒令, 卷4 受教分類(上) 戒令》《近齋集 卷6 與三山齋金公》

에 행하게 하였으니, 이런 상황에서는 다른 논의를 하기 어렵습니다.

선정(先正)께서 살아계셨다면 오늘날 필시 그렇게 말씀하시지는 않았을 것이라고 말한 것[195]은 참으로 정확한 논의입니다. 어떤 사람이 말했다는 '조령(朝令)은 단헌(單獻)까지도 모두 금한 것은 아니다.'와 같은 말은, 지금 《상례보편(喪禮補編)》 본문을 읽어보면 이런 뜻이 전혀 없습니다.[196] 왕의 말씀은 엄중한 것이니 감히 경솔하게 토를 달 수 없을 듯합니다. 이 밖에 금령에 들어있지 않은 것들은 정말이지 충분히 강구하여 처리해야 좋을 것입니다.

초하루와 보름의 참례(參禮)는 본래 율옹(栗翁 이이(李珥))과 우옹(尤翁 송시열(宋時烈))의 정론(定論)[197]이 있으니 이를 행하는데 진실로 의심

---

195 선정(先正)께서⋯⋯것 : 박윤원이 저자에게 보낸 편지에서 율곡(栗谷)과 우암(尤庵) 두 선생이 제사를 금하는 지금과 같은 때에 살아계셨다면 반드시 단헌(單獻)하는 기제(忌祭)나 묘제(墓祭)도 행하게 하지는 않았을 것이라고 한 것을 이른다. 《近齋集 卷6 與三山齋金公》

196 상례보편(喪禮補編)⋯⋯없습니다 : 이와 관련하여 《국조상례보편(國朝喪禮補編)》에 다음과 같은 글이 보인다. "비록 국휼의 인산 전이라 하더라도 경대부와 사서인의 우제는 장례(葬例)에 따라 또한 지내는 것을 허락하고, 기제와 묘제는 연제와 상제의 예에 따라 시행하도록 한다.〔雖國恤因山前, 卿大夫士庶虞祭, 依葬例亦爲許行, 忌, 墓祭, 依練, 祥例施行.〕" '연제와 상제의 예'는 201쪽 주194 참조. '상례보편'은 《국조상례보편》이라고도 한다. 활자본으로 6권 6책이다. 성종 때 편찬한 조선시대 대표적인 국가 전례서인 《국조오례의(國朝五禮儀)》를 보충하기 위해 1752년(영조28)에 왕명으로 《국조상례보편》 5권을 편찬하고, 다시 1758년(영조34)에 홍계희(洪啓禧) 등에게 명하여 이를 증보, 개정하였다. 앞에 도설(圖說)이 있다. 《國朝喪禮補編 卷4 受敎分類(上) 戒令》

197 율옹(栗翁)과 우옹(尤翁)의 정론(定論) : 율곡은 "(국휼의) 졸곡 전에 행하는 초하루와 보름의 참례는 제례가 아니니, 평상의 예대로 행하는 것이 무슨 문제가 되겠는

할 것이 없습니다. 오직 속절(俗節)[198]만큼은 가볍게 여겨 폐할 수도 있고 중하게 여겨 행할 수도 있는 재량에 달려 있으니 요컨대 이 또한 초하루와 보름의 참례와 같은 종류일 뿐입니다. 초하루와 보름의 참례를 이미 행할 수 있다면 이것만 어찌 유독 폐할 필요가 있겠습니까.[199] 편지에서 의문을 표한 것은 속절이 그 의미를 취한 것을 궁구해보면 연락(宴樂)하는 때에 있다고 해서이니, 저 역시 이 때문에 단언하기가 어렵습니다. 그러나 또 생각해보면 지금 사람들이 친상(親喪) 중에 그 의미가 이와 같다는 것을 꺼려서 이 제사를 폐했다는 말을 듣지 못한 것은 무엇 때문이겠습니까? 아마도 그 근원은 비록 이와 같을지라도 행한 지 이미 오래되어서 곧 상제(常祭)와 똑같게 되어 동렬로 논할 수 없는 것이어서가 아니겠습니까. 이 부분은 다시 정밀한 논의를 듣고 싶을 뿐입니다. 대체로 선조에게 제사지내는 것은 대사(大事)입

가.〔卒哭前朔望參, 則非祭禮也, 依常例行之何妨?〕"라고 하였고, 우암은 "국상의 졸곡 전에는 대사와 소사를 모두 폐해야 한다. 그러나 초하루와 보름의 참례는 예 중에서도 작은 것으로 제사를 이루지 못하기 때문에 옛사람들이 상중에도 모두 이 예를 폐하지 않았던 것이다.〔國恤卒哭前大, 小祀皆當廢. 然朔望之參, 是禮之小者, 不成爲祭祀, 故古人於喪中, 皆不廢此矣.〕"라고 하였다. 《栗谷全書 卷11 答成浩原〔乙亥〕》《宋子大全 卷59 答閔大受》

198 속절(俗節) : 설, 대보름, 답청(踏青), 청명, 한식, 단오, 유두(流頭), 칠석, 추석, 중양(重陽), 동지, 납일(臘日)과 같이 세속에서 제삿날 이외에 철이 바뀔 때마다 사당이나 조상의 묘에 제철 음식을 올리는 날을 이른다.

199 초하루와……있겠습니까 : 이것은 국상(國喪) 중에도 초하루와 보름의 참례(參禮)를 폐하지 않는 것은 공통된 의견이지만 이로 인해 속절(俗節)까지도 폐하지 않는 것은, 비록 속절이 금령 조항에는 들어가 있지 않다 하더라도 그 원래의 뜻은 놀고 즐기는 때라는 점에서 온당치 않아 보인다는 박윤원의 물음에 답한 것이다. 《近齋集 卷6 與三山齋金公》

니다. 반드시 조금이라도 행할 수 있는 여지가 없고 난 뒤에 부득이해서 폐해야 한이 없을 수 있으니, 이 일은 삼가지 않으면 안 됩니다.

연제(練祭 소상(小祥))와 상제(祥祭 대상(大祥))를 뒤로 미루어 행하는 것은, 원래 지내야 할 이 날에 어찌 아무렇지도 않은 듯 일이 없을 수 있겠습니까.[200] 전(奠)을 올리는 예를 간소하게 행한다는 우옹의 말씀이 있으니,[201] 이미 '전'이라고 했다면 제례와는 크게 상관없는 것입니다.[202] 전을 올리는 것은 비록 임금의 상(喪)에 빈(殯)을 하기 전이라 할지라도 이미 허용한 것이니, 이것은 〈증자문(曾子問)〉에서 고찰할 수 있습니다.[203]

---

200 연제(練祭)와……있겠습니까 : 이것은 연제와 상제(祥祭)를 뒤로 미루어 행하는 경우 종전까지는 이날 기제(忌祭) 때와 같이 단헌(單獻)을 올려 슬픔을 표했는데, 금령이 나온 뒤로 국상 중에는 기제의 단헌마저도 폐해야 한다면 연제와 상제 때 올리는 단헌도 행할 수 없느냐는 박윤원의 물음에 답한 것이다. 《近齋集 卷6 與三山齋金公》

201 전(奠)을……있으니 : 문인 이기홍(李箕洪, 1641~1708)에게 답한 우암의 편지에 "국상의 졸곡 전에 사가의 연제와 상제를 감히 행하지 못하는 것은 연제와 상제는 성대한 제사이기 때문이다. 마땅히 졸곡을 기다렸다가 날을 가려 뒤미처 행해야 할 것이나, 기일에는 전 올리는 예를 간소하게 행해야 할 것이다.〔國恤卒哭前, 私家練, 祥不敢行者, 以練, 祥殷祭故也. 當待卒哭後擇日追行, 而忌日則略行奠禮也.〕"라는 내용이 보인다. 《宋子大全 卷90 答李汝九》

202 이미……것입니다 : '전(奠)'은 시사(始死)에서부터 장례 전까지의 상제(喪祭)를 이른다. 이때에는 시(尸)가 없고 전을 바닥에 올리기 때문에 '전'이라는 이름을 붙인 것이다. 길제(吉祭)와 달리 살아있을 때의 예를 형상하여 행하며 간소한 것을 주장한다. 장례를 하고 초우(初虞祭)를 지내면서 '제(祭)'라는 이름으로 바뀐다.

203 전을……있습니다 : 《예기》〈증자문(曾子問)〉에 "증자가 물었다. '임금의 상에 빈을 아직 하지 않았는데 신하에게 부모의 상이 생긴다면 어떻게 합니까?' 공자가 대답하였다. '잠시 돌아가 부모의 빈을 한 뒤에 다시 임금의 상을 지키는 곳으로 돌아온다. 그러나 은전(殷奠)을 올리는 초하루와 보름에는 돌아가서 은전을 올린다. 매일 올리는

조석전(朝夕奠)은 올리지 않는다.〔曰: 君未殯, 而臣有父母之喪, 如之何? 孔子曰: 歸殯, 返于君所. 有殷事則歸, 朝夕否.〕"라는 내용이 보인다.

박영숙에게 답하다 3[204]

答朴永叔

잇달아 보내주신 편지를 받고 삼가 거상(居喪)하는 기거가 편안하다는 것을 알았으니 위안이 되고 고마운 마음 그지없습니다. 이안(履安)은 병약한 몸으로 예전처럼 지내고 있을 뿐 달리 말할 만한 것이 없습니다. 예설(禮說)에 대해 또 물어보시니 '분명히 분변하지 않으면 그만두지 말라'는 뜻[205]을 깊이 볼 수 있습니다. 어찌 우러러 찬탄함을 금할 수 있겠습니까.

초하루와 보름의 참례(參禮)는 행해야 하는지 폐지해야 하는지에 대해 저마다 그 이유가 있는 듯하지만, 선현(先賢)이 이미 정론(定論)을 두었으니[206] 이를 따라 행하는 것이 '감히 자신의 소견을 믿지 않고 스승을 믿는다〔不敢自信而信其師〕'는 의리[207]에 부합할 것입니다. 비록

---

204 박영숙(朴永叔)에게 답하다 3 : 이 편지는 박윤원이 1774년(영조50) 10월 부친상을 당한 뒤 거상하는 기간에 쓴 것으로, 〈박영숙에게 답하다 2〔答朴永叔〕〉를 참조하면 이 편지 역시 영조의 승하일인 1776년(영조52) 3월 5일 이후에 쓴 것이다.

205 분명히……뜻 : 《중용장구(中庸章句)》 제20장에 "분변하지 않음이 있을지언정 분변한다면 분명하지 못하거든 그만두지 말라.〔有弗辨, 辨之, 弗明, 弗措也.〕"라는 내용이 보인다.

206 선현(先賢)이……두었으니 : 율곡 이이와 우암 송시열의 설을 이른다. 202쪽 주197 참조.

207 감히……의리 : 《근사록(近思錄)》 권3 〈치지(致知)〉에, 정이(程頤)가 문인에게 답하여 "공자와 맹자의 문인이 어찌 모두 현철(賢哲)한 자만 있었겠는가. 진실로 보통 사람들도 많았다. 보통 사람으로서 성현을 보면 알지 못하는 것이 많았겠지만 오직

조령(朝令)으로 말한다 하더라도 기제(忌祭)와 묘제(墓祭)는 금하였지만 이에 대해서는 애초에 거론하지도 않았으니,[208] 또한 허용하는 쪽에 속한다는 것을 알 수 있습니다. 지금 억지로 "큰 것을 든 것은 작은 것을 포함한 것이다.〔擧大包小.〕"라고 한다면 그 누가 믿겠습니까.[209] 그대는 이미 그 잘못을 알면서도 마침내 전날의 소견을 고쳐 따르고자 하니, 긴 행랑의 비유가 감히 옳지 않다고 말할 수 없을 듯합니다.[210]

인용한 우옹(尤翁 송시열(宋時烈))의 설[211] 또한 그다지 꼭 들어맞지는

자신의 소견을 감히 믿지 않고 스승을 믿었기 때문에 구한 뒤에 얻었던 것이다.〔孔孟之門, 豈皆賢哲? 固多衆人. 以衆人觀聖賢, 弗識者多矣, 惟其不敢信己, 而信其師, 是故求而後得.〕"라고 말한 내용이 보인다.

208 기제(忌祭)와……않았으니 : 201쪽 주194 참조.

209 지금……믿겠습니까 : 이것은 박윤원이 속절(俗節)과 삭망전(朔望奠)은 비록 금령(禁令) 중에는 들어있지 않다 하더라도 어떤 사람은 이것을 가지고 '큰 것을 든 것은 작은 것을 포함하는 것이니 마땅히 폐지해야 한다.'라고 주장하는데 어떻게 해야 할지 모르겠다고 하자, 저자가 이에 대해 대답한 것이다. 《近齋集 卷6 與三山齋金公》

210 그대는……듯합니다 : '긴 행랑의 비유'는 정호(程顥)가 장안(長安)의 창고 안에 한가로이 앉아서 속으로 긴 행랑의 기둥을 몇 개인지 세고는 이미 의심이 없었으나, 다시 세었을 때 수효가 맞지 않자 다른 사람에게 하나하나 소리 내어 세게 하였는데 처음 자신이 센 것과 같았다는 일화가 있다. 이에 대해 정이(程頤)는 "마음을 두어 붙잡고 있으면 있을수록 더욱 안정되지 못한다는 것을 알게 되었다.〔知越著心把捉, 越不定.〕"라고 평하였다. 여기에서는 저자가 초하루와 보름의 참례에 대한 박윤원의 물음에 대해 지난 번 답장에서 이미 율곡과 우암의 정론(定論)이 있다고 하였는데도 박윤원이 혹자의 말을 듣고 '긴 행랑의 의심'이 든다고 재차 물은 것을 이른다. 《近思錄 卷4 存養》《近齋集 卷6 與三山齋金公》

211 인용한 우옹(尤翁)의 설 : 박윤원이 "우암 선생께서는 일찍이 초하루와 보름의 참례를 폐하지 않는다는 뜻을 미루어 기제의 단헌을 행하고자 한 것이니, 지금 기제의

않습니다. 우옹은 초하루와 보름의 참례를 행할 수 있다는 것으로 인해 기제에도 이를 통용하고자 한 것이지만, 그대는 기제를 행할 수 없다는 것으로 인해 초하루와 보름의 참례에까지 이를 준용하고자 한 것입니다. 은혜를 주장하는 것과 의리를 주장하는 것[212]은 이미 본래 다른 것이지만, 요컨대 기제는 비록 예(禮)를 줄인다고 해도 어떻게 초하루나 보름의 참례와 같게 할 수 있겠습니까. 단지 우옹의 뜻은 기제를 행해도 된다는 쪽에 무게를 두었지만 근거가 없을까 우려하여 잠시 이것을 끌어들여 설을 삼은 것 뿐이니, 이것은 그 분의 성대한 덕과 공손한 예(禮)를 알 수 있는 부분입니다. 지금 이점을 살피지 않고 하나로 뭉뚱그려 두 가지 예의 행폐(行廢)를 똑같이 하고자 하니, 불가하지 않겠습니까.

속절(俗節)의 예도 저는 마찬가지로 가볍게 폐하기 어렵다고 생각합니다. 다만 그 음식의 가짓수를 줄여서 초하루와 보름의 참례와 똑같이 되도록 해야 할 것입니다.

단헌을 이미 폐했다면 초하루와 보름의 참례 역시 폐해야 할 것입니다.〔尤庵先生嘗以朔望參不廢之意推之, 欲行忌祭之單獻矣. 今忌祭之單獻, 旣已廢之, 則朔望亦當並廢.〕라고 말한 것을 이른다. 우암은 일찍이 "나는, 초하루와 보름의 참례도 폐한다면 그만이지만, 만일 폐하지 않는다면 기제와 묘제 때 슬픈 정을 다 펴는 것은 초하루와 보름의 참례와 같은 작은 의식과 비교했을 때 동일하게 말할 수 없으니, 음식 가짓수를 간소하게 갖추어서 초하루와 보름의 참례처럼 행하는 것도 안 될 것이 없다고 생각한다.〔鄙意則以爲和朔望都廢則已, 如曰不廢, 則忌, 墓之致哀, 其視朔望小節, 不可同日而語矣, 略具饌品, 稍如朔望而行之, 恐無不可也.〕라고 하였다.《近齋集 卷6 與三山齋金公》《宋子大全 卷66 答朴和叔》

212 은혜를⋯⋯것 : '은혜를 주장하는 것'은 우옹의 설을, '의리를 주장하는 것'은 박윤원의 설을 이른다.

지난번 편지는 글이 매끄럽지 못해 그대가 보기에 오해를 불러일으킨 듯하니, 다시 점검해 보면 알 수 있을 것입니다. 어떨지 모르겠습니다. 지면이 다하여 이만 줄입니다.

박영숙에게 답하다 4

答朴永叔

〔문 1〕하늘은 오로지 도(道)로만 말하는 하늘도 있고 형체로서의 하늘도 있는데, 무엇으로 보아야 하겠습니까? 만약 오로지 도로만 말하는 하늘로 본다면 하늘은 리(理)이니, "리가 명한 것을 일러 성이라고 한다.〔理命之謂性.〕"[213]라고 과연 말할 수 있겠습니까? 만약 형체로서의 하늘로 본다면 하늘은 기(氣)이니, 기인 하늘에서 나온 것이 또 어떻게 '근원이 동일한 성〔一原之性〕'이 될 수 있겠습니까?

〔답〕'하늘이 명한다.〔天命〕'라고 할 때의 '하늘'은 단지 위쪽에 아득히 높이 있는 것일 뿐이지만, 여기에는 주재한다는 뜻도 함께 들어있습니다. 예컨대 이른바 '하늘이 백성을 내었다.〔惟天生民〕'[214]라고 할 때의 '하늘'을 리로만 주장하거나 기로만 주장하여 말한다면 참으로 보내준 편지에서 말한 것처럼 두 가지로 보는 병통이 있을 것입니다.

---

213 이(理)가⋯⋯한다 : 《중용장구(中庸章句)》제1장 "하늘이 명한 것을 일러 성이라고 한다.〔天命之謂性.〕"라는 구절에서 '천(天)'을 '리(理)'로 바꾸어 말한 것이다.

214 하늘이 백성을 내었다 : 《서경》〈상서(商書) 중훼지고(仲虺之誥)〉에 "아, 하늘이 내신 백성들이 욕심이 있으니, 군주가 없으면 마침내 혼란하므로 하늘이 총명한 사람을 내심은 쟁란(爭亂)을 다스리려고 하신 것입니다.〔嗚呼! 惟天生民有欲, 無主乃亂, 惟天生聰明, 時乂.〕"라는 내용이 보인다.

〔문 2〕 "기로 형체를 이루고 리 또한 부여하였다.〔氣以成形, 而理亦賦焉.〕"[215]라는 구절을, 읽는 자들은 기(氣)가 먼저이고 리(理)가 나중이라고 의심하는 사람들이 많습니다.-일두(一蠹 정여창(鄭汝昌)) 선생 역시 이런 의심을 면치 못하였습니다.[216]- 이를 해석하는 자는, 리는 반드시 기를 기다려서 실리기 때문에 기를 먼저 말하지 않을 수 없었다고 하는데,[217] 저는 이 때문만은 아니라고 생각합니다. 무릇 기는 리가 없는 기는 없습니다. 만물을 내고 형체를 이루는 것은 기이지만, 만물을 내도록 하는 원인과 형체를 이루도록 하는 원인은 리입니다. 그렇다면 리의 의맥(意脈)은 이미 만물을 내고 형체를 이루는 그 가운데 있는 것입니다.

〔답〕 "기로 형체를 이루고 리 또한 부여하였다."라는 구절은 언뜻 보

---

215 기(氣)로……부여하였다 : 《중용장구》 제1장 주희(朱熹)의 주에 "하늘이 음양오행으로 만물을 화생(化生)함에 기로 형체를 이루고 리 또한 부여하니, 명령하는 것과 같다.〔天以陰陽五行, 化生萬物, 氣以成形, 而理亦賦焉, 猶命令也.〕"라는 내용이 보인다.

216 일두(一蠹)……못하였습니다 : 정여창(鄭汝昌)이 주희의 《중용장구》 중 "하늘이 음양오행으로 만물을 화생하였다."라는 구절은 취하고, "기로 형체를 이루고 리 또한 부여하였다."라는 구절은 취하지 않고서, "어찌 기보다 뒤에 오는 리가 있겠는가.〔安有後氣之理乎?〕"라고 말한 것을 이른다. 《一蠹先生遺集 卷3 附錄 讚述》

217 리는……하는데 : 예컨대 원나라의 성리학자인 허겸(許謙, 1269~1337)은 "비록 리가 있은 뒤에 기가 있다고 하지만, 만물을 낼 때에는 그 기가 이른 뒤에 리가 실릴 곳이 있게 되니, 기는 리를 싣는 도구이다. 그러므로 《장구》에서 먼저 말하기를 '기로 형체를 이룬다.'라고 하고 나중에 '리 또한 부여한다.'라고 한 것이다.〔雖曰有理然後有氣, 然生物之時, 其氣至而後理有所寓, 氣是載理之具也. 故章句先言氣以成形, 後言理亦賦焉.〕"라고 하였다. 《中庸章句大全 小注》

면 선후의 순서가 있는 것 같지만, 사실은 기(氣)가 형체를 이룰 때 리(理)는 이미 부여된 것입니다. 단지 '이(而)'와 '역(亦)' 두 글자만 보아도 혼합하여 말해서 애초에 구분할만한 피차의 시절이 없다는 것을 알 수 있습니다. 편지에서 "리의 의맥(意脈)은 이미 만물을 내고 형체를 이루는 그 가운데 있다."라고 한 것은 참으로 옳은 말입니다. 다만 '의맥'이라는 글자는 오히려 약한 글자를 놓은 것 같습니다.

이와 별도로 저는 이 구절에 대해 일찍이 의문이 하나 있었습니다. '하늘이 음양오행으로[天以陰陽五行]'라는 구절[218]은, 지금 사람들은 '하늘'을 리로 보고 '음양오행'을 기로 보는 사람이 많습니다. 하늘을 리로 보는 오류는 앞 단락에서 이미 말했지만, 음양오행 또한 오로지 기로만 말한다면 그 다음에 바로 "기로 형체를 이룬다."라는 구절이 이어서 나오니, 여기에서는 '기'라는 한 글자가 남아돌고 "리 또한 부여하였다."의 리는 도리어 온 곳이 없게 됨을 면치 못하게 됩니다. 제 생각에 이 구절은 마찬가지로 리와 기를 합쳐서 말한 것이고, 그 아래 구절에 와서야 비로소 기는 이러하고 리는 저러하다고 나누어 말했다고 하는 것이 정리가 되어 귀착되는 바가 있다고 생각됩니다. 어떨지 모르겠습니다.

〔문 3〕 "성과 도는 비록 같지만 기품은 혹 다르다.〔性道雖同, 而氣稟或異.〕"[219]라는 구절의 '동(同)'과 '이(異)' 자가 모두 사람과 사물을

---

218 하늘이 음양오행으로 : 관련 원문은 211쪽 주215 참조.

219 성(性)과……다르다 :《중용장구》제1장 제1절 주희(朱熹)의 주에 "성과 도는 비록 같지만 기품이 혹 다르기 때문에 과하고 불급한 차이가 없을 수 없다.〔性道雖同,

통틀어서 말한 것이라면 그 다음에 나오는 '과하고 불급한 차이〔過不及之差〕'에서도 사물을 말할 수 있습니까?

〔답〕'과하고 불급한 차이'는, 그 큰 요지는 진실로 사람의 입장에서 말한 것이지만 사물에 대해서도 어찌 통틀어 볼 수 없겠습니까. 예컨대 말 중에는 발로 차고 이로 물기는 하지만 잘 달리는 말도 있고, 길들여지고 양순하기는 하지만 잘 달리지 못하는 말도 있으니, 과하고 불급한 것이 아니면 무엇이겠습니까.

〔문 4〕리(理)는 기(氣)가 아니면 실릴 곳이 없기 때문에 제1절 《중용장구(中庸章句)》에서 기를 말한 곳이 매우 많은 것입니다. 성(性)은 기가 아니면 드러날 수 없으니, 제4절에서 희노애락이 발하는 것을 해석한 곳도 '기' 자를 말해야 할 듯합니다. 그런데도 거의 보이지 않으니, 무엇 때문입니까?

〔답〕리와 기는 진실로 서로 없어서는 안 됩니다. 그러나 이를 언급할 때에는 각각 마땅한 바가 있으니 반드시 매번 짝을 지어 말할 필요는 없습니다.

제1절에서 기를 말한 것은, 기를 말하지 않으면 과(過)하고 불급(不及)한 것이 어디에서 오는 지 알 수 없어 '도를 품절(品節)한 가르침〔修道之敎〕'[220]을 말할 수 없어서입니다. 제4절에서 기를 말하지 않은 것

而氣稟或異, 故不能無過不及之差.〕"라는 내용이 보인다.
220 도를⋯⋯가르침 : 관련 원문은 199쪽 주187 참조.

은, 만약 기를 말하면 성인(聖人)과 범인(凡人)이 완전히 다른데 희노
애락이 어떻게 발할 때마다 모두 절도에 맞아서 천하의 공통된 도가
될 수 있겠습니까.[221] 이 부분은 주자가 경문을 해석할 때 정밀하게
살펴서 한 글자도 더하고 뺄 수 없는 곳이니, 어떻게 생각합니까?

---

221 희노애락이……있겠습니까 : 《중용장구》 제1장 제4절에 대한 주희의 주는 다음
과 같다. "기뻐하고 노하고 슬퍼하고 즐거워하는 정이 발하지 않은 것을 '중'이라 이르고,
발하여 모두 절도에 맞는 것을 '화'라 이른다. '중'은 천하의 큰 근본이고 '화'는 천하의
공통된 도이다.[喜怒哀樂之未發, 謂之中; 發而皆中節, 謂之和. 中也者, 天下之大本也;
和也者, 天下之達道也.]"

박영숙에게 답하다 5

答朴永叔

질문하신 제주(題主)할 때의 칭호[222]는, '망(亡)' 자를 빼고 단지 '자부(子婦)'라고만 하면 '망실(亡室)'이나 '망자(亡子)' 등과 예가 같지 않게 되니 이것은 문제가 있을 것 같습니다. '망부(亡婦)'라고 하면 괜찮겠지만 '부(婦)' 자는 이미 두 가지 뜻을 겸하고 있어서 지금 사람들이 보통 하는 말에 모두 '자부'라고 하고 '부'라고만 칭하는 경우는 거의 없으니, 혐의를 구별하는 방법 면에서 단지 '망자부(亡子婦)'로만 제(題)하는 것만큼 온당한 것이 없습니다. 만약 아들이 살아있다고 하여 '망' 자를 '자' 자 앞에 덧붙이는 것을 꺼린다면, 이것은 세속의 이치를 모르는 소견일 뿐이니 어찌 구애될 것이 있겠습니까.

'우제(虞祭)와 졸곡(卒哭)에 남편이 상주(喪主)가 되는 것'[223]은, 우옹(尤翁 송시열(宋時烈))은 말하기를 "만약 이 설을 따른다면 막히는 곳이

---

222 질문하신……칭호 : 박윤원이 저자에게 보낸 편지에서 권상하(權尙夏)는 제주(題主)할 때 '자부모씨(子婦某氏)'라 하여 '자(子)' 앞에 '망(亡)' 자를 넣지 않고, 박세채(朴世采)는 '망부(亡婦)'라 하여 '부(婦)'라고만 하고 '자부(子婦)'라 칭하지 않은 것은 무엇 때문이냐고 묻자 저자가 이에 대해 답한 것이다. 박윤원은 부(婦)는 두 가지 뜻을 가지고 있어 '부부(夫婦)'라고 할 때는 '처'를 의미하고 '총부(冢婦)'나 '개부(介婦)'라고 할 때는 '며느리'를 의미하여 통용하는 글자지만, 본래는 '처'라는 의미이기 때문에 '부(婦)'라고만 하면 온당치 못하다고 생각하였다. 《近齋集 卷6 與三山齋金公》

223 우제(虞祭)와……것 : 《예기》〈상복소기(喪服小記)〉에 "처의 상에 우제와 졸곡은 그 남편 또는 아들이 주관하고, 부제는 시아버지가 이를 주관한다.〔婦之喪, 虞, 卒哭, 其夫若子主之, 祔則舅主之.〕"라는 내용이 보인다.

많게 된다.〔若從此說, 多窒碍處.〕"라고 하였습니다.²²⁴ 고례(古禮)에
상(喪)을 주관하는 것과 제사를 주관하는 것은 각각 별도의 일이었는
데, 지금은 상을 주관하는 사람이 바로 제사도 주관하니 그 예(禮)가
다 같을 수는 없는 것이 당연합니다. 신재(愼齋 김집(金集))는 이에 대해
섞어서 사용하고자 했기 때문에 '아들 아무개로 하여금〔使子某〕'과 같
은 설이 있게 된 것입니다.²²⁵ 그러나 이와 같이 한다면 바로 시아버지
가 주관하는 것이 되니, 어찌 남편이 주관한다고 말할 수 있겠습니까.

224 우옹(尤翁)은……하였습니다 : 우암이 이봉서(李鳳瑞)에게 보낸 편지에 "'일반
적으로 상이 났을 때 아버지가 살아계시면 아버지가 주관을 한다. 시아버지는 단지
우제만 주관한다.'라고 한 것은 별도의 설입니다. 어찌 대부가 여러 아들의 상을 주관하
지 않는다는 뜻이겠습니까. 그러나 이 설을 따른다면 막히는 곳이 많게 되니, 폐단이
없는 종전의 설을 따르는 것만 못합니다.〔凡喪, 父在, 父爲主. 其舅只主虞祭云者, 自是
一說, 豈大夫不主諸子之喪之意耶? 然從此說, 則多有窒礙處, 不若從前說之爲無弊也.〕"
라는 내용이 보인다. 《宋子大全 卷119 答李仲擧》

225 신재(愼齋)는……것입니다 : 김집(金集)은 문인 최석유(崔碩儒)가 "처의 상(喪)
에 우제와 졸곡은 남편이 비록 주관하더라도 축문에는 '시아버지가 아들 아무개를 시켜
이를 고하게 하였습니다.〔舅使子某告之.〕'라고 해야 합니까?"라고 묻자 그렇게 해야
한다고 답하였는데, 이에 대해 박윤원은 세 가지 면에서 의문을 표하였다. 첫째는 김집
은 아버지가 살아계실 때 아버지가 상을 주관하는 예와 남편이 우제와 졸곡을 주관하는
예를 참용(參用)하고자 한 것이지만, 이미 '아버지가 시켰다〔舅使〕'고 했다면 이것은
섭행(攝行)의 예(例)이니 남편이 주관하는 뜻이 아니라는 것이다. 둘째는 '사(使)' 자
앞에 '병이 나서 제사를 받들 수 없다.〔病未將事〕' 또는 '몸이 먼 곳에 있다.〔身在遠地〕'
등과 같은 사유를 말하지 않고 곧바로 '사(使)' 자만 쓰는 것은 돌연하다는 것이다.
셋째는 이미 '아들 아무개를 시켜〔使子某〕'라는 문구를 사용했다면 초헌은 남편이 올리
고 시아버지는 단지 제사에 참여만 해야 하는 것인지, 이미 섭행의 예를 사용했다면
제사에 참여하는 것도 편치 않고 아무 연고 없이 제사에 참여하지 않는 것 역시 문제라는
것이다. 《近齋集 卷6 與三山齋金公》《疑禮問解續 喪禮 虞祭》

더구나 아들이 이미 제사를 섭행(攝行)한다면 그 아버지가 제사에 참여를 하든 하지 않든 모두 매우 편하지 않게 되어 참으로 보내준 편지에서 말한 것과 같은 부분이 있게 될 것이니,[226] 이것이 바로 이른바 '막히는 곳이 많게 된다'는 것입니다. 제 생각에는 우선 우옹의 논의[227]를 따라 우제·졸곡·부제(祔祭)를 막론하고 시아버지가 모두 주관한다면 도리어 간단명료할 것 같은데 어떨지 모르겠습니다.

선영에 고하는 예(禮)[228]는 가장 높은 분에게만 고해야 할 듯합니다. 그러나 높은 분이 없고 시어머니의 산소만 있다면 어찌 고하지 않을 수 있겠습니까.

---

226 참으로……것이니 : 216쪽 주225 참조.

227 우옹의 논의 : 우암은 "우제와 졸곡은 부제(祔祭)와 사체(事體)가 다르기 때문에 우제와 졸곡은 그 남편이 주관하지만 부제는 시아버지가 주관하는 것이다. 만약 명사(命士) 이상의 신분이 아니고 부자가 함께 산다면 우제·졸곡·부제·기제를 막론하고 시아버지가 모두 주관한다.〔虞, 卒哭, 比祔事體不同, 故虞, 卒哭則其夫主之, 而祔則舅主之矣. 若非命士以上, 而父子同居, 則無論虞, 卒哭, 祔與忌, 而舅皆主之矣.〕"라고 하였다. 《宋子大全 卷123 上仲氏》

228 선영에 고하는 예(禮) : 며느리를 부장(附葬)할 때 선영에 고하는 것은 가장 높은 분에게만 해야 하는지, 아니면 같은 언덕에 있는 누대의 다른 산소에도 해야 하는지에 대해 박윤원이 의문을 제기한 것을 이른다. 박윤원은 죽은 며느리를 시어머니 곁에 장례하면서 시어머니에게 고하지 않는 것은 무지한 것 같다는 의견을 제시하였다. 《近齋集 卷6 與三山齋金公》

박영숙에게 답하다 6
答朴永叔

동궁께서 갑자기 신료들을 버리고 세상을 떠나시니[229] 몹시 애통한 마음을 어찌 말할 수 있겠습니까. 더구나 이 사람에게는 그 의리와 분수가 더욱 남다르니[230] 너무도 심한 슬픔에 오랫동안 스스로 견딜 수가 없었습니다. 봄이 지난 뒤로 오가는 소식이 또 감감하여 덕망 있는 그대를 생각하며 날로 그립고 답답했습니다. 홀연 보내준 편지를 받고 요즘 같은 무더위에 정양(靜養)하는 기거가 더욱 강건하다니 저의 기쁜 마음 어찌 끝이 있겠습니까.

이안(履安)은 묵은 병이 여름을 지나면서 더욱 심해져 마치 술에 취한 사람처럼 밤낮으로 흐리멍덩하게 지내다보니 눈앞의 책들을 먼지가 쌓이도록 줄곧 내버려두었습니다. 문득 이렇게 가을이 오니 그저

---

229 동궁께서……떠나시니 : 저자가 65세 때인 1786년(정조10)에 문효세자(文孝世子, 1782.9.7~1786.5.11)가 세상을 떠난 것을 이른다. 문효세자의 휘는 순(㬚), 시호는 문효(文孝), 묘호(廟號)는 문희(文禧), 묘호(墓號)는 효창(孝昌)이다. 정조의 장남으로, 어머니는 의빈 성씨(宜嬪成氏)이다. 1784년 7월 2일 2세 때 왕세자에 책봉되었고, 1786년 5월에 5세의 나이로 훙서하여 동년 윤7월 19일 양주(楊州) 효창묘(孝昌墓)에 장례하였다. 《正祖實錄 6年 9月 7日, 8年 7月 2日, 10年 5月 11日·5月 22日·윤7月 19日》

230 이……남다르니 : 저자가 63세 되던 1784년(정조8) 7월 11일에 정3품 세자시강원 찬선(世子侍講院贊善)에 제수된 것을 이른다. 저자는 당시 경기도 양주(楊州) 남면(南面)의 미호(渼湖)에 거주하면서 거듭 사직 소를 올렸으나 윤허를 받지 못하여 찬선의 직임을 띤 상태에서 문효세자의 부음을 듣게 되었다.

궁려(窮廬)의 슬픔231이 더할 뿐입니다. 어찌하면 좋단 말입니까.

　말씀하신 '신민(臣民)이 저군(儲君)의 상(喪)에 처하는 예(禮)'232는 고금의 예서(禮書)에 그다지 근거할만한 것이 없습니다. 오직 〈증자문(曾子問)〉의 제사를 폐하는 단락에서 제후나 제후 부인(夫人)의 상(喪)과는 분명히 차등을 두어 예를 줄인다는 것을 알 수 있습니다.233 그리고 이번 조령(朝令)에서 또 공제(公除) 뒤에는 사제(私祭)를 행하는 것을 허용하였으니234 단지 이를 따라 행해야 할 것입니다. 다만 신하의 도리에 사상(私喪)의 기년상이나 대공·소공상의 예(例)보다 도리어 가볍게 해서는 안 될 것이니, 말씀하신 것처럼 기제(忌祭)는

---

231 궁려(窮廬)의 슬픔 : 한창 때 공부하지 않았다가 뒤늦게 후회하는 것을 이른다. 삼국 시대 촉(蜀)나라 제갈량(諸葛亮)의 〈계자서(戒子書)〉에 "나이는 세월과 함께 들어가고 뜻은 해와 함께 사라져가서 마침내 그대로 시들게 되면, 초라한 오두막에서 슬피 탄식한들 장차 무슨 소용이 있겠는가.〔年與時馳, 意與歲去, 遂成枯落, 悲歎窮廬, 將復何及也?〕"라는 내용이 보인다. 《小學集註 卷5 嘉言》

232 말씀하신……예(禮) : 박윤원이 저자에게, 신민(臣民)이 저군(儲君)의 상(喪)에 처하는 예는 선현들의 자세한 논의가 보이지 않으니, 이것은 우리나라에 거의 없는 일이라서 그런 것이냐고 물어본 것을 이른다. 《近齋集 卷6 與三山齋金公》

233 오직……있습니다 :《예기》〈증자문(曾子問)〉에 따르면 천자가 붕어하면 오사(五祀)의 제사는 빈(殯)을 한 뒤에 행하고, 천자·왕후·제후·제후 부인의 상(喪)이 나면 초상(初喪)부터 빈(殯)까지, 계빈(啓殯)부터 반곡(反哭)까지 제후의 사직제(社稷祭)는 조두(俎豆)를 이미 진설했다 하더라도 제사를 중지한다. 또한 천자·왕후·제후·제후 부인의 상(喪), 제후의 태묘의 화재, 일식, 삼년상, 자최상, 대공상 등 9가지 경우에 모두 대부의 제사는 변두(籩豆)가 이미 진설되었다 하더라도 중지한다. 저자는 여기에서 세자의 상은 제후·제후 부인의 상과 동등하게 거론되고 있지 않다는 점에서 제후와 제후 부인의 상보다는 등급이 낮다는 것을 알 수 있다고 말한 것이다.

234 이번……허용하였으니 : 201쪽 주194 참조.

음식을 줄이고 단헌(單獻)으로 하며, 졸곡과 부제(祔祭)·연제(練祭)·상제(祥祭)·담제(禫祭)는 원래의 의식대로 행하면 거의 참작하여 잘 행하는 것이 될 듯합니다. 담제는 비록 약간은 길례에 속하지만 본래 상중(喪中)의 제사입니다. 기년상의 장례를 치르기 전에 행할 수 없다는 글이 없으니 또 무슨 의심할 것이 있겠습니까?[235]

　사상(私喪)의 기년상이 있는 경우, 평소 입는 상복은 똑같이 기년복이기는 하나 존비(尊卑)가 다르니 마땅히 국상(國喪)의 상복을 위주로 해야 할 듯합니다. 이제 군상(君喪)과 친상(親喪)이 함께 있을 때 집에서는 으레 하던 것처럼 사상의 상복을 입는 것을 표준으로 삼는 것이 또한 옳을 듯합니다. 그러나 이것은 이미 고례(古禮)도 아니고 더구나 은혜가 가벼운 방친(傍親)이니 더 말해 무엇 하겠습니까. 이 의리를 점점 더 확대하여 방친에게까지 적용하는 것이 반드시 옳은 것인지는 모르겠습니다.[236]

---

235 말씀하신……있겠습니까 : 이와 관련하여 박윤원이 저자에게 보낸 편지의 내용은 다음과 같다. 조정에서 비록 공제(公除) 후에는 사가(私家)의 제사를 허락했다고는 하나 신하의 분수에 감히 예를 다 갖출 수는 없으니, 기제(忌祭)는 음식을 줄이고 단헌(單獻)으로 올리며 졸곡·부제(祔祭)·연제(練祭)·상제(祥祭)는 모두 상제(喪祭)이니 원래의 의식대로 행하되 담제만은 행해서는 안 된다고 하는데, 담제는 길제(吉祭)여서 그런 것 같으나 담제에도 곡읍(哭泣)하는 의절이 있으니 행해도 되지 않겠느냐는 것이다. 예(禮)에 상중에는 담제를 지내지 않는다는 글이 있으나 이것은 후상(後喪) 중에 전상(前喪)의 담제를 폐한다는 말이기 때문에 이 구절을 여기에 적용시켜는 안 될 것 같다는 내용이다. 《近齋集 卷6 與三山齋金公》

236 사상(私喪)의……모르겠습니다 : 이와 관련하여 박윤원이 저자에게 보낸 편지의 내용은 다음과 같다. 방친의 기년복과 나라의 소상(小喪)이 똑같이 기년복이기는 하나 공사(公私) 존비(尊卑)의 분한으로 말한다면 평소에는 저군(儲君)의 상복을 입어야 할 것이다. 그러나 후대에 와서는 부모의 상중에 있는 사람이 군상(君喪)의 상복을

'사상이 길에 있을 때 기년복과 대공·소공복을 입는 사람은 감히 원래 자신이 입어야 하는 상복을 입고 따라가지 못한다는 것'은 남계(南溪 박세채(朴世采))의 설[237]이 비록 의미가 있는 듯 하나 정확한 근거는 알 수 없습니다. 그리고 가벼운 상의 의식을 행하고, 의식이 끝나면 다시 무거운 상복으로 바꾸어 입는 것은 바로 예가(禮家)의 성법(成法)입니다.[238] 어찌 반드시 이 성법을 버리고 남계의 설을 따를 필요가 있겠습니까. 더구나 지금 만난 상은 또 대상(大喪)[239]과는 거리가 있지

입는 법이 없으니, 기년 상복을 입는 사람은 평소에는 사상(私喪)의 포대(布帶)를 하고 오직 외부에 출입할 때만 저군상(儲君喪)의 포대를 착용해야 할 듯한데, 이것이 예(禮)의 뜻에 문제가 없겠느냐는 것이다. 《近齋集 卷6 與三山齋金公》

237 남계(南溪)의 설 : 박세채(朴世采)가 이정영(李挺英)의 물음에 답한 글에 "국상 중에는 사상(私喪)의 반곡(反哭)을 위해 돌아오는 길에 기년복과 대공·소공복을 입는 사람들은 자신의 본복(本服)을 입고 따라가지 않아야 할 듯하다. 군신 간의 예는 엄하여 집에서 예를 행하는 것과 의리가 같지 않기 때문이다.〔愚恐返哭在路時, 朞, 功之人不宜服本服以從. 蓋君臣禮嚴, 與在家行禮不同義故也.〕"라는 내용이 보인다. 《南溪外集 卷8 答問 答李士秀問》

238 가벼운……성법(成法)입니다 :《가례》〈상례(喪禮) 성복(成服)〉조에 "일반적으로 무거운 복을 아직 벗지 않았는데 가벼운 상을 만나면 가벼운 복을 입고 곡하며, 매달 초하루에는 신위를 설치하고 그에 해당하는 복을 입고 곡한다. 곡이 끝나면 다시 무거운 복을 입는다.〔凡重喪未除而遭輕喪, 則制其服而哭之. 月朔設位, 服其服而哭之. 旣畢, 返重服.〕"라는 내용이 보인다. 또한《예기》〈잡기 하(雜記下)〉에 "삼년의 상중에 만일 새로운 상이 있어 가서 곡을 하게 되면 새로운 상의 복을 입고 간다.〔三年之喪, 如有服而將往哭之, 則服其服而往.〕",《예기》〈상복소기(喪服小記)〉공영달(孔穎達)의 소(疏)에 "만약 본래 중한 상복을 입고 있는데 새로 죽은 사람을 위한 복이 가벼우면, 새로 죽은 사람을 위해 한 번 복을 입어준 뒤에 다시 전에 입던 복을 입는다.〔若本有服重而新死者輕, 則爲一成服而反前服也.〕"라는 구절이 있다.

239 대상(大喪) : 본래는 왕, 왕비, 세자, 부모의 상을 이른다. 여기에서는 부모의

않습니까. 보내준 편지의 말씀[240]이 매우 옳을 듯합니다.

상을 이른다.

240 보내준 편지의 말씀 : 이와 관련하여 박윤원이 저자에게 보낸 편지의 내용은 다음과 같다. 사상(私喪)의 발인이나 반혼(返魂) 때 기년복이나 대공복을 입는 사람들은 자신의 복을 입고 따라가는 것이 당연한데도 의론하는 자들은 사복(私服)을 입고 도로에 다니는 것은 온당치 않다고 하여 최질(縗絰)을 벗고 따라가는 사람들이 많은데, 이것은 옳지 않아 보인다는 것이다. 즉 예경에도 중상(重喪) 중에 가벼운 상을 만나면 가벼운 상복을 입고 가서 곡하고 곡이 끝나면 다시 중복으로 바꾸어 입는다는 글이 있으니, 설령 도로에 다닐 때라도 자신의 복을 입는 것이 왜 안 되느냐는 것이다. 《近齋集 卷6 與三山齋金公》

유여사[241]에게 답하다 1

答柳汝思

'후상(後喪)이 기년상(朞年喪) 이하일 경우에는 후상의 빈(殯)을 한 뒤에 날을 가려 전상(前喪)의 담제를 행한다는 것'은, 사계(沙溪 김장 생(金長生))의 설이 《의례문해(疑禮問解)》 '연제(練祭)' 조에 보입니 다.[242] 이에 근거한다면 그대의 백씨(伯氏)의 담제는 중씨(仲氏)의 장 례가 끝난 뒤를 기다릴 필요가 없습니다.

다만 함께 산다면 담제를 행해서는 안 됩니다. 과연 함께 사는데

---

241 유여사(柳汝思) : '여사'는 유지양(柳知養, 1733~?)의 자이다. 본관은 전주(全 州)이며, 저자의 아버지 김원행(金元行)의 문인이다. 1762년(영조38) 문과에 합격하였 다. 사간원 정언(司諫院正言)·이조 좌랑(吏曹佐郎)·서천 군수(舒川郡守)·종부시 정(宗簿寺正)·북청 부사(北靑府使) 등을 역임하였다.

242 후상(後喪)이……보입니다 : 사계(沙溪)의 문인 이유태(李惟泰)가, 다른 사람 의 후사가 된 자가 양어머니의 상을 마치고 담제를 지내려고 할 때 양어머니의 부모상을 당하였을 경우에는 담제를 지낼 수 없고 후상(後喪)의 상기(喪期)가 다하기를 기다린 뒤에 별도로 날을 가려 담제를 지내야 한다는 퇴계(退溪) 이황(李滉)의 설에 대해 의문 을 제기하자, 사계가 "외할아버지를 위한 복은 바로 소공 오월복이니, 반드시 다섯 달이 지나 상기가 다한 뒤에 담제를 지낸다면 이것은 3년에 5개월을 더하는 것이네. 그 뒤에 만약 기년상이 있어 1년을 더 연장하고, 다시 불행히도 기년상을 거듭 당한다면 4, 5년이 되도록 제복(除服)하지 못하게 될 것이니, 어찌 이런 이치가 있겠는가.……내 생각에 기년상 이하는 빈(殯)을 한 뒤에 날을 가려 연제·상제·담제를 지내고 후상의 상기가 다 차기를 기다릴 필요는 없을 듯하네.〔外祖服乃小功五月也. 必盡五月服行禫, 則是三年而加五月也. 其後若有朞服, 加延一年, 又不幸疊遭朞服, 則將至四五年不脫服, 豈有是理?……愚意自朞以下, 旣殯之後, 擇日行練, 祥, 禫, 不須待服盡也.〕"라고 대답 한 것을 이른다. 《疑禮問解 喪禮 小祥 將行練祥禫而遇喪》

장례일이 하순에 나와 졸곡 뒤에 정일(丁日)이나 해일(亥日)이 없게
되면 이런 경우에는 대처하기가 어려울 듯합니다. 그러나 이로 인해
마침내 '시기가 지나면 담제를 지내지 않는 예(禮)'[243]를 쓴다면 효자의
마음에 서운함이 없을 수 있겠습니까. 〈소뢰궤사례(少牢饋食禮)〉에서
제사하는 날로 정일(丁日)이나 기일(己日)을 썼으니,[244] 비록 정일이나
해일이 아니라 할지라도 기일 또한 안 될 것이 없습니다. 또 기일이
없다면 단지 "내사에는 유일을 쓴다.〔內事用柔日.〕"[245]라는 글에 따라
행하는 것이 그래도 그만두는 것보다는 낫습니다. 제 의견은 이러한데
어떨지 모르겠습니다.

담제가 하순에 있으면 길제는 다음 달로 미루어 행하지 않을 수 없습
니다. 이것은 한 순중(旬中) 안에 제사를 중첩하여 지낼 수 없어서이
니, 예경(禮經)에도 명확한 근거가 있습니다.[246] 만약 다른 순중이라면

---

243 시기가……예(禮) :《예기》〈상복소기(喪服小記)〉 "삼년 뒤에 장례한다.〔三年
而後葬.〕"라는 구절에 대한 정현(鄭玄)의 주에 "이미 상제를 지냈으면 복을 벗고 담제는
지내지 않는다.〔已祥則除, 不禫.〕"라고 하였고, 공영달(孔穎達)의 소에 "삼년 만에 비
로소 장례를 지내 슬픈 정이 이미 다하였기 때문에 담제를 지내지 않는 것이다.〔三年始
葬, 哀情已極, 故不禫.〕"라는 내용이 보인다. 사계는 "상중에는 담제를 지낼 수 없으며
시기가 지났어도 뒤늦게 제사를 지낼 수 없다.〔喪中旣不可行禫, 而過時又不可追行.〕"
라고 하였다.《疑禮問解 喪禮 禫 嫡孫祖喪禫時母亡》

244 소뢰궤사례(少牢饋食禮)에서……썼으니 :《의례》〈소뢰궤사례〉에 "날은 정일이
나 기일을 쓴다.〔日用丁己.〕"라는 내용이 보인다.

245 내사(內事)에는 유일(柔日)을 쓴다 :《의례》〈소뢰궤사례〉 정현의 주에 보인다.
《예기》〈곡례 상(曲禮上)〉 공영달의 소에 따르면, '내사'는 출행(出行)이나 사냥·정벌
과 같은 교외(郊外)의 일과 상대적으로 쓰는 말로 관혼상제(冠婚喪祭)와 같은 교내(郊
內)의 일을 이르며, '유일'은 천간(天干)의 우일(偶日)이라는 뜻으로 을(乙)·정(丁)·
기(己)·신(申)·계(癸)일을 이른다.

자연히 예(禮)와 같이 이어서 행해야 할 것입니다. 어떤 사람은 이미 장례를 했다면 굳이 졸곡을 기다려 행할 필요가 없다고 하는데, 이것은 또 어떻습니까?

246 예경(禮經)에도……있습니다 : 《의례》〈특생궤사례(特牲饋食禮)〉에 "만약 길하지 않으면 열흘 뒤에 다시 날짜를 시초점 치는데 처음 날짜를 점칠 때와 같이 한다.〔若不吉, 則筮遠日如初儀.〕"라는 내용이 보인다.

유여사에게 답하다 2

答柳汝思

〔문 1〕서 영공 유원(徐令公有元)은 사돈이자 벗입니다.[247] 장남 하보(夏輔)가 일찍 죽고 하보의 처는 지금 살아있는데, 아직 후사를 세우지 않았습니다. 또 하보의 아우 은보(殷輔)가 있습니다. 지금 서 영공의 상(喪)에 예(禮)대로라면 우옹(尤翁 송시열(宋時烈))의 설에 따라 서둘러 후사를 세운 연후에야 만사가 모두 순조로울 것입니다. 그러나 장례 시기가 이미 촉박하여 아직까지 결정을 내리지 못하고 있습니다. 지금은 형세상 임시 섭행(攝行)하는 제도를 논의하려고 합니다.

큰 며느리가 제사를 주관하고 차남이 제사를 섭행하는 것은 모두 정례(正禮)가 아닙니다. 우옹이 노봉(老峰 민정중(閔鼎重))의 질문에 답하기를 "차자(次子)는 감히 방제(旁題)할 수 없고 단지 '섭행한다고'만 칭하는 것은 실로 종통을 엄히 하는 하나의 큰 규정이니, 사대부가에서는 이를 알지 않으면 안 된다."라고 하였습니다.[248] 방제는

---

247 서 영공 유원(徐令公有元)은 사돈이자 벗입니다 : 서유원(徐有元, 1735~?)의 장남 서하보(徐夏輔)가 유지양(柳知養, 1733~?)의 사위인 것을 이른다. 서유원은 자는 춘보(春甫)이며 본관은 대구(大丘)이다. 1756년(영조32)에 문과에 합격하였다. 사간원 정언(司諫院正言), 사헌부 지평(司憲府持平)·장령(掌令), 홍문관 교리(弘文館校理)·수찬(修撰), 사간원 헌납(司諫院獻納)·대사간(大司諫), 승지, 병조 참의 등을 역임하였다. '영공'은 '영감'이라는 말로, 정3품과 종2품의 관원을 이르는 호칭이다.
248 우옹이……하였습니다 :《송자대전》권59〈민대수에게 답하다[答閔大受]〉에 보인다. 민정중(閔鼎重, 1628~1692)은 우암의 문인이다. '방제(旁題)'는 신주에 제사를

으레 높은 분에게 쓰는데,[249] 이미 '현고(顯考)'[250]로 제주(題主)하고
유독 방제에만 쓰지 않는 것은 도리어 온당치 않은 듯합니다. 이것은
예(禮)의 뜻에 과연 어떻습니까?

〔답〕 우옹의 설이 가장 옳은 듯합니다. 선친께서는 일찍이 다른 사람
의 이 질문에 답하셨을 때에도 "차자는 비록 제사를 대신 주관할 수

주관하는 사람의 이름을 쓰는 것이다. 오른쪽 그림은 사계(沙溪)
김장생(金長生)의 《가례집람도설(家禮輯覽圖說)》〈신주전식
(神主全式)〉으로, 분면(粉面)의 왼쪽에 '효자 아무개 봉사〔孝子
某奉祀〕'라고 쓰는 것을 '방주(旁註)' 또는 '방제'라고 한다. '차자
는 감히 방제할 수 없고 단지 섭행한다고만 칭하는 것'은, 퇴계가
문인 정구(鄭逑)에게 보낸 편지에 "종자가 아직 후사를 세우지
않았으면 자신이 대리로 제사를 주관한다는 뜻을 섭행하는 첫
번째 제사 때에 고하고, 그 뒤에는 연월일 아래에 단지 '제사를
섭행하는 아들 아무개는 감히 고합니다.……'라고 해야 한다.〔宗
子未立後, 己爲攝主之意, 當告於攝行之初祭, 其後則年月日子下, 只當云攝祀事子某敢
告于云云.〕"라는 내용이 보인다. 《退溪集 卷39 答鄭道可〔逑〕問目》

249 방제는……쓰는데 : 《가례》〈상례(喪禮) 제목주(題木主)〉에, 남편이 살아 있을
때 처의 신주는 누가 봉사(奉祀)한다고 쓰느냐고 묻자, 주희가 "방주는 높은 분에게
쓰는 것이니 그 이하의 사람에게는 굳이 쓸 필요가 없다.〔旁註施於所尊, 以下則不必書
也.〕"라고 대답한 내용이 보인다.

250 현고(顯考) : 돌아가신 아버지에 대한 미칭(美稱)이다. 《서경》〈주서(周書) 강
고(康誥)〉에 "너의 크게 드러나신 아버지 문왕께서 능히 덕을 밝히고 형벌을 삼가셨
다.〔惟乃丕顯考文王, 克明德愼罰.〕"라는 내용이 보인다. 청나라 서건학(徐乾學)에 따
르면 옛날에는 '조(祖)'·'고(考)'·'비(妣)' 위에 '황(皇)' 자를 덧붙였는데, 원나라 대덕
(大德) 연간에 와서 '황'을 '현(顯)'으로 바꾸어 사서인(士庶人)은 '황'을 칭할 수 없게
하였다고 한다. 《가례》〈도(圖)〉에는 '현고(顯考)'로, 《가례》〈상례(喪禮) 제목주(題
木主)〉에는 분면(粉面)에 '고(考)'로 쓰도록 되어 있다. 《讀禮通考 卷56 喪儀節 神主》

는 있어도 감히 방제하지는 못합니다. 우옹께서는 '종통을 엄히 하는 큰 예법'이라고 하셨으니,[251] 어찌 이 말씀을 살피지 않아서 이런 의심이 생긴 것이 아니겠습니까."라고 하셨습니다.

[문 2] 서(徐) 영공(令公) 어머니의 상사(祥事)[252]가 7월에 있는데, 서 영공의 장례 후에 행해야 할 것입니다. 이때 축문은 임시 대행한다는 뜻으로 고하는 글을 지어 사유를 갖추어서 고하고, 다른 선대의 기제(忌祭)는 축(祝)은 없이 단헌(單獻)으로만 예를 행해야 합니까?

[답] 서 영공이 이미 거상 중에 죽었으니 속히 상을 주관할 사람을 대신 세워 그 상사(祥事)를 행해야 할 것이나 지금 그렇게 하지 못하니, 단지 《통전(通典)》 서막(徐邈)의 설[253]에 따라-《의례문해(疑禮問解)》

251 우옹께서는……하셨으니 : 우암 송시열(宋時烈, 1607~1689)이 1677년(숙종3)에 문인 민정중(閔鼎重, 1628~1692)에게 보낸 편지에, "차자가 감히 방제하지 못하고 다만 섭행한다고만 칭하는 것은 실로 종통을 엄히 하는 하나의 큰 예법이니, 사대부가에서는 알지 않으면 안 된다.[次子不敢旁題, 而只稱攝行者, 實嚴宗統之一大防, 士大夫家, 不可不知也.]"라는 내용이 보인다. 《宋子大全 卷59 答閔大受[丁巳五月]》

252 상사(祥事) : 대상(大祥)을 이른다. 《의례》〈사우례(士虞禮)〉에 "1년이 되면 소상을 지내는데, 축문에 '이 당연한 제사를 올립니다.'라고 한다. 다시 1년이 되면 대상을 지내는데, 축문에 '이 상서로운 제사를 올립니다.'라고 한다.[期而小祥, 曰: 薦此常事. 又期而大祥, 曰: 薦此祥事.]"라는 내용이 보인다.

253 서막(徐邈)의 설 : 서막(徐邈, 343~397)은 동진(東晉)의 학자로 《정오경음훈(正五經音訓)》, 《곡량전주(穀梁傳注)》, 《오경동이평(五經同異評)》 등을 저술하였다. 《통전》에 "예경(禮經)에 '종자가 외국에 나가 있을 경우에는 서자가 제사를 대신 지낸

〈참최(斬衰)〉에 보인다.- 보내준 편지에서 말한 것처럼 차자(次子)가 제사를 대신 주관하고 사유를 갖추어 고할 뿐입니다. 기타 선대의 기제도 모두 이와 같이 해야 할 것입니다. 다만 계속해서 그 사유를 고할 필요는 없습니다. 제사를 대신 주관하는 처음에 신구(新舊) 궤연(几筵)과 사우(祠宇)에 두루 고하고 그 뒤에는 축문에만 자신을 칭하여 '섭사자(攝祀子)' 또는 '섭사손(攝祀孫)'이라고만 하는 것이 마땅할 듯합니다.

〔문 3〕서 영공(徐令公)의 장례는 비록 선왕대의 수교(受敎)에 따라 동궁의 장례 전에 행해야 하겠지만, 우제(虞祭)와 졸곡(卒哭)은 혼궁(魂宮)의 졸곡을 기다린 뒤에 해야 할 것입니다.[254] 서 영공 어머니의 부제(祔祭)는 마침 서 영공이 죽어서 아직 행하지 못하였으니, 지금은 뒤늦게 행할 수밖에 없습니다. 그렇다면 혼궁의 졸곡 뒤에 날을 가려 서 영공의 졸곡을 행하고, 그 다음에 서 영공 어머니의 부제를 행하고, 그 다음에 서 영공 어머니의 상사(祥事)를 행하는 것이 마땅할 듯합니다.

다.'라고 하였으니, 이에 의거하여 한 손자를 대신 주관하게 하면 될 것이다. 제사를 대신 주관하는 경우에는 원래대로 본복(本服)을 입는다. 예경에 따르면 대공복을 입어야 할 사람도 다른 사람의 상을 주관할 경우에는 연제(練祭)와 상제(祥祭) 두 제사를 지낼 수 있는데 더구나 여러 손자의 경우이겠는가.〔禮, 宗子在外則庶子攝祭, 可依此使一孫攝主, 攝主則本服如故. 禮, 大功者, 主人之喪, 猶爲之練祥再祭, 況諸孫耶?〕"라는 서막의 말이 보인다.《通典 卷88 禮 凶 斬縗三年 嫡孫持重在喪而亡次孫代之議》

254 서 영공(徐令公)의……것입니다 : 국상 중 사가(私家)의 제사에 대한 금령은 201쪽 주194 참조. '동궁'은 문효세자(文孝世子)를 이른다. 218쪽 주229 참조.

〔답〕《예기》에 이르기를 "삼년상이 겹친 경우에는 후상(後喪)을 위한 상복을 경질(頴絰)로 바꾸어 착용한 뒤에 전상(前喪)의 연제(練祭)와 상제(祥祭)를 모두 행한다.〔三年之喪, 旣頴, 其練, 祥皆行.〕"[255] 라고 하였습니다. 이에 근거한다면 먼저 후상의 졸곡을 행하고, 그 다음에 전상의 부제를 행하고, 또 그 다음에 전상의 상제를 행하는 것은 의심할 것이 없습니다.

다만 국휼(國恤)의 졸곡 후에 사가(私家)의 졸곡을 행하는 문제는, 선현(先賢)들의 논의는 실로 대상(大喪)[256]을 가리켜 말한 것이니, 지금 만난 상은 또한 차등을 두어야 하지 않겠습니까? 어제 예관(禮官)이 공제(公除) 후에 사가의 제사를 행하도록 허용할 것인지 여부에 대해 명을 받고 와서 물었습니다.[257] 머지않아 결정이 날 듯 하니 탐문하여 처리하는 것이 어떻겠습니까?

---

255 삼년상이……행한다 : 《예기》〈잡기 하(雜記下)〉에 보인다. '경질(頴絰)로 바꾸어 착용한다'는 것은 우제(虞祭)를 지낸다는 뜻이다. 일반적으로 우제를 지내고 나면 이전에 착용했던 마질(麻絰)을 갈질(葛絰)로 바꾸어 착용하는데, 정현(鄭玄)의 주에 따르면 갈(葛)이 나지 않은 지방에서는 경(頴)이라는 풀로 갈을 대신한다.

256 대상(大喪) : 221쪽 주239 참조.

257 어제……물었습니다 : 저자가 65세 되던 1786년(정조10) 5월의 일이다. 이에 대해 저자가 올린 의(議)가 《삼산재집》 권2 〈공제 후 사가에서 제사를 거행하는 것이 타당한 지에 대한 의〔公除後私家行祭當否議〕〉에 보인다. 자세한 것은 《승정원일기》 정조 10년 5월 16일, 5월 23일 조 참조.

삼산재집

제4권

書서

서書

조낙지에게 답하다 1[1]
答趙樂之

[문 1] 우암(尤庵 송시열(宋時烈))은 율곡(栗谷 이이(李珥))의 〈위학지
지방도(爲學之方圖)〉에 개정해야할 곳이 많다고 논하고, '강학(講
學)'·'성찰(省察)'·'함양(涵養)'·'천리(踐履)'를 조목으로 삼고 '경
(敬)'으로 이를 총괄하였습니다.[2]

1　조낙지(趙樂之)에게 답하다 1 : '낙지'는 조유선(趙有善, 1731~1809)의 호로 추정
된다. 자는 자순(子純), 다른 호는 나산(蘿山), 본관은 직산(稷山)이다. 개성(開城)에
거주하였다. 저자의 아버지 김원행(金元行)의 문인으로, 저자보다 9세 아래이다. 1771년
(영조47)에 생원시에 합격하고, 혜릉 참봉(惠陵參奉), 장원서 봉사(掌苑署奉事), 내자
시 직장(內資寺直長), 청하 현감(淸河縣監), 익산 군수(益山郡守) 등을 역임하였다.
김원행의 학설을 계승하여 당시에 '서경수백년래일인(西京數百年來一人)'이라는 평을
받았다. 저서에 《고정유사(考亭遺事)》, 《사우연원록(師友淵源錄)》, 《나산집(蘿山
集)》 등이 있다. 이 편지는 저자가 68세 때인 1789년(정조13)에 쓴 것이다.

2　우암(尤庵)은……총괄하였습니다 : 우암은 71세 때인 1677년(숙종3) 1월 29일에
문인 이기홍(李箕洪, 1641~1708)에게 답한 편지에 수정한 그림(〈그림1〉)을 직접 그려
넣고 율곡의 〈위학지방도(爲學之方圖)〉(〈그림2〉)에 대해 자세히 논하였다. 즉 율곡의
그림은 '함양(涵養)'과 '천리(踐履)'가 없고 단지 '지경(持敬)'에 '정의관(正衣冠)', '일사
려(一思慮)', '장정제숙(莊整齊肅)', '불기불만(不欺不慢)'의 네 조목만 두었으나, '지경

정자(程子 정이(程頤))가 말하기를 "함양은 모름지기 경으로 해야 한다.〔涵養須用敬.〕"라고 하였으니,[3] '함양'이 '경'에 속하는 것은 근거가 없는 것은 아닌 듯합니다. 그러나 반드시 '경'으로 네 가지 조목을 관통하게 한 것은 무엇 때문입니까? 그리고 '함양'은 본원(本原) 공부이니 마땅히 첫 번째 조목이 되어야 할 것입니다. 그런데 세 번째 조목에 둔 것은 또 무엇 때문입니까? '성찰'은 지(知) 공부에 소속시켜야 합니까? 아니면 행(行) 공부에 소속시켜야 합니까?

〔답〕 해가 바뀌어 그리움이 더욱 깊어갔는데 문득 수찰을 받고 삼가 새봄에 한가로이 거처하는 기거가 더욱 좋다는 것을 알았으니, 나의

(持敬)' 공부는 '강학(講學)' · '성찰(省察)'과 같은 등위로 거론할 수 없을 뿐 아니라 '천리(踐履)'는 또 큰 절목으로서 없앨 수 없다고 보았다. 율곡의 그림은 주희가 임백화(林伯和)에게 답한 편지를 토대로 작성한 것이다. 《宋子大全 卷90 答李汝九〔乙卯八月三十日〕, 卷91 答李汝九〔丁巳正月二十九日〕》

〈그림1〉 우암(尤庵)의 개정 위학도(改正爲學圖)

《明齋遺稿 卷30 雜著 題爲學之方圖》

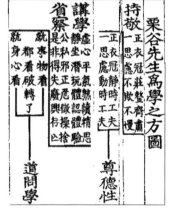

〈그림2〉 율곡(栗谷)의 〈위학지방도 (爲學之方圖)〉

3 정자(程子)가……하였으니 : 《근사록》 등에 "함양은 모름지기 경으로 해야 하고, 학문의 진전은 치지에 달려 있다.〔涵養須用敬, 進學則在致知.〕"라는 정이(程頤)의 말이 보인다. 《近思錄 卷2 爲學》《二程遺書 卷18 劉元承手編》

위로되고 고마운 마음이 어찌 그지 있겠습니까.

이안(履安)은 집안이 불행하여 얼마 전에 질부(姪婦)의 요절을 겪었으니, 정리(情理)가 매우 참혹하여 절로 견딜 수가 없습니다. 어찌하면 좋단 말입니까. 해를 넘기도록 독감을 앓아 쇠약한 기운이 거의 다 소진되었는데 다시 이처럼 슬픔과 근심이 더해지니 더욱 사그라드는 것 같습니다. 이러한 때 전하의 소명(召命)이 다시 내려와 막 사직소를 올렸는데, 비지(批旨)가 어떨지를 알 수 없어 지금은 그저 황공하게 숨을 죽이고 기다릴 뿐입니다.

말씀하신 우암 선생이 율곡의 〈위학지방도〉를 고쳐 '함양'을 다른 세 조목의 첫머리에 두지 않은 것은, 정자(程子)의 '함양(涵養)'과 '진학(進學)'의 순서[4]나 주자(朱子 주희(朱熹))의 '소학(小學)'과 '함양'을 대학(大學)의 바탕으로 삼은 의리[5]로 헤아려 보면 참으로 의심스러운 듯합니다.

그러나 가만히 우암 선생의 뜻을 살펴보면, 지(知) 공부와 행(行) 공부를 위학(爲學)의 처음과 끝이 되는 대강(大綱)으로 삼고, 성찰과 함양은 바로 그 중간의 공부로 삼은 것입니다. 또 성찰과 함양에 나아

---

4 정자(程子)의……순서 :《근사록(近思錄)》권2 〈위학(爲學)〉에 "배우는 도는 반드시 먼저 마음을 밝혀서 기를 바를 안 뒤에 힘써 행하여 이르기를 구하는 것이니, 이른바 '밝음으로부터 성실해진다.'는 것이다.〔學之道, 必先明諸心, 知所養, 然後力行以求至, 所謂自明而誠也.〕"라는 내용이 보인다. 234쪽 주3 참조.

5 주자(朱子)의……의리 :《대학혹문(大學或問)》〈경일장(經一章)〉에 "어렸을 때 소학을 익히지 않으면 잃어버린 마음을 거두고 덕성을 길러서 대학의 바탕으로 삼을 수가 없다.〔方其幼也, 不習之於小學, 則無以收其放心, 養其德性, 而爲大學之基本.〕"라는 내용이 보인다.

가 구분하면, 선악을 변별하는 성찰은 실로 지(知) 공부에서 나오기 때문에 강학 다음에 두었고, 본원을 잡아 지키는 함양은 행(行) 공부의 근본이 되기 때문에 천리(踐履)의 앞에 둔 것입니다. 그리고 또 '경(敬)' 한 글자로 이 네 조목을 총괄했으니, 또한 본원으로 중함이 돌아가지 않은 적이 없게 됩니다.

다만 함양이 성찰보다 다음에 오는 것은 또 《중용》의 '계구(戒懼)'와 '근독(謹獨)'의 순서와는 다르니,[6] 이점은 자못 문제가 있습니다. 그러나 군자가 도를 체행하는 일을 논한다면 존양(存養)은 통체(統體) 공부이고 성찰은 바로 그 가운데 한 가지 일이기 때문에 그 말이 저와 같은 것입니다. 만약 초학자가 나아가는 단계에서 성찰을 먼저 하지 않은 채 선(善)을 행하고 악(惡)을 버리는 공부[7]를 한다면, 이 마음속

---

6 중용의……다르니 : 《중용장구(中庸章句)》제1장 "이 때문에 군자는 그 보지 않는 바에도 경계하고 삼가며 그 듣지 않는 바에도 두려워하고 걱정하는 것이다. 어두운 곳보다 드러남이 없으며 미세한 일보다 나타남이 없으니, 그러므로 군자는 그 홀로를 삼가는 것이다.〔是故, 君子戒愼乎其所不睹, 恐懼乎其所不聞. 莫見乎隱, 莫顯乎微, 故君子愼其獨也.〕"라는 구절에 대한 주희의 주에, "군자의 마음은 항상 '경'과 '외'를 보존하여 비록 보고 듣지 않을 때라도 또한 감히 소홀히 하지 못하니, 이 때문에 천리의 본연함을 보존하여 잠시도 도를 떠나지 않게 하는 것이다.……이 때문에 군자는 이미 항상 계구(戒懼)하고서도 이에 더욱 삼감을 가하는 것이다.〔君子之心, 常存敬畏, 雖不見聞, 亦不敢忽, 所以存天理之本然, 而不使離於須臾之頃也.……是以君子旣常戒懼, 而於此尤加謹焉.〕"라는 내용이 보인다. 여기에서 보듯 《중용장구》에서는 '계구'를 먼저 언급하고 '근독'을 나중에 말하고 있는데, 이는 우암의 〈위학방도〉에서 '계구'에 해당하는 '함양'이 '근독'에 해당하는 '성찰'보다 나중에 오는 것과 그 순서가 다르다는 말이다.
7 선(善)을……공부 : 《대학혹문(大學或問)》에 "조금이라도 사욕이 그 안에 섞여 있어서 선을 행하고 악을 버리는 것이 혹여 성실하지 않으면 마음이 그것에 매이게 되니, 비록 힘써 바르게 하고자 해도 바르게 할 수 없게 된다. 그러므로 마음을 바르게 하려는

에는 천리(天理)와 인욕(人欲)이 한창 뒤섞여서 분간이 안 되고 있을
터이니, 비록 존양(存養)하고자 하더라도 무엇을 존양하겠습니까. 그
렇다면 두 설은 또한 애초에 서로 상치되지도 않은 것일 것입니다.
내 생각은 이러하니 만일 옳지 못한 점이 있으면 다시 가르쳐주시면
고맙겠습니다.

경(敬)을 함양 한쪽에만 위주로 한 것은 정자의 설[8]이 참으로 옳으
며, 주자가 또 경을 성학(聖學)의 처음이자 끝이 되는 요체로 삼았습니
다.[9] 성찰이 행(行) 공부가 되는 것은 《대학》의 '자수(自脩)'에 대한
훈석(訓釋)[10]을 보면 알 수 있습니다. 《중용》서문에서 "정(精)은 저

자는 반드시 먼저 그 뜻을 성실하게 해야 한다.〔一有私欲雜乎其中, 而爲善去惡, 或有未
實, 則心爲所累, 雖欲勉强以正之, 亦不可得而正矣. 故欲正心者, 必先有以誠其意..〕"라
는 내용이 보인다.

8 정자의 설 : 234쪽 주3 참조.

9 주자가……삼았습니다 : 《대학혹문(大學或問)》에 "나는 경(敬)이라는 한 글자가
성학(聖學)의 처음이자 끝이 되는 것이라고 들었다. 소학을 하는 자가 이를 통하지
않는다면 진실로 본원을 함양하여 물 뿌리고 청소하며 응하고 대답하며 나아가고 물러
나는 의절과 저 육예(六藝)의 가르침을 삼가 행할 길이 없게 되고, 대학을 하는 자가
이를 통하지 않으면 또한 총명함을 개발하며 덕을 진전시키고 학업을 닦아서 저 명덕(明
德)과 신민(新民)의 공을 이룩할 길 이 없게 된다.〔吾聞之, 敬之一字, 聖學之所以成始
而成終者也. 爲小學者, 不由乎此, 固無以涵養本源, 而謹夫灑掃, 應對, 進退之節與夫六
藝之敎; 爲大學者, 不由乎此, 亦無以開發聰明, 進德修業, 而致夫明德, 新民之功也.〕"
라는 내용이 보인다.

10 대학의……훈석(訓釋) : 《대학장구》전(傳) 3장에 《시경》〈위풍(衛風) 기욱(淇
澳)〉의 "저 기수 모퉁이를 보니, 푸른 대나무가 무성하구나! 문채 나는 군자여, 잘라놓
은 듯하고 다듬은 듯하며 쪼아놓은 듯하고 간 듯하다.〔瞻彼淇澳, 菉竹猗猗, 有斐君子,
如切如磋, 如琢如磨.〕"라는 구절을 인용한 뒤, "'자른 듯하고 다듬은 듯하다'는 것은
학문을 말한 것이고, '쪼아놓은 듯하고 간 듯하다'는 것은 스스로 닦는 것이다.〔如切如磋

인심(人心)과 도심(道心) 둘 사이를 살펴 섞이지 않게 하는 것이다.〔精則察夫二者之間而不雜.〕"[11]라고 한 것은 또 지(知) 공부에 가까운 일입니다.

　대체로 성현의 말씀은 이리저리 종합적인 것이어서 각각 가리키는 바가 있으나 똑같은 데로 귀결되는 것에는 해가 되지 않습니다. 오직 묵묵히 그 올바른 뜻이 어디에 있는가를 보아서 회통(會通)하기를 구해야 할 것입니다. 올바른 뜻을 논한다면 경(敬)은 결국 함양의 뜻이 많고 성찰은 결국 행(行) 공부입니다. 그대의 견해는 어떻습니까? 피곤한 몸을 억지로 일으켜 어렵사리 이 정도로만 씁니다. 격식을 펴지 않습니다.

　〔문 2〕 우암은 정경유(鄭景由 정찬휘(鄭纘輝))에게 답한 편지에서 "전(傳) 10장은 주 선생(朱先生 주희(朱熹))이 이미 나누어서 8절로 만들었으니 여기에는 필시 모두 이유가 있을 것이다."라고 하였습니다. 또 호씨(胡氏 호병문(胡炳文))가 첫 번째 절을 두 개의 절로 만들고 '언패(言悖)'와 '강고(康誥)'로 시작하는 절을 합쳐서 하나의 절로 만든 것을 의미가 없다고 하였습니다.[12] 주 선생이 절을 나눈 뜻이 과연

者, 道學也; 如琢如磨者, 自脩也.〕"라고 해석하였다. 이에 대해 주희는 "'스스로 닦는 것'은 성찰하고 사욕을 이겨 다스리는 공부이다.〔自脩者, 省察克治之功.〕"라고 하였다.

11　정(精)은……것이다 : '정'은 정밀하게 살핀다는 뜻이다. 《서경》〈우서(虞書) 대우모(大禹謨)〉에 순(舜)임금이 우(禹)임금에게 전해주었다는 "인심(人心)은 위태롭고 도심(道心)은 은미하니, 정밀하게 살피고 한결같이 하여야 진실로 그 중(中)을 잡을 수 있다.〔人心惟危, 道心惟微, 惟精惟一, 允執厥中.〕"라는 16자 가르침이 보인다.

12　우암은……하였습니다 : 정경유(鄭景由)는 우암의 문인 정찬휘(鄭纘輝, 1651~

이와 같습니까? 〈문왕(文王)〉시[13]와 '〈강고(康誥)〉'[14]와 '유대도(有

大道)'[15] 세 단락은 모두 득실을 말한 것인데도 〈문왕〉시로 시작한

1723)로, 경유는 자이다. 이 편지는 1677년(숙종3) 2월 23일 우암이 유배지인 전남

장기(長鬐)에 있을 때 정찬휘의 《대학장구(大學章句)》 문목(問目)에 대한 질문에 별지

로 회답한 것이다. 호병문(胡炳文, 1250~1333)은 원나라 사람으로 《대학통(大學通)》

을 저술하였다. '언패(言悖)'와 '강고(康誥)'는 전(傳) 10장의 "이 때문에 말이 도리에

어긋나게 나간 것은 또한 도리에 어긋나게 들어오고, 재물이 도리에 어긋나게 들어온

것은 또한 도리에 어긋나게 나가는 것이다.〔是故言悖而出者, 亦悖而入 ; 貨悖而入者,

亦悖而出.〕"라는 구절과, "《서경》〈강고(康誥)〉에 이르기를 '천명은 일정한 곳에 하지

않는다.' 하였으니, 선하면 얻고 선하지 못하면 잃음을 말한 것이다.〔康誥曰惟命不于

常, 道善則得之, 不善則失之矣.〕"라는 구절을 가리킨다. 호병문은 두 구절을 합쳐서

제4절로 분류하였다. 주희가 전 10장을 8절로 구분하였다는 것에 대해서는 설이 분분하

다. 예를 들면 김희(金熹, 1729~1800)의 경우 "말하는 자들은 모두 주자가 8절로 구분

하였다고 말하지만 주자에게는 본래 이 장을 8절로 구분한 설이 없다. 지금 전(傳)의

글로 보면 분명히 5절이다.〔說者皆以爲朱子分作八入節, 然此特就章句言之, 而朱子則

本無分作八節之說矣. 今以傳文見之, 則分明爲五節.〕"라고 말하고 있다. 《宋子大全 卷

101 答鄭景由〔丁巳二月二十三日〕》《芹窩稿 卷9 寒井大學講義 傳十章》《大學通 朱子章

句 小注》

13 문왕(文王) 시 : 《대학장구》 전 10장의 "《시경》에 이르기를 '은(殷)나라가 민중을

잃지 않았을 때에는 능히 상제에게 짝했었다. 마땅히 은나라를 거울로 삼을지어다.

큰 명을 보존하기가 쉽지 않다.' 하였으니, 민중을 얻으면 나라를 얻고 민중을 잃으면

나라를 잃음을 말씀한 것이다.〔詩云 : 殷之未喪師, 克配上帝. 儀監于殷, 峻命不易. 道得

衆則得國, 失衆則失國.〕"라는 구절을 가리킨다. 호병문은 이 구절을 제3절로 분류하였

다. 여기에 인용한 시는 《시경》〈대아(大雅) 문왕(文王)〉에 보인다. 《大學通 朱子章句

小注》

14 강고(康誥) : 해당 원문은 238쪽 주12 참조.

15 유대도(有大道) : 《대학장구》 전 10장의 "그러므로 군자는 큰 도가 있으니, 반드시

충성과 신의로써 얻고 교만함과 방자함으로써 잃는다.〔是故君子有大道, 必忠信以得之,

驕泰以失之.〕"라는 구절을 가리킨다. 호병문은 이 구절을 제7절로 분류하였다. 《大學通

단락은 앞의 문장과 통틀어 하나의 절로 만들고 '〈강고〉'와 '유대도' 단락은 나누어서 각각 하나의 절로 만들었으니, 이것은 과연 무슨 뜻입니까?

〔답〕 전 10장을 나누어서 8절로 만든 것은 주자의 본의가 과연 이와 같은지는 감히 알지 못하겠습니다. 그러나 '〈강고〉'와 '유대도' 두 단락을 각각 하나의 절로 만든 것은 앞의 문장과 통틀어서 하나의 절로 만든 〈문왕〉시와는 참으로 유가 같지 않습니다. 내 생각에는 이와 같을 뿐만이 아닙니다. '〈초서(楚書)〉'와 '구범(舅犯)'으로 시작하는 두 단락16도 단지 앞 문장의 '근본을 밖으로 하고 말(末)을 안으로 하지 않는〔不外本而內末〕' 뜻을 밝힌 것뿐이라면17 마찬가지로 별도로 하나의 절로 만들기는 어렵다고 생각하는데, 어떨지 모르겠습니다.

朱子章句 小注》

16 초서(楚書)와……단락 : 《대학장구》전 10장의 〈강고(康誥)〉단락에 이어서 나오는 구절로, "〈초서〉에 이르기를 '초나라로 보배로 삼을 것이 없고 오직 선인(善人)을 보배로 삼는다.' 하였다.〔楚書曰: 楚國無以爲寶, 惟善以爲寶.〕"라는 구절과, "구범이 말하기를 '도망 온 사람은 보배로 여길 것이 없고 어버이를 사랑하는 것을 보배로 여긴다.' 하였다.〔舅犯曰: 亡人無以爲寶, 仁親以爲寶.〕"라는 구절을 가리킨다. 호병문은 이 두 구절을 제5절로 분류하였다. 《大學通 朱子章句 小注》

17 앞……것뿐이라면 : 《대학장구》전 10장 앞부분에 "근본을 밖으로 하고 말(末)을 안으로 하면 백성을 다투게 하여 겁탈하는 가르침을 베푸는 것이다.〔外本內末, 爭民施奪.〕"라는 구절이 있는데, '구범(舅犯)'으로 시작하는 이 절의 주희 주에도 "또 근본을 밖으로 하고 말을 안으로 하지 않는 뜻을 밝힌 것이다.〔又明不外本而內末之意..〕"라는 내용이 있다. 주희 주에 따르면 '근본'은 '덕(德)'을 가리키고, '말'은 '재물〔財〕'을 가리킨다. 호병문에 따르면 이 두 구절은 각각 제4절과 제5절에 속한다. 《大學通 朱子章句 小注》

〔문 3〕 우암은 이동보(李同甫 이희조(李喜朝))가 귀신장(鬼神章)을 논한 것에 대해 답하는 편지에서 "귀신(鬼神)은 이기(二氣)로 말하는 경우가 있고 실리(實理)로 말하는 경우가 있으니 《중용장구(中庸章句)》를 보면 알 수 있네. 이 장은 그 덕이 지극히 성하다는 것을 말한 뒤에 '성실함을 가릴 수 없다〔誠之不可揜〕'는 말로 끝맺고 있으니, 리(理)를 위주로 하여 말한 것임을 알 수 있네."라고 하였습니다.[18] 귀신이 리를 위주로 한다는 뜻은 《중용장구》의 어떤 말을 보면 알 수 있습니까?

〔답〕 《중용장구》 중에 귀신이 리를 위주로 한다는 뜻은, 예를 들면 이른바 "음양의 합하고 흩어짐이 진실 아님이 없다.〔陰陽合散, 無非實者.〕"라는 구절이나, 이른바 "보이지 않고 들리지 않는 것은 은(隱)이요, 사물의 본체가 되어 존재하는 것 같은 것은 이 또한 비(費)이다.〔不見不聞隱也, 體物如在, 則亦費矣.〕"라는 구절[19]이 모두 이런 뜻입니다. '성대하게 있는 듯하다〔洋洋如在〕'라는 구절은 리의 발용처(發用處)가 되는 데 해가 되지 않습니다.[20] 만일 그렇지 않다면 '솔개가

---

18 우암은……하였습니다 : 이 내용이 《송자대전(宋子大全)》 권95 〈답이동보(答李同甫)〉에 보인다. '동보'는 우암의 문인 이희조(李喜朝, 1655~1724)의 자이다. '귀신장(鬼神章)'은 "공자께서 말씀하셨다. '귀신의 덕이 그 지극하다.'〔子曰: 鬼神之爲德, 其盛矣乎!〕"로 시작하는 《중용장구》 제16장을 이른다. 이 장은 "은미한 것이 드러나니 성실함을 가릴 수 없음이 이와 같구나!〔夫微之顯, 誠之不可揜, 如此夫!〕"라는 말로 끝맺고 있다.

19 음양의……구절 : 모두 《중용장구》 제16장 주희의 주에 보인다. 《중용장구》 제12장 주희의 주에 따르면 '비(費)'는 용(用)이 넓은 것을 말하고 '은(隱)'은 체(體)가 은미한 것을 말한다.

날고 물고기가 뛰노는〔鳶飛魚躍〕'[21] 것 역시 오로지 기로만 볼 수 있 겠습니까? 그러나 이에 대한 내용은 매우 많으니 우선 후일을 기다 렸다가 만나서 궁구하면 좋을 것 같습니다.

〔문 4〕《의례문해(疑禮問解)》에 '삼년상을 입는 중에 기년상(朞年喪) 이나 대공상(大功喪)을 만나면 기년상이나 대공상의 빈(殯)을 한 뒤 에 삼년상의 연제(練祭)와 상제(祥祭)를 행해야 한다'는 구절이 있습 니다.[22] 전상(前喪)의 담제(禫祭) 역시 후상(後喪)의 빈을 한 뒤에는 행할 수 있습니까? 길제(吉祭)는 '상여(喪餘)'라고 칭하기는 하지만 상제나 담제와는 같지 않으니, 시제(時祭)의 예(例)에 따라 전상의 장례 뒤에 행해야 합니까? 아니면 삼년상이 끝난 뒤에는 정제(正祭)

---

20 성대하게……않습니다 :《중용장구》제16장 중 "천하의 사람으로 하여금 재계하고 깨끗이 하며 의복을 성대히 하여 제사를 받들게 하고는 성대하게 그 위에 있는 듯하며 그 좌우에 있는 듯하다.〔使天下之人, 齊明盛服, 以承祭祀, 洋洋乎如在其上, 如在其左 右.〕"라는 구절이 있는데, 이에 대해 주희는 공자의 말을 인용하여 "그 기(氣)가 위에 발양하여, 영험이 밝게 드러나며 쑥 향기가 위로 올라가 사람을 감촉하고 사람의 마음을 두렵게 한다.〔其氣發揚于上, 爲昭明焄蒿悽愴.〕"라고 주석하였다. 즉 주희의 주에서는 '기(氣)가 발양한다'고 하였으나 이것을 리(理)의 발용처로 보아도 무방하다는 것이다.

21 솔개가……뛰노는 :《중용장구》제12장에 "《시경》에 이르기를 '솔개는 날아 하늘 에 이르는데, 물고기는 연못에서 뛰논다.' 하였으니, 상하에 이치가 밝게 드러남을 말한 것이다.〔詩云: 鳶飛戾天, 魚躍于淵, 言其上下察也.〕"라는 구절이 있다.

22 의례문해(疑禮問解)에……있습니다 :《의례문해》〈상례(喪禮) 소상(小祥)〉'장 행연상담이우상(將行練祥禫而遇喪)' 조에 "후상(後喪)이 기년복 이하의 상(喪)일 경우 에는 후상(後喪)의 빈(殯)을 마친 뒤에 날을 가려 전상(前喪)의 연제·상제·담제를 지내고 반드시 복이 다하기를 기다릴 필요는 없다.〔自朞以下, 旣殯之後, 擇日行練, 祥, 禫, 不須待服盡也.〕"라는 내용이 보인다.

를 지내는 것이 급하니 후상의 빈이 끝난 뒤에 행해야 합니까?

[답]《의례문해》〈소상(小祥)〉 조에 "기년복 이하의 상일 경우에는 빈을 마친 뒤에 날을 가려 연제·상제·담제를 지낸다."라고 분명히 말했는데, 아직 자세히 살피지 못하였습니까? 길제는 본래 정제(正祭)이니 장례가 끝나기를 기다린 뒤에 행하는 것이 마땅할 듯합니다.

[문 5] 남의 후사가 된 사람에게 돌아가신 양어머니가 두 분이 계시다면 외친(外親)을 위한 복제(服制)는 어느 어머니 집을 위주로 해야 합니까?

[답] 신독재(愼獨齋 김집(金集))가 우옹(尤翁 송시열(宋時烈))의 이러한 물음에 답하여 "돌아가신 양아버지의 전처(前妻)와 후처(後妻) 중에 반드시 자신을 길러준 분이 있을 것이니, 마땅히 자신을 길러준 분의 아버지를 외조부로 삼아야 한다."라고 하였습니다. 우옹이 어떤 사람에게 답한 글에 또한 "돌아가신 양아버지의 전처와 후처가 모두 돌아가신 뒤에 비로소 양자가 된 경우에는 전처의 양자가 되어야 한다."라는 내용이 있습니다.[23] 이 두 설을 본다면 이러한 의문에 결단할 수 있을 것입니다.

---

23 우옹이……있습니다 : 이 내용이 충청도 유생 이봉서(李鳳瑞)에게 답한 편지에 보인다. 이봉서는 도암(陶菴) 이재(李縡)의 문인으로, 1699년(숙종25)에 윤증(尹拯)을 변론하고 우암을 비판하는 내용의 상소를 올린 적이 있다.《宋子大全 卷119 答李仲擧》《肅宗實錄 25年 3月 26日》《農巖集 卷9 代伯氏因湖儒李鳳瑞等疏乞免疏〔己卯〕》

조낙지에게 답하다 2
答趙樂之

〔문 1〕《주역》〈건괘(乾卦) 단(彖)〉에 "대화를 보합한다.〔保合大和.〕"²⁴라고 하였는데, 이에 대한 주자의《본의(本義)》에 "'대화'는 음양이 모여 조화로운 기운이다.〔大和者, 陰陽會合冲和之氣.〕"라고 하고, 또 이르기를 "'각정'은 만물이 태어나는 초기에 얻는 것이고, '보합'은 이미 생겨난 뒤에 온전히 보존하는 것이다.〔各正者, 得之於有生之初; 保合者, 全之於已生之後.〕"라고 하였습니다. 문세에 의거하면 '얻는 것'과 '온전히 보존하는 것'은 모두 성명(性命)을 가리켜서 말한 듯합니다. 그러나 '성명'과 '대화'는 리(理)와 기(氣)의 구별이 있으니, 이것은 어떻게 보아야 합니까?

〔답〕 '대화(大和)'는 기(氣)입니다.《본의》에 "이미 생겨난 뒤에 온전히 보존하는 것이다."라고 하였으니, 본래 리(理)를 가리킨 것입니다. 그러나 이 기와 리가 혼연히 섞여 간격이 없어서 능히 이 기를 보합할 수 있다면 리는 저절로 온전히 보존됨을 얻을 수 있습니다. 이 때문에 그 말이 이와 같은 것이니, 곧바로 '대화'를 리로 본 것은 아닙니다.

---

24 대화(大和)를 보합한다 :《주역》〈건괘(乾卦) 단(彖)〉에 "건도(乾道)가 변하여 화함에 각기 성명(性命)을 바루어 대화를 보합하나니, 이에 정(貞)함이 이롭다.〔乾道變化, 各正性命, 保合大和, 乃利貞.〕"라는 내용이 보인다.

〔문 2〕 계녜지종(繼禰之宗)의 죽은 아내의 신주를 우옹(尤翁 송시열(宋時烈))은 종가(宗家)에 나아가 합부(合祔)해야 한다고 하였습니다.[25] 그러나 신주의 분면(粉面)에 이미 종자의 친속으로 칭한 것도 아니고, 또 세시(歲時)의 천헌(薦獻)에 편치 않은 부분이 많을 것이어서 아버지 사당에 합부하고자 하면 손자를 할아버지에게 합부한다는 의리를 어기게 되니, 어떻게 처리하면 좋겠습니까?

〔답〕 지자(支子)의 처를 반드시 할아버지 사당에 합부해야 한다는 것

---

25 계녜지종(繼禰之宗)의……하였습니다 : '계녜지종'은 '녜(죽은 아버지)'를 계승한 소종(小宗)을 이른다. 《가례(家禮)》〈통례(通禮) 사당(祠堂)〉에 따르면, 종(宗)에는 대종(大宗)과 소종(小宗)이 있다. 대종은 제후의 아우인 별자(別子)를 시조로 삼고 별자의 적장자가 대대로 계승한 종이다. 소종은 별자의 서자(庶子)를 계승하여 그 적장자가 대대로 계승한 종으로, 아버지를 계승한 종, 할아버지를 계승한 종, 증조할아버지를 계승한 종, 고조할아버지를 계승한 종이 있으며, 4대(代)가 지나면 다시 별도로 종을 세운다. 우암이 한여기(韓如琦)에게 답한 편지에 "비록 할아버지 사당에 들어가지 못하는 사람이라 할지라도 그 부제(祔祭)는 반드시 할아버지 사당에 하는 것이 예(禮)입니다. 할아버지 사당이 멀리 있으면 허위(虛位)를 설치하여 제사를 지내는 것이 또한 변례(變禮)로서 부득이한 것입니다. 그렇다면 할아버지나 할머니의 묘에 합부(合祔)한다고 고하는 것을 어찌 헛된 것이라고 말할 수 있겠습니까. 지자(支子)는 비록 아버지의 사당을 세운다 하더라도 그 처는 그 지자 아버지의 사당에 들어가지 못하고 반드시 할아버지 사당에 합부해야 하니, 이것이 예(禮)의 올바른 것입니다. 그러나 지금 사람들은 혹 지자 아버지의 사당에 합부하되 동벽 아래에 조금 돌아 앉히기도 하는데, 이것은 일의 형편상 부득이한 것입니다.〔雖不入祖廟之人, 其祔祭則必於其祖廟, 禮也. 祖廟遠, 則設位以祭, 亦變禮之不得已者. 然則其以祔告于其祖若祖母之廟, 安得謂之虛乎? 支子雖立其父之廟, 其妻則不入於其廟, 而必祔於祖廟, 是禮之正也. 然今人或祔於其父之廟, 而曲坐於東壁之下, 此則事勢之不得已者也.〕"라는 내용이 보인다. 한여기는 우암과 같이 신독재(愼獨齋) 김집(金集)의 문인이다. 《宋子大全 卷114 答韓伯圭〔如琦〕》

은 본래 우옹의 설이 있습니다. 그러나 그 아래에 또 "지금 사람들은 혹 지자 아버지의 사당에 합부하되 동벽(東壁) 아래에 조금 돌아 앉히기도 하는데, 이것은 일의 형편상 부득이해서이다."라고 하였습니다. 그렇다면 우옹 역시 이에 대해 이미 융통성을 둔 것이니, 오직 스스로 그 일의 형편을 가늠하여 처리하는 데 달려있을 뿐입니다. 대체로 종가에 나아가 합부한다는 설을 따르면 참으로 다소 막히는 부분이 있으니, 사람들이 이렇게 행한다는 것을 거의 듣지 못하였습니다.

〔문 3〕 "모우미(旄牛尾)" 운운26-《우암집(尤庵集)》에서 경(經)의 뜻을 논한 것이다.-

〔답〕《후한서》〈광무제기(光武帝紀)〉에 "동해왕에게 모두(旄頭) 기병을 하사하였다.〔賜東海王旄頭.〕"라는 구절27이 있는데, 이에 대한

---

26 모우미(旄牛尾) 운운 : 우암이 문인 민유중(閔維重, 1630~1687)에게 답한 편지에 "모(旄)는 《후한서》 이현(李賢)의 주에 이르기를 '진 문공 때 가래나무가 변하여 소가 되었다. 기마병으로 그 소를 공격하였으나 이기지 못하였다. 병사 중에는 땅에 떨어져서 상투가 풀어진 자도 있었는데, 소가 이를 두려워하여 물속으로 들어가니 바로 모우(旄牛)이다. 이 소의 꼬리를 깃대에 매달고 간모(干旄)라고 불렀다.'라고 하였다. 〔旄, 漢書註 : 秦文公時, 梓樹化爲牛. 以騎擊不勝, 或隨地髻解. 牛畏入水, 此是旄牛也. 以此牛之尾, 注於旗干, 謂之干旄.〕"라는 내용이 보인다. 《宋子大全 卷63 答閔持叔〔戊午四月〕》

27 동해왕에게……구절 : 《후한서》 권1 〈광무제기(光武帝紀)〉 28년(52) 조에 "동해왕 유강(劉彊)에게 호분(虎賁) 용사, 모두(旄頭) 기병, 종과 종 틀 등의 예악기(禮樂器)를 하사하였다.〔賜東海王彊虎賁, 旄頭, 鍾虡之樂.〕"라는 내용이 보인다. '모두 기병'

주에 "진 문공 때 가래나무가 변하여 소가 되었다. 기마병으로 그 소를 공격하였으나 기마병이 이기지 못하였다. 병사 중에 땅에 떨어져서 상투가 풀어져 산발이 된 자도 있었는데, 소가 이를 두려워하여 물속으로 들어갔다. 이 때문에 진나라에서는 이로 인해 모두(旄頭) 기병을 두게 되었다.〔秦文公時, 梓樹化爲牛. 以騎擊之, 騎不勝. 或墮地, 髻解披髮, 牛畏之, 入水. 故秦因是, 置旄頭騎.〕"라는 내용이 있습니다. 지금 여기에 인용한 것은 산삭(刪削)한 것이 많기 때문에 알기가 어려울 뿐입니다.

그러나 우암이 "이 소의 꼬리를 깃대에 매달았다.〔以此牛之尾, 注於旗干.〕"라고 한 것은 그 근거가 보이지 않습니다. 《주례(周禮)》"모인(旄人)" 주에 이르기를 "모(旄)는 모우의 꼬리이다.〔旄, 毛牛尾.〕"라고 하였는데, 그 소(疏)에 이르기를 "살펴보면 《산해경(山海經)》에 '소와 같이 생긴 짐승이 있는데 네 다리의 관절 부분에 털이 있다.'라고 한 것이 이것이다. 그 소의 꼬리는 깃발의 깃대 장식을 만들 수 있다.〔按山海經有獸如牛, 四節有毛是也. 其牛尾, 可爲旌旗之旄也.〕"라는 내용이 있습니다.[28] 이 설이 따를 수 있을 듯합니다.

은 황제의 행차 때 앞에서 가는 일종의 의장(儀仗) 기병이다.

28 주례(周禮)……있습니다 : 이 내용이 《주례》〈춘관(春官) 서관(敍官)〉 '모인(旄人)' 조 정현(鄭玄)의 주와 가공언(賈公彦)의 소에 보인다. 《산해경(山海經)》은 중국 고대의 지리서 중 하나로, 신화, 무술(巫術), 종교, 의약, 민속 등을 아울러 기록하고 있다. 서한(西漢) 유흠(劉歆)의 〈상산해경표(上山海經表)〉에서는 우(禹)임금과 익(益)의 저술이라고 하였으나, 근래의 학자들은 전국 시대의 저술로서 진(秦)·한(漢) 사람들의 증산(增刪)을 거쳤을 것으로 보고 있다. 원래는 32편이었으나 지금 전하는 18편은 유흠이 교정(校定)한 것이다.

〔문 4〕 "유락식(惟洛食)" 운운[29]

〔답〕 이것은 주공(周公)이 먼저 하삭(河朔)을 점쳤으나 불길하고, 뒤에 낙읍을 점치자 길한 것입니다. 그 중에 '유락(惟洛)'이라고 한 것은 '하삭'과 상대적으로 말한 것입니다. 반드시 전수(瀍水)와 간수(澗水)를 든 것은 낙읍(洛邑) 지역이 넓어서 이 두 강을 가리킨 뒤에야 그 경계를 분변할 수 있었기 때문일 뿐, 또 이 두 강에 대해 점을 친 것은 아닙니다. '나란히 썼다〔雙書〕'고 한 것은 조감(照勘)을 잘못한 듯합니다.

---

29 유락식(惟洛食) 운운 : 우암이 문인 곽로(郭櫓)에게 답한 편지에 "점치는 법이 세상에 전하지 않으니 어떻게 하는지는 알지 못하나 대체로 여러 서적들을 참고해보면 그 대략을 상상할 수 있습니다. '유락식'은 아마도 거북 등에 '낙(洛)' 자와 '전(瀍)' 자를 나란히 쓰고 먹으로 선을 그어 두 갈래 길을 만든 뒤 그 끝을 하나로 합친 뒤에 초돈(楚焞)으로 태우면 그 불이 '전' 자를 태우지 않고 '낙' 자가 쓰인 먹을 태웠기 때문에 낙읍이 길하다는 것을 알 수 있었을 것입니다.〔卜法不傳於世, 不知其如何, 而大槪以諸書參考, 則可想其大略矣. 其曰惟洛食者, 疑於龜背雙書洛, 瀍二字, 而以墨畫爲兩道, 合其末爲一, 然後以楚焞爇之, 則其火不爇瀍而爇洛墨, 故知洛之吉也.〕"라는 내용이 보인다. '유락식'은 《서경》〈주서(周書) 낙고(洛誥)〉에 "내가 을묘일 아침에 낙사(洛師)에 이르러 내 하삭(河朔)과 여수(黎水)를 점쳐보며 내 간수(澗水)의 동쪽과 전수(瀍水)의 서쪽을 점쳐보니 낙읍(洛邑)을 먹어 들어가며, 내 또 전수의 동쪽을 점쳐보니 또한 낙읍을 먹어 들어갔으므로 사람을 보내어 와서 낙수의 지도와 점괘를 올리는 것입니다.〔予惟乙卯, 朝至于洛師, 我卜河朔, 黎水, 我乃卜澗水東, 瀍水西, 惟洛食, 我又卜瀍水東, 亦惟洛食, 伻來, 以圖及獻卜.〕"라는 내용이 보인다. 《宋子大全 卷108 答郭濟伯》

조낙지에게 답하다 3

答趙樂之

〔문 1〕 정자(程子 정호(程顥))가 "학문을 하는 것은 먼저 기준 목표를 세우는 것을 꺼린다."[30]라고 하였습니다. 이 앞 장에 이르기를 "학문을 말한다면 곧 도로써 뜻을 삼아야 하고, 사람을 말한다면 곧 성인(聖人)으로써 뜻을 삼아야 한다."라고 하였으니, 이것은 기준 목표를 세운 뜻이 있는 듯합니다. 그러나 그 뜻을 세운 것을 논한다면 의당 이와 같아야 하겠지만, 만약 비교하고 기필하는 뜻을 둔다면 안 될 것입니다.

〔답〕 보내주신 말씀이 이미 뜻을 얻은 듯합니다. 뜻을 세우는 것은 높고 멀지 않으면 안 되겠지만, 힘을 쓰는 것은 낮고 가까운 곳에서부터 해나가야 할 것입니다.

〔문 2〕 장자(張子 장재(張載))가 "앎이 높은 것은 하늘이니, 이는 형이상(形而上)이다."[31]라고 하였습니다. 이것은 앎이 형이상의 이치

---

30 학문을……꺼린다 : 《근사록(近思錄)》 권2 〈위학(爲學)〉에 "사람이 학문을 하는 것은 먼저 목표치를 세우는 것을 꺼리니, 그치지 않고 차근차근 나아가다보면 저절로 이르는 바가 있게 된다.〔人之爲學, 忌先立標準, 若循循不已, 自有所至矣.〕"라는 정호(程顥)의 말이 보인다.

31 앎이……형이상(形而上)이다 : 《근사록》 권2 〈위학〉에 "앎이 높은 것은 하늘이다. 이는 형이상이니, 주야의 변화를 통달하면 그 앎이 높아진다. 앎이 미치더라도 예(禮)

라고 말한 것입니까? 아니면 이를 빌려 하늘의 높은 것을 비유한 것입니까?

〔답〕 앎이 형이상은 아니지만 그 앎이 이른 것이 바로 형이상이라는 것입니다. 그러므로 곧장 이것으로 형이상으로 삼으면서도 바로 이어서 "주야의 변화를 통달하면……〔通晝夜〕"이라고 하였으니, 그 뜻을 알 수 있습니다. 이를 빌려 비유했다는 설은 옳지 않습니다.

〔문 3〕 "천리(天理) 아님이 없다.〔莫非天也.〕"[32]라는 구절에 대한 섭채(葉采)의 주에 "사람의 기질이 똑같지 않으나 모두 하늘에게서 부여받았다."라고 하였습니다. 그러나 《주자어류(朱子語類)》에 이르기를 "이것이 바로 이른바 '선(善)은 본래 본성이지만 악(惡) 역시 본성이라고 이르지 않을 수 없다.'는 것이다."[33]라고 하였으니, 이에 근거한다면 '천리(天理) 아님이 없다'라는 것은 덕성과 물욕을 가리

로써 본성을 이루지 못하면 자신의 소유가 아니다. 그러므로 앎과 예(禮)로 본성을 이루어 도(道)와 의(義)가 나오는 것이니, 마치 천지가 자리를 정하면 역(易)의 이치가 그 가운데 행해지는 것과 같다.〔知崇天也, 形而上也, 通晝夜而知, 其知崇矣. 知及之而不以禮性之, 非己有也. 故知, 禮成性而道, 義出, 如天地位而易行.〕"라는 장재(張載, 1020~1077)의 말이 보인다.

32 천리(天理) 아님이 없다 : 《근사록》 권2 〈위학〉에 "천리 아님이 없으나 양명(陽明)이 이기면 덕성이 쓰여지고 음탁(陰濁)이 이기면 물욕이 행해지니, 악을 다스리고 선을 온전히 하는 것은 반드시 학문을 말미암아야 한다.〔莫非天也, 陽明勝則德性用, 陰濁勝則物欲行. 領惡而全好者, 其必由學乎!〕"라는 장재의 말이 보인다.

33 이것이……것이다 : 이 내용이 《주자어류》 권97 〈장자서1(張子書)〉에 보인다. '선(善)은……없다'는 《근사록》 권1 〈도체(道體)〉에 보인다.

켜서 말한 듯합니다. 어떨지 모르겠습니다.

〔답〕마땅히 《주자어류》의 설을 정설로 삼아야 합니다. 오직 이렇게 본 연후에야 다음에 나오는 '악을 다스리고 선을 온전히 하는 것〔領惡 全好〕'의 의미에 맞게 됩니다.

〔문 4〕 "비유하면 뻗어나가는 물건이 감긴 것을 풀어주면 곧 위로 뻗어 올라가는 것과 같다.〔譬之延蔓之物, 解纏繞, 卽上去.〕"³⁴는 것은, 이는 마치 '박과 같은 것이 다른 물건에 감기지 않으면'이라고 말한 것과 같습니다. 퇴계(退溪 이황(李滉))는 "마치 초목이 뻗어나가는 물건에 감겨 있는 것과 같다."라고 하고, 또 앞에 '초목(草木)'이라는 글자가 없는 것을 의심스럽다고 여겼는데,³⁵ 문세(文勢)로 살펴

---

34 비유하면……같다 : 《근사록》 권2 〈위학〉에 "내가 배우는 자들로 하여금 먼저 예(禮)를 배우게 하는 것은, 단지 예를 배우면 곧 세속의 한 벌의 습관에 속박됨을 제거할 수 있기 때문이다. 비유하면 뻗어나가는 물건이 감긴 것을 풀어주면 곧 위로 뻗어 올라가는 것과 같다.〔載所以使學者先學禮者, 只爲學禮, 則便除去了世俗一副當習熟纏繞. 譬之延蔓之物, 解纏繞, 卽上去.〕"라는 장재의 말이 보인다.

35 퇴계(退溪)는……여겼는데 : 《근사록석의(近思錄釋疑)》 권2 '연만지물(延蔓之物)' 조에 "배우는 자가 세속의 속박을 당할 경우 예(禮)를 배워서 세속의 나쁜 습관을 제거하면 자연히 벗어나서 길이 진전할 수 있음을 말한 것이다. 이는 마치 초목이 뻗어나가는 물건에 감겨 있다가 어떤 사람이 감겨 있는 물건을 풀어주면 자연히 자라서 위로 올라가는 것과 같다. 다만 '연만지물(延蔓之物)' 앞에 '초목(草木)'이라는 글자가 없고 또 '피(被)'자가 없으며 다음에 그저 '즉상거(卽上去)'라고만 하였으니, 문리가 매우 온당치 못하다.〔言學者被世習纏繞, 若能學禮而除去世習纏繞, 自然脫灑長進, 猶草木被延蔓之物, 若有人解去蔓物, 則自然長大上去也. 但上無草木字, 又無被字, 而其下只云卽上去, 文理甚不穩.〕"라는 퇴계의 말이 보인다.

보면 반드시 그런 것 같지는 않습니다.

〔답〕 퇴계의 설은 과연 의심스럽지만 말씀하신 것 또한 옳지 않은 듯합니다. 대체로 뻗어나가는 물건은 사물을 만나면 바로 휘감아서 위로 뻗어 올라가지 못하니, 박과 같은 등속을 보면 알 수 있습니다. 어찌 다른 물건이 있어서 도리어 뻗어나가는 물건을 감겠습니까. 그렇다면 앞에서 이른바 '습관에 속박된다〔習熟纏繞〕'는 것은 바로 이 마음이 세속의 일에 감긴 것을 말한 것이지 세속의 일이 반대로 이 마음을 감은 것이 아닙니다.

조낙지에게 답하다 4

答趙樂之

〔문〕 어떤 사람에게 아들이 하나 있었는데 이 아들을 양자로 내보내서 종가(宗家)의 후사가 되도록 하였습니다. 이 사람이 죽었는데 별달리 후사를 세울 곳이 없어 자신의 후사가 끊기는 일을 면치 못하게 되었습니다. 양자로 나간 아들에게는 자식이 둘 있는데, 그 둘째 아들이 우선 임시로 이 사람의 제사를 모시고 주관하고 있습니다. 이 사람의 신주를 옮기고 매안(埋安)하는 것은 어느 때 해야 합니까?

〔답〕 양자로 나간 아들의 둘째 아들이 아버지의 생부 제사를 모시는 것은 이미 임시방편의 일입니다. 우옹(尤翁 송시열(宋時烈))은 일찍이 안 된다고 하였지만,[36] 그래도 혹 '제사는 형제의 손자 대에서 그친다〔祭止兄弟孫〕'는 의리[37]로 비추어서 행할 수는 있습니다. 그러나 그

---

36 우옹(尤翁)은……하였지만 : 우암은 문인 금봉의(琴鳳儀)가 "지자에게 아들 하나만 있는데 양자로 나가서 종가의 후사를 이어 아들을 많이 낳았습니다. 그 생부가 양자로 나간 아들의 아들을 데려와서 제사를 받들게 하고자 하는데, 어떨지 모르겠습니다. 〔支子只有一子, 出繼于宗家, 多生男子. 其生父欲取其出繼者之子以奉祀, 未知如何?〕"라고 묻자, "안 된다. 만약 그렇게 한다면 이는 한 대가 없어지는 것이니, 어찌 이런 이치가 있겠는가. 양자로 간 아들은 그 사친에 대해 백부나 숙부의 항렬로 증조에게 합부하는 것이 옳으며, 그 체천하는 예 역시 《가례》의 반부(班祔) 조에 의거하여 행해야 한다.〔不可. 若爾則是無一代也, 寧有是理也? 其出繼者, 於其私親, 以伯叔例當祔於曾祖可也, 其遞遷之禮, 亦當依家禮班祔條而行之.〕"라고 대답하였다.

37 제사는……의리 : 《가례》〈통례(通禮) 사당(祠堂)〉에 "성인으로서 후사가 없는

아들에 이르러서는 더 이상 끌어들일 설도 없으니, 인정(人情)에는 차마 어렵겠지만 단지 예(禮)로 재단할 수밖에 없습니다. 어떻습니까? 어떻습니까?

경우 그를 위한 제사는 형제의 손자 대에서 그친다.〔成人而無後者, 祭止於兄弟之孫之身.〕"라는 내용이 보인다.

조낙지에게 답하다 5

答趙樂之

〔문 1〕 '료차변시철상철하지도(了此便是徹上徹下之道)'[38]에 대해 사
계(沙溪 김장생(金長生))는 "료(了)는 지(知)의 뜻이니, 도(道) 자 다
음에서 해석해야 한다."라고 하였고,[39] 《근사록석의(近思錄釋疑)》
에서는 《성리군서구해(性理群書句解)》에 근거하여 사계의 설을 온
당하지 않다고 보았으니,[40] 그 뜻은 아마도 "이것을 깨달으면 이것이
바로 위를 꿰뚫고 아래를 꿰뚫는 방법이다."라는 것이 될 것입니다.
그러나 이치는 본래 이와 같으니, 어찌 깨닫기를 기다린 뒤에 위를

---

38 료차변시철상철하지도(了此便是徹上徹下之道) : 《논어집주(論語集註)》〈자장
(子張)〉 제6장 "배우기를 널리 하고 뜻을 독실하게 하며, 절실하게 묻고 가까이 생각하
면 인(仁)은 그 가운데 있다.〔博學而篤志, 切問而近思, 仁在其中矣.〕"라는 구절에 대한
주희의 주에, "배우는 자들은 이것을 생각하여 견득해야 할 것이니, 이것을 알면 바로
위를 꿰뚫고 아래를 꿰뚫는 방법이다.〔學者要思得之, 了此, 便是徹上徹下之道.〕"라는
정자(程子)의 말이 보인다. 또한 《근사록(近思錄)》 권2 〈위학(爲學)〉에도 보인다.

39 사계(沙溪)는……하였고 : 이 내용이 《근사록석의(近思錄釋疑)》 권2 '철상철하지
도(徹上徹下之道)' 조에 보인다. 사계와 같이 구두를 끊으면 "이것이 바로 위를 꿰뚫고
아래를 꿰뚫는 방법이라는 것을 알아야 한다.〔了此便是徹上徹下之道.〕"라는 뜻이 된다.

40 근사록석의(近思錄釋疑)에서는……보았으니 : 《근사록석의》 권2 '철상철하지도'
조에, "살펴보건대 《성리군서구해(性理群書句解)》의 주에 '이것을 깨달으면 인(仁)의
전체를 볼 수 있기 때문에 위를 꿰뚫고 아래를 꿰뚫는 방법이라고 한 것이다.'라고 하였
으니, 이에 근거한다면 사계의 설은 온당하지 않은 듯하다.〔按性理群書註曰: 悟此則仁
之全體可見, 故曰徹上徹下之道. 據此, 沙溪說恐未穩.〕"라는 내용이 보인다. 여기에서
인용한 《성리군서구해》의 내용은 자세하지 않다.

꿰뚫고 아래를 꿰뚫는 방법이 되겠습니까. 단지 사옹(沙翁 김장생)의 설을 따르는 것이 훨씬 옳을 듯합니다. 그렇지 않으면 '료(了)' 자를 앞 구절과 붙여 읽는 것이 또한 어떻겠습니까?

〔답〕 이곳에는 《근사록석의》가 없고 여러 설들에서 어떻게 말하고 있는지 기억하지 못하니, 우선 제 의견으로 논한다면 '료차(了此)'가 한 구가 됩니다. '배우기를 널리 하고 뜻을 독실하게 하며, 절실하게 묻고 가까이 생각하는 것'은 범범하게 보면 단지 하학공부(下學工夫) 처럼 보이지만, 인(仁)이 그 안에 있다는 뜻을 깨달을 수만 있다면 이것이 곧 위를 꿰뚫고 아래를 꿰뚫는 방법입니다. 도는 본래 이와 같고 이를 아느냐 알지 못하느냐에 달려 있지 않으니, 이것은 사람이 견득(見得)한 것으로 말한 것뿐입니다.

　　〔문 2〕'이천왈시즉시유차리(伊川日是則是有此理)'[41]는 '시즉시(是則 是)'에서 구를 뗍니까? '차리(此理)'에서 구를 뗍니까? 어떤 사람은 "시(是) 자에서 구를 떼야 하고, '즉시(則是)' 이하가 한 구가 된다."

41　이천왈시즉시유차리(伊川日是則是有此理) :《근사록(近思錄)》 권2 〈위학(爲 學)〉에 "사현도(謝顯道)가 이천을 뵙자 이천(伊川)이 '요즘 무슨 일을 하는가?'라고 물었다. 사현도가 '천하에 무엇을 생각하고 무엇을 근심하겠습니까?'라고 대답하자, 이천이 말하기를 '이것이 이러한 이치가 있으나 그대가 발설하기를 너무 일찍 한다.'라 고 하였다. 이천은 참으로 사람을 단련시킬 줄 알았으니, 이렇게 말을 마친 뒤에 또 공부를 잘하라고 말하였다.〔謝顯道見伊川, 伊川日: 近日事如何? 對曰: 天下何思何慮? 伊川日: 是則是有此理, 賢卻發得太早在. 伊川直是會鍛煉得人, 說了, 又道恰好着工夫 也.〕"라는 내용이 보인다. '사현도'는 정자의 제자 사량좌(謝良佐, 1050~1103)이다.

라고 합니다. 어떨지 모르겠습니다. 그 다음에 나오는 '회단련득인설료(會鍛鍊得人說了)'는, 퇴계(退溪 이황(李滉))는 '득인(得人)' 글자에서 구를 뗀다고 하였습니다.[42] 그러나 '설료(說了)' 두 글자는 다음 문장에 붙이면 맞지 않은 듯합니다. 어떨지 모르겠습니다.

〔답〕 '시즉시유차리(是則是有此理)' 여섯 글자가 통으로 한 구가 되고, '이천직시회단련득인(伊川直是會鍛鍊得人)'은 기록한 사람의 말입니다. '설료(說了)' 이하는 기록한 사람이 또 이천이 앞의 말을 다 마친 뒤에 또 공부를 잘하라고 말했다는 말입니다. 이것은 질문한 사람을 누른 뒤에 다시 나아가게 한 것이니, 이것이 바로 '단련시킬 줄 알았다〔會鍛鍊〕'는 것입니다. '설료(說了)' 두 글자는 다음 문장에 붙이면 맞지 않는다는 것을 볼 수 없습니다.

〔문 3〕 "공은 인의 리이다.〔公是仁之理.〕"[43]라는 구절에서 이른바 '리(理)'는 하늘에 있는 것으로 말한 것입니까? 아니면 사람이 능히 인(仁)을 행할 수 있는 도리를 말한 것입니까?

---

42 퇴계(退溪)는……하였습니다 : 《근사록석의》 권2 '시유차리…착공부(是有此理…着工夫)' 조에 "'득인(得人)' 글자에서 구를 떼야 한다. 그러나 '득(得)' 자는 '단련(鍛鍊)'에 붙여서 말한 것이고 '인(人)' 자는 단독으로 들어 말하는 것이 옳다.〔得人字絶句. 然得字粘着鍛鍊說, 人字單擧說爲是.〕"라는 내용이 보인다.

43 공(公)은 인(仁)의 리(理)이다 : 《근사록》 권2 〈위학〉에 "인(仁)의 도는 요컨대 다만 한 '공(公)' 자라고 말할 수 있다. '공'은 단지 '인'의 이치일 뿐이니, '공'을 가지고 곧 '인'이라고 해서는 안 된다. 공평하면서도 인도(人道)를 근간으로 하기 때문에 '인'이라고 하는 것이다.〔仁之道, 要之, 只消道一公字. 公只是仁之理. 不可將公便喚做仁. 公而以人體之, 故爲仁.〕"라는 정이(程頤)의 말이 보인다.

〔답〕 여기의 '리(理)'는 가장 말하기가 어렵습니다. 인(仁)은 곧 리이니, 어찌 다시 인을 행하는 리가 되는 물(物)이 있겠습니까. 공(公)은 곧 인이니, 공이 바로 인인 이유이기 때문에 리라고 이른 것입니다. 편지에서 말씀하신 '사람이 능히 인을 행할 수 있는 도리' 역시 이와 별 차이가 없지만, '사람이'라고 하고 '능히'라고 한 것은 도리어 공을 가지고서 인을 행하는 공부로 삼은 듯하니, 가설하여 리를 말한 정자(程子)의 뜻과는 같지 않습니다. 다시 자세히 살피는 것이 어떻겠습니까?

〔문 4〕 "앎이 높은 것이 하늘과 같다.〔知崇如天.〕"[44]라는 구절에 대한 주에, "능히 사물의 차등에 따라 절제하는 예(禮)를 지키면 성(性)이 이에 이루어지니, 이것은 땅을 본받는 것이다.〔能守品節事物之禮, 性斯成矣, 所以法地也.〕"[45]라고 하였습니다. '성성(成性)' 두 글자는 '지(知)'와 '예(禮)'를 통틀어 말한 것이니, 여기 주에서 오로지 '예'에만 속하도록 한 것은 타당하지 않은 듯합니다. 어떨지 모르겠습니다.

44 앎이……같다 :《근사록》권2〈위학〉에 장재(張載)의 말로 보인다. 다만 통행본 근사록에는 '여(如)' 자가 없다. 원문은 249쪽 주31 참조.

45 능히……것이다 : 송나라 섭채(葉采)의 주에 "사람이 주야와 음양의 변화를 통달하면 지식이 높아지니, 이것은 하늘을 본받는 것이다. 또 능히 사물의 차등에 따라 절제하는 예(禮)를 지키면 성(性)이 이에 이루어지니, 이것은 땅을 본받는 것이다. 지식과 예가 서로 자뢰하여 성(性)을 이루면 도(道)와 의(義)가 따라서 나오니, 이는 마치 천지가 자리를 정하면 역(易)의 이치가 천지 사이에 행해지는 것과 같다.〔人能通晝夜陰陽之變, 智則崇矣, 所以效天也. 又能守品節事物之禮, 性斯成焉, 所以法地也. 智禮相資而成其性, 道義之所從出, 猶天地定位而易之理行乎兩間也.〕"라는 내용이 보인다.

〔답〕횡거(橫渠 장재(張載)) 본문에 이미 '예로써 성을 이루지 못하면〔不以禮性之〕'[46]이라고 하였으니, 여기 주에서 '성성'을 예에 속한 것으로 말한 것은 아마도 이 때문일 것입니다. '성성'은 진실로 '지'와 '예'를 통틀어서 말한 것이기는 하지만 그 공부를 논한다면 반드시 '지'에서 시작하여 '예'에서 이루어지니, 이와 같이 말하는 것도 그다지 문제가 되지 않을 듯합니다.

---

46 예로써…못하면 : 《정몽(正蒙)》〈지당편(至當篇)〉에 "지식이 미치더라도 예(禮)로써 성(性)을 이루지 못하면 자신의 소유가 아니다. 그러므로 지식과 예로 성을 이루면 도(道)와 의(義)가 나오니, 이는 마치 천지가 자리를 정하면 역(易)이 행해지는 것과 같다.〔知及之, 而不以禮性之, 非己有也. 故知, 禮成性而道, 義出, 如天地位而易行.〕" 라는 내용이 보인다.

조낙지에게 답하다 6

答趙樂之

〔문 1〕 주자(朱子 주희(朱熹))가 여자약(呂子約 여조검(呂祖儉))에게 답한 편지에 "지극히 고요한 것은 진실로 '체'가 되고 사물 사이에 발한 것은 그 '용'이 된다.〔冲漠者固爲體, 而其發於事物之間者爲之用.〕"[47]라는 내용이 있습니다. 그런데 또 "마땅히 행해야 할 이치를 '달도'라 하고 지극히 고요하여 조짐이 없는 것을 '도의 본원'이라고 한 것은, 이것은 정말이지 말도 안 되는 소리이다.〔謂當行之路爲達道, 冲漠無朕爲道之本原, 此直是不成說話.〕"[48]라고 하였습니다.

가만히 살펴보면 '마땅히 행해야 할 이치'는 즉 사물 사이에 나타난 것이고 '도의 본원'은 즉 체(體)를 이르니, 이것으로 말하면 여자약의 설은 주자의 뜻과 매우 어긋난다고 볼 수 없습니다. 그런데도 '말도 안 되는 소리'라고 하여 정면으로 배척한 것은 무엇 때문입니까?

〔답〕 가만히 살펴보면 자약의 말은 '마땅히 행해야 할 이치'를 가지고 서는 도를 말하기에 충분하지 않다고 여긴 것입니다. 그래서 반드시

---

47 지극히……된다 : 《주자대전(朱子大全)》 권48 〈답여자약(答呂子約)〉에 보인다. '자약'은 여조겸(呂祖謙)의 아우인 여조검(呂祖儉)의 자이다.

48 마땅히……소리이다 : 《주자대전》 권48 〈답여자약〉에 보인다. '마땅히 행해야 할 이치'의 '이치'는 저본에는 '로(路)'로 되어 있으나, 다음 저자의 답글에 나오는 '이 당연한 이치〔此當然之理〕'라는 저본의 구절과 통행본 《주자대전》에 근거하여 '리(理)'로 수정하여 번역하였다. 이하 같다.

'지극히 고요하여 조짐이 없는 것'을 일러 도의 본원이라고 해야 했던 것입니다. 그러나 이것이 본원이면 저 '마땅히 행해야 할 이치'는 말류(末流)가 되어서 마치 고하(高下)와 정추(精粗)의 구별이 있는 것 같기 때문에 주자가 배척한 것입니다.

주자가 이것을 체(體)와 용(用)에 분속(分屬)시킨 것으로 말하면 체는 단지 용 가운데에 있을 뿐이니, 이른바 "단지 이 당연한 이치가 지극히 고요하여 조짐이 없는 것뿐이며, 이 이치 외에 별도로 '지극히 고요하여 조짐이 없는 어떤 물건'이 있는 것이 아니다."[49]라는 것이 바로 이것을 말한 것입니다. 여자약의 설과 어찌 다르다 뿐이겠습니까.

〔문 2〕퇴계(退溪 이황(李滉))가 이굉중(李宏仲 이덕홍(李德弘))에게 답한 편지에 "기(氣)와 질(質) 두 글자가 다른 것은 또한 매우 분명하다. 숨을 내쉬고 들이쉬는 것과 같은 운동은 '기'이고 귀나 눈과 같은 형체는 '질'이다."[50]라는 내용이 있습니다. 가만히 살펴보면 '기질(氣

---

49 단지……아니다 : 이 내용은 앞에 나온 "이것은 정말이지 말도 안 되는 소리이다." 라는 구절에 이어서 나온다. 《朱子大全 卷48 答呂子約》

50 기(氣)와……질이다 : 《퇴계집(退溪集)》권35 〈답이굉중(答李宏仲)〉에 "기(氣)와 질(質) 두 글자가 다른 것은 또한 매우 분명하다. 기는 세상에 말하는 기운 같은 것이며 질은 세상에서 말하는 형질 같은 것이다. 사람과 사물이 처음 품부 받아 태어날 때는 기로써 질을 이루지만 태어난 뒤에는 기가 질 안에서 운행된다. 무릇 숨을 내쉬고 들이쉬는 것과 같은 운동은 기이니, 성인(聖人)과 중인(衆人)에게 모두 있지만 성인은 능히 알고 중인은 알지 못하는 것은 기의 맑음과 탁함이 같지 않기 때문이다. 귀나 눈과 같은 형체는 질이니, 성인과 중인에게 모두 있지만 성인은 능히 행하고 중인은 행하지 못하는 것은 질의 순수함과 박잡함이 같지 않기 때문이다.〔氣, 質二字之異亦明甚. 氣, 如俗言氣運 ; 質, 如俗言形質. 人物稟生之初, 氣以成質 ; 有生之後, 氣行於質之

質)'의 '질'은 '형질(形質)'의 '질'과 약간 다른 듯합니다. 지금 귀나 눈과 같은 형체를 이에 해당시키니, 귀나 눈과 같은 형체는 한 번 정해지면 바뀌지 않아서 변화하는 도가 없을 것 같은데도 선현(先 賢)의 논의가 이와 같은 것은 무엇 때문입니까?

〔답〕 퇴계의 이 편지는 곧 기질을 형질로 본 것이니, 참으로 감히 이 해할 수 없는 점이 있습니다. 그러나 이공호(李公浩 이양중(李養中))에 게 답한 편지에서는 또 형(形)과 질(質)을 구별하여 말하고, 그 마지 막에 "어떤 사람의 질이 좋다거나 나쁘다는 것은 그 형상으로 정할 수 없다. 다만 그 순수하거나 박잡하거나 강하거나 부드러운 품성이 이 형상에 담기면 그 형상의 질이 되기 때문에 통틀어서 '형질'이라고 칭하는 것뿐이다."[51]라고 하였으니, 아마도 이것이 나중에 나온 정론 (定論)인 듯합니다.[52] 다만 이공호가 사람이 능히 생각하고 움직일 수 있는 것을 기로 보았는데 선생이 대답한 바가 없으니,[53] 이것은 이

中. 夫呼吸運動, 氣也. 聖人與衆人皆有之, 聖人能知, 而衆人不能知, 氣之淸濁不同故 也. 耳目形體, 質也. 聖人與衆人皆有之, 聖人能行, 而衆人不能行, 質之粹駁不齊故 也.〕"라는 내용이 보인다. '굉중'은 이덕홍(李德弘, 1541~1596)의 자로, 퇴계(1501~ 1570)의 문인이다.

51 어떤……것뿐이다 : 이 내용이 퇴계의 나이 70세 되던 1570년(선조3)에 문인 이양중 (李養中, 1549~1592)에게 보낸 편지에 보인다. 《退溪集 卷39 答李公浩〔養中○庚午〕》

52 아마도……듯합니다 : 이 편지는 퇴계가 70세 되던 1570년에 쓴 것으로, 바로 퇴계 가 작고한 해이다. 조유선(趙有善)이 저자에게 질문하며 인용한 이덕홍에게 보낸 편지 는 1561년과 1562년 사이에 쓴 것이다. 《退溪集 卷39 答李公浩〔養中○庚午〕》

53 이공호가……없으니 : 이공호의 질문 중에 "기질은 정신혼백입니다. 능히 생각하 고 움직일 수 있는 것은 모두 기이지만 질의 뜻이 가장 이해하기 어렵습니다.〔氣質,

미 그의 의견에 동의해서 그런 것 같지만 그의 말에 과연 문제가 없겠습니까? 회답해주시면 다행이겠습니다.

精神魂魄. 凡人之能思慮動作者, 氣也, 而質之爲義, 最難曉得.]"라는 내용이 보인다.
《退溪集 卷39 答李公浩〔養中○庚午〕》

조낙지에게 답하다 7

答趙樂之

〔문〕기질(氣質)에 관한 설은 퇴계(退溪 이황(李滉))가 이공호(李公浩)에게 답한 편지[54]가 이전의 퇴계 설과 다른 점이 있는 듯 하지만 마찬가지로 의심스러운 점이 없지 않습니다. 이 편지 중에 "사람의 질이 좋다거나 나쁘다는 것은 그 형상으로 정할 수 없습니다. 다만 그 순수하거나 박잡하거나 강하거나 부드러운 품성이 이 형상에 담기면 그 형상의 질(質)이 되기 때문에 통틀어서 '형질(形質)'이라고 칭하는 것뿐입니다."라는 내용이 있습니다.

가만히 이 뜻을 살펴보면 이보다 앞서 보낸 편지에서 "귀나 눈과 같은 형체는 질이다."[55]라고 한 것에 비하면 조금 구별을 둔 것 같지만, 그 '질'이라는 이름을 얻은 것은 종전대로 형질로 돌리고 있습니다. 과연 형질에 담겼기 때문에 이것을 질이라고 한다면 기(氣)만 유독 형질에 담기는 것이 아니겠습니까? 가만히 생각해보면 기질은 형질 밖에서 그 뜻을 구해서는 안 될 것이지만 그 '질'이라는 이름을 얻은 것은 형질에 담겼기 때문이 아닌 듯합니다.

〔답〕퇴계가 이공호에게 답한 편지에서 형과 질을 구별한 곳이 매우 좋으니, 앞서 이굉중(李宏仲)에게 답한 것[56]과는 차이가 있을 뿐만이

---

54 퇴계(退溪)가……편지 : 262쪽 주51 참조.

55 귀나……질이다 : 261쪽 주50 참조.

아닙니다. 이 때문에 저는 퇴계의 만년(晚年) 정견(定見)이 여기에 있다고 생각한 것입니다. 그러나 이른바 "순수하거나 박잡하거나 강하거나 부드러운 품성이 이 형상에 담기면 그 형상의 질(質)이 되기 때문에 통틀어서 '형질(形質)'이라고 칭하는 것이다."라고 한 것은, 저 역시 그다지 시원스럽지 않았습니다. 이제 보내주신 변석을 보니 더욱더 매우 분명해졌지만, 요컨대 아직 궁극적인 논의로 삼을 수는 없을 듯합니다.

기(氣)와 질(質)을 나누기 어려운 것은 원래부터 이것이 판연히 다른 두 가지 것이 아니기 때문입니다. 그러나 선유(先儒)들은 대부분 맑거나 탁한 것을 기로 삼고 좋거나 나쁜 것을 질로 삼았으며, 주 선생(朱先生 주희(朱熹))의 '하늘의 기와 땅의 질〔天氣地質〕'이라는 설[57] 역시 그 뜻은 대개 이와 같으니, 단지 이것을 가지고 확정한다 해도 무방할 듯합니다.

다만 《주자어류(朱子語類)》를 보면 또 질을 말할 때 기를 아울러 말한 곳이 있으니, 이것은 형질의 질입니다. 이것이 사람과 동물, 올바름과 치우침, 통함과 막힘의 구분을 범범히 논한 것뿐이라면 참으로 옳다고 하겠지만, 만약 사람의 몸에 나아가서 그 기질을 변화시키는 일을 말한다면 크게 막히는 부분이 있으니, 별도로 하나의 의리인 듯합

---

56 이굉중(李宏仲)에게 답한 것 : 261쪽 주50 참조.

57 주 선생(朱先生)의……설 : 《주자어류(朱子語類)》 권4 〈성리 1(性理一) 인물지성기질지성(人物之性氣質之性)〉에 "성(性)은 단지 이치일 뿐이다. 그러나 저 하늘의 기와 땅의 질이 없으면 이 이치는 안착할 곳이 없게 된다.……그러므로 성을 말할 때는 모름지기 기와 질을 겸하여 말하여야 갖추어진다.〔性只是理. 然無那天氣地質, 則此理沒安頓處.……故說性, 須兼氣質說方備.〕"라는 내용이 보인다.

니다. 고명(高明)은 일찍이 어떻게 보았습니까? 한 번 들려주기 바랍
니다.

〔부기〕
질(質)을 기(氣)와 아울러 말한다면 이것은 "형질(形質)"의 "질"이지
만, 타고난 질을 말한다면 "자질(資質)"의 "질"이다.-《주자어류》 권4 〈기
질지성(氣質之性)〉에 보인다. 황의강(黃義剛)[58]의 기록이다.-

사람과 동물이 품부 받아 태어나는 초기에는 기로써 질을 이루지만
태어난 뒤에는 기가 질 안에서 운행된다.[59]-퇴계가 이굉중(李宏仲)에게
답한 편지에 보인다.-

58 황의강(黃義剛) : 자는 의연(毅然)이며 임천(臨川) 사람이다. 주희(朱熹)의 문인
으로, 주희가 64세 되던 1193년부터 주희를 스승으로 섬겨 그 언행을 기록하였다.
59 사람과……운행된다 : 관련 원문은 261쪽 주50 참조.

조낙지에게 답하다 8

答趙樂之

'분시지아(豶豕之牙)'[60]는 〈정전(程傳)〉의 설[61]이 문의(文義)에는 비록 순하지 않은 듯 하지만, 그 생식 기능을 제거하는 것이 바로 그 어금니를 제압하는 방법이니, '거세한 돼지〔豶〕'라는 말 속에는 실로 제압한다는 뜻이 같이 들어 있는 것입니다. 이렇게 본다면 절로 의심스러운 점이 없게 됩니다.

　서씨(徐氏 서기(徐幾))의 주에 보이는 '공특(攻特)'이라는 두 글자[62]는

60　분시지아(豶豕之牙) :《주역》〈대축괘(大畜卦) 육오(六五)〉에 "멧돼지를 거세하여 이빨을 쓰지 못하게 함이니, 길하다.〔豶豕之牙, 吉.〕"라는 내용이 보인다.

61　정전(程傳)의 설 :《주역》〈대축괘 육오〉에 대한 정이(程頤)의 전(傳)에 "멧돼지는 강하고 조급한 동물이며 이빨은 사납고 날카롭다. 만약 그 이빨을 억지로 제압하면 힘을 쓰기를 수고롭게 하더라도 그 조급함과 사나움을 저지할 수 없으니, 비록 묶고 동여매더라도 변하게 할 수 없다. 그러나 돼지의 생식 기능을 제거한다면 이빨이 비록 있어도 강함과 조급함이 저절로 그치게 될 것이니, 그 쓰임이 이와 같기 때문에 길한 것이다. 군자가 거세한 돼지의 뜻을 말하여, 천하의 악은 힘으로 억제할 수 없으니 그 기미를 살피고 요점을 잡아서 근본과 근원을 막고 끊어야 함을 알았다. 그러므로 형법의 준엄함을 빌리지 않고도 악이 저절로 그치는 것이다.〔豕, 剛躁之物, 而牙爲猛利. 若强制其牙, 則用力勞, 而不能止其躁猛, 雖縶之, 維之, 不能使之變也. 若豶去其勢, 則牙雖存, 而剛躁自止, 其用如此, 所以吉也. 君子發豶豕之義, 知天下之惡, 不可以力制也, 則察其機, 持其要, 塞絶其本原, 故不假刑法嚴峻, 而惡自止也.〕"라는 내용이 보인다.

62　서씨(徐氏)의……글자 : 진재 서씨(進齋徐氏) 서기(徐幾)의 주에 "수돼지를 '가(豭)'라 하고, 그 생식 기능을 제거하는 것을 '분(豶)'이라고 하니 거세하는 것이다. 돼지가 사물을 해치는 것은 이빨에 달려있는데, 사람이 그 이빨의 날카로움을 제거할 수는 없다. 오직 거세하여 그 강하고 조급한 성질을 끊으면 이빨은 비록 있더라도 사물

실로 《주례》〈교인(校人)〉의 글[63]에 근본을 둔 것입니다. 이것은 말을 거세하는 법을 빌려 '분시(豶豕)'의 뜻을 밝힌 것입니다. 공(攻)과 분(豶)은 모두 거세한다는 뜻이니, 이것은 정전의 글과 똑같은 설일 뿐입니다. 이제 그 사이에서 취사하고자 하여, '공특'을 어금니의 뾰족한 부분을 다스려 제거한다는 뜻으로까지 본다면 그 근거를 자못 알 수 없습니다. 그리고 어금니의 뾰족한 부분을 어떻게 다스려 제거한다는 말입니까. 또한 매우 잘못된 것입니다.

을 해칠 수는 없다.〔牡豕曰豭, 攻其特而去之曰豶, 所以去其勢也. 豕之害物在牙, 人不能去其牙之猛利, 惟去其勢以絶其剛躁之性, 則牙雖存, 亦不能害物矣.〕라는 내용이 보인다. 《周易傳義大全 卷10 大畜 小注》

63 주례 교인(校人)의 글 : 《주례》〈하관(夏官) 교인(校人)〉의 "여름에는 최초로 말을 길렀던 사람에게 제사를 지낸다. 교배시킨 뒤에 암말과 수말을 분리한 뒤 수말의 생식 기능을 제거한다.〔夏祭先牧, 頒馬, 攻特.〕라는 구절을 이른다.

유원명⁶⁴ 성한 에게 답하다 1

答柳原明 星漢

적조(積阻)하던 끝에 편지를 보내주어 깊어가는 가을에 시봉하는 기 거가 더욱 좋다고 하니 위안이 되고 고마운 마음 간절합니다. 이안 (履安)은 한결 같이 늙고 게으른데다 근래에는 또 감기까지 걸려 가쁜 숨을 몰아쉬며 생기가 없으니 답답하고 괴로우나 어찌하겠습니까.

생가(生家)의 상중(喪中)에 양가(養家)의 제사에 관한 의절은 율곡 (栗谷 이이(李珥))의 《제의초(祭儀鈔)》에 다음과 같은 구절이 있습니다. "기년상과 대공상인 경우에는 장례 뒤에 평소와 같이 제사를 지내야 한다.-본주(本註)에 '다만 수조례(受胙禮)는 행하지 않는다.'라고 하였다.- 장례 전 에는 시제(時祭)는 폐해도 되지만 기제(忌祭)는 앞의 의절-'앞의 의절'이 란, 즉 음식의 가짓수를 평상시보다 줄이고, 일헌(一獻)만 하며, 독축(讀祝)과 수조례(受 胙禮)를 행하지 않는 것을 가리켜서 말한 것이다.- 과 같이 소략하게 행한다."⁶⁵

---

64 유원명(柳原明) : '원명'은 유성한(柳星漢, 1750~1794)의 자이다. 본관은 진주 (晉州)이며 저자의 아버지 김원행(金元行)의 문인이다. 저자보다 28세 아래이다. 1777 년(정조1)년 증광시에 급제하고 병조 좌랑(兵曹佐郎), 사헌부 집의(司憲府執義), 사간 원 정언(司諫院正言) 등을 역임하였다.

65 기년상과……행한다 : 이 내용이 《율곡전서(栗谷全書)》 권27 〈제의초(祭儀鈔) 상복중행제의(喪服中行祭儀)〉에 보인다. '수조례(受胙禮)'는 삼헌(三獻)을 받은 신이 이에 답례하는 예이다. 일반적으로 축(祝)이 신을 대신하여 하사(嘏辭)를 내려준다. 상중(喪中)이 아닌 경우에 지내는 기제(忌祭)는 《주자가례(朱子家禮)》에 따르면 삼헌 (三獻)을 올리고 독축(讀祝)을 한다. 다만 상중이 아닌 경우에도 시제(時祭)에 있는 예(禮)들, 예를 들면 정제(正祭)가 끝난 뒤 제사에 참여한 사람들이 음식을 서로 권하며

율곡의 이 설은 비록 기년상과 대공상을 두루 말한 것이지만 생가를 위한 복(服)도 기년복제이니[66] 이를 따라 행해도 될 듯합니다. 그리고 이때에도 다른 사람을 시켜 대신 행하게 해서는 안 될 것입니다. 이 예(禮)가 삼년 상중에 선조에게 제사지내는 예와 경중이 다른 것은 당연한 것입니다.

방제(傍題)[67]한 아들을 종가(宗家)에 뺏겨 다른 아들이 이를 대신한다면, 이 다른 아들을 봉사자(奉祀者)로 써넣지 않을 수 없습니다. 단지 방제를 위해서만 고쳐 쓰는 것이 비록 온당하지 않은 것 같기는 하지만, 장방(長房)[68]으로 체천하는 것과 같은 경우에도 봉사자를 고쳐

잔치하는 여수례(旅酬禮), 제사 끝 무렵에 신의 은혜를 골고루 나눈다는 의미에서 다른 사람이 먹고 남은 음식을 먹는 분준례(分餕禮) 역시 수조례와 함께 행하지 않는다.

66 생가를……기년복제이니 : 《의례》〈상복(喪服)〉에 따르면 다른 사람의 후사로 들어간 양자는 자신의 친부모를 위하여 자최부장기복(齊衰不杖期服)을 입는다.

67 방제(傍題) : 신주 분면(粉面)의 왼쪽 아래 부분에 봉사자(奉祀者)의 이름을 써넣는 것을 이른다. 예를 들면 '효원손 아무개 봉사〔孝元孫某奉祀〕', '제사를 대행하는 후손 아무개 봉사〔攝祀孫某奉祀〕', '효자 아무개 봉사〔孝子某奉祀〕', '종자 아무개 봉사〔從子某奉祀〕' 등으로 쓴다.

68 장방(長房) : 최장방(最長房)을 이른다. 주희의 《가례》에 따라 당시 조선에서는 봉사손(奉祀孫)의 봉사(奉祀) 대수(代數)가 다하면 그 신주를 최장방, 즉 4대(代) 이내의 자손 중 항렬이 가장 높은 연장자의 집으로 옮겨 제사를 주관하게 하였다. 《가례》〈상례(喪禮) 대상(大祥)〉의 '고천우사당(告遷于祠堂)' 조에 "만약 친(親)이 다한 조상이 있는데 그 조상이 별자(別子)라면 축판에 '……'라고 하고 고하는 일이 끝나면 묘소로 옮기고 매안하지 않는다. 그러나 그 조상이 지자(支子)인데 족인(族人) 중에 그 조상과 친이 다하지 않은 사람이 있으면 축판에 '……'라고 한 뒤 고하는 일이 끝나면 최장방으로 옮겨 그 제사를 주관하게 한다.〔若有親盡之祖, 而其別子也, 則祝版云云, 告畢而遷于墓所不埋; 其支子也, 而族人有親未盡者, 則祝版云云, 告畢, 遷於最長之房, 使主其祭.〕"라는 내용이 보인다. 그러나 다산(茶山) 정약용(丁若鏞)에 따르면 이는 주희 초년

쓰는 예(禮)가 있습니다. 이것은 바로 단지 방제를 위해서만 고쳐 쓰는 경우이니, 이 경우에만 어찌 안 되겠습니까.

의 설이다. 다산은 주희가 69세 때인 1198년에 "돌아가신 형이 후사를 이미 세웠으면 저의 고조 역시 체천해야 합니까?〔先兄旣立後, 則某之高祖亦當祧去否?〕"라는 문인 호영(胡泳)의 물음에 "人情에는 비록 편치 않게 느껴지겠지만 달리 조처할 방법이 없다.〔雖覺人情不安, 別未有以處也.〕"라고 답한 것과 그 외 문인 심한(沈僩)이나 이당자(李唐咨) 등과의 문답을 근거로 하여, 주희 만년의 설은 친이 다하면 최장방으로 옮기지 않고 곧바로 체천하도록 하였다고 하였다. 《祭禮考定 祭法考》

유원명에게 답하다 2

答柳原明

물어본 예(禮)에 대한 의문은 〈상복(喪服)〉 소(疏)의 "아버지가 돌아가시고 3년 이내에 어머니가 돌아가셨으면 아버지가 살아계셨을 때와 같이 그대로 기년복을 입는다."[69]라는 설이 비록 근거로 삼을 수 있을 듯 하지만, 본래 사계(沙溪 김장생(金長生))의 《상례비요(喪禮備要)》에서 이미 의심한 것입니다.[70]

---

69 아버지가……입는다 : 《의례》〈상복(喪服)〉 '자최삼년(齊衰三年)' 조에 "아버지가 돌아가셨으면 어머니를 위하여 입는다.〔父卒則爲母.〕"라는 구절이 있다. 이에 대한 가공언(賈公彦)의 소에 "곧바로 '부졸위모(父卒爲母)'라고만 하면 충분한데도 '즉(則)' 자를 쓴 것은, 아버지가 돌아가시고 3년 이내에 어머니가 돌아가셨을 경우에는 아버지가 살아계셨을 때와 같이 그대로 기년복을 입는다는 것을 보이고자 해서이다. 요컨대 아버지를 위한 상복을 벗은 뒤에 어머니가 돌아가셨을 경우라야 3년의 상기(喪期)를 다 펼 수 있으므로 '즉' 자를 써서 그 뜻을 차이 나게 한 것이다.〔直云父卒爲母足矣, 而云則者, 欲見父卒三年之內而母卒, 仍服期, 要父服除後而母死, 乃得伸三年, 故云則以差其義也.〕"라는 내용이 보인다.

70 사계(沙溪)의……것입니다 : 사계 김장생(金長生)의 《상례비요(喪禮備要)》〈성복(成服)〉 '이왈자최삼년(二曰齊衰三年)' 조에 "아버지가 돌아가시고 빈(殯)을 하기 전에 어머니가 돌아가셨으면 차마 아버지를 위해 입은 현재의 상복을 변할 수 없으니, 그래도 《통전》에서 이른바 '아버지가 돌아가시고 빈을 하기 전에 할아버지 돌아가셨으면 할아버지를 위해 기년복을 입는다.'라는 설을 미루어서 어머니를 위하여 기년복을 입을 수 있다. 그러나 만약 아버지의 상이 다 끝나갈 무렵에 또 어머니의 상을 당했다면, 이때에도 아버지의 상을 당한 지 3년 이내라는 이유로 어머니를 위하여 그대로 기년복을 입는 것은 온당하지 못한 듯하다. 선뜻 가볍게 의론할 수 없으니 우선 여러 설들을 남겨둔다.〔父死未殯而母死, 則未忍變在, 猶可以通典所云父未殯服祖周之說推之, 而服

우옹(尤翁 송시열(宋時烈))에 와서는 또 "예경(禮經)에 이른바 '아버지가 돌아가셨으면 삼년복을 입는다.'라는 것은, 바로 아버지가 살아계시면 감히 삼년복을 입지 못한다는 뜻을 보이고자 한 것뿐이다. 이 '즉(則)'이라는 한 글자로 '아버지를 위한 상복을 벗기 전에 어머니가 돌아가셨을 경우'의 설을 만들어 낸 것은 인지상정으로 미칠 수 있는 것이 아니다. 이 때문에 비록 면재(勉齋 황간(黃榦))가 이 내용을 《의례경전통해속(儀禮經傳通解續)》에 실어놓기는 했지만 끝내 반드시 옳다고 감히 여겨 믿지는 못한다."[71]라고 하였으니, 그 뜻을 더욱 알 수 있습니다.

선친께서도 일찍이 "아버지가 돌아가셨으면 어머니를 위하여 삼년복을 입으니, 이미 돌아가셨다면 비록 아직 장례하기 전이라 하더라도 돌아가신 것이 아니라고는 말할 수 없다."[72]라고 하였습니다. 그러나 이것은 아직 장례를 하지 않은 경우를 위해 말한 것이기 때문에 그

母朞也. 若父喪將竟, 而又遭母喪, 則亦以父喪三年內而仍服朞, 似未安. 不敢輕議, 姑存諸說.〕"라는 내용이 보인다.

71 예경(禮經)에……못한다 : 이 내용이 《송자대전》 권66 〈답박화숙(答朴和叔)〉의 별지(別紙)에 보인다. '화숙'은 박세채(朴世采, 1631~1695)의 자이다. 《의례경전통해속(儀禮經傳通解續)》은 주희의 제자인 황간(黃榦, 1152~1221)이 주희의 《의례경전통해》 37권에 들어있지 않은 상례(喪禮)와 제례(祭禮) 부분을 편찬한 것으로, 이 가운데 제례 부분은 황간이 미처 완성하지 못하고 세상을 떠나 양복(楊復)이 다시 정리한 것이다. 모두 29권이다. 《의례》 경문을 경(經)으로 삼고, 《예기》와 경사잡서(經史雜書) 가운데 예와 관련된 기록을 취하여 경문 다음에 덧붙였으며, 여러 주소(注疏)와 유자(儒者)들의 설을 열기하였다. 황간이 초고를 완성한 뒤 주희 생전에 주희에게 질정을 받은 것으로, 주희의 뜻을 잃지 않은 것으로 평가된다.

72 아버지가……없다 : 이 내용이 저자의 아버지 김원행(金元行)의 문집인 《미호집(渼湖集)》 권8 〈답이인귀(答李仁龜)〉에 보인다.

편지가 이와 같은 것이며, 평소 논의하신 것은 비록 하루 사이라 할지라도 어머니가 아버지보다 뒤에 돌아가셨으면 삼년복을 입어야 한다는 것입니다.

제가 들은 것은 이와 같으니 오직 가려서 행하는 데 달려 있을 뿐입니다. 만약 삼년의 설을 따른다면 그 다음의 제주(題主)나 축사(祝辭) 등의 의절은 저절로 의심나거나 막히는 것이 없을 것입니다. 그리고 "하관(下棺)은 복이 가벼운 상(喪)을 먼저 하고 제주(題主)는 복이 무거운 상을 먼저 한다."[73]라는 것은 말한 것이 이미 모두 옳습니다. "우제(虞祭)와 부제(祔祭)를 지내지 않고 나중에 장례하는 아버지의 장례를 기다렸다가 지낸다."[74]라는 것은, 〈상복소기(喪服小記)〉 소(疏)에 "아버지의 장례가 끝나기를 기다렸다가 먼저 아버지의 우제를 지내고, 이어서 어머니의 우제를 지낸다."라고 하였습니다. 이에 근거하면다면 아버지의 우제와 부제를 모두 행한 뒤에 비로소 어머니의 우제를 행해야 하는 것은 아님을 알 수 있습니다. 이미 앞뒤로 행한다면 비록 같은

---

73 하관(下棺)은……한다 : 《예기》〈증자문(曾子問)〉에 증자가 부모의 상이 동시에 났을 때 어느 분을 먼저 하고 어느 분을 뒤로 해야 하느냐고 질문하자, 공자가 "장례는 복이 가벼운 분을 먼저 장례하고 복이 무거운 분을 나중에 장례하며, 제사는 복이 무거운 분에게 먼저 지내고 복이 가벼운 분에게 나중에 지내는 것이 예이다.〔葬先輕而後重, 其奠也先重而後輕禮也.〕"라고 대답한 내용이 보이는데, 유성한(柳星漢)이 이를 근거로 이와 같이 해석한 것으로 추정된다.

74 우제(虞祭)와……지낸다 : 《예기》〈상복소기(喪服小記)〉에 "부모의 상을 함께 만났으면 먼저 장례하는 어머니에 대해서는 우제와 부제를 지내지 않고 나중에 장례하는 아버지의 장례가 끝나기를 기다렸다가 아버지의 우제를 지낸 뒤에 어머니의 우제를 지낸다. 어머니를 장례할 때 아버지 상에 입는 참최복을 입는다.〔父母之喪偕, 先葬者不虞祔, 待後事. 其葬, 服斬衰.〕"라는 내용이 보인다.

날이라 할지라도 무방할 듯합니다. 남계(南溪 박세채(朴世采))는 "장례하는 날 아버지의 초우제를 행하고, 다음날 어머니의 초우제를 행하며, 또 그 다음날 아버지의 재우제(再虞祭)를 지내니, 순서가 모두 그러하다."라고 하였는데,[75] 과연 어떨지 모르겠습니다.

---

75 남계(南溪)는……하였는데 : 박세채(朴世采, 1631~1695)가 1667년(현종8)에 이단상(李端相, 1628~1669)에게 보낸 편지에 보이는 내용이다. 다만 박세채는 "장례하는 날 아버지의 우제를 지내고 다음날 어머니의 우제를 지내며 또 그 다음날 아버지의 재우제를 지내어서 차례로 이와 같이 한다면, 《가례》에서 강일(剛日)을 만나고 유일(柔日)을 만났을 때 지낸다는 의리를 잃게 되니 장차 어떻게 처리할지 모르겠습니다. 〔葬日行父虞, 明日行母虞, 又明日行父再虞, 次第倣此, 則竝失家禮遇剛遇柔之義, 未知將何以爲處也.〕"라고 하여 본문에서 말한 저자의 뜻과는 조금 다르다. 《가례》에 따르면 초우제는 장례하는 날 지내고, 재우제는 유일(柔日)에 지내며 삼우제(三虞祭)는 강일(剛日)에 지내며 졸곡을 다시 강일에 지낸다. 《南溪外集 卷4 與李幼能》《家禮 喪禮 虞祭, 卒哭》

유원명에게 답하다 3

答柳原明

심상(心喪)하는 사람이 평상을 회복하는 의절은, 사계(沙溪 김장생(金長生))는 길제(吉祭)를 기준으로 결단하였습니다.[76] 이것은 아마도 복침(復寢)[77]과 종사(從仕), 지극히 화려하고 성대한 의복을 통틀어서 가리킨 것인 듯합니다.

참포립(黲布笠)과 참포대(黲布帶)[78]는 《통전(通典)》의 설에 따라

---

76 심상(心喪)하는……결단하였습니다 : 《의례문해(疑禮問解)》〈상례(喪禮) 장기(杖期)〉의 '아버지가 살아계시는데 어머니의 상을 당했을 경우 길제를 지낼 날짜를 헤아려 평상을 회복한다〔父在母喪計吉祭之期復常〕' 조에, 문인 강석기(姜碩期, 1580~1643)가 "예경을 보면 담제를 지낸 뒤에 달을 넘겨 길제를 지낸다는 글이 있는데, 길(吉)을 회복하는 제도 역시 이를 따라 행합니까?〔禮有禫後踰月而行吉祭, 復吉之制, 此亦做而行之耶?〕"라고 묻자 사계가 그렇다고 인정한 내용이 보인다. 《의례》〈상복(喪服)〉'자최장기(齊衰杖期)' 조에 "아버지가 살아 계신 경우 어머니를 위하여 입는다.〔父在爲母.〕"라는 경문이 있다. 이에 대한 〈전(傳)〉에 "아버지가 반드시 3년이 지난 뒤에 후처를 얻는 것은 마음으로 삼년상을 마치는 아들의 슬픔을 펼 수 있도록 하기 위해서이다.〔父必三年然後娶, 達子之志也.〕"라고 하였는데, 가공언(賈公彦)은 이에 대해 "아들은 어머니의 상에 아버지에 압존(壓尊)되어 기년복을 입지만 마음으로 입는 상복은 여전히 3년을 입는다. 그러므로 아버지는 비록 처를 위하여 1년을 입고 복을 벗지만 3년이 되어야 후처를 얻는 것은 마음으로 삼년상을 마치는 아들의 슬픔을 펼 수 있도록 하기 위해서이다.〔子於母屈而期, 心喪猶三年. 故父雖爲妻期而除, 三年乃娶者, 通達子之心喪之志故也.〕"라고 해석하였다.

77 복침(復寢) : 거상 중에 머물렀던 여막에서 본래의 거처로 돌아오는 것을 이른다. 《예기》〈상대기(喪大記)〉에 "담제를 마치면 직무에 종사하고 길제를 마치면 본래의 거처를 회복한다.〔禫而從御, 吉祭而復寢.〕"라는 내용이 보인다.

담제(禫祭)를 지내는 달에 벗어야 할 것입니다.[79] 《예기》에 따르면 삼
년의 상에 담제를 지내면서 길복(吉服)을 입습니다.[80] 삼년상도 그러한

78 참포립(黲布笠)과 참포대(黲布帶) : 아버지가 살아계신 경우 어머니를 위하여 심
상(心喪)을 하는 자가 담제(禫祭)를 지낼 때 입는 복을 이른다. 사계(沙溪) 김장생(金
長生)의 《상례비요(喪禮備要)》〈담(禫) 담제지구(禫祭之具)〉 소주(小注)에 "아버지
가 살아계신 경우 어머니를 위하여 심상(心喪)하는 자는 백포직령의에 참포립과 흑대
를 착용한다.〔父在爲母心喪者, 白布直領衣, 黲布笠, 黑帶.〕"라는 내용이 보인다. 참포
립과 흑대는 모두 미길지복(微吉之服)으로, 성호(星湖) 이익(李瀷, 1681~1763)에 따
르면 아들은 아직 심상이 남아 있기 때문에 원래 담제에 입도록 되어 있는 순길복(純吉
服)을 입지 못하는 것이다. 《星湖集 卷36 答秉休問目》

79 통전(通典)의……것입니다 : 《통전》은 당나라 두우(杜佑, 735~812)가 편찬한 것
으로, 전장제도(典章制度)에 관한 통사(通史)이다. 심상(心喪)의 담제와 관련하여
《통전》에 "담제는 상례의 끝이다. 그러므로 이날 제사를 지내어 마침을 고하는 것이다.
이 이후로는 깊은 슬픔이 마음에 있기 때문에 '심상'이라고 이르는 것이며, 겉으로 문식
하는 것이 없기 때문에 상복과 제사가 모두 없는 것이다.〔禫者, 喪事之極也, 故於此日,
設祭而告終. 自爾之後, 沉哀在心, 故謂之心喪, 外無節文, 故服祭並缺也.〕"라는 진(晉)
나라 서야인(徐野人)의 설이 보인다. 《예기》〈잡기 하(雜記下)〉에 따르면 아버지가
살아 있을 경우 어머니를 위하여 입는 기년복은 "11개월이 되면 연제(練祭), 13개월이
되면 상제(祥祭), 15개월이 되면 담제(禫祭)를 지낸다.〔十一月而練, 十三月而祥, 十五
月而禫.〕"《通典 卷110 禮61 凶23 除心喪議》

80 예기에……입습니다 : 《예기》〈간전(間傳)〉에 "담제를 지내고 섬관(纖冠)을 쓰
며, 길제(吉祭)를 지낼 때 패용하지 않는 것이 없다.〔禫而纖, 無所不佩.〕"라는 내용이
보이는데, 공영달(孔穎達)의 소에 "담제를 지낼 때에는 현관(玄冠)에 조복(朝服) 차림
을 하고, 담제를 마치면 머리에는 섬관(纖冠)을 쓰고 몸에는 소단(素端)에 황상(黃裳)
을 착용하는데, 이 차림으로 길제를 지낼 때까지 입는다. '패용하지 않는 것이 없다'는
것은 길제를 지낼 때는 몸에 평소의 길복을 입고 평소 착용하는 물건을 차지 않는 것이
없다는 말이다.〔禫祭之時, 玄冠朝服. 禫祭既訖, 而首著纖冠, 身著素端黃裳, 以至吉祭.
無所不佩者, 吉祭之時, 身尋常吉服, 平常所服之物無不佩也.〕"라고 하였다. '섬관'은 정
현(鄭玄)의 주에 따르면 검은 실을 날줄로 하고 흰 실을 씨줄로 하여 짠 천으로 만든

데 더구나 심상은 말해 무엇 하겠습니까.

우암(尤庵 송시열(宋時烈))은 3년 뒤 복길(復吉)할 때 곡하고 제복(除服)하는 예가 있느냐는 김구명(金九鳴)의 물음에 답하기를 "담제를 지내야 할 달에 곡하는 예를 간략하게 행하여 담제를 지내는 뜻을 보존하면 된다."라고 하였는데,[81] 이 설이 근거로 삼을 수 있을 듯합니다.

그러므로 저는 정해년(1767, 영조43)의 모친상[82] 때 27개월 만에 개복(改服)을 행하면서 흑립(黑笠)에 백포(白袍)·흑대(黑帶)를 착용하고 그 다음 달에 청포(靑袍)·사대(絲帶)를 평소처럼 착용하였습니다. 제 생각에는 이와 같이 하는 것이 두 선생의 뜻에 어긋나지 않은 듯하지만 또한 과연 어떠할지는 모르겠습니다. 재량껏 가려서 처리하기 바랍니다.

관으로 일종의 미길지복(微吉之服)이다.

81 우암(尤庵)은……하였는데 : 이 내용이 《송자대전(宋子大全)》 권119 〈답김구명(答金九鳴)〉에 보인다. 김구명(金九鳴)은 자는 중원(重遠), 호는 묵와(默窩), 본관은 진주(晉州)이다. 우암의 문인이다.

82 정해년의 모친상 : 저자의 어머니 남양 홍씨(南陽洪氏, 1702~1767)의 상을 이른다. 남양 홍씨는 정해년인 1767년(영조43) 1월 19일에 작고하였는데, 이때 저자의 아버지 김원행(金元行, 1702~1772)은 생존해 있었다.

유원명에게 답하다 4

答柳原明

심상(心喪)의 평상을 회복하는 시기를, 우옹(尤翁 송시열(宋時烈))은 "길제를 지내는 달 내 정일(丁日)이나 해일(亥日), 또는 제사하기에 마땅한 날에 대략 마음속에 준비하여 이 날 길제를 행해야겠다고 생각하는 것입니다. 이것으로 기준을 삼는다면 근거한 바가 없지는 않을 듯합니다."[83]라고 하였습니다. 이제 이를 따르는 것이 좋다고 생각합니다. 초하루도 무방합니다.

다만 곡하고 제복(除服)하는 것만은 안 됩니다. 길제는 본래 곡이 없기 때문입니다. 다만 아침 일찍 사당에 배알할 때 길복(吉服)을 입고 행하는 것이 또한 어찌 크게 이유 없는 일이기까지 하겠습니까. 이밖에 얘기한 여러 조항들은 아버지가 살아계실 경우 어머니의 상에 길제를 지내지 않는다는 것을 알았다면 모두 논의할 필요도 없는 것들입니다. 우리 집안사람이 길제를 행했다고 한 말씀은 잘못 와전된 듯합니다.

현석(玄石 박세채(朴世采))이 "길제는 반드시 중월(仲月)을 기다려서 행한다."라고 한 것[84]은 〈상대기(喪大記)〉의 "길제이복침장(吉祭而復

---

83 길제를……듯합니다 : 이 내용이 《송자대전(宋子大全)》 권80 〈답윤여량(答尹汝良)〉에 보인다. '여량'은 윤명우(尹明遇, 1630~?)의 자이다.

84 현석(玄石)이……것 : 박세채(朴世采, 1631~1695)가 1688년(숙종14) 7월에 문인 유귀삼(柳貴三)에게 보낸 편지에 "길제는 마땅히 중월을 위주로 해야 한다. 3월에 담제를 지냈으면 5월에 길제를 행해야 한다.〔吉祭當以仲月爲主, 若三月禫祭, 當行於五月矣.〕"라는 내용이 보인다. 《南溪正集 卷35 答柳道卿》

寢章)" 진씨(陳氏 진호(陳澔))의 주[85]에 근거를 둔 듯합니다. 그러나 정강
성(鄭康成 정현(鄭玄))[86] 이후로 우리나라 여러 현자들에 이르기까지 모
두 이렇게 말한 사람은 없었습니다. 길제는 상을 마치는 별제(別祭)이
며 사시제와 같은 정제(正祭)가 아니니 맹월(孟月)이라 할지라도 굳이
피할 필요가 없습니다.

　지자(支子)의 아들은 그 아버지의 상이 끝났을 때 비록 체천하는
의절은 없다 하더라도 길제를 어떻게 빠트릴 수 있겠습니까. 《의례》
이후로 애초부터 종자(宗子)만 길제를 지내고 지자는 지내지 않는다는
글이 없습니다. 옛날에 어떤 사람이 이러한 논의를 하자 선친께서는
그것이 옳지 않다고 매우 배척하셨습니다.[87] 지금 주고받은 초고가 있
으니 살펴보아야 할 것입니다.

85　상대기(喪大記)의……주 : 《예기》〈상대기(喪大記)〉의 "담제를 마치면 직무에 종
사하고 길제를 마치면 본래의 거처를 회복한다.〔禫而從御, 吉祭而復寢.〕"라는 구절에
대한 진호(陳澔)의 주에 "길제는 사시의 떳떳한 제사이다. 담제를 지낸 뒤에 길제를
같은 달에 만났으면 길제를 마치고 복침을 한다. 만약 담제가 길제를 지내는 달을 만나
지 않았으면 달을 넘겨 길제를 지낸 뒤에 비로소 복침을 한다.〔吉祭, 四時之常祭也.
禫祭後, 値吉祭同月, 則吉祭畢而復寢. 若禫祭不値當吉祭之月, 則踰月而吉祭, 乃復寢
也.〕"라는 내용이 보인다. 즉 진호의 주와 같이 한다면 6월에 담제를 지냈을 경우, 길제
는 중월(仲月)을 기다려 지내야 하기 때문에 8월에 가서야 행할 수 있게 된다.

86　정강성(鄭康成) : 《의례》〈사우례(士虞禮) 기(記)〉에 "대상제를 지낸 뒤 한 달을
걸러 담제를 지낸다. 담제를 지내는 달에는 길제를 만나더라도 사자(死者)보다 먼저
죽은 처를 사자에게 배향시키지 못한다.〔中月而禫. 是月也, 吉祭猶未配.〕"라는 구절에
대한 정현(鄭玄)의 주에 "이달은 담제를 지내는 달이니, 이달이 사시제를 지내는 달이라
면 그 달에 사시제를 지낸다.〔是月, 禫月也. 當四時之祭月則祭.〕"라는 내용이 보인다.

87　옛날에……배척하셨습니다 : 저자의 아버지 김원행(金元行, 1702~1772)이 친구
박성원(朴聖源, 1697~1757)에게 보낸 첫 번째 편지에 자세하다. 여기에서 말하는 '어
떤 사람'은 박성원을 가리킨다. 《渼湖集 卷4 答朴士洙〔聖源〕》

유원명에게 답하다 5

答柳原明

지난번에 백석(白石) 이 상사(李上舍)[88]가 그대의 편지를 소매에 넣어가지고 와서 전해주었는데 지금까지도 후련하고 위로가 됩니다. 눈이 온 뒤 매서운 추위에 기거가 다시 어떻습니까? 이안(履安)은 병세가 갈수로 악화되어 창질(脹疾)이 되려는 듯합니다. 결국 그렇게 되면 더욱 말할 수 없을 것이니, 어찌한단 말입니까.

지난번에 얘기한 내용은 일에 임하여 구차히 행하지 않으려는 뜻을 깊이 볼 수 있으니 매우 감탄스럽습니다. 다만 새로 제수된 벼슬에 이미 숙배(肅拜)를 하였다고 들었는데, 지금 뒤늦게 얘기할 필요는 없을 것이고 비록 후일에라도 나의 보잘 것 없는 분수에 감히 이런 일들에 대해 관여하지 못할 것입니다. 이것은 스스로 그대에게 멀리 하는 것이 아니라 본래 정해진 분수가 그런 것이니, 헤아려 양해해주면 다행이겠습니다.

합내(閤內) 친상(親喪) 중 머리에 쓰는 복(服)은, 옛날에 부인들은 관(冠)이 없었기 때문에 예경(禮經)에서 논한 것은 '북상투[髽]를 하고 비녀를 꽂고 머리를 묶는' 등에 불과하였습니다.[89] 그런데 지금의 족두

---

88 백석(白石) 이 상사(李上舍) : 이홍유(李弘儒, 1743~?)이다. 본관은 전주(全州)이며, 1777년(정조1) 진사시에 합격하고 1787년(정조11)에 북한산성을 지키는 관성장(管城將)에 임명되었다.

89 예경(禮經)에서……불과하였습니다 :《의례》〈상복(喪服) 기(記)〉에 "시집 간 딸이 친정 부모를 위하여, 며느리가 시부모를 위하여 상복을 입을 때, 장식이 있는 상계(喪

리(簇頭里)는 관의 종류이니 어떻게 해야 할지 알지 못하겠습니다. 그러나 일찍이 선왕 때에 이 제도를 처음 시행할 때[90] 사대부 집안에서 이러한 상이 있는 경우에는 으레 조색(皁色)으로 족두리를 싸맸다고 들었습니다. 이것은 남자의 기년복 중 흑립(黑笠)에 준한 것이지만 이미 옛 근거가 없으니, 지금은 우선 풍속을 따르는 것이 무방하지 않겠습니까? 다만 이와 같이 하면 조관(皁冠) 위에 마질(麻絰)을 두르는 것이 크게 맞지 않을 듯한데, 또 맨머리에 수질(首絰)을 쓸 수도 없으니, 오직 이 점이 문제가 됩니다. 부디 다시 아는 사람들에게 문의하여 통할만한 설을 얻게 되면 도로 가르쳐주시는 것이 어떻겠습니까.

비녀는, 《의례》〈상복(喪服) 기(記)〉에 "시집간 딸은 친정 부모를 위하여 장식이 있는 악계(惡笄 상계(喪笄))를 꽂으며 졸곡하면 장식이 있는 머리 부분을 잘라낸다.〔女子之適人者, 爲父母惡笄有首, 卒哭折笄首.〕"라고 하였는데, 그 전(傳)에 이르기를 "'계유수(笄有首)'는 악계의 머리 부분에 조각이 있는 것을 이른다. '악계'는 떡갈나무로 만든 비녀이다. '절계수(折笄首)'는 길계(吉笄)의 머리 부분을 잘라내는 것이다. '길계'는 상계(象笄 상아로 만든 비녀)이다.〔笄有首者, 惡笄之有首也. 惡笄

笄)를 북상투에 꽂는다. 졸곡하면 딸은 시집으로 돌아가는데, 이때 장식이 있는 머리 부분을 잘라낸 길계(吉笄)를 꽂고 머리를 포로 묶는다.〔女子子適人者爲其父母, 婦爲舅姑, 惡笄有首以髽. 卒哭, 子折笄首以笄, 布總.〕"라는 내용이 보인다.

90 선왕……때 : 1756년(영조32) 1월 16일에 사족(士族) 부녀자들의 가체를 금하고 족두리를 대신 쓰도록 한 것을 이른다. 몽골의 제도인 가체는 고려 때부터 시작되었는데, 조선 시대에 들어와 사대부가의 사치가 날로 심해져서 부인들이 한번 가체를 하는 데 몇 백 금을 쓰곤 했기 때문에 금지시킨 것이다. 《삼산재집》 권3 〈삼종 조카 근순에게 답하다〔答三從侄近淳〕〉 참조. 《英祖實錄 32년 1월 16일》

者, 櫛笄也. 折笄首者, 折吉笄之首也. 吉笄者, 象笄也.」라고 하였으니,
헤아려 행하는 데 달려 있을 뿐입니다. 격식을 펴지 않습니다.

유원명에게 답하다 6
答柳原明

남의 후사가 된 자가 자신의 장자(長子)를 위하여 참최복(斬衰服)을 입지 않고 기년복(朞年服)을 입는 것은, 〈상복(喪服)〉소(疏)의 "적장자에서 적장자로 계승한다.〔適適相承〕"라는 설[91]이 더없이 명백합니다. 〈상복소기(喪服小記)〉소에서는 또 "장차 종묘 주인의 지위를 전해줄 자가 적자가 아닌 경우'라는 것은, 적자가 없어서 서자가 종묘 주인의 지위를 전해 받는 것과, 남의 아들을 양자로 삼아서 후사가 되게 한 경우이다."라고 하였습니다.[92] 이 두 설을 불가하다고 하

---

91 상복(喪服)……설 : 《의례》〈상복〉의 "서자인 아버지는 자신의 장자를 위해 삼년복을 입지 못하는데, 서자의 장자는 할아버지를 이은 정체(正體)가 아니기 때문이다. 〔庶子不得爲長子三年, 不繼祖也.〕"라는 구절에 대한 가공언(賈公彦)의 소(疏)에, "이것은 적장자에서 적장자로 계승하기 때문에 할아버지를 계승해야만 비로소 자신의 장자를 위하여 삼년복을 입을 수 있다는 것을 밝힌 것이다.〔此明適適相承, 故須繼祖, 乃得爲長子三年也.〕"라는 내용이 보인다.

92 상복소기(喪服小記)……하였습니다 : 《예기》〈상복소기〉의 "적부가 시부모의 후사가 되지 못한 경우에는 시어머니가 적부를 위하여 소공복을 입는다.〔適婦不爲舅姑後者, 則姑爲之小功.〕"라는 구절에 대한 정현의 주에 "일반적으로 부모가 아들에 대해서와 시부모가 며느리에 대해서, 장차 적자에게 종묘 주인의 지위를 전하지 않을 것이거나 또는 장차 종묘 주인의 지위를 전해줄 자가 적자가 아닌 경우에는, 이들을 위하여 입는 상복은 모두 서자나 서부를 위하여 입는 것과 똑같다.〔凡父母於子, 舅姑於婦, 將不傳重於適, 及將所傳重者非適, 服之皆如庶子, 庶婦也.〕"라고 하였는데, 공영달(孔穎達)의 소에, "장차 종묘 주인의 지위를 전해줄 자가 적자가 아닌 경우'라는 것은, 적자가 없어서 서자가 종묘 주인의 지위를 전해 받는 것과, 남의 아들을 양자로 삼아서 후사가 되게 한 경우이다.〔及將所傳重非適者, 爲無適子, 以庶子傳, 及養他子爲後者也.〕"라는

여 버리겠다면 그만이지만, 그렇지 않다면 다른 논의가 용납되기 어려울 듯합니다.

우옹(尤翁 송시열(宋時烈))이 인용한 정자(程子)의 상소[93] 중에 보이는 '적자(適子)'의 '적(適)'은, 내 생각에는 단지 '적통(適統)'의 '적'일 뿐,

내용이 보인다.

93 우옹(尤翁)이……상소 : 송시열(宋時烈, 1607~1689)이 1685년(숙종11) 12월에 문인 박중회(朴重繪, 1664~1691)에게 답한 편지에 "《예기》에서는 단지 할아버지와 아버지만을 말하고 이 서자가 후사로 들어간 양자인지 친자인지를 구분하지 않고 있으니, 이것은 '적장자에서 적장자로 계승한다'는 것과 본래 뜻을 달리하는 것이다. 비록 후사로 들어간 양자라 하더라도 이미 참최복을 입어주었고 또 할아버지나 아버지의 사당을 만들어주었다면 그 뜻은 분리하기 어렵게 된다. 복왕(濮王)의 논의 때 정자는 '폐하는 인종의 적자이다.'라고 하였는데, 여기의 적자를 '적장자에서 적장자로 계승한다'라고 할 때의 적장자와 달리 보아서는 안 될 듯하다.〔禮只言祖與禰, 而不分所後, 所生, 此與適適相承, 自是別義. 蓋雖所後, 旣已服斬, 且以爲祖禰廟, 則其義似難分開矣. 濮議時, 程子謂陛下仁宗之適子, 此適子與適適相承之適, 似不可異看矣.〕"라는 내용이 보인다. 송시열이 말한 《예기》의 구절은 〈상복소기(喪服小記)〉의 "서자는 자신의 장자를 위하여 참최복을 입지 않는데, 자신의 장자는 할아버지와 아버지를 계승하지 않았기 때문이다.〔庶子不爲長子斬, 不繼祖與禰故也.〕"라는 내용을 이른다. 284쪽 주92 참조. '복왕의 논의'는 복왕(濮王) 조윤양(趙允讓)의 아들인 송 영종(宋英宗)이 인종(仁宗)의 후사가 되어 즉위한 뒤, 조정에서 조윤양을 황숙(皇叔)으로 할지 황고(皇考)로 할지에 대해 격론을 벌인 것을 이른다. '정자(程子)의 상소'는 정이(程頤)가 시어사(侍御史) 팽사영(彭思永)을 대신하여 복왕에 대한 전례를 논한 상소를 이른다. 상소 가운데 "복왕은 폐하를 낳으셨지만 인종 황제께서 폐하를 후사로 삼아 조종의 대통을 잇게 하셨으니, 인종은 폐하의 황고(皇考)이며 폐하는 인종의 적자입니다. 복왕은 폐하를 낳으신 아버지이지만 친속으로 말하면 백부가 되며, 폐하는 복왕이 내보내어 남의 후사가 되게 한 아들이니 친속으로 말하면 조카가 됩니다.〔濮王之生陛下, 而仁宗皇帝以陛下爲嗣, 承祖宗大統, 則仁廟陛下之皇考, 陛下仁廟之適子. 濮王陛下所生之父, 於屬爲伯, 陛下濮王出繼之子, 於屬爲姪.〕"라는 내용이 보인다. 《宋子大全 卷116 答朴受汝〔乙丑十二月〕別紙》《二程文集 卷6 伊川文集1 奏疏 代彭中丞論濮王稱親疏》

예경(禮經)에서 말하는 '적서(適庶)'의 '적'과는 뜻이 어쩌면 같지 않은 듯한데 확실한 근거가 없습니다. 어떻게 생각합니까?

애기한 "왕계(王季)는 무왕(武王)을 위하여 참최복을 입었다.……"라는 것[94]은 또 후사를 이은 경우에 비할 사례가 아니니 내가 감히 알 수 있는 바가 아닙니다.

부음을 듣고 달려가는 아들이 제복(除服)하는 시기는, 나의 경우에는 늘 부음을 들은 날을 기준으로 삼았습니다. 이것은 집에서 상을 만났을 경우 성복(成服)은 혹 달을 넘겼다 하더라도 그 제복하는 시기는 본래 상을 당한 날부터 계산하니, 이 경우에만 어찌 그렇지 않겠습니까.

94　왕계(王季)는……것 : '왕계'는 주 문왕(周文王)의 아버지 계력(季曆)의 존칭이다. 왕계의 아버지 고공단보(古公亶父)는 왕계의 아들인 문왕 창(昌)이 성인의 징조가 보인다 하여 종묘 주인의 지위를 장자인 태백(泰伯)이나 차자인 우중(虞仲)을 놓아두고 막내인 왕계에게 전하였고, 문왕은 다시 장자인 백읍고(伯邑考)를 놓아두고 차자인 무왕(武王)에게 전하였다. 사가(私家)의 예에 따르면 문왕은 장자인 백읍고를 위하여는 참최복을 입지만 무왕을 위해서는 참최복을 입을 수 없다. 유성원은 저자에게 보낸 편지에서 왕계가 손자 무왕을 위하여 참최복을 입을 수 있느냐는 것에 대해 논의한 것으로 추정된다.

김정부[95] 종수 에게 답하다

答金定夫 鍾秀

덕이 있는 그대와 만나지 못한 지가 이제 10년이나 되었습니다. 그간
의 상변(喪變)에 위로하는 예를 펴야 했던 것이 여러 번이었지만 쇠
병(衰病)으로 웅크리고 들어앉아 인사(人事)를 모두 폐하여 그저 줄
곧 그리워만 할 뿐이었습니다. 그런데 생각지도 않게 멀리서 편지를
보내주어 삼가 삼복더위에 정사를 돌보는 기거가 신의 도움으로 더
욱 좋다는 것을 알았으니 고마움과 위로됨이 보잘 것 없는 마음에 감
당할 수 없을 정도였습니다. 다만 부친의 병환이 오랫동안 낫지 않고
있다는 것을 삼가 알게 되었으니 매우 염려스러울 뿐입니다.

　말씀하신 영문(營門)에서 낸 거조(擧條)는 삼가 이미 읽어보았습니
다. 보잘 것 없는 미물이 가만히 앉아 융숭한 예우를 이처럼 두텁게
입어서 번거롭게도 성주(城主) 합하께서 친히 수고롭게 글을 써 간곡
하게 말씀하시는 데에까지 이르렀습니다. 이런 사례가 거의 없기에
보고 듣는 자들이 모두 깜짝 놀라니, 황공하고 놀라서 몸 둘 바를 모르

95　김정부(金定夫) : '정부'는 김종수(金鍾秀, 1728~1799)의 자이다. 본관은 청풍
(淸風), 호는 진솔(眞率) 또는 몽오(夢梧), 시호는 문충(文忠)이다. 저자보다 6세 아래
이다. 1768년(영조44)에 문과에 급제하고, 왕세손 필선(弼善), 경기도 관찰사, 평안도
관찰사, 대제학, 이조 판서, 병조 판서 등을 거쳐 1789년(정조13)에는 우의정, 1793년
(정조17)에는 좌의정이 되었다. 이듬해 1794년에 치사(致仕)하고 봉조하(奉朝賀)가
되었다. 경술(經術)로 한 시대를 풍미하였으며 정조의 지극한 신임을 받았다. 저서에
《몽오집(夢梧集)》이 있다.

겠습니다. 의리와 분수로 볼 때 참으로 황망하게 명에 달려가기에도 겨를이 없어야 할 것이나, 내려주신 직명(職名)이 천부당만부당 못나고 늙은 음관(蔭官)이 외람되이 감당할 수 있는 것이 아니기에 이 간절한 심정을 일찍이 사직을 청하는 글에 이미 모두 말씀드렸습니다. 지금 더 이상 감히 세세히 말씀드리지 못하지만 이리저리 아무리 생각해도 실로 변동할 길이 없으니, 오직 땅에 엎드려 주벌을 기다릴 뿐입니다. 부디 이 뜻을 낱낱이 잘 보고해 주시는 것이 어떻겠습니까. 마침 감기에 걸려 매우 괴로워서 남의 손을 빌려 쓰느라 공경스럽지 못하니, 더욱더 황공합니다.

이명수[96]에게 답하다

答李明叟

〔문〕 어떤 사람이 오늘 아버지의 상(喪)을 만나고 다음날 할머니의 상을 만났을 경우 종묘 주인의 지위를 계승하지 못하는 것은 예(禮)의 뜻이 아닌 듯합니다. 《의례문해(疑禮問解)》로 살펴보면, 아버지의 상에 빈(殯)을 하기 전에 조부모의 상을 만나게 되면 본복(本服)을 입어야 합니다.[97] 어떨지 모르겠습니다.

〔답〕 아버지가 돌아가시고 빈을 하기 전이면 할아버지를 위하여 기년복을 입는 것은 《통전(通典)》의 설[98]이 비록 이와 같지만, 《주자가

---

96 이명수(李明叟) : '명수'는 이민철(李敏哲, 1740~?)의 자이다. 본관은 성산(星山)이며, 저자의 아버지 김원행(金元行)의 문인이다. 저자보다 18세 아래이다. 1780년 생원시에 합격하였다.

97 의례문해(疑禮問解)로……합니다 : 김장생(金長生)의 《의례문해》〈상례(喪禮) 부병유상(附幷有喪)〉'아버지의 상중에 조부모가 죽었을 경우에는 아버지를 대신하여 조부모의 복을 입는다〔父喪中祖父母死代服〕'조에 "《통전》에 따르면 아버지의 상에 아직 빈을 하지 않았을 경우에는 할아버지를 위하여 기년복을 입는데, 내 생각에는 단지 기년복만을 입는다면 이는 상제와 담제가 없게 되는데 그래서야 되겠는가 싶네. 그렇지만 옛사람의 말이 이와 같으니 감히 경솔하게 의론하지는 못하겠네.〔通典父未殯, 服祖以周. 愚以爲只服期年, 則是無祥, 禫, 其可乎? 然古人之言如此, 不敢輕議.〕" 라는 내용이 보인다.

98 통전(通典)의 설 : 당(唐)나라 두우(杜佑, 735~812)의 《통전》권97〈예(禮)57 흉(凶)19〉'부미빈이조망복의(父未殯而祖亡服議)'에 진(晉)나라 하순(賀循, 260~319)의 말을 인용하여 "아버지가 돌아가시고 빈을 하기 전에 할아버지가 돌아가셨으면 할아

례(朱子家禮)》에서는 단지 "아버지가 돌아가셨으면 할아버지를 위하여 삼년복을 입는다.〔父卒爲祖三年.〕"라고만 하여 애초에 빈을 했는지 하지 않았는지는 논하지 않았습니다.[99] 지금 사람들이 만약《가례》를 따른다면 분분한 수많은 의론들이 없을 것입니다.

사계(沙溪 김장생(金長生))는 비록《통전》의 설을《상례비요(喪禮備要)》에 실었지만[100] 동춘(同春 송준길(宋浚吉))에게 답한 편지에서는 "단지 기년복만 입는다면 이것은 상제(祥祭)와 담제(禫祭)가 없는 것이니 옳겠는가."라고 하였습니다.[101] 우옹은 또 사계의 이 편지를 근거로 "《통전》은 정론이 될 수 없다."라고 하였습니다.[102] 두 분 선생의 말씀

버지를 위하여 기년복을 입으며, 빈을 마친 뒤에 할아버지가 돌아가셨으면 삼년복을 입는다. 이것은 적자가 아버지의 후사가 된 경우를 말한 것이다.〔父死未殯而祖父死, 服祖以周; 旣殯而祖父死, 三年. 此謂嫡子爲父後者也.〕"라고 한 내용이 보인다.

99 주자가례(朱子家禮)에서는……않았습니다 :《가례》〈상례(喪禮) 성복(成服)〉 '참최삼년(斬衰三年)' 조에 "정복은 아들이 아버지를 위하여 입는다. 가복은 적손이 아버지가 돌아가신 뒤에 할아버지나 증조·고조를 위하여 종묘 주인의 지위를 계승한 경우에 입는다.〔正服則子爲父也, 其加服則嫡孫父卒爲祖若曾高祖承重者也.〕"라는 내용이 보인다. '가복(加服)'은 본복(本服)보다 등급을 올려 입는 것이다. 본복이라면 할아버지에게는 자최부장기(齊衰不杖朞), 증조부에게는 자최오월(齊衰五月), 고조부에게는 자최삼월(齊衰三月)을 입어야 하지만 손자가 승중한 경우에는 가복하여 참최삼년을 입는다.

100 사계(沙溪)는……실었지만 : 사계 김장생(金長生)의《상례비요(喪禮備要)》〈복제(服制) 참최삼년(斬衰三年)〉에 보인다.

101 동춘(同春)에게……하였습니다 :《동춘당별집(同春堂別集)》권3〈상사계선생(上沙溪先生)〉에 보인다. 289쪽 주97 참조.

102 우옹은……하였습니다 : 우암(尤庵) 송시열(宋時烈, 1607~1689)이 1671년(현종12) 8월에 문인 민정중(閔鼎重, 1628~1692)에게 보낸 편지에 "그러나 선사 사계 선생께서는 일찍이《통전》의 설이 타당하지 않다고 여겨서 '이와 같다면 상제와 담제는 없게 되는데 옳겠는가.'라고 하셨네. 그렇다면《통전》의 설은 정론이 될 수 없을 듯하

이 이와 같으니, 굳이 《의례》의 소(疏)까지 두루 끌어들이지 않더라도 분명하게 알 수 있습니다. 근세에 수암(遂庵 권상하(權尙夏))과 도암(陶庵 이재(李縡)) 역시 모두 《통전》을 따를 수 없다고 여겼는데,[103] 도암의 설이 더욱 분명하니 별지에 갖추어 기록해서 참고로 살펴볼 수 있도록 합니다.

〔별지〕
도암이 유승(柳乘)에게 답한 편지[104]

네.〔然先師沙溪先生甞以通典說爲未安, 而以爲如此則是無祥, 禫, 其可乎? 然則通典之說, 恐未得爲定論也.〕"라는 내용이 보인다. 《宋子大全 卷58 與閔大受〔辛亥八月〕》

103 수암(遂庵)과……여겼는데 : 수암 권상하(權尙夏, 1641~1721)가 사우(師友) 이이명(李頤命, 1658~1722)에게 답한 편지에 "《예기》에 이르기를 '인(仁)으로써 어버이를 따라 차등을 두어 올라가고 의(義)로써 할아버지를 따라 아래로 내려온다.' 하였네. 이것은 인으로 따지면 아버지가 할아버지보다 친하고 의로 따지면 할아버지가 아버지보다 중하다는 말이네. 아버지가 돌아가시고 빈을 하기 전에는 할아버지를 위하여 기년복을 입는다는 설은 하순(賀循)에게서 나온 것이네. 이것은 아버지와 할아버지 사이에 현격하게 경중을 둔 것으로 결코 예경(禮經)의 뜻은 아니니, 두우(杜佑)가 《통전》에 실어 놓은 이유를 도저히 알 수 없네. 아비가 돌아가신 뒤에 할아버지가 돌아가셨다면 적손이 종묘 주인의 지위를 계승하는 것은 의로 보았을 때 당연한 것이네.〔禮曰 : 自仁率親, 等而上之, 自義率祖, 等而下之. 此言以仁則父親於祖, 以義則祖重於父也. 父死未殯服祖以周之說, 出於賀循. 是則父與祖之間, 顯有輕重, 斷非禮意. 杜佑之載於通典, 尋常未曉. 祖死父亡則嫡孫承重, 義當然也.〕"라는 내용이 보인다. 도암의 설은 본문 별지에 보인다. 《寒水齋集 卷7 答李養叔〔頤命〕》

104 도암이……편지 : 이하의 편지는 도암(陶庵) 이재(李縡, 1680~1746)가 1742년(영조18)에 벗 유승(柳乘, 1677~?)에게 보낸 것으로, 《도암집(陶菴集)》 권13 〈답유진사문목(答柳進士問目)〉에 보인다.

'빈(殯)을 하기 전에는 기년복을 입는다'는 것은 참으로 하순(賀循)의 설[105]이 있지만, 이것은 선왕(先王)이 정한 예는 아니니 의심이 없지 않습니다. 무릇 상(喪)은 하루라도 상주가 없을 수 없습니다. 만약 할아버지를 위하여 기년복을 입는다면 1년 뒤에는 할아버지의 상은 주관할 사람이 없게 됩니다. 이것은 비록 부모를 차마 죽었다고 여기지 못하는 뜻에서 나온 것이지만, 아버지가 돌아가신 뒤에 아버지를 대신하여 삼년복의 제도를 다 행할 수 없다면 또한 부모의 마음을 따르는 것은 아닙니다. 이것은 천리(天理)와 인정(人情)에 있어 지극히 온당치 못한 것입니다. 내 생각에는 아버지의 상 중에 할아버지가 돌아가신 경우에는 아버지 상의 빈을 했는지 하지 않았는지에 상관없이 모두 할아버지를 위하여 삼년복을 입는 것이 올바르고 합당한 도리일 듯합니다.

정남위[106]에게 답하다 1

答鄭南爲

오랫동안 소식이 막혀 매번 그리움이 깊었는데, 생각지도 않게 작년과 올해 보낸 두 통의 편지를 한꺼번에 손에 받아보니 너무도 놀랍고 위로되어 거의 만나 정담을 나누는 것에 못지않았습니다. 다만 근간에 친부모의 상을 거듭 만나 이미 제복(除服)을 했는데도 감감하게 소식을 듣지 못해 마침내 한 글자 위로의 글도 올리지 못하였으니, 이것이 어찌 우리들의 일이겠습니까. 놀랍고 슬픈 한편 이어 부끄러움과 탄식을 그칠 수 없었습니다. 오직 근간에 기거가 신의 도움이 있다는 것으로 매우 기쁘고 후련해할 따름입니다.

이안(履安)은 노쇠함이 너무 심하여 더 이상 산 사람의 기상이 없습니다. 정신과 기력이 연전에 만났을 때와 비하여 몇 단계나 더 떨어졌을지 모르는데, 근래 또 두 눈이 갑자기 어두워져서 시력을 잃은 폐인이 되어 해를 마치도록 한 권의 책도 보지 못하였습니다. 평생을 돌이켜보면 그저 슬픔과 탄식만 더할 뿐이니 어찌하겠습니까.

말씀하신 선친의 행장과 발문은 중대한 글과는 다르니 어찌 감히

---

106 정남위(鄭南爲) : '남위'는 정동익(鄭東翼, 1737~1802)의 자이다. 본관은 청주(淸州), 호는 오재(矯齋)이며, 거주지는 경북 성주(星州)이다. 한강(寒岡) 정구(鄭逑, 1543~1620)의 후손으로, 아버지는 정달제(鄭達濟)이다. 저자의 아버지 김원행(金元行)의 문인으로, 저자보다 15세 아래이다. 1777년(정조1) 41세 때 생원시에 합격하였으며 1797년(정조21) 12월에 영릉 참봉(英陵參奉)에 임명되었다. 저서로 《오재집(矯齋集)》이 있다.

모두 사양하겠습니까. 다만 지금 병든 상황에서는 이것도 하기가 어렵다는 것입니다. 그래도 만에 하나 조금이라도 좋아지면 유념할 수 있기를 기대하지만 과연 이런 때가 있을지 모르겠습니다. 이점이 참으로 우려됩니다.

태극설(太極說)은 정신이 혼미하여 아직 자세히 보지 못하였으나 대체(大體)는 이미 얻은 듯합니다. 남겨두고서 다시 음미하다가 견해가 있으면 감히 가르침을 구하지 않겠습니까.

정남위에게 답하다 2

答鄭南爲

이마를 조아립니다.[107] 지난 가을 곡하며 이별한 것이 손을 꼽아보니 벌써 반년이나 지났는데, 소식을 묻고 듣는 것이 모두 막혀 잊어버린 것과 거의 다름이 없지만 마음속 그리움으로 말하면 어찌 일찍이 애타지 않은 적이 있겠습니까. 명수(明叟)[108]가 와서 홀연 손수 쓴 편지를 받아보니 편지에 쓴 내용이 온통 정담 아닌 것이 없기에 위로되기 그지없었습니다. 더구나 근래 기거가 좋다는 것을 알게 되었으니 더 말해 무엇 하겠습니까.

고애자(孤哀子)[109]는 한 가닥 숨이 아직까지 붙어있는데, 홀연 봄이 다 지나가는 것을 보게 되니 울부짖어보지만 미칠 수 없기에 그저 스스로 혼절할 뿐이니 오히려 다시 무슨 말을 할 수 있겠습니까.

연보는, 이미 일기(日記)를 잃어버려 근거할 만한 것이 없기에 내가 주워 모은 것이니 창졸간에 두서를 이루지 못했을까 두렵습니다. 장문(狀文)에 이르러서는 사체(事體)가 크고 중하니 더욱 손을 대기가 쉽지 않습니다. 유독 몇몇 벗들의 도움에 힘입어 이제 막 서독(書牘)을

---

107 이마를 조아립니다 : 원문은 '계상(稽顙)'이다. 거상(居喪) 중에 있는 사람이 평교(平交) 간의 문답에 사용하는 말이다. 《新編尺牘大方 第3章 喪中往復門 書頭類》

108 명수(明叟) : 이민철(李敏哲, 1740~?)의 자이다. 289쪽 주96 참조.

109 고애자(孤哀子) : 부모를 모두 잃은 상주를 이른다. 저자는 어머니 남양 홍씨(南陽洪氏, 1702~1767.1.19)와 아버지 김원행(金元行, 1702~1772.7.7)을 5년 간격을 두고 모두 여의었다.

베껴 쓰는 일을 시작했으나 이 역시 아직 다 거두어 모으지 못하였으니 언제 끝난다고 할 수 없습니다. 일마다 이와 같은데 세월은 덧없이 흘러가고 인사(人事)는 알 수 없으니 근심스럽고 두렵지만 어찌하겠습니까.

편지 말미의 격려하는 말은 인정해주신 지극한 뜻에 깊이 감사드립니다. 이 역시 밤낮으로 내 자신 생각함이 없었던 것은 아니지만, 본래 능력이 없고 또 화를 당해 쇠잔함이 너무 심하여 뜻을 받들어 일어날 길이 없으니 슬프고 탄식스럽습니다. 그러나 오히려 문하의 여러 벗들께 바랍니다. 갑자기 버리고 끊지 마시고 일을 따라 가르쳐주어 경계하고 두려워하는 곳이 있도록 하게 해주십시오. 또한 여러 현자들께 바랍니다. 더욱 스스로 분발 정진해서 끝내 확립하는 바를 두어 당일에 선친께서 간곡하게 기대하고 인정했던 뜻을 저버림이 없도록 해주십시오. 이 심정은 그야말로 진실입니다. 과연 양해를 해주시겠습니까. 어지러움이 심하여 근근이 여기까지만 씁니다. 격식을 펴지 않습니다.

정남위에게 답하다 3[110]

答鄭南爲

이마를 조아립니다. 이안(履安)은 질긴 목숨이 죽지 않아 또 작은 아버지께서 세상을 떠나시는 것[111]을 보게 되었으니, 흉화를 겪고 난 남은 목숨이 더 이상 부모님 대신 섬길 곳도 없게 되었습니다. 너무도 원망스럽고 통탄스러워 스스로 견딜 수가 없는데, 어느덧 순식간에 선친의 대상(大祥)이 또 지나서 연궤(筵几)를 영영 거두게 되었습니다. 허허롭게 붙들고 기댈 곳이 없게 되었으니, 땅을 굽어보고 하늘을 올려다보아도 이렇게 된 것이 누구 때문이란 말입니까. 그저 상장(喪杖)을 짚고 피눈물을 흘리며 하늘을 소리쳐 부를 뿐입니다.

이번에 여러분의 위문하는 편지를 받으니 말들이 몹시 애달파서 세 번 반복해 읽고 나자 더욱 걷잡을 수 없이 피눈물이 흘렀습니다. 이달 들어와 날마다 찾아오는 발자국 소리를 기다렸는데 끝내 감감하니, 비 때문에 길이 막혀서라는 것을 압니다. 그러나 비 때문에 막혀서라면 오히려 괜찮지만, 혹시 다시 뜻밖의 근심스러운 일이 있는 것은 아닌지 이 때문에 밤낮으로 걱정되었습니다. 지금 들으니 과연 행차가 감천(甘川)[112]까지 왔다가 말을 돌렸다고 하니, 비록 몹시 서운하기는 하나

---

110 정남위(鄭南爲)에게 답하다 3 : 이 편지는 저자의 아버지 김원행(金元行, 1702~1772.7.7.)의 대상(大祥) 즈음인 1774년(영조50) 7월부터 9월 사이에 쓴 것으로 추정된다. 이때 저자는 53세였다.

111 작은……것 : 저자의 작은아버지 김탄행(金坦行, 1714~1774.5.2.)을 가리킨다.

112 감천(甘川) : 지금의 경상북도 구미시의 중서부에 위치한 하천이다.

그래도 큰비를 만나 낭패를 보기는 했지만 기거에 심한 손상이 없다는 것으로 크게 위안을 삼을 뿐입니다.

올 여름 장마는 이곳 역시 마찬가지여서 심지어는 서울에 있는 매우 가까운 친척들도 대부분 와서 모이지 못하였습니다. 호남과 영남은 더욱 심하다고 들었습니다. 이 때문에 호서에서는 오직 몇 사람만 오고 호남에서는 한 사람만 제때에 도착할 수 있었으며 영남은 전부 다 빠졌습니다. 여러분만 그런 것은 아닙니다.

은혜롭게 보내준 제수(祭需)는 이미 제사시기에 맞추지 못하였으니 이치상 도로 돌려드려야 하겠지만, 이것은 여러분의 지극한 정성이 들어있는 것이니, 다가오는 절사(節祀)나 담제(禫祭) 때로 옮겨 사용하는 것도 의리에 해가 되지는 않을 듯 하기에 삼가 받아서 놓아두고 기다리고 있습니다. 제문(祭文)은 이제 사용할 곳이 없으니 공연스레 돌려드리는 것을 피할 수 없습니다. 그러나 이미 담제를 지낼 때 오고자 한다니 그때 묘소에 곡하면서 고하는 것도 무방할 것입니다.

정남위에게 답하다 4

答鄭南爲

이안(履安)은 집안의 화가 갈수록 심하여 종형과 누이가 수십일 간격으로 이어서 세상을 떠났으니[113] 홀로 남은 몸이 죽지 못해 이 참혹한 일을 겪게 되었습니다. 너무도 원망스럽고 통탄스러워 스스로 견딜 수가 없는데, 멀리서 위로하는 편지를 보내주시니 고마운 마음이 참으로 깊습니다. 그리고 근래 무더위에 여러분의 기거가 좋다는 것을 알게 되어 또 매우 위로됩니다.

중열(仲烈)[114] 족하께서 작년 겨울에 편지를 보내주신 것도 이미 받아보았으나, 상장(喪葬)에 분주한데다 인편을 구하는 것도 쉽지 않아 지금까지 답장이 늦었으니 부디 양해를 해주시겠습니까.

이안(履安)이 슬픔과 괴로움 속에 거상(居喪)하느라 껍데기만 겨우 남아있으니 어떤 이가 산수를 유람하여 깊은 슬픔을 털어보라고 권하였습니다. 마침내 일어나서 풍악산(楓嶽山)을 다녀왔는데, 발길을 돌려 영동의 여러 승지(勝地)까지 구경하고 대해(大海)를 실컷 보았습니

---

113 종형과⋯⋯떠났으니 : 서형수(徐迴修, 1725~1779)에게 시집간 첫째 누이를 이른다. 서형수는 자는 사의(士毅), 호는 직재(直齋), 본관은 달성(達城)이며, 저자의 아버지 김원행(金元行)의 문인이다. 저자보다 3세 아래이다. 저자가 누이에 대해 쓴 제문이 《삼산재집》 권9에 〈제서씨매문(祭徐氏妹文)〉이라는 제목으로 수록되어 있는데, 1775년(영조51) 10월 11일 날짜로 되어 있다.

114 중열(仲烈) : 정중열(鄭仲烈)로, 저자의 벗으로 추정된다. 저자가 정중열의 할아버지 정상기(鄭相琦)를 위하여 쓴 행장 발문이 《삼산재집》 권8에 〈『기암 정공 행장』 뒤에 쓰다〔題畸菴鄭公行狀後〕〉라는 제목으로 수록되어 있다.

다. 당시에는 가슴이 환히 트여서 답답함을 시원스레 없앨 수 있을 것 같았지만, 결국에는 노쇠한 만년이라 기쁨도 적기에 산 정상과 깊은 계곡까지 둘러볼 생각을 하지 못하였습니다. 돌아와서는 또 예전처럼 병으로 신음하며 남은 흥취가 전혀 없으니 그 가련함이 이와 같습니다.

이제 보내 준 편지를 보니 마치 부러워하는 것 같은데, 부러워하는 것은 그래도 괜찮지만 또 승경을 혼자서만 독차지했다고 나무라니, 누가 좌우에게 가지 말라고 금했기에 그처럼 말합니까? 도를 배우는 자의 마음 씀이 아닌 듯합니다. 참람되고 경솔하게 이런 말을 하고 보니 황공하고 황공합니다.

정남위에게 답하다 5

答鄭南爲

국상(國喪)[115]의 슬픔은 시간이 오래 지났는데도 갈수록 망극합니다. 근래 소식이 막혀 그리움에 답답하였는데 홀연 이번에 멀리서 편지를 보내주어 삼가 서리 내리는 추위에 부모님을 모시는 기거가 더욱 좋다는 것을 알게 되니 매우 위로되고 고맙습니다. 더구나 조용한 가운데 공부를 매우 많이 하여 《맹자》를 읽는데 더욱 분발의 공효가 있다고 하니 어떤 소식이 더욱 이처럼 기쁘겠습니까.

지금 사람들은 단지 '분발'이라는 이 두 글자의 뜻이 들어있지 않은 행동만 하니, 이 때문에 하는 듯 마는 듯 하여 끝내 일을 성공하지 못합니다. 그런데 지금 좌우는 이미 이에 대해서 얻음이 있게 되었으니, 만약 진실되고 실제적이며 자신에게 절실한 공부를 더하여 오래 지나도 태만하게 하지 않는다면 그 진보를 어찌 가늠할 수 있겠습니까. 부디 더욱 힘쓰시기 바랍니다.

삼산(三山)[116]에 집 짓는 일은 참으로 이 계획이 작지 않다는 것을 알고 있으니 어찌 즐거이 도와 이루지 않겠습니까. 그러나 본 고을 수령은 애초에 알지도 못하고 관찰사 역시 매우 소원한 사이이니 입을

---

115 국상(國喪) : 저자가 65세 때인 1786년(정조10)에 문효세자(文孝世子, 1782~1786)가 세상을 떠난 것을 이른다. 당시 저자는 63세 되던 1784년(정조8) 7월 11일 정3품 세자시강원 찬선(世子侍講院贊善)에 임명된 이래 거듭 사직 소를 올렸으나 허락을 받지 못하여 여전히 찬선의 직임을 띠고 있었다.

116 삼산(三山) : 충청북도 보은군(報恩郡)의 옛 이름이다.

열 수가 없습니다. 비록 다른 사람을 통해 부탁하려해도 지금 사람들은 이런 일에 대해 으레 듣고 싶어 하지 않으니 보탬은 되지 않고 그저 무시만 당할 뿐입니다. 다만 조만간에 혹 말할만한 사람을 만나면 응당 잊지 않겠습니다.

이안(履安)은 요 몇 년 이래로 노쇠함이 갑자기 심해져서 억지로 벼슬에 나가기는 했지만 분주히 종사하는 것을 감당하지 못하니, 만년에 서적을 한쪽으로 팽개쳐두는 것을 면치 못하고 있습니다. 이렇게 영락하게 되니 그저 몸을 어루만지며 개탄할 뿐입니다. 선친의 간독(簡牘)은 삼가 받았습니다. 옮겨 적는 일이 끝나면 돌려드리겠습니다. 격식을 펴지 않습니다.

김사구117 수조 에게 답하다 1

答金士久 壽祖

〔문 1〕 먼 윗대의 묘소에 대해 면례(緬禮 이장(移葬))를 행하려고 하는데, 종가(宗家)에서 제사를 지내는 대수(代數)가 다하여 최장방(最長房)이 옮겨가 모시고 있는 사당의 신주가 아직 남아있다면, 이제이 면례는 대수가 다한 종손이 주관합니까? 제사를 모시는 장방이주관합니까?

〔답〕 먼 조상의 면례는 비록 제사를 모시는 최장방이 있다 하더라도그 일을 중히 여기는 도리로 볼 때 종손이 주관하는 것이 합당할 듯합니다. 설사 장방이 남아있지 않더라도 이미 신주를 매안(埋安)하였다면 종손이 어찌 이를 주관하지 않겠습니까. 이를 보면 알 수 있습니다. 비록 종손이 주관한다 하더라도 장방이 지금 제사를 모시고있다면, 사당에 고하는 예(禮)는 종손이 일을 행한다는 뜻으로 장방이 고하는 것이 올바를 듯합니다. 어떨지 모르겠습니다.

---

117 김사구(金士久) : '사구'는 김수조(金壽祖, 1742~1810)의 자이다. 본관은 울산(蔚山), 호는 장와(藏窩)이며, 세상에서 맥호선생(麥湖先生)으로 불렸다. 울산 김씨 29대손이자 문정공파(文正公派)의 파조(派祖)인 김인후(金麟厚)의 7대손이다. 저자의 아버지 김원행(金元行, 1702~1772)의 문인이자 저자의 문인으로, 저자보다 20세 아래이다. 《승정원일기》에 1791년(정조15)에 영릉 참봉(英陵參奉), 1792년에 강릉 참봉(康陵參奉), 1796년(정조20)에 사옹원 주부(司饔院主簿)와 사헌부 지평(司憲府持平), 1808년(순조8)에 사헌부 장령(司憲府掌令)에 제수된 기록이 보인다. 《蔚山金氏族譜, 서울: 국립중앙도서관(한古朝58-가), 29世》

〔문 2〕 아버지에게 전처와 후처가 있는데, 전처의 아들이 계모의 부모와 형제에 대해 계모가 살아계실 경우 복(服)이 있습니까? 없습니까? 후처의 아들 역시 전모(前母)의 부모와 형제에 대해 복이 있습니까? 없습니까?

〔답〕《예기》〈복문(服問)〉에 이르기를 “〈전(傳)〉에 ‘어머니가 쫓겨났으면 계모의 친족을 위해 복을 입고, 어머니가 돌아가셨으면 자기 어머니의 친족을 위해 복을 입는다.〔母出則爲繼母之黨服, 母死則爲其母之黨服.〕’라고 하였으니, 자기 어머니의 친족을 위해 복을 입는다면 계모의 친족을 위해서는 복을 입지 않는다.”라고 하였는데, 이에 대한 정현(鄭玄)의 주(注)에 “비록 외친[118]이라 할지라도 두 개의 계통이 없는 것이다.〔雖外親, 亦無二統.〕”라고 하였습니다. 이에 근거한다면 쫓겨난 어머니의 아들이 아니면 계모의 친족을 위해서는 복을 입지 않는다는 것을 알 수 있습니다.

전모의 친족에 대해서는 예(禮)에 근거할만한 글이 없지만, 〈상복소기(喪服小記)〉의 “가까운 분에게 합부한다.〔祔於親者〕”[119]라는 뜻으로 미루어보면 마찬가지로 자기 어머니의 친족에게만 입어야 할 것입니

---

118 외친(外親) : 이성(異姓)의 인친(姻親)인 처족(妻族)과 모족(母族)을 이른다. 《의례》〈상복(喪服)〉정현(鄭玄)의 주에 “외친은 성이 다르니 그를 위한 본복은 시마복을 넘지 않는다.〔外親異姓, 正服不過緦.〕”라는 내용이 보인다.

119 가까운 분에게 합부한다 : 《예기》〈상복소기(喪服小記)〉에 “며느리는 시할머니에게 합부하는데, 시할머니가 세 분이면 가까운 분에게 합부한다.〔婦祔於祖姑, 祖姑有三人, 則祔於親者.〕”라는 내용이 보인다. 정현의 주에 따르면 ‘가까운 분〔親者〕’은 시아버지를 낳은 분이다.

다. 만약 자기 어머니의 친족을 위해 이미 복을 입었는데 다시 전모의
친족을 위해 복을 입는다면, 이것은 두 개의 계통을 두는 것이니 어찌
가하겠습니까.

〔문 3〕《의례경전통해속(儀禮經傳通解續)》 권25 〈종묘(宗廟)〉에
"대부는 묘(廟)가 세 개이다.〔大夫三廟〕"[120]라는 구절이 있는데, 이
에 대한 소(疏)에 이르기를 "별자가 아니라 하더라도 최초로 벼슬한
분 역시 태조가 된다.〔雖非別子, 而始爵者亦爲太祖.〕"[121]라고 하였습
니다.

　　우리나라의 사대부들은 이미 대부의 예를 섞어 쓰고 있으니, 주자
가 비록 "사에게는 태조가 없다.〔士無太祖〕"[122]라는 말을 하였지만

120　대부는……개이다 : 대부는 소묘(昭廟), 목묘(穆廟), 태조묘 등 모두 3개의 묘를
둔다.

121　별자가……된다 : '별자'는 제후의 적장자 이외의 아들을 이른다. 별자는 일반적
으로 별자의 적장자로 계승되는 대종(大宗)의 태조가 된다. 공영달(孔穎達)의 정의(正
義)에 따르면 별자가 아니라 하더라도 태조가 되는 경우가 세 가지 있다. 첫째, 별자가
최초로 경대부가 되었다 하더라도 중간에 폐해졌다가 먼 후손이 다시 처음으로 작명(爵
名)을 얻은 경우에는 이 후손을 태조로 삼고 별자를 태조로 삼지 않는다. 둘째, 별자와
자손이 모두 작명을 얻지 못하고 먼 후손이 처음으로 작명을 얻은 경우에는 이 후손이
태조가 된다. 셋째, 결코 제후의 자손이 아니지만 이성(異姓)으로서 대부가 되었거나
다른 나라의 신하로서 본국에 와서 처음으로 대부가 된 경우에는 이들이 태조가 된다.
《禮記正義 王制》

122　사(士)에게는 태조가 없다 : 《주자전서》에 "《예기》〈왕제〉에 '천자는 묘가 7개이
니, 소묘 3개와 목묘 3개, 그리고 태조의 묘와 함께 7개이다. 제후·대부·사는 각각
두 개씩 강등한다.'라고 하였고, 《예기》〈제법〉에는 또 '적사는 묘가 2개이고 관사는
묘가 하나이다.'라는 글이 있으니, 대체로 사는 태조가 없고 모두 그 할아버지와 아버지

사당의 제도에 이르러서만 유독 대부의 예를 쓸 수 없겠습니까. 그리고 비록 대부의 예를 쓴다 하더라도 세 개의 묘(廟)를 만들지 않고 하나의 사당만 만든다면 혹여 권도(權道)로서 알맞은 예가 되지 않겠습니까.

하서옹(河西翁 김인후(金麟厚))[123]은 비록 공이 있는 분은 아니지만 또한 덕이 있다고 이를 만합니다. 그렇다면 우리 가문에 있어서는 최초로 벼슬한 분에 비견할 수 있으니, 또한 근거할만한 단서가 있는 것이 아니겠습니까.

〔답〕 이성(異姓)의 대부 역시 태조가 될 수 있다는 것은 비록 공영달(孔穎達)의 소에 논한 것이 있지만,[124] 그 아래에 또 스스로 "이것은

에게까지만 제사한다.〔王制: 天子七廟, 三昭三穆與太祖之廟而七; 諸侯, 大夫, 士, 降殺以兩. 而祭法又有適士二廟, 官師一廟之文, 大抵士無太祖而皆及其祖, 考也.〕"라는 내용이 보인다.《朱子全書 卷39 禮3 祭》

123 하서옹(河西翁) : 김인후(金麟厚, 1510~1560)이다. 본관은 울산(蔚山), 자는 후지(厚之), 호는 하서(河西)·담재(湛齋)이다. 울산 김씨 문정공파(文正公派)의 파조(派祖)이다. 1531년(중종26)에 사마시에 합격하여 성균관에 입학하여 퇴계(退溪) 이황(李滉)과 교유관계를 맺었다. 1540년(중종35)에 문과에 급제하고 이듬해 호당(湖堂)에 들어가 사가독서(賜暇讀書) 하였다. 1543년(중종38)에 홍문관 박사 겸 세자시강원 설서, 홍문관 부수찬에 임명되어 세자를 보필하고 가르치는 직임을 맡았다. 1545년(인종1)에 인종이 죽고 을사사화가 일어나자, 병을 핑계로 고향인 전남 장성(長城)에 돌아가 성리학 연구에 전념하였으며, 이후 수차례의 벼슬 제수에 모두 사직하고 나가지 않았다. 1796년(정조20)에 문묘에 배향되었다. 저서에《하서집(河西集)》·《주역관상편(周易觀象篇)》·《서명사천도(西銘事天圖)》·《백련초해(百聯抄解)》등이 있다. 시호는 문정(文正)이다.

124 이성(異姓)의……있지만 : 공영달의 소는 305쪽 주121 참조.

하나라와 은나라의 예이다.〔是夏, 殷之禮.〕"[125]라고 하였으니, 그렇다면 그 일을 징험하기 어렵다는 것을 이미 알 수 있습니다.

그러나 여기에서는 또한 《주자가례(朱子家禮)》를 논하지 않았는데, 《주자가례》는 바로 고례를 참작하여 지금 통할 수 있는 책입니다. 《주자가례》〈대상(大祥)〉에는 단지 별자가 태조가 된다는 것을 주장한 글만 있고 이성(異姓)의 대부는 애초에 언급하지도 않았습니다.[126] 또 더구나 《경국대전(經國大典)》에도 역시 이성의 대부가 태조가 된다는 법이 없습니다.[127]

---

125 이것은……예이다 : 공영달(孔穎達)은 정현(鄭玄)이 조상(趙商)의 물음에 답한 글을 인용하여, 〈왕제(王制)〉에서 논한 것은 은(殷)나라의 제도이기 때문에 별자(別子)가 아니라 하더라도 태조의 묘(廟)를 세울 수 있지만, 주(周)나라의 제도에는 비록 대부가 되었다 하더라도 별자의 후손이 아니면 아버지·할아버지·증조할아버지의 묘를 세울 수 있을 뿐, 태조가 될 수는 없다고 하였다. 그래서 정현이 "〈제법〉은 주나라의 예이고, 〈왕제〉에서 말한 것은 아마도 하나라와 은나라의 제도가 뒤섞여 있어서 주나라와 제도와 합치되지 않은 듯하다.〔祭法, 周禮 ; 王制之云, 或以夏, 殷雜, 不合周制.〕"라고 한 것이라고 하였다.

126 단지……않았습니다 : 《가례》〈상례(喪禮) 대상(大祥)〉에 "만일 친이 다한 조상이 있는데 별자일 경우에는 축판에 '……'라고 고한 뒤에 그 신주를 묘소로 옮기되 매안하지 않는다. 지자이지만 족인 중에 친이 아직 다하지 않은 자가 있으면 축판에 '……'라고 고하고 끝나면 최장방으로 옮겨 그 제사를 주관하게 한다.〔若有親盡之祖而其別子也, 則祝版云云告畢, 而遷於墓所不埋 ; 其支子也而族人有親未盡者, 則祝版云云告畢, 遷於最長之房, 使主其祭.〕"라는 내용이 보인다.

127 경국대전(經國大典)에도……없습니다 : 《경국대전》〈예전(禮典) 봉사(奉祀)〉에는 "처음으로 공신이 된 자는 대수가 비록 다했다 하더라도 체천하지 않고 별도로 그를 위한 감실을 하나 세운다.〔始爲功臣者, 代雖盡不遷, 別立一室.〕"라고 하여 공신이 된 경우만을 별도의 태조로 인정하고 있으며, 이 사람이 이성(異姓)인지 동성(同姓)인지의 여부를 언급하지 않고 있다.

이제 주자의 가르침과 지금 시행되는 우리나라의 제도를 버리고 멀리 징험하기 어려운 공영달의 소를 따른다면 구차한 것이 아니겠습니까. 이것으로 조상을 높이는 것은 높이는 방법이 아닐 듯합니다. 그대 집안에서 이미 행하고 있는 일이라는 것을 알지만 질의를 받았기 때문에 감히 어리석은 의견을 다 피력하지 않을 수 없었습니다. 황공하고 황공합니다.

김사구에게 답하다 2

答金士久

[문 1] 먼 조상의 면례(緬禮 이장(移葬))를 주관하는 사람에 대해서는 삼가 가르침을 받고 더 이상 의심할 것이 없게 되었습니다.[128] 그러나 산사(山事)를 이미 종손이 주관한다면 사당에 고하는 것도 산사입니다. 일을 주관하는 종손이 곧바로 고하는 것이 혹여 한 가지 일의 의리에는 괜찮지만 면례가 끝난 뒤 사당으로 돌아와 고할 때에는 다시 문제가 없겠습니까?

[답] 전에 먼 조상의 면례에 비록 제사를 모시는 최장방이 있다 하더라도 종손이 주관해야 한다고 말한 것은 그 일을 중히 여기는 뜻에서 나온 것입니다. 그런데 다시 생각해보니, 고조는 위에서 체천되고 소종은 아래에서 바뀝니다.[129] 이때에 이르면 이미 종손이라는 이름이 없어지니 또 어떻게 종손의 일을 행하겠습니까. 대체(大體)가 이미 틀렸으니 곳곳에서 막히는 것도 이상할 것이 없습니다.

---

128 먼……되었습니다 : 303쪽 〈김사구에게 답하다 1〔答金士久〕〉 참조.

129 고조는……바뀝니다 : 《예기》〈상복소기(喪服小記)〉에 "별자는 태조가 되고, 별자를 계승한 적장자는 대종이 되며, 별자의 서자를 아버지로 하여 계승한 적장자는 소종이 된다. 5대가 되면 옮기는 종(宗)이 있으니 고조를 계승한 소종이다. 이 때문에 고조는 위에서 체천되고 소종은 아래에서 바뀐다. 조상을 공경하기 때문에 종을 공경하니, 종을 공경하는 것이 할아버지와 아버지를 공경하는 것이다.〔別子爲祖, 繼別爲大宗, 繼禰爲小宗. 有五世而遷之宗, 其繼高祖者也. 是故祖遷於上, 宗易於下. 尊祖故敬宗, 敬宗所以尊祖禰也.〕"라는 내용이 보인다.

이제 단지 장방으로 하여금 이를 주관하게만 한다면 모든 것이 순하고 올바르게 될 것입니다. 장방이 종손과 비록 경중은 다르지만 이미 그 제사를 주관하고 있으니, 또한 그 면례를 주관하는 것이 이치에 당연합니다. 창졸간에 제멋대로 대답하여 '자신을 그르치고 남을 그르치는 짓〔自誤誤人〕'130을 거의 면치 못했으니 부끄럽습니다.

〔문 2〕 묘제(廟制)에 대한 설은 이미 가르침을 받았습니다. 그러나 《의례경전통해(儀禮經傳通解)》는 과연 주자가 정한 것이 아닙니까? 공영달(孔穎達)의 소에서 제시한 삼조(三條)의 설131이 이미 틀리다면 〈상복소기(喪服小記)〉 본주(本註)의 세 별자(別子)에 대한 해석132은 모두 믿을만하지 못한 것입니까? 그렇다면 서성(庶姓)의 대부는 3개의 묘(廟)를 만들 수 없는 것입니까?133 저의 집안일을

---

130 자신을……짓 : 《회암집(晦菴集)》권33 〈여백공에게 답하다〔答呂伯恭〕〉에 "대체로 요즘 세상에 나온 일종의 사이비 주장들은 모두 이러한 의견입니다. 오직 애매모호하지 못할까만 걱정하니, 참으로 남을 속이고 자신을 속이는 일이요, 남을 그르치고 자신을 그르치는 일이라 하겠습니다.〔大抵近世一種似是而非之說, 皆是此箇意見, 惟恐說得不鶻突, 眞是謾人自謾, 誤人自誤.〕"라는 내용이 보인다.

131 삼조(三條)의 설 : 305쪽 주121 참조.

132 상복소기(喪服小記)……해석 : 《예기》〈상복소기(喪服小記)〉 경문은 309쪽 주129 참조. 이에 대한 진호(陳澔)의 주에 "별자에는 세 가지가 있다. 첫 번째는 제후 적장자의 아우이니 적장자와 구별되는 별자이고, 두 번째는 다른 나라에서 온 성(姓)이 다른 공자(公子)이니 본래 본국에 있던 자로 다른 나라에서 오지 않은 자와 구별되는 별자이고, 세 번째는 서성(庶姓)으로서 이 나라에서 일어나 경대부가 된 자이니 벼슬하지 않는 자와 구별되는 별자이다. 이 세 경우 모두를 별자라고 한다.〔別子有三 : 一是諸侯適子之弟, 別於正適 ; 二是異姓公子來自他國, 別於本國不來者 ; 三是庶姓之起於是邦爲卿大夫, 而別於不仕者, 皆稱別子也.〕"라는 내용이 보인다.

지금 시행되는 우리나라의 제도를 가지고 헤아려보면 실로 온당치 못한 점이 있기 때문에 고례(古禮)를 구하여 이를 따르고자 하는 것입니다.

〔답〕《의례경전통해》는 참으로 주자가 정립한 것이지만 그 사이에는 또 고금의 마땅함이 다른 부분이 있습니다. 주석이 분분하여 서로 차이를 보이는 곳에 이르러서는 배우는 자들이 이에 대해 의심나는 것은 제쳐두고 신중하게 행해야 할 것이니, 어찌 한번 수록되었다고 하여 모두 준용할만한 것이라고 말할 수 있겠습니까. 비록 그렇다고는 하나 나는 공영달의 소에 대해 또한 일찍이 배척한 적이 없습니다. 다만 그 '하(夏)나라와 은(殷)나라의……'라고 한 부분[134]을 대번에 따를 수는 없다고 여길 뿐입니다.

〈상복소기〉 진호(陳澔)의 주에서 세 별자(別子)에 대한 해석[135]은 천년 동안 전해오는 예가(禮家)의 오랜 해석을 곧장 쓸어버리고 새로운 말을 처음으로 만들어낸 것일 뿐 아니라, 또 그의 해석은 '별(別)' 자 한 글자를 간신히 해석했을 뿐 '자(子)' 자의 의미에 대해서는 더 이상 미루어 밝히지 않았으니, 이것은 어리석은 내가 알 수 없는 점입니다. 그런데 그대는 도리어 이를 인용하여 중요한 근거로 삼고자 하니, 사람의 견해가 다른 것이 이런 점이 있는가 봅니다.

---

133 의례경전통해(儀禮經傳通解)는……것입니까 : 관련 내용이 《의례경전통해》권5 〈오종(五宗)〉에 보인다. 273쪽 주71, 303쪽 〈김사구에게 답하다 1〔答金士久〕〉 참조.

134 하(夏)나라와……부분 : 307쪽 주125 참조.

135 상복소기……해석 : 310쪽 주132 참조.

보내준 편지에서는 또 나의 설대로라면 서성(庶姓)의 대부는 세 개의 묘(廟)를 갖출 수 없다고 하였는데, 어찌 그러겠습니까. 대부의 묘제(廟制)는, 그가 별자의 적장자로 계승되어온 후손이라면 소묘(昭廟) 하나, 목묘(穆廟) 하나, 그리고 태조의 묘와 합쳐 묘가 세 개이며, 별자의 적장자로 계승되어온 후손이 아니라면 태조묘는 없고 아버지묘, 할아버지묘, 증조할아버지묘 이렇게 묘가 세 개입니다. 그 내용이 《예기》〈왕제(王制)〉와 〈제법(祭法)〉의 주소(注疏)에 자세히 갖추어져 있고 《의례경전통해속(儀禮經傳通解續)》에도 이미 수록되어 있는데,[136] 즉 〈종묘(宗廟)〉편 공영달(孔穎達)의 소 아래의 단락에 보인다.- 그대는 아직 보지 못하였습니까. 대체로 이 단락에 대해 논한 것은 약간 한쪽에 얽매인 잘못이 있으니, 다시 마음을 비우고 반복해보는 것이 좋을 듯합니다.

〔문 3〕 묘제(墓祭)는 대수(代數)가 다한 뒤에도 종손이 대대로 주관합니까? 묘전(墓田)을 설치하여 여러 사람이 돌아가며 관장한다면 여러 사람이 주관합니까? 원묘(遠墓)에 매년 한 번 지내는 제사에 쓰는 축문을 가장 높은 자가 주관하는 것은 무슨 의미입니까? 불천위(不遷位)의 묘제를 종손이 이미 주관한다면 비록 백대(百代)의 후손이라 해도 축문에는 '효몇대손〔孝幾代孫〕'이라고 칭할 수 있습니까? 불천위의 신주를 묘소에 보관한다면 묘제만 지낼 뿐인데,[137]

---

136 왕제(王制)와……있는데 : 관련 내용이 《의례경전통해속》 권25 〈종묘(宗廟)〉에 보인다. 307쪽 주125 참조.
137 불천위의……뿐인데 : 《가례》 〈통례(通禮) 사당(祠堂)〉 본주에 "대종의 집안에서 시조의 친이 다하면 그 신주를 묘소에 보관한다. 대종이 여전히 그 묘전을 주관하여 그 묘제를 모시는데, 해마다 종인을 거느리고 가서 한 차례 제사를 지내어 백세토록

그 신주의 방제(旁題)를 대대로 고쳐 써야 합니까?

〔답〕 체천한 조상으로 장방(長房)도 이미 대수(代數)가 다한 경우에는 그 묘제(墓祭)는 일 년에 한 번만 지내는데, 후손들 중 종실의 웃어른이 주인의 일을 행합니다.[138] 이때 그 축문에 자신을 칭하여 '후손(後孫)'이라고 하거나 '몇대손〔幾代孫〕'이라고 하는 것이 모두 안될 것이 없습니다.

불천위의 조상이어서 종손이 제사를 주관한다면 《가례》의 선조(先祖)에게 제사지내는 격례에 따라 '효손(孝孫)'으로 칭해야 할 듯합니다.[139] 다만 할아버지에게 칭하는 것과 혼동된다면 '효몇대손(孝幾代

고치지 않는다.〔大宗之家, 始祖親盡, 則藏其主於墓所, 而大宗猶主其墓田, 以奉其墓祭, 歲率宗人一祭之, 百世不改.〕"라고 하였는데, 이에 대한 양복(楊復)의 주에 "무릇 그 신주를 묘소에 보관하고 매안하지 않는다면 묘소에 필시 사당을 두어서 묘제를 모셨을 것이다.〔夫藏其主於墓所而不埋, 則墓所必有祠堂而奉墓祭.〕"라는 내용이 보인다. 송시열(宋時烈, 1607~1689)이 손자인 송회석(宋晦錫, 1658~1688)에게 보낸 편지에 따르면, 광평대군(廣平大君) 이여(李璵, 1425~1444)의 7세손인 이후원(李厚源, 1598~1660)의 집안에서는 시조인 광평대군의 묘소 아래에 사당을 두고 그 신주를 보관하여 당시까지도 제사를 지냈다고 한다. 《宋子大全 卷128 答晦錫》

138 체천한……행합니다 : 《가례》〈통례(通禮) 사당(祠堂)〉 본주에 "시조의 2세 이하의 조상으로 친이 다한 경우나 소종의 집안에서 고조의 친이 다한 경우에는 그 신주를 체천하여 매안하고, 그 묘전은 여러 사람이 번갈아가며 관장한다. 해마다 그 자손을 거느리고 가서 한 차례 제사를 지내는데, 시조에 대한 제사처럼 역시 백세토록 고치지 않는다.〔其第二世以下祖親盡及小宗之家高祖親盡, 則遷其主而埋之, 其墓田則諸位迭掌, 而歲率其子孫一祭之, 亦百世不改也.〕"라는 내용이 보인다.

139 가례의……듯합니다 : '선조(先祖)'는 정자(程子)에 따르면 '시조 이하부터 고조 이상의 조상〔初祖以下高祖以上之祖〕'을 이른다. 《가례》〈제례(祭禮) 선조(先祖)〉의

孫)'으로 바꾸는 것도 무방할 듯하니, 퇴계(退溪 이황(李滉))와 동춘(同春 송준길(宋浚吉))의 설[140]이 모두 이와 같습니다.

불천위의 신주는 비록 묘소에 보관한다 하더라도 참으로 대대로 고쳐 써야 할 것이니, 방제는 앞의 축문에서 칭한 대로 할 뿐입니다.

축문에 "축문은 '초'를 '선', '중동양지'를 '입춘생물'로 바꾸고 나머지는 모두 초조(初祖)의 축문과 같다.〔祝詞改初爲先, 仲冬陽至爲立春生物, 餘並同.〕"라고 하였는데, 〈제례(祭禮) 초조(初祖)〉에 "축문은 다음과 같다. '유년세월삭일자에 효손 아무개가 감히 초조고와 초조비에게 밝게 고합니다. 지금은 중동 11월로 양이 처음 이르는 때라 근본에 보답하는 뜻을 좇아 예를 감히 잊지 못합니다. 삼가 결생·유모·자성·예제로 공경히 한 해의 정기 제사를 올리오니 부디 흠향하소서.〔祝詞曰: 維年歲月朔日子, 孝孫姓名, 敢昭告于初祖考, 初祖妣. 今以仲冬陽至之始, 追惟報本, 禮不敢忘. 謹以潔牲, 柔毛, 粢盛, 醴齊, 祇薦歲事. 尙饗.〕"라고 하였다. 이에 따르면 제사를 지내는 후손은 자신을 '효손'이라고 칭해야 한다.

140 퇴계(退溪)와 동춘(同春)의 설 : '퇴계의 설'은 이황(李滉, 1501~1570)이 문인 정구(鄭逑, 1543~1620)에게 답한 편지에 보인다. 정구가 나라에 공로가 있어 불천위가 된 조상이 있다면 그 축문에 "몇대손 모관 모가 감히 몇대조 모관 부군에게 밝게 고합니다.〔幾代孫某官某, 敢昭告于幾代祖某官府君.〕"라고 써야 하느냐고 묻자, "마땅히 이렇게 해야 한다.〔當如此.〕"라고 대답하고 있다. 저본에서 퇴계 역시 '효몇대손〔孝幾代孫〕'이라고 칭하도록 했다는 것은 자세하지 않다. '동춘의 설'은 송준길(宋浚吉, 1606~1672)이 59세 때인 1664년(현종5)에 문인 채지면(蔡之沔, 1639~1689)에게 답한 편지에 보인다. 채지면이 불천위 신주의 방제(旁題)는 4대가 지나도 여전히 '효현손(孝玄孫)'이라고 칭해야 하는지, 아니면 '몇대손〔幾代孫〕'이라 쓰고 '효' 자를 삭제해야 하는지에 대해 묻자, 송준길은 "방제 역시 '효몇대손'이라고 쓰는 것이 또한 무방할 듯하다.〔傍題亦書以孝幾代孫, 恐亦不妨.〕"라고 대답하였다. 《退溪集 卷39 答鄭道可問目》《同春堂別集 卷6 答蔡生〔之沔○甲辰〕》

김사구에게 답하다 3

答金士久

물어보신 여러 조항들은 삼가 잘 알았습니다. 장파(長派 장방(長房))의 자손이 이미 먼저 죽었다 하더라도 이미 5대손이 있다면 종통을 엄히 하는 뜻에 있어 이 후손으로 하여금 상(喪)을 주관하게 하고 상이 끝나면 바로 차방(次房)의 자손에게 옮겨야 할 듯합니다. 그러나 예(禮)에 명확한 근거가 없으니 감히 단정하여 말하지는 못하겠습니다.

불천위(不遷位)에 묘제(墓祭)만 지낸다는 것은 우옹(尤翁 송시열(宋時烈))의 설이니,[141] 《가례》의 '제전을 둔다〔置祭田〕' 조에 보이는 "봉사대수가 다하면 묘전을 만든다.〔親盡則以爲墓田.〕"라는 구절[142]에 근거를 둔 듯합니다. 비록 사시제(四時祭)와 기일제(忌日祭)를 폐한다 하더라도 그 신주를 매안(埋安)하지 않고 종손을 봉사손으로 방제(旁題)

---

141 불천위(不遷位)에……설이니 : 우암(尤庵) 송시열(宋時烈, 1607~1689)이 문인 이선(李選, 1632~1692)에게 보낸 편지에 "그 불천위의 신주를 이미 묘소에 보관하였다면 사시제와 기일제는 마땅히 예에 따라 폐해야 할 것이다. 양복(楊復)이 이미 '사당을 두고 묘제를 지낸다.'라고 하였으니, 그렇다면 묘제라는 이름은 여전히 있지만 사실은 신주에 제사를 지내는 것이다.〔其神主旣藏於墓所, 則時祭, 忌祭當準禮廢之, 而楊氏旣曰有祠堂以奉墓祭云, 則是墓祭之名猶在, 而其實行之於神主也.〕"라는 내용이 보인다. 《宋子大全 卷72 答李擇之》

142 가례의……구절 : 《가례》〈통례(通禮) 사당(祠堂)〉에 "처음 사당을 세우면 현재 있는 전지를 계산하여 매 감실마다 그 20분의 1을 취하여 제전으로 삼고, 친이 다하면 묘전으로 삼는다. 이후의 정위와 부위는 모두 이와 같다. 종자가 주관하여 제사 비용을 지급한다.〔初立祠堂, 則計見田, 每龕取其二十之一, 以爲祭田, 親盡則以爲墓田. 後凡正位, 祔位皆放此. 宗子主之, 以給祭用.〕"라는 내용이 보인다.

하며 종손이 그 제사를 주관한다면 어찌 불천위가 되는 것에 문제가 되겠습니까.

기학록[143]에게 답하다

答奇學祿

[문] 나주(羅州)의 경현서원(景賢書院)[144]은 바로 한훤당(寒暄堂 김굉필(金宏弼)), 일두(一蠹 정여창(鄭汝昌)), 정암(靜菴 조광조(趙光祖)), 회재(晦齋 이언적(李彦迪)), 퇴계(退溪 이황(李滉)) 다섯 선생의 영령을 모시는 곳입니다. 그 뒤에 학봉(鶴峰) 김 선생(金先生 김성일(金誠一))을 배향하였는데 그 신위를 동쪽에 모셨으며, 그 뒤에 또 고봉(高峰 기대승(奇大升)) 선생을 추가로 배향하였는데 그 신위를 서쪽에 모셨습니다. 이것은 추가로 배향하는 데 선후가 있어서인데, 헌작(獻爵)과 독축(讀祝)은 고봉에게 먼저 하고 학봉에게 나중에 하고 있습니다.

근래 선비들이 논하기를, 배위(配位)의 동서(東西)에도 차례가 있으니 성묘(聖廟 문묘(文廟))에서 안자(顏子 안회(顏回))를 동쪽에 모시고 증자(曾子 증점(曾點))를 서쪽에 모신 것을 보면 알 수 있다고

---

143 기학록(奇學祿) : 본관은 행주(幸州), 아버지는 정간공(靖簡公) 기언정(奇彦鼎)이며, 고봉(高峰) 기대승(奇大升)의 후손이다.

144 경현서원(景賢書院) : 1584년(선조17)에 지방 유림이 김굉필(金宏弼, 1454~1504)의 학문과 덕행을 추모하기 위해 전라도 나주(羅州) 금성산 아래에 금양서원(錦陽書院)이라는 이름으로 창건하였다. 1589년(선조22)에 정여창(鄭汝昌, 1450~1504), 조광조(趙光祖, 1482~1519), 이언적(李彦迪, 1491~1553), 이황(李滉, 1501~1570)을 추가로 배향하였으며, 1609년(광해군1)에 지금의 이름으로 사액되었다. 1693년(숙종19)에는 또 기대승(奇大升, 1527~1572)과 김성일(金誠一, 1538~1593)을 추가로 배향하였다. 대원군의 서원철폐령으로 1868년(고종5)에 훼철되었다가 1977년 전라남도 유림에 의해 복원하였다.

합니다. 고봉과 학봉은 모두 퇴계 문하의 고제(高弟)로 고봉의 연세가 학봉보다 많습니다. 이 때문에 헌작과 독축은 이미 고봉에게 먼저 하고 있지만, 그 위차(位次)에 있어서는 학봉을 동쪽에 모시고 고봉을 서쪽에 모셔 분명치 못하다는 탄식이 있습니다. 그리하여 위차를 고쳐 바로잡으려고 하는데, 한 쪽의 의론은 또 신도(神道)는 오른쪽을 숭상하기 때문에 서쪽에 배향하는 것이 동쪽에 배향하는 것보다 중하니 고쳐 바로잡을 필요가 없다고도 합니다. 어떻게 생각하십니까?

[답] 일전에 찾아 주어 한 번 만나보고 싶은 바람을 이루어 주었으니 누추하게 지내는 저에게 매우 고마운 일이었습니다. 그런데 또 이렇게 편지를 보내주어 그동안 기거가 더욱 좋다고 하시니, 구차한 저의 위안이 되고 고마운 마음 그지없습니다. 이안(履安)은 줄곧 병으로 혼몽하게 지내고 있으니 스스로 가련해한들 어찌하겠습니까.

말씀하신 경현서원 배향의 위차는 이렇듯 몽매한 제가 어찌 감히 의견을 낼 수 있겠습니까. 다만 평소 의문만 쌓이고 결론이 나지 않은 것에 대해 도로 가르침을 구할 따름입니다.

주자는 《가례(家禮)》에서 사당의 위차에 대해 이미 서쪽을 상위로 하는 제도를 사용했으면서도[145] 자신이 건립한 창주서원(滄洲書院)[146]

---

145 주자는……사용했으면서도:《가례》〈통례(通禮) 사당(祠堂)〉'네 개의 감실을 만들어 조상의 신주를 모신다〔爲四龕以奉先世神主〕'조에, "대종과 고조를 계승한 소종의 사당은, 고조할아버지의 신위가 가장 서쪽에 있고, 증조할아버지의 신위가 그 다음이고, 할아버지의 신위가 그 다음이고, 아버지의 신위가 그 다음이다.〔大宗及繼高祖之小宗, 則高祖居西, 曾祖次之, 祖次之, 父次之.〕"라는 내용이 보인다.

146 창주서원(滄洲書院):주희(朱熹, 1130~1200)가 65세 되던 1194년 12월 12일에

에 있어서는 마침내 염계(濂溪 주돈이(周敦頤))¹⁴⁷를 동쪽에 모시고 명도
(明道 정호(程顥))¹⁴⁸를 서쪽에 모셔서 또 동쪽을 상위로 삼은 것처럼
하였는데, 무엇 때문이겠습니까? 어찌 학궁(學宮)은 가묘(家廟)와 달
라서가 아니겠습니까? 설령 그렇다고 해도 창주서원만 이와 같을 뿐
아니라 문묘(文廟) 역시 이러합니다. 옛날 소목(昭穆)의 법에 있어서
는 비록 가묘라 하더라도 이렇게 하지 않은 적이 없습니다.

낙성하여 이후 여생을 보내며 학문 연구와 후학 양성에 힘을 쏟았던 서원으로, 송대(宋
代) 4대 서원의 하나이다. 주희는 1192년에 아버지 주송(朱松, 1097~1143)의 유지(遺
志)를 따라 지금의 복건성 건양시(建陽市) 고정촌(考亭村)에 집을 짓고 살았는데, 사
방에서 온 학자들이 많아지자 다시 그 동쪽에 죽림정사(竹林精舍)를 짓고 이곳에 거처
하였다. 뒤에 다시 창주정사(滄洲精舍)라고 하였다. 주희 사후인 1244년에 '고정서원
(考亭書院)'으로 사액되었다. 앞에는 명륜당(明倫堂)을 짓고 또 그 앞에는 연거묘(燕居
廟)를 세워 공자를 모셨다. 공자의 상(像)을 중앙에 배치하고 안자(顔子)・증자(曾
子)・자사(子思)・맹자(孟子)를 북쪽을 상위로 하여 서향으로 배치하였으며, 주돈이
(周敦頤)・정이(程頤)・사마광(司馬光)・이통(李侗)을 동쪽에 차례로 배치하고 정
호(程顥)・소옹(邵雍)・장재(張載)를 서쪽에 차례로 배치하였다. 《朱子語類 卷90》
《束景南, 朱熹年譜長編, 上海: 華東師範大學出版社, 2001, 1199~1201쪽》

147 염계(濂溪): 주돈이(周敦頤, 1017~1073)의 호이다. 북송 시대 철학가로, 이학
(理學)의 비조(鼻祖)이다. 본명은 돈실(敦實)이다. 송나라 영종(英宗) 조서(趙曙)의
초명인 조종실(趙宗實)을 피휘하여 돈이로 개명하였다. 자는 무숙(茂叔)이며, 염계선
생(濂溪先生) 또는 주자(周子)로 불린다. 정호(程顥)와 정이(程頤) 형제가 스승으로
섬겼다. 저서에 《태극도설(太極圖說)》, 《역통(易通)》, 《주자전서(周子全書)》 등이
있다.

148 명도(明道): 정호(程顥, 1032~1085)의 호이다. 북송 이학의 기초를 다졌다. 자
는 백순(伯淳)이며 시호는 순(純)이다. 지금의 하남성 낙양(洛陽) 사람이다. 동생 정이
(程頤)와 함께 이정(二程)으로 불린다. 뒤에 남송에 와서 주희(朱熹, 1130~1200)가
이정의 학문을 계승, 발전시켜 세상에서는 이들의 학문을 정주학파(程朱學派)로 부른
다. 저서에 《정성서(定性書)》, 《식인편(識仁篇)》, 《이정전서(二程全書)》 등이 있다.

내 생각에 일렬로 나란히 모실 때에는 서쪽을 상위로 삼고 좌우로 마주보도록 모실 때에는 동쪽에서부터 시작하는 듯합니다. 비록 의미가 과연 어떤지는 알지 못하겠지만 그 이미 행해져온 자취가 이와 같은 점이 있으니. 이제 또한 이에 따라 행하는 것이 비교적 근거가 있을 듯합니다. 오직 널리 문의하여 처리해야 할 것입니다. 눈이 침침하여 이만 줄이고 격식을 펴지 않습니다.

문입중[149] 약연 에게 답하다 1

答文立中 躍淵

[문 1] 외삼촌의 자식과 고모의 자식을 '자매'라고 말하지 않는 것은 무엇 때문입니까?

[답] 이미 종모(從母 이모)의 형제자매를 통틀어서 '종모의 자식'이라고 말하고 있으니, 외삼촌의 자식과 고모의 자식 역시 겸하여 형제자매라고 칭할 수 있다는 것을 알 수 있습니다.

[문 2] 아버지가 살아계시면 처를 위하여 상장(喪杖)을 짚지 않는데,[150] 따로 사는 서부(庶婦)의 상(喪)에 그 남편이 상주로서 상장을

---

149 문입중(文立中) : '입중'은 문약연(文躍淵, 1742~?)의 자이다. 본관은 남평(南平)이며, 저자보다 20세 아래이다. 33세인 1774년(영조50)에 문과에 급제하고, 봉상시 주부(奉常寺主簿), 예조좌랑(禮曹佐郎), 황해 도사(黃海都事), 성균관 전적(成均館典籍), 성균관 사예(成均館司藝), 사헌부 장령(司憲府掌令), 정의 현감(旌義縣監), 사간원 정언(司諫院正言), 대동 찰방(大同察訪) 등을 역임하였다. 1804년(순조4)에 정언의 신분으로 사헌부 집의(司憲府執義) 이기경(李基慶) 등과 함께 권유(權裕)의 죄를 연명으로 상소하여 약 10개월 동안 북청부(北青府)에 유배되기도 하였다.

150 아버지가……않는데 : 《의례》〈상복(喪服)〉 '자최장기(齊衰杖朞)' 조에 "처를 위하여 입는다.〔妻.〕"라는 구절이 보이며, 이에 대한 정현(鄭玄)의 주에 "적자는 아버지가 살아계시면 처를 위하여 상장(喪杖)을 짚지 않는데, 이것은 아버지가 상주가 되기 때문이다. 《예기》〈복문〉에 이르기를 '가장이 상주가 되는 경우는 부인·처·적장자·적부이다.'라고 하였다. 아버지가 살아계시면 아들이 처를 위하여 상장을 짚고 자리에 나아가는 것은 서자인 경우를 이른다.〔適子父在, 則爲妻不杖, 以父爲之主也. 服問曰: 君所

짚을 수 있습니까?

〔답〕아버지가 살아계실 때 처를 위하여 상장을 짚지 않는 것은 고례(古禮)가 비록 이와 같으나, 《가례(家禮)》를 따를 것 같으면 아버지가 살아계시든 돌아가셨든 상관없이 모두 상장을 짚을 수 있습니다.[151] 따로 사는 서부의 상에도 〈분상(奔喪)〉의 글[152]을 따른다면 시아버지가 이 상을 주관합니다. 무릇 이것은 모두 우옹(尤翁 송시열(宋時烈))이 극력 주장한 것[153]으로 이내 근세 통용하는 격례가 되었습니다.

主, 夫人, 妻, 大子, 適婦. 父在, 子爲妻以杖卽位, 謂庶子.〕"라는 내용이 보인다. 또 〈상복〉'자최부장기(齊衰不杖朞)' 조에 "대부의 적자가 처를 위하여 입는다. 〈전〉에 말하였다. '왜 기년복을 입는가? 아버지가 강복(降服)하지 못하는 대상에게 아들 역시 감히 강복하지 못하기 때문이다. 왜 상장을 짚지 않는가? 아버지가 살아계시면 처를 위하여 상장을 짚지 않는 것이다.〔大夫之適子爲妻. 傳曰: 何以期也? 父之所不降, 子亦不敢降也. 何以不杖也? 父在, 則爲妻不杖.〕"라는 구절이 보인다. 이를 종합하면 아버지가 살아계실 때 적자인 아들은 처를 위하여 자최부장기복을 입으며, 서자인 아들은 처를 위하여 자최장기복을 입는다.

151 가례(家禮)를……있습니다 : 《가례》〈상례(喪禮) 성복(成服)〉'자최장기' 조에 "남편이 처를 위하여 입는다.〔夫爲妻也.〕"라고 하였는데, '자최부장기' 조 양복(楊復)의 주에 "그 의복(義服)에 한 조항을 더 넣어야 한다. 즉 부모가 살아계시면 처를 위하여 상장을 짚지 않는다는 조항이다.〔其義服當添一條, 父母在, 則爲妻不杖也.〕"라는 내용이 보인다.

152 분상(奔喪)의 글 : 《예기》〈분상(奔喪)〉에 "일반적으로 상이 났을 때 아버지가 살아계시면 아버지가 상주가 된다.〔凡喪, 父在, 父爲主.〕"라는 내용이 보인다. 이에 대한 정현(鄭玄)의 주에 "빈객과 예를 행하는 것은 존자로 하여금 행하도록 해야 하기 때문이다.〔與賓客爲禮, 宜使尊者.〕"라고 하였다.

153 우옹(尤翁)이……것 : 자세한 내용이 문인 현이규(玄以規)에게 답한 우암의 편지에 보인다. 《宋子大全 卷118 答玄以規》

〔문 3〕 심상(心喪) 중 처의 상복에 대해

〔답〕 심상이 비록 중하기는 하지만 오복(五服) 안에는 들어있지 않습니다. 이 때문에 복(服)이 있는 경우에는 시마(緦麻)나 대공(大功)·소공(小功)과 같은 가벼운 복이라 하더라도 모두 그 본복(本服)을 견지하는 것이니, 선현의 논의가 모두 이러합니다. 심상이 이미 그러하다면 담제(禫祭) 역시 이와 같이 해야 할 것입니다.

〔문 4〕 종자가 아닌 사람으로 할아버지와 아버지가 사당을 달리한다면, 발인 전날 사당을 알현하는 예는 어느 사당에 해야 합니까?

〔답〕 할아버지 사당과 아버지 사당이 같은 집 안에 있다면 고례(古禮)를 따라 먼저 할아버지 사당에 알현하고 뒤에 아버지 사당에 알현해야 합니다. 단지 아버지 사당에만 알현한다면 그 고하는 말은 "아버지 사당에 알현하고자 합니다.〔請朝禰.〕"라고 해야 할 것입니다.

〔문 5〕 상식(上食)을 올릴 때 밥을 동쪽(왼쪽)에 진설하고 국을 서쪽(오른쪽)에 진설하는 것에 대해

〔답〕 밥과 국의 진설을 살아계실 때와 다르게 하는 것은 신도(神道)는 오른쪽을 높이기 때문입니다. 삼년 상중에는 살아있을 때를 형상하기 때문에 밥을 동쪽에, 국을 서쪽에 진설하는 것입니다.[154]

154 삼년…… 것입니다 : 《예기》〈곡례(曲禮)〉에 "일반적으로 식사를 올리는 예절은

〔문 6〕 우제(虞祭)를 지낼 때 축(祝)이 주인의 오른쪽에 서는 것에
대해[155]

〔답〕 흉사(凶事)는 오른쪽을 숭상하고 길사(吉事)는 왼쪽을 숭상하
니, 음양의 뜻이 그러합니다.

〔문 7〕 대상제(大祥祭)의 축문에도 '소심외기 불타기신(小心畏忌不
惰其身)' 여덟 글자를 사용해야 하는 것에 대해[156]

〔답〕《가례》를 따라야 합니다.

왼쪽에 뼈를 올리고 오른쪽에 살코기를 올리며, 밥은 사람의 왼쪽에 올리고 국은 사람의
오른쪽에 올린다.〔凡進食之禮, 左殽右胾, 食居人之左, 羹居人之右.〕"라는 내용이 보인다.
155　우제(虞祭)를……대해 : 《가례》〈상례(喪禮) 우제(虞祭)〉'초헌(初獻)' 조에 "축
이 축판을 들고 주인의 오른쪽으로 나와서 서향하고 꿇어앉아 축문을 읽는다.〔祝執版出
於主人之右, 西向跪讀之.〕"라는 내용이 보인다.
156　대상제(大祥祭)의……대해 : 《가례》〈상례(喪禮) 소상(小祥)〉에 "축문은 앞과
같이 하는데, 다만 '세월이 머물지 않아 벌써 소상이 되었습니다. 아침 일찍 일어나
밤늦게 잠들도록 조심하고 삼가서 몸을 게을리 하지 않았으며 슬픔과 그리움에 편치
않았습니다. 감히 결생·유모·자성·예제로 이 상사를 올리오니 부디 흠향하소서.'라
고 한다.〔祝版同前, 但云: 日月不居, 奄及小祥. 夙興夜處, 小心畏忌, 不惰其身, 哀慕不
寧. 敢用潔牲, 柔毛, 粢盛, 醴齊, 薦此常事, 尙饗.〕"라고 하고, 《가례》〈상례(喪禮)
대상(大祥)〉'모두 소상의 의절과 같이 한다.〔皆如小祥之儀〕' 조에 "다만 축문의 '소상'
을 '대상'으로 바꾸고 '상사'를 '상사(祥事)'로 바꾼다.〔惟祝版, 改小祥曰大祥, 常事曰祥
事.〕"라는 내용이 보인다. 이에 따르면《가례》에서는 대상과 소상에 모두 '소심외기
불타기신(小心畏忌不惰其身)' 8글자를 사용하는 것이다.

〔문 8〕 우제(虞祭)에는 상장(喪杖)을 실(室) 밖에 기대어 놓은 뒤 실 안으로 들어가고, 부제(祔祭)에는 계단 아래에 두고 당에 올라가며, 소상(小祥)과 대상(大祥)에는 문 밖에 두고 안으로 들어가는 것에 대해[157]

〔답〕 슬픔이 갈수록 줄어들기 때문에 공경을 갈수록 펴는 것입니다.[158]

〔문 9〕 조감(祖龕)은 서쪽을 상위로 하니,[159] 그렇다면 동쪽 계단과 서쪽 계단 역시 존비(尊卑)의 구별을 두어야 합니까?

〔답〕 동쪽 계단과 서쪽 계단으로 오르내리는 것은 살아있는 사람의

---

157 우제(虞祭)에는⋯⋯대해 : 《의례》〈사우례(士虞禮)〉에 "주인이 상장을 당의 서서(西序)에 기대어 놓고 실(室) 안으로 들어간다.〔主人倚杖入.〕"라고 하였는데, 정현(鄭玄)의 주에 "주인이 북쪽으로 돌아서 상장을 서서에 기대어 놓은 뒤에야 들어가는 것이다. 《예기》〈상복소기(喪服小記)〉에 이르기를 '우제에는 상장을 짚고 실에 들어가지 않으며 부제에는 상장을 짚고 당에 올라가지 않는다.'라고 하였다. 그렇다면 소상에는 상장을 짚고 문에 들어가지 않는 것이 분명하다.〔主人北旋, 倚杖西序乃入. 喪服小記曰 : 虞杖不入於室, 祔杖不升於堂. 然則練杖不入於門明矣.〕"라는 내용이 보인다.

158 슬픔이⋯⋯것입니다 : 《예기》〈상복소기〉 정현의 주에 "슬픔이 더욱 줄어들수록 공경은 더욱 많아지기 때문이다. 우제는 정침에서 지내고 부제는 조묘에서 지낸다.〔哀益衰, 敬彌多也. 虞於寢, 祔於祖廟.〕"라는 내용이 보인다.

159 조감(祖龕)은⋯⋯하니 : 《가례》〈통례(通禮) 사당(祠堂)〉'네 개의 감실을 만들어 선조의 신주를 모신다〔爲四龕以奉先世神主〕' 조에 "고조할아버지가 서쪽에 거하고, 증조할아버지가 그 다음, 할아버지가 그 다음, 아버지가 그 다음에 거한다.〔高祖居西, 曾祖次之, 祖次之, 父次之.〕"라는 내용이 보인다.

일이니 신도(神道)와 관계있는 것이 아닙니다. 그러므로 단지 평상시처럼 할 뿐입니다.

〔문 10〕 종헌(終獻)을 친척이나 빈객이 올리는데, 형제도 친척이나 빈객 속에 들어갑니까?

〔답〕《가례》를 보면, 상중(喪中)에 지내는 제사에는 친척이나 빈객이 종헌을 올리고,[160] 시제(時祭)나 기제(忌祭)에는 형제가 종헌을 올

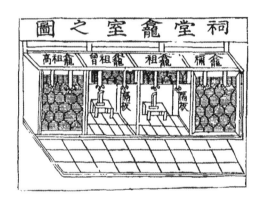

김장생(金長生),《가례집람도설(家禮輯覽圖說)》

---

160 상중(喪中)에……올리고 :《가례》〈상례(喪禮) 우제(虞祭)〉'종헌(終獻)' 조에 "친척이나 빈객 한 사람이 올리는데, 남자나 여자가 행한다.〔親賓一人, 或男或女爲之.〕"라고 하였고, 〈상례(喪禮) 졸곡(卒哭)〉에도 "모두 우제와 같다.〔竝同虞祭.〕"라고 하였다. 또한 소상(小祥)·대상(大祥)·담제(禫祭) 때에도 모두 졸곡 때와 같이 하도록 하고 있다. 다만 〈상례(喪禮) 부제(祔祭)〉'아헌을 올리고 종헌을 올린다〔亞獻, 終獻〕' 조에 "만약 종자 자신이 상주가 되었다면 주부가 아헌을 올리고 친척이나 빈객이 종헌을 올리며, 상주가 종자가 아니라면 상주가 아헌을 올리고 주부가 종헌을 올린다.〔若宗子自爲喪主, 則主婦爲亞獻, 親賓爲終獻; 若喪主非宗子, 則喪主爲亞獻, 主婦爲終獻.〕"라고 하여 상주가 종자가 아닌 경우에는 종헌을 올리는 사람을 우제·부제와 다르

립니다.[161] 그 뜻이 어떤 것인지는 알지 못하겠지만, 요컨대 서로 바꾸어서 해도 무방합니다.

　　〔문 11〕시제(時祭) · 기제(忌祭) · 묘제(墓祭) 때 참례(參禮)나 토지신에게 제사지낼 때와 참신(參神) · 강신(降神)의 선후가 다른 것[162]은 무엇 때문입니까?

〔답〕일반적으로 제사에는 강신을 먼저 하고 참신을 뒤에 하니, 순서는 본래 이와 같아야 합니다. 이것은 반드시 먼저 신이 내려온 뒤에야 비로소 참신을 행할 수 있기 때문입니다. 다만 시제와 기제는 신주를 사당에서 받들어 모시고 나와 정침에 나아가서 행하는 것이고

게 말하고 있다.

161　시제(時祭)나⋯⋯올립니다 : 《가례》〈제례(祭禮) 사시제(四時祭)〉 '종헌(終獻)' 조에 "형제 중 장자, 또는 장남, 또는 친척이나 빈객이 행한다.〔兄弟之長, 或長男, 或親賓爲之.〕"라고 하였는데, 《가례》〈제례(祭禮) 기일(忌日)〉의 '아헌을 올리고, 종헌을 올리고, 유식하고, 문을 닫고, 문을 연다〔亞獻, 終獻, 侑食, 闔門, 啓門〕' 조에 "모두 녜제 때의 의절과 같이 하고 수조례만 행하지 않는다.〔並如祭禰之儀, 但不受胙.〕" 라고 하였으며, 《가례》〈제례(祭禮) 녜(禰)〉에는 "모두 시제 때의 의절과 같이 한다. 〔並如時祭之儀.〕"라고 하였다. 이에 따르면 《가례》에서는 사시제와 기제에 모두 형제 중 장자, 또는 장남, 또는 친척이나 빈객이 행하도록 하고 있다. 저본에서 사시제와 기제에 형제가 종헌을 올린다고 하여 상중에 친척이나 빈객이 종헌을 올리는 것과 구별한 것은 자세하지 않다.

162　시제(時祭)⋯⋯것 : 《가례》에 따르면 시제(時祭) · 녜제(禰祭) · 기제(忌祭) · 묘제(墓祭)에는 참신을 먼저 하고 강신을 뒤에 한다. 정월 초하루 · 동지와 하지 · 매달 초하루와 보름의 참례(參禮), 그리고 묘제를 지낸 뒤에 이어서 토지신인 후토(后土)에게 제사지낼 때에는 강신을 먼저 하고 참신을 뒤에 한다.

묘제는 또 체백(體魄)이 있는 곳이니, 사당이나 묘소에 이르러서 아무것도 모르는 듯 절을 하지 않는 것은 안 될 것입니다. 그러나 여전히 신이 계신 곳을 알지 못하기 때문에 참신을 행한 뒤에 또 강신을 하는 것이니, 그 다른 이유는 단지 이런 이유 때문인 듯합니다.

〔문 12〕"'백리해가 우공이 간할 수 없는 인물임을 알고 간하지 않은 것〔百里奚知虞公之不可諫而不諫〕'이 옳습니까?"163 운운한 것에 대해

〔답〕말씀하신 것이 참으로 옳습니다. 다만 부자(夫子 공자(孔子))께서 사어(史魚)와 거백옥(蘧伯玉), 그리고 세 인자(仁者)의 일을 논한 것164을 보면 또한 일괄적으로 말할 수는 없습니다. 단지 만난 일과

---

163 백리해(百里奚)가……옳습니까 : 《맹자》〈만장 상(萬章上)〉에 "백리해는 우나라 사람이니, 진(晉)나라 사람이 수극에서 생산된 구슬과 굴 땅에서 생산된 말을 가지고 우나라에 길을 빌려 괵나라를 정벌하려 하자, 궁지기는 이것을 간하였고 백리해는 간하지 않았다. 백리해가 우공이 간할 수 없는 인물임을 알고 떠나 진(秦)나라로 가니, 이때 나이가 이미 70세였다. 일찍이 소를 먹이는 것으로 진(秦)나라 목공에게 등용되기를 구하는 것이 더러운 일이 됨을 몰랐다면 그를 지혜롭다 이를 수 있겠는가. 간할 수 없는 인물이기에 간하지 않았으니 지혜롭지 않다고 이를 수 있겠는가. 우공이 장차 멸망할 줄을 알고 먼저 그 곳을 떠났으니 지혜롭지 않다고 이를 수 없다.〔百里奚虞人也. 晉人以垂棘之璧與屈産之乘, 假道於虞以伐虢, 宮之奇諫, 百里奚不諫. 知虞公之不可諫而去之秦, 年已七十矣. 曾不知以食牛干秦穆公之爲汙也, 可謂智乎? 不可諫而不諫, 可謂不智乎? 知虞公之將亡而先去之, 不可謂不智也.〕"라는 내용이 보인다.

164 부자(夫子)께서……것 : 《논어》〈위령공(衛靈公)〉에 "정직하다, 사어여! 나라에 도가 있을 때에도 화살처럼 곧았으며 나라에 도가 없을 때에도 화살처럼 곧았도다.〔直哉史魚! 邦有道如矢, 邦無道如矢.〕"라고 하고, 같은 편에 "군자답구나, 거백옥이여!

처한 상황을 가늠하여 처리해야 할 것입니다.

〔문 13〕 "군자의 유택도 5대면 끊기고 소인의 유택도 5대면 끊긴다.
〔君子之澤五世而斬, 小人之澤五世而斬.〕"¹⁶⁵ 운운한 것에 대해

〔답〕 군자와 소인은 덕으로 말하는 것이 옳으니, 후세 사람들이 잘못
원용한 것을 논한 부분은 매우 분명하고 정확합니다. 그러나 그 말이
본래 사람들을 오해시킬 만한 것이 못되니 또한 굳이 심하게 논변할
필요는 없습니다.

〔문 14〕 "경은 성학의 처음이자 끝이 되는 것이다.〔敬者, 聖學之所以
成始成終.〕"¹⁶⁶ 운운한 것에 대해

〔답〕 말에 병통이 많습니다. 면재(勉齋 황간(黃榦))가 지은 주자의 행
장 중에 "선생은 치지를 경으로 하지 않으면 어둡고 미혹되며 어지러
이 뒤섞여서 의리의 귀착점을 알 수 없고, 궁행을 경으로 하지 않으
면 게으르고 태만하며 제멋대로 행동하여 의리의 실제를 이룰 수 없

나라에 도가 있으면 벼슬하고 나라에 도가 없으면 거두어 속에 감추어 두는구나.〔君子
哉蘧伯玉! 邦有道則仕, 邦無道則可卷而懷之.〕"라고 하였으며, 〈미자(微子)〉에 "미자
는 떠나가고 기자는 종이 되고 비간은 간하다가 죽었다. 공자가 말하기를 '은나라에
세 인자가 있었다.'라고 하였다.〔微子去之, 箕子爲之奴, 比干諫而死. 孔子曰: 殷有三仁
焉.〕"라는 내용이 보인다.
165 군자의……끊긴다 : 《맹자》〈이루 하(離婁下)〉에 보인다.
166 경은……것이다 : 237쪽 주9 참조.

다고 말씀하셨다.〔謂致知不以敬, 則昏惑紛擾, 而無以察義理之歸; 躬行不以敬, 則怠惰放肆, 而無以致義理之實.〕"[167]라는 구절이 있는데, 이 말이 가장 절실하고 마땅합니다.

167 선생은……말씀하셨다 : 《면재집(勉齋集)》〈조봉대부 문화각대제 증 보모각직 학사 통의대부 시문주선생 행장(朝奉大夫文華閣待制贈寶謨閣直學士通議大夫諡文朱先生行狀)〉에 보인다.

문입중에게 답하다 2

答文立中

　〔문 1〕 "명덕을 천하에 밝힌다.〔明明德於天下.〕"[168] 운운한 것에 대해

　〔답〕 "천하 사람들로 하여금 모두 그 명덕을 밝히게 하는 것이다.〔使
天下之人皆有以明其明德.〕"[169]라는 것은 곧 나의 명덕(明德)을 천하에
밝히는 것입니다. 왜 이렇게 말하겠습니까. 명덕과 신민(新民)은 구
분해서 말하면 참으로 두 가지 일이지만, 합쳐서 말하면 신민은 곧
명덕 안에 포함됩니다. 《대학혹문(大學或問)》에서 이른바 "이에 이
르러서야 그 체용의 온전함을 지극히 하여 한마디 말로 이 의미를 제
시하였다.〔至此, 極其體用之全, 一言以擧之.〕"[170]라는 것이 바로 이 뜻
입니다. 돌아가신 증조[171]께서 이에 대해 논한 것이 매우 자세합니다.
그 내용이 유집(遺集)의 잡지(雜識) 중에 들어 있으니[172] 한 번 찾아

168　명덕을 천하에 밝힌다 : 《대학장구(大學章句)》 경(經) 1장에 보인다.

169　천하……것이다 : 《대학장구》 경 1장 주희(朱熹)의 주에 "명덕을 천하에 밝힌다
는 것은 천하 사람들로 하여금 모두 그 명덕을 밝히게 하는 것이다.〔明明德於天下者,
使天下之人皆有以明其明德也.〕"라는 내용이 보인다.

170　이에……제시하였다 : 《대학혹문(大學或問)》 경 1장에 "이 뒷 단락에 이른 뒤
에야 그 체용의 온전함을 지극히 하여 한마디 말로 이 의미를 제시함으로써, 저 천하가
비록 크지만 내 마음의 체가 포괄하지 않음이 없고 사물이 비록 많지만 내 마음의 용이
꿰뚫지 않음이 없음을 보였다.〔至此後段, 然後極其體用之全, 而一言以擧之, 以見夫天
下雖大, 而吾心之體無不該, 事物雖多, 而吾心之用無不貫.〕"라는 내용이 보인다.

171　돌아가신 증조 : 저자의 증조인 농암(農巖) 김창협(金昌協, 1651~1708)을 이른다.

보는 것이 어떻겠습니까.

〔문 2〕 "격물(格物)과 물격(物格)" 운운한 것에 대해

〔답〕 율곡(栗谷 이이(李珥)) 또한 말하기를 "격물의 격은 끝까지 한다는 뜻이 많고, 물격의 격은 도달한다는 뜻이 많다.〔格物之格, 窮底意多 ; 物格之格, 至底意多.〕"[173]라고 하였으니, 바로 보내주신 편지의 내용과 비슷합니다. 그러나 '궁(窮)' 자는 단지 '지(至)' 자의 뜻을 보태는 것 뿐이니, 굳이 지나치게 나누어서 두 가지로 볼 필요는 없을 듯합니다.

사물은 매우 많기 때문에 "격물은 세쇄한 관점에서 말한 것이다.〔格物是零碎說.〕"라고 한 것이며, 지식(知識)은 단지 하나의 지식일 뿐이기 때문에 "치지는 전체의 관점에서 말한 것이다.〔致知是全體說.〕"라고 한 것입니다.[174] 지금 치지와 격물에 각각 전체와 세쇄함이 있다고 말한다면, 공부에 도달함이 있느냐 도달함이 있지 않느냐의 관점에서 말하

---

172 그 내용이……있으니 : 《농암집(農巖集)》 권32 〈잡지(雜識) 내편 2(內篇二)〉에 보인다.

173 격물의……많다 : 《율곡전서(栗谷全書)》 권32 〈어록 하(語錄下) 우계집(牛溪集)〉에 보인다.

174 사물은……것입니다 : 《주자어류(朱子語類)》 권15 〈대학 2(大學二) 경하(經下)〉에 "격물은 사물마다 그 지극한 이치를 궁구하는 것이고, 치지는 내 마음이 알지 못함이 없는 것이다. 격물은 세쇄한 관점에서 말한 것이고, 치지는 전체의 관점에서 말한 것이다.〔格物是物物上窮其至理, 致知是吾心無所不知. 格物是零細說, 致知是全體說.〕"라는 내용이 보인다.

고 공부의 전체와 세쇄함을 말한 것은 아닌 듯하니, 다시 자세히 살펴보시는 것이 좋을 듯합니다.

장형[175]에게 답하다

答張泂

〔문〕 장자(長子)의 상(喪)을 당하여 참최복에 마대(麻帶)를 착용하면서도 관직을 그만두지 않는 것은 그 의리가 무엇입니까? 자하(子夏)가 실명한 것은 애통해하기를 지나치게 한 데서 나온 것인데 죄를 지었다고 책망한 것[176]은 또한 무엇 때문입니까?

〔답〕 장자를 위하여 삼년복을 입는 것은 선왕의 예(禮)이고,[177] 관직

---

175 장형(張泂) : 자세하지 않다.

176 자하(子夏)가……것 : 《예기》〈단궁 상(檀弓上)〉에 다음과 같은 내용이 보인다. 자하가 아들을 잃고 실명하자 증자(曾子)가 붕우 간에는 실명할 경우 조문하는 의리가 있다고 하여 자하에게 조문을 가자, 자하가 곡을 하면서 자신에게 죄가 없다고 하였다. 이에 증자가 "그대가 어찌 죄가 없단 말인가. 내 그대와 함께 수수와 사수 사이에서 부자를 섬겼는데, 그대는 물러나 서하 가에서 노년을 보내면서 서하의 사람들로 하여금 그대를 부자로 의심하게 하였으니 이는 그대의 죄 중에 첫 번째이다. 그대가 어버이를 잃었을 때에는 사람들로 하여금 알려지지 못하게 하였으니 이는 그대의 죄 중에 두 번째이다. 그대가 아들을 잃었을 때에는 그대의 시력을 잃었으니 이는 그대의 죄 중에 세 번째이다. 그런데 그대가 어찌 죄가 없다고 말하는가.〔女何無罪也? 吾與女事夫子於洙泗之間, 退而老於西河之上, 使西河之民, 疑女於夫子, 爾罪一也. 喪爾親, 使民未有聞焉, 爾罪二也. 喪爾子, 喪爾明, 爾罪三也, 而曰爾何無罪與?〕"라고 하자, 자하가 짚고 있던 상장(喪杖)을 내던지고 절을 한 뒤, "내가 잘못하였다. 내가 잘못하였다. 내 무리를 떠나 홀로 거처한 지 또한 이미 오래되었기 때문이다.〔吾過矣, 吾過矣! 吾離群而索居, 亦已久矣!〕"라고 탄식하였다고 한다.

177 장자를……예(禮)이고 : 《의례》〈상복(喪服)〉'참최삼년(斬衰三年)' 조에 "적장자인 아버지가 자신의 적장자를 위하여 입는다.〔父爲長子.〕"라는 내용이 보인다.

을 그만두지 않는 것은 후세의 법입니다.[178] 그러나 법이 이와 같은 이유는 부모의 상보다 조금 가볍게 하고자 한 것으로 지금 이를 시행하고 있으니, 다만 삼가 따라야만 합니다.

[답] 자식을 잃고 애통해하는 것은 이치입니다. 그러나 애통함이 지나쳐 실명하는 데에까지 이르렀다면 정이 과도하여 이치를 어긴 것입니다. 비록 부모의 상이라 할지라도 상을 이겨내지 못하는 것을 불효에 비견하니,[179] 실명한 것 역시 상을 이겨내지 못한 종류입니다. 죄가 있다고 말하는 것이 또한 마땅하지 않겠습니까.

---

178 관직을……법입니다 : 《대당개원례(大唐開元禮)》 권3 〈서례 하(序例下) 잡제(雜制)〉에 "무릇 참최삼년상과 자최삼년상에는 모두 관직을 그만둔다. 자최장기복을 입을 때와, 남의 후사가 된 자가 자신의 친부모를 위하여 또는 서자가 자신의 생모를 위하여 복을 입을 때에도 모두 관직을 그만두어 그 심상의 정을 편다. 그러나 적자의 계모나 자모가 개가하였거나 또는 자신의 종으로 돌아간 지 3년 이상이 되어 본종과 단절이 된 경우, 그리고 아버지가 장자를 위하여나 남편이 처를 위하여 복을 입을 경우에는 모두 관직을 그만두지 않는다.〔凡斬衰三年, 齊衰三年者, 並解官; 齊衰杖周及爲人後者爲其父母若庶子爲其母, 亦解官, 申其心喪. 若嫡繼慈改嫁, 或歸宗三年已上斷絶者及父爲長子, 夫爲妻, 並不解官.〕"라는 내용이 보인다.

179 상을……비견하니 : 《예기》 〈곡례 상(曲禮上)〉에 "거상하는 예는 머리에 부스럼이 있으면 머리를 감고, 몸에 종기가 있으면 목욕을 하며, 병이 있으면 술을 마시고 고기를 먹지만 병이 그치면 처음으로 돌아가니, 상을 이겨내지 못하는 것을 마침내 자식을 사랑하지 않고 부모에게 효도하지 않는 것에 견준다.〔居喪之禮, 頭有創則沐, 身有瘍則浴, 有疾則飲酒食肉, 疾止復初, 不勝喪, 乃比於不慈不孝.〕"라는 내용이 보인다.

유한신[180]에게 답하다 1

答兪漢愼

〔문 1〕 "사람은 모두 요(堯)임금이나 순(舜)임금이 될 수 있다."[181]라고 하였으니, 그 본성을 논한다면 과연 이런 이치가 있습니다. 기질에 있어서도 선유(先儒)들에게 또 변화한다는 설이 있습니다.

그러나 맹자(孟子)도 영기(英氣)가 드러나는 것을 면치 못했으며,[182] 또 저 공자 문하의 제자인 자하(子夏)나 자공(子貢) 같은 이들은 직접 성인(聖人)에게 가르침을 받았는데도 끝내 성인이 되지 못하였습니다. 요임금이나 순임금같은 성인(聖人)이 된 경우가 어찌 그리 없으며, 기질을 변화시킨다는 것이 또 어찌 그리 어렵단 말입니까.

이것은 기질의 죄입니까? 학문의 병통입니까? 어떤 자는 말하기를 "사람이 학문을 하는 데는 저마다 분량이 있어서 양이 차면 그친다."라고 합니다. 이 설은 또 어떻습니까?

---

180 유한신(兪漢愼): 1732~?. 자는 주백(周伯)이며, 본관은 문화(文化)이다. 1766년(영조42)에 문과에 급제하였다. 저자보다 10세 아래이다. 행력은 자세하지 않다.

181 사람은……있다:《맹자》〈고자 하(告子下)〉에 조(曹)나라 군주의 아우인 조교(曹交)가 "사람은 모두 요임금이나 순임금이 될 수 있다 하니, 그러한 이치가 있습니까?〔人皆可以爲堯舜, 有諸?〕"라고 묻는 내용이 보인다. 맹자는 이에 대해 그렇다고 대답하였다.

182 맹자(孟子)도……못했으며:《맹자》〈서설(序說)〉에 "맹자는 영기가 조금 있었으니, 조금이라도 영기가 있으면 곧 규각이 있는 바, 영기는 매우 일에 해롭다.〔孟子有些英氣, 才有英氣, 便有圭角, 英氣甚害事.〕"라는 정자(程子)의 말이 보인다.

〔답〕 그대가 맹자 이래 여러 대현(大賢)들이 성인에 미치지 못한 사례를 차례로 들어서 '사람은 모두 요임금이나 순임금같은 성인이 될 수 있다'는 논의에 깊은 의심을 나타내었는데, 이것은 세속의 견해일 뿐입니다. 그대가 수년 동안의 독서에도 여전히 이에 대해 분명하지 않을 줄은 생각지도 못했습니다.

이른바 "학문을 하는 것은 모두 분량이 있어서 양이 차면 그친다."라고 한 것은, 어떤 사람이 감히 멋대로 억설을 늘어놓아 성인의 가르침에 위배되는 말을 이처럼 거리낌 없이 하는지 모르겠습니다만, 이것은 장차 천하 사람들의 선(善)을 향하는 마음을 꺾어서 이들을 끌고 게으르고 구차한 학문을 하도록 만들 것이니, 우리 도에 해가 됨이 큽니다. 그대가 이를 배척하지 않고 마침내 전하고 외워서 편지에 적어 가부를 묻는 논란의 자리에 두니, 또한 위태롭지 않겠습니까.

이것은 학문의 큰 주지(主旨)이니 반신반의인 상태로 그만두어서는 안 됩니다. 모름지기 맹자가 본성을 논한 것과 정자(程子)·주자(朱子)가 기질을 논한 여서 설들을 모아 하나의 책자로 만들어서, 늘 읽고 외워서 익숙히 강하고 정밀하게 생각해야 합니다. 또 돌이켜서 자신의 심신과 성정 사이에서 이를 구하여 그것이 어떠한 것인지를 징험해야 할 것이니, 이렇게 하면 저절로 깨닫는 부분이 있게 될 것입니다. 성현이 어찌 사람을 속이는 분이겠습니까.

〔문 2〕 '기화의 성쇠와 인사의 득실이 반복하여 서로 찾아오는 것〔氣化盛衰, 人事得失, 反覆相尋〕'을 이미 '이치의 떳떳함〔理之常〕'이라고 말하였다면[183] 그 떳떳한 이치에 사람은 어찌할 수가 없어야 할 것입니다. 그런데도 성현들이 이 세상에 살면서 또한 간혹 이치로 기(氣)

를 다스려서 실(失)을 돌이켜 득(得)이 되게도 하고 쇠(衰)를 돌이

켜 성(盛)이 되게도 했던 것은 무슨 이치입니까?

　그러나 요(堯)임금과 탕왕(湯王)이 이치로 기를 다스렸던 것[184]은

의당 진력하지 않음이 없었을 것인데도 9년 동안의 홍수와 7년 동안

의 가뭄[185]이 있었던 것은 또 무슨 기입니까? 공자께서 지위를 얻지

못했던 것[186]과 안연(顔淵)이 장수하지 못했던 것[187]에 대해, 혹자는

183　기화(氣化)의……말하였다면 : 《맹자집주》〈등문공 하(滕文公下)〉 제9장의 "천

하에 사람이 살아온 지가 오래 되었는데, 한 번 다스려지고 한 번 어지러웠다.〔天下之生

久矣, 一治一亂.〕"라는 구절에 대한 주희(朱熹)의 주에, "한 번 다스려지고 한 번 어지러

웠다는 것은 기화의 성쇠와 인사의 득실이 반복하여 서로 찾아오는 것이니, 이치의 떳떳

함이다.〔一治一亂, 氣化盛衰, 人事得失, 反覆相尋, 理之常也.〕"라는 내용이 보인다.

184　요(堯)임금과……것 : 권득기(權得己)의 《만회집》에 "선유의 말에 '삼대 이전에

는 이치로 기를 다스리고 삼대 이후에는 기로 이치를 다스렸다.'라는 말이 있습니다.〔先

儒曰 : 三代之前, 以理御氣, 三代之後, 以氣御理.〕"라는 내용이 보인다. 《晩悔集策 卷2

執事策》

185　9년……가뭄 : 한(漢)나라 조착(晁錯, 기원전 200~기원전154)이 한 문제(漢文

帝)에게 올린 〈논귀속소(論貴粟疏)〉에 "그러므로 요임금과 우왕 때에는 9년 동안의

홍수가 있었고 탕왕 때에는 7년 동안의 가뭄이 있었습니다.〔故堯, 禹有九年之水, 湯有

七年之旱.〕"라는 내용이 보인다. 《前漢書 卷24上 食貨志》

186　공자께서……것 : 제왕의 덕을 갖추고서 제왕의 지위를 얻지 못한 것을 이른다.

왕충(王充)의 《논형(論衡)》〈정현(定賢)〉에 "공자는 왕이 되지 못하였으니, 소왕의

공업이 《춘추》에 있다.〔孔子不王, 素王之業在春秋.〕"라는 내용이 보이고, 《회남자(淮

南子)》〈주술훈(主術訓)〉에 "공자의 달통함은, 그 지혜는 장홍보다 나았고 용기는 맹분

을 굴복시켰다. 그러나 그 용력은 알려지지 않았고 그 기예는 남들이 몰라서 오로지

가르치는 도만 행하여 소왕을 이루었다.〔孔子之通, 智過於萇宏, 勇服於孟賁,……然而

勇力不聞, 伎巧不知, 專行敎道, 以成素王.〕"라는 내용이 보인다. 여기에서 유래하여

공자를 소왕(素王)이라고도 칭한다.

187　안연(顔淵)이……것 : 안회(顔回,기원전 521~기원전 482)는 공문십철(孔門十

기수(氣數)가 그런 것이라고 하고, 혹자는 이치의 변화라고 합니다. 이치의 변화는 또한 무엇 때문입니까? 아니면 이치와 기가 서로 이기고 짐이 있어서입니까?

〔답〕 천하가 항상 치세(治世)가 되지는 못하여 난세(亂世)가 없을 수 없는 것은 이것이 바로 천지의 소장(消長)하는 이치입니다. 그러나 성인(聖人)이 난세에 처하여서는 반드시 부지(扶持)하고 되돌리는 데 힘쓰는 법이니, 이것은 성인이 천리(天理)를 이길 수 있어서가 아닙니다. 하늘이 이 성인을 내고 또 현달하여 윗자리에 있게 했다면, 바로 비운(否運)이 곧 경복(傾覆)되는 때[188]입니다. 그러므로 성인이 펴서 시행하는 바가 있을 수 있는 것이니, 《주역》에서 이른바 '때에 따라 함께 행하는[與時偕行]'[189] 것과 같은 것입니다. 어찌 '이치로 기(氣)를 다스리는 것'을 말하는 것이겠습니까.

　천하의 이치는 변하지 않는 것이 있고 변하는 것이 있습니다. 이치에

哲) 중의 한 사람으로, 자는 자연(子淵)이다. 춘추시대 말기 노(魯)나라 곡부(曲阜) 사람이다. 30세의 나이로 죽었다.

188　비운(否運)이……때 : 《주역》〈비괘(否卦) 상구(上九)〉에 "비색함이 경복됨이니, 먼저는 비색하고 뒤에는 기쁘다.〔傾否, 先否, 後喜.〕"라고 하였는데, 이에 대한 정이(程頤)의 전(傳)에 "상구는 비의 끝이다. 사물의 이치는 극에 이르면 반드시 돌아온다. 그러므로 통태함이 극에 이르면 비색해지고 비색함이 극에 이르면 통태해지니, 상구는 비색함이 이미 극에 이르렀으므로 비색함의 도가 기울고 전복되어 변하는 것이다.〔上九, 否之終也. 物理, 極而必反, 故泰極則否, 否極則泰, 上九否旣極矣, 故否道傾覆而變也.〕"라는 내용이 보인다.

189　때에……행하는 : 《주역》〈건괘(乾卦) 문언(文言)〉에 "종일토록 힘쓰고 힘쓴다는 것은 때에 따라 함께 행하는 것이다.〔終日乾乾, 與時偕行.〕"라는 내용이 보인다.

변하는 것이 있는 이유는 그 이치를 타는 기가 다르기 때문입니다. 그러나 기가 다른 이유는 또 반드시 이러한 다른 이치가 있은 뒤에야 이러한 다른 기가 있게 되니, 어찌 변하지 않는 것을 이치라고 하고 변하는 것을 기라고 할 수 있겠습니까. 공자가 걸맞는 지위를 얻지 못하고 안자(顔子 안회(顔回))가 장수하지 못한 것은, 이것을 이치 중에 변하는 이치라고 말한다면 괜찮지만 기가 이치를 이긴 것이라고 말한다면 안 될 것입니다. 이치와 기는 원래 서로 분리되지 않는 것이니, 이기고 지는 것으로 말할 수 없습니다.

〔문 3〕 중자(仲子)[190]는 제(齊)나라의 세가(世家)이니 그 형의 봉록

---

[190] 중자(仲子) : 진중자(陳仲子) 또는 전중(田仲)이라고 한다. 전국시대 제(齊)나라의 사상가이자 은사(隱士)이다. 그 선조는 본래 진(陳)나라의 공족(公族)으로, 전란을 피하여 제나라로 와서 성을 전씨(田氏)로 바꾸었다. 형의 만종록(萬鍾祿)을 의롭지 않고 여겨 형과 어머니를 피하여 오릉(於陵)으로 옮겨가 살다가 뒤에는 장백산(長白山)에 은거하였다. 제나라의 대부나 초(楚)나라의 경상(卿相) 등 관직을 모두 사양하고 받지 않았다. 중자와 관련하여 《맹자》〈등문공 하(滕文公下)〉 제10장에 맹자가 중자를 평하여 "제나라의 선비 중에 내 반드시 중자를 으뜸으로 여기겠다. 그러나 중자가 어찌 청렴한 선비일 수 있겠는가. 중자의 지조를 채우려면 지렁이가 된 뒤에야 가능할 것이다.〔於齊國之士, 吾必以仲子爲巨擘焉. 雖然, 仲子惡能廉? 充仲子之操, 則蚓而後可者也.〕"라고 한 내용이 보인다. 또한 중자와 관련하여 다음과 같은 일화를 소개하고 있다. "형을 피하고 어머니를 떠나 오릉에 거처하였는데, 후일에 집에 돌아가자 그 형에게 살아있는 거위를 선물한 자가 있었다. 중자는 이마를 찌푸리고서 '이 꽥꽥거리는 것을 어디에 쓰겠는가.'라고 하였다. 훗날 어머니가 이 거위를 잡아주어 중자가 먹고 있었는데, 형이 밖에서 돌아와 '이것이 그 꽥꽥거리는 것의 고기이다.'라고 하자, 중자는 밖으로 나가 먹은 것을 토하였다.〔辟兄離母處於於陵. 他日歸, 則有饋其兄生鵝者, 己頻顣曰: 惡用是鶂鶂者爲哉? 他日其母殺是鵝也, 與之食之, 其兄自外至曰: 是鶂鶂之肉也. 出而哇之.〕"

과 집이 의롭지 않게 얻은 것은 아닐 것입니다. 그렇다면 중자가 그 집에 살지 않고 그 음식을 먹지 않은 것은 진실로 인륜을 끊었다는 비난을 면하기 어렵습니다. 그러나 만일 형의 집과 음식이 매우 의롭지 않은데다 그 형이 아우의 간언도 듣지 않는다면 앞으로 어떻게 해야 합니까? 형을 피하여 그 집에 살지 않고 그 음식을 먹지 않는다면 천륜을 해칠까 두렵고, 형과 같은 집에 살고 같은 음식을 먹는다면 악을 함께 행하는 것이니 어떻게 하면 좋겠습니까?

〔답〕 중자가 형의 봉록을 먹지 않고 형과 함께 살지 않았던 것은 참으로 그 형을 의롭지 않다고 여겼기 때문입니다. 그러나 가령 중자에게 아버지가 있는데 아버지가 형처럼 의롭지 않다면, 이때에도 아버지의 봉록을 먹지 않고 아버지와 함께 살지 않아야 하겠습니까?

《예기》에 "자식이 어버이를 섬길 때 세 번 간하여도 듣지 않으면 울부짖으며 따른다.〔子之事親, 三諫而不聽, 則號泣而隨之.〕"[191]라고 하였습니다. 부자 사이와 형제 사이가 분수는 비록 다르지만 그 천륜의 은혜와 사랑을 끊어도 되는 이치가 없다는 점에서는 똑같습니다. 그렇다면 불행히 형제간의 변고에 처한 경우에도 역시 이 설을 참작하여 행해야 할 뿐입니다. 거처하는 것과 먹는 것을 함께 하는 것을 악을 함께 행하는 것으로 여기는 것은 말이 꼭 들어맞지는 않습니다.

〔문 4〕 쌍봉 요씨(雙峰饒氏 요로(饒魯))가 말하기를 "혼은 기의 영이고, 백은 혈의 영이며, 마음은 혼과 백이 합쳐진 것이다.〔魂者, 氣之

---

191 자식이……따른다 :《예기》〈곡례 하(曲禮下)〉에 보인다.

靈; 魄者, 血之靈; 心是魂魄之合.]"라고 하였습니다.[192] 이 설을 본다면 혼백이 바로 마음이니, 마음은 혼백과 과연 구별이 없습니다. 그렇지만 근래 곧장 마음을 가리켜서 혼백이라고 하는 사람이 있는데, 이것은 또한 불가하지 않겠습니까?

〔답〕 혼과 백은, 거칠게 말하면 단지 혼기체백(魂氣體魄)일 뿐이지만 정밀하게 말하면 이른바 '장왕지래(藏往知來)'[193]와 같은 것입니다. 고경(古經)에서 논한 것은 대체로 거칠게 말한 것이고 주자의 여러 설들 역시 이와 같으니, 간혹 정밀한 부분까지 미루어나간 곳도 있으

---

192 쌍봉 요씨(雙峰饒氏)가……하였습니다 : 《논어》〈계씨(季氏)〉에 "군자에게는 세 가지 경계함이 있다. 젊을 때엔 혈기가 정해지지 않았으므로 경계함이 여색에 있고, 장성해서는 혈기가 한창 강하므로 경계함이 싸움에 있고, 늙어서는 혈기가 쇠하므로 경계함이 얻음에 있다.〔君子有三戒: 少之時, 血氣未定, 戒之在色; 及其壯也, 血氣方剛, 戒之在鬥; 及其老也, 血氣既衰, 戒之在得.〕"라는 구절에 대한 요로(饒魯, 1194~1264)의 주에, "혼은 기의 영이고, 백은 혈의 영이며, 마음은 혼과 백이 합쳐진 것이다. 기는 하늘에 속하고 혈은 땅에 속하며 마음은 사람에 속한다. 사람은 하늘과 땅의 마음이며 마음은 혈과 기의 주인이니, 그 뜻을 잡으면 혈과 기는 모두 마음에게서 명을 듣게 되고, 그 뜻을 잡지 못하면 마음이 도리어 혈과 기에게서 명을 듣게 된다.〔魂者氣之靈, 魄者血之靈, 心是魂魄之合. 氣屬天, 血屬地, 心屬人. 人者天地之心, 心是血氣之主, 能持其志, 則血氣皆聽命於心, 不能持其志, 則心反聽命於血氣.〕"라는 내용이 보인다. '요로'는 남송(南宋)의 유학자이다. 호는 쌍봉이며 자는 백여(伯輿)이다. 주희(朱熹)의 고제(高弟)인 황간(黃榦, 1152~1221)의 문인으로, 평생 벼슬을 하지 않았다. 저서에 《오경강의(五經講義)》,《춘추절전(春秋節傳)》,《근사록주(近思錄注)》,《용학십이도(庸學十二圖)》 등이 있다.

193 장왕지래(藏往知來) : 지나간 일을 마음속에 간직하고 아직 오지 않은 일을 미리 아는 것을 이른다. 《주역》〈계사전 상(繫辭傳上)〉에 "성인은……신으로써 미래를 알고 지혜로써 지나간 일을 간직한다.〔聖人……神以知來, 知以藏往.〕"라는 내용이 보인다.

나 이것을 곧장 마음이라고 한 적은 없습니다. 《대학혹문(大學或問)》
의 경우에는 먼저 혼백오장백해(魂魄五臟百骸)를 말하고 나중에야 비
로소 명덕(明德)을 언급하고 있으니,[194] 그 뜻이 더욱 분명합니다.

혼백이 장왕지래 한다면 마음 역시 장왕지래 하니, 이 부분은 참으로
따로 나누어 분리하기 어렵습니다. 그러나 혼백의 장왕지래는 단지
귀의 밝음이나 눈의 밝음과 같은 것뿐이어서 각각 하나의 사물에 있어
서의 재능일 뿐이지만, 마음은 이를 주재하여 운용하는 것입니다. 지금
마음의 병이 있는 자가 장왕지래를 하지 못하는 것은 어찌 혼백이 없어
서 그러하겠습니까. 단지 마음이 이를 운용하지 못하기 때문입니다.

이를 본다면 이 둘의 구분을 알 수 있습니다. 더구나 마음이 마음이
되는 것이 또 어찌 장왕지래여서라고만 하겠습니까. 요씨의 설은 새롭
고 기이하도록 힘쓴 것이니 대번에 따를 수는 없을 듯합니다.

〔문 5〕 호연지기(浩然之氣)는 어떤 기입니까? 성인(聖人)과 중인

---

194 대학혹문(大學或問)의……있으니 : 《대학혹문》에 "사람과 만물이 태어나는 것
은 반드시 이 이치를 얻은 뒤에 건순인의예지(健順仁義禮智)의 본성이 있게 되고, 반드
시 이 기를 얻은 뒤에 혼백오장백해(魂魄五臟百骸)이 몸이 있게 된다.……오직 사람의
태어남만이 그 바르고 통하는 기를 얻는데, 그 본성이 가장 귀하기 때문에 그 마음속에
허령하고 통철하여 만물이 모두 구비되어 있는 것이다. 사람이 금수와 다른 이유가
바로 여기에 있으며, 요임금과 순임금이 되어 능히 천지와 함께 그 화육을 도울 수
있는 것도 또한 여기에서 벗어나지 않으니, 이것이 바로 이른바 '명덕'이라는 것이다.〔人
物之生, 必得是理, 然後有以爲健順仁義禮智之性 ; 必得是氣, 然後有以爲魂魄五臟百骸
之身.……唯人之生, 乃得其氣之正且通者, 而其性爲最貴, 故其方寸之間, 虛靈洞徹, 萬
物咸備. 蓋其所以異於禽獸者, 正在於此, 而其所以可爲堯舜, 而能參天地以贊化育者,
亦不外焉, 是則所謂明德者也.〕"라는 내용이 보인다.

(衆人)의 기는 다릅니까, 같습니까? 기에는 혈기(血氣)나 기질(氣質)과 같은 이름이 있는데, 또 이 호연지기와 같은 기입니까, 다른 기입니까?

바르고 통하는 기는 사람이 되고, 치우지고 막힌 기는 사물이 됩니다. 호연지기는 바로 이른바 '바르고 통하는 기'이니, 바르고 통하는 것은 사람들 사이에 일찍이 다른 적이 없습니다. 다만 그 바르고 통하는 가운데에도 맑음과 탁함, 순수함과 잡박함 같은 다름이 없을 수 없기 때문에 지혜로움과 어리석음, 어짊과 불초함이 간혹 달라지기도 하는 것을 면치 못합니다. 이 말이 옳은지 모르겠습니다.

〔답〕 이 단락에서 논한 것은 대체로 밝지 못한 부분이 많습니다. 그 병통은 단지 이 세 가지가 하나의 기(氣)라는 것만 알고 그 조리가 나누어지고 합쳐지는 부분에 대해서는 그다지 깊이 생각하지 않은데서 말미암은 것입니다.

무릇 세 가지가 하나의 기라는 것은 참으로 그렇습니다. 그러나 '호연지기'는 사람이 하늘에서 얻은 것으로서 지극히 크고 강한 것을 말하고,[195] '기질'은 사람과 사물이 받은 바 올바름과 치우침, 통함과 막힘, 맑음과 탁함, 순수함과 잡박함 같은 고르지 못한 것을 통틀어 말한 것이며, '혈기'는 더욱 거칠어서 단지 생활하고 운동하는 것뿐이라 늙으면 쇠하고 병들면 창포(菖蒲)나 복령(茯笭)으로 치료하는 것이니, 이

---

195 호연지기는……말하고 : 《맹자》〈공손추 상(公孫丑上)〉 제2장에 "그 기는 지극히 크고 지극히 강하니, 정직함으로써 잘 기르고 해침이 없으면 천지의 사이에 가득 차게 된다.〔其爲氣也, 至大至剛, 以直養而無害, 則塞于天地之間.〕"라는 내용이 보인다.

어찌 각각 다르지 않겠습니까.

비록 그렇기는 하나 호연지기는 다른 것이 아니라 바로 기질 중에서 바른 것인데, 이른바 '기질'이라는 것은 또 단지 혈기 안에 있는 것이니, 이렇게 본다면 이 세 가지는 하나라고 말할 수 있습니다.

사람이 학문을 하는 것을 논한다면, 호연지기에 있어서는 의(義)를 모아서 이를 기를 뿐이며,[196] 기질에 있어서는 맑게 다스리는 공부를 더하며, 혈기에 있어서는 물욕에 망령되이 동하는 것을 금하여 반드시 의리의 명을 듣도록 하는 것이니, 또 어찌 각각 다르지 않겠습니까.

그러나 그 공부가 도달한 뒤에는 기질이 불선(不善)한 것은 모두 이미 혼연일체가 되어 한 몸에 가득한 것이 호연지기 아닌 것이 없게 되어 혈기가 이에 쓰이는 바가 되니, 그렇게 되면 완전히 융합되어 세 가지의 다름을 볼 수 없고 다시 하나로 돌아가게 됩니다.

하나의 기 안에 같으면서도 다르고 다르면서도 또 같은 것이 이와 같으니, 두루뭉술하게 그저 하나의 기라고만 말하면 안 됩니다.

그 '바르고 통하는 것'을 호연지기로 여기는 것은 더더욱 매우 잘못된 것입니다. 주자가 기질을 논할 때에는 반드시 바름과 통함을 함께 들어 논하였지만, 호연지기에 있어서는 단지 '천지의 바른 기〔天地之正氣〕' 라고만 하였으니,[197] 어찌 이유 없이 그러했겠습니까. 오직 이 하나의

---

196 호연지기에……뿐이며 :《맹자》〈공손추 상(公孫丑上)〉제2장에 "이 호연지기는 의를 축적하여 생겨나는 것이다. 의는 하루아침에 갑자기 엄습하여 이를 취하는 것이 아니니, 행하는 데 마음에 부족하게 여기는 바가 있으면 호연지기는 줄어들게 된다.〔是集義所生者, 非義襲而取之也, 行有不慊於心則餒矣.〕"라는 내용이 보인다.

197 호연지기에……하였으니 :《맹자》〈공손추 상(公孫丑上)〉제2장 주희(朱熹)의 주에 "이는 천지의 바른 기로서 사람이 얻어 태어난 것이니, 그 체단이 본래 이와 같다.

'정(正 바르다)'이라는 글자에서 바로 '지극히 크고 지극히 강하여 천지 사이에 가득한' 뜻이 매우 명명백백하다는 것을 볼 수 있습니다.

그런데 지금 도리어 '통(通 통하다)'이라는 글자를 덧붙이니, '통' 자를 어떻게 '호연(浩然)'의 뜻에 해당시키는지 알지 못하겠습니다. 이로 인해 마침내 "잘 길러서 그 바르고 통하는 것을 회복한다.〔善養而復其正通.〕"라고 하니, '잘 기르는 것〔善養〕'은 참으로 그 '바른 기〔正氣〕'를 회복하는 방법이지만, 이른바 '통'이라는 것에 있어서는 별도로 공부가 필요하니 어찌 잘 길러서 회복할 수 있는 것이겠습니까. 이는 단지 호연지기를 알지 못한 것일 뿐 아니라 기질이나 정통(正通)의 구분에도 역시 밝지 못한 점이 있는 것입니다.

〔蓋天地之正氣而人得以生者, 其體段本如是也.〕"라는 내용이 보인다.

유한신에게 답하다 2

答兪漢愼

[문] '마음[心]'이라는 것은 '앎[知]'일뿐입니다. 앎에는 체(體)의 관점에서 말하는 경우가 있고 용(用)을 가리켜 말하는 경우가 있습니다. 《대학》의 '치지(致知)'의 '지' 자는 체입니까, 용입니까?

경(經) 1장 장구(章句)의 '나의 지식을 미루어 지극히 한다.〔推極吾之知識〕'198는 것은 용으로 말한 것이고, 성의장(誠意章) 장하주(章下註)의 '심체의 밝음〔心體之明〕'199과 《대학혹문(大學或問)》에서 이른바 '마음의 본체〔心之本體〕'200는 체로서 말한 것이며, 보망장(補亡

---

198 나의……한다 : 《대학장구(大學章句)》 경(經) 1장 주희(朱熹)의 주에 "치(致)는 미루어 지극히 하는 것이고 지(知)는 식(識)과 같으니, '치지'는 나의 지식을 미루어 지극히 하여 그 아는 바가 다하지 않음이 없고자 하는 것이다.〔致, 推極也; 知, 猶識也, 推極吾之知識, 欲其所知無不盡也.〕"라는 내용이 보인다.

199 심체의 밝음 : 《대학장구》 전(傳) 6장 장하주에 "경문에 이르기를 '그 뜻을 성실히 하고자 한다면 먼저 그 지식을 지극히 하라.'라고 하였고, 또 이르기를 '지식이 지극한 뒤에 뜻이 성실해진다.'라고 하였다. 심체의 밝음이 미진한 바가 있으면 그 발하는 바가 반드시 그 힘을 실제로 쓰지 못하여 구차하게 스스로 속이는 것이 있게 된다.〔經曰欲誠其意, 先致其知, 又曰知至而后意誠. 蓋心體之明, 有所未盡, 則其所發, 必有不能實用其力, 而苟焉以自欺者.〕"라는 내용이 보인다.

200 마음의 본체 : 《대학혹문(大學或問)》에 "앎이 다하지 않음이 없으면 마음에서 발하는 것이 능히 이치에 전일하여 자신을 속이는 일이 없게 되며, 뜻이 자신을 속이지 않는다면 마음의 본체는 외물이 움직이지 못하여 바르지 않음이 없게 된다.〔知無不盡, 則心之所發, 能一於理而無自欺矣; 意不自欺, 則心之本體, 物不能動而無不正矣.〕"라는 내용이 보인다.

章)의 '전체와 대용〔全體大用〕'²⁰¹은 체와 용을 함께 들어 말한 것이니, 주자가 해석한 것이 또한 같지 않은 듯한 것은 무엇 때문입니까?

체와 용은 본래 두 가지가 아닙니다. 다만 '이치를 궁구하는〔窮理〕' 공부는 반드시 사물에 나아가서 해야 하고, '앎을 지극히 하는〔致知〕' 방법은 먼저 용으로부터 시작해야 합니다. 그러므로 여기의 '지(知)' 자는 비록 용으로 말한 것이기는 하지만 바로 이렇게 그 용을 지극히 하는 것이 곧 그 체를 밝히는 것이니, 전체(全體)가 이미 밝아지면 대용(大用)이 또한 여기에서 벗어나지 않습니다. '앎을 지극히 한다'고 한 것은 단지 그 마음을 밝히는 것을 말하는 것뿐이니, 굳이 분속시킬 필요가 없습니다. 지식이 이르지 않음이 없게 되면 마음의 체와 용도 이에 밝아지지 않음이 없게 될 것이니, 어떻게 생각하십니까?

〔답〕 대의는 옳지만 말한 것은 오히려 명백함이 부족합니다. 주자는 보망장에서 단지 마음의 체용을 말했을 뿐 원래부터 앎의 체용과 마음의 체용을 구분한 적이 없습니다. 무엇 때문이겠습니까? 앎이 안에 보존된 것은 마음이 체가 된 것이고, 앎이 외물(外物)에 응하는 것은 마음이 용이 된 것이니, 사실은 단지 하나의 '앎〔知〕'일 뿐입니다.

---

201 전체(全體)와 대용(大用) :《대학장구》전(傳) 5장 주희(朱熹)의 주에 "그리하여 힘쓰기를 오래해서 하루아침에 확연하게 관통하는 데 이르게 되면, 모든 사물의 표리와 정추가 이르지 않음이 없게 되고 내 마음의 전체와 대용이 밝지 않음이 없게 될 것이니, 이것을 '물격'이라 이르며, 이것을 '앎의 지극함'이라고 이른다.〔至於用力之久而一旦豁然貫通焉, 則衆物之表裏精粗無不到, 而吾心之全體大用無不明矣, 此謂物格, 此謂知之至也.〕"라는 내용이 보인다.

이규보[202]에게 답하다

答李奎普

봄에 찾아와주어 다행히 얼굴을 알게 되고 반나절 사이에 뛰어난 의론을 실컷 들었으니, 지금까지도 기쁜 것이 마치 얼음이 있는 듯합니다. 그런데 홀연 이렇게 편지를 보내주어 서리 내리는 추위에 기거가 더욱 좋다는 것을 알게 되니, 구구한 나의 위로되고 고마운 마음을 또 어찌 다 말할 수 있겠습니까. 이안(履安)은 줄곧 병으로 초췌하게 지내고 있는데 추운 계절을 만나 더욱 생기가 없으니 답답하고 괴롭지만 어찌하겠습니까.

보여준 다소의 말들은 고상한 뜻이 보존된 것을 깊이 알 수 있었으니, 그 이미 지나간 일을 뒤미쳐 후회하여 앞으로 올 일을 도모하고자 한 것은 또한 간절하지 않다고 말할 수 없을 것입니다. 다만 생각만 너무 세세하게 함으로 인해 끝내 분연히 떨치고 일어나 책임지고 하루라도 실제 일에 힘을 쏟지 못하고 있는 이 점이 매우 안타깝습니다.

시작은 있으나 마침이 없는 것을 염려하는 것은 또한 사사로운 생각일 뿐입니다. 일은 참으로 할 수 있는 것이라면 할 뿐입니다. 어찌 그것이 마침이 없을까를 미리 걱정하여 처음부터 스스로 한계를 긋겠습니까. 그대는 과거(科擧)에 대해 어찌 그 이룸이 있기를 기필하고서야 비로소 힘을 다하여 구하겠습니까. 참으로 이 마음을 돌이켜서 학문

---

202 이규보(李奎普) : 1757~?. 자는 경오(景五)이며, 본관은 벽진(碧珍)이다. 1786년(정조10)에 진사시에 급제하였다. 행력은 자세하지 않다. 저자보다 25세 아래이다.

을 하는데 쓸 수 있다면 또 그 마침이 없을 것을 걱정하지 않게 될 것입니다.

세상에서 뛰어난 인재를 만나는 것은 실로 어려운데다 또 그대가 후히 허여해줌에 감격하여 나도 모르게 이렇게 의견을 다 쏟아내고 말았습니다. 혜량하여 살펴주시면 매우 고맙겠습니다.

진정걸[203]에게 답하다

答陳廷杰

〔문 1〕 제가 어머니 상을 당하였는데, 큰형과 큰조카가 모두 이미
일찍 세상을 떠났으니 큰형수는 삼년 상복을 입어야 하겠지만 큰조
카며느리 역시 삼년복을 입습니까?

《상례비요(喪禮備要)》를 살펴보면 사계(沙溪 김장생(金長生)) 선생
은 "그 남편이 아직 종묘 주인의 지위를 받지 못하고 일찍 죽었을
경우에는 어떻게 처리해야할지 모르겠다.〔其夫未及承重而早死者,
未知何以處之也.〕"[204]라고 하였습니다.

저는, 큰형수는 이미 주부가 되었는데 큰조카가 아직 종묘 주인의
지위를 받지 못하고 일찍 죽은 것이라고 생각했습니다. 이 때문에
조카며느리의 복제를 기년복으로 정했는데, 이것이 과연 예(禮)의
뜻에 부합합니까?

〔답〕 그대의 조카며느리의 복제는 관계됨이 매우 중하니 구구한 제
가 어찌 감히 말씀드릴 수 있겠습니까. 그러나 이미 질문을 받았으니
대답이 없을 수도 없습니다.

가만히 살펴보면, 사옹(沙翁 김장생)이 말씀하신 '그 남편이 아직 종

---

203 진정걸(陳廷杰) : 본관은 여양(驪陽)이다. 행력은 자세하지 않다.
204 그……모르겠다 : 사계(沙溪) 김장생(金長生)의 《상례비요(喪禮備要)》〈성복
(成服)〉 '참최삼년(斬衰三年)' 조에 보인다.

묘 주인의 지위를 받지 못하고 일찍 죽었을 경우'라는 것은, 아버지보다 먼저 죽어서 아직 적손(嫡孫)이 되지 못한 경우를 가리키는 듯합니다. 지금 그대 조카의 일이 만약 이와 같다면 참으로 '아직 종묘 주인의 지위를 받지 못한 것'이라고 말할 수 있겠지만, 그가 죽었을 때 아버지를 뒤이어서 사당에 들어가고 또 그를 위하여 후사를 세워 조상의 계통을 이었다면 이것은 곧 이미 종묘 주인의 지위를 전해 받은 것이니, 여러 다른 손자들과 동일하게 보아서 그 부인이 마침내 적손며느리의 복을 입을 수 없다고는 보기 어렵습니다.

다만 옛 근거가 없으니 감히 단정하여 말씀드리지는 못합니다. 다시 아는 사람에게 문의하여 처리하는 것이 어떻겠습니까? 그러나 이 복제(服制)를 삼년복으로 하지 않는다면 의당 본복(本服)인 대공복으로 입어야 할 것입니다. 지금 기년복으로 정했다고 하신 것은 무엇 때문입니까? 이렇게 하는 것은 어떻게 하든 마땅하지 않을 듯합니다.

〔문 2〕 큰조카가 일찍 죽었는데 후사가 없습니다. 이 때문에 저의 손자 종학(鍾鶴)으로 후사를 세웠는데, 이제 겨우 세 살입니다. 이번 어머니의 상을 당하여 제주(題主)는 '현증조비(顯曾祖妣)'라 하고, 방제(旁題)는 '효증손 봉사(孝曾孫奉祀)'라고 해야 합니까? 만약 그렇다면 종학이 어려서 아직 일을 맡을 수 없으니 제가 제사를 섭행해야 할 것인데, 우제(虞祭)・부제(祔祭)・상제(祥祭)・담제(禫祭) 때의 축문식(祝文式)은 장차 어떻게 해야 합니까?

〔답〕 종자(宗子)는 아무리 어리더라도 그의 이름으로 제주(題主)하는 것이 본래 선현(先賢)들의 정론(定論)입니다. 그 제사를 섭행하는

축문은 "효자 아무개가 어려서 아직 일을 맡을 수 없기 때문에 아무친 아무개를 시켜 감히 밝게 고합니다.……〔孝子某幼未將事, 使某親某敢昭告云云.〕"라고 합니다. 섭행하는 사람이 존속이면 '사(使)' 자를 '속(屬)' 자로 바꾸어 사용하는 것이 또한 사람들의 통행하는 격례입니다. 다만 지금 그대가 할아버지로서 손자를 섭행한다면 '속' 자를 쓰는 것과 '아무친〔某親〕' 다음에 '아무개〔某〕'라고 이름을 쓰는 것이 또한 온당치 않은 듯합니다. 혹시 따로 섭행할만한 다른 사람이 있습니까?

어떤 사람은 '어려서 아직 일을 맡을 수 없다〔幼未將事〕' 다음에 곧바로 "제사를 섭행하는 아들 또는 손자 아무개가 감히 아무친에게 밝게 고합니다.〔攝祀子若孫某, 敢昭告于某親.〕"라고 하는 것이 마땅하다고 말합니다. 그러나 주자는 일찍이 이러한 예(禮)를 논하여 "섭주는 단지 그 제사만 주관할 뿐이고 이름은 종자가 주관하는 것으로 하여 바꾸어서는 안 된다.〔攝主但主其事, 名則宗子主之, 不可易也.〕"[205]라고 하였습니다. 지금 섭행하는 사람의 친속 호칭으로 그 제사를 받는 분에게 칭하는 것이 과연 '이름을 바꾸어서는 안 된다〔名不可易〕'는 의리에 어긋남이 없겠습니까? 우선 제가 들은 것을 말씀드려서 재량하여 선택하시도록 갖추어둡니다.

---

205 섭주(攝主)는……된다 : 《주자전서(朱子全書)》〈예3(禮三) 제(祭)〉'답이효술계선문목(答李孝述繼善問目)'에 보인다.

한사유[206]에게 답하다 1

答韓思愈

〔문〕 맹자는 말하기를 "공자는 '잡으면 보존되고 놓으면 잃어서, 나가고 들어옴이 일정한 때가 없으며 그 방향을 알 수 없는 것은 오직 마음을 말한 것이다.' 하였다.〔子曰: 操則存, 舍則亡, 出入無時, 莫知其鄕, 惟心之謂歟!〕"[207]라고 하였습니다. 범순부(范純夫 범조우(范祖禹))의 딸이 이 장을 읽고 말하기를 "맹자는 마음을 몰랐다. 마음이 어찌 나가고 들어옴이 있겠는가.〔孟子不識心, 心豈有出入?〕"라고 하였는데, 이천(伊川 정이(程頤))이 이 말을 듣고서 "이 여자는 비록 맹자는 몰랐지만 마음을 잘 알았다.〔此女雖不識孟子, 却能識心.〕"라고 하였습니다.[208] 주자는 말하기를 "이 여자는 틀림없이 마음이 산란하지 않았을 것이니, 마치 병이 없는 사람은 다른 사람의 고통을 알지 못하는 것과 같다.〔此女當是不勞攘, 猶無病者不知人之疾痛也.〕"[209]라

206　한사유(韓思愈) : ?~1799. 자는 중문(重文)이며, 본관은 청주(淸州)이다. 선조 때의 문신 한기(韓琦, ?~?)의 후손으로, 저자의 아버지 김원행(金元行)의 문인이다. 《濯溪集 卷10 輓韓重文》

207　공자는……하였다 : 《맹자집주》〈고자 상(告子上)〉제8장에 보인다.

208　범순부(范純夫)의 ……하였습니다 : 《맹자정의(孟子精義)》〈고자 상(告子上)〉에 보인다. '순부'는 송나라의 사학가인 범조우(范祖禹, 1041~1098)의 자이다.

209　이……같다 : 《주자어류(朱子語類)》권59〈맹자9(孟子九) 고자 상(告子上)〉에 "마음이 나가고 들어옴이 없는 사람도 한 종류의 사람이며, 나가고 들어옴이 있는 사람도 한 종류의 사람이다. 이 때문에 범순부의 딸은 마음을 알지만 맹자는 모른다고 말한 것이다. 이 딸은 속이 꽉 차서 마음이 산란하지 않을 것이다. 이 때문에 마음은 나가고

고 하였습니다.

공자와 맹자의 설을 따르면 마음은 나가고 들어옴이 있고, 범순부의 딸과 정자의 설을 따르면 마음은 나가고 들어옴이 없으며, 주자의 설을 따르면 마음은 나가고 들어옴이 있는 경우도 있고 나가고 들어옴이 없는 경우도 있어서 세 가지 설이 같지 않습니다.

옛 사람이 마음을 논한 것은 두 가지가 있어서, 동정(動靜)으로 말하는 경우가 있고 조사(操舍)로 말하는 경우가 있습니다. 만약 동정으로 말한다면, 이른바 '동처(動處)'는 예를 들면 맑은 거울이 여기에 있으면 물건이 오는 것에 따라 비추어주는 것과 같으니, 나가고 들어오는 것으로 말할 수 없습니다. 만약 조사로 말한다면, 이른바 '사처(舍處)'는 예를 들면 주인옹이 부재하여 황폐한 가옥만 덩그러니 서있는 것과 같으니, 또한 나가고 들어오는 것으로 말할 수 있습니다.

그렇다면 공자와 맹자가 '마음은 나가고 들어옴이 있다'고 한 것은 조사로 말한 것이며, 범순부의 딸과 정자가 '마음은 나가고 들어옴이 없다'고 한 것은 동정으로 말한 것입니다. 그리고 정자가 '범순부의 딸이 마음을 알았다'고 한 것은, 또한 범순부의 딸이 능히 '마음의 동정은 나가고 들어오는 것이 아니다'는 것을 알았다고 말한 것입니다. 주자가 '범순부의 딸은 남의 고통을 알지 못하였다'고 한 것은,

들어옴이 없다고 말한 것이다. 그러나 사람들 중에는 마음이 나가고 들어오는 자가 많다는 것을 몰랐으니, 마치 병이 없는 사람이 다른 사람의 고통을 알지 못하는 것과 같다.〔無出入是一種人, 有出入是一種人. 所以云淳夫女知心而不知孟子. 此女當是完實, 不勞攘, 故云無出入, 而不知人有出入者多, 猶無病者不知人之疾痛也.〕"라는 내용이 보인다.

또한 '범순부의 딸은 자신의 마음에 조사가 없는 것만 알고 사람들의 마음에는 조사가 있다는 것을 알지 못한 것이다'라고 말한 것입니다. 어떻게 생각하십니까?

〔답〕 말씀하신 범순부의 딸이 마음을 논한 것에 대한 설은 매우 분명하니, 사람들의 논의가 다른 부분에 대해서도 두루 통하여 막힘이 없다고 말할 수 있을 것입니다. 다만 어구 사이에 때때로 작은 병통이 있는데, 예를 들면 동정(動靜)과 조사(操舍)는 상대적으로 말해서는 안 되는 것과 같은 것입니다. 이것은 조사 가운데 또한 동정이 포함되어 있어 두 가지 일이 아니기 때문입니다.

이제 단지 "이 마음의 본연을 말한다면, 정(靜)할 때에는 거울처럼 텅비고 저울처럼 공평하게 헤아리며 동(動)할 때에는 외물(外物)에 따라 모습을 보여주어 참으로 의론할만한 나가고 들어옴이 없을 것이다. 그러나 공부의 득실을 논한다면 그 조사를 따라 '보존됨과 잃어버림〔存亡〕'이 다르게 되니, 또 어찌 나가고 들어옴이 없을 수 있겠는가." 라고 말한다면 더욱 완전할 듯합니다.

그러나 맹자의 이 단락은 또한 공부를 주로 말한 것이 아니고, 단지 '마음의 작용이 이와 같은 것이 있으니 사람은 이를 붙잡는 공부를 하지 않으면 안 된다'고 말한 것뿐입니다. 이것을 또 알지 않으면 안 됩니다. 어떻게 생각하십니까? 어떻게 생각하십니까?

한사유에게 답하다 2

答韓思愈

귀신(鬼神)의 '보이지 않고 들리지 않음[不見不聞]'과 '사물의 체가 되어 존재하는 것 같음[體物如在]'은[210] 양능(良能)[211]이 이와 같으며 실리(實理)가 이와 같다는 것입니다. 그러나 양능과 실리가 또 어찌 판연히 다른 것이겠습니까. 단지 하나의 방면일 뿐이니, 그 운용하는 관점에서는 양능이라 이르고 그 주재하는 관점에서는 실리라고 이릅니다. 그러므로 양능의 '보이지 않고 들리지 않음'은 바로 실리의 '보이지 않고 들리지 않음'이며, 양능의 '사물의 체가 되어 존재하는 것 같음'은 바로 실리의 '사물의 체가 되어 존재하는 것 같음'이니, 둘로 나눌 수 없습니다. 다만 이를 말하는 데에는 순서가 있기 때문에 이 장은 첫 구절에서부터 '하물며 신을 싫어할 수 있겠는가.[矧可射思]'[212]에 이르기까지 귀신(鬼神)에 대한 수많은 형용이 모두 양능을 말하였

---

210 보이지……같음 :《중용장구》제16장 "귀신의 덕이 지극할 것이다. 보아도 보이지 않으며 들어도 들리지 않으나 사물의 체가 되어 빠뜨릴 수 없다.[鬼神之爲德, 其盛矣乎! 視之而弗見, 聽之而弗聞, 體物而不可遺.]"라는 구절에 대한 주희(朱熹)의 주에, "보이지 않고 들리지 않음은 '은'이고, 사물의 체가 되어 존재하는 것 같음은 이 또한 '비'이다.[不見不聞, 隱也; 體物如在, 則亦費矣.]"라는 내용이 보인다.

211 양능(良能) :《중용장구》제16장 주희의 주에 "장자가 말하기를 '귀신은 음과 양 두 기의 양능이다.' 하였다.[張子曰: 鬼神者, 二氣之良能也.]"라는 내용이 보인다.

212 하물며……있겠는가 :《중용장구》제16장에 "《시경》에 이르기를 '신의 이르러 옴도 예측할 수 없는데, 하물며 신을 싫어할 수 있겠는가.' 하였다.[詩曰: 神之格思, 不可度思, 矧可射思?]"라는 내용이 보인다.

으니, 양능을 말하면 실리는 진실로 이미 그 안에 포함되게 됩니다.

그러나 단지 이와 같을 뿐이라면 이것은 이치를 위주로 하여 말한 것이 아닙니다. 그러므로 이 장의 말미에 이르러서야 비로소 한 마디 말로 이를 단정하여 "은미한 것이 드러나니 성실함의 가릴 수 없음이 이와 같구나!〔微之顯, 誠之不可揜如是夫.〕"라고 한 것입니다. 이러한 관점으로 앞글에서 말한 것을 돌아보면 구절구절 양능을 말한 곳이 바로 구절구절 실리를 말한 곳이어서 참으로 사람을 용동케 하고 고무되게 하니 오묘하다 할 것입니다.

비록 집주(集註)를 가지고 본다 하더라도, 첫 번째는 '음의 영〔陰之靈〕'·'양의 영〔陽之靈〕'[213]이라 하고, 두 번째는 '음양이 합하고 흩어짐의 소위〔陰陽合散之所爲〕'[214]라고 하고, 세 번째는 '그 기가 위에 발양한다〔其氣發揚乎上〕'[215]라고 하여 모두 양능을 말하고 한 구절도 이치에

---

213 음(陰)의……영(靈) :《중용장구》제16장 주희의 주에 "나는 이렇게 생각한다. 두 개의 기로 말하면 '귀'는 음의 영이고 '신'은 양의 영이며, 하나의 기로 말하러 서 펴지는 것은 '신'이고 돌이켜 되돌아가는 것은 '귀'이니, 그 실제는 동일한 것일 뿐이 다.〔愚謂以二氣言, 則鬼者陰之靈也, 神者陽之靈也; 以一氣言, 則至而伸者爲神, 反而歸者爲鬼, 其實一物而已.〕"라는 내용이 보인다.

214 음양이……소위 :《중용장구》제16장 주희의 주에 "귀신은 형체와 소리가 없으나 사물의 시작과 끝은 음양이 합하고 흩어짐의 소위 아님이 없으니, 이는 그 사물의 체가 되어 사물이 능히 빠뜨릴 수 없는 것이다.〔鬼神無形與聲, 然物之終始, 莫非陰陽合散之所爲, 是其爲物之體, 而物之所不能遺也.〕"라는 내용이 보인다.

215 그……발양한다 :《중용장구》제16장 주희의 주에 "능히 사람으로 하여금 두려워 하고 공경하여 받들게 하고는 발현하고 밝게 드러남이 이와 같으니, 이것이 바로 사물의 체가 되어 빠뜨릴 수 없다는 증거이다. 공자는 '그 기가 위에 발양하여 영험이 밝게 드러나며 쑥 향기가 위로 올라가 사람을 감촉하고 두렵게 하니, 이는 온갖 사물의 정이 며 신의 드러남이다.' 하였으니, 바로 이것을 말한 것이다.〔能使人畏敬奉承而發見昭著

대해 언급한 것이 없습니다. 그러나 끝에 와서 마침내 '무비실자(無非實者)' 네 글자를 갑자기 '음양합산(陰陽合散)'의 다음에 덧붙이고 있으니,[216] 이 한 구절은 바로 이상의 수많은 양능을 말한 곳을 모두 거두어들인 것입니다.

　장하주(章下註)에서는 또 이 뜻을 이어받아 곧장 결단하기를 "보이지 않고 들리지 않음은 '은'이고, 사물의 체가 되어 존재하는 것 같음은 이 또한 '비'이다.〔不見不聞, 隱也; 體物如在, 則亦費矣.〕"라고 하였습니다. 이것은 그 조리가 정밀하고 뜻이 명백한 것이니, 경문을 해석하는데 최고의 경지에 오른 주자가 아니라면 어떻게 이렇게까지 말할 수 있었겠습니까. 이제 이를 살피지 않고 그저 상하의 말뜻이 어긋남이 있다는 것만 의심하여 억지로 이를 통일시키고자 한다면 또한 소루하지 않겠습니까.

如此, 乃其體物而不可遺之驗也. 孔子曰: 其氣發揚于上, 爲昭明焄蒿悽愴, 此百物之精也, 神之著也, 正謂此爾.〕"라는 내용이 보인다.

216　끝에……있으니 :《중용장구》제16장 주희의 주에 "음양의 합하고 흩어짐이 실리 아님이 없기 때문에 그 발현되어 가릴 수 없음이 이와 같은 것이다.〔陰陽合散無非實者, 故其發見之不可掩如此.〕"라는 내용이 보인다.

한사유에게 답하다 3

答韓思愈

〔문 1〕 명덕(明德)은 당연히 마음을 위주로 해야 합니다. 그러나 이미 '마음'이라고 했다면 마음의 체단(體段)은 기(氣)입니다. 기의 고르지 않음이 만 가지로 다름이 있으니, 그렇다면 마음만이 어찌 맑고 순수하여 잡박함이 없겠습니까. 주자(朱子 주희(朱熹))는 "본성에는 불선이 없으나 마음에는 선악이 있다.〔性無不善, 心有善惡.〕"²¹⁷라고 하였습니다. 만약 마음으로 명덕을 본다면 호중(湖中)에서 논하는 '명덕분수(明德分數)'의 설²¹⁸을 면치 못할 것이니, 어떨지 모르겠습니다.

〔답〕 마음은 참으로 기(氣)에 속하지만 단지 기라고만 말할 수는 없고 반드시 '정하고 맑은 기〔氣之精爽〕'라고 말해야 괜찮습니다.²¹⁹ 이

---

217 본성에는……있다 : 《주자어류》에 "마음에는 선악이 있으나 본성에는 불선이 없다. 그러나 기질의 본성을 논한다면 또한 불선이 있다.〔心有善惡, 性無不善. 若論氣質之性, 亦有不善.〕"라는 내용이 보인다. 《朱子語類 卷5 性理2 性情心意等名義》

218 명덕분수(明德分數)의 설 : 성인(聖人)과 범인(凡人) 사이에 마음의 본체인 명덕이 차이난다는 설이다. 남당(南塘) 한원진(韓元震, 1682~1751) 등 인물성이(人物性異)를 주장하는 호론(湖論)에서는 거울과 철을 비유로 들어 이를 주장한다. 즉 거울은 철로 만드는데, 철의 좋고 나쁨에 따라 거울의 밝기도 차이가 나는 것처럼 기질의 차이에 따라 허령한 명덕 역시 차이가 난다는 것이다.

219 마음은……괜찮습니다 : 《주자어류》에 "마음은 정하고 맑은 기이다.〔心者, 氣之精爽.〕"라는 내용이 보인다. 《朱子語類 卷5 性理2 性情心意等名義》

미 '정하고 맑은' 것이라면 기에 구애받지 않는다는 것을 알 수 있으니, 이것이 바로 능히 '허령하고 어둡지 않아서 온갖 이치를 구비하고 만사에 응하는[虛靈不昧, 以具衆理而應萬事]'²²⁰ 이유입니다. 또 어찌 논할만한 분수(分數)라는 것이 있겠습니까.

이른바 '마음에는 선악이 있다'는 것 또한, 단지 마음이라는 것이 본래 작용할 줄 알아서 비록 선(善)을 행할 수도 있지만 악도 행할 수 있어 부자(夫子 공자)께서 논한 '보존되기도 하고 잃기도 하며 나가기도 하고 들어오기도 한다[存亡出入]'²²¹는 것과 같은 뜻이 있다는 말일 뿐, 사람의 품급에 따라 그 마음이 선하기도 하고 악하기도 하다는 것을 말한 것은 아닙니다. 지금 이것을 가지고 마음에 분수가 있다는 증거로 삼는 것은 완전히 동떨어진 것입니다.

〔문 2〕 '지극한 선에 그친다[止於至善]'는 것은 '명덕을 밝힌다[明明德]'와 '백성을 새롭게 한다[新民]' 외에 별도로 무엇이 있는 것이 아닌데, 세 개의 '재(在)' 자를 둠으로써 구분하여 각 항의 강령을 삼은 것²²²은 무슨 뜻인지 알지 못하겠습니다.

---

220 허령(虛靈)하고⋯⋯응하는 : 《대학장구(大學章句)》 경(經) 1장 주희(朱熹)의 주에 "명덕은 사람이 하늘에서 얻은 것으로, 허령하고 어둡지 않아서 온갖 이치를 구비하고 만사에 응하는 것이다.〔明德者, 人之所得乎天而虛靈不昧, 以具衆理而應萬事者也.〕"라는 내용이 보인다.

221 보존되기도⋯⋯한다 : 마음을 말한다. 354쪽 주207 참조.

222 지극한⋯⋯것 : 《대학장구》 경 1장의 "《대학》의 도는 명덕을 밝힘에 있으며, 백성을 새롭게 함에 있으며, 지극한 선에 그침에 있다.〔大學之道, 在明明德, 在新民, 在止於至善.〕"라는 구절이 세 개의 '재(在)' 자를 둠으로써 세 개의 강령으로 구분한 것을

〔답〕 '명덕을 밝힌다'와 '백성을 새롭게 한다'는 것은 경(經)이고, '지극한 선에 그친다'는 것은 위(緯)입니다. 단지 이 세 마디에 《대학》이라는 한 책의 이치가 이미 빽빽이 갖추어져 있으니, 이 삼강령(三綱領) 중에 하나라도 빠진다면 그 다음에 나오는 수많은 도리들은 곧 이를 통령하는 것이 없게 될 것입니다. 《중용》의 삼달덕(三達德)²²³은 용(勇)이 인(仁)과 지(智)의 밖에 있지 않은데도 나란히 열기하여 세 가지로 만들었으니, 여기의 체례와 바로 흡사합니다.

〔문 3〕 '정정안려(定靜安慮)'²²⁴라 하고 '격치성정수(格致誠正修)'²²⁵라

이른다.

223 삼달덕(三達德) : 주희(朱熹)의 주에 따르면 '천하와 고금에 동일하게 얻은 세 가지 이치〔天下古今所同得之理〕'를 이른다. 《중용장구》 제20장에 "지·인·용 이 세 가지는 천하에 공통된 덕이니, 이것을 행하는 것은 하나이다.〔知, 仁, 勇三者, 天下之達德也, 所以行之者, 一也.〕"라는 내용이 보인다. '

224 정정안려(定靜安慮) : 《대학장구》 경 1장 중 "그칠 데를 안 뒤에 방향을 정함이 있으니, 방향이 정해진 뒤에 고요할 수 있고, 고요해진 뒤에 편안할 수 있고, 편안해진 뒤에 생각할 수 있고, 생각한 뒤에 그칠 데를 얻을 수 있다.〔知止而后有定, 定而后能靜, 靜而后能安, 安而后能慮, 慮而后能得.〕"라는 구절을 이른다.

225 격치성정수(格致誠正修) : 《대학》의 팔조목(八條目) 중 격물(格物), 치지(致知), 성의(誠意), 정심(正心), 수신(修身)을 이른다. 《대학장구》 경 1장에 "옛날에 명덕을 천하에 밝히고자 하는 자는 먼저 그 나라를 다스리고, 그 나라를 다스리고자 하는 자는 먼저 그 집안을 가지런히 하고, 그 집안을 가지런히 하고자 하는 자는 먼저 그 자신을 수양하고, 그 자신을 수양하고자 하는 자는 먼저 그 마음을 바르게 하고, 그 마음을 바르게 하고자 하는 자는 먼저 그 뜻을 성실히 하고, 그 뜻을 성실히 하고자 하는 자는 먼저 그 앎을 지극히 하였으니, 앎을 지극히 함은 사물의 이치를 궁구함에 있다.〔古之欲明明德於天下者, 先治其國, 欲治其國者, 先齊其家, 欲齊其家者, 先修其身, 欲修其身者, 先正其心, 欲正其心者, 先誠其意, 欲誠其意者, 先致其知, 致知在格

고 한 것은 마치 두 단계의 과정이 있는 듯합니다.

〔답〕 '정정안려'는 '그칠 데를 안〔知止〕' 뒤에 자연스럽게 오는 효과의
차례여서 '격치성정수'가 각각 별도로 하나의 공부 단계가 되는 것과는
같은 것이 아니니, 《대학혹문(大學或問)》을 보면 알 수 있습니다.[226]

物.〕"라는 내용이 보인다.

226 정정안려는……있습니다 : 《대학혹문(大學或問)》에, '정정안려'와 관련하여 "그
칠 데를 알 수 있다면 마음속에 일마다 사물마다 모두 정해진 이치가 있게 된다. 이치가
이미 정해지고 나면 그 마음을 동하게 하는 것이 없어서 고요해질 수 있다. 마음이
이미 고요해진 뒤에는 어느 곳이든 가릴 데 없이 편안할 수 있게 된다. 편안하게 되면
일상생활에서 조용하고 한가로워 일이나 사물이 다가왔을 때 이를 헤아려 생각할 수
있게 된다. 생각하게 되면 일을 따라 이치를 살펴서 사물의 깊고 오묘한 이치를 궁구하
여 저마다 그칠 곳을 얻어 그치지 않음이 없게 된다.〔能知所止, 則方寸之間, 事事物物,
皆有定理矣; 理旣有定, 則無以動其心而能靜矣; 心旣能靜, 則無所擇於地而能安矣; 能
安, 則日用之間, 從容閒暇, 事至物來, 有以揆之而能慮矣; 能慮, 則隨事觀理, 極深研幾,
無不各得其所止之地而止之矣.〕"라는 내용이 보인다. 또한 '격치성정수'와 관련하여 "격
물·치지·성의·정심·수신은 명덕을 밝히는 일이고, 제가·치국·평천하는 신민의
일이다. 격물·치지는 지극한 선이 있는 곳을 알기를 구하는 것이고, 성의부터 평천하
까지는 그 지극한 선을 얻어서 그칠 것을 구하는 것이다.……그러므로 자신을 수양하고
자 하는 자는 반드시 먼저 그 마음을 바르게 하였고……마음을 바르게 하고자 하는
자는 반드시 먼저 그 뜻을 성실하게 하였고……뜻을 성실히 하고자 하는 자는 반드시
먼저 앎을 지극히 하였으니……앎을 지극히 하는 길은 일에 나아가 이치를 살펴 사물의
이치에 이르는 데 있었다.〔格物, 致知, 誠意, 正心, 修身者, 明明德之事也; 齊家, 治國,
平天下者, 新民之事也. 格物, 致知, 所以求知至善之所在; 自誠意以至於平天下, 所以求
得夫至善而止之也.……故欲修身者, 必先有以正其心.……欲正心者, 必先有以誠其
意.……欲誠意者, 必先有以致其知.……致知之道, 在乎卽事觀理, 以格夫物.〕"라는 내
용이 보인다.

〔문 4〕'일에는 마침과 시작이 있다.〔事有終始〕'[227]라는 구절에서 먼저 '마침'을 말한 것은 혹 의미가 있는 것입니까? 어떤 사람은 '그칠 데를 안다〔知止〕'로 시작하는 단락[228]은 그 중점이 '능히 얻을 수 있다〔能得〕'에 있기 때문에 먼저 '마침'을 말한 것이라고 하고, 어떤 사람은 '마친 뒤에 다시 시작하는〔貞復元〕'[229] 뜻과 같다고 하는데, 두 설이 어떻습니까?

〔답〕'시작과 마침〔始終〕'이라 하지 않고 '마침과 시작〔終始〕'이라고 한 것은 별다른 뜻이 없을 듯하니, 두 해석이 모두 옳지 않아 보입니다. '마친 뒤에 다시 시작한다' 운운한 것은 더욱 천착한 것이니, 참으로 그 말대로라면 이것은 이미 그칠 데를 얻고서 다시 그칠 데를 알기를 구하는 것이니, 말이 되겠습니까?

〔문 5〕'명덕을 천하에 밝힌다.〔明明德於天下〕'[230]라는 구절에서 '명덕'

---

227 일에는……있다 :《대학장구》경 1장에 "물건에는 근본과 말엽이 있고, 일에는 마침과 시작이 있으니, 먼저 하고 뒤에 할 것을 알면 도에 가까울 것이다.〔物有本末, 事有終始, 知所先後, 則近道矣.〕"라는 내용이 보인다.

228 그칠……단락 : 관련 원문은 362쪽 주224 참조.

229 마친……시작하는 : 주희(朱熹)의 주에 따르면 '정(貞)'은 '종(終)'과 같으며, '원(元)'은 '시(始)'와 같다.《주역》〈건괘(乾卦) 단(彖)〉의 "마침과 시작을 크게 밝히면 여섯 자리가 때로 이루어진다.〔大明終始, 六位時成.〕"라는 구절에 대한 주희의 본의(本義)에, "시는 곧 원이며, 종은 정을 말한다. 마치지 않으면 시작할 수 없고 정하지 않으면 원이 될 수 없다.〔始, 卽元也; 終, 謂貞也, 不終則无始, 不貞則无以爲元也.〕"라는 내용이 보인다.

230 명덕을 천하에 밝힌다 : 관련 원문은 362쪽 주225 참조.

은 자신의 명덕을 가리킵니까? 다른 사람의 명덕을 가리킵니까?

〔답〕 '명덕을 천하에 밝힌다'는 것은 자신의 덕을 천하에 밝힌다는 뜻인 듯합니다. 농암(農巖 김창협(金昌協)) 선조의 이에 대한 논의가 매우 자세하니, 문집의 잡지(雜識) 중에 실려 있습니다.[231] 한 번 살펴보는 것이 어떻겠습니까?

〔문 6〕 '사물의 이치가 이른다〔物格〕'로 시작하는 단락[232]은 바로 공

---

231 농암(農巖)……있습니다 : '농암'은 저자의 증조인 김창협(金昌協, 1651~1708)이다. 《농암집(農巖集)》권32 〈잡지(雜識) 내편2(內篇二)〉에 "경문의 뜻은 본래 나의 명덕을 천하에 밝힌다는 것을 말한 것이다. 장구에서 이른바 '천하 사람들로 하여금 모두 자신의 명덕을 밝히도록 한다'는 것은, 곧바로 이것을 경문의 '명덕을 밝힌다'의 해석으로 삼은 것이 아니다. 이것은 또한 '천하 사람들로 하여금 모두 자신의 명덕을 밝히게 하는 것이 바로 나의 명덕을 천하에 밝히는 것이다'라고 말한 것뿐이다. 이를 미루어 집안과 나라에 적용한다면, 한 집안 사람들로 하여금 모두 자신의 명덕을 밝히게 한다면 이것이 바로 나의 명덕을 한 집안에 밝히는 것이며, 한 나라 사람들로 하여금 모두 자신의 명덕을 밝히게 한다면 이것이 바로 나의 명덕을 한 나라에 밝히는 것이다.〔蓋經文之意, 本說明吾之明德於天下. 章句所謂使天下之人皆有以明其明德者, 非直以是爲經文明明德之訓也, 亦曰使天下之人皆有以明其明德, 卽爲明吾之明德於天下云爾. 推此而例之家國, 使一家之人皆有以明其明德, 則是爲明吾之明德於一家也; 使一國之人皆有以明其明德, 則是爲明吾之明德於一國也.〕"라는 내용이 보인다.

232 사물의……단락 : 《대학장구》경 1장에 "사물의 이치가 이른 뒤에 앎이 지극해지고, 앎이 지극해진 뒤에 뜻이 성실해지고, 뜻이 성실해진 뒤에 마음이 바르게 되고, 마음이 바르게 된 뒤에 몸이 닦인다.〔物格而后知至, 知至而后意誠, 意誠而后心正, 心正而后身修.〕"라는 내용이 보인다. 이에 대해 주희는 "물격(物格)은 사물의 이치의 지극한 곳이 이르지 않음이 없는 것이고, 지지(知至)는 내 마음의 아는 바가 극진하지 않음이 없는 것이다. 앎이 이미 극진해지면 뜻이 성실해질 수 있고, 뜻이 이미 성실해지면

효를 순히 미루어나간 것을 말한 것입니다.

그런데 어떤 사람은 "이 단락은 다시 공부를 말한 것이니, 만약 공효로 말한 것이라면 장구(章句)에서 의당 '앎이 이미 극진해지면 뜻이 절로 성실해지고, 뜻이 이미 성실해지면 마음이 절로 바르게 된다.〔知旣盡則意自誠矣, 意旣實則心自正矣.〕'라고 말했을 것이다. 어찌 다시 '가득(可得)' 두 글자를 둘 필요가 있겠는가."라고 합니다.

또 어떤 사람은 "경문에서는 단지 '앎이 지극해진 뒤에 뜻이 성실해지고, 뜻이 성실해진 뒤에 마음이 바르게 된다.〔知至而后意誠, 意誠而后心正〕'라고만 하였으니, 이것은 배우는 자들이 '앎이 이미 극진해지면 뜻이 절로 성실해지고 뜻이 이미 성실해지면 마음이 절로 바르게 되니, 어찌 굳이 다시 마음을 바르게 하고 뜻을 성실하게 하는 공부를 할 필요가 있겠는가'라고 생각할까 두려웠기 때문에 특별히 '가득(可得)'이라는 두 글자를 두어, 배우는 자들로 하여금 반드시 뜻을 성실히 하고 마음을 바르게 하는 공부를 더해야 한다는 것을 알게 한 것이다. 그렇다면 공효 가운데 본래 공부의 뜻이 들어 있는 것이다."라고 합니다. 이 두 설이 옳습니까?

〔답〕 '사물의 이치가 이른다'로 시작하는 단락은 의심할 것도 없이 공효를 말한 것입니다. 장구에서 '가득(可得)'이라는 글자를 두 번 쓴 것은 비록 공부를 말한 것 같지만, 사실은 '뜻을 성실히 하는〔誠意〕' 공부를 할 수 있는 것은 바로 '앎이 지극해진〔知至〕' 공효이고, '마음

마음이 바르게 될 수 있다.〔物格者, 物理之極處無不到也; 知至者, 吾心之所知無不盡也. 知旣盡, 則意可得而實矣; 意旣實, 則心可得而正矣.〕'라고 해석하였다.

을 바르게 하는〔正心〕' 공부를 할 수 있는 것은 바로 '뜻이 성실해진
〔意誠〕' 공효이니, 필경은 공효를 위주로 한 것입니다.

유득주[233]에게 답하다

答兪得柱

〔문 1〕 '자성(自誠)'의 '성'과 '명성(明誠)'의 '성', '성명(誠明)'의 '명' 과 '명성(明誠)'의 '명'에서[234] '성' 자와 '명' 자를 앞에 놓거나 뒤에 놓은 것은 천심(淺深)과 경중(輕重)의 구별이 있는 듯합니다.

〔답〕 그런 것 같습니다. 다만 '천심'과 '경중'이라는 글자는 병통이 있 는 듯합니다. '절로 그렇게 되는 것〔自然〕'과 '힘을 쓰는 것〔用力〕'의 구분이 있다고 하는 것이 좋을 것 같습니다.

〔문 2〕 '능진(能盡)'[235]의 '진' 자에 대해, 어떤 사람은 "비록 지(知)

---

233 유득주(兪得柱) : 저자의 아버지 김원행(金元行)과의 문답에 근거하면 김원행의 문인으로 추정된다. 《渼湖集 卷12 答兪得柱》

234 자성(自誠)의……명에서 : 《중용장구》 제21장에 "성실함으로 말미암아 밝아짐 을 본성이라 이르고, 밝음으로 말미암아 성실해짐을 가르침이라 이르니, 성실하면 밝아 지고 밝으면 성실해진다.〔自誠明, 謂之性; 自明誠, 謂之敎. 誠則明矣, 明則誠矣.〕"라는 내용이 보인다.

235 능진(能盡) : 《중용장구》 제22장에 "오직 천하의 지극한 성실함만이 그 본성을 다할 수 있으니, 그 본성을 다하면 사람의 본성을 다할 수 있고, 사람의 본성을 다하면 사물의 본성을 다할 수 있으며, 사물의 본성을 다하면 천지의 화육을 도울 수 있고, 천지의 화육을 도우면 천지와 대등하게 셋으로 병립할 수 있다.〔惟天下至誠, 爲能盡其 性. 能盡其性, 則能盡人之性; 能盡人之性, 則能盡物之性; 能盡物之性, 則可以贊天地 之化育; 可以贊天地之化育, 則可以與天地參矣.〕"라는 내용이 보인다.

공부와 행(行) 공부를 겸하여 말한 것이기는 하지만 지 공부의 뜻이 비교적 중하다."라고 말합니다. 이 설이 어떻습니까?

〔답〕참으로 지 공부와 행 공부를 겸하여 말한 것이지만, 중점은 행 공부에 두고 있습니다. 소주(小註)에서 인용한 《주자어류(朱子語類)》의 설236을 보면 알 수 있습니다. 혹자의 설은 도리어 이와 상반되니, 그 근거를 알지 못하겠습니다.

〔문 3〕'드러난다〔著〕'와 '밝게 발산된다〔明〕'237는, 어떤 것이 드러나는 것이며 어떤 것이 밝게 발산되는 것입니까?

---

236 소주(小註)에서……설 : 《중용장구》대전본(大全本) 소주(小註)에, 이곳의 '본성을 다하다〔盡性〕'가 바로 《맹자》의 '마음을 다하다〔盡心〕'이냐는 질문에 대해, 주희가 "마음을 다하는 것은 지 공부에 나아가서 말한 것이고, 본성을 다하는 것은 행 공부에 나아가서 말한 것이다. 진실한 본연의 전체를 다할 수 있다면 이것이 바로 본성을 다하는 것이며, 허령한 지각의 묘용을 다할 수 있다면 이것이 바로 마음을 다하는 것이다. '본성을 다하다'와 '마음을 다하다'에서 '다하다'라는 것은 공부하는 것을 말한 것이 아니다. 이것은 앞의 공부가 이미 지극하여 여기에 이르러야 비로소 다한 것이라는 말일 뿐이다.〔盡心是就知上說, 盡性是就行上說. 能盡得眞實本然之全體, 是盡性 ; 能盡得虛靈知覺之妙用, 是盡心. 盡性, 盡心之盡, 不是做工夫之謂, 蓋言上面工夫已至, 至此方盡得耳.〕"라고 대답한 것을 이른다. 이 내용이 《주자어류》권64 〈중용3(中庸三)〉에도 보인다.
237 드러난다〔著〕와 밝게 발산된다〔明〕 : 《중용장구》제23장에 "대현(大賢) 이하의 사람은 한쪽의 선(善)한 단서를 미루어 넓혀나가 지극히 하는 것이니, 한쪽의 선한 단서를 넓혀나가 지극히 하면 능히 성실함이 있게 할 수 있다. 성실함이 있으면 밖으로 나타나게 되고, 밖으로 나타나면 드러나게 되고, 드러나면 밝게 발산되고, 밝게 발산되면 감동시키게 되고, 감동하면 변하게 되고, 변하면 바뀌게 되니, 오직 천하의 지극한 성실함만이 바뀔 수 있다.〔其次致曲, 曲能有誠. 誠則形, 形則著, 著則明, 明則動, 動則變, 變則化, 唯天下至誠爲能化.〕"라는 내용이 보인다.

〔답〕 이 몇 글자는 단계가 본래 현격하게 차이 나는 것이 아니지만, 장구(章句)에서 이른바 '더욱 성대하게 빛남과 발산됨이 있다〔又有光輝發越之盛〕'238라고 해석한 것이 또한 이미 명백하니, 별도로 다른 해석을 구할 필요가 없습니다.

〔문 4〕 "성실함은 스스로 이루어지는 것이고, 도는 스스로 행해야 하는 것이다.〔誠者自成也, 而道自道.〕"239에서 앞뒤의 '자(自)' 자가 다르다는 것은 이미 가르침을 받았습니다. 그러나 다르게 되는 뜻은 이해하기가 어렵습니다.

〔답〕 앞뒤의 '자' 자를 저는 모두 '자기(自己)'의 '자' 자로 봅니다. '다르다'라고 말씀하신 것은 제가 그렇게 말한 것이 기억나지 않습니다. 혹시 잘못 듣고 이런 의심을 갖게 된 것은 아닙니까?

〔문 5〕 '도자(道者)'라고 하지 않고 '이도(而道)'라고 한 것은 무엇 때문입니까? '이(而)' 자에 깊은 뜻이 있는 듯합니다.

238　더욱……있다 : 《중용장구》 제23장 주희의 주에 "형(形)은 속에 쌓여 밖으로 나타나는 것이다. 저(著)는 이보다 더욱 드러나는 것이며, 명(明)은 더욱 성대하게 빛남과 발산됨이 있는 것이다.〔形者, 積中而發外. 著則又加顯矣, 明則又有光輝發越之盛也.〕"라는 내용이 보인다.

239　성실함은……것이다 : 《중용장구》 제25장의 내용이다. 대전본(大全本) 소주에 "성실함은 저절로 이루어지는 이치로서 사람이 안배하는 것이 아니며, 도는 무정한 이치로서 사람이 스스로 행해야 되는 것이다.〔誠者, 是箇自然成就道理, 不是人去做作安排底物事; 道, 却是箇無情底道理, 却須是人自去行始得.〕"라는 주희의 말이 보인다.

〔답〕 이 장에서 논하는 것은 중점이 '성(誠)' 자에 있고 '도(道)' 자는 단지 곁달아 말해서 글을 쓴 것뿐이니 주객이 있는 것이 당연합니다. 두 구 사이에 하나의 '이(而)' 자를 놓은 것 역시 이런 뜻인 듯합니다.

〔문 6〕 '성(誠)' 자는 앞장의 주에서는 모두 이치로 말하였는데[240] 여기에서는 마음[心]으로 말하고 있는 것[241]은 무엇 때문입니까?

〔답〕 이것은 알기 어렵지 않습니다. 단지 마음을 비우고 기를 평온하게 하고서 이 장에 나오는 다섯 개의 '성(誠)' 자[242]를 한 번 '실리(實理)'로 간주하고서 보면 모두 통하는지, '실심(實心)'으로 간주하고서 보면 어떤 막힘이 있는지, 또 앞글에서 '실리'로 해석한 곳에도 이 방

---

240 성(誠) 자는……말하였는데 : 예를 들면《중용장구》제20장의 "성실함은 하늘의 도이다.〔誠者, 天之道也.〕"라는 구절에 대한 주희의 주에 "성실함은 진실하여 거짓이 없는 것을 이르니, 천리의 본연이다.〔誠者, 眞實無妄之謂, 天理之本然也.〕"와 같은 내용이 보인다. 370쪽 주239 참조.

241 여기에서는……것 :《중용장구》제25장 주희의 주에 "성(誠)은 마음으로써 말한 것이니 근본이고, 도(道)는 이치로써 말한 것이니 용이다.〔誠, 以心言, 本也; 道, 以理言, 用也.〕"라는 내용이 보인다.

242 이……자 :《중용장구》제25장은 다음과 같다. "성실함은 스스로 이루어지는 것이고, 도는 스스로 행해야 하는 것이다. 성실함은 사물의 마침이자 시작이니, 성실하지 않으면 사물도 없다. 그러므로 군자는 성실하고자 함을 귀하게 여기는 것이다. 성실함은 스스로 자기만을 이룰 뿐 아니라 남도 이루어 준다. 자기를 이루는 것은 어짊이고 남을 이루어 주는 것은 지혜이다. 이는 본성의 덕이니, 내외를 합한 도이다. 그러므로 제 때에 맞게 사용함이 마땅한 것이다.〔誠者自成也, 而道自道也. 誠者, 物之終始, 不誠, 無物, 是故君子誠之爲貴. 誠者, 非自成己而已也, 所以成物也. 成己, 仁也; 成物, 知也. 性之德也, 合內外之道也, 故時措之宜也.〕" 모두 다섯 개의 '성(誠)' 자가 나온다.

법을 사용하여 서로 바꾸어서 보는 것입니다. 그러면 그것이 각각 마땅한 바가 있어서 바꿀 수 없다는 것을 알 수 있습니다. 이렇게 하고서도 여전히 의심이 들면 다시 말씀해주시는 것이 어떻겠습니까?

〔문 7〕 '내외를 합한 도〔合內外之道〕'와 '도는 스스로 행해야 하는 것이다〔而道自道〕'의 '도'[243]는 하나로 관통해서 보아야 합니까?

〔답〕 두 '도' 자는 차이가 보이지 않습니다.

〔문 8〕 '매우 크도다〔優優大哉〕'[244]의 '대(大)' 자는 '다(多)' 자의 의미를 띠고 있는 것으로 보아야 할 듯합니다.

〔답〕 '대' 자가 '다' 자의 의미를 띠는 것으로 보는 것은 옳지 않은 듯하니, 소주(小註)에 보이는 쌍봉(雙峰 요로(饒魯))의 설[245]이 매우 분명

---

243 내외(內外)를……도 : 관련 원문은 371쪽 주242 참조.

244 매우 크도다 : 《중용장구》 제27장에 "매우 크도다! 예의가 3백 가지요, 위의가 3천 가지로다!〔優優大哉! 禮三百, 威儀三千!〕"라는 내용이 보인다.

245 쌍봉(雙峰)의 설 : '쌍봉'은 주희의 재전(再傳) 제자인 요로(饒魯, 1194~1264)의 호이다. 대전본(大全本) 소주에 보이는 요로의 말 중에 "이 장은 본래 성인의 도가 큰 것을 가지고 말한 것이다. 그러나 여러 작은 것들을 합치지 않으면 그 큼을 이룰 수 없으니, 예를 들면 태산의 높음은 여러 흙들이 쌓여서 이루어진 것이고, 창해의 깊음은 여러 물줄기들이 모여서 이루어진 것이다. 만일 이 성인의 도 안에 포함되고 온축되어 있는 것이 혹여 한 가지 이치라도 구비되어 있지 않다면 또한 어떻게 그 큼의 실제를 볼 수 있겠는가. 여기의 '삼천'과 '삼백'은 비록 지극히 작은 것을 가리켜서 말한 것이지만 실제로는 바로 그 큼을 형용한 것이니, 어떻게 '매우 크도다'라고 말하지 않을

합니다.

〔문 9〕 '군자는 덕성을 높인다.〔君子尊德性〕'[246]라는 구절에 대해 장구(章句)에서 "큼과 작음이 서로 바탕이 되고 처음과 끝이 서로 응한다.〔大小相資, 首尾相應.〕'[247]라고 한 것은 허 동양(許東陽 허겸(許謙))의 설[248]을 따라야 합니까? '마음을 보존하는 것〔存心〕'과 '앎을 지극

수 있겠는가.〔此章本以聖道之大爲言, 然不合衆小, 則無以成其大, 如太山之高, 以衆土之積, 滄海之深, 以衆流之會. 使是道之中包含蘊蓄, 容有一理之不備, 亦何以見其爲大之實哉? 此三千三百, 雖指至小而言, 而其實乃所以形容其大也, 安得不以優優大哉發之耶?〕"라는 내용이 보인다.

246 군자는 덕성을 높인다 : 《중용장구(中庸章句)》 제27장에 "그러므로 군자는 덕성을 높이고 학문을 말미암으니, 광대함을 지극히 하고 정미함을 다하며, 고명함을 다하고 중용을 따르며, 옛것을 잊지 않고 새로운 것을 알며, 후함을 돈독히 하고 예를 높이는 것이다.〔故君子尊德性而道問學, 致廣大而盡精微, 極高明而道中庸, 溫故而知新, 敦厚以崇禮.〕"라는 내용이 보인다.

247 큼과⋯⋯응한다 : 《중용장구》 제27장 주희의 주에 "마음을 보존하는 것이 아니면 앎을 지극히 할 수 없고, 마음을 보존한 자는 또 앎을 지극히 하지 않을 수 없다. 그러므로 이 다섯 구절은 큼과 작음이 서로 바탕이 되고 처음과 끝이 서로 응한다.〔蓋非存心, 無以致知, 而存心者, 又不可以不致知, 故此五句, 大小相資, 首尾相應.〕"라는 내용이 보인다.

248 허 동양(許東陽)의 설 : '허 동양'은 원대(元代)의 성리학자인 허겸(許謙, 1269~1337)을 이른다. 대전본(大全本) 《중용장구》 제27장 주희의 주에 대해, 허겸은 "'큼과 작음이 서로 바탕이 되고 처음과 끝이 서로 응한다.'는 것은 '큼'은 앞의 5절을 말한 것이고, '작음'은 다음에 나오는 5절을 말한 것이며, '처음'은 '덕성을 높이고 학문을 말미암는다'라는 한 구절을 이르고, '끝'은 그 뒤에 나오는 네 구절을 말한다.〔大小相資, 首尾相應, 大言上五節, 小言下五節, 首言尊德性道問學一句, 尾言下四句.〕"라고 해석하고 있다.

히 하는 것〔致知〕'을 각각 처음과 끝으로 구분하는 것 역시 조리가
매우 정연할 듯한데, 어떨지 모르겠습니다.

〔답〕 '처음과 끝이 서로 응한다'는 것은 동양의 설이 따를 만합니다.
편지에서 말씀하신 것처럼 '마음을 보존하는 것'과 '앎을 지극히 하는
것'을 각각 처음과 끝으로 구분해도 무방합니다. 다만 이미 '처음과
끝'이라고 했다면, 단지 앞과 뒤의 두 구절만 들어서 그 나머지를 포
괄하도록 해야 할 것입니다. 한 구절을 '처음'으로 삼고 네 구절을 '끝'
으로 삼는 동양의 설은 이렇지는 않을 듯합니다.

〔문 10〕 '예를 의론하지 못한다.〔不議禮〕'[249]라는 구절의 '예(禮)' 자
에 대해 장구에서는 '친소가 서로 대하는 체〔親疏相接之體〕'라고 하
고, '행동은 차례가 같다.〔行同倫〕'[250]라는 구절의 '윤(倫)' 자에 대해
서는 '차서의 체〔次序之體〕'라고 하였는데, '체(體)' 자의 의미를 알
지 못하겠습니다.

〔답〕 '체(體)'는 오늘날 '체례(體例)'나 '체모(體貌)'라는 말과 같습니
다.

---

249 예를 의론하지 못한다 : 《중용장구》 제28장에 "천자가 아니면 예를 의론하지 못하
며, 등급의 규정을 만들지 못하며, 글자의 명칭을 상고하지 못한다.〔非天子, 不議禮,
不制度, 不考文.〕"라는 내용이 보인다.
250 행동은 차례가 같다 : 《중용장구》 제28장에 "지금은 천하가, 수레는 바퀴의 폭을
같이 하며, 글은 문자를 같이 하며, 행동은 차례를 같이 한다.〔今天下車同軌, 書同文,
行同倫.〕"라는 내용이 보인다.

박한흠²⁵¹에게 답하다 1

答朴漢欽

〔문〕 고자(孤子)가 11월에 할머니의 상(喪)을 당하였고, 12월에 또 아버지의 상을 당하였습니다. 어떤 사람은 "예(禮)에 따르면 아버지를 대신하여 복을 입어야 하니, 아버지 장례의 졸곡(卒哭)이 끝난 뒤에 비로소 할머니를 위해 추복(追服)을 입어야 한다."라고 합니다.

아버지의 장례를 지내기 전에 할머니의 장례를 지내야 하는데, 할머니의 장례 때 제주(題主)는 고자의 이름으로 방제(旁題)해야 할 뿐 아니라 상주도 세워야 하니, 어떻게 아버지 장례의 졸곡이 끝나기를 기다린 뒤에 추복을 입을 수 있겠습니까.

종묘 주인의 지위를 계승하여 아버지를 대신하여 복을 입는다면 각각 여막에서 그 본복을 입어야 하겠지만, 평소 입는 복의 경우는 자최복(齊衰服)을 입어야 합니까, 참최복(斬衰服)을 입어야 합니까?

〔답〕 아버지를 대신하여 종묘 주인의 지위를 계승하는 것은 고례(古禮)에는 비록 명문(明文)이 없지만 《통전(通典)》 이후로 여러 유자(儒者)들이 이미 논한 것이 있어서 지금 이를 행한 지가 오래되었습니다. 어찌 그 사이에 다른 의론을 할 수 있겠습니까.

대신하여 복을 입는 의절은 송(宋)나라 때 예관(禮官)이 "여자가 시집을 갔다가 쫓겨나서 아버지의 집에 돌아와 있을 경우 아버지를

---

251 박한흠(朴漢欽) : 자세하지 않다.

위하여 삼년복을 입는다.[女子嫁, 反在父之室, 爲父三年.]"라는 규례를 인용하여 "마땅히 할아버지의 장례를 기준으로 참최상의 복제로 바꾸어 입어야 한다.[當因其葬而制斬衰.]"라고 하였으니,[252]-또한《의례경전통해(儀禮經傳通解)》에 보인다.- 이 설이 참으로 의미가 있습니다. 그러나 우옹(尤翁 송시열(宋時烈))은 "아버지 상을 위한 성복(成服)을 한 뒤에 할아버지에게 제사를 지내야 하는데, 이때 어떤 복을 입어야 하겠는가?"라고 하였습니다.[253] 이것으로 보면 아버지를 위한 복을 입은 뒤에 곧바로

252 대신하여……하였으니 : 송(宋) 인종(仁宗) 황우(皇祐) 원년(1049) 11월 3일에 대리평사(大理評事) 석조인(石祖仁)이 상주하여, 지난 8월 15일에 할아버지의 상을 당하였는데, 그 뒤 10월 15일에 숙부가 죽었으니 적장손인 자신이 할아버지를 위하여 참최복을 입어야 하는지 정해줄 것을 청하자, 인종은 예원(禮院)에 조서를 내려 이 문제를 상정(詳定)하게 하였다. 예관(禮官) 송민구(宋敏求)가《의례》〈상복(喪服)〉 '참최삼년(斬衰三年)' 조에 보이는 "여자가 시집을 갔다가 쫓겨나서 아버지의 집에 돌아와 있을 경우 아버지를 위하여 삼년복을 입는다.[女子嫁, 反在父之室, 爲父三年.]"라는 구절에 대해, 정현(鄭玄)의 주에서 "아버지의 상을 당한 뒤에 쫓겨난 경우, 처음에는 자최기년복을 입었다가, 쫓겨난 뒤에 아버지 상의 우제를 지내게 되면 삼년상복으로 입는다.[謂遭喪而出者, 始服齊衰期, 出而虞則以三年之喪.]"라고 한 것을 인용하여 상복은 다시 제도를 달리하여 입을 수 있다고 하였다. 그리고 석조인이 "의당 벼슬을 사직하고 할아버지의 장례를 기준으로 복제를 달리하여 참최삼년복으로 입어야 한다.[宜辭官, 因其葬而制斬衰三年.]"고 주장하였다. 이로 인해 송나라에서는 이것을 정식(定式)으로 삼게 되었다. 《儀禮經傳通解續 卷16 五服古今沿革 本宗服》《宋史 卷125 禮志78 凶禮4 服紀》

253 우옹(尤翁)은……하였습니다 : 우암(尤庵) 송시열(宋時烈, 1607~1689)이 1685년 (숙종11)에 문인 박광일(朴光一, 1655~1723)에게 보낸 편지에, "할아버지를 장례하기 전에 아버지의 상을 당한 경우, 아버지를 대신하여 할아버지의 복을 입는 의절은 마땅히 보내온 편지에서 인용한 것처럼 '할아버지의 장례에 참최복을 입는다'는 설에 따라 행해야 할 것이다. 다만 아버지 상을 위한 성복을 한 뒤에 할아버지의 제사를 지내야 하는데, 이때 어떤 복을 입어야 하겠는가? 또 할아버지 장례를 이미 행했는데 아버지가 돌아가

할아버지를 위한 복을 입는다는 설이 옳다는 것을 알 수 있습니다.

　지금 편지에서 제주(題主)할 때 문제가 있을 것이라는 우려 역시 이러한 뜻입니다. 그렇다면 선생의 설을 준용하여 행하는 것이 옳지 않겠습니까. 평소 입는 상복에 대해서도 우옹이 논한 바[254]가 있으니, 아래에 기록합니다. -기록은 생략하였다.-

셨으면 할아버지를 위하여 참최복을 입는 것은 마땅히 아버지를 위해 성복하는 날에 입어야 한다. 그런 뒤에 할아버지와 아버지에게 제사하는데, 이때에는 각각 그 본복대로 입어야 한다.〔祖未葬, 遭父喪者, 其代服之節, 當如來示所引因祖葬制斬衰之說行之矣. 但父喪成服後, 當祭其祖, 此時當何服耶? 又祖已葬而父死, 則其服祖斬衰, 當在成父服之日, 然後祭祖與父, 當各服其服.〕"라는 내용이 보인다. 《宋子大全 卷113 答朴士元〔乙丑九月二十三日〕》

254　우옹이 논한 바 : 송시열이 송준길(宋浚吉 1606~1672)에게 보낸 편지에 "평소 입는 상복 역시 할머니를 위한 복을 입어야 할 듯하니, 이것은 아버지를 대신하여 할머니의 복을 입기 때문인 듯합니다.〔常持之服, 似亦祖母之服, 蓋恐以代父故也.〕"라는 내용이 보인다. 《宋子大全 卷31 與宋明甫》

박한흠에게 답하다 2

答朴漢欽

〔문 1〕 장자(長子)가 아들 없이 죽고 차자(次子)가 아버지 상을 당했을 경우 제주(題主)와 방제(旁題)에 대한 설은, 퇴계(退溪 이황(李滉))는 한강(寒岡 정구(鄭逑))에게 답하여 "'효(孝)'를 칭하지 않고 이름만 쓴다. 축문에는 '제사를 섭행하는 자손 아무개〔攝祀事子某〕'라고 한다."라고 하였고,[255] 우암(尤庵 송시열(宋時烈))은 "주자(朱子 주희(朱熹))가 이계선(李繼善)에게 답하여 '섭주(攝主)는 그 제사를 주관할 뿐이고 이름은 종자가 주관하는 것으로 쓴다.'라고 하였다."라 하고, 또 "차자가 제사를 주관하게 되면 '권(權)' 자를 쓴다."라고 하였습니다.[256]

---

255 퇴계(退溪)는……하였고 : 퇴계 이황(李滉, 1501~1570)이 문인 정구(鄭逑, 1543~1620)에게 답한 편지에, "후사를 이은 자가 비록 강보에 쌓인 어린아이라 하더라도 그의 이름을 써야 하며 막내아들은 섭주가 되어 전헌하는 것이 옳다. 그렇다면 아직 후사를 세우기 전에는 또한 어쩔 수 없이 임시로 막내아들을 섭주로 삼되, '효'를 칭하지 않고 이름만 쓰며 '섭'을 칭하여 행하는 것이 옳다.……종자가 아직 후사를 세우지 않았으면 자신이 섭주가 되었다는 뜻을 섭행하는 처음 제사 때 고해야 하며, 그 뒤에는 연월일 다음에 '제사를 섭행하는 자손 아무개가 감히 고합니다.……'라고만 해야 한다.〔繼後子雖在襁褓, 亦當書其名, 而季也爲攝主以奠獻可也. 然則其未立後之前, 亦不得已權以季爲攝主, 不稱孝, 只書名, 稱攝而行之爲可.……宗子未立後, 己爲攝主之意, 當告於攝行之初祭, 其後則年月日子下, 只當云攝祀事子某敢告于云云.〕"라는 내용이 보인다.《退溪集 卷39 答鄭道可〔逑〕問目》

256 우암(尤庵)은……하였습니다 : 우암(尤庵) 송시열(宋時烈, 1607~1689)이 1677년(숙종3) 5월에 문인 민정중(閔鼎重, 1628~1692)에게 답한 편지에, "다만 퇴계가

퇴계의 설대로라면 축문에 '섭(攝)' 자를 칭하는 것이 마땅하고, 우옹의 설대로라면 '섭' 자는 온당치 않고 '권(權)' 자를 쓰는 것이 조금 온당한데, 그렇다면 '권' 자는 어디에 씁니까?

도암(陶菴 이재(李縡))은 한사제(韓師悌)에게 답하여 "우리 외가에서 예전에 제사를 임시로 섭행하는 일이 있었는데, 제주는 '현고(顯考)'를 칭하고 방제는 하지 않았으며, 제사를 지낼 때는 축문에 '제사를 섭행하는 고자 아무개[攝祀事孤子某]'로 칭하였다. 그 당시 이것으로 우암에게 품의하니, 완전히 옳다고도 하지 않았지만 또 안 된다고도 하지 않았다."라고 하였습니다. 도암의 설대로라면 방제가 없다는 것을 알 수 있습니다. 그리고 축문에 이른바 '섭' 자를 쓰는 것도 온당치 않기까지는 않을 듯합니다.

정도가에게 답한 설은 주자가 이계선의 질문에 답한 것과는 전혀 상관 없는 것이다. 이계선은 이미 제사를 주관하는 사람이 있는데 단지 그 나이가 어리기 때문에 이계선이 임시로 대신 행한 뿐이니, 주 선생이 이른바 '섭주는 그 제사를 주관할 뿐이고 이름은 종자가 주관하는 것으로 쓴다.'라고 한 것은 매우 명백하다고 할 수 있다. 정한강이 물어본 것은 이 경우와는 다르다. 이미 주인이 없다면 '섭'이라는 한 글자는 해당시킬 곳이 없으니, 성왕이 어려서 주공이 섭정했다는 것을 보면 '섭' 자의 의미를 알 수 있다. 지금 큰형의 집안이 한강의 경우와 바로 똑같으니, 그가 인용한 퇴계설이 과연 주자의 뜻과 부합하는지 모르겠다. 내 생각에, 부득이 차자가 제사를 주관하게 되면 '권' 자를 쓰는 것이 조금 온당하지 않을까 한다.〔但退溪所答鄭道可說, 與朱子所答李繼善問, 全不相干. 蓋李繼善則已有主祭之人, 而只以其年幼, 故繼善姑爲代行. 朱先生所謂攝主但主其事, 名則宗子主之云者, 可謂十分明白矣. 若鄭寒岡所問, 則異於是. 旣無主人, 則攝之一字無所當矣, 觀於成王幼周公攝政, 可知攝字之意矣. 今伯氏家與寒岡正同, 未知其所引用退溪說, 果合於朱子意否? 愚意不得已而次子主祭, 則用權字無乃稍安耶?〕라고 말한 내용이 보인다. 주희(朱熹)가 문인 이효술(李孝述)에게 답한 내용은 《주자전서(朱子全書)》 권39 〈예3(禮三) 제(祭)〉에 보인다. 《宋子大全 卷59 答閔大受〔丁巳五月〕》

도암은 또 다른 사람에게 답하여 "방제에는 비록 '효'를 칭하지 않더라도 '봉사(奉祀)' 두 글자를 쓰는 것은 매우 황송하고 외람되게 생각됩니다. '권' 자를 덧붙이는 것이 조금 낫지만, 이 또한 문세(文勢)가 고아하지는 않습니다."라고 하였습니다. 그렇다면 장차 어떻게 해야 합니까?

〔문 2〕 차자가 임시로 제사를 모시다가 상(喪)이 끝나 신주를 체천하는 것에 대해, 우암은 "임시로 모시는 사람이 감히 할 수 있는 일이 아니다."라고 하였지만,[257] 장자가 후사 세우기를 기다린다면 아득히 기약이 없을 것이니, 그렇다면 길제(吉祭)는 장차 오랫동안 중지하고 행하지 않습니까?

〔답〕 물어보신 예(禮)에 대한 의문은 여러 선생들의 논의가 이처럼 다르니, 몽매한 식견을 가진 제가 어찌 회통(會通)한 바가 있어서 그 귀결되는 뜻을 알 수 있겠습니까.

다만 우옹(尤翁 송시열(宋時烈))이 노봉(老峰 민정중(閔鼎重))에게 답한 편지를 보니 "차자가 감히 방제하지 못하고 단지 섭행만을 칭하는 것은 실로 종통을 엄히 하는 큰 기강이니 사대부가 알지 않으면 안 된다."라는 내용이 있었습니다.[258] 이 뜻이 참으로 간단하고 명쾌하니 깨뜨려서

---

257 우암은……하였지만 : 우암(尤庵) 송시열(宋時烈, 1607~1689)이 문인 민정중(閔鼎重, 1628~1692)에게 답한 편지에 "상이 끝나 신주를 체천하는 예는 임시로 모시는 사람이 감히 할 수 있는 일이 아니라고 말한 것은 이 뜻이 지극히 정밀하다.〔所諭喪終祧遷之禮, 似非權代者所敢當者, 此義至精.〕"라는 내용이 보인다.《宋子大全 卷59 答閔大受》

는 안 될 것입니다. 도암이 말한 "방제에는 비록 '효'를 칭하지 않더라도 '봉사' 두 글자를 쓰는 것은 매우 황송하고 외람되게 생각된다."라고 한 것 역시 이런 뜻입니다.

축문의 자칭(自稱)에 관한 것은, 퇴계의 '제사를 섭행하는 자손〔攝祀子〕' 설에 대해 우옹은 비록 "이미 주인이 없으니 '섭' 자는 타당하지 않다."[259]라고 하였지만, 《예기(禮記)》에 "여군을 섭행한다.〔攝女君.〕"라는 글이 있습니다.[260] 바로 여군이 죽어서 첩이 섭행하는 것을 말한 것이니, 주인이 없을 때 '섭'을 칭하는 예도 있는 것입니다. 여기에서 또 우옹이 도암 외가의 일에 대한 질문에 정말 안 된다고 한 것인지, 옷자락을 걷고 나아가 여쭈어볼 수 없는 것이 한스럽습니다.

상(喪)이 끝나 신주를 체천하는 일은, 우옹이 이미 "임시로 모시는 사람이 감히 할 수 있는 일이 아니다."라고 하였으니, 또 어찌 장방(長房)이 옮겨가서 제사를 모시는 의식이 있겠습니까. 다만 장자가 후사를 세우지 못하여 날을 끌다가 오래되면 참으로 막히는 부분이 많을 것이니, 오직 널리 문의하여 처리하는 데 달려있을 뿐입니다.

258 우옹(尤翁)이……있었습니다 : 우암 송시열이 1677년(숙종3) 5월에 문인 민정중에게 답한 편지에 보인다. 《宋子大全 卷59 答閔大受〔丁巳五月〕》

259 이미……않다 : 관련 원문은 378쪽 주256 참조.

260 예기(禮記)에……있습니다 : 《예기》〈잡기 상(雜記上)〉에 "여군이 죽었으면 첩이 여군의 친척을 위하여 복을 입고, 여군을 섭행했으면 먼저 죽은 여군의 친척을 위하여 복을 입지 않는다.〔女君死, 則妾爲女君之黨服; 攝女君, 則不爲先女君之黨服.〕"라는 내용이 보인다.

이동운[261]에게 답하다

答李東運

〔문 1〕 저의 백종형(伯從兄)이 장자(長子)의 상을 당하였는데, 백부는 남의 후사로 들어갔고 죽은 백종형의 장자 역시 아들이 없습니다. 그 상복을 자최복(齊衰服)으로 할 것인지 참최복(斬衰服)으로 할 것인지 명확한 근거가 없기 때문에 경솔하게 함부로 입어서 태재(汰哉)의 죄[262]를 범하느니, 차라리 풍속을 따르는 것이 더 나을 듯 싶어 마침내 참최복으로 성복(成服)하였는데, 예(禮)에 어떨지 모르겠습니다. 만약 참최복을 입는 것이 틀리다면, 비록 뒤미쳐 자최복으로 바꾸어 입는다 하더라도 안 되는 것은 아니지 않습니까?

〔답〕 정체전중(正體傳重)의 뜻은, 이에 대한 정현(鄭玄)의 주(注)[263]

---

261 이동운(李東運) : 자세하지 않다.

262 태재(汰哉)의 죄 : 건방지게 자기 마음대로 예(禮)를 제정하는 것을 이른다. 이와 관련하여 《예기》〈단궁 상(檀弓上)〉에, 공자의 제자 자유(子游)에게 사사(司士)인 분(賁)이 침상에서 습(襲)을 하겠다고 하자 자유가 "그렇게 하라.〔諾.〕"라고 하였는데, 이 말을 들은 현자(縣子)가 "건방지구나, 숙씨여! 자기 마음대로 예를 가지고 남에게 허락하는구나.〔汰哉, 叔氏! 專以禮許人.〕"라고 하였다는 일화가 보인다. 여기에서 '숙씨'는 자유를 가리킨다. 정현(鄭玄)의 주에 따르면, 습을 침상에서 하는 것이 《예기》〈상대기(喪大記)〉에 보이는 원래 규정이지만, 당시 풍속에서는 예를 잃어 바닥에서 습을 하였기 때문에 자유가 이를 알고 허락했던 것이다. 일반적으로 누군가 예를 물어볼 경우에는 예의 규정을 근거로 들어 답하는 것이 예인데, 자유가 곧장 이를 허락함으로써 예가 마치 자신에게서 나온 것처럼 하였기 때문에 현자가 자유를 건방지다고 비판한 것이다.

가 본래 바꿀 수 없는 것이니 다른 해석을 용납하기 어렵습니다. 또한 가공언(賈公彦)의 소(疏)에서 말한 사종설(四種說)²⁶⁴은, 비록 그 근거는 알 수 없지만 후대에 이어서 쓴 지가 이미 오래되었기 때문에 사계(沙溪 김장생(金長生))도《상례비요(喪禮備要)》에 이 내용을 수록하였던 것입니다.²⁶⁵

263 정현(鄭玄)의 주(注):《의례》〈상복(喪服)〉에 "(적장자인 아버지가 자신의 적장자를 위하여) 왜 삼년복을 입는가? 적장자인 아들은 윗대에 대하여 정체(正體)일뿐 아니라 장차 종묘 주인의 지위를 전해 받을 사람이기 때문이다. 서자인 아버지는 자신의 장자를 위하여 삼년복을 입지 못하는데, 서자의 장자는 할아버지를 이은 정체가 아니기 때문이다.〔何以三年也? 正體於上, 又乃將所傳重也. 庶子不得爲長子三年, 不繼祖也.〕" 라는 구절에 대해, 정현이 "이것은 아버지의 후사가 된 뒤에 장자를 위하여 삼년복을 입는 것을 말한 것이니, 장자가 선조의 정체에 해당됨을 중히 여긴 것이고, 또 장차 자신을 대신하여 종묘 주인이 될 것이기 때문이다. '서자'는 아버지의 후사가 된 자의 아우이니, '서'라고 말한 것은 적장자와 멀리 구별하기 위해서이다.《예기》〈상복소기(喪服小記)〉에 '할아버지와 아버지를 계승하지 않은 자'라고 하였는데, 여기에서 할아버지만 말하고 아버지를 말하지 않은 것은, 할아버지와 아버지가 사당을 함께 쓰는 것을 허용한 경우이다.〔此言爲父後者, 然後爲長子三年, 重其當先祖之正體, 又以其將代己爲宗廟主也. 庶子者, 爲父後者之弟也, 言庶者, 遠別之也. 小記曰不繼祖與禰, 此但言祖, 不言禰, 容祖禰共廟.〕"라고 주를 낸 것을 이른다.

264 가공언(賈公彦)의……사종설(四種說): '사종설'은 종묘 주인의 지위를 계승했다 하더라도 삼년복을 입어줄 수 없는 네 가지 경우를 이른다.《의례》〈상복(喪服)〉 가공언의 소에 따르면, 첫째는 '정과 체이지만 종묘 주인의 지위를 계승할 수 없는 경우〔正體不得傳重〕'로, 적자에게 폐질(廢疾)이 있어 종묘 주인의 지위를 감당할 수 없는 경우이다. 두 번째는 '종묘 주인의 지위를 계승했지만 정과 체가 아닌 경우〔傳重非正體〕'로, 서손이 후사가 된 경우이다. 세 번째는 '체이지만 정이 아닌 경우〔體而不正〕'로, 서자를 후사로 세운 경우이다. 네 번째는 '정이지만 체가 아닌 경우〔正而不體〕'로, 적손을 후사로 세운 경우이다. 이와 비슷한 내용이《예기》〈상복소기〉 공영달(孔穎達)의 소에도 보인다.

그러나 이른바 "죽었는데 자식이 없어서 종묘 주인의 지위를 받지 못한 경우에도 삼년복을 입지 않는다.〔死而無子不受重者, 亦不三年.〕"라는 단락에 이르러서는 산삭하고 기록하지 않았으니 그 은미한 뜻을 볼 수 있습니다.²⁶⁶

고례(古禮)에는 이에 대해 이미 명확한 증거가 없고 지금 시대에는 '자식이 없어 종묘 주인의 지위를 받지 못하는 경우'가 있다는 말을 듣지 못하였으니, 이미 종묘 주인의 지위를 받았다면 어찌 그를 위해 삼년복을 입을 수 없겠습니까. 그렇다면 그대 백종씨의 복제는 이것으로 구애받아서는 안 될 것입니다.

다만 그대의 백부장(伯父丈)께서는 이미 남의 후사로 들어간 분이니, '아버지와 할아버지가 적장자에서 적장자로 계승했을 경우〔父祖適適相承〕'의 뜻²⁶⁷에 비추어볼 때 과연 문제되는 바가 없겠습니까. 종래

---

265 사계(沙溪)도……것입니다 : 사계 김장생(金長生)의 《상례비요(喪禮備要)》〈성복(成服) 복제(服制)〉'참최삼년(斬衰三年)' 조에 보인다.

266 이른바……있습니다 : 《예기》〈상복소기(喪服小記)〉에 "적부가 시부모의 후사가 되지 못한 경우에는 시어머니가 적부를 위해서 소공복을 입는다.〔適婦不爲舅姑後者, 則姑爲之小功.〕"라는 구절에 대한 정현(鄭玄)의 주에 "그 남편이 폐질이 있거나 다른 연고가 있어서, 또는 남편이 죽었는데 자식이 없어서 종묘 주인의 지위를 받지 못한 경우를 이른다. 소공복은 서부를 위해 입는 복이다.〔謂夫有廢疾, 若他故, 若死而無子, 不受重者也. 小功, 庶婦之服也.〕"라는 내용이 보인다. 여기에서 '은미한 뜻'이란, 적장자가 종묘 주인의 지위를 받지 못한 경우 적부를 위해 대공복이 아닌 소공복을 입는다는 〈상복소기〉의 구절을 통해 적장자가 죽었을 때에도 삼년복이 아닌 기년복을 입는다는 것을 추정할 수 있는데, 사계 김장생은 《상례비요(喪禮備要)》에 고의로 이 구절을 생략하고 기록하지 않았다는 말이다.

267 아버지와……뜻 : 《의례》〈상복(喪服)〉'참최삼년(斬衰三年)' 조 가공언(賈公彦)의 소(疏)에 "자신의 아버지와 할아버지가 위에서 적장자에서 적장자로 계승하였고,

이 일에 대해 의론이 일치되지 않으니, 다시 두루 문의하여 처리하는 것이 어떻겠습니까. 만일 이것이 틀렸다는 것을 알게 된다면 초하루나 보름의 고유례(告由禮)를 기회로 이를 고쳐야 할 것이니, 우옹(尤翁 송시열(宋時烈))의 설이 참고할 만합니다. 삼가 다음에 기록해둡니다.[268]

-기록은 생략하였다.-

〔문 2〕 예(禮)에 따르면 출가한 여자는 아버지의 후사가 된 형제를

자신 또한 뒤에서 적장자로 이를 계승하여……종묘의 주인이 된 이 두 가지 일이 있어야 자신의 적장자를 위하여 삼년복을 입어줄 수 있다.〔以其父祖適適相承爲上, 己又是適承之於後……爲宗廟主, 是有此二事, 乃得三年.〕"라는 내용이 보인다. 383쪽 주263 참조.

268 삼가 다음에 기록해둡니다 : 우암(尤庵) 송시열(宋時烈, 1607~1689)이 1680년(숙종6)에 문인 박광일(朴光一, 1655~1723)에게 보낸 편지 가운데 다음 구절을 가리키는 것으로 추정된다. "남의 후사로 들어간 자는 예에 따르면 이미 중자와 동일하니, 자신의 장자를 위하여 참최복을 입을 수 없는 것이 분명하다. 대체로 아들을 위하여 참최복을 입는 것은 예에 의거하면 반드시 적장자에서 적장자로 계승한 경우라야 행할 수 있는 것이다. '적장자에서 적장자로 계승한다'는 것은 할아버지와 아버지 이상이 모두 장자로서 계승한 것을 말하며, 그 사이에 만약 지자가 종묘 주인의 지위를 전해 받았거나 다른 사람의 자식을 길러 양자로 들여 후사로 삼은 경우에는 비록 여러 대 뒤라 하더라도 장자를 위하여 참최복을 입을 수 없다. 그러나 주 선생(1130~1200)의 고조 주진(朱振, 1039~?)은 실로 그 아비 주유보(朱惟甫)의 지자였으니, 이는 적장자에서 적장자로 계승한 경우가 아니다. 그런데도 선생은 그 장자 주숙(朱塾, 1153~1191)을 위하여 참최복을 입었으니, 그렇다면 비록 적장자에서 적장자로 계승하지 않았더라도 할아버지와 아버지를 계승했으면 장자를 위하여 삼년복을 입어야 할 것이다.〔出後於人者, 禮旣同於衆子, 則其不得爲其長子斬明矣. 大抵爲子斬者, 據禮則必適適相承者, 然後乃可行之. 適適相承云者, 謂祖父以上皆以長子相承, 其間如有支子傳重, 養他子爲後者, 則雖累代之後, 亦不可爲長子服斬. 然朱先生高祖振, 實其父惟甫之支子, 則是非適適相承者, 而先生猶爲其長子塾服斬衰, 則雖非適適相承, 而若繼祖與父, 則當爲長子三年矣.〕《宋子大全 卷113 答朴士元〔庚申正月十二日〕》

위하여 기년복을 입습니다.[269] 이것은 아버지가 돌아가신 뒤 아들이 그 뒤를 이은 것을 말하니, 만약 아버지가 살아 계시다면 비록 적자(適子)라 할지라도 아버지의 후사가 된 자라고 말할 수 없습니다.

예(禮)에 따르면 쫓겨난 처의 아들은 어머니를 위하여 장기복(杖期服)을 입지만 아버지의 후사가 되면 어머니를 위하여 상복을 입지 않습니다.[270] 〈상복소기(喪服小記)〉에 이르기를 "상복을 입지 않는 이유는 상을 치루는 자는 제사하지 않기 때문이다.〔無服也者, 喪者不祭故也.〕"[271]라고 하였으니, 만약 쫓겨난 어머니를 위하여 복을 입으면 장차 자신의 종묘 제사를 폐하게 될 것임을 말한 것입니다. 아버지가 살아 계시다면 아버지가 제사를 주관해야 하니, 비록 적자라 할지라도 쫓겨난 어머니를 위하여 복을 입을 수 있는 것입니다. 그렇다면 백어(伯魚)가 쫓겨난 어머니의 상복을 입은 것[272]은 바로 예에 부합

---

269 예(禮)에……입습니다 : 《의례(儀禮)》〈상복(喪服)〉 '자최부장기(齊衰不杖期)' 조에 "시집간 딸이 친정 부모와 친정아버지의 후사가 된 형제를 위하여 입는다.〔女子子適人者, 爲其父母, 昆弟之爲父後者.〕"라는 내용이 보인다.

270 예(禮)에……않습니다 : 《의례》〈상복〉 '자최장기(齊衰杖期)' 조에 "쫓겨난 처의 아들이 어머니를 위하여 입는다.〔出妻之子爲母.〕"라는 경문이 보이며, 그 전(傳)에 "쫓겨난 처의 아들이 아버지의 후사가 된 경우에는 쫓겨난 어머니를 위하여 복을 입지 않는다. 옛 기록에 이르기를 '존자와 한 몸인 후사는 감히 사친을 위하여 복을 입지 못한다.'라고 하였다.〔出妻之子爲父後者, 則爲出母無服. 傳曰: 與尊者爲一體, 不敢服其私親也.〕"라는 내용이 보인다.

271 상복을……때문이다 : 《예기》〈상복소기(喪服小記)〉에 "아버지의 후사가 된 경우에는 쫓겨난 어머니를 위하여 복이 없으니, 복이 없는 이유는 상을 치루는 자는 제사를 지내지 않기 때문이다.〔爲父後者, 爲出母無服, 無服也者, 喪者不祭故也.〕"라는 내용이 보인다.

272 백어(伯魚)가……것 : 《예기》〈단궁 상(檀弓上)〉에 "자상(子上)의 어머니가 죽

한 것입니다.

이것으로 증명해본다면 '아버지의 후사가 되었다〔爲父後〕'는 것은 '아버지가 돌아가신 뒤〔爲父沒後〕'라는 말임이 또한 분명하니, 출가한 여자가 적자인 형제를 위하여 기년복을 입는 것은 마땅히 아버지가 돌아가신 뒤에 있어야 합니다. 만약 아버지가 살아계신다면 기년복을 입어서는 안 될듯합니다.

〔답〕 일반적으로 '아버지의 후사가 된 경우〔爲父後者〕'라고 말하는 것은 모두 아버지가 돌아가신 뒤를 가리킵니다. 보내준 편지에서 인용한 〈상복소기〉의 말이 또한 그 명확한 증거이니, 다시 무슨 의심을 하겠습니까. 다른 사람에게 시집간 뒤에도 여전히 사친(私親)을 위하여 삼년복을 입는 것[273]은 예법에 크게 위배되는 것이니, 만일 그것

없는데 자상이 상복을 입지 않자, 문인이 자사(子思)에게 물었다. '옛날 선생님의 선군자께서는 쫓겨난 어머니의 상복을 입었습니까?' 자사가 말하였다. '그러하다.' 문인이 말하였다. '선생님께서 자상으로 하여금 상복을 입지 않게 한 것은 어째서입니까?' 자사가 말하였다. '옛날 우리 선군자께서는 도를 잃으신 바가 없으시어 도를 높여야 하면 따라서 높이시고 도를 낮춰야 하면 따라서 낮추셨으니, 내 어찌 능히 이렇게 할 수 있겠는가. 나의 아내가 되는 자는 백(白 자상)의 어미가 될 수 있지만, 나의 아내가 되지 않는 자는 백의 어미가 될 수 없다.' 그러므로 공씨 집안에서 쫓겨난 어머니의 상복을 입지 않는 것은 자사로부터 시작되었다.〔子上之母死而不喪, 門人問諸子思曰: 昔者子之先君子喪出母乎? 曰: 然. 子之不使白也喪之, 何也? 子思曰: 昔者吾先君子無所失道, 道隆則從而隆, 道汚則從而汚, 伋則安能? 爲伋也妻者, 是爲白也母; 不爲伋也妻者, 是不爲白也母. 故孔氏之不喪出母, 自子思始也.〕"라는 내용이 보인다. '자상'은 자사의 아들이며, 자사의 선군자는 공자의 아들인 백어(伯魚)이다.

273 다른……것 : 여자가 시집을 간 경우에는 친정 부모와 친정 부모의 후사가 된 형제를 위하여 자최부장기복(齊衰不杖期)을 입고, 시집을 갔다가 쫓겨나서 친정에 돌

이 틀렸다는 것을 알았다면 속히 중지해야 할 것입니다. 그리고 초하루나 보름의 고유례(告由禮) 때 사유를 고하고 상복을 벗어야 할 것입니다.

아와 있을 경우에는 아버지를 위하여 삼년복을 입는다. 386쪽 주269, 376쪽 주252 참조.

홍낙수[274]에게 답하다

答洪樂綏

[문 1] 《소학(小學)》편 첫머리에 있는 〈소학서제(小學書題)〉와 〈소학제사(小學題辭)〉는 어떤 것이 처음입니까?

[답] 〈소학제사〉는 천도(天道)와 인성(人性)의 설부터 시작하여 소학(小學)과 대학(大學)의 일을 총괄하여 논하였으니[275] 그 문체는 서인(序引)과 같고, 〈소학서제〉는 단지 소학만을 논하였으니 바로 지금 사람들이 말하는 '편제(篇題)'라는 것입니다. 《중용》과 《대학》의 예(例)로 살펴보면 〈소학제사〉가 먼저이고 〈소학서제〉가 뒤에 오는 것이 옳습니다.[276]

---

274 홍낙수(洪樂綏) : 1746~1805. 본관은 풍산(豊山)이다. 자는 이지(履之)이며 뒤에 희수(羲綏)로 개명하였다. 1777년(정조1) 32세에 생진시에 급제하고 목릉 참봉(穆陵參奉), 사재감 봉사(司宰監奉事), 경모궁 봉사(景慕宮奉事), 상의원 직장(尙衣院直長), 의령 현감(宜寧縣監), 훈련도감 종사관 등을 역임하였다. 저자보다 24세 아래이다. 《海石遺稿 卷9 縣監洪公[羲綏]墓誌銘》

275 소학제사는……논하였으니 : 〈소학제사〉가 "원과 형과 이와 정은 천도의 떳떳함이고, 인과 의와 예와 지는 인성의 벼리이다.[元亨利貞, 天道之常; 仁義禮智, 人性之綱.]"라는 구절에서 시작하여 소학교의 가르침과 대학교의 가르침을 차례로 말한 것을 이른다.

276 중용과……옳습니다 : 《대학장구(大學章句)》와 《중용장구(中庸章句)》 모두 〈대학장구서(大學章句序)〉와 〈중용장구서(中庸章句序)〉가 먼저 오고 그 뒤에 바로 이어서 경문 전에 각각 "자정자가 말하였다. '《대학》은 공씨가 남긴 글이니 처음 배우는 자가 덕에 들어가는 문이다.[子程子曰: 大學孔氏之遺書, 而初學入德之門也.]"와 "중은

〔문 2〕〈소학제사〉 중 "생각이 혹시라도 여기에서 넘음이 없게 한다.〔思罔或逾〕"라는 구절에 대하여[277]

〔답〕 '생각이 혹시라도 여기에서 넘음이 없게 하는 것'은 《시경》을 외우고 《서경》을 읽으며, 읊고 노래하며 춤추고 뛴다〔誦詩讀書詠謌舞蹈〕'는 것을 통틀어 가리켜서 말한 것입니다.

〔문 3〕〈입교(立教)〉편 '나가서 바깥 스승에게 나아가다〔出就外傅〕' 장의 "예는 처음 나아갔을 때의 예를 따르며, 아침저녁으로 어린이의 예의를 배운다.〔禮率初, 朝夕學幼儀.〕"라는 구절에 대하여[278]

편벽되지 않고 치우치지 않으며 과와 불급이 없는 것의 이름이고, 용은 평상함이다. 자정자가 말하였다. '편벽되지 않음을 중이라 이르고 변치 않음을 용이라 이르니, 중은 천하의 정도이고 용은 천하의 정해진 이치이다.'〔中者, 不偏不倚無過不及之名. 庸, 平常也. 子程子曰: 不偏之謂中, 不易之謂庸. 中者, 天下之正道; 庸者, 天下之定理.〕"라는 구절로 시작하는 것을 이른다.

277 소학제사……대하여 : 〈소학제사〉에 "소학의 교육 방법은, 물 뿌리고 쓸며 응하고 대답하며 집에 들어와서는 효도하고 나가서는 공손하여 행동이 혹시라도 여기에서 어긋남이 없게 하는 것이니, 이것을 행하고 여력이 있으면 시경을 외고 서경을 읽으며 읊고 노래하며 춤추고 뛰어서 생각이 혹시라도 여기에서 넘음이 없게 하는 것이다.〔小學之方, 灑掃應對, 入孝出恭, 動罔或悖, 行有餘力, 誦詩讀書, 詠歌舞蹈, 思罔或逾.〕"라는 내용이 보인다.

278 입교(入敎)편……대하여 : 《소학》〈입교(入敎)〉에 "열 살이 되면 나가서 바깥 스승에게 나아가 바깥에서 거처하고 잠자며, 육서와 셈을 배우며, 옷은 저고리와 바지를 비단으로 하지 않으며, 예는 처음 나아갔을 때의 예를 따르며, 아침저녁으로 어린이의 예의를 배우되 간략하고 진실한 것을 청하여 익힌다.〔十年, 出就外傅, 居宿於外, 學書計, 衣不帛襦袴, 禮帥初, 朝夕學幼儀, 請肄簡諒.〕"라는 내용이 보인다. 원래 《예

〔답〕 '예솔초(禮率初)'는 처음 스승에게 나아갔을 때 아침저녁으로 늘 행하는 절차를 두어야 하는 것을 말하니, '솔(率)'은 이를 따라서 잃지 말아야 한다는 뜻입니다. '학유의(學幼儀)'는 그 일의 범위가 조금 넓기는 하지만 또한 때로 강하여 익히는 것입니다.

〔문 4〕 "여자는 스무 살이면 시집을 가는데, 연고가 있으면 스물세 살에 시집간다.〔女子二十而嫁, 有故, 二十三年而嫁.〕"라는 구절에 대한 주(注)에 "'고(故)'는 부모의 상을 이른다.〔故, 謂父母之喪.〕"라고 하였으니,[279] 반드시 삼년상이 끝나기를 기다린 뒤에 시집가는 것이 예입니다. 그런데 우옹(尤翁 송시열(宋時烈))은 어떤 사람에게 답한 설에서 《의례경전통해속(儀禮經傳通解續)》에 보이는 소(疏)의 설[280]을 인용하여 증명하기를 "심상(心喪) 중에 시집간 자가 남편의

<hr>

기》〈내칙(內則)〉의 구절이다.

279 여자는……하였으니 : 《소학집주(小學集註)》〈입교(入敎)〉에 보인다. 경문은 본래 《예기》〈내칙(內則)〉의 구절이다.

280 의례경전통해속(儀禮經傳通解續)에……설 : 《의례경전통해속》 권1 〈상복(喪服)〉 '자최삼년(齊衰三年)' 조의 "아버지가 돌아가시면 어머니를 위하여 입는다.〔父卒則爲母.〕"라는 구절에 대한 주에, 가공언(賈公彦)의 소를 인용하여 "'부졸위모(父卒爲母)'라고 해도 충분할 것인데 '즉(則)' 자를 말한 것은, 아버지가 돌아가시고 3년 이내에 어머니가 돌아가셨으면 여전히 어머니를 위해서는 기년복을 입는다는 것을 보이고자 한 것이다. 요컨대 아버지의 복을 벗은 뒤에 어머니가 돌아가셨을 때 비로소 삼년복을 다 입을 수 있기 때문에 '즉' 자를 말하여 그 의리에 차이를 둔 것이다.……만약 먼저 어머니의 상을 당하고 뒤에 아버지의 상을 당하였으면 자연히 어머니를 위하여 기년복을 입고 아버지를 위하여 삼년복을 입으니 23세에 시집가는 것을 알 수 있다. 만약 먼저 아버지 상을 당하여 복제가 아직 끝나지 않았는데 곧바로 어머니를 위하여 삼년복을 입을 수 있다면 이것은 일이 있어 24세에 시집가는 것이니 23세에 그친 것이 아니다.

집으로 돌아가는 것을 이미 허락했다면 아직 시집가지 않은 자가 시집가는 것도 다름이 없을 듯합니다."[281]라고 하였는데, 시집간 경

이를 아는 것은, 가령 여자의 나이가 20세여서 시집가고 장가가는 2월에 장차 시집가려고 하였는데, 정월에 아버지의 상을 당하여 이듬해 정월에 13개월의 소상이 되고 또 그 이듬해 정월 대상 때가 되면 여자의 나이가 22세이다. 이해 2월에 시집가려고 하였는데 또 어머니의 상을 당하여 이듬해 정월에 13개월의 대상을 지내면 여자는 23세에 시집을 가게 되기 때문이다. 이것은 아버지의 복을 벗을 무렵에 어머니의 상을 당하여도 삼년복을 다 입지 못하는 것이니, 아버지의 복을 벗기 전에는 어머니를 위하여 삼년복을 입지 못한다는 첫 번째 증거이다.〔直云父卒爲母足矣, 而云則者, 欲見父卒三年之內而母卒, 仍服期. 要父服除而母死, 乃得伸三年, 故云則以差其義也.……若前遭母喪, 後遭父喪, 自然爲母期, 爲父三年, 二十三而嫁可知. 若前遭父喪服未闋, 卽得爲母三年, 則是有故, 二十四而嫁, 不止二十三也. 知者, 假令女年二十, 二月嫁娶之月將嫁, 正月而遭父喪, 并後年正月爲十三月小祥, 又至後年正月大祥, 女年二十二, 欲以二月將嫁, 又遭母喪, 至後年正月十三月大祥, 女年二十三而嫁. 此是父服將除, 遭母喪, 猶不得爲伸三年, 是父服未除, 不得爲母三年之驗一也.〕라고 한 것을 이른다.

281 심상(心喪)……듯합니다 : 우암(尤庵) 송시열(宋時烈, 1607~1689)이 1679년 (숙종5)에 박세채(朴世采, 1631~1695)에게 보낸 편지에 "제 생각에 그 복을 이미 벗었으면 비록 심상이라고 해도 본래 복이 없는 사람이기 때문에 시집가도 혐의가 없지 않겠습니까. 아버지에게 압존 되었지만 그 애통한 마음이 아직 남아 있는 것은 이미 시집을 갔든 아직 가지 않았든 차이가 없을 것인데도 시집간 자가 남편의 집으로 돌아가는 것을 이미 허락했다면 아직 시집가지 않은 자가 시집가는 것도 다름이 없을 듯합니다. 노선생(주희)과 면재(황간)가 이 소를 취한 것은 그 뜻이 혹여 여기에서 나온 것이 아니겠습니까. 그리고 이 소에서 말한 것은 시집간 자의 심상을 가지고 말한 것이고 나는 시집간 자의 아버지의 심상을 가지고 말한 것이니, 그 경중이 또 있습니다. 또 《가례》에서 단지 '혼사를 주관하는 자의 기년복'만을 말하고 심상은 말하지 않았으니, 기년복과 심상이 어떻게 다른지 알지 못하겠습니다. 나는 애초에 노선생이 소의 설을 취한 뜻을 행하여 의심하지 않기를 바랍니다.〔竊謂其服旣除, 則雖曰心喪, 而自是無服之人, 故可嫁而無嫌也耶? 爲父壓屈而其哀痛之猶在, 則無間於已嫁未嫁, 而已嫁者旣許其歸于夫家, 則未嫁者之嫁, 恐無異同也. 老先生及勉齋之取此疏, 其意或出於此耶? 且

우와 가지 않은 경우에 어찌 경중이 없겠습니까?

〔답〕"연고가 있으면 스물세 살에 시집간다.〔有故, 二十三年而嫁.〕"에 대한 가공언(賈公彦)의 소는 온당치 않다고 늘 의심했습니다. 이제 우선 다른 것은 논하지 않고 단지 〈상복(喪服) 전(傳)〉의 "아버지가 반드시 3년이 지난 뒤에 후처를 얻는 것은 심상으로 삼년상을 마치는 아들의 슬픔을 펼 수 있도록 하기 위해서이다.〔父必三年然後娶, 達子之志也.〕"라는 구절만 보아도, 아버지도 오히려 이러한데 자식 된 자가 마침내 삼년 안에 시집가는 것이 어찌 올바른 이치이겠습니까. 시집가지 않은 자가 시집가는 것과 이미 시집간 자가 남편의 집으로 돌아가는 것은 또한 경중의 구별이 있을 듯하니, 우옹이 논한 것은 감히 알지 못하겠습니다.

〔문 5〕《주례(周禮)》 '향삼물(鄉三物)' 장의 '빈흥지(賓興之)'[282]는

彼疏所謂則是以嫁者之心喪而言也, 鄙家則以嫁者之父之心喪而言也, 其輕重又有在矣. 又家禮, 只言主昏者之有期服, 而不言心喪, 則未知期服與心喪同異之如何耳. 鄙家初欲以老先生取疏說之意, 行之而勿疑矣.〕"라는 내용이 보인다. '이미 시집간 자가 남편의 집으로 돌아가는 것을 이미 허락했다는 것'은 시집 간 딸이 친정 부모의 상을 당하면 장례에 참석하고 졸곡제를 지낸 뒤에 시집으로 돌아가는 것을 이른다. 이와 관련하여 《의례》 〈상복(喪服) 기(記)〉에 "시집 간 딸이 친정 부모를 위하여나 며느리가 시부모를 위하여 상복을 입을 때, 악계를 북상투에 꽂는다. 졸곡하면 딸은 시집으로 돌아가는데, 이때 장식이 있는 머리 부분을 잘라낸 비녀를 꽂고 머리를 포로 묶는다.〔女子子適人者爲其父母, 婦爲舅姑, 惡笄有首以髽. 卒哭, 子折笄首以笄, 布總.〕"라는 내용이 보인다.
《宋子大全 卷67 答朴和叔〔己未二月五日〕》

282 빈흥지(賓興之) :《소학》 〈입교(入敎)〉에 "《주례》 〈지관(地官) 대사도(大司

빈례(賓禮)로 어진 자와 재능 있는 자를 대우하고 천거한다는 뜻입
니까?

〔답〕 '빈흥지'에 대한 《주례》 주에 "사람들을 모아 그들을 높이고 총
애하여 향음주의 예로 예우하여 빈객으로 대접하는 것을 이른다.〔謂
合衆而尊寵之, 以鄕飮酒之禮, 禮而賓興之.〕"283라고 하였으니, '빈(賓)'
은 즉 향음주의 빈입니다.

〔문 6〕〈제자직(弟子職)〉 제2장 '교만하게 힘을 믿지 말아야 한다〔毋
驕恃力〕'284의 '력(力)'은 무슨 일을 가리킵니까?

徒)〉에 말하였다. '향학의 세 가지 교육 방법으로 만민을 교화하여 빈객의 예로 대접하
고 왕에게 천거한다. 세 가지 교육 방법이란, 첫째는 여섯 가지 덕을 이르니 지・인・
성・의・충・화이고, 두 번째는 여섯 가지 행실이니 효・우・목・인・임・휼이고, 세
번째는 여섯 가지 재주이니 예・악・사・어・서・수이다.〔周禮大司徒, 以鄕三物敎萬
民而賓興之. 一曰六德, 知仁聖義忠和; 二曰六行, 孝友睦婣任恤; 三曰六藝, 禮樂射御
書數.〕"라는 내용이 보인다.

283 사람들을⋯⋯이른다 : 《주례》〈지관(地官) 향대부(鄕大夫)〉의 "3년에 한 번 크
게 시험하여 그 덕행과 재능을 살펴서 어진 자와 재능 있는 자를 왕에게 천거한다.
향로와 향대부는 소속 관리와 선량한 향민을 인솔하여 향음주의 예로 그들을 예우해서
빈객으로 대접한다.〔三年則大比, 考其德行, 道藝, 而興賢者, 能者. 鄕老及鄕大夫帥其
吏與其衆寡, 以禮禮賓之.〕"라는 구절에 대한 정현(鄭玄)의 주에, "'거(擧)' 자를 '흥(興)'
자로 바꾼 것은 사람들을 모아 그들을 높이고 총애하여 향음주의 예로 예우하여 빈객으
로 대접하는 것을 이른다.〔變擧言興者, 謂合衆而尊寵之, 以鄕飮酒之禮, 禮而賓之.〕"라
는 내용이 보인다. 저본의 '례이빈흥지(禮而賓興之)'의 '흥(興)'자가 통행본 《주례주소
(周禮注疏)》에는 없다.

284 교만하게⋯⋯한다 : 《소학》〈입교(入敎)〉에 "〈제자직〉에 말하였다. '선생이 가

〔답〕 '교만하게 힘을 믿지 말아야 한다'에 대해, 주자는 "예를 들면 기력을 믿고서 제멋대로 남을 구타하는 것과 같은 것이다.〔如恃氣力, 胡亂打人之類.〕"[285]라고 하였습니다.

〔문 7〕〈명륜(明倫)〉편의 "아침에 일어나 부모나 시부모가 장차 앉으려고 하시면 자리를 받들고서 어느 쪽으로 향할 것인가를 여쭈며, 장차 눕는 자리를 고치려고 하시면 연장자는 자리를 받들고서 발을 어느 쪽으로 뻗으실 것인가를 여쭈고 연소자는 안석을 들고 함께 앉는다. 모시는 자가 안석을 들고 자리와 대자리를 거두며, 이불을 묶어서 매달고 베개를 상자에 넣으며 대자리를 걷어서 보로 싸둔다.〔父母舅姑將坐, 奉席請何鄉, 將衽, 長者奉席請何趾, 少者執床與坐. 御者擧几, 斂席與簟, 懸衾篋枕, 斂簟而襡之.〕"라는 구절은 문리가 거꾸로 된 듯합니다.

〔답〕 '아침에 일어나 부모나 시부모가 장차 앉으려고 하시면'이라는

르침을 베풀면 제자는 이를 본받아 온순하고 공손하며 스스로 겸허하게 하여 전수받은 것을 지극히 해야 한다. 선을 보면 따르고 의를 들으면 실행하며, 온화하고 유순하며 효도하고 우애하여, 교만하게 힘을 믿지 말아야 한다.〔弟子職曰: 先生施敎, 弟子是則, 溫恭自虛, 所受是極. 見善從之, 聞義則服, 溫柔孝弟, 毋驕恃力.〕"라는 내용이 보인다. 원래 《관자(管子)》 〈제자직(弟子職)〉의 구절이다.

285 예를……것이다 : 《주자어류》에 "교만하게 힘을 믿지 말아야 하니, 예를 들면 기력을 믿고서 제멋대로 남을 구타하려는 것과 같은 것이니, 어려서부터 덕으로 가르쳐서 덕을 숭상하고 힘을 숭상하지 않는 일을 가르치는 것이다.〔毋驕恃力, 如恃氣力, 欲胡亂打人之類. 蓋自小便敎之以德, 敎之以尙德不尙力之事.〕"라는 내용이 보인다. 《朱子語類 卷7 學1 小學》

이 한 구절은 저 역시 매번 혹시 잘못 뒤바뀐 곳이 있지 않을까 의심하였습니다. 만일 '장임장자봉석청하지(將衽長者奉席請何趾)' 아홉 글자를 '장좌(將坐)' 앞으로 옮기면 문세(文勢)가 매우 순하지만, 어찌 감히 단정 지어 말하겠습니까.

이제 우선 주(註)의 설로 풀이한다면, 이른바 '장임(將衽)'은 바로 잠자리에서 일어난 뒤 다시 누울 때의 일이니, 그 다음에 '안석을 들고 자리를 거두는[擧几斂席]' 등의 일 역시 말이 되지 않을 정도까지는 되지 않을 것입니다. '대자리를 걷어서 보로 싸둔다[斂簟而襡之]'는 구절은 바로 앞에 나오는 '자리와 대자리를 거둔다[斂席與簟]'는 구절과 서로 중첩되기는 하지만, 이 구절은 중점이 '싸둔다[襡]'에 있습니다. 옛 사람들의 글이 간혹 이와 같기도 하니 굳이 깊이 의심할 필요는 없습니다.

〔문 8〕 신주를 체천할 때 서얼이 장방(長房)이면 방제(旁題)는 '서(庶)' 자를 씁니까?

〔답〕 체천한 신주가 서손(庶孫)에게 돌아가면 방제는 '서' 자를 쓰는 것이 올바릅니다.

〔문 9〕 신주를 내갈 때 고하는 말은, 아버지와 어머니를 함께 제사지낸다면 '감청(敢請)' 다음에 '현고 모관 부군, 현비 모봉 모씨신주(顯考某官府君 顯妣某封某氏神主)'라고 갖추어 씁니까? 단지 '현고 현비'라고만 씁니까?

〔답〕기제(忌祭) 때 고하는 말은, 만일 아버지의 기일이라면 앞에 이미 '모관 부군(某官府君)'이라고 썼으니 '감청' 다음에 단지 '현고(顯考)'라고만 해야 하고, 어머니에게는 '모봉 모씨(某封某氏)'를 갖추어 씁니다. 어머니의 기일에는 이와 반대로 합니다.

〔문 10〕일반적으로 제사에 주부가 아헌(亞獻)을 올릴 때 숟가락을 메에 꽂습니다. 그러나 주부가 만약 그 본생 부모의 상을 당하였다면, 아헌 때의 숟가락을 꽂는 의식은 장례 뒤에 행합니까? 1년 뒤에 행합니까?

〔답〕고례(古禮)에 부인은 부모의 상(喪)이 있는 경우 소상(小祥)이 끝난 뒤에 돌아갔으니, 그렇다면 소상 전에는 시댁의 제사에 참여할 수 없습니다. 지금 비록 이를 따를 수는 없어도 졸곡(卒哭)이 되기 전에는 상차(喪次)를 떠나서는 안 될 것이니, 장례 전에 아헌을 올리는지의 여부는 논할 만한 것이 아닌 듯합니다. 《상례비요(喪禮備要)》에 실린 "기년복의 경우 장례 뒤에는 평상시와 같이 제사를 지낸다.〔期服, 葬後, 祭如平時.〕"286라는 것도 참고할 만합니다.

---

286 기년복의……지낸다 : 사계(沙溪) 김장생(金長生)의 《상례비요(喪禮備要)》〈졸곡(卒哭)〉에 "기년상과 대공상은, 장례 뒤에는 평상시와 같이 제사를 지내야 하는데 다만 수조례를 행하지 않는다. 장례 전에는 시제는 폐지해도 되지만 기제와 묘제는 앞의 의식과 같이 간소하게 지낸다. 시마상과 소공상은, 성복 전에는 제사를 폐지하고, 성복을 한 뒤에는 평상시와 같이 제사를 지내야 하는데 다만 수조례를 행하지 않는다. 〔朞, 大功, 則葬後, 當祭如平時, 但不受胙. 未葬前, 時祭可廢, 忌祭, 墓祭略行如上儀. 緦, 小功, 則成服前廢祭, 成服後則當祭如平時, 但不受胙.〕"라는 내용이 보인다.

〔문 11〕 무릇 제사 때 차를 올린 뒤에, 《가례》에는 비록 '숟가락을 내려놓는다〔下匙〕'라는 글이 없지만, 《의례》에 '숟가락을 꽂은 뒤에는〔既扱匙〕'이라고 하였으니 숟가락을 내려놓아야 할 것입니다.[287] 언젠가 선생께서 우제와 졸곡제를 지내시는 것을 보았는데 숟가락을 내려놓는 거동이 없었습니다. 그 뜻을 알고 싶습니다.

〔답〕 《가례》에는 모든 제사에 숟가락을 내려놓는다는 글이 없으니, 저희 집에서 따라 행한 것은 단지 이 때문입니다.

---

287 무릇……것입니다 : '차를 올리는 것'은 삼헌(三獻)과 유식(侑食)이 끝난 뒤에 행하는 의식으로, 《가례》〈제례(祭禮) 사시제(四時祭)〉'계문(啓門)' 조에 "주인과 주부가 차를 올린다.〔主人主婦奉茶.〕"라는 내용이 보인다. '숟가락을 꽂는 것'은 삼헌이 끝난 뒤 유식(侑食)의 의미로 행하는 의식이다. 《가례》〈제례 사시제〉'유식(侑食)' 조에 "주부가 올라와서 메에 숟가락을 꽂되 손잡이가 서쪽으로 가도록 하고, 젓가락을 바르게 한다.〔主婦升, 扱匙飯中, 西柄, 正筯.〕"라는 내용이 보인다. 홍낙수의 뜻은, 유식 때 숟가락을 메에 꽂았으니 비록 《가례》에는 숟가락을 내려놓으라는 말이 없어도 유식이 끝나면 다시 메에서 뽑아 내려놓아야 하지 않겠느냐는 것이다. 저본에서 인용한 《의례》의 구절은 자세하지 않다.

배경리²⁸⁸에게 답하다

答裴敬履

〔답〕 관(冠)을 쓴 성인(成人)은 관을 쓴 것으로 꾸밈을 삼으니, 비록 빗질을 하지 않는다 하더라도 머리를 단속할 수 있기 때문에 그 예 (禮)가 이와 같은 것입니다. '다닐 때 팔을 벌리고 걷지 않는다〔行不 翔〕' 이하의 글은 아직 관을 쓰지 않은 미성년자까지 통틀어 말한 것 입니다.²⁸⁹

〔답〕 부모님이 돌아가시면 모(髦)를 떼어내는 것²⁹⁰은 꾸밈을 제거하

---

288 배경리(裴敬履) : 자세하지 않다.

289 관(冠)을……것입니다 : 《소학》〈명륜(明倫)〉에 "부모가 병환이 있으면 관을 쓴 자는 머리를 빗지 않으며, 다닐 때 팔을 벌리고 걷지 않으며, 말을 게을리 하지 않으며, 거문고와 비파를 타지 않으며, 고기를 먹되 싫증이 나서 맛이 변하도록 많이 먹지 않으며, 술을 마시되 얼굴색이 변하도록 마시지 않으며, 웃되 잇몸이 보이도록 크게 웃지 않으며, 노하되 꾸짖음에 이르도록 심히 노하지 않으니, 병이 그치면 평상으로 회복한다.〔父母有疾, 冠者不櫛, 行不翔, 言不惰, 琴瑟不御, 食肉不至變味, 飲酒不至變貌, 笑不至矧, 怒不至詈. 疾止, 復故.〕"라는 내용이 보인다. 본래 《예기》〈곡례 상(曲禮上)〉의 글이다.

290 부모님이……것 : '모(髦)'는 가공언(賈公彦)에 따르면 어렸을 때 아이의 배냇머리를 잘라 만들며, 아이가 자라면 이것을 얼굴 양쪽에 늘어뜨린다. 그러다가 아버지가 돌아가시면 왼쪽의 모를 떼어내고, 어머니가 돌아가시면 오른쪽의 모를 떼어내며, 부모가 모두 돌아가시면 모두 떼어내어 더 이상 모를 달지 않는다. 《의례》〈기석례(旣夕禮)〉에 "빈을 한 뒤에 주인은 모를 떼어낸다.〔旣殯, 主人說髦.〕"라고 하였으며, 《예기》〈옥조(玉藻)〉에 "부모님이 돌아가시면 모를 달지 않는다.〔親沒不髦.〕"라고 하였다.

는 뜻이지 생존하시느냐 돌아가셨느냐에 따라 다르게 한 것은 아닌 듯
합니다. '먼동이 틀 무렵 부모님을 뵙는 것[昧爽而朝]291은 보내온 편
지에서 이른바 "미성년자라고 하여 그 책임을 줄인 것이다.[以未成人
而殺其責]"라는 것이 이것이니, 굳이 다르게 해석할 필요가 없습니다.

〔답〕 작은며느리가 맏며느리를 섬기는 것은 인륜의 차례가 중하고
또 종통을 계승한 존귀함이 있기 때문입니다. 그러므로 그 가르침이
이러한 것입니다.292 만약 둘째며느리 이하 같으면 아마도 모두 다 같
지는 않은 점이 있을 것입니다.

---

291 먼동이……것 : 《소학》〈명륜(明倫)〉에 "아들딸로서 아직 관례나 계례를 행하지
않은 미성년자는 닭이 처음 울면 모두 일어나 세수하고 양치하며, 머리를 빗고 싸매며,
모를 털고 머리를 뿔처럼 묶으며, 향주머니 끈을 매어 모두 향기 나는 물건을 찬다.
먼동이 틀 무렵 부모님을 뵙고서 무엇을 드시고 마셨느냐고 여쭈어, 이미 드셨다고
하면 물러나고 아직 드시지 않았다고 하면 어른을 도와서 음식 장만하는 것을 살핀다.
〔男女未冠笄者, 鷄初鳴, 咸盥漱, 櫛縰, 拂髦, 總角, 衿纓, 皆佩容臭, 昧爽而朝, 問何食
飲矣, 若已食則退, 若未食則佐長者視具.〕"라는 내용이 보인다. 본래 《예기》〈내칙(內
則)〉의 글이다.

292 작은며느리가……것입니다 : 《소학》〈명륜〉에 "《예기》〈내칙〉에 말하였다. '시
아버지가 돌아가시면 시어머니는 집안일을 맏며느리에게 물려주니, 맏며느리는 제사와
빈객을 접대하는 일에 매사를 반드시 시어머니에게 여쭙고, 작은 며느리는 맏며느리에
게 여쭈어야 한다. 시부모가 맏며느리에게 일을 시키면 게을리 하지 말며 감히 작음며느
리에게 무례하게 하지 말아야 한다. 시부모가 작은며느리에게 일을 시키면 감히 맏며느
리에게 대등하게 맞서지 말아야 한다. 감히 나란히 걷지 말며, 감히 나란히 명을 받거나
내리지 말며, 감히 나란히 앉지 말아야 한다.'〔內則曰 : 舅沒則姑老, 冢婦所祭祀賓客,
每事必請於姑, 介婦請於冢婦. 舅姑使冢婦, 毋怠, 不友無禮於介婦. 舅姑若使介婦, 毋敢
敵耦於冢婦, 不敢並行, 不敢並命, 不敢並坐.〕"라는 내용이 보인다.

〔답〕 "백리 먼 길의 초상에 달려가지 않는다.〔不百里而奔喪.〕"[293]라는 구절에 대한 《소학》의 주에, "국경을 넘지 않는다는 말과 같다.〔猶言不越境.〕"라고 하였으니, 이는 다른 나라를 가리킨 것입니다. 살아계실 때에는 친정 부모에게 문안 인사를 갈 수 있는데 돌아가시면 초상에 달려갈 수 없는 것은 비록 의심스러운 듯하지만, 《시경》〈재치(載馳)〉장 범씨(范氏)의 설[294]을 보면 고례(古禮)에는 본래 이렇게 처신했던 것입니다. 만약 같은 나라 안이라면 일괄적으로 이 예를 쓰기는 어려울 듯합니다. 어떨지 모르겠습니다.

---

293 백리……않는다 : 《소학》〈명륜〉에 "그러므로 여자는 규문 안에서 날을 마치고, 국경을 넘어 백리 먼 길의 초상에 달려가지 않는다. 일을 제 마음대로 함이 없고 행실을 독단적으로 이룸이 없어서, 참여하여 알게 한 뒤에 행동하고 증험이 있은 뒤에 말한다. 낮에는 뜰에 나다니지 않고 밤에는 다닐 때 햇불을 사용한다. 이는 부덕을 바르게 하는 것이다.〔是故女及日乎閨門之內, 不百里而犇喪, 事無擅爲, 行無獨成, 祭知而後動, 可驗而後言, 晝不遊庭, 夜行以火, 所以正婦德也.〕"라는 내용이 보인다.

294 범씨(范氏)의 설 : 대전본(大全本) 《시경》〈용풍(鄘風) 재치(載馳)〉소주(小注)에 보이는 범조우(范祖禹, 1041~1098)의 설로, 다음과 같다. "선왕이 제정한 예에 부모님이 돌아가시면 찾아뵙지 못하는 것은 의이다. 비록 나라가 망하고 임금이 죽더라도 달려갈 수 없는 것은 의가 죽음보다 중하기 때문이다.〔先王制禮, 父母沒則不得歸寧者, 義也. 雖國滅君死, 不得往赴焉, 義重於亡故也.〕"

지은이 김이안(金履安)

1722(경종2)~1791(정조15). 18세기에 활동한 문인으로, 본관은 안동(安東), 자는 원
례(元禮), 호는 삼산재(三山齋), 시호는 문헌(文獻)이다. 서울 지역에 세거한 안동
김문의 적통으로서 김창협(金昌協)의 증손자이자 김원행(金元行)의 아들이다. 가학을
잘 계승하여 김장생(金長生)과 김집(金集) 부자에 비유되곤 하였다. 1759년(영조35)
38세에 진사시에 합격하여 이후 보은 현감, 금산 군수, 밀양 부사 등을 역임하였다.
학행(學行)으로 천거되어 경연관에 기용되었다. 63세 되던 1784년(정조8)에는 지평,
보덕, 찬선 등을 거쳐 1786년 좨주에 제수되었으나 모두 사직소를 올리고 나가지 않았
다. 북학파 학자인 홍대용(洪大容), 박제가(朴齊家), 아버지의 문인이자 성리학자인
박윤원(朴胤源), 이직보(李直輔), 오윤상(吳允常) 등과 교유를 맺었다. 예설과 역학에
조예가 깊었다. 저서로 《삼산재집》 12권이 있다.

옮긴이 이상아(李霜芽)

1967년 전북 정읍에서 태어났다. 공주사범대학 중국어교육과, 성균관대학교 한문고전
번역협동과정 석사와 박사과정을 졸업하였다. 민족문화추진회 부설 국역연수원 연수부
및 상임연구부에서 한문을 수학하였다. 한국고전번역원 번역전문위원을 거쳐 현재 성
균관대학교 대동문화연구원에 재직하고 있다. 석사 논문으로 〈다산 정약용의 『가례작
의』 역주〉, 박사 논문으로 〈다산 정약용의 『제례고정』 역주〉가 있다. 공역서로 《일성
록》, 《국역 기언 1》, 《대학연의 1, 2, 3》, 《국역 의례(상례편)》, 《교감학개론》, 《주석
학개론 1, 2》, 《사고전서 이해의 첫걸음》 등이 있고, 번역서로 《무명자집 7, 8, 15,
16》, 《삼산재집 1》이 있다.

권역별거점연구소협동번역사업 연구진

연구책임자　안대회(성균관대학교 한문학과 교수)
공동연구원　이희목(성균관대학교 한문학과 교수)
　　　　　　진재교(성균관대학교 한문교육과 교수)
　　　　　　이영호(성균관대학교 HK 교수)
책임연구원　김채식
　　　　　　이상아
　　　　　　이성민
선임연구원　서한석
　　　　　　이승현

교열　　　　정태현(한국고전번역원 명예교수)
윤문　　　　정미경

삼산재집 2

김이안 지음 | 이상아 옮김

2017년 12월 29일 초판 1쇄 발행

편집·발행 성균관대학교 출판부 | 등록 1975. 5. 21. 제1975-9호

주소 (03063) 서울시 종로구 성균관로 25-2

전화 760-1252~4 | 팩스 762-7452 | 홈페이지 press.skku.edu

조판 김은하 | 인쇄 및 제본 영신사

ⓒ한국고전번역원·성균관대학교 대동문화연구원, 2017

Institute for the Translation of Korean Classics · Daedong Institute for Korean Studies

값 25,000원

ISBN 979-11-5550-262-4　94810

　　　979-11-5550-204-4 (세트)